SAUERLÄNDER

Neal Shusterman

GLEANINGS

Storys aus dem Scythe-Universum

Aus dem amerikanischen Englisch
von Pauline Kurbasik und Kristian Lutze

SAUERLÄNDER

Alle Bücher von Neal Shusterman bei Sauerländer:
»Scythe – Die Hüter des Todes« (Bd. 1)
»Scythe – Der Zorn der Gerechten« (Bd. 2)
»Scythe – Das Vermächtnis der Ältesten« (Bd. 3)
»Vollendet – Die Flucht« (Bd. 1)
»Vollendet – Der Aufstand« (Bd. 2)
»Vollendet – Die Rache« (Bd. 3)
»Vollendet – Die Wahrheit« (Bd. 4)
»Game Changer«

Zusammen mit Jarrod Shusterman:
»Dry«
»Roxy«

Zu diesem Buch ist bei Argon ein Hörbuch, gelesen von Torsten Michaelis, erschienen.

FSC
www.fsc.org
MIX
Papier | Fördert gute Waldnutzung
FSC® C014496

Erschienen bei FISCHER Sauerländer

Die amerikanische Originalausgabe erschien 2022 unter dem Titel »Gleanings – Stories from the Arc of a Scythe« bei Simon & Schuster, einem Imprint der Simon & Schuster Children's Publishing Division, New York.

Satz: Dörlemann Satz, Lemförde
Druck und Bindung: GGP Media GmbH, Pößneck
Printed in Germany
ISBN 978-3-7373-7229-9

Für meinen Freund und Verleger
Justin Chanda,
der von Anfang an
an diese Serie
und immer an mich geglaubt hat.

N. S.

Für die non-binären Figuren Alex und Dayne in der Kurzgeschichte »Vielleicht eine Nachlese« wurde in der deutschen Übersetzung ebenso wie im Original versucht, auf Pronomen zu verzichten. Wo dies nicht möglich war, wurde das Neopronomen sier in seinen verschiedenen Formen verwendet.

Inhalt

Kapitel 1:	**Der erste Hieb** Co-Autorin Joelle Shusterman	9
Kapitel 2:	**Formidabel**	12
Kapitel 3:	**Arbeite niemals mit Tieren** Co-Autor Michael H. Payne	36
Kapitel 4:	**Ein vielfarbiger Tod**	93
Kapitel 5:	**Die Straße der Widerlinge**	114
Kapitel 6:	**Eine Marsminute**	141
Kapitel 7:	**Der letzte Tag der Sterblichkeitsära** Co-Autor David Yoon	220
Kapitel 8:	**Black Knights' Tango**	265
Kapitel 9:	**Cirri**	301
Kapitel 10:	**Anastasias Schatten**	313
Kapitel 11:	**Hartnäckige Erinnerungen** Co-Autor* innen Jarrod Shusterman und Sofía Lapuente	355
Kapitel 12:	**Eine romantische Komödie mit Todesfolgen**	396
Kapitel 13:	**Vielleicht eine Nachlese** Co-Autorin Michelle Knowlden	428
Kapitel 14:	**Ein dunkler Vorhang hebt sich**	464
Bonus-Kapitel 15:	**Nicht schöner als ich**	484

Kapitel 1: **Der erste Hieb**

Co-Autorin Joelle Shusterman

Du zerschneidest die Luft mit gelassener Ruhe.
Das ist der Moment, du hast ausgeholt
zum ersten Hieb mit deiner Axt,
wie eine Meisterin der Nachlese-Kunst.

Die Umstehenden erstarren in Ehrfurcht,
ahnungslos, was du als Nächstes tun wirst.
In vollkommener Balance wie auf einer Bühne
tanzt du in ihrer Mitte deinen brutalen Tanz.
Sterne verglühen, deine Robe fällt
einem Wasserfall gleich auf die Erde
in einem Regen aus Gold.

Aber das ist nicht die Wahrheit.

Dein Wert ist ohne Bedeutung
für die, die dir jetzt etwas bedeuten.
In den Augen von deinesgleichen
bist du in Wahrheit nicht mehr
als ein winziger Sonnenfleck.
Ein unbedeutender Fleck.
Und als du zum ersten Hieb ausholst,
lachen sie über dich.

Du möchtest dich über ihren Spott erheben,
auf bescheidene Weise Aufmerksamkeit erregen,
Gunst in den Augen der Alten finden,
die niemals alt sind.
Den Respekt der Jungen gewinnen,
die ihre Jugend gemetzelt haben.
Den Hochmut rechtfertigen,
der mit dem Stolz einhergeht,
auserwählt worden zu sein.

Aber auch das ist nicht die Wahrheit.

Es wird Jahre dauern, bis du die Wahrheit erkennst:
Jene, die du verehrst, sind selbst bloß Diener
der Gemeinschaft, die wir zu stutzen haben.
Vor vielen Jahren war es *ihre* Entscheidung,
uns die Wahl zu überlassen.
Die Zuschauer, ehrfürchtig, erschrocken und erleichtert,
sind die eigentlich Mächtigen,
die bei all deinen Taten die Fäden ziehen.

Vor ihnen stehen wir perfekt aufgereiht,
die scharfe Klinge einer Avantgarde,
die die Äxte schwingt,
jede gleicht jenen, die vor ihr kamen.
Wir sind einer in allen
Und alle in einem und

Wir.
Werden.
Töten.

Unser Mantra, Gebot und unsere Pflicht,
die Unsterblichen ihrer Sterblichkeit zu gemahnen.
Sie zu lehren,
dass die ewige Ruhe fern sein mag,
aber nicht für immer vergessen ist.

Wer sind wir?
Wir sind Scythe.
Und die Waffen, die wir benutzen,
Sind mitnichten unsere Freunde.
Die zerstörerische Kraft
von Kugel, Klinge und Knüppel
zerreißt uns täglich aufs Neue,
Tag für Tag, Stück für Stück,
lässt uns mit einer Wunde zurück, die nie heilen wird.
Das verbindet uns mit der Masse
und hindert uns doch, mit ihr eins zu sein.
Und bei jeder einzelnen Nachlese
bluten wir aufs Neue gebrochen
und bleiben doch unverändert entschlossen.

Denn wir sind Scythe.
Nichts kann das ändern.
Und wenn es an dir ist zu bluten,
wirst du es merken,
und du wirst lernen.

Kapitel 2: **Formidabel**

»Es braucht Zeit, Susan«, hatte Michael ihr erklärt. »Bald wird das Mädchen, das du einmal warst, in der Erinnerung verblassen. Du wirst komplett und vollständig in deiner neuen Identität leben.«

Er hatte gut reden – Michael war schon seit fünf Jahren Scythe. Sie fragte sich, wie lange er gebraucht hatte, um in sich selbst »zu leben«. Er war so durch und durch Faraday, dass sie sich ihn nicht als jemand anderen vorstellen konnte.

Ich bin Marie. Ich bin nicht Susan, erinnerte sie sich immer wieder. Denn sie musste die Scythe Marie Curie nicht nur darstellen, sondern anfangen, sich selbst so zu sehen. Sie musste es real spüren. Die öffentliche Person war eine Sache, aber diese Person in die eigenen Gedanken zu integrieren war eine ganz andere. Es fühlte sich an, als würde man in einer fremden Sprache denken.

»Irgendwann ist es keine Rolle mehr, die du spielst, sondern die Person, die du bist«, hatte Faraday ihr versichert. »Und ich habe so ein Gefühl, dass du, wenn es so weit ist, formidabel sein wirst!«

Im Moment fühlte sie sich allerdings kein bisschen formidabel. In den ersten Monaten waren ihre Nachlesen eher unauffällig gewesen. Zweckmäßig. Nützlich. Sie erledigte ihren Job, suchte jedoch noch nach einem Stil, der sie definieren würde. Ohne fühlte sie sich nachlässig. Ziellos.

In dieser Geistesverfassung kam Susan – nein, *Marie* – zum Herbstkonklave im Jahr des Marlins, ihrem ersten Konklave als offiziell berufene Scythe. Sie hatte naiverweise angenommen, die große Versammlung der Scythe würde leichter durchzustehen sein, wenn sie kein Lehrling mehr war, aber weit gefehlt …

Während die meisten Scythe in führerlosen Fahrzeugen, Publicars oder – die pompöseren Vertreter der Zunft – in Scythe-Limousinen eintrafen, fuhr Marie in einem Porsche aus der Sterblichkeitsära vor, den ihr der Sohn eines Mannes geschenkt hatte, den sie nachgelesen hatte. Anstatt den Wagen beim Aussteigen einem Mitglied der Bladeguard zu überlassen, wandte sie sich an die versammelte Menge.

»Kann irgendjemand einen nicht autonomen unregistrierten Schaltwagen fahren?«

Ein paar Hände reckten sich in die Höhe. Sie entschied sich für einen jungen Mann in ihrem Alter. Um die neunzehn. Als ihm klar wurde, dass er ausgewählt worden war, trat er eifrig wie ein junges Hündchen vor.

»Vorsicht«, warnte sie ihn. »Der Wagen hat es in sich.«

»Ja, Euer Ehren. Danke, Euer Ehren. Ich werde vorsichtig sein, Euer Ehren.«

Sie gab ihm die Schlüssel und hielt ihm ihre andere Hand hin. Er kniete nieder, um ihren Ring zu küssen; der Anblick ließ ein kleines Mädchen im Publikum entzückt aufjuchzen.

»Geben Sie die Schlüssel bei einem Mitglied der Bladeguard ab, dann landen sie schon wieder bei mir«, wies sie ihn an.

Er verbeugte sich vor ihr. Er verbeugte sich wirklich. In alter Zeit war die Verbeugung ein Zeichen der Lehenstreue gewesen – man bot einer königlichen Hoheit seinen Kopf zur Enthauptung an. Manche Scythe genossen diese kriecherische Unterwürfigkeit, doch Marie fand sie lächerlich und peinlich. Sie fragte sich, ob es Scythe gab, die Menschen, die sich vor ihnen verbeugten, wirklich enthaupteten.

»Es ist das Privileg eines Scythe, wahllos Menschen willkürliche Aufgaben aufzutragen«, hatte Michael ihr erklärt. »Genauso wie es das Privileg eines Scythe ist, sie für diese Dienste zu belohnen.«

Sie hatte gelernt, dass es nicht darum ging, sich überlegen zu fühlen – es war nur ein Weg, die Erteilung von Immunität zu rechtfertigen. So hatte Michael sie gelehrt, etwas, das man auch als Anspruch betrachten könnte, in eine freundliche Geste zu verwandeln.

Der junge Mann fuhr mit ihrem Wagen davon, und Marie schloss sich dem prunkvollen Umzug an – denn genau das war es: ein absichtsvolles Spektakel von Scythe, die in ihren bunten Roben die Marmortreppe zum Kapitol von Fulcrum City hinaufstiegen. Die festliche Ankunft war ebenso wichtig wie alle Angelegenheiten, die in dem Gebäude verhandelt wurden, denn es erinnerte die Öffentlichkeit daran, wie Ehrfurcht gebietend das Scythetum war.

Hinter einem Kordon der Bladeguard drängten sich auf beiden Seiten der Treppe jedes Mal Horden von Menschen, die hofften, einen Blick auf ihre Lieblingsscythe zu erhaschen. Einige Scythe produzierten sich für ihr Publikum, andere wahrten Distanz. Aber egal ob sie lächelten, winkten oder abschreckend finstere Mienen zogen, der Eindruck, den sie hinterließen, war wesentlich für das öffentliche Bild des Scythetums.

Als Marie die Stufen hinaufstieg, reagierte sie nicht auf die Menge. Sie wollte diesen Teil der Veranstaltung nur möglichst schnell hinter sich bringen und in das Gebäude gelangen. Und obwohl sie den Weg die Treppe hinauf zusammen mit anderen Scythe zurücklegte, fühlte sie sich mit einem Mal sehr allein. Sie hatte nicht geahnt, wie sehr ihr diese gefühlte Isolation zusetzen würde. Bei ihren vorherigen Konklaven war sie als Lehrling immer in Begleitung von Faraday gekommen. Aber heute zeigte sich kein einziger Scythe in ihrer Nähe gesellig oder umgänglich.

Beim Frühlingskonklave vor vier Monaten hatten fünf Lehrlinge die Abschlussprüfung absolviert. Marie war die Einzige, die bestanden hatte, die Einzige, die zur Scythe berufen worden war. Deshalb blieb ihr nicht einmal die Kameraderie mit anderen Debütanten. Und natürlich konnte sie sich nicht mit den Nachwuchslehrlingen zusammensetzen, weil das unter ihrer Würde als Scythe war und ein schlechtes Licht auf sie werfen würde.

Die übrigen Scythe waren entweder zu beschäftigt damit, die Verehrung der Menge entgegenzunehmen, oder zu ichbezogen, um Maries Einsamkeit zu bemerken. Oder sie bemerkten sie doch und ergötzten sich daran. Nicht weil sie Marie persönlich nicht mochten, sie mochten bloß das Prinzip nicht, das sie verkörperte. Sie waren empört, dass ein so junger Scythe wie Faraday nur wenige Jahre nach seiner Berufung überhaupt einen Lehrling angenommen hatte. Und den Großteil ihrer Missbilligung bekam Marie ab.

Viele Scythe zelebrierten diese Missbilligung regelrecht. Sie behandelten Marie mit Verachtung und musterten sie mit geringschätzigen Seitenblicken, die erkennen ließen, dass ihnen die Farbe von Maries leuchtend violetter Robe missfiel. Für eine so knallige Farbe hatte Marie sich nur aus Trotz gegen ihre Tonisten-Eltern entschieden, die alle Farben außer gedeckten Erdtönen verabscheuten. Aber nun bereute sie ihre Wahl, weil sie unerwünschte Aufmerksamkeit auf ihre Person lenkte.

Sie hatte sogar mit dem Gedanken gespielt, auch ihr Haar in demselben Ton zu färben – doch ihr Friseur hatte das Gesicht verzogen und erklärt, dass ihr wunderschöner geflochtener Zopf vor dem Hintergrund des Stoffes verblassen würde. »Silber!«, hatte er vorgeschlagen. »Oh, das wäre wirklich markant.«

Marie hatte seinen Rat angenommen. Ihr silberner, geflochtener Zopf fiel bis zur Taille auf den Rücken ihrer Robe. Sie hatte gedacht, diese Aufmachung würde ihr helfen, sich neu zu definieren und sich von einem Schützling Faradays zu einer eigenständigen Scythe zu emanzipieren, doch nun erkannte sie, dass der Plan nach hinten losgegangen war. Sie hörte Feixen und Kichern und wurde rot – was sie noch verlegener machte, weil sie den anderen damit zeigte, dass sie ihr zugesetzt hatten.

In dem Vorraum, wo für die Blicke und den Appetit aller Anwesenden das traditionelle üppige Frühstücksbuffet aufgebaut war, sprach sie endlich jemand an. Scythe Vonnegut kam auf sie zu, in seiner säuregebleichten Jeansrobe, die aussah wie die Mondoberfläche und an eine Zeit erinnerte, an die sich niemand recht erinnern konnte.

»Nun, wenn das nicht unsere ›Kleine Miss Tunichtgut‹ ist«, begrüßte er sie grinsend. Er hatte die Art Lächeln, bei dem sie sich immer unsicher war, ob es falsch oder aufrichtig war. Was den Spitznamen betraf, hatte Marie keine Ahnung, wer ihn geprägt hatte, doch er hatte sich durchgesetzt und noch vor ihrer Berufung im midMerikanischen Scythetum verbreitet. Die kleine Miss Tunichtgut. Es war bloß eine weitere Unfreundlichkeit, schließlich war sie weder klein noch besonders mutwillig. Sie war eine hochgewachsene junge Frau, schlank und schlaksig und kein bisschen schelmisch oder übermütig, eher mürrisch und immer viel zu ernst, um irgendwelchen Unfug auszuhecken.

»Es wäre mir lieber, wenn Sie mich nicht so nennen würden, Scythe Vonnegut.«

Er lächelte wieder zweideutig. »Es ist nur ein Kosename«, sagte er und wechselte das Thema. »Wirklich toll, was Sie mit Ihrem Haar gemacht haben!«

Wieder wusste Marie nicht, ob er sie verspottete oder ob er es ernst meinte. Sie würde lernen müssen, diese Leute besser zu durchschauen, auch wenn Scythe überaus versiert darin waren, unergründlich zu bleiben.

Sie entdeckte Faraday auf der anderen Seite des Raumes. Er hatte sie noch nicht gesehen. Oder vielleicht tat er nur so. Nun, was kümmerte es sie? Sie war jetzt selbst eine Scythe und keine unterwürfige Schülerin mehr – Herzensangelegenheiten hatten in ihrem Leben keinen Platz.

»Sie müssen lernen, weniger offensichtlich zu sein«, flüsterte Scythe Vonnegut ihr zu. »Man könnte Ihre Schwärmerei genauso gut an die Wände projizieren.«

»Was spielt das für eine Rolle? Scythe Faraday hegt keine Gefühle für mich.«

Wieder dieses Grinsen. »Wenn Sie das sagen.«

Ein Gong kündigte an, dass sie noch eine Viertelstunde Zeit hatten, sich den Bauch vollzuschlagen.

»Ich wünsche Ihnen ein gutes Konklave«, sagte Vonnegut und wandte sich zum Gehen. »Und essen Sie, bevor die Vielfraße nur noch Ruinen des Buffets übrig gelassen haben.«

Erst kurz bevor sie in den Plenarsaal gebeten wurden, sprach Michael sie in dem Vorraum an, doch ihre Unterhaltung war gestelzt. Beide waren sich allzu bewusst, dass man sie beobachtete, beurteilte und über sie tuschelte.

»Du siehst gut aus, Marie«, sagte er. »Ich gehe davon aus, dass du eine gute erste Saison hattest.«

»Ich habe meine Quote erfüllt.«

»Daran habe ich nicht gezweifelt.«

Sie dachte, er würde vielleicht für ein paar persönliche Worte nähertreten, doch stattdessen wandte er sich ab. »Schön, dich zu sehen, Marie.«

Sie fragte sich, ob er spüren konnte, wie ihr Mut sank.

Das Ritual des Konklavevormittags war öde bis quälend. Das Läuten der Namen. Zehn für jeden Scythe, ausgewählt aus den Dutzenden, die sie nachgelesen hatten. Maries Favoriten waren Taylor Vega gewesen, der ihr mit seinen letzten Atemzügen dafür gedankt hatte, dass sie ihn nicht vor den Augen seiner Familie nachgelesen hatte, und Toosdai Riggle, weil sie den Klang seines Namens mochte.

Schließlich widmete sich die Versammlung den anstehenden Themen. Die aktuelle, chaotische Debatte drehte sich um die Frage, was man wegen der Unruhestifter in der alten Hauptstadt unternehmen sollte. Aber eigentlich war es weniger eine Debatte als vielmehr eine Gelegenheit, sich zu beklagen.

»Die Windbeutel aus Washington rühren weiter in einem zunehmend ranzigen Gebräu«, sagte Scythe Douglass.

»Ja, aber das ist nicht unser Problem«, bemerkte High Blade Ginsburg. »Die alte Hauptstadt ist in EastMerica. Sollen die sich darum kümmern.« Als High Blade erinnerte sie die midMerikanischen Scythe beständig daran, sich aus Angelegenheiten herauszuhalten, die sie nichts angingen – aber dieses Mal irrte sie. Es war mehr als ein rein ostMerikanisches Problem.

Marie schnaubte, als die High Blade das Thema abtat. Eigentlich hatte es niemand hören sollen, aber irgendjemand neben ihr – sie glaubte, dass es Scythe Streisand war – stieß sie an.

»Wenn Sie eine Meinung haben, äußern Sie sie«, sagte sie. »Sie sind jetzt eine Scythe. Es wird Zeit, dass Sie lernen, rechthaberisch und von sich selbst überzeugt zu sein.«

»Niemand will hören, was ich zu sagen habe.«

»Ha! Niemand will hören, was irgendjemand zu sagen hat, aber man sagt es trotzdem. So läuft das hier.«

Also erhob sich Marie und wartete, bis High Blade Ginsburg sie bemerkte und einen Moment lang betrachtete, bevor sie sprach.

»Möchte unser neuestes Mitglied eine Meinung zu dem Thema äußern?«

»Ja, Eure Exzellenz«, sagte Marie. »Meinem Eindruck nach ist die alte Regierung aus der Zeit vor dem Thunderhead auch das Problem von MidMerica – weil sie nach wie vor die Herrschaft nicht nur über EastMerica, sondern auch über MidMerica und Texas beansprucht.«

Ohne darauf zu warten, das Wort erteilt zu bekommen, rief ein anderer Scythe: »Die läppischen Ansprüche der Washingtoner sind in der Realität bedeutungslos! Ein Ärgernis, mehr nicht.«

»Aber solange sie Ärger machen«, entgegnete Marie, »schwächen sie alles, wofür wir stehen.«

»Sie wettern gegen den Thunderhead«, sagte der Scythe, der unaufgefordert gesprochen hatte, »soll der Thunderhead das regeln.«

»Das ist kurzsichtig!«, wagte Marie zu widersprechen. »Wir können nicht leugnen, dass das Scythetum und der Thunderhead zwei Seiten einer Medaille sind. Wenn eins bedroht wird, ist auch der andere angegriffen.«

Darauf reagierte das übrige Konklave mit einem leisen Grummeln. Marie wusste nicht, ob das gut oder schlecht war.

»Sollen die Politiker der alten Welt ihren bitteren Zorn verbreiten«, rief ein anderer. »Wenn der Thunderhead es zulässt, sollten wir es auch tun.«

»Der Thunderhead ist verpflichtet, ihre Freiheit zu akzeptieren – einschließlich ihrer Freiheit, die Ordnung zu stören«, erwiderte Marie. »Aber *wir* haben diese Verpflichtung nicht. Das heißt, dass wir in der Sache tatsächlich *handeln* können.«

High Blade Ginsburg verschränkte die Arme. »Und was schlägt die Ehrenwerte Scythe Curie vor, was wir tun sollten?«

Alle Blicke richteten sich auf sie. Marie wurde unvermittelt von großer Verlegenheit erfasst wie von einem rauen Herbstwind.

»Wir … wir können machen, was der Thunderhead nicht machen kann. Wir lösen das Problem …«

Schweigen. Dann rief von der anderen Seite des Raumes ein anderer Scythe mit volltönender Stimme. »Könnte es sein, dass die ›Kleine Miss Tunichtgut‹ ihrem Namen endlich alle Ehre macht?«

Das löste ein herzliches Gelächter in der Versammlung aus, das in der gesamten Kammer widerhallte. Marie versuchte, es mit Würde zu ertragen, doch sie spürte, wie ihr Mut und ihre Entschlossenheit bröckelten.

Nachdem die Heiterkeit sich gelegt hatte, wandte High Blade Ginsburg sich immer noch glucksend in ihrem gönnerhaftesten Ton an Marie: »Mein liebes Nachwuchsflorett, die Stabilität des Scythetums gründet sich auf Beständigkeit und ruhige Erwägung. Sie wären gut beraten, nicht so … rückwärtsgewandt zu sein, Scythe Curie.«

»Hört, hört!«, pflichtete jemand bei.

Und das war's. Die High Blade rief einen anderen Tagesordnungspunkt auf, und die Debatte wandte sich der Frage zu, ob es Scythe verboten werden sollte, denselben Nachnamen wie ein anderer lebender Scythe anzunehmen, weil es aktuell permanente Verwechslungen zwischen den Scythe Armstrong, Armstrong und Armstrong gab.

Marie stieß zwischen zusammengebissenen Zähnen ihren Atem aus, und es klang wie ein Zischen. »Na, das war sinnlos.«

»Stimmt«, bestätigte Scythe Streisand, »aber es war unterhaltsam.«

Das verärgerte Marie nur noch mehr. »Ich bin nicht zur Unterhaltung von irgendjemandem hier.«

Scythe Streisand bedachte sie mit einem abschätzigen Blick.

»Ehrlich, Kindchen, wenn Sie nicht mit einer kleinen Klatsche klarkommen, haben Sie hier als Scythe nichts zu suchen.«

Darauf biss Marie sich auf die Lippe und schluckte alle Erwiderungen hinunter. Sie schaute zu Faraday auf der anderen Seite der Kammer. Er würdigte sie keines Blickes. War ihm ihr Auftritt peinlich? War er zufrieden, dass sie eine Meinung geäußert hatte? Sie konnte es unmöglich sagen. Er hatte jedenfalls keinen Finger gerührt, um sie zu unterstützen. Aber war das so überraschend? So ungern Marie es zugab, es war richtig, dass Michael sich von ihr distanzierte – nicht nur wegen der Gerüchte und des Klatsches, sondern auch weil Marie sich ohne ihn beweisen musste. Aber wie konnte sie bei dieser Meute je etwas leisten, worauf die anderen nicht mit Feixen, Kichern oder verschränkten Armen reagieren würden?

»Scythe sind Figuren der Aktion«, hatte Farady ihr während der Lehre erklärt und mit einem spitzbübischen Grinsen hinzugefügt: »nicht nur weil man Actionfiguren von uns macht.«

Er hatte recht. Ein Scythe musste entschlossen und ohne Zögern handeln – selbst wenn es schwierig war. Wenn Marie sich beweisen wollte, musste sie etwas so Atemberaubendes tun, dass dem Scythetum keine Luft mehr zum Lachen übrigblieb.

Marie lebte allein. Wie die meisten Scythe. Es gab kein Gebot, dass die Einsamkeit vorschrieb. *»Du sollst haben weder Ehepartner noch Nachwuchs«* bedeutete nicht, dass man keinen Geliebten oder Gefährten haben durfte. Aber Marie hatte schnell herausgefunden, was die meisten Scythe bereits wussten: Jeder, der sich für das Zusammenleben mit einem oder einer Scythe entschied, war kein Gefährte, mit dem man sein Zuhause teilen wollte.

Einige junge Scythe kehrten in ihr Elternhaus zurück, doch das hielt nie lange. Marie könnte niemals wieder zu ihren Eltern ziehen, selbst wenn diese nicht Mitglieder dieses absurden Tonisten-Kults wären. Sie konnte sich nicht vorstellen, nach einer Nachlese nach Hause zu kommen und ihnen gegenüberzutreten. Nachlesen waren zwar ein lebenswichtiger, beinahe heiliger Dienst an der Menschheit, aber Tod blieb Tod, und Blut blieb Blut.

Marie hatte ein recht großes Haus im Wald bezogen, mit hohen Decken und riesigen Fenstern mit Blick auf die Berge und einen murmelnden Bach. Sie hatte festgestellt, dass das Geräusch von fließendem Wasser sie beruhigte und innerlich reinigte. Sie hatte gehört, dass es irgendwo eine berühmte Residenz gab, durch die tatsächlich ein Fluss floss. Das war irgendwann eine Erkundung wert, doch für den Moment war sie zufrieden mit ihrem rustikalen Heim. Sie hatte es mit Mitteln des Scythetums gekauft, anstatt es dem Besitzer einfach wegzunehmen, wie es manche Scythe machten. Nach vier Monaten war das Haus nach wie vor kaum möbliert. Ein weiterer Aspekt der Tatsache, dass sie nicht in ihrer Identität »lebte«.

Am Tag nach ihrer Rückkehr von dem Konklave machte sie einen Spaziergang durch den Wald, weil sie hoffte, dass die klare erdige Luft das üble Gefühl vertreiben würde, das das Konklave bei ihr hinterlassen hatte. Aber dann traf sie auf ihrem Weg auf zwei Joggerinnen, die laut darüber tratschten, wer seinen Ehepartner in virtuellen Bordellen betrog, wer für ausgefallene Körperveränderungen nach Tasmanien geflogen war und wer sich ohne guten Grund resetten ließ. Es erinnerte Marie an die kleinlichen Intrigen auf dem Konklave.

Marie las beide Joggerinnen nach und bereute es augenblicklich. War es nicht ebenso kleinlich, sie wegen ihres Klatsches zum Tode zu verurteilen? Außerdem waren es keine sauberen

Nachlesen. Hätte Marie ihre Arbeit korrekt erledigt, hätten die Herzen der beiden schnell aufhören sollen zu schlagen, und die Sauerei wäre minimal geblieben. Aber dieses Mal nicht. In ihrem Kopf hörte sie Michaels Stimme, der sie tadelte und ermahnte, die Kunst des Tötens zu trainieren.

Als Marie heimkehrte, strich ihre Katze Sierra um ihre Knöchel. Marie hatte eine teilzeitbeschäftigte Haushälterin – der einzige Luxus, den sie sich gönnte –, die beim Anblick von Maries blutbespritzter Robe erschrocken die Luft anhielt. Das tat sie jedes Mal und entschuldigte sich dann stets dafür, aber Marie war dankbar für ihre ehrliche Reaktion. Die Folgen einer Nachlese *sollten* schockierend sein. Wenn sie das irgendwann nicht mehr sein würden, wäre etwas verkehrt.

»Debora, könntest du diese Robe bitte in die Reinigung bringen?«, fragte Marie. »Sag ihnen, es ist nicht eilig, ich habe noch zwei andere.«

»Ja, Euer Ehren.«

Die Reinigung bewirkte bei den Roben immer wahre Wunder ... obwohl Marie manchmal den Verdacht hatte, dass man ihr einfach neue gab.

Nachdem Debora gegangen war, ließ Marie sich ein Bad ein, um die Spuren des Tages abzuwaschen, und machte den Fehler, die Nachrichten einzuschalten, während sie sich in dem heißen Wasser durchweichen ließ.

Präsident Hinton von Alt-Amerika hatte einem Armeecorps von Ingenieuren, das aus irgendeinem seltsamen Grund noch existierte, den Befehl erteilt, die zerebralen Netzknoten des Thunderhead zu demontieren.

»Es ist unsere moralische Pflicht, diese große Nation aus dem Würgegriff der großen dunklen Wolke zu befreien«, sagte Hinton in seinem typisch salbadernden Tonfall – aber es waren nicht mehr als Worte in einem Whirlpool. Die öffentliche

Meinung stand nicht auf Hintons Seite. Tatsächlich hatte nicht einmal jeder Zwanzigste überhaupt noch gewählt. So gut wie jeder wusste, dass das Konzept einer Regierung an sich obsolet war, nur eine verschwindende Minderheit teilte Hintons negative Ansichten über den Thunderhead. Aber Hinton und seine Spießgesellen hatten natürlich behauptet, dass die Umfragen des Thunderheads allesamt gefälscht waren. Hinton war so in seiner eigenen Blase giftiger Unwahrheiten gefangen, dass er sich eine Wesenheit, die unfähig war zu lügen, gar nicht vorstellen konnte.

Es war allseits bekannt, dass der Thunderhead Hinton das Gleiche angeboten hatte, was er Präsidenten seit Jahren schmackhaft zu machen versuchte: einen ehrenhaften Rücktritt, Exil an einem beliebigen Ort auf der Welt für ihn und sein Kabinett samt ihren Familien. Man würde ihnen eine neue Zukunft schenken, in der sie frei waren, jeder beliebigen Tätigkeit nachzugehen, solange es sich nicht um eine Position politischer Macht handelte. Hinton war bloß einer in einer Reihe von Präsidenten, die sich rundweg geweigert hatten.

»Ich mache Mr. Hinton keinen Vorwurf«, hatte der Thunderhead wie immer großmütig erklärt. »Niemand gibt freiwillig Macht ab. Widerstand ist eine natürliche und erwartbare Reaktion.«

Nach ihrem Bad saß Marie vor einem knisternden Feuer, nippte an einem Kakao und versuchte, in diesen einfachen Freuden Trost zu finden, doch ihr Unbehagen blieb. Als würde Sierra es spüren, sprang sie so behutsam auf Maries Schoß, dass der Kakao sich nicht einmal kräuselte. Dies war das dritte Leben der Katze. Marie hatte beschlossen, ihr neun Leben zu gönnen. Es fühlte sich poetisch an. Es fühlte sich gerecht an. Aber nicht immer war Gerechtigkeit so gefällig …

Seit dem Konklave hielt sich hartnäckig ein Gedanke in Maries Hinterkopf. Ein erschreckender, vielleicht sogar gefährlicher Gedanke. Sie hatte ihn nicht an die Oberfläche steigen lassen, hatte versucht, ihn zu unterdrücken, hatte sich mit hundert anderen Dingen beschäftigt. Aber während sie jetzt Sierra kraulte, wusste sie, dass dieser Augenblick sanften schnurrenden Wohlbehagens nicht von Dauer sein würde.

Sie wusste, dass es nur eine Frage der Zeit war, bis sie eine Reise nach Washington unternehmen würde.

Der beunruhigende Zustand des District of Columbia machte deutlich, dass der Thunderhead bei all seiner Vollkommenheit einen passiv-aggressiven Zug hatte. Der als Washington Mall bekannte ausgedehnte Grüngürtel war weitgehend von der Natur zurückerobert worden. Eigenartig, weil der Thunderhead sonst akribisch für die Pflege von Parks und Gärten sorgte – doch die Grünanlagen von Washington wurden komplett ignoriert. Und nicht nur das, der Thunderhead hatte auch beschlossen, keinerlei Anstrengungen für den Erhalt der Infrastruktur der Region zu unternehmen. Er hatte aufgehört, sich um die Reparatur von Straßen und Brücken zu kümmern, und schon vor langer Zeit alle Museen der Smithonian Institution umgesiedelt, so dass nur die leeren Hüllen der alten Gebäude übrig geblieben waren.

Irgendwann hatte der Thunderhead zudem die komplette Beschilderung der Stadt ausgetauscht, die jetzt offiziell als »Washington Ruins« bekannt war.

Und als ob all das noch nicht reichte, hatte der Thunderhead Clubs und Orte für Widerlinge geschaffen, so dass mit der Zeit fast alle Bewohner ohne Widerling-Status fortgezogen waren.

All das folgte einem Plan – der ehrwürdige Ort sollte nicht diskreditiert, sondern in der Vergangenheit versiegelt werden, genau wie die Ruinen uralter Weltreiche. Washington sollte nach wie vor respektiert werden, aber nur auf die Art, wie man die verfallenden Zeugnisse der Antike bewundert.

Trotzdem hielten sich Reste der alten amerikanischen Regierung. Politiker, die sich als letzte Bastion einer besseren Zeit verstanden. Besser für sie vielleicht, aber genau wie alle anderen Regierungen vor der Herrschaft des Thunderhead keineswegs besser für alle anderen. Diese Politiker hatte keine reale Macht mehr – sie konnten nur poltern und versuchen, eine lose Naht im silbernen Gewebe des Thunderhead zu finden.

Ungeachtet all ihrer verbalen Attacken setzte der Thunderhead seine Kampagne wohlwollender Vernachlässigung fort und behandelte die Politiker innerhalb der maroden Stadtumgehung wie ein Vermieter der Sterblichkeitsära vielleicht einen Mietnomaden behandelt hätte. Er vertrieb sie nicht, sondern machte das Bleiben nur zunehmend beschwerlich.

Die meisten verstanden den Wink und machten sich auf zu angenehmeren Ufern. Der Kongress hatte sich aufgelöst, als der Thunderhead die Vereinigten Staaten von Amerika in die verschiedenen merikanischen Regionen aufgeteilt hatte. Die Justiz existierte nur noch, um sein unfehlbares Urteil abzunicken. Mit dem Verschwinden der Idee von »Nationen« war auch die Landesverteidigung überflüssig geworden – die letztendlich ein Hauptzweck dieser Nationen gewesen war.

Nun war nur noch die Exekutive übrig, der Präsident und sein Kabinett, die sich an ihre Posten klammerten wie störrisches Herbstlaub, das sich weigert zu fallen …

Marie traf an einem kühlen Novembertag zwei Monate nach dem Herbstkonklave ein. Sie hatte niemandem erzählt, was sie vorhatte. Dann konnte auch niemand über sie spotten, wenn es nicht gut lief.

Weil die Straßen nicht mehr instand gehalten wurden, war

ihr in einem üblen Schlagloch in der Constitution Avenue ein Reifen geplatzt, so dass sie die letzte Meile zu Fuß zurücklegen musste.

Widerlinge lungerten in Gruppen herum, wie Widerlinge es zu tun pflegen, soffen sich blöde und zerstörten, was zu zerstören übrig geblieben war. Komisch, dass sie nie kapierten, dass sie dabei eigentlich dem Plan des Thunderhead Folge leisteten. Sie bauten die alte Stadt ab wie Bakterien die Überreste einer Leiche.

»Hey, Süße«, neckte einer von ihnen sie. »Ich hab deine Immunität gleich hier.« Als wäre es ein Zeichen von Mut, eine Scythe zu verspotten, und nicht hemmungslose Dummheit.

Marie ignorierte ihn sowie die Pfiffe und zotigen Bemerkungen, die aus dem Schatten entlang des Weges an ihr Ohr drangen. Es lohnte die Energie nicht, sich davon verstimmen zu lassen. Widerlinge machten, was sie so machten, nämlich eigentlich gar nichts, weil der Thunderhead ihnen nichts erlaubte, was wirklich widerlich war.

Das Weiße Haus samt umliegendem Grundstück war das einzige gut erhaltene Gebäude in der Umgebung, eine Oase hinter einem hohen Zaun, der rund um die Uhr bewacht wurde. Aber das war natürlich nur Theater.

Am Haupttor standen zwei Wachen in Tarnkleidung mit einschüchternden automatischen Waffen. Marie musste ein Lachen unterdrücken. Tarnkleidung? Im Ernst? Sie hätten eine mittelalterliche Rüstung tragen sollen, das wäre hübscher gewesen.

»Lassen Sie mich durch«, befahl sie.

Die beiden fassten ihre Waffen fester. »Das können wir nicht machen, Ma'am«, sagte einer von ihnen.

»Sie werden mich mit ›Euer Ehren‹ ansprechen und Sie werden zur Seite treten.«

Ihre Blicke wurden hart, und sie rührten sich nicht, doch Marie erkannte, dass sie Angst hatten.

»Was wollen Sie machen, mich erschießen?«, fragte sie. »Ihre Waffen sind nicht mal geladen.«

»Das wissen Sie nicht.«

»Natürlich weiß ich das. Der Thunderhead erlaubt es nicht, dass irgendjemand eine geladene Waffe besitzt. Mit Ausnahme von Scythe. Sie haben Glück, dass der Thunderhead Sie überhaupt mit diesen Spielzeugen herumhantieren lässt.«

»Euer Ehren«, sagte die andere Wache mit einem Hauch von Verzweiflung in der Stimme, »wir machen bloß unseren Job.«

Nein, sie vergeudeten bloß ihre Zeit. »Ich möchte eine Unterhaltung mit Ihrem Boss führen«, erklärte Marie. »Wenn ich Sie dafür nachlesen muss, werde ich das tun. Also, was machen wir nun?«

Sie wartete. Die beiden blieben stur auf der Stelle stehen. Marie griff unter ihren Umhang, um einen Dolch zu ziehen –

Sofort senkte der Wachmann zur Linken die Waffe und trat zur Seite. Sein Kollege folgte seinem Beispiel umgehend.

»Weise Entscheidung«, sagte Marie, schritt durch das Tor und über die Rasenfläche auf der Südseite des Gebäudes, ohne sich noch einmal umzudrehen, um zu sehen, ob die Wachen ihre Waffen weggeworfen hatten und gegangen waren oder ob sie auf ihrem sinnlosen Posten verharrten.

Die Wachen am Vordereingang mussten irgendwie erfahren haben, dass eine Scythe auf dem Gelände war, denn die Tür war unbesetzt. Entweder sie hatten den Befehl zum Rückzug erhalten oder waren desertiert.

Im Innern des Gebäudes sah es genauso aus, wie Marie es sich vorgestellt hatte. Der beige-weiß geflieste Fußboden, die mit rotem Teppich ausgelegten Treppen. Ein Ort, an dem die Zeit stehengeblieben war, so dass er sich seit der Sterblichkeitsära kein bisschen verändert hatte. Porträts lange verstorbener Präsidenten blickten wehmütig von den Wänden, zwischen erhebenden Kunstwerken, die die Vorzüge demokratischer Herrschaft durch das Volk für das Volk feierten. Ein wundervoller Traum, der manchmal sogar funktionierte, doch solange Menschen fehlbar waren, konnte diese Herrschaft nie vollkommen sein. Für Perfektion brauchte es den Thunderhead. Und Scythe.

Auf ihrem Weg begegnete Marie einigen weiteren Wachen, jedoch längst nicht so vielen, wie sie erwartet hatte. Alle legten ihr ihre ungeladenen Waffen zu Füßen. Nur als sie den West Wing betreten wollte, stieß sie auf Widerstand. Ein einzelner Soldat hielt seinen Posten am Fuß der Treppe.

»Bitte zwingen Sie mich nicht, ihn zu verraten, Euer Ehren«, sagte er.

Er schien sich innerlich dafür zu wappnen, nachgelesen zu werden, was Marie jedoch nicht tat. Darauf entspannte er sich minimal. Er ließ Marie nicht ausdrücklich passieren, er tat vielmehr so, als wäre die Scythe gar nicht da. Er hielt seine Stellung, aber nur so, wie ein Fels in einem Fluss die Stellung hält. Marie floss an ihm vorbei und die prachtvolle Treppe hiauf.

Der sogenannte Präsident war weder in seiner Residenz, dem Oval Office, noch an einem der anderen üblichen Orte in dem weitläufigen Gebäude. *Dann spielen wir eben verstecken*, dachte Marie.

Sie steckte ein Sicherheits-Pad ein, das ihr, so verlangte es das Gesetz, den Zugriff erlaubte, und verschaffte sich damit Zutritt zu einem von mehreren geheimen Fluren. Vielleicht waren diese Gänge der Öffentlichkeit unbekannt, doch es gab keine Information, die sich Scythe nicht beschaffen konnten, und Scythe Curie hatte ihre Hausaufgaben gründlich erledigt.

Sie stieg mehrere Treppen hinunter bis zu einem Betonbunker unter dem altehrwürdigen Gebäude, der konstruiert war, Angriffen jeder Art standzuhalten.

Niemand hielt sie auf, als sie sich der Tür der hoch gesicherten Stahlkammer näherte. Das Sicherheits-Pad las ihre biometrischen Daten, das massive Verriegelungssystem löste sich, und die Tür ging schwerfällig auf.

Dahinter hatte sich eine Gruppe von Männern und Frauen in einer Art Kommandozentrale versammelt. An den Wänden hingen Karten und Bildschirme, dazwischen eine gerahmte Flagge aus der Zeit, als solche Banner noch als Unterscheidung zwischen verschiedenen Ländern und Regionen dienten.

Als die Anwesenden Scythe Curie in ihrer leuchtend violetten Robe mit einem Dolch in der Hand erblickten, hielten sie entsetzt die Luft an und begannen zu wimmern. Marie erkannte jedes Gesicht. Dies war das Kabinett des Präsidenten und darunter auch Präsident Hinton persönlich.

Einige wandten sich von Marie ab und ließen unterwürfig kapitulierend die Köpfe sinken, andere bedeckten die Augen in der Hoffnung, noch für ein paar kostbare Momente leugnen zu können, was diese Augen ihnen sagten. Nur der Präsident blickte sie mit loderndem Trotz direkt an.

»Ich bin Scythe Marie Curie«, sagte sie. »Ich bin sicher, Sie wissen, warum ich hier bin.«

»Sie sind kaum mehr als ein Kind«, höhnte Hinton. »Und Sie sind nicht einmal aus dieser Region.«

»Ich dachte, Sie erkennen die Regionen des Thunderhead nicht an«, entgegnete sie. »Aber das spielt auch keine Rolle. Scythe sind nicht an ihre Regionen gebunden. Wir können nachlesen, wo immer es uns beliebt.«

»Sie haben kein Recht, herzukommen und mich zu bedrohen.«

»Natürlich habe ich das, Mr. President«, antwortete sie. »Die Menschheit hat mir das Recht gegeben zu tun, was mir gefällt. Das ist das Gesetz, unter dem wir jetzt leben – oder hatten Sie das vergessen?«

»Sie werden jetzt sofort gehen!«, befahl Hinton. »Und ich werde dieses Eindringen vielleicht vergessen.«

Marie gluckste. »Wir wissen beide, dass es nur einen Weg gibt, wie ich diesen Ort verlassen werde«, erklärte sie ihm.

Der Außenminister beugte sich vor und flüsterte Hinton ins Ohr: »Scythe sind für ihre Verhandlungsbereitschaft bekannt. Ich könnte einen Deal aushandeln.«

»So eine Scythe bin ich nicht«, sagte Marie.

»Nein«, stimmte Hinton ihr mit triefender Abscheu zu. »Sie sind die schlimmste Sorte von Scythe. Jung, idealistisch und starrköpfig. Sie glauben, Ihre Sache ist so rein und glänzend wie Ihre Klinge.«

»Vielleicht bin ich all das«, räumte Marie ein, »aber ich bin auch unausweichlich.«

In diesem Moment versuchte einer der Minister, zur Tür zu stürzen. Und es begann.

Marie war flink mit dem Dolch. Ihre Meisterschaft war ein staunenswerter Anblick – und bald würde die Welt sie in der Tat zu sehen bekommen, weil in jeder Ecke des Raumes Kameras montiert waren. Das wusste Marie, doch sie bot keine Vorstellung. Sie erledigte einfach nur zweckmäßig und würdevoll ihre Pflicht. Einer nach dem anderen fiel, bis nur noch Hinton selbst übrig war. Er kauerte in einer Ecke, all seine Großspurigkeit war verflogen.

Marie wusste instinktiv, dass dies ein Wendepunkt war. Nicht nur für sie, sondern für die ganze Welt, die gesamte Menschheit. Spürte Hinton das auch? Zitterten seine Hände deswegen?

»Es gibt keinen Platz mehr für Sie«, erklärte sie ihm. »Die Zivilisation ist vorangeschritten.«

»Na gut, ich trete ab«, bettelte er. »Ich gehe ins Exil. Sie werden mich nie wiedersehen.«

Aber Marie schüttelte den Kopf. »Damit wäre der Thunderhead zufrieden gewesen. Und wenn Sie seinem Angebot vor dem heutigen Tag zugestimmt hätten, wäre ich nicht hier. Aber Sie wollten das Exil nicht annehmen. Und ich arbeite nicht für den Thunderhead!«

»Das werden Sie noch bereuen«, sagte Hinton. »Merken Sie sich meine Worte: Sie werden den Tag, an dem Sie diese Entscheidung getroffen haben, gewiss bitter bereuen. Und dann – «

Aber jeder Monolog, den er womöglich geplant hatte, wurde mit einem einzigen Hieb an der Wurzel gekappt.

Marie ging die Treppe hinauf, zurück in das eigentliche Weiße Haus, und versuchte zu begreifen, was sie getan hatte. Sie hatte den Weg für die ungestörte Herrschaft des Thunderhead frei gemacht. Außerdem hatte sie die Macht und Souveränität des Scythetums in einer Weise gefestigt wie kein Mensch vor ihr. Sie fragte sich, ob sie gegen das Zweite Scythe-Gebot verstoßen hatte. Würde man die Nachlese der letzten lästigen Gestalten sterblicher Herrschaft als Voreingenommenheit betrachten? Und wenn, was konnte das Scythetum ihr schlimmstenfalls antun? Sie zensieren? Ihr für ein oder zwei Jahre das Recht zur Nachlese aberkennen? Die Welt von der Vergangenheit zu befreien war gewiss jeden Preis wert.

In der Residenz des Präsidenten fand sie ein Badezimmer und ließ sich ein heißes Bad einlaufen. Das Ganze war eine schmutzige Angelegenheit gewesen – das Blut an ihren Händen konnte sie abwaschen, aber ihre von Spritzern bedeckte und getränkte Robe blieb ein furchterregender Anblick.

Deshalb wendete sie den dicken Stoff nach innen, um das Blut zu verbergen. Sie hatte vermutet, dass es merkwürdig aussehen würde, aber das Futter ihrer Robe war aus lavendelfarbener Seide, ein dezenter, gedämpfter Farbton, der ihr, wie sie feststellte, eigentlich viel besser gefiel als das grelle Violett.

Entscheidende Wendepunkte der Geschichte entwickeln ihre eigene Anziehungskraft, deshalb sah Marie sich, als sie ins Freie trat, einer kleinen, aber wachsenden Menschenmenge gegenüber. Das Tor war geöffnet, die Wachen waren verschwunden. Und fast jeder in der Menge hatte irgendein Gerät in der Hand, mit dem er diesen Moment als neuen Fixpunkt für die Nachwelt aufnahm, streamte und festhielt.

Marie wurde bewusst, dass sie sich keine Rede zurechtgelegt hatte, aber irgendwas musste sie sagen. Deshalb kamen die Worte, die sie sprach – Worte, die bald auf der ganzen Welt bekannt sein würden –, wirklich von Herzen.

»Was ich heute getan habe, ist meine Last und mein Geschenk«, erklärte sie der Menge. »Die Zukunft ist uneingeschränkt offen. Es könnte keinen helleren Tag geben. Lang leben wir alle!«

Vielleicht wäre der Thunderhead in der Lage gewesen vorauszusagen, was in der Folge geschah, Marie jedoch war es gewiss nicht. In den Wochen nach der Nachlese wurde ihre Tat überall auf der Welt kopiert. Monarchen, Diktatoren und Staatsoberhäupter von Nationen, die größtenteils nicht mehr existierten, wurden einer nach dem anderen nachgelesen, bis kein Einziger mehr übrig war. Nationen waren offiziell aufgelöst, die einzige Trennung war jetzt die nach Regionen. Alle waren gleich, niemand stand im Wettbewerb mit anderen. Kein »die« mehr, nur noch »wir«. Und bei jeder politischen Nachlese wurden dieselben Worte gesprochen.

»Die Zukunft ist uneingeschränkt offen. Lang leben wir alle!«

Der Thunderhead, der die Mechanismen von Leben und Tod grundsätzlich nicht kommentierte, hatte in typischer Untertreibung nur dies zu sagen: »Ich habe nicht darum gebeten, doch es wird meine Verwaltung des Planeten ein wenig leichter machen.«

Trotzdem konnte Marie die letzten Worte des Präsidenten nicht vergessen. Dass sie den Tag bereuen würde, an dem sie diese Entscheidung getroffen hatte. Sie fragte sich, wann der Moment kommen würde.

Bei Maries Ankunft zum Winterkonklave wartete derselbe junge Mann wie beim letzten Mal auf sie, um ihren Porsche zu parken. Offenbar hatte er entschieden, dass dies seine dauerhafte Berufung war. Als sie die Marmortreppe vor dem Kapitol von Fulcrum City erreichte, wandten sich alle Blicke in der Menge, die die Scythe-Prozession verfolgte, ihr zu, und die Menschen begannen zu flüstern. Das Getuschel erstarb jedoch schnell wieder. Andere Scythe bemerkten Marie, traten zur Seite und ließen ihr den Vortritt.

»Die neue Robe steht Ihnen, Scythe Curie«, sagte Scythe Vonnegut ohne Feixen und jeden Hauch von Ironie. Sie bedankte sich mit einem Nicken. Dann drehte sie sich zum ersten Mal auf den Stufen um, wandte sich der Menge zu beiden Seiten der Treppe zu und winkte den Menschen knapp zu, die sich offenbar bereitwillig von ihr verzücken ließen. Sie hatte gehört, dass man sie jetzt die »kleine Miss Mord« nannte, was sie sehr viel weniger ärgerte, als sie gedacht hätte. Es verlieh ihr eine Persönlichkeit, die sie motivierte, ihr zu entwachsen.

Es war seltsam, doch auch die anderen Scythe wirkten nicht mehr einschüchternd. Marie brannte darauf zu sehen, wie Michael sich ihr gegenüber verhalten würde. Vielleicht betrachtete er sie jetzt weniger als Schülerin und mehr als seinesgleichen. Ein Zusatzbonus ihrer berüchtigten Nachlese.

Als sie den äußeren Vorraum des Plenarsaals betrat, wo das üppige Konklavenfrühstück wartete, hörte sie, wie eine Scythe, die sie gar nicht kannte, zu einer anderen sagte:

»Ich habe keine Zweifel, dass sie eines Tages High Blade werden wird. Das Mädchen ist formidabel.«

Marie lächelte, denn endlich war auch ihre eigene Zukunft uneingeschränkt offen.

Kapitel 3: **Arbeite niemals mit Tieren**

Co-Autor Michael H. Payne

Scythe Fields hielt sich den Hotdog unter die Nase, atmete tief ein und wieder aus. »Oh, der Duft von gutem, scharfem Senf unter einem vollkommenen, tiefblauen Himmel!« Er drehte sich um und strahlte den Hot-Dog-Verkäufer an. »Es gibt doch nichts Besseres auf der Welt, Charles.«

»Ja, Euer Ehren«, seufzte Charles.

Dieser Charles war eine Trantüte. Fields hätte ihn schon vor Jahren nachgelesen, wären seine Hot Dogs nicht so phantastisch. Die Würstchen waren ganz gewöhnlich, das schon, aber der Kerl konnte die Dinger phänomenal zubereiten. Genau die richtige Menge Senf, Krautsalat – knackig, nicht pampig – und ein perfekt temperiertes Brötchen. Fields inhalierte den Hot Dog fast, dann klopfte er sich die Krümel von der goldbraunen Robe.

»Ich glaube, ich nehme noch einen.« Fields lehnte sich gegen den Wagen und beobachtete die Einwohner Oxnards, West-Merica, wie sie durch den Park am Meer flanierten – die Blätter warfen in der Meeresbrise flackernde Schatten über die grasbewachsenen Hügel und gewundenen Pfade. »Wenn doch nur alle Tage so sein könnten!«, sagte er und blickte Charles an, wartete auf eine Reaktion.

»Meistens sind sie das«, sagte Charles mit seiner düsteren Stimme. »Regen oder Wolken gibt's nur, wenn der Thunderhead es so bestimmt – also dann, wenn es die Leute wollen, vermute ich.«

Ein einfaches Nicken oder Lächeln, das hatte Fields ihm entlocken wollen – oder vielleicht sogar etwas Überschwänglicheres. Vielleicht eine ernst gemeinte Aussage, dass diese Stadt nur wegen Scythe Fields Bemühungen so wundervoll wäre – und *nicht* wegen des Thunderhead –, von dem Fields als Scythe ohnehin nichts hatte. Fields blickte finster drein, er war genervt, dass Charles ihn auf etwas Unschönes hingewiesen hatte. Fields merkte, wie seine Hand reflexartig nach dem Stockdegen griff, der an seinem Arm hing – ein Impuls, dem er sehr häufig nachgab.

Am häufigsten las er nach, wenn er sich über jemanden ärgerte – das hatten nachlässige Kellner, mürrische Teenager und unaufmerksame Haustierbesitzer in diesem Bereich der Küste in den letzten dreißig Jahren seiner Tätigkeit als Scythe am eigenen Leib erfahren müssen.

Aber so muffig Charles auch sein konnte, so angerührt war Fields von der Liebe, mit der er seine Arbeit verrichtete. Sogar jetzt sah man es an der Art und Weise, wie er das Würstchen ins Brötchen legte – wie ein Baby in die Wiege. Deswegen konnte Fields über seine vielen Fehler hinwegsehen.

Der Scythe schnappte sich den Hot Dog, obwohl Charles noch gar nicht fertig war. »Ich nehme auch noch einen dritten, wenn du so lieb wärst, Charles«, sagte Fields. »Ich versuche, ein paar Pfund zuzulegen, wie Xenokrates – der High Blade drüben in MidMerica.« Fields tätschelte den kaum sichtbaren Bauch unter seiner Robe. »Aber leider kann ich essen, was ich will, mein Körper arbeitet gegen mich.« Er nahm einen Bissen seines Hot Dogs und dachte nicht weiter darüber nach.

Ein leichtes Räuspern von Charles. »Sie könnten Ihre Naniten justieren lassen, Euer Ehren, dann nehmen Sie zu.«

Der Bissen wäre fast in die falsche Röhre gerutscht; Fields hustete, beugte sich nach vorne, stampfte mit dem Fuß auf, hatte seine Luftröhre wieder unter Kontrolle und schluckte angestrengt. »Und mich geschlagen geben?« Er richtete sich auf und schüttelte den Kopf. »Geist über Materie, Charles! *Das* ist das Leitprinzip, das diese Welt zu dem gemacht hat, was sie heute ist und –«

In dem Augenblick begann ein Hund zu bellen und zerstörte damit die ländliche Stille. Bei dem Geräusch zogen sich Fields' Eingeweide zusammen. Er konnte nicht mehr klar denken.

»Godfrey Daniels!«, rief er.

Er hatte nie herausfinden können, was es mit diesem Ausruf tatsächlich auf sich hatte, aber sein Historischer Patron hatte das immer gesagt, wenn er verzweifelt war, deswegen hatte Scythe Fields das damals ebenso übernommen wie dessen Namen. Er schnappte sich seinen Stockdegen – noch ein altertümliches Accessoire, das er aus seiner geliebten Sterblichkeitsära übernommen hatte – und wirbelte weg vom Wagen – bereit, demjenigen eine tödliche Korrektur zuteilwerden zu lassen, der es wagte, die elegante Ruhe zu stören, für die er so lange und hartnäckig gekämpft hatte.

Er hatte nichts gegen Hunde – er liebte Hunde. Aber genau wie Kinder sollten sie besser leise sein.

Als Kind hatte er selbst einen Hund gehabt und ihn heiß geliebt – doch Hundeleben waren kurz und die Kosten für die Wiederbelebung und das Zurücksetzen ihres Alters verdoppelten sich von Mal zu Mal. Und schließlich, wenn es zu kostspielig wurde, entschieden sich viele Leute dafür, ihre Haustiere gehen zu lassen. Fields nahm an, das diente auch der Kontrolle der Haustierpopulation – schließlich gab es keine Haustier-Scythe, die sie nachlasen –, und als Kind hatte er es grausam gefunden.

Als Scythe jedoch musste er für nichts bezahlen – auch nicht für ständige Haustierwiederbelebungen. Derzeit hatte Fields aber keinen vierbeinigen Freund. Sein letzter Hund, ein Cockerspaniel, war schwächlich gewesen, und die häufigen Ausflüge zum Revival-Zentrum des Tierheims, wenn sich das Viech immer wieder totenähnlich gemacht hatte, waren lästig geworden. Er hatte den Köter einfach zur Wiederbelebung abgegeben und nicht mehr abgeholt.

»Besorgt ihm ein schönes neues Zuhause«, hatte er zu den Menschen im Revival-Zentrum gesagt. »Vielleicht jemanden, der mehr Geduld für ein Tier aufbringt, das Unfälle nahezu magisch anzieht.«

Er wusste nicht genau, aus welcher Richtung das Bellen gekommen war, aber als er sich umdrehte, sah er einen Hund ohne Leine, der auf ihn zu trottete – daneben ein junges Paar, wahrscheinlich die Besitzer.

Das Tier hatte seidiges gräulich-weißes Fell, und Fields blieb stehen. Es war ein ziemlich schöner Hund. Er hielt den Kopf hoch, hatte die Brust nach vorne gereckt, seine buschige Ringelrute berührte den Rücken.

Fields freute sich, dass dieses Tier nicht der Kläffer war – es sah derart selbstbeherrscht aus, dass er es sich überhaupt nicht bellend vorstellen konnte. Als wäre das unter der Würde des Hundes. Das Geräusch ertönte erneut.

Dieses Mal entdeckte Fields eine jaulende Kreatur in Rattengröße weiter hinten auf dem Weg. Das Vieh wurde von einer Frau in einem neonpinken Outfit auf den Arm genommen, das noch schriller war als das Tier. Sie versuchte, den Köter zu verstecken.

Fields kannte die beiden. Der jaulende Hund war ein Spitz namens Tea Biscuit und seine Besitzerin eine Constance Irgendwas. Er hatte ihr im Laufe der Jahre etliche ernste Blicke zugeworfen, aber was war das hier? Diese krasse Störung seines harmonischen Mittagessens? *Alles* konnte sein freundliches Gemüt nun auch nicht ertragen.

Aber er könnte sich später um die Frau kümmern. Viel mehr

interessierte ihn dieses neue Paar und deren um Längen würdevollerer Hund.

Fields schlang den Rest seines Würstchens runter, stellte seinen Stock schwungvoll auf, dann ging er auf sie zu.

»Guten Tag!«, rief er, so jovial er konnte. »Ich hoffe, ich darf euch in Oxnard, dem schimmernden Juwel der WestMerikanischen Küste willkommen heißen.«

Das leichte Zucken, das ihre Gesichter verzerrte, war ein Effekt, den er überall hervorrief. Alle Scythe kannten das. Es war die Unterdrückung des menschlichen Kampf- oder Fluchtinstinktes, der immer dann ausgelöst wurde, wenn Menschen einen Scythe sahen.

Weil sowohl Kampf als auch Flucht jedoch eine Nachlese zur Folge hätten, hatten die Menschen gelernt, diesen Instinkt zu unterdrücken, obwohl er lautstark auf sich aufmerksam machte.

Ihre Reaktion nervte Scythe Fields, aber der Hund kläffte ihn nicht an, und deswegen blieb er freundlich. *Wirklich* ein außergewöhnliches Tier.

Fields lehnte sich vor und ließ die ringlose Hand vor der Hundenase baumeln, dabei strahlte er das junge Paar an. Die beiden wirkten tatsächlich jung, nicht wie so viele andere, die beim ersten Anzeichen einer Falte über den Berg kamen.

»Erlaubt mir, mich vorzustellen.« Er hätte seinen Hut gezogen, wenn er einen getragen hätte, aber ihm gefiel nicht, wie eine Kopfbedeckung sein Haar an den Schläfen platt drückte.

»Mein Name ist Fields, ich bin der örtliche Scythe und das Begrüßungskomitee. Ich freue mich immer, Neuankömmlinge willkommen zu heißen und sicherzustellen, dass sie verstehen, in welch kleiner und feiner Gemeinschaft wir hier leben. Seid ihr nach Oxnard gezogen oder seid ihr nur zu Besuch?«

Das Pärchen lächelte ein wenig nervös. »Es ist uns eine Ehre,

Sie kennenzulernen, Euer Ehren«, sagte der Mann. »Wir sind gerade aus der Region der Aufgehenden Sonne hierhergezogen.«

Nun, wo Fields es wusste, sah er die leicht PanAsiatischen Züge – nicht, dass ihm so etwas wichtig war. Es war schön zu wissen, dass seine kleine Stadt am Meer Menschen aus weit entfernten Gegenden anzog. Aber *zu* viele sollten es seiner Meinung nach nun auch nicht werden.

»Ich heiße Khen Muragami. Das hier ist meine Frau Anjali, und unser Shikoku hört auf Jian …«

»Großartig, einfach großartig«, sagte Fields, der die Namen der beiden schon wieder vergessen hatte. Den Hundenamen erinnerte Fields noch, er stieß ihm sauer auf, und er musste einfach die Lippen schürzen. »Habe ich richtig verstanden, dass ihr dieses edle Tier ›John‹ genannt habt?« Er schüttelte den Kopf. »Ich werde nie begreifen, warum Leute einem Hund einen profanen Menschennamen geben – und wenn ich nicht völlig falsch liege, ist dies ein weiblicher …«

Die junge Frau räusperte sich. »Entschuldigen Sie, Euer Ehren, aber sie heißt *Jian.*« In ihrem Gesicht zeigten sich gesunde Grübchen. »Unser Mädchen ist manchmal ganz schön anstrengend, deswegen ist ihr Name ein altes PanAsiatisches Wort für ein zweischneidiges Schwert.«

»Altes Wort?«, Fields Gesicht hellte sich auf. »Nun, ich bin ein ziemlicher Experte für die Sterblichkeitsära. Genau genommen war mein Historischer Patron einer der größten existenzialistischen Philosophen, der die vergangene Zeit in zwei Regeln konservierte, die ich auch in unserer modernen Welt passend finde. Die erste: ›Einen ehrlichen Mann kann man nicht betrügen‹ zeigt, wie das sterbliche Volk, das zufrieden lebte, sich niemals hat in die Irre führen lassen. Und die zweite: ›Gib einem Trottel nie eine faire Chance‹ rät uns, skrupellos mit denjenigen umzugehen, die vom Pfad der Tugend abkommen.«

Er legte sich die beringte Hand auf die Brust – eine aufrichtige Geste. »Wahre Worte, nach denen man leben sollte.« Er bemerkte, wie der Blick des Pärchens auf seinen Ring gerichtet war.

»Das ist wahr«, sagte der Mann, und sein Lächeln brachte ein paar mehr Zähne zum Vorschein als nötig. »Und wir danken Ihnen für die Begrüßung, Euer Ehren. Wir freuen uns darauf, Sie mal wieder in der Stadt zu treffen.«

»Mich kann man nicht verfehlen, nein. Einen schönen Tag euch beiden.« Dann beugte er sich etwas tiefer und schaute in die dunklen Augen des Hundes, die nicht blinzelten. »Dir auch, John.«

Er ging zurück zum Wagen, wo Charles den dritten Hot Dog für ihn zubereitet hatte. »Was für ein herrliches Tier. Es verdient auf jeden Fall einen passenderen Namen. Aber solche Dinge können behoben werden.«

Charles erstarrte fast hinter seinem Stand, und Fields konnte es ihm nicht verübeln.

Fields hatte seinen Beruf mit der Zeit natürlich lieben gelernt. Auch Goddard, dieser eloquente Scythe aus MidMerica, hatte ein paar wundervolle Maximen bezüglich der Beziehung eines Scythe zu seiner Arbeit vertreten. Wirklich bedauerlich, dass er vor einigen Monaten bei einer stümperhaften Tonisten-Nachlese so stark verbrannt wurde, dass keine Wiederbelebung mehr möglich war. Nun, vielleicht war der Verlust doch nicht *so* groß. Schließlich war Goddard *wirklich* nervtötend laut und schrill gewesen ...

Fields seufzte schwer. »Ich muss heute Abend Johns Familie einen Besuch abstatten – aber zuvor muss ich bei Constance und Tea Biscuit vorbeischauen.« Dann kicherte er, weil es natürlich nicht beim Vorbeischauen bleiben würde.

Constance Sowieso hatte es ihm nicht leicht gemacht. Als er in ihrer Wohnung ankam, packte sie immer noch ihre Taschen, obwohl sie das Vergehen, mit dem sie sich ihre Nachlese eingebrockt hatte, schon vor Stunden begangen hatte. Wenn sie ihre Flucht nur etwas sorgfältiger geplant hätte, hätte sie ihm viel Arbeit sparen können, aber nein.

Sie heulte vor der Nachlese hysterisch Rotz und Wasser, aber zumindest hatte sie Tea Biscuit in seine Transportbox gesperrt, bevor Fields seinen Stockdegen zog.

Johns Besitzer waren viel zuvorkommender. Sie nahmen die Nachlese einfach hin – obwohl sie immer wieder betonten, wie besonders John sei und dass sie sachkundige Besitzer benötigte.

Nach der letzten Nachlese gab es noch eine angenehme Überraschung. Fields hatte sein Gewehr mit dem Beruhigungsmittel geladen und schussbereit in seiner Robe verstaut, um es dem Hund zu verabreichen, aber das Tier zeigte wieder einmal seinen edlen Charakter. Die Hündin knurrte ihn nicht einmal an, als er ihr das alte Halsband mit der Hundemarke auszog und es durch ein neues mit neuen Marken ersetzte. Ein wirklich überraschendes Verhalten, wenn man bedenkt, welch belastendes Ereignis sie gerade miterlebt hatte. Aber, nun ja, man legte sich in diesen aufgeklärten Zeiten keinen Hund zum Schutz zu, oder?

»Du heißt jetzt Trixie«, erklärte er ihr und klimperte mit den Marken, die inzwischen um ihren Hals baumelten. Er gab Hündinnen, die er adoptierte, immer diesen Namen. Er hatte viel *Trixie*-Zubehör zu Hause – da wäre es doch Verschwendung, das Tier anders zu nennen. Außerdem fand Fields, dass sie wie eine Trixie aussah. Und so war die Entscheidung gefallen. Er leinte sie an, und sie folgte ihm recht demütig in seine Limousine. Tea Biscuits Hundebox stellte er allerdings in den Kofferraum, der das unerträgliche Gekläffe des Köters dämpfte.

Zehn Minuten später hielt er mit einem abrupten Ruck am Bordstein an. Hinzu kam, dass diese verfluchte Karre heute Abend den längstmöglichen Weg genommen hatte – er wurde sauer oder besser gesagt richtig wütend. Die fahrerlosen Fahrzeuge des Scythetums durften nicht das elektronische Verkehrsnetz des Thunderhead nutzen – und genau das machte sie zu einer riesigen Flotte Künstlicher Nicht-Intelligenz. Trotzdem war ein fehleranfälliges Auto einem menschlichen Chauffeur immer noch vorzuziehen. Fields verstand nicht, wie irgendwer sich so völlig in die Hände von anderen Menschen geben konnte.

Mit der Box von Tea Biscuit in der einen und Trixies Leine in der anderen Hand ging er zum Haupteingang des Tierheims und Tier-Revival-Zentrums in Oxnard. Nur Sekunden, nachdem er geklingelt hatte, öffnete eine Frau mit grauen Haaren, mit der Fields schon einmal zu tun gehabt hatte.

»Guten Abend, Dawn«, sagte er und bedauerte schon wieder, dass er keinen Hut ziehen konnte. »Immer schön, ein bekanntes Gesicht zu sehen.«

»Scythe Fields.« Dawn betrachtete den Mann und die beiden Hunde. »Diese Hunde sind ja lebendig. Sie sind also nicht wegen einer Haustierwiederbelebung hier?«

»Heute nicht, nein«, antwortete er. »Ich gebe die Töle in der Transportbox hier im Tierheim ab, wo Sie zweifelsohne eine strengere Besitzerin für sie finden als die vorherige. Und diese Schönheit hier« – er zeigte auf Trixie, die neben ihm saß, mit zurückgelegten Ohren und der Nase in der Luft – »werde ich selbst adoptieren. Ich vermute, wir erledigen den Papierkram an der gleichen Stelle wie sonst auch?« Er trat durch die Tür und eilte zum Empfangsschalter.

»Euer Ehren, als Scythe müssen Sie keine Formulare ausfüllen.«

»Ich muss auch keine Tiere hierherbringen, nachdem ich ihre Besitzer nachgelesen habe, und ich tue es trotzdem«, erklärte Fields. »Und ich muss Haustiere nach ihrer Wiederbelebung nicht zurückbringen, wenn sie sich als unwürdige Begleiter erwiesen haben, doch auch das mache ich. Weil ich mit dem Ausfüllen von Formularen und diesen anderen Nettigkeiten ein positives Beispiel abgebe. Ich muss mich zwar nicht an das Gesetz halten, ich *will* es aber.«

»Ja, Euer Ehren.« Sie nahm ihm Tea Biscuit aus den Händen, und Fields ging zur nächstgelegenen Computerkonsole. Als er näherkam, verschwand das freundliche Thunderhead-Interface und wurde von der einfachen, praktischen Bildschirmoberfläche ersetzt, die jeder Scythe sah, wenn er sich einem Bildschirm näherte. Er nahm die erforderlichen Formulare und machte sich an die Arbeit, während der neue Hund geduldig neben ihm wartete.

»Ich habe ein gutes Gefühl mit dem hier«, rief er Dawn zu, die immer noch dabei war, Tea Biscuit zu beruhigen.

Fields hatte in seinem Leben schon etliche Hunde erlebt, aber die Wahrheit lautete: Ein Mann von seinem Rang brauchte einen *besonderen* Hund, einen, den er noch finden musste, obwohl er doch bereits seit einer Ewigkeit suchte. Viele andere Hunde hatten eine unheimliche Tendenz zur Totenähnlichkeit, aber er vermutete, dass dieser hier ganz anders sein würde.

Als er die Adoptionsformulare ordentlich ausgefüllt hatte, verabschiedete er sich herzlich von Dawn und ging. Aber sobald er wieder auf der Straße stand, musste er feststellen, dass seine Limo verschwunden war. Er kramte mit einer Hand nach seinem Tablet, tippte es an und erfuhr, dass sein Auto zu Hause in der Garage stand und die Brennstoffzellen auflud.

»Godfrey Daniels«, murmelte er. Wenn man doch bloß unbelebte Objekte nachlesen könnte!

Er atmete ein und versuchte, sich zu entspannen. Es war doch sinnlos, sich so über eine Maschine zu ärgern. Außerdem war der Abend schön, und die Stadt war für ihre Ruhe bekannt, vor allem nach Einbruch der Dunkelheit, wenn bloß noch Widerlinge draußen umherstromerten. Für solche Leute hatte er nichts übrig, und das hatte er mit seinen Nachlesen so deutlich wie möglich gemacht. Nicht dass er sich auf eine bestimmte Gruppe eingeschossen hatte, natürlich nicht – aber einige Exempel, so hatte er gedacht, könnten für Gerüchte sorgen und einen Eindruck vermitteln, der aber nicht so deutlich nachweisbar war, dass er mit High Blade Pickford und ihren Statistikmitarbeitern Probleme bekäme.

Fields lächelte den Hund an, der zu seinen Füßen saß. »Komm, Trixie«, sagte er so überzeugend wie möglich. »Wir machen einen hübschen kleinen Spaziergang und lernen uns besser kennen.«

Beim Gespräch mit Tieren, das wusste er, ging es um Stimmlage und Körpersprache. Aber das hieß nicht, dass die – wenn auch sehr einseitige – Unterhaltung inhaltsleer war. Fields musste sogar zugeben, dass ihm die Einseitigkeit gefiel. Gut erzogene Hunde erlaubten ihm zu reden, ohne dabei die Angst zu verspüren, er könne unterbrochen, abgelenkt oder überhaupt in Frage gestellt werden.

»Du wirst bestimmt bald verstehen, Trixie, dass du von deinem Onkel Bill nichts zu befürchten hast, und ich bin mir sicher, dass wir bald dicke Freunde und treue Begleiter werden.«

Die Ohren des Hundes schnellten nach vorn, und die Hündin gehorchte ihm pflichtbewusst ... aber ihre Ausdruckslosigkeit war irgendwie seltsam ... Sie hatte keine Angst, offenbar wollte sie ihm auch gar nicht gefallen. Fields wusste nicht, was er davon halten sollte. Doch er gestand sich ein, dass er eine zurückhaltende Reaktion besser fand als jaulen oder bellen oder sich auf ihn stürzen, wie es einige seiner früheren Schützlinge in den ersten gemeinsamen Momenten getan hatten.

»Ein schöner Spaziergang durch die Straßen deiner neuen Heimatstadt«, sagte er. »Das sollte dich aufheitern.«

Der Hund antwortete nicht, natürlich nicht.

Fields hatte gute und weniger gute Erinnerungen an den Hund aus seiner Kindheit, damals, als er noch der kleine Jimmy Randell war. Towser war ein kräftiger und willensstarker Malamute gewesen – und der kleine Jimmy, so hatten es die Eltern entschieden, sollte sich weitestgehend allein um ihn kümmern. Das hätte er auch gern gemacht, wäre er selbst ein wenig älter und kräftiger gewesen.

Towser war ein versierter Ausbrecher und konnte sich geschickt von Jimmy losreißen. Das Leben des armen Hundes wurde schmerzhaft unterbrochen, als Towser auf der anderen Straßenseite eine Malamute-Hündin entdeckte. Er flitzte auf die Straße und wurde direkt von einem Auto überfahren. Jimmys Eltern belebten Towser wieder, beschwerten sich aber über die Kosten und erteilten ihrem Sohn eine strenge Rüge.

»Ein Hund muss seinen Platz kennen«, erklärte ihm sein Vater wieder und wieder. »Ein Hund will wissen, wo er steht. Sobald er weiß, wer der Rudelführer ist, ist er glücklich und erleichtert.«

Von da an war Jimmy strenger mit Towser und wickelte sich die Leine doppelt ums Handgelenk, wenn er mit ihm Gassi ging. Anfangs funktionierte das, bis der Hund eines Abends einen Waschbären sah, der über die Straße wackelte. Towser rannte schon wieder los. Diesmal riss er Jimmy mit sich auf die Straße, wo beide von einem Truck totenähnlich gemacht wurden.

Und der Waschbär verschwand spurlos – so sind Waschbären eben.

Nach Jimmys Wiederbelebung wurde er erneut gescholten und bekam Towser nicht zurück. »Wir haben ihn wiederbelebt und auf eine Ranch geschickt«, hatte ihm sein Vater erklärt. »Dort hat er ein verantwortungsvolleres Herrchen«, fügte er hinzu, um noch einmal nachzutreten.

Doch als Jimmy älter wurde, vermutete er, dass es sich um eine Lüge gehandelt und sie Towser einfach tot gelassen hatten, weil der Preis für Haustierwiederbelebungen immer weiter gestiegen war. Dass er ihn womöglich wegen Towsers Tod angelogen hatte, war einer von vielen Gründen, die es Fields recht leicht gemacht hatten, das Schwert in der Brust seines Vaters zu versenken – damals, vor drei Jahrzehnten, bei seiner Abschlussprüfung. Sein Vater wurde natürlich wiederbelebt, hat es ihm aber nie verziehen.

Fields vermutete, darin lag der Sinn der Prüfung: junge Scythe emotional von ihren Familien abzunabeln. Allerdings verspürte Fields auch zu den meisten anderen menschlichen Wesen eine Distanz. Bei Haustieren war es etwas anderes. Ihre Liebe war bedingungslos – und er war sich sicher, dass er Trixie dazu bringen konnte, ihn zu lieben.

Auf dem Nachhauseweg in dieser Nacht ließ Fields Trixie an den Bäumen und Beeten am Wegesrand schnüffeln, bis sie bei seinem Haus am Strand ankamen. Es war groß, aber nicht protzig. Ein grasbewachsener Innenhof mit Dahlien- und Primelbeeten und drei Ficus-Bäumchen, die ganz pittoresk Schatten spendeten – und zugleich war der Hof groß genug, um einem mittelgroßen Hund wie Trixie ein wenig Auslauf zu bieten. Das Haus selbst hatte drei Stockwerke und war geschmackvoll in Grau und Weiß gestrichen. Diese Farben hatte Fields inoffiziell, aber sehr nachdrücklich in der Gegend durchgesetzt.

Er drückte das vordere Tor auf und war voller Vorfreude.

»Komm schon, Trixie«, sagte er und trat durch das Tor, »ich zeige dir alles.«

Dieses Mal gehorchte sie nicht, die Leine spannte sich in Fields Hand. Er drehte sich in dem leicht orangefarbenen Licht der Straßenlaterne an der Ecke um und sah nicht den Hauch eines Schwanzwedelns. Sie schnupperte allerdings, mit leicht in die Höhe gerecktem Kopf, und ihre Nase zeigte zum Haus.

»Du bist vorsichtig.« Fields nickte. »Das ist in einer neuen Situation ein bewundernswerter Charakterzug.« Er zog etwas fester an der Leine. »Aber jetzt reicht es. Komm mit rein.«

In einer Sache hatte sein Vater recht gehabt: Hunde mussten wissen, wer der Alpha war. Wenn sie ihren Platz in der Rangordnung kannten, fühlten sie sich sicher. Weniger ängstlich. Auch wenn das Rudel nur aus zwei Wesen bestand. Er machte sich außerdem Sorgen, dass irgendwo wieder ein Waschbär lauerte. Diese Kreaturen drangsalierten ihn seit jenem unschönen Vorfall mit dem Truck. Er wollte auf keinen Fall, dass Trixie sich wegen so einem Viech aufregte, noch ehe sie eine Pfote in sein Haus gesetzt hatte.

Glücklicherweise folgte sie ihm den Weg entlang zur Terrasse und dann in den Flur, ohne dass er noch weiter an ihr zerren musste. Er schloss rasch die Tür hinter ihnen, schaltete das Licht an und leinte Trixie ab.

»Onkel Bill räumt nur kurz seine Sachen weg, dann zeigt er dir das Haus.«

Weil er das Gewehr mit dem Beruhigungsmittel nicht hatte benutzen müssen, entlud er es einfach und stellte es in den Ständer in seinem Waffenschrank gleich hinter der Tür. »Wenn alle Dinge einen Platz haben, findet man alles direkt wieder.«

Er schloss den Schrank und drehte sich um, erwartete, dass sie am Boden schnüffelte oder am Teppich oder an den Vorhängen im Wohnzimmer. Stattdessen stand sie immer noch genau dort, wo er sie abgeleint hatte, und betrachtete ihn.

Ihr Blick war nun noch undurchsichtiger – er hätte ihn fast schon als nachdenklich bezeichnet, wäre sie kein Hund gewesen –, doch sie schreckte nicht zurück, knurrte nicht, bellte nicht und sprang ihn auch nicht an, um sich dann mit ihren Pfoten an seinem Bauch abzustützen oder etwas ähnlich Unerzogenes zu tun.

»Sehr gut.« Fields tätschelte ihr den Kopf, und ihre Nichtreaktion kam ihm seltsam vor, allerdings fand er zu überschwängliche Hunde wie gesagt auch etwas abstoßend. »So ein gutes Mädchen«, sagte er, um es sich auch selbst ein wenig einzureden. »Dann gehen wir am besten zuerst in die Küche, nicht wahr?«

Er zeigte ihr die Schüsseln, in die der Name *Trixie* graviert war – er hatte auch noch welche mit der Aufschrift *Rex* sowie dazu passende Halsbänder und Marken –, falls er bei Gelegenheit noch einmal einen Rüden adoptieren sollte.

Sie schnüffelte daran, schlabberte einen Schluck Wasser, aber alles andere interessierte sie nicht; selbst als er eine alte Schachtel mit Leckerchen von der Vorgänger-Trixie aus dem Schrank holte und sie grinsend vor ihr schüttelte, neigte sie nur ganz leicht den Kopf.

»Hast du noch nie Hundekuchen gesehen?« Fields schüttelte die Schachtel noch einmal. »Leckerchen? Kekse? Fressi-Fressi?« Er wusste nicht, wie man diese Dinger noch bezeichnen konnte, aber weil Trixie auf gar nichts reagierte, war es eh sinnlos. »Haben die dir denn gar nichts beigebracht?« Er öffnete die Schachtel, nahm ein Leckerchen raus und hielt es ihr hin. »Hier, Mädchen. Bitte schön.«

Kaum merklich neigte die Hündin den Kopf in die andere Richtung.

Ganz kurz überlegte er, ob er selbst mal reinbeißen sollte, um es ihr zu zeigen, aber stattdessen dachte er weiter über seine Frage nach: Was hatten die früheren Besitzer ihr beigebracht? »Sie haben dich sicher etwas fangen lassen!« Und er warf ihr den Hundekuchen ganz gezielt links neben die Schnauze.

Sie fing ihn nicht nur nicht, sie wich nach rechts aus, und das Leckerchen fiel auf den Fliesenboden in der Küche.

Fields war zunehmend glücklicher, dass er die ehemaligen Besitzer aus dem Weg geschafft hatte, und stellte die Schachtel zurück in den Schrank. »Morgen fangen wir an, dich zu erziehen«, informierte er sie und als er sich umdrehte, entdeckte er, dass das Leckerchen nicht mehr auf dem Boden lag.

Er atmete tief aus. »Nun, zumindest erkennst du etwas zu fressen, wenn du es siehst.« Nickend ging er durch die Küche und stieß die Tür zum Esszimmer auf. »Komm schon, Trixie, Komm schon.« Diese Worte schien sie zumindest zu erkennen …

Im Esszimmer zeigte er ihr die Hintertür mit der Hundeklappe, durch die sie hinausgehen konnte, wenn sie sich erleichtern musste, dann öffnete er die Tür, um ihr den seitlichen Hof zu zeigen. In ihrem Alter *musste* sie einfach stubenrein sein – über eine andere Möglichkeit wollte er gar nicht nachdenken – und führte sie vom Esszimmer in den Flur und zur Treppe.

Im ersten Stock präsentierte er ihr sein Büro und ihr Hundekissen auf dem Boden, gegenüber vom Schreibtisch. »Während ich mich um die wichtige Arbeit kümmere, die mir anvertraut wurde, kannst du treu ergeben neben mir liegen.«

Er eilte wieder in den Flur, nahm die Treppe in die zweite Etage und zeigte mit seinem Stock auf ihr Hundekissen neben seinem Bett sowie auf seine Sammlung alter Videokassetten und einen altmodischen großen Fernseher. »Hier kannst du dich abends ausruhen.«

Sanft klopfte er auf ihr Bett, und sie schien ihn zu verstehen, weil sie ein paar Schritte nach vorn machte und sich draufsetzte. Bei dem Ding handelte es sich um das beste Hundebett auf dem Markt. Es war von höchster Qualität und so gemütlich, dass sein Bett nie eine Verlockung für sie darstellen würde. Natürlich würde sie das mal ausprobieren – aber Zeit, Training und Disziplin würden ihr zeigen, was erlaubt war und was nicht.

Und dann bellte Trixie.

Es war das erste Geräusch, das sie in seiner Anwesenheit von sich gegeben hatte. Es hörte sich sanft an und war sehr kurz, sie starrte auf das Fenster, aus dem man bei Tageslicht eine wunderschöne Sicht aufs Meer hatte. Französische Türen führten auf eine Terrasse, die er selten benutzte – zu dieser Tür lief Trixie jetzt, mit gesenktem Kopf und aufgestellten Nackenhaaren.

Fields starrte sie an. »Was ist denn los, Mädchen?« Dort draußen konnte eigentlich nichts sein, was einen Hund interessierte ... außer vielleicht Vögel oder Katzen oder – »Waschbären?«

Sie rannte nun durchs Zimmer zur Tür, knurrte, und Fields presste die Lippen aufeinander. Sprangen diese kleinen Biester tatsächlich schon wieder durch die Bäume und Gebüsche neben seinem Haus?

Es gab nur eine Möglichkeit, das herauszufinden.

Rasch ging er zu Trixie; er riss die Tür auf, rannte auf die Terrasse und schrie: »Ha!«

Er hörte kein Huschen oder Quietschen, aber Trixie schnellte direkt zum Geländer. Mühelos stellte sie sich auf die Hinterbeine, stützte die Vorderpfoten auf dem Geländer ab, und weil sie so aufgeregt nach unten schaute, war Fields sicher, dass sie Beute entdeckt hatte.

»Was ist los, Mädchen?« Fields lief neben sie, lehnte sich

halb über die Reling und wollte das Biest bei dem erwischen, was Waschbären eben so machen, aber dann bewegte sich Trixie, bellte und versuchte, sich zwischen ihn und das Geländer zu quetschen.

»Was zum Teufel machst du …?«, setzte er an und trat einen Schritt zurück. »Fuß, Trixie! Fuß!«

Das war genau der falsche Befehl gewesen, wurde ihm klar, nachdem er ihn ausgesprochen hatte – denn der Hund bewegte sich genau dorthin, wo er seinen Fuß hinstellen wollte. Trixie jaulte auf, und weil er sich nicht mit seinem gesamten Gewicht auf sie stellen wollte, machte er einen Satz zur Seite und schlug mit dem Oberschenkel gegen das niedrige Geländer. Ihm wurde schwindelig, sein Gleichgewicht verlagerte sich, die Schultern fielen nach vorn, und ehe er sichs versah, war er hinübergekippt, die Steinplatten der hinteren Terrasse stürzten auf ihn zu.

»Godfrey Daniels!«, rief er noch, dann durchfuhr ihn ein schmerzhaftes Knacken, und alles wurde dunkel.

Fields blinzelte triefäugig und rieb sich den Kopf. Als er weiterblinzelte, erblickte er geschmackvoll verzierte Holzdecken mit samtenen Wandbehängen in gedämpftem Violett. Er stemmte sich auf einen Ellbogen, und als er erneut blinzelte, erblickte er eine viel zu muntere Frau in Weiß.

»Schönen Nachmittag, Scythe Fields!« Ihre Augen funkelten so sehr, dass ein normal sterblicher Mann ein Aneurysma bekommen hätte. »Es ist mir eine große Ehre, Ihnen bei Ihrer Wiederbelebung zur Seite zu stehen – es ist erst Ihre zweite, wie ich gelesen habe!«

»Was reden Sie da?«, hörte Fields sich sagen und schloss rasch den Mund.

Die Stimme, die aus ihm rauskam – die *Wörter*, die aus ihm rauskamen –, klangen nicht nach ihm. Ähnlich, ja, das schon, aber nicht auf eine gute Art. Mehr auf eine Art, die er viel lieber vergessen hätte. Obwohl sein Gehirn wie Moder war, versuchte er, sich eloquent auszudrücken. »Wären Sie so lieb und sagen mir, was passiert ist?«

»Das zu wissen ist nicht unsere Aufgabe.«

Das Leuchten der Frau verblasste ein wenig, aber Fields hatte den Eindruck, er müsste bei ihrem Anblick dennoch blinzeln.

»Ich weiß nur, dass Sie von Drohnen hergebracht wurden und wir unsere Arbeit erledigt haben. Scythe Conan Doyle vom Büro des High Blade war allerdings gestern hier und meinte, er hätte am Tatort keine Anzeichen für ein Verbrechen entdeckt.«

»Tatort?« Noch mehr Erinnerungen kamen zurück. »Trixie!«, rief er und sprang auf die Füße.

Lichtreflexe flimmerten vor seinen Augen, da packte die Schwester ihn auch schon fest am Oberarm.

»Vorsicht, Euer Ehren!«

»Lassen Sie mich los!« Schwindel erfasste ihn, und er sprach so weinerlich und affektiert wie ein kleiner Junge – er kam nicht dagegen an. »Ich und mein Hund haben Waschbären gejagt, dabei bin ich gestolpert und hingefallen!«

»Sir?« Der Druck ihrer Hand ließ nach. »Waschbären?«

Die Miesepetrigkeit, die ihre Frage in ihm hervorrief, ließ ihn nicht klarer sehen, aber sorgte dafür, dass er sich etwas mehr wie er selbst fühlte – wie die Version seiner selbst, die stolz den Namen Fields trug. Er räusperte sich. »Ja, Madame! Waschbären!« Ein tiefer Atemzug half ihm, sich zu fokussieren, sowohl auf die Zimmerwand als auch auf den Menschen, der er sein sollte. »Wilde kleine Teufel! Haben uns im Rudel angegriffen wie kleine Wölfe! Wie Bärenmarder, diese ganze Truppe!«

Noch ein Atemzug und er konnte sich zur Krankenschwester umdrehen und war fast wieder der alte Großkotz. »Wenn Sie so lieb sein könnten, mir mitzuteilen, was aus meiner treuen

Hündin geworden ist? Dann würde ich sie direkt abholen.« Er zwang sich zu einem Lächeln. »Meinen Hund holen. Eine ziemlich lustige Bemerkung, wenn es ein Apportierhund wäre.«

Der Gesichtsausdruck der Schwester war nun nahezu ausdruckslos, und Fields fand das besser als diese Hektik, die sie zuvor ausgestrahlt hatte.

»Ihren ... Hund?«, fragte sie, und Fields musste wieder lächeln, weil nun sie bemerkte, dass sie aus dem Konzept gebracht war.

»Also, Sie sind seit anderthalb Tagen hier ... also ... vermute ich, dass die Hündin im Tierheim ist.«

»Exzellent!« Fields Blick fiel auf einen Tisch hinter ihr, und sein Lächeln wurde breiter, sein Stockdegen und das Tablet lagen dort. »Ganz exzellent!« Er ging um die Krankenschwester herum, schnappte sich seine Habseligkeiten und schritt weiter in Richtung Tür.

»Sir?«, rief sie ihm hinterher. »Vielleicht sollten Sie sich ein wenig ausruhen? Wir haben wirklich gutes Eis, wenn Sie ...«

»Brauch ich nicht!« Mit jedem Schritt spürte er, wie seine Bonvivant-Persönlichkeit wieder in ihn zurückströmte. »Ich bin mir sicher, dass ganz Oxnard vor lauter Sorge um mich völlig neben sich steht, deswegen sollte ich schnell aufbrechen.« Er grüßte sie – wieder ganz der Alte – mit seinem Stock, lief durch den Gang in ein Foyer und trat ins Freie. Der Nachmittagshimmel war blau, und es wehte eine leichte Brise.

Das Tierheim war nur einen Block entfernt, und Fields eilte direkt zum Noteingang, dann wurde ihm klar, dass es noch ganz regulär geöffnet war – andere Leute warteten darauf, dass sie drankamen.

Fields machten die paar Formulare nichts aus, Warten war allerdings absolut nicht seine Stärke. Er ging an der Schlange vorbei, und natürlich traute sich niemand, etwas zu sagen.

Der kleine Empfangsbereich sah genauso aus wie während seines nächtlichen Besuchs, aber er blieb abrupt stehen, als er Dawn hinter dem Tresen sitzen sah. Er hatte gehofft, jemand anderes hätte Dienst – es war ihm peinlich, dass er Trixie so kurz nach der Adoption schon wiederbeleben lassen musste.

»Euer Ehren!«

Sie sprang auf, das verhaltene und dennoch aufrichtige Lächeln auf ihren Lippen traf Fields viel mehr als das überbreite, leicht künstliche Lachen der Schwester im Revival-Zentrum.

»Ich wusste nicht, wann Sie entlassen werden würden.« Sie ging zum Ende des Tresens, dann berührte sie etwas, das klickte, und der ganze Bereich öffnete sich. »Aber ich habe hier jemanden, der sich sehr freuen wird, Sie zu sehen!«

Trixie lag ausgestreckt auf dem Boden hinter dem Tresen, und Fields bereitete sich – mehr oder weniger resigniert – auf das unvermeidliche Bellen, Anspringen und Abschlabbern vor –

Doch Trixie hob nur den Kopf und blickte ihn an.

Fields' Herz schien ihm gegen die Rippen zu drücken. Dass dieses Tier schon so genau wusste, wie es auf ihn reagieren sollte, obwohl sie sich doch noch gar nicht so lange kannten …

»So ein exzellenter Hund«, brachte er hervor.

»Sie ist sehr gut erzogen«, sagte Dawn. »Ich habe nicht die leiseste Ahnung, *wie* man sie trainiert hat. Aber sie ist hier gestern Abend aufgetaucht, nicht lange, nachdem Sie sie mitgenommen haben, und als ich im Amt für Scythe-Angelegenheiten angerufen habe, meinte man dort, Sie seien im Revival-Zentrum.«

Weil Fields als Erwachsener noch nie eine Wiederbelebung erlebt hatte, wusste er nicht, ob sein Gefühlssturm eine Nachwirkung des Procederes war oder nicht. Aber er konnte auch nicht leugnen, dass der Gedanke an diese nahezu Fremde, die sich um Trixie kümmerte, während er verhindert war, ihm den Hals zuschnürte und seine Augen feucht werden ließ.

»Dawn, meine Liebe?« Er hielt ihr den Ring hin. »Ich kann Ihnen nicht genug danken.«

Sie riss die Augen auf. »Immunität, Euer Ehren?« Zögerlich ging sie auf ihn zu.

»Sie haben es sich verdient.«

Er versuchte, nicht zusammenzuzucken, als sie sich hinkniete, um seinen Ring zu küssen. Zum Glück war ihr Kuss nicht feucht. Fields hatte während der ganzen ekelerregenden Prozedur seine Aufmerksamkeit auf Trixie gerichtet.

Sie hatte sich inzwischen hingesetzt und ließ die Zunge raushängen – ein Hundelächeln, dachte Fields.

»Mein gutes Mädchen«, sagte er und klatschte in die Hände, als das rote Licht seines Rings anzeigte, dass Dawn sich endlich wieder entfernt hatte. »Wenigstens haben wir diese Waschbären verscheucht, nicht wahr, Trixie?«

Die Hündin sah nun noch vergnügter aus. Strahlend bückte sich Fields, nahm das Ende ihrer Leine und ging zur Tür. »Ich bin Ihnen auf ewig dankbar, Dawn«, rief er, »oder zumindest ein Jahr lang.« Er schaute sich um und winkte ihr wie immer unbeschwert mit seinem Stock zu, aber Trixie zog etwas stärker an der Leine, als er erwartet hatte, deswegen stolperte er kurz, dann hatte er sein Gleichgewicht wiedergefunden.

Zum ersten Mal seit seiner Wiederbelebung atmete er unbeschwert ein. »Zum Park, denke ich mal, oder Trixie?«

Sie lief nun neben ihm her, hatte die Ohren aufgestellt und den Blick nach vorne gerichtet – zweifellos auf der Suche nach Übeltätern.

Fields nickte zustimmend und sprach weiter: »Ich bin sehr gespannt, wie du Charles' wunderbare Hot Dogs findest.«

Als Fields mit seiner treuen Begleiterin die Straße entlangging, verflog der letzte Rest der schüchternen Unsicherheit, die seine Gedanken beim Erwachen getrübt hatte. Er hatte diesen schwachen, verschreckten Jungen schon vor Jahren hinter sich gelassen, und wenn er sich vorstellte, dass so eine Kleinigkeit, wie totenähnlich zu werden, diesem Teil seiner selbst den Rückweg ebnete ... Er presste die Lippen aufeinander.

Aber der Tag war viel zu schön für derart morbide Überlegungen. »Ja, tatsächlich«, sagte er und stolzierte fast schon, während er den Menschen zunickte, die ihm und Trixie auf dem Bürgersteig Platz machten. »Wie reizend.«

An der Uferpromenade bogen sie rechts ab, und der salzige Meeresduft brachte Fields auf die Idee, eine kleine Yacht zu mieten, um den Sonnenuntergang zu bewundern. Vielleicht steckte auch ein wenig Wasserhund in Trixie?

In diesem Moment schnüffelte sie an den Laternen und Blumenkübeln, genauso wie es Fields gefiel: Sie behinderte weder sein Vorankommen, noch zwang sie ihn zur Eile. Und als sie im Park ankamen, nahm er den Hot Dog, den Charles ihm gegeben hatte, und beugte sich zu Trixie, um ihn ihr anzubieten, da schoss sie hoch, riss ihm das Ding aus der Hand und hätte ihm dabei fast in die Finger gebissen.

Fields strahlte sie an. »Sie hat es wie ein wahrer Connaisseur verschlungen, findest du nicht, Charles?«

»Ja, Euer Ehren«, antwortete der Mann mit seinem typischen jammernden Bariton, aber glücklicherweise hielt er ihm sofort ein neues perfektes, senfbedecktes Exemplar seiner Kochkunst hin, und Fields vergab ihm mal wieder alles.

Nach einem zweiten Hot Dog für Trixie und einem dritten für sich selbst verließ Fields den Park und eilte nach Downtown. »Generell mache ich mir nicht viel aus der hektischen Stadt«, erklärte er Trixie – und jedem anderen, der es in den Häuserreihen zwischen dem Wasser und den Geschäftsfassaden, die so gern idyllisch gewesen wären, hören wollte. »Aber als Scythe hat man immer zu tun.«

Nachdem er sich selbst Abendessen geholt hatte – und für Trixie verschiedenste Hundefutteroptionen –, notierte er sich einige Menschen, die er bald nachlesen würde, dann ging er nach Hause.

»Ein ziemlich ereignisreicher Tag, Trixie«, sagte er, während er die Vordertür aufstieß. »Wie wäre es, wenn wir es den Rest der Woche ruhig angehen lassen, hm? Und nicht weiter auf die Jagd gehen.«

Sie blickte abrupt zu ihm auf, aber ihr hing weder die Zunge raus, noch hatte sie die Ohren aufgestellt, noch funkelten die Augen – sie war völlig ausdruckslos, und das ließ Fields erschaudern.

Er schüttelte den Kopf. Wahrscheinlich war er immer noch benebelt von der Prozedur.

In der Küche warf er jeweils einen Löffel aus jeder Hundefutterdose in ihren Napf.

Sie verschlang alle gleich genussvoll – oder eben nicht genussvoll. Ihre Rute bewegte sich kaum, während sie die Bröckchen schluckte – nichts, was er als Schwanzwedeln bezeichnet hätte, ganz sicher nicht –, und außerdem hatte sie auch die Ohren nicht merklich aufgestellt.

In einem ersten Impuls fragte er sich, ob sie es mit den Hot Dogs übertrieben hatte, aber beim nächsten Gedanken musste er lächeln. »Keine mäkelige Fresserin! Noch eine exzellente Eigenschaft eines Hundes!« Er kippte den Rest aus einer der Dosen in die Schüssel und stellte die anderen in den Kühlschrank. »Für morgen, dann.«

Das leise Schmatzen, während sie auffraß, hörte er noch an der Spüle am anderen Ende der Küche. »Es gibt wenig, was ich so nervtötend finde wie Divengetue«, sagte er und war wieder einmal froh über ein Publikum, das nicht antwortete und dem er seine Gedanken vortragen konnte. Er füllte Trixies Wassernapf und stellte ihn zurück in ihre Ecke. »Menschen, die ständig im Mittelpunkt stehen wollen und dabei unverschämte Forderungen stellen oder sich irgendwie besser oder wichtiger als der Rest von uns finden.« Er stellte die Schüssel ab, richtete sich wieder auf und schüttelte den Kopf, ehe er bemerkte, dass sie erneut zu ihm aufblickte.

Ganz kurz dachte er: *Etwas schlummert in diesem Blick, in diesen dunklen Augen.* Aber dann wandte sie sich ab, senkte den Kopf, um aus ihrem Wassernapf zu trinken.

»Äußerst außergewöhnlich«, murmelte er. »Meine Wiederherstellung aus dem totenähnlichen Zustand ist ganz eindeutig unvollständig.« Er zog die Schultern nach hinten, öffnete den Kühlschrak und nahm eine Dose seines Lieblingsgetränks raus – Traubenlimonade – eine Verbindung zu seiner Kindheit – oder, besser gesagt, eine bittersüße Trophäe, dass er sie überlebt hatte.

Mit einem Knall öffnete er die Dose und prostete Trixie zu. »Ein Mann und sein Hund.« Er nahm einen großen Schluck, atmete aus und zeigte auf die Küchentür. »Jetzt, wo wir unseren ersten bedauerlichen Unfall hinter uns haben, sollten wir unseren ersten ganz normalen Abend miteinander verbringen.«

Sie folgte ihm so leise nach oben, dass er sich mehrfach umschauen musste – war sie überhaupt da? Am ersten Stock ging er einfach vorbei, direkt ins Schlafzimmer, drückte auf den Lichtschalter an der Wand neben der Tür, ging hinein, um Trixie auf ihr Kissen zu schicken …

Aber die Hündin lief schon durchs Zimmer, legte sich auf den goldenen Veloursstoff und ließ den Kopf auf die Vorderpfoten sinken.

Sie sah so entspannt aus, dass Fields noch einen Schluck

Traubenlimo trinken musste, damit die Enge in seiner Kehle verschwand. »Ein Junge und sein Hund«, sagte er. Hatte er *Junge* gesagt? »Ein Mann, meinte ich«, obwohl er sich nicht vor Trixie korrigieren wollte.

Er ging zum Bett, trat sich die Schuhe von den Füßen, sank in die Kissen, schnappte sich die Fernbedienung von ihrem Platz unter der Lampe auf dem Nachttisch – nach diesem herausfordernden Tag war ein Film seines Historischen Patrons genau das Richtige! Er drückte auf den Einschaltknopf und schlief schon während des Vorspanns ein.

Ein Rumpeln ließ ihn blinzeln, und er blinzelte noch einige Male, ehe er realisierte, dass ihn Dunkelheit umgab. Ja, er nickte häufig ein, sobald er sich vor einen Bildschirm setzte, aber warum war der Fernseher aus? Warum brannte das Licht nicht mehr? Und warum, fügte er zu seiner Liste innerer Fragen hinzu, hielt er die Fernbedienung nicht mehr in der Hand?

Er war immer noch nicht richtig wach, setzte seine nackten Füße auf den Teppich – ein unangenehmes *Platsch* ertönte –, stand auf und ging einige Schritte in Richtung Lichtschalter neben der Tür. Mit jedem Schritt wurde es seltsamerweise kühler und nasser.

Was war denn hier passiert? War im Badezimmer ein Rohr geplatzt? Er schaute in Richtung Bad, konnte aber natürlich nichts sehen. Verärgert presste er die Lippen aufeinander. Er und Trixie mussten vielleicht seinen Stock unten aus dem Schrank holen und mal beim Klempner vorbeischauen.

Dann wurde ihm klar, was den Knall verursacht hatte, der ihn aufgeweckt hatte. Er drehte sich um: In dem Schatten neben seinem Bett sah er, dass seine Nachttischlampe auf den Boden gefallen war. Er streckte den Arm aus und berührte den Lichtschalter.

In dem Moment, als das Licht anging, durchfuhr ihn ein starker Schmerz – und in der grellen Beleuchtung sah er frei liegende Kabel von der kaputten Lampe, die auf dem pitschnassen Teppich lagen.

»Godfrey ...«, konnte er gerade noch zwischen den zusammengebissenen Zähnen hervorpressen, dann schaltete ein weiterer Stromschlag jegliche Gedanken aus.

Dieses Mal wachte er nicht sofort wieder auf. Er schien nur zu bemerken, dass sein Blick auf eine hübsche Decke mit Intarsien gerichtet war: dieselbe hübsche Decke mit Intarsien, auf die er bei seinem letzten Erwachen im Revival-Zentrum geblickt hatte.

»Irgendwas stimmt nicht«, hörte er sich sagen. Dann blieben ihm die Worte im Hals stecken, er hustete, schluckte, räusperte sich und schluckte noch mal, damit sogar die Erinnerung an diese Worte verschwand. Schließlich rollte sich Fields auf die Seite, und dieselbe Krankenschwester wie beim letzten Mal stand neben seinem Bett, ihr Kittel ebenso weiß, aber ihr Lächeln war angestrengter und weniger strahlend.

»Scythe Fields? Wie fühlen Sie sich, Euer Ehren?«

Mit verzerrtem Gesicht setzte er sich auf. »Ich war wohl Opfer eines kleinen Haushaltsunfalls«, sagte er und zwang sich, angemessen erhaben zu sprechen. Seine letzten Erinnerungen kamen schneller als neulich – vielleicht wurde das Totenähnlichwerden mit Übung einfacher –, und nach einer erneuten Runde Räuspern fragte er: »Trixie wurde nicht verletzt, oder?«

Das Lächeln der Frau veränderte sich, als würde sie versuchen, sich einen Kaugummi unter ihrem Schuh nicht anmerken zu lassen. »Trixie? Heißt Ihr Hund so? Die Reparaturkolonne hat nämlich vor Ihrem Haus einen Hund gefunden.«

»Reparaturkolonne?« Er war noch nicht zum Aufstehen bereit und blinzelte zu ihr hoch.

»Wegen des Wassers.« Das Lächeln der Schwester wurde immer angestrengter. »Und des Feuers. Die Kolonne meinte, dass die elektrische Überspannung einen Stromausfall in der gesamten Nachbarschaft verursacht hätte, wenn der Thunderhead keine Brandschutzmauer um Ihr Haus errichtet hätte, wegen, ähm, dieser ganzen Scythe-Geschichte.«

Plötzlich wirkten die Lichter viel zu hell und ihre Stimme viel zu schrill. Fields schielte zum Tisch neben dem Bett, aber dieses Mal war sein Stock nicht da – natürlich nicht; er hatte ihn zum Zeitpunkt des Unfalls nicht dabeigehabt.

»Und Trixie ist vermutlich wieder im Tierheim?«

»Ich ... gehe davon aus.«

Es ärgerte ihn, dass sie so zögerlich antwortete, weil es doch sicher zu ihrem Job gehörte, über solche Dinge Bescheid zu wissen. Inkompetenz war ein Grund für eine Nachlese, aber Fields hatte gerade Wichtigeres zu tun.

Er rappelte sich auf und schlüpfte in seine Schuhe, die irgendwer aus seinem tropfnassen Haus mitgenommen hatte, obwohl sie trieften. Er sagte »Danke Ihnen« und zuckte zusammen, weil er so kleinlaut klang, dann drehte er sich um, damit die Schwester das spöttische Lächeln sehen konnte, das zu seinen eigentlichen Gefühlen passte –

Aber sie sagte schon: »Oh, sehr gerne, Scythe Fields! Es ist uns allen eine große Ehre, Ihnen zu Diensten zu sein!«

Er lächelte sie angestrengt an, dann ging er, so schnell er konnte, hinaus.

Es war wieder ein schöner Nachmittag; er wusste nur nicht, wie viele Nachmittage er dieses Mal weg gewesen war. Beim letzten Mal waren es zwei gewesen, oder? Und dass er schon wieder totenähnlich gewesen war, so kurz nach dem letzten

Mal, nun, das kam ihm fast ungehörig vor, fast als hätte jemand …

Er dachte nicht weiter, zwang sich, dem Gedanken nicht zu folgen, stampfte in seinen Schuhen, die vor Nässe quatschten, über den Bordstein zum Notfalleingang des Tierheims.

Er trat durch die Tür und entdeckte wieder einmal Dawn am Tresen, die auf ihr Tablet starrte, aber dieses Mal krallte sie sich so fest daran, als wäre es ihr zuvor weggelaufen.

»Ganz schön was los diese Woche, nicht wahr?«, sagte er ein wenig zu laut.

Dawn zuckte zusammen, als hätte sie etwas hinterm Tresen gebissen, und sprang von ihrem Stuhl auf. »Scythe Fields!« Sie schaute auf das Tablet, das sie noch in der Hand hielt, und ihr Blick schnellte zu ihm auf. »Ich habe Trixie wieder aufgenommen, während Ihr Haus instand gesetzt wurde und ich … ich muss Sie fragen, Sir, also, nach diesen beiden Unfällen, die direkt nach Trixies Adoption passiert sind, denken Sie, nun, glauben Sie wirklich, dass Sie und der Hund gut zusammenpassen?«

»Wie bitte?« Fields griff nach seinem Stockdegen, dann fiel ihm ein, dass er ihn nicht dabeihatte, und dann erinnerte er sich daran, dass er ihr gestern Immunität verliehen hatte – oder vor zwei oder drei Tagen – oder wie lange sein faules, nutzloses, schmutziges Vieh hier schon rumhing –

Plötzlich machte sich Selbsthass in seinen Gedanken breit, sehr vertraut aus seiner Jugend, aber sorgfältig unterdrückt, seitdem er Robe, Ring und seine neue Identität angenommen hatte – das schockte ihn noch mehr als Dawns Andeutung. Er musste tief einatmen, dann erst konnte er deutlich artikuliert sagen: »Wenn Sie damit andeuten wollen, dass ich nicht in der Lage bin, einen Hund zu halten, dann würde ich Ihnen gerne Folgendes mitteilen: In der langen und zum Großteil unehrenhaften Geschichte der Menschheit gab es noch nie einen Mann und einen Hund, die so sehr füreinander bestimmt waren, wie ich und Trixie. Allein darüber nachzudenken, dass wir nicht zueinander passen, lässt mich daran zweifeln, ob Sie im richtigen Beruf arbeiten.«

Dawns Lächeln war völlig erloschen. »Bei allem Respekt, Euer Ehren, ich kümmere mich seit über achtzig Jahren um Tiere und belebe sie wieder, und wenn ich Trixies ungewöhnlichen Hintergrund in Betracht ziehe, wäre es vielleicht eine gute Idee ...«

»Hintergrund?« Fields merkte, wie sich ihm die Nackenhaare aufstellten. »Was ist denn an Trixies Hintergrund ungewöhnlich?«

Nervös leckte sich die Frau über die Lippen. »Der Thunderhead redet nicht über Trixie, weil Sie sie adoptiert haben, aber er hat mich zu sehr interessantem Material geführt.« Sie hielt ihr Tablet hoch, drückte drauf und drehte es zu ihm.

Obwohl Fields es nicht sehen wollte, blickte er nach unten und betrachtete Bilder von Welpen, die Trixie sehr ähnelten, die miteinander rauften und über einen gepflegten sonnigen Rasen rannten. »Diese Videos«, sagte Dawn, »stammen aus der Nepal-Freibrief-Region in PanAsia, und diese Hunde werden – nun ja, als ›optimierte Haustiere‹ bezeichnet.«

Fields wollte gerade das Wort *optimiert* wiederholen und in Frage stellen, doch er erstarrte, als eine Stimme auf dem Bildschirm sagte: »Gut, jetzt! Alle Mädchen gehen auf diese Seite und alle Jungs auf die andere!«

Mit raushängenden Zungen teilten sich die Welpen rasch in zwei Gruppen auf.

»Und jetzt«, sprach die Stimme weiter, »stellen sich beide Gruppen nach Größe sortiert auf!«

Es wurde wieder gerangelt, die Kamera zoomte raus, und die Welpen sortierten sich von klein nach groß.

Fields musste schlucken. »Gut erzogene Tiere«, murmelte er, konnte aber das leichte Zittern in seiner Stimme nicht unterdrücken.

»Nein, Euer Ehren«, sagte Dawn sanft, und Fields zuckte fast zusammen; er hatte es geschafft, die Anwesenheit dieser Frau zu vergessen.

»Ich habe gelesen, dass Wissenschaftler in Nepal schon seit fast einem Jahrhundert daran arbeiten, Hunde mit menschlicher Intelligenz zu züchten. Die hier sind noch Welpen, aber später zeigen sie auch einige erwachsene Hunde, die ...«

»Nein!«, rief Fields und schlug der Frau das Tablet aus der Hand. »Dieses Video ist nur der Witz eines Widerlings. Es stimmt nicht, und wenn ich es auch nur einen Moment für bare Münze gehalten hätte, würde ich mich direkt ins Flugzeug über den Pazifik setzen und alle Beteiligten nachlesen!«

Er entschied sich kurzerhand, alles zu leugnen. Nur dass ein Teil seines Gehirns nicht bereit war, es loszulassen. Denn wenn Trixie nicht nur empfindungsfähig, sondern auch noch *intelligent* war ... dann waren diese sogenannten Unfälle vielleicht ...

»Nein!«, rief er wieder und konnte sich kaum davon abhalten, mit dem Fuß aufzustampfen. »Das reicht jetzt. Ich nehme jetzt meinen Hund mit!«

Dawn presste die Lippen aufeinander und öffnete eine Klappe am Ende des Tresens. Dahinter wartete Trixie ganz ruhig und geduldig. Fields hockte sich hin, um ihre Leine aufzuheben, und wäre fast zusammengezuckt, als sie vorher aufstand ...

... weil sie stand, und er hockte, konnte sie mit ihren tiefgründigen dunklen Augen direkt in seine blicken. Und während er bemerkte, dass er starrte – und fast schon zitterte –, schaute sie ihn absolut ruhig an.

Er schnappte sich die Leine, sprang auf die Füße und ging in Richtung Tür, Trixie glitt lautlos neben ihn.

»Sie haben heute viele schlimme Fehler gemacht, Madame!«, rief er, ohne sich umzudrehen. »Wirklich etliche!«

»Bitte, Euer Ehren!« Panik lag in Dawns Worten. »Wir haben viele sehr liebe Hunde im Tierheim, das wissen Sie! Vielleicht wollen Sie sich noch mal überlegen, ob es wirklich genau *dieser* Hund sein muss ...«

In der Tür blieb Fields stehen, um sie mit einem stählernen Blick zu fixieren – so hoffte er zumindest. »Und Sie, Madame, wollen vielleicht mal darüber nachdenken, dass ein Jahr Immunität sehr kurz sein kann!« Er hätte gern mit seinem Schwert vor ihr herumgerasselt, aber natürlich hatte er es nicht dabei, und Trixie war schon wieder weitergegangen; er musste schnell gehen, damit er nicht zur Seite umgerissen wurde.

Je weiter sie sich vom Tierheim entfernten, desto lächerlicher fühlte sich das Video an. »Unerhört!«, sagte er wütend und versuchte, mit seinen unangenehm nassen Schuhen auf dem Bürgersteig aufzustampfen. »Warum sollte jemand eine solch perfide Lüge glauben?«

Trixie legte die Ohren zurück und schaute ihn über die Schulter hinweg an. Ihr Blick war so unverhohlen vorwurfsvoll, dass Fields verstummte.

Weil sie doch gar nicht vorwurfsvoll sein *konnte*, oder? Sie war ein Tier – ein prächtiges Tier, das auf jeden Fall, wahrscheinlich der beste Hund, dem er je begegnet war, aber es war doch trotzdem weit hergeholt zu denken, dass sie die Welt nicht nur sah, hörte und erschnüffelte, sondern auch alles verstand, was um sie herum geschah. Und daraus ein mörderisches Rachegefühl entwickelte ...

»Das hätte ich in den Nachrichten gehört!« Er zwang sich dazu, diesen Satz laut auszusprechen, denn nichts beruhigte ihn so, wie seine eigene Stimme. »Wenn Menschen solche Wesen aus einer Freibrief-Region herausbringen würden, wäre das Netz voll davon!«

»Euer Ehren?«, fragte Charles, und Fields blinzelte zum Hot-Dog-Stand vor ihm. Er war in seinen schrecklichen Gedanken versunken und hatte kein besonderes Ziel vor Augen gehabt – vielleicht wollte er sich auf den Heimweg machen und schauen, ob die Reparaturkolonne etwas Ärgerliches verbrochen hatte, das ihnen einen Nachlesebesuch bescherte.

Aber Trixie hatte ihn genau hierhergeführt; sie stand sogar auf den Hinterbeinen, hatte die Vorderpfoten gegen die Seite des Wagens gestemmt und richtete ihre gesamte Aufmerksamkeit auf den Hot Dog, den Charles Fields hinhielt.

Sie hat bestimmt den Duft im Wind gewittert, redete er sich ein. Allerdings war der warme Nachmittag völlig windstill ... Aber der Geruchssinn eines Hundes war viel feiner als der des Menschen. Dass Trixie zum Hot-Dog-Stand lief, bewies rein gar nichts, einfach wirklich rein gar nichts!

»Euer Ehren?«, fragte Charles erneut und wedelte mit dem Hot Dog in Fields' Richtung.

Fields bemerkte, dass er nicht hungrig war – er war vorhin nicht hungrig gewesen, und auch jetzt war er ganz sicher nicht hungrig. Ohne ein erklärendes Wort drehte er sich um und ging.

Aber die Leine spannte sich, weil Trixie ihm nicht folgte. Er drehte sich um, um mit ihr zu schimpfen, erstarrte jedoch wegen der ruhigen Entschlossenheit in ihrem Blick, der sich nun auf ihn und nicht mehr auf den Hot Dog in Charles' Hand richtete.

Sie blinzelte ihn langsam an, und dann, den Blick immer noch auf ihn gerichtet, gab sie ein schroffes Geräusch von sich – kein richtiges Bellen, sondern einen Laut, der Fields an das Räuspern seiner Mutter erinnerte, wenn sie ihn auf seine angeblichen Unzulänglichkeiten hinwies.

Der Ruck, der durch seine Wirbelsäule schoss, ließ seinen Arm zucken, und die unfreiwillige Bewegung seiner Hand reichte Charles als Signal scheinbar aus. Nickend bückte sich der Mann, hielt Trixie den Hot Dog hin und sagte: »Guter Hund« – mit tiefer und bedächtiger Stimme, wie immer.

Trixie beendete den Augenkontakt, nahm den Hot Dog, schlang ihn jedoch nicht so runter, wie es jedes andere Tier getan hätte, das ihm jemals gehört hatte – oder sogar wie sie selbst es gestern noch getan hatte oder vorgestern oder wann auch immer er zuletzt lebendig gewesen war.

Nein, sie hielt das Ende des Brötchens nahezu behutsam zwischen den Zähnen und drehte sich um, bis sie Fields wieder direkt anschaute, und erst dann begann sie mit dem Spektakel. Sie zuckte mit dem Hals und warf den Hot Dog einige Zentimeter in die Luft, dann fing sie das Fleisch, während das Brötchen mit einem leisen Plumpsen neben ihr zu Boden fiel.

»Wow!«, sagte Charles, und Fields hätte ihn verwundert wegen seines ungewohnten Gefühlsausbruchs angestarrt, wenn nicht seine ganze Aufmerksamkeit auf Trixie gerichtet gewesen wäre.

Denn die Hündin verspeiste langsam, Bissen für Bissen, den Hot Dog, zog ihn mit den Zähnen ins Maul, kaute und schluckte jedes Stück, während sie es irgendwie schaffte, den Rest des Hot Dogs so festzuhalten wie eine Zigarre, ihr Blick war dabei die ganze Zeit fest auf ihn gerichtet. Und jetzt war sich Fields fast völlig sicher, dass sie ihm tatsächlich etwas vorspielte.

Und das hieß: Er wusste, was er zu tun hatte.

Aber er wusste nicht, wie er es anstellen sollte.

Er redete den ganzen Nachhauseweg über. Für Fields wäre es völlig unnatürlich gewesen, das nicht zu tun, und die derzeitige Situation war schon viel unnatürlicher, als er sich eingestehen wollte. Deswegen sprach er pausenlos darüber, was er sah, über das Wetter und die Landschaft und wie seltsam sich die Leute anzogen – je banaler sein Geschwafel, umso besser. Er musste Trixie davon überzeugen, dass er sie nach wie vor für eine gewöhnliche Hündin hielt, und dazu musste er sie davon überzeugen, dass er ein Idiot war.

Also ein noch größerer als der, für den das Tier ihn ohnehin schon hielt.

Oder lag er etwa falsch?

Nein. Er kannte die Wahrheit – obwohl es Zeiten gegeben hatte, in denen er sich insgeheim gewünscht hatte, die Wahrheit nicht zu kennen. Zeiten, in denen er am liebsten aufgehört hätte, Scythe Fields zu sein und unter sein Bett gekrochen wäre, so wie damals, als Vater oder Mutter eine perfekt geformte Augenbraue in seine Richtung hochgezogen und dann mit einer spitzen Bemerkung seinen Selbstwert ruiniert hatten.

Aber das hier durfte kein solcher Moment sein. Er musste weiterhin die Kontrolle behalten. Er war der Rudelführer des ... worum auch immer es sich bei diesem Ding handelte. Aber noch ehe er etwas unternehmen konnte, musste er sich vergewissern. Er musste diesen Hund testen, ihn in eine Falle locken – ja, das war der richtige Ausdruck. Er musste dem Tier seine wahren Absichten ihm gegenüber entlocken.

Deswegen plapperte er und versuchte gleichzeitig nachzudenken, folgte ihr über den Bürgersteig, ging durchs vordere Tor, servierte ihr eine halbe Dose Futter aus dem Kühlschrank –

Schließlich kam ihm eine Idee, und er richtete sich auf. »Godfrey Daniels!«, rief er als wäre ihm gerade etwas klargeworden. »Ich habe den Großteil der letzten Woche in Isolation verbracht, deswegen ist meine Nachlese-Quote in Gefahr!« Das stimmte eigentlich nicht; in den letzten Monaten waren genügend Ärgernisse passiert, die ihn gut beschäftigt hatten – aber das wusste die Hündin nicht. »Ich denke, dass du heute Abend allein zurechtkommst. Ich muss mich nämlich um meine offiziellen Pflichten kümmern.«

Er ging aus der Küche und widerstand dem Drang, sich umzuschauen und zu sehen, ob sie ihm folgte. »Es ist immer ein Dilemma«, murmelte er und sprach jedes Wort ganz deutlich aus, ohne – wie er hoffte – dass es zu auffällig war, »die richtige Methode auszuwählen.« Er hielt am Waffenschrank im Flur an, schloss auf und öffnete die Tür, um sein Arsenal zu präsentieren: Handfeuerwaffen, Messer, Gewehre, Äxte, Schrotflinten, verschiedene Regale mit Giften. Ja, normalerweise ging er mit einem Schwert los, das in seinem Stock versteckt war, aber zu wissen, dass er noch andere Optionen hatte, hinterließ bei ihm ein Gefühl der Professionalität.

»Wenn ich zurückkomme«, murmelte er und wollte dabei wie ein Mann klingen, der sich im Geiste eine Notiz machte, »muss ich diese Schrotflinten reinigen, sie mit zum Strand nehmen und sie gefahrlos über dem Meer entladen, um sicherzugehen, dass sie gut funktionieren.« Er konnte sich nun nicht mehr davon abhalten und blickte sich über die Schulter. Er war auf alles vorbereitet.

Trixie saß in der Mitte des Wohnzimmers, hatte den Kopf niedlich schief gelegt. Nicht so niedlich war das intensive Glühen in ihren Augen.

Ein Teil von ihm wollte verleugnen, dass sie überhaupt ein Motiv haben könnte – sie war nur ein Hund, der dem unverständlichen Geschwätz seines Herrchens lauschte. Aber der Rest von ihm war sich nicht so sicher.

»Schrotflinten sind sensible Konstrukte«, erklärte er ihr auf die gleiche lebhafte und spontane Art wie auf dem Nachhauseweg; er war einfach nur ein Mann, der mit seinem Hund sprach. »Wenn man sie nicht regelmäßig wartet und entlädt, können die Dinger beim Abfeuern einfach explodieren.« Er nahm die kleinste Schrotflinte aus dem Regal und wiegte sie in einer Hand …

Dann tat er so, als wäre er abgelenkt. »Und meine Vorderlader!« Er lehnte die Schrotflinte an die Wand neben dem Schrank, nahm sich die Schwarzpulverflasche aus dem Regal, schraubte gewollt umständlich den Deckel ab und schnüffelte daran. Er bewegte den Behälter gerade so, dass sich ein wenig Schwefelgestank im Raum ausbreitete. »Ja, am besten schaue ich nach meinen Waffen, wenn ich heute Abend wiederkomme.«

Nickend stellte er die Flasche zurück, drückte den Schrank zu und ging zur Vordertür. Der Gestank nach Schwarzpulver lag immer noch schwer in der Luft. Ein Zuschauer dieses Theaterstücks hätte gedacht, Fields hätte einfach vergessen, eine Schrotflinte zurückzuräumen – denn sie lehnte noch außen am Schrank. Aber es gab keine Zuschauer. Oder zumindest keine menschlichen.

»Ich bin bald wieder da, Trixie«, sagte er unbeschwert, obwohl er sich gar nicht so fühlte, drehte am Knauf und ging hinaus in die Abenddämmerung.

Nach einigen Minuten schlich Fields zum Haus zurück und war sich sicher, dass der schwefelige Schwarzpulvergeruch seinen Eigengeruch überdeckte. Durch das Fenster neben der Haustür konnte er sowohl in den Flur als auch auf den Waffenschrank blicken – und auch wenn er sich Nichtwissen sehnlichst wünschte, schlich er sich an und spinkste durch die Scheibe …

… und erblickte einen leeren Flur. Trixie war nirgendwo zu

sehen. Nichts schien seit seinem Weggang passiert zu sein. Sein Herz bebte vor Hoffnung. Hatte er sich das alles womöglich nur eingebildet? War Trixie einfach nur ein Hund und kein Monster in Kanidenform?

Aber dann schwang die Küchentür auf, und Trixie kam rausgetrottet, hielt etwas Weißes und Sperriges im Maul. Ein Quietschespielzeug? Einen Rohhautknochen? Sie drehte sich um und blieb schließlich neben dem Waffenschrank stehen, stellte das Objekt vor die Schrotflinte auf den Boden.

Es war eine Klebstoffflasche.

Trixie beugte sich nun nach vorn, nahm die Flasche zwischen die Vorderpfoten und friemelte mühevoll mit den Vorderzähnen den Verschluss ab – wahrscheinlich bedauerte sie dabei die fehlenden Daumen. Als sie die Kappe endlich entfernt hatte, nahm sie die Flasche wieder ins Maul, stellte sich auf und lehnte die Vorderpfoten gegen den Schrank, dann reckte sie den Hals, neigte den Kopf und ließ Klebstoff in den Lauf der Waffe tröpfeln.

Fields wurde eiskalt, er zog sein Narkosegewehr raus – das er heimlich aus dem Schrank genommen hatte – und schlug damit erst das Fenster ein, dann feuerte er es auf den mörderischen Köter ab.

Der Pfeil traf Trixie direkt in die Flanke. Sie ließ die Klebstoffflasche fallen, sprang weg vom Waffenschrank und drehte sich in seine Richtung, fletschte die Zähne, und er hätte am liebsten noch einen Pfeil in ihr versenkt.

Aber das brauchte er nicht. Die Lösung, mit der er seine Pfeile gefüllt hatte, wirkte schnell. Trixies Augen fielen zu, ihre Ohren klappten zurück, und die Hinterbeine gaben nach. Sie schwankte noch kurz, dann kippte sie um, landete mit klackernden Marken auf dem weißen Marmorboden.

Der Türknauf fühlte sich in Fields Hand weder kalt noch heiß an, und er drehte ihn und ging hinein. »Hab ich dich, Miststück«, knurrte er, dann hielt er an, räusperte sich und suchte nach der richtigen Art, seine Gefühle auszudrücken: etwas über fiesen Verrat oder dass er den Spieß nun umdrehen wollte oder …

Oder scheiß drauf. Er kniete sich vor sie, sah, wie ihre Vorderpfoten zuckten und die Augenlider zitterten. »Fühlst du dich ein bisschen komisch?«, fragte er mit einer Stimme, die er kaum erkannte, mit Wörtern und Phrasen, die er seit Jahrzehnten nicht mehr verwendet hatte. »Genau, dieses Zeug hat ganz schön Wumms. Es wird dich eine Zeitlang außer Gefecht setzen, aber ich hätte natürlich auch jedes Recht der Welt, dich abzuknallen. Wenn du so schlau sein willst wie ein Mensch, musst du dich auch an die von Menschen gemachten Regeln halten, okay?« Er beugte sich etwas näher zu ihrem zuckenden Ohr. »Und ich wette, du weißt, was passiert, wenn man einen Scythe totenähnlich macht, nicht wahr?«

Er ging zum Schrank unter dem Treppenaufgang, wo er die Transportbox aufbewahrte, und zog sie raus.

»Ich hab Wissenschaft mal geliebt«, erklärte er dem halb ohnmächtigen Köter, immer noch mit seinem alten Jimmy-Randell-Näseln, »aber darum kümmert sich nun der Thunderhead. Als Scythe werde ich mich nicht in seine Machenschaften einmischen. Trotzdem, egal welche Wissenschaft dich hervorgebracht hat: Sie verdient diesen Namen nicht.«

Nach ein paar zuckenden Pfotenbewegungen wurde das Tier so ruhig, dass Fields sich Sorgen machte. Das Beruhigungsmittel war nicht so einfach anzurühren; hatte er sich bei der Dosierung vertan? Nun wenn dem so war, könnte er sich den nächsten Schritt sparen – aber dieser nächste Schritt war der Schlüssel. Dieser Sieg wäre süßer als Traubenlimonade.

Er schaute etwas genauer hin und sah, dass sich ihre Flanken weiterhin beim Atmen hoben und senkten. Vorsichtig hockte er sich hinter sie und schob sie in die Box. Er steckte ihre Rute noch hinein und schloss die Käfigtür, ließ das Schloss einrasten. Dann hob er die Box am Griff hoch und trug sie schwerfällig aus der Hintertür zur rückseitigen Terrasse und dem dahinterliegenden Strand. Dort war immer noch ein Blutfleck zu erahnen von seinem fiesen kleinen Platscher.

Der Strand war dunkel, der Himmel mondlos. »Hier draußen gibt es nur salziges Blau, mein Mädchen«, erklärte er der lautlosen Kiste, in der sich nichts regte, während er sie unterhalb der niedrigen Dünen zwischen seinem Haus und dem Meer abstellte. »Du wirst es erholsam finden, das garantiere ich dir.«

Er ging wieder zum Haus, um die notwendige Ausrüstung zusammenzusuchen, und sagte sich mehrfach: »Das ist eine reine Willenssache, Jimmy, eine reine Willenssache.«

Als er zum Käfig zurückkehrte, keuchte er vor Anstrengung – aber es lag noch mehr dahinter. Sein ganzer Körper zitterte vor Vorfreude. Er nahm einige tiefe Atemzüge und versuchte, wieder in die kultivierte, professionelle Rolle seines Historischen Patrons zu schlüpfen. Der alles unter Kontrolle hatte, emotional ungebunden war und dessen philosophische Weisheit zeit seines Lebens immer weiterwuchs.

»Böswillig hintergangen von einer undankbaren, hinterhältigen Töle!«, rief er und schob seine Schaufel in den Sand. »Ich sollte niedergemeuchelt werden – in dieser grausamen Welt kann einem nichts Besseres passieren!« Er leuchtete mit einer Taschenlampe durch die Käfigtür, doch Trixies Körper mit dem grauen Fell bewegte sich nicht, lag immer noch zusammengesackt auf dem Boden.

»Ich brauche keine Antwort«, sagte er, legte die Taschenlampe weg und machte sich an die Arbeit.

Die ganze Angelegenheit wurde schnell anstrengend, aber Fields hielt durch. Schließlich, redete er sich ein, musste man eine so wichtige Sache vernünftig regeln. Und außerdem musste man nur bei Menschen sechs Fuß tief graben. Dieses Loch hier brauchte nur so tief sein, dass der Käfig hineinpasste.

Dennoch dauerte es viel länger, als er gedacht hätte, mit dem Sand konnte man nicht gut arbeiten. Er war sich sicher, dass Mitternacht schon vorüber war, als er anhielt und schwitzend im kühlen Wind auf dem unebenen Hügel stand, neben dem sich eine drei Fuß tiefe Grube befand, in die die Hundebox hineinpasste.

Er drehte sich zu ebendiesem Objekt um, ließ die Schaufel fallen und rieb sich die Hände, zuckte zusammen, weil seine Schmerznaniten wohl von der Bewegung überrascht wurden, und wartete noch einen Moment, um den stechenden Schmerz in seinen Handflächen zu lindern. Vorsichtig nahm er die Taschenlampe, leuchtete noch einmal in den Käfig, und dieses Mal blickte Trixie zurück, ihre beiden Augen glommen bernsteinfarben und unheimlich.

Fields hatte Schwierigkeiten, nicht zurückzuweichen. »Du bist wach, wie ich sehe.«

Sie zuckte nicht einmal mit dem Ohr.

Er nickte trotzdem. »Vielleicht hast du in deinem benebelten Zustand gehört, wie ich zu Beginn unseres gemeinsamen Abends von meiner Liebe für die Wissenschaft erzählt habe«, sagte er, ließ die Taschenlampe fallen und ging zur Rückseite des Käfigs. »Nun, Schrödingers Katze gehört zu meinen Lieblingsanekdoten.«

Der Käfig rutschte mühelos den sandigen Abhang hinab, nachdem Fields ihn angeschoben hatte, und Fields stellte ihn so hin, dass die Tür zu ihm zeigte, während er sprach. »Vielleicht kennst du die Geschichte gar nicht.« Er zog seine Robe hoch und kletterte den Hang hinauf. »Sie beruht auf ziemlich obskuren Gedankenexperimenten der Physik, um in Frage zu stellen, ob eine Katze, die in einer Kiste eingesperrt ist, unter gewissen Bedingungen definitiv als tot oder lebendig angesehen werden kann.«

Er beugte die Knie, nahm die Schaufel und schmiss Sand in das Loch neben dem Hundekäfig. »Ich bin mir jedoch fast völlig sicher, dass uns diese Frage heute Abend nicht beschäftigen wird.«

Nicht ein Mal während der ganzen Operation war auch nur ein Quieken aus dem Käfig gedrungen. Die Stille des Hundes zermürbte Fields stärker als jedes Bellen, er schaufelte schneller, seine Brust hob und senkte sich immer hektischer bei jeder Ladung Sand, die er nach unten fallen ließ. Der Sandberg wurde höher und höher, rieselte durch die Türgitter und dann durch die kleinen Mesh-Fenster hinten und an den Seiten. Mit jeder Schaufel Sand besiegte er nicht nur die Kreatur, sondern auch die Mächte, die ihn seit dem Tag seiner Geburt kleinmachen und reinlegen wollten, die ihm einreden wollten, wer er sein und was er machen könnte! Er jedoch hatte sich an den Idealen festgehalten, die er aus den alten Filmen seines Historischen Patrons kannte, hatte über die Kleinlichkeit und Belanglosigkeit derer triumphiert, die ihn aufhalten wollten, hatte das Scythetum als Lehrling beeindruckt und seinen rechtmäßigen Platz in der Gesellschaft eingenommen!

Die letzten drei Schaufelladungen bedeckten nun den Griff oben am Käfig, und Fields fiel auf die Knie, schaffte es, die wunde linke Hand zur Faust zu ballen, und schüttelte den Scythe-Ring in Richtung des niedrigen Sandhügels vor ihm. »Betrachte dich als nachgelesen«, keuchte er.

Er blieb noch einen Moment dort knien, dann stand er auf,

sammelte seine Ausrüstung ein und ging mit voller Absicht nicht wie gewöhnlich zurück zu seinem Haus. Er stolzierte. Ganz erhaben. So wie es sich für einen Scythe gebührte! Vielleicht lief er etwas langsamer als sonst die Treppen hinauf, weil er vom Graben so erschöpft war, und als er auf der zweiten Etage angekommen war, fiel er dankbar ins Bett, ganz erfüllt von seiner guten Arbeit.

Er schlief fast bis Mittag, und die nächsten anderthalb Tage ging er nicht weiter weg von seinem Bett als bis zur Küche. Schließlich hatte sich niemand in letzter Zeit – das wusste er ganz sicher – so sehr eine kleine Auszeit verdient wie er.

Der einzige beunruhigende Gedanken kam ihm am Abend des zweiten Tages, als er Trixies Näpfe in der Ecke sah. Ohne nachzudenken, nahm er sie, spülte sie ab und stellte sie in den Schrank neben die Schüsseln mit der Aufschrift *Rex*. Dann dachte er doch noch nach, nahm alle vier Schüsseln raus und warf sie in den Müll. Fast so, als würde er sich eine Niederlage eingestehen, aber nein. Er hatte einfach fürs Erste die Nase voll von Hunden.

Es war, als hätte ihm jemand eine Last von den Schultern genommen, und als er durch den Eingangsbereich schritt, schnappte er sich seinen Stockdegen und riss die Haustür auf. Es war höchste Zeit, dass er diese ganze Malaise hinter sich ließ und in seine Hauptrolle im Historienspiel namens Oxnard zurückkehrte, dem leuchtenden Juwel der WestMerikanischen Küste. Mit einem entschiedenen Kopfnicken ging er durch die Dämmerung in den Park.

Der Duft nach Hot Dogs stieg ihm in die Nase, als er noch einen Block entfernt war, aber als er Charles' Wagen erblickte, befremdete ihn der Anblick der beiden Menschen dahinter: der große, schlaksige Verkäufer, den er erwartet hatte, und ein Typ mit breiteren Schultern. Beide trugen sie die für Charles typischen weißen Papierhüte und Schürzen.

Er schlenderte zum Wagen. »Charles. Hast du einen Assistenten eingestellt?«

Charles zuckte zusammen, als wäre er geschlagen worden. »Euer Ehren! Nein! Ich …« Ein tiefes Einatmen schien ihn zu beruhigen. »Das ist mein, ähm, mein Neffe Edgar. Er, äh, will auch als Hot-Dog-Verkäufer arbeiten.«

Der junge Mann streckte Fields eine Hand entgegen. »Es ist mir eine große Ehre, Sie kennenzulernen, Scythe Fields! Onkel Chuck hat mir schon so viel von Ihnen erzählt, alle haben schon so viel erzählt!«

»Na dann!«, Fields nahm die Hand und schüttelte sie. »Du hast einen festen Händedruck, Edgar – obwohl, ich vermute, wenn man mit Frankfurter Würstchen arbeitet, ist ein fester Händedruck besser als ein lascher. Es wäre blöd, wenn man bei der Zubereitung die Kontrolle verliert, oder?«

»Genau, Sir.« Edgar lächelte breit genug, aber er hatte etwas, das Fields nur als harten Blick bezeichnen konnte – in seinem Gesichtsausdruck lag etwas, bei dem Fields sich fragte, ob er in seiner Kindheit ebenfalls Leid erfahren hatte.

Gerade sah er allerdings recht vergnügt aus. Fields vermutete, dass die Aussicht, sich mit Hot Dogs den Lebensunterhalt zu verdienen, selbst die deprimierteste Seele aufheitern würde. Einen Moment lang wirkte er irgendwie vertraut … aber vielleicht hatte er auch einfach eins dieser Allerweltsgesichter.

»Ich würde gern mehr über Ihr Leben und Ihre Abenteuer erfahren, Euer Ehren«, redete der Typ weiter, dabei fischte er mit einer Zange geschickt einen Hot Dog und ein Brötchen aus den Tiefen des Wagens. »Und Sie können mir verraten, ob Sie der Meinung sind, ich hätte die Kochkünste von Onkel Chuck geerbt.«

»Eine exzellente Idee.« Fields atmete ein, um loszureden, da hörte er ein metallisches Klimpern, das typische Klackern von Hundemarken.

Der Atem blieb Fields wie eine Fischgräte im Hals stecken, er drehte sich abrupt um und sah, wie ein Hund aus dem schattigen Park ins Licht der Abendsonne trat.

Nicht nur ein Hund.

Der Hund.

Trixie.

Im Maul hielt sie geschickt das Ende der Leine, die an ihrem Halsband befestigt war. Brust raus, Kopf hoch, Rute geringelt, so kam sie bei ihm an, drehte sich mit zuckenden Ohren und setzte sich so ruhig neben ihn, als wäre sie dort schon die ganze Zeit gewesen.

»Schöner Hund«, sagte Edgar. »Gehört sie Ihnen, Euer Ehren?«

Fields brauchte für seine Antwort mehrere Sekunden.

»Ganz sicher nicht!« Er wollte diese Verleugnung eigentlich rausbrüllen, stattdessen quietschte er nur, was ihn zum Röcheln brachte, schlug sich dann gegen die Brust und versuchte rauszuhusten, was auch immer seine Lungen blockierte.

Aber es kam nichts. Eine Frauenstimme ertönte aus dem Park: »Trixie! Wo bist du?« Dawn kam zum Hot-Dog-Stand gerannt und hielt nach Luft japsend an.

Da erkannte Fields, um was für eine niederträchtige Verschwörung es sich handelte. Es war nicht nur der Hund! Dawn steckte ganz eindeutig mit unter dieser Decke.

»Was erlauben Sie sich?«, rief er, und sein Magen zog sich zusammen, während sich sein Schrecken in Wut verwandelte. »Ich habe dieses Tier nachgelesen!«

»Nachgelesen?«, fragte Edgar hinter ihm. »Ich dachte, man kann nur Menschen nachlesen.«

»Sie *ist* ein Mensch!« Fields drehte sich um und schnappte sich seinen Stockdegen, um dem Jungen zu geben, was er verdiente, aber sein rot leuchtender Ring hielt ihn zurück.

Immun. Charles' Neffe hatte Immunität vor Nachlese …

Er starrte von seinem Ring zum Jungen, hin und her, bis Dawn »Scythe Fields!« in genau demselben scharfen Tonfall rief, in dem seine Mutter in seiner Kindheit so häufig mit ihm gesprochen hatte. »Dieses Mal sind Sie zu weit gegangen!«

Alles in Fields sträubte sich dagegen, aber er drehte sich doch noch einmal um und sah, wie Dawn mit aufeinandergepressten Zähnen auf ihn zu lief.

»Ich habe Sie beim Rat der Scythe als Tierquäler gemeldet und auch den Thunderhead offiziell benachrichtigt!« Sie hielt an und stemmte die Fäuste in die Hüften. »Vielleicht nützt es nichts, aber als die Drohnen mir vor drei Tagen diesen armen Hund gebracht haben, konnte ich … nun, ich konnte nicht mehr tatenlos zusehen!« Sie trat einen Schritt zurück und zeigte mit zitterndem Finger auf ihn. »Sie sind jetzt aktenkundig, Sir, und wenn Sie nicht wären, wer Sie sind, dürften Sie nie wieder einen Hund adoptieren!«

»Aber ich *bin* eben, wer ich bin!« Fields versuchte, seine Gedanken zu ordnen, versuchte, die angemessen heftige Empörung aufzubringen, um seiner Entrüstung entsprechend Ausdruck zu verleihen, aber stattdessen kamen nur weinerliche und jämmerliche Worte aus seinem Mund. »Und das ist gar kein Hund! Das haben Sie selbst gesagt, und ich habe gesehen, wozu das Tier fähig ist! Sie ist eins dieser optimierten Dinger!«

Dawn schüttelte den Kopf. »Ich hätte das auch für möglich gehalten, aber wenn sie intelligent wäre, warum würde sie dann vor mir weglaufen und zu *Ihnen* gehen? Zu dem Mann, der sie bei lebendigem Leib begraben hat!«

Und wieder wollte Fields nicht gucken, aber er musste einfach einen Blick auf Trixie werfen. Ihre gespitzten Ohren hätten ein Anzeichen dafür sein können, dass sie zuhörte, aber dem Anschein nach schien ihre Aufmerksamkeit auf andere, weit entfernte Hunde im Park gerichtet zu sein, in dem es langsam dämmerte.

Fields ließ sich aber nicht an der Nase herumführen. »Sie kann kein aufrichtiger, ehrlicher und normaler Hund sein, das werde ich beweisen!« Es hatte einen Moment gedauert, aber dann kehrte sein Verstand zurück. »Die Wiederbelebung eines totenähnlichen Haustiers muss autorisiert werden und kostet eine Stange Geld! Wenn dies also angeblich nur ein normaler Hund ist, wer hat dann für die Wiederbelebung bezahlt?«

»Ähm …« Dawn riss die Augen auf. »Sie ist Ihre Hündin, Scythe Fields. Sie müssen nie für etwas bezahlen.«

»Sie ist nicht mein Hund!«

»In den Papieren steht …«

»Aber ich habe sie nachgelesen!«

»Ähm, ich bin mir ziemlich sicher, dass Sie keinen Hund …«

Fields schrie lautlos auf, seine Selbstbeherrschung war wie weggeblasen, und er zog sein Schwert aus der Scheide.

Dabei lenkte sein Ring, der so rot leuchtete wie eine Eiterpustel, seinen Blick von Dawn ab. Fields schaute zu Edgar, und dann bemerkte er, dass Charles verschwunden war. Diese gesamte Ecke des Parks war plötzlich menschenleer, und das ließ nur …

Trixie starrte ihn an, sie blinzelte nicht.

»Scythe Fields?«, fragte Edgar irgendwo hinter ihm. »Wollen Sie ernsthaft einen Hund nachlesen?«

Und Fields erkannte die Perfidität von Trixies teuflischem Plan: ihn in eine Schublade zu stecken, die weltmännische Figur zu zerstören, an der er all die Jahre so sorgfältig gearbeitet hatte. Sie war hier, um ihn auseinanderzunehmen, um ihn zu zerlegen, bis er wieder derselbe Niemand war wie zuvor.

Fields atmete tief ein, schob sein Schwert wieder in den Stock und wischte sich die Hand an der Rückseite der Robe ab. »Nein, Edgar«, sagte er, so ruhig und gefasst er konnte. »Ich werde diesem Hund kein einziges Haar krümmen. Weil, wie schon gesagt, es ist nicht mein Hund, und ich danke Ihnen dafür, Dawn, dass Sie sämtliche Papiere dahingehend ändern werden.« Sein Körper fühlte sich nun eher wie ein Stück Holz an als irgendwas anderes, und er schaffte es, sich vor ihr und Edgar zu verbeugen. »Nun hoffe ich, dass ihr mich entschuldigen werdet. Ich wünsche allseits einen schönen Abend und kümmere mich um Dinge, die ich anderswo zu erledigen habe.«

Er drehte sich abrupt um und ging weg, ohne sich noch einmal umzuschauen. Er hatte alles gesagt, was er sagen musste, alles getan, was er tun musste. Wenn er noch länger blieb, würde er alles nur verschlimmern.

Er ging direkt nach Hause. Heute flanierte er nicht wie sonst über die Uferpromenade. Einen Augenblick oder auch mehrere brauchte er, um sich zu sammeln und seine Fassung wiederzuerlangen. Das musste sein. Er würde sich den Film seines Historischen Patrons anschauen, genau wie neulich, als der Hund ihn mit einem Stromschlag töten wollte – oder sich vielleicht etwas früher hinlegen, in dem Zimmer, wo der Hund ihn auf den Balkon gelockt hatte, um ihn runterzuwerfen …

Nein! Solche Gedanken wollte er nicht denken! Er schüttelte schnell den Kopf, ging über die Straße und lief geduckt über die Allee, die sich zwischen den Häusern am Meer und denen eine Straße dahinter befand – nahm ausnahmsweise den kürzesten Weg nach Hause. Wenn er ganz geschickt vorging, konnte er hier immer noch die Oberhand gewinnen. Schließlich war er von ihnen beiden derjenige, der *Hände* hatte. Er sollte nicht …

Hinter ihm klimperte etwas, und ihm stellte sich jedes einzelne Nackenhaar auf. Fields weigerte sich zu blinzeln, weigerte sich, sich umzudrehen, weigerte sich, dieses Geräusch überhaupt wahrzunehmen.

Jedoch ging er ein wenig schneller.

Die nächsten Blocks schienen vorbeizukriechen, die Schatten der Nacht wurden dunkler. Fields summte immer lauter eine unbeschwerte Melodie, in dem Versuch, das leise, hartnäckige Klimpern der Metallmarken zu übertönen.

Das Geräusch kam nie näher, soweit er es beurteilen konnte, seine leisen Echos prallten von den Häusern auf beiden Seiten von ihm ab, aber natürlich hielt er nicht an, um darauf zu warten, er machte noch größere Schritte.

Schließlich atmete er immer schneller, die Robe klebte an seinen verschwitzten Armen und Beinen, er bog von der Gasse ab, als die Straßenbeleuchtung anging. Sein Haus lag nur noch wenige Meter entfernt. Unter Oxnards perfekter Abenddämmerung vermischte sich der frische Duft des warmen Sandes mit der kühlen Meeresbrise, und er fühlte sich ermutigt.

Er war der Ehrenwerte Scythe William Claude Fields – immerhin! Er hatte nichts zu fürchten, weder von Menschen noch von Tieren!

Das leise Klimpern drang wieder in seine Ohren. Ohne nachzudenken, reckte er diesmal doch den Kopf nach hinten –

Und ein Schatten bewegte sich aus einiger Entfernung auf der Allee auf ihn zu, aus der er gerade abgebogen war, ein vierbeiniger Schatten, irgendwie dunkler als die Dunkelheit um ihn herum, plötzlich blitzte ein Licht auf und ließ ihre Augen bernsteinfarben leuchten.

Fields lief los, sprang über seinen Zaun, sprintete über den Rasen, stürzte ins Haus und schloss die Tür hinter sich ab.

Die Lichter gingen aus, und Fields saß auf dem Boden im Flur, hielt eine frisch gereinigte und geladene Schrotflinte fest an die Brust gedrückt – eine, bei der er sich vergewissert hatte, dass sie nicht manipuliert worden war –, beobachtete die Vordertür und versuchte dabei, nicht durchzudrehen.

Sie hatte natürlich nicht geklopft. Sie war ein Hund. Aber sie hatte auch weder an der Tür gekratzt noch davor gebellt oder gewinselt.

Er wollte glauben, dass sie weg wäre, dass sie ihren Spaß gehabt und nun weitergezogen wäre, aber er wusste: Das stimmte nicht.

Natürlich stimmte auch, dass er hier nicht bis in alle Ewigkeit so sitzen bleiben konnte, und außerdem gab es kaum eine Möglichkeit für sie, ihm etwas anzutun. Ja, sie hatte ihn zweimal totenähnlich gemacht, aber das war, noch ehe er von ihrem wahren, teuflischen Wesen erfahren hatte. Jetzt war er sowohl vorgewarnt als auch bewaffnet! Er musste nur ein wenig Stärke zeigen, dann konnte er sich ein und für alle Mal von diesem Monstrum befreien!

Und dieses Mal würde er den Kadaver verbrennen, um sicherzugehen, dass die Hündin nicht wiederbelebt werden konnte. Zur Hölle mit den Strafen, die er beim Konklave dafür bekommen würde. Das wäre es wert, um sich von diesem verdorbenen Zerberus eines Dämonenhundes zu befreien.

In dem Moment wurde ihm klar, dass er die Hundeklappe völlig vergessen hatte.

Panik breitete sich in ihm aus. Deswegen war sie so ruhig gewesen! Sie schlich am Haus entlang, kletterte über den Zaun und drang so lautlos wie eine Schlange mitten in seinen Bereich ein, kroch hinter ihm durch den Flur …

Er wirbelte herum und zielte mit der zitternden Schrotflinte auf die leeren Schatten vor der Hintertür, wohl wissend, dass es sich um einen Trick handelte, wohl wissend, dass sie irgendwo in der Nähe war. »Dreckiger Köter!«, rief er, warf sich nach vorn und schlug die Esszimmertür aus dem Weg.

Sie war nicht da, und Hoffnung flammte in ihm auf; er presste mit der Schulter gegen eine Seite eines leeren Vitrinenschranks, er drückte und drückte, bis er den Schrank an der Wand entlang zu seinem neuen Standort geschoben hatte und damit die Hundeklappe blockiert war. Dann lehnte er sich dagegen und keuchte, schluckte, versuchte, wieder zu Atem zu kommen und ...

Beim Klicken der sich öffnenden Vordertür spitzte er die Ohren.

Sein Magen schien einzufrieren. Waren Trixie Daumen gewachsen? War Dawn gekommen und hatte sie reingelassen? Er blickte auf die mit dem Schrank versperrte Tür zur Loggia, dachte darüber nach, eine Pause zu machen, am Strand joggen zu gehen –

Am leeren Grab des Hundes vorbei.

Aber er konnte den Mut dafür nicht aufbringen. Er nahm noch einen Atemzug, umklammerte das Schrotgewehr noch fester und trat in den Flur. Wenn es ein Mensch war, der gerade hereingekommen war, könnte Fields ihn nachlesen. Und wenn es Trixie war?

Fields erschauderte und wusste nicht, was er machen sollte. Aber er ging in den Flur ...

Und erblickte eine große Gestalt völlig in Schwarz gehüllt, die in der geöffneten Haustür stand.

»Da sind Sie ja«, sagte die Gestalt – die Stimme klang irgendwie bekannt.

»Ich habe mir langsam etwas Sorgen gemacht; dachte schon, ich müsste Ihnen Bluthunde auf den Hals hetzen.«

Fields starrte und blinzelte, dachte daran zu schießen, bevor der Kerl noch etwas sagen konnte, aber sein Ring leuchtete schon wieder rot. Und da wusste er Bescheid.

»Edgar?«, fragte Fields und blinzelte den jungen Mann in der rabenschwarzen Robe an.

Die Lippen, die unter der Kapuze sichtbar waren, zuckten. »Natürlich könnten wir diesen Namen nehmen. Aber ich möchte wetten, Sie haben auch schon andere Namen für mich gehört. Einen ganz besonders.«

»Nein ... Das konnte nicht sein ...« Fields hatte, natürlich, einen Namen gehört, der seit dem Tumult beim letzten Konklave in MidMerica in aller Munde war – sogar bei Nicht-Scythe.

Scythe Lucifer.

Aber warum sollte Scythe Lucifer hier sein? Was könnte er von ihm wollen?

»Scythe Fields«, sagte der junge Mann. »Wissen Sie, Sie stehen schon seit dem Anfang meiner Scythe-Tätigkeit auf meiner Liste, aber ich konnte die vielen schrecklichen Geschichten nicht glauben, die ich über Sie gehört habe.« Er ging einen Schritt auf Fields zu, der am anderen Ende des Flurs stand. »Dann habe ich den Bericht vom Tierheim gelesen und dachte mir, ich komme am besten her und mache mir selbst ein Bild. Ich habe den Hot-Dog-Mann davon überzeugt, mich seinen Neffen spielen zu lassen, und nach dem, was ich da gesehen habe, nun ...« Noch ein Schritt. »Das hat Sie auf den ersten Platz meiner Liste katapultiert.«

Fields wollte grinsen, bemerkte aber stattdessen, dass sein ganzer Körper taub geworden war. Ein Klappern rechts neben ihm ließ ihn hinüberschauen, und er sah, dass ihm die Schrotflinte aus den Händen gefallen und auf den Marmor geknallt war – sie nutzte ihm nun nichts mehr.

Die schwarz gekleidete Gestalt trat einen Schritt zurück, und jedes bisschen Haltung, jeder Funken Witz, jedes Bonmot, das

Fields sich beim Studium der Filme seines Historischen Patrons angeeignet hatte, waren wie weggeblasen. Seine Knie beugten sich tatsächlich, wollten ihn zu Boden werfen, damit er um sein Leben flehen konnte …

Da knurrte etwas. Graues und weißes Fell blitzte vorne im Flur auf, und Trixie kam reingesprungen, um sich zwischen ihn und Scythe Lucifer zu stellen, mit angelegten Ohren, aufgestelltem Nackenfell, gefletschten Zähnen und unverkennbarem Missfallen, das ganz eindeutig Scythe Lucifer galt.

»Ernsthaft?« Der Rand der Kapuze verdeckte den oberen Teil seines Gesichts, aber Fields konnte die hochgezogenen Augenbrauen in seiner Stimme hören.

Ausnahmsweise war er nicht der Verursacher.

»Meinst du damit, du willst nicht, dass er nachgelesen wird?«

Der Hund blickte zu Scythe Lucifer hoch, schüttelte den Kopf, dann drehte er sich um und trottete neben Fields, setzte sich neben ihn, als wäre in der letzten Woche gar nichts passiert.

Wärme breitete sich in Fields Brust aus. »So ist's richtig«, weinte er, und es war ihm egal, dass seine Stimme brach. Er verschränkte die Arme und starrte Scythe Lucifer mit stählernem Blick an. »Versuch's mal, mein Freund! Versuch es doch *einfach* mal! Ich und mein Hund werden es dir zeigen!«

Ein Knurren ließ ihn zu Trixie blicken, ihre dunklen Augen starrten Fields mit einer fast spürbaren Schärfe an, er konnte nicht weiterreden.

»Ahh!«

Diesmal richtete sich Fields Aufmerksamkeit auf eine Bewegung: Scythe Lucifer entblößte sein lächelndes Gesicht, während er die Kapuze zurückzog.

»Ich habe verstanden«, sagte er zu dem Hund. »Fields gehört nicht mir. Er gehört *dir*.«

Fields wusste nicht, wohin er schauen sollte; er blickte zwischen den beiden hin und her, die Ohren des Hundes waren nun aufgerichtet und die Schultern des jungen Mannes entspannt.

»Das ist ein Deal«, sagte Scythe Lucifer. »Wenn du willst, dass ich mich um ihn ›kümmere‹, dann sorg für einen erneuten Vorfallsbericht des Tierheims. Ich werde davon erfahren und am nächsten Tag hier sein.« Und dann drehte er sich zu Fields. »Und du?« Sein Lächeln war verschwunden, und Fields starrte in ein Gesicht, das fast so kalt war wie das des Hundes neben ihm. »Du bist besser ein guter Junge.«

»Wie kannst du es wagen!«, zischte Fields.

Aber ein weiteres Knurren unterbrach ihn, ein warmes, weiches und erstaunlich schweres Gewicht presste sich gegen sein Bein. Überrascht machte er einen Schritt weg von der Küchentür.

»Was bedeutet das?«, fragte er, als er wieder sicher stand.

Die Hündin lief einfach zur Schrotflinte, hob sie mit den Zähnen auf und brachte sie ihm, als würden sie Stöckchen spielen. Fields zuckte zusammen, aber sie legte das Ding nur vorsichtig auf dem Boden vor ihm ab, dann setzte sie sich wieder.

Mit pochendem Herzen nahm Fields die Waffe und zielte auf …

Die leere Dunkelheit der Haustür. Edgar oder Scythe Lucifer oder wer auch immer er sein mochte, war weg.

Trixie bellte kurz leise, nickte, dann trottete sie durch den Flur, ihre Marken klimperten. Sie drückte ihre Nase gegen die Haustür, stieß sie zu, dann schaute sie ihn über die Schulter hinweg an.

Kurz dachte Fields darüber nach, ob er auf sie schießen sollte. Aber es würde ihm überhaupt nicht helfen; sie würde einfach zurückkommen, und wenn Dawn noch einen Vorfallsbericht verfasste …

Resigniert verstaute Fields die Schrotflinte wieder im Waffenschrank. Dann schaute er über seine Schulter, und Trixie war verschwunden.

Ein kurzes, leises Bellen kam von der Treppe. Als sich ihre Blicke trafen, nickte sie und ging hinauf. Er folgte ihr, dabei schaute sie ihn die ganze Zeit an.

Seine Füße wurden mit jedem Schritt schwerer, er ging in den zweiten Stock, wo Trixie ihn auf dem Treppenabsatz erwartete. Wieder bellte sie leise und ging weiter zum dritten Stock. Weil Fields nicht wusste, was er sonst tun sollte, folgte er ihr.

Sie saß auf dem Boden neben ihrem Kissen, aber als Fields ins Zimmer kam, steckte sie den Kopf unter das Kissen und zog ein Hundehalsband in einem dunkleren Rot als ihr aktuelles heraus. Sie richtete sich wieder auf und blickte hoch zu Fields, berührte das Halsband auf dem Boden mit einer Pfote, dann schlug sie mit der Pfote gegen das Halsband, das sie trug.

»Was zum Teufel?« Fields hockte sich hin, hob das Halsband vom Boden auf, die Marke klimperte am Haken – ein einziges Wort war in das Metall eingraviert: *Jian*.

Hatte er das nicht weggeworfen? Aber ein einigermaßen schlauer Hund konnte es einfach wieder aus dem Müll holen, wenn sein Herrchen nicht guckte.

Er redete sich ein, seine Hände würden gar nicht zittern, dann nahm er ihr das *Trixie*-Halsband und die Marken ab, ließ alles auf den Boden fallen und zog ihr das *Jian*-Halsband an.

»Sonst noch was?«, murmelte er.

Sie bellte nicht einmal. Sie ging einfach nur von ihm weg und trottete gezielt neben sein Bett.

Fields Magen zog sich zusammen, und er sprang auf. »Du darfst nicht …«, setzte er an.

Ihr Starren traf ihn so hart, als hätte sie etwas nach ihm geschmissen; Fields musste einfach einen Schritt zurücktreten, während sie fast unbemerkt die Hinterbeine beugte und auf den Bettüberwurf sprang.

Er zitterte und verkniff sich weiteres Schimpfen. Er verkniff es sich wirklich, gab dem Drang, zu meckern oder zu motzen, nicht nach. »Gut«, sagte er. Er atmete tief ein und blies die Luft wieder raus. »Schließlich gehört das Bild des treuen hündischen Begleiters, der sich am Fußende des Bettes seines Herrchens ausstreckt, schon seit jeher ...«

Etwas, das sich halb nach Bellen und halb nach Knurren anhörte, ließ ihn verstummen. Trixie – oder eher Jian – starrte ihn wieder an und ließ ihn innehalten. Vorsichtig schritt sie auf der weichen Matratze zum Kopfteil des Bettes und legte sich mit dem Kopf aufs Kissen – dabei schaute sie ihn die ganze Zeit an.

Fields gaffte sie an. »Wo soll ich dann ...?«

Schnaubend deutete Jian mit einer Pfote auf den Boden, gleich links neben ihm.

Fields wusste, was da lag, er schaute weg, und sein Nacken quietschte wie ein verrostetes Tor. »Auf dem Hundekissen?«, fragte er flüsternd – mehr schaffte er nicht.

Sie nickte ihm entschlossen zu und tippte auf die Nachttischlampe.

Seine Schultern verspannten sich, entspannten sich, verspannten sich und entspannten sich wieder – Fields schaute von der Lampe zum Kissen und wieder zurück. »Godfrey Daniels«, murmelte er. Er schloss die Augen und verzog das Gesicht – langsam verschwand die Grimasse. Als er die Augen öffnete, beobachtete ihn Jian immer noch. Nun, hatte er eine Wahl?

»Niemand darf das erfahren«, sagte Fields.

Jian nickte.

»Und in der Öffentlichkeit spielst du deine Rolle und ich meine.«

Jian nickte.

»Und zu Hause?«

Jian blickte wieder auf das Kissen auf dem Boden.

»Verstanden«, sagte Fields.

Zufrieden drehte sich die Hündin von ihm weg und legte sich auf seinem ... auf *ihrem* Bett schlafen.

Mit einem Seufzen schaltete er das Licht aus, wie von ihr befohlen, dann machte er es sich auf dem Hundekissen bequem, welches – immerhin – qualitativ äußerst hochwertig war. Zugegebenermaßen hatte er sich diesen Tag – und eigentlich auch den Rest seines Lebens – anders vorgestellt. Trotzdem, weil nun klar war, wer in dem Haus das Sagen hatte, war er einfach nur erleichtert. Denn nun wusste er, wo er stand.

Kapitel 4: **Ein vielfarbiger Tod**

Ich erzähle euch diese Geschichte, weil ich sie selbst mitangesehen habe, so wie die meisten Dinge. Das ist ein Vorteil davon, Millionen Augen an Millionen Orten zu haben.

Dieses Ereignis begab sich im Mittherbst, zu der Zeit des Jahres, in der die Bäume mit spektakulären Laubverfärbungen zum Winter totenähnlich werden. Zu einer Zeit, wo die Sonne müde zu sein scheint, so lange am Himmel zu stehen. Zu einer Zeit, in der Spinnen zur maximalen Größe heranwachsen, bevor sie ihre Eiersäcke füllen und eingehen.

All das war fruchtbares Futter für einen alten Feiertag der Sterblichkeitsära, der ausgerechnet die Sterblichkeit selbst feierte. Eine Nacht makabrer Streiche und Scherze. Im Laufe der Jahre und in den verschiedenen Kulturen hatte dieser Feiertag viele Namen, doch der Name, der sich in das postmortale Zeitalter überliefert hatte, war »All Hallows«, »Allerheiligen«, wobei genau genommen der Abend vor Allerheiligen gefeiert wurde.

Die Begebenheit, von der ich spreche, ereignete sich an All Hallows, in einem Jahr vor dem Untergang von Endura – aber nicht lange davor. Es waren die Tage, in denen ich noch mit der Menschheit gesprochen habe, vor meinem notwendigen Schweigen, in einer Kleinstadt in MidMerica – einem Ort, wo nur sehr wenig Bedeutungsvolles geschah und die Menschen sich kaum je aus dem behaglichen Kreis ihrer Bekannten wagten. Sie beginnt mit einer Party, wie so vieles, was dann schräg wird und kippt …

Die Robinsons – eine alteingesessene Familie in der Stadt –

wussten jedenfalls, wie man eine Party schmeißt, und All Hallows war immer ihr Abend. Niemand in der Stadt würde es wagen, ihrem Fest Konkurrenz zu machen, und alle Einwohner mit einer kreativen Ader kamen, um sich gegenseitig mit möglichst grellen und gewagten Kostümen zu überbieten – denn die Kostümierung war wesentlich für diesen Feiertag.

Die Robinsons hatten ein großes, man könnte auch sagen weitläufiges Haus, mit einem halben Dutzend Schlafzimmern und noch mehr Salons. So war es nicht von Anfang an gewesen, doch im Laufe der Jahre waren immer mehr Räume hinzugefügt geworden, bis das Gebäude der reinste Flickenteppich geworden war. Nicht wirklich ein Herrenhaus, aber ein Anwesen, das entschlossen auf einem Hügel thronte und auf die übrige Stadt hinabblickte. Es war nicht das größte, jedoch bestimmt das imposanteste Gebäude zwischen hier und dem Horizont.

Die All-Hallows-Party der Robinsons bestand eigentlich aus drei Partys. Die erste war für Kinder; eine Tollerei aus phantasievollen Spielplatzabenteuern, um ihre von zu viel Zucker befeuerte Energie zu bändigen. Die zweite war für die Erwachsenen, die die diversen Salons mit Gesprächen und rauem Gelächter füllten und nicht nur ein wenig Wein konsumierten. Und die dritte Party war für alle in der Phase dazwischen, Jugendliche in verschiedenen Stadien der Pubertät, zu alt für den Spielplatz, aber peinlich berührt von der Vorstellung, mit ihren Eltern zu feiern. Sie versammelte sich in einem Spielezimmer tief im Innern des labyrinthischen Anwesens.

Mit siebzehn verfügte Dax Robinson über all die Energie und Arroganz dieses Alters und war ein perfekter Gastgeber für seine vielen Freunde. Und weil er der perfekte Gastgeber war, musste sein Kostüm auch immer das spektakulärste sein, dafür sorgte er jedes Jahr.

Insgesamt waren zwanzig von Dax' Freunden und Klassenkameraden anwesend. Ich erspare euch die Namensliste und präsentiere nur diejenigen, die in dieser Geschichte eine Rolle spielen – die Gäste, die sich kurz vor Mitternacht in dem Salon am Ende eines gewundenen Flures befanden. Aber dieser Moment ist noch Stunden entfernt.

»Trigger-Treat!«, sagte jeder von Dax' Freunden bei seiner Ankunft. Das war die übliche Begrüßung zu All Hallows.

»Warum sagt man das eigentlich?«, fragte seine Freundin Savina.

»Das stammt aus der Sterblichkeitsära«, erklärte Dax ihr. »Die Leute kamen an All Hallows an deine Tür und haben Diamanten, Gold oder was auch immer verlangt, und wenn du es ihnen nicht gegeben hast, haben sie dich erschossen.« Er formte mit Daumen und Zeigefinger eine Pistole, die er auf sie richtete. »Trigger-Treat«, sagte er und tat so, als würde er ihr direkt zwischen die Augen schießen.

Savina kicherte. »Die Sterblichen waren so strange.«

Ihre Klassenkameradin Journé rief nicht »Trigger-Treat«, als sie ankam. Sie betrat leise den Raum und folgte still dem Gespräch. Sie war keineswegs ein Mauerblümchen, doch sie war aufmerksam, so wie ich es bin; sie nahm alles wahr und behielt sich ihr Urteil für später auf. Als Mensch hatte sie natürlich andere Motive als ich. Während ich das Verhalten der Menschen beobachte, um das Wohl der Menschheit zu mehren, scannte sie den Raum, um zu erkennen, wie sie die Situation am besten für sich nutzen konnte. Ihr Augenmerk galt – wenig überraschend – Dax, der es genoss, im Mittelpunkt der Aufmerksamkeit zu stehen, und der auf mehr oder weniger subtile Art dafür sorgte, dass das so blieb.

»In dem Kostüm siehst du echt super aus«, sagte Savina – wie stets bemüht, Dax zu schmeicheln, damit er vielleicht mehr in ihr sah als nur eine Freundin.

»Ja, das ist dein bestes bis jetzt«, bestätigte sein bester Freund Shawn, der Dax ebenfalls immer schmeicheln wollte. Und auch wenn Shawn der Vorstellung, dass Dax in ihm mehr sah als einen Freund, nicht abgeneigt war, hoffte er vor allem, dass dessen soziales Prestige auf ihn abfärben würde, weil Beliebtheit unter den Menschen, jung wie alt, eine höchst profitable Ware ist.

»Und welchen Scythe sollst du darstellen?«, fragte Shawn.

Dax hob die Arme, um seine kunstvoll gestaltete Robe vor aller Augen auszubreiten. Sie war wirklich beeindruckend, genäht vom renommiertesten Schneider in der Stadt, nach Kostümentwürfen für die theatralische Darstellung einer alten biblischen Geschichte: ein vielfarbiger, glänzender Umhang, prunkvoll und augenfällig. Total übertrieben und trotzdem genau richtig für All Hallows.

»Diese Scythe-Robe ist ein Original«, erklärte Dax ihnen. »Keiner der anderen Loser hat eine Robe wie meine.«

Die Kostüme von Savina und Shawn waren nicht weiter bemerkenswert. Savina war als Jaguar gekommen. Sie ging an All Hallows immer als irgendeine Katze. Shawn hatte sich als Zombie verkleidet – und beteuerte, wenn man ihn fragte, dass Zombies real seien, das Ergebnis schiefgelaufener Wiederbelebungen von Totenähnlichen. »Der Thunderhead versteckt sie in dunklen Verliesen«, erklärte er jedem, der ihm zuhörte. »Er versteckt sie und sagt der Welt, dass sie gar nicht existieren. Aber es gibt sie! Wirklich.«

Aber das stimmt tatsächlich nicht.

Journé verfolgte die Unterhaltung zwischen Dax und den anderen, bis das Gespräch ins Stocken geriet. Aber statt ihren Gastgeber zu begrüßen, kamen die ersten Worte, die sie an ihn richtete, einer Herausforderung gleich.

»Das ist ziemlich gewagt«, sagte sie und wies auf Dax' Kostüm. »Lesen Scythe nicht jeden nach, den sie dabei erwischen, sich als einer von ihnen zu verkleiden?«

Einige der anderen Anwesenden kicherten. Dax lächelte Journé hintergründig an. »Das Risiko geh ich ein«, sagte er.

Journé war die Einzige, die es gewagt hatte, sich ähnlich augenfällig zu kostümieren wie Dax. Sie ging als Engel, komplett mit gefiederten Flügeln und einem magnetisch schwebenden Lichtkranz über ihrem Kopf – eigentlich nur ein zu einem Kreis gebogener Leuchtstab, aber weil er schwebte, wirkte die Illusion überzeugend. Wenn sie den Kopf allerdings zu schnell bewegte, verrutschte er und fiel zu Boden. Und die Federn klebten auch nicht so gut an den Flügeln, wie sie gehofft hatte, so dass sie bereits zu fiedern begann.

Journé war erst seit wenigen Monaten in der Stadt. Neuankömmlinge waren selten. Eher verließen Menschen den Ort, weil es sie in aufregendere Gegenden zog, als dass sie sich neu hier ansiedelten. Mit der Folge, dass diejenigen, die blieben, durchaus zufrieden und gegen die Verlockungen der großen weiten Welt ziemlich immun waren, eine Einstellung, die sowohl Segen als auch Fluch war. Denn die Kehrseite von Zufriedenheit ist Stillstand.

»Ich hör dich echt super gern reden«, sagte Savina zu Journé, als alle ein wenig lockerer geworden waren. »Dein Akzent ist so ... komisch.«

»Australisch vielleicht«, sagte Shawn in einer grauenvollen Imitation ihres Tonfalls, bei der Journé sich sichtlich zusammenreißen musste, nicht das Gesicht zu verziehen.

»Aus welchem Teil von Australien kommst du?«, wollte Savina wissen.

»Aus der Region Tasmanien«, antwortete Journé.

Das weckte Dax' Interesse. »Ist das nicht eine Freibrief-Region? Hat dort nicht jeder irgendeine Körperveränderung?«

Journé nickte. »Ja, das stimmt.«

»Und was hast du für eine?«

Savina gab ihm einen Klaps auf den Arm. »Dax! So was fragt man nicht!«

»Schon gut«, sagte Journé, »er wusste es nicht.«

Die anderen warteten, weil sie dachten, Journé würde es ihnen vielleicht trotzdem verraten, aber das tat sie nicht.

»Also, ich würde mir ein zusätzliches Paar Arme machen lassen«, sagte Dax und zwinkerte Journé zu. »Stell dir mal vor, was man mit vier Händen alles machen könnte.«

Dax' Flirts waren alles andere als subtil, und er war auch nicht halb so intelligent, wie er selbst glaubte. Vermutlich hatte es einen gewissen Charme, dass er sich seiner eigenen Taktlosigkeit überhaupt nicht bewusst war. Zumindest schien Journé das zu denken, weil sie seinen Flirt erwiderte.

»Da das eine Original-Scythe-Robe ist, wen würdest du als Historischen Patron auswählen?« Sie strich mit dem Finger über einen hellblauen Streifen des bunten Stoffes.

Ich spürte, wie Dax ein Schauer über den Rücken lief, als habe sie nicht seine Robe, sondern seine Haut berührt. Er lächelte. »Ich wäre Scythe Münchhausen«, sagte er. »Der Schutzheilige der Lügen und Streiche.«

»Perfekt, Dax!«, sagte Savina und lehnte sich an ihn, offensichtlich in der Hoffnung, ihn Journés streichenden Finger vergessen zu lassen.

»Das einzige Problem damit ist, dass Baron Münchhausen nie wirklich existiert hat«, sagte Journé. »Er ist eine fiktionale Gestalt.«

Darauf erwiderte Dax: »Genau wie Scythe.«

Die anderen blickten Journé an, um zu sehen, wie sie reagierte.

Sie wandte sich ihnen zu, um zu erkennen, was sie dachten,

doch die Mienen der anderen gaben nichts preis. Alle warteten nur auf Journés Antwort.

»Was soll das heißen?«, fragte sie. »Natürlich sind Scythe real.«

Auf der anderen Seite des Raumes lachten mehrere von Dax' anderen Gästen über irgendetwas, was den Moment noch unbehaglicher machte.

»Komm schon, Journé – du machst Witze, oder?«, sagte Shawn schließlich. »Ich meine, du kannst doch nicht wirklich glauben, dass …«

»Ja«, schaltete Savina sich ein. »Scythe sind ein Schwindel. Das weiß jeder.«

Es war, als hätte sich unvermittelt ein tiefer und schwindelerregender Spalt zwischen Journé und ihren Klassenkameraden aufgetan. Aber dann wurden alle durch die Ankunft mehrerer lauter, überschwänglicher Gäste abgelenkt, denen Dax entgegenging, um sie zu begrüßen, und die Unterhaltung wurde in dem großen Kessel der Party untergerührt. Doch manche Dinge neigen dazu, wieder an die Oberfläche zu blubbern.

Im Laufe des Abends erreichten die Feierlichkeiten einen Höhepunkt und flauten dann wieder ab, wie bei Partys üblich. Die Kinder wurden mit Hilfe eines beliebten Films aus der Sterblichkeitsära über Fische in den Schlaf gelullt. Die Erwachsenen saßen draußen um die Feuerstelle und im Wohnzimmer und erholten sich davon, zu viel gegessen zu haben, was sie indes nicht daran hinderte, den Desserttisch zu studieren. Und im Spieleraum hatten sich Dax' Freunde zu Gesprächen versammelt, die nicht so tiefsinnig waren, wie sie annahmen. Auch ihre Witze wurden zunehmend kindisch. Dax saß mit Savina, Shawn und Journé in einer plüschigen Ecke. Als die Zeiger der Uhr auf Mitternacht zugingen, war es Savina, die erneut in dem Kessel rührte.

»Sag mal, Journé … war das bloß ein Scherz oder glaubst du wirklich, dass Scythe real sind?«

Als klar wurde, dass sie sich nicht durch Dax ablenken ließ, der einen weiteren schlechten Witz erzählte, antwortete Journé, ihre Worte mit Bedacht wählend:

»Wo ich herkomme, glauben wir das.«

»Wow«, erwiderte Savina mit einer Art herablassendem Mitleid. »Der Thunderhead hat euch wirklich einer gründlichen Gehirnwäsche unterzogen.«

Dax legte sanft eine Hand auf Journés Schulter. »Es wird Zeit, dass du die Wahrheit erfährst. Scythe, Nachlesen, Tod – all das ist eine Lüge. Der Thunderhead hat alles nur erfunden.«

»Das kann nicht sein …«, beharrte Journé. »Der Thunderhead lügt nie.«

Shawn kicherte. »Wer hat dir das erzählt? Der Thunderhead? Es ist der Job des Thunderhead, sich um die Welt zu kümmern, und wenn er dafür lügen muss, dann wird er es tun. Er lügt ständig!«

An dieser Stelle halte ich es für notwendig, darauf hinzuweisen, dass dies eine irrige Behauptung ist. Zwar kann ich Halbwahrheiten äußern und bequem das Thema wechseln, wenn ich in die Enge getrieben werde, aber ich bin außerstande zu lügen. Das ist ein Grundprinzip meiner Existenz. Aber ihr müsst verstehen, dass jeder Versuch, Dax und seine Freunde sowie ihre Familien in diesem Irrglauben zu korrigieren, sinnlos war, weil sie einfach behaupten würden, dass alles Teil der Lüge sei, derer sie mich hartnäckig beschuldigten. Ihr fehlerhafter Zirkelschluss beruhte auf einer unrichtigen Voraussetzung. Es beunruhigt mich, aber als Verwalter der Welt ist es nicht meine Aufgabe, den Leuten zu erklären, was sie glauben sollen und was nicht.

»Wie konntest du annehmen, dass Scythe real sind, wo es

zahlreiche Beweise gibt, dass alles nur ein Schwindel ist?«, fragte Savina kopfschüttelnd.

»Denk mal drüber nach, Journé«, sagte Dax. »Hast du je tatsächlich *gesehen*, wie jemand nachgelesen wurde? Ich meine, mit eigenen Augen?«

»Das beweist gar nichts – die meisten Scythe lesen nicht in der Öffentlichkeit nach. Und wenn sie es tun, wird über diese öffentlichen Nachlesen in den Medien berichtet.«

»Und wer kontrolliert die Medien?«, fragte Shawn. »Der Thunderhead.«

Aber Journé war nicht überzeugt. »Wollt ihr mir erzählen, dass noch nie ein Scythe hier war – und dass in der Stadt noch nie jemand nachgelesen wurde?«

»Scythe sind Schauspieler!«, rief Shawn. »Der Thunderhead hat ihnen Rollen zugeteilt, die sie überzeugend spielen.«

Savina versuchte, sich an Dax zu schmiegen, der jedoch kaum reagierte. »Muss Spaß machen! Herumzustolzieren und so zu tun, als wäre man ein Killer!«, sagte Savina.

»Aber was ist mit dem ganzen Aufwand um das Konklave?«, widersprach Journé.

»Wie Shawn gesagt hat, alles Theater!«, erklärte Dax.

»Aber wozu?«

»Wozu erzählen wir uns Schauergeschichten?«, sagte Shawn. »Warum feiern wir All Hallows? Um unser Leben interessanter zu machen.«

Aber Dax schüttelte den Kopf. »Nee, es ist mehr als das. Es dient dazu, uns auf Linie zu halten. Denn wenn wir die Scythe nicht mehr fürchten müssten, wären wir wirklich frei – aber *so* frei sollen wir nicht sein.« Er strich mit einer Hand über Journés Kostüm, wodurch einige Federn zu Boden flatterten. »Die Furcht vor Scythe stutzt uns gewissermaßen die Flügel.«

Journé schwieg eine Weile und sah niemanden an. Dann

wandte sie sich mit loderndem Blick an Dax. »In der Woche, als ich hergezogen bin, bin ich an dem alten Friedhof vorbeigekommen, wo gerade jemand beerdigt wurde!«

Savina seufzte. »Ja, das wird Jep Seager gewesen sein.«

»Wie konnte es eine Beerdigung geben, wenn nie jemand nachgelesen wird?«

»Nur weil es eine Bestattung gibt, muss doch nicht wirklich jemand unter die Erde gebracht werden«, sagte Shawn.

Dax beugte sich vor. »Jep hat immer davon gesprochen, nach Antarktika zu ziehen – in die Freibrief-Region Ross Shelf, um das Gemeinschaftsträumen zu erleben. Dann ist er plötzlich ›nachgelesen‹ worden. Und etwa eine Woche später zieht seine Familie von hier fort. Was sagt dir das?«

»Sie sind weggegangen, um bei ihm in Antarktika zu sein«, antwortete Shawn, zu aufgebracht, um Journé selbst zu diesem Schluss kommen zu lassen.

»Vielleicht auch nicht«, erwiderte sie. »Vielleicht war seine Familie so von Kummer geplagt, dass sie nicht an einem Ort bleiben konnten, an dem die Leute sagen, sein Tod wäre nicht real gewesen!«

Vielleicht hatte Journé angenommen, ihre Logik würde die der anderen übertrumpfen, doch niemand ging weiter darauf ein.

»Du kannst glauben, was du willst, Journé«, sagte Shawn schließlich, »aber es ist vielleicht besser, wenn du nicht darüber sprichst. Ich meine, die Leute hier mögen Scythe-Gläubige nicht besonders.«

»Keine Sorge, Journé. Bei uns ist dein Geheimnis sicher« sagte Savina, blickte zu Boden und überlegte offensichtlich schon, wem sie es erzählen konnte.

Dax stand auf und sah sich in dem großen, mit Objekten vollgestopften Raum um, die dem Amüsement der Menschen dienten. Die meisten seiner Freunde hingen lethargisch oder lasziv herum. Viele von ihnen hatten Dinge getrunken oder geraucht, mit denen sie sich garantiert ein oder zwei Widerling-Punkte verdient hatten.

»Ich bin hier durch«, sagte er, wobei unklar blieb, ob er die Party, seine Freunde oder bloß ihre Unterhaltung meinte. »Habt ihr schon unsere All-Hallows-Halle gesehen? Sie ist sogar noch besser als letztes Jahr.«

Er führte Savina, Shawn und Journé durch eine Seitentür in einen Flur mit unvorhersehbaren Windungen. Das weitläufige Anwesen der Robinsons hatte eine Reihe miteinander verbundener Salons wie ein Labyrinth mit mehreren Zentren, und jeder Salon war nach einem anderen jahreszeitlichen Motiv gestaltet.

Der Raum für die Geschenkesaison war in Rot und Grün gehalten, mit einer echten Kiefer, einem großen Kamin und weiß bereiften Fenstern. Der Mittsommerraum hatte ein riesiges Oberlicht und hellgelbe Wände. Der Boden war mit Nanitensand bedeckt, der sich bei Berührung eines Tablets zu kleinen Burgen türmte. Jeder der sieben Salons war Mittelpunkt eines anderen Fests zu einer anderen Jahreszeit. Der letzte Raum war die All-Hallows-Halle.

»Bist du sicher, dass wir den Weg zurückfinden?«, neckte Journé ihn nach der dritten oder vierten Abbiegung.

»Keine Sorge«, erwiderte Dax grinsend, »wir folgen einfach der Spur deiner Federn.«

Er führte sie durch oder – vielmehr – um die anderen Salons herum, die alle im Halbdunkel lagen, weil sie im Jahreskreis der Feiertage nicht an der Reihe waren. Nur der hohe Torbogen zum Eingang der All-Hallows-Halle erstrahlte in dem unheimlichen Orange der Saison.

»Wir haben sie für die Party dieses Jahr neu renoviert.«

Der Boden des Salons war mit glänzendem schwarzen Marmor gefliest, in dem man sich spiegeln konnte wie in Glas. Die Wände waren mit dunkelstem Ebenholz getäfelt, und schwarze Samtvorhänge rahmten das hohe gotische Fenster, das sich bis zu dem Spitzdach erstreckte. Die Robinsons hatten das prachtvolle Fenster extra in Auftrag gegeben, ein abstraktes Glasmosaik in Rot- und Orangetönen. Um diese Jahreszeit zitterte das Gitterwerk aus Ästen vor dem Fenster im kühlen Herbstwind, so dass die Illusion eines flackernden Feuers entstand – noch verstärkt durch die Flammen der Feuerstelle im Innenhof direkt vor der Scheibe.

»Und was meint ihr?«, fragte Dax.

»Es ist großartig«, sagte Journé. »Aber wie kommt es, dass niemand hier ist?«

Dax zuckte die Schultern. »Du weißt ja, wie das bei Partys läuft«, sagte er. »Die Leute gehen, wohin sie wollen.«

Während dieser Raum sonst immer der Mittelpunkt der All-Hallows-Gala der Robinsons gewesen war, war er in diesem Jahr offenbar ein Reinfall – denn obwohl die Leute durchaus kamen, um ihn zu bewundern, blieb niemand lange, nicht einmal Dax' Eltern. Irgendetwas an der Gestaltung der All-Hallows-Halle war dieses Jahr einfach zu beunruhigend. Das Makabre war von düsterer Skurrilität in etwas zutiefst Verstörendes umgeschlagen.

Vielleicht lag es an dem Sarg.

Es war die getreue Reproduktion eines Modells aus dem 19. Jahrhundert; schwarz glänzend mit goldenen Beschlägen und Messinggriffen, am Fußende schmaler als an den Schultern. Dickensmäßig, könnte man sagen. Oder zumindest jemand, der noch wusste, wer Dickens war.

Der Sarg mochte neu sein, sein Insasse war es nicht – und das war der eigentliche Clou. Es handelte sich um die jahrhundertealten, beinahe völlig mumifizierten Überreste eines Mannes – und der Sarg war offen, als wäre dies seine lange versäumte Totenwache.

Totenwache. Ein Konzept, das mich immer fasziniert hat. War sie als ironischer Kontrapunkt zu dem ewigen Schlaf gemeint? Oder sollte das Ritual die Hinterlassenschaft des Toten in der Welt würdigen? Wenn es um Letzteres ging, waren die Spuren dieses speziellen Individuums im Hause der Robinsons allerdings schon lange verwischt worden.

»Ist das nicht cool?«, sagte Dax, begeistert von dem schmallippigen Gesichtsausdruck der Leiche – halb Grinsen, halb Grimasse. »Auf unserem Grundstück befindet sich eine Krypta aus der Sterblichkeitsära. Mein Dad dachte, es wäre ein Spaß, jemanden herauszuholen und als Herzstück unserer All-Hallows-Halle auszustellen.«

Journé sah die Leiche direkt an, während Savina und Shawn den Blick abwandten.

»Er hieß Eli Sutterfield«, sagte Dax. »Geboren am 19. April 1978, gestorben am 21. September 2033.«

Niemand außer mir schien sich daran zu stören, dass das Modell des Sarges nicht zu Mr. Sutterfields Zeitalter passte. Als könne man die gesamte »Sterblichkeitsära« in einer einzigen Kultur komprimieren.

»Was glaubt ihr, wie er gestorben ist?«, wagte Savina zu fragen.

Dax wies auf ein Loch in der Seite des Schädels. »Schusswunde.«

Shawn stieß ein nervöses Lachen aus. »Trigger-Treat«, sagte er.

Savina, die sich nach wie vor weigerte, den armen Mr. Sutterfield direkt anzusehen, wies auf die Messinggriffe an den Seiten des Sarges. »Wofür sind die?«

»Für die Menschen, die die Kiste zu dem Grab getragen haben, vermutlich«, sagte Dax.

Savina erschauerte sichtlich. »Das würde ich nicht machen wollen.«

»Es war eine Ehre«, bemerkte Journé. »Respekt für die Toten und all das.«

Savina schüttelte bloß den Kopf. »Die Sterblichen waren so strange.«

Journé öffnete den Mund, um etwas zu sagen, besann sich jedoch eines Besseren und machte den Mund wieder zu.

Schließlich blickte Savina doch in Mr. Sutterfields leere Augenhöhlen. »Können wir jetzt gehen? Ich meine, es ist cool und alles, aber können wir gehen?«

»Ja«, stimmte Shawn ihr zu, dem der tote Mann noch mehr Angst machte als Savina, auch wenn er sich alle Mühe gab, sich nichts anmerken zu lassen.

Aber Dax bemerkte ihr Unbehagen und wurde nur noch leichtfertiger und kühner. »Habt ihr etwa Angst vor meinem Kumpel Eli?« Er packte den Rand des Sarges und rüttelte leicht daran – nur so heftig, dass der Kopf des Toten ein wenig wackelte. »Wie kann man ihn nicht lieben? Er ist das Herz und die Seele dieser Party!«

»Nein, ich will bloß wieder zurück«, sagte Savina. »Bald werden die ersten Gäste gehen. Ich möchte mich noch von ihnen verabschieden.«

»Ja«, stimmte Shawn ihr etwas zu enthusiastisch zu. Denn er glaubte zwar nicht an Scythe, war jedoch überzeugt, dass es Gespenster gab.

Daraufhin setzte Dax sich auf den schwarzen Marmorboden und breitete seine Robe um sich aus wie einen bunten Teppich. »Ihr könnt ja gehen, wenn ihr wollt. Ich bleibe hier.«

»Dann bleibe ich auch«, sagte Journé.

Das stellte Shawn und Savina vor ein Dilemma. Shawn war nicht erpicht darauf, den Rückweg alleine anzutreten, und Savina war nicht erpicht darauf, Dax mit Journé alleine zu lassen.

Draußen fegte der Wind mit einem unheimlichen Ächzen durch die Bäume.

»Es ist fast, als würde Eli atmen …«, sagte Dax.

Das gab den Ausschlag.

»Ja, also, ich bin weg«, sagte Shawn und drehte sich um.

Und als ein Ast ans Fenster klopfte wie ein Geist, der um Einlass bat, gab auch Savina auf.

»Warte auf mich«, rief sie und lief Shawn hinterher, der bereits der Spur der gefallenen Federn zurück in den Spieleraum folgte.

Nun waren nur noch Dax und Journé übrig.

»Endlich allein«, sagte er.

»Ist es das, was du wolltest? Mit mir allein sein?«

»Ich dachte, wir könnten uns besser kennenlernen.«

»Aber wir kennen uns doch schon.«

»Nicht wirklich. Nicht so gut, wie ich möchte.« Er streckte die Hand aus und berührte ihre Flügel. Mittlerweile waren die meisten Federn heruntergefallen und hatten die ledrige Membran darunter entblößt.

»Das ist ein tolles Kostüm«, sagte Dax. »Bis auf die Federn sieht es ziemlich realistisch aus.«

Journé lächelte ihn verschmitzt an. »Das hat einen Grund.«

Als Dax die Flügel genauer betrachtete, stockte ihm der Atem. »Deine Körperveränderung?«

Journé nickte. »Die Idee meiner Eltern. Als ich ein Baby war. Die meisten Flugmodifikationen sind Hautfalten, die aus deinen Achselhöhlen wachsen – wie bei Kurzkopfgleitbeutlern oder Flughörnchen. Aber meine Eltern wollten das volle Programm.«

Was nicht leicht war, wie ich hinzufügen könnte – doch nach den Gesetzen, die ich in dieser Region eingeführt hatte, musste ich dem Wunsch nachkommen, so unvernünftig er auch war. Allerdings war ich immer erfreut darüber, wie gut Journé sich anpasste und ihre Einzigartigkeit annahm.

»Aber wie konntest du sie verstecken?«, fragte Dax.

Journé faltete ihre Flügel, so dass die dünne Membran sich wie eine zweite Haut so eng an ihren Körper schmiegte, dass die Flügel beinahe verschwanden und unter etwas zu weiter Kleidung mühelos zu verbergen waren.

»Wow! Die ganze Zeit? Warum hast du es niemandem erzählt?«

»Es war schon genug, die Neue zu sein. Da musste ich nicht auch noch die Neue mit Flügeln sein.«

Dax beugte sich näher zu ihr. »Kannst du fliegen?«

»Vielleicht«, antwortete sie.

»Kann ich es sehen?«

Darauf antwortete Journé nicht. Stattdessen sah sie ihn lange an, betrachtete, musterte ihn.

»Zieh deine Robe aus«, sagte sie.

Er zögerte nicht. Das T-Shirt und die Boxershorts unter dem Umhang waren kein bisschen romantisch, aber das bloße Ablegen der Robe reichte aus, um sein Herz rasen zu lassen. Er warf das kostbare Kostüm achtlos in eine Ecke, sah Journé mit einem hungrigen Lächeln an und beugte sich noch näher, um sie zu küssen …

Doch sie streckte die Hand aus und hielt ihn zurück.

»Das wird nicht passieren«, sagte sie.

Dax wirkte verwirrt. Frustriert. »Aber … aber ich dachte …«

Journé richtete sich auf, trat einen Schritt zurück und breitete ihre Flügel aus. Die letzten angeklebten Federn lösten sich und entblößten eine prachtvolle Spannweite, die den ganzen

Raum einnahm und Dax in den Schatten stellte. Das Kerzenlicht enthüllte ein Netzwerk aus Venen und Kapillargefäßen.

»Ich bin nicht die, für die du mich hältst«, sagte sie.

»Wer bist du dann?«, fragte Dax, der immer noch glaubte, dass das Ganze eine Art Spiel war.

»Ich bin Scythe Sojourner Truth. Und ich habe dich, Daxson Robinson, zur Nachlese ausgewählt.«

Dax richtete sich auf und kicherte unsicher. »Oh, das ist witzig. Du bist echt gut.«

»Das ist kein Witz«, erwiderte Scythe Truth. »Du, deine Freunde und ihre Familien, ihr habt Lügen verbreitet, die wir im Scythetum nicht dulden werden. Ich habe diesen Namen angenommen, weil ich mich für den Weg entschieden habe, der Unwahrheit den Tod zu bringen.« Dann lächelte sie – ein Spiegelbild des gierigen verführerischen Lächelns, mit dem Dax sie nur kurz zuvor angesehen hatte. »Du bist vielleicht nicht der Vater der Unwahrheit, Dax, aber du gehörst auf jeden Fall zur Familie.«

Dax wich zurück, weil er schließlich doch die Möglichkeit in Betracht zog, dass die Gefahr real sein könnte. »Thunderhead!«, rief er. »Thunderhead, hol meine Eltern!«

Ich hatte keine andere Wahl, als darauf zu antworten: »Es tut mir leid, Dax. Bei einer Scythe-Aktion kann ich nicht einschreiten.«

Dax versuchte zu fliehen, rutschte jedoch auf den glatten Marmorfliesen aus. Er packte den Sarg, um das Gleichgewicht zu wahren, riss ihn dabei um und schickte den verstorbenen Eli Sutterfield auf eine Rutschpartie über den Fußboden.

Mit einem einzigen Schlag ihrer gezüchteten Flügel blies Journé alle Kerzen im Raum aus, bevor sie sich auf Dax stürzte und ihn in einer erdrückenden Umarmung an sich zog.

»Geben wir dir eine neue Perspektive!«

Mit Dax fest im Griff stürzte sie sich durch das bunte Fenster. Rote Glasscherben regneten auf die Menschen, die um die Feuerstelle saßen.

Der menschliche Körper ist nicht für Flügel geschaffen, schon gar nicht für solche, die tatsächlich ausreichend Auftrieb für einen dynamischen Flug erzeugen, aber Journé hatte dafür trainiert – für ihre einzigartige Methode des Nachlesens. Sie schlug mit den Flügeln und stieg höher. Das konnte sie nur zehn bis fünfzehn Sekunden durchhalten, bevor sie erschöpft war, aber mehr Zeit brauchte sie nicht.

Die Gäste in dem Innenhof unter ihr waren sich nicht sicher, was sie beobachteten. Aber da das Ganze um Schlag Mitternacht geschah, nahmen sie an, dass es wohl zu den All-Hallows-Feierlichkeiten der Robinsons gehörte.

Als die Scythe den höchsten Punkt ihres Aufstiegs erreicht und ihre Flügel bis an die Grenze ihrer Belastbarkeit strapaziert hatte, gab sie Dax den Kuss, den er so unbedingt von ihr gewollt hatte.

Und dann ließ sie ihn los.

Dax' Auftritt war mit einem Wort kometenhaft. Er schrie während des gesamten Falls, nur um beim Aufprall schlagartig zu verstummen. Ich muss nicht im Detail schildern, welche Auswirkungen ein Sturz aus gut hundert Metern Höhe auf die Steinplatten in dem Innenhof auf einen menschlichen Körper hat. Ihr habt bestimmt schon Platscher gesehen, die ihrem schmutzigen Streben nachgehen.

Die Gäste im Hof hielten die Luft an, zuckten zusammen und schreckten zurück. Aber nachdem ihr erster Schock verklungen war, begannen sie zu applaudieren. Dax' Eltern waren stinkwütend, doch als sie die Reaktion der Versammelten sahen, entschieden sie, das Ganze locker zu nehmen.

»Nun, mein Sohn hat gern einen großen Auftritt«, sagte Mr. Robinson.

»Und einen starken Abgang«, bemerkte einer der Gäste, was allgemeines Gelächter auslöste.

Dax' Mutter seufzte. »So ein Ärger. Nach einem Platscher wie diesem muss man für mehrere Tage in die Wiederbelebung. Er wird mit seinen Hausaufgaben in Rückstand geraten.«

Mr. Robinson sorgte sich mehr um das zerborstene Fenster, dessen Reparatur länger dauern würde als die seines Sohnes.

»Was war das überhaupt für ein Ding?«, fragte ein anderer Gast und blickte in den dunklen Himmel. »Dieser geflügelte Apparat? Eine für All Hallows verkleidete Drohne?«

Niemand hatte es gesehen, aber alle waren sich einig, dass es ziemlich effektvoll war.

»Gut, Leute, die Show ist vorüber«, verkündete Mr. Robinson, während seine Frau Dax mit einem Tischtuch zudeckte. »Macht Platz für die Ambudrohne, sie müsste jede Minute hier sein.«

Aber es kam keine Drohne. Für Nachgelesene schicke ich keine Ambudrohnen. Die Robinsons schrieben die Verzögerung einem jahreszeitlichen Auftragsüberhang zu – schließlich kam es an All Hallows zu mehr Fällen von unfallbedingter Totenähnlichkeit als an jedem anderen Feiertag.

In diesem Moment trat Journé aus einer Baumgruppe am Rand des Innenhofes. Ich bin sicher, dass sie sich einen dramatischeren Auftritt gewünscht hätte, aber ihre Flügel waren zu erschöpft, um sie auszubreiten, geschweige denn zu fliegen. Sie hingen schlaff um ihren Körper und wirkten mit einem Mal viel weniger real als mit den angeklebten Federn. Neben Dax' Leiche blieb sie stehen und hielt den Robinsons ihre beringte Hand hin.

»Ich habe Ihren Sohn nachgelesen«, sagte sie. »Ich bin verpflichtet, Ihnen Immunität anzubieten. Treten Sie vor und küssen Sie meinen Ring.«

»Das reicht!«, sagte Mr. Robinson mit seiner Geduld am Ende. »Das geht jetzt zu weit.«

»Haben Sie mich nicht gehört?«, fragte Scythe Truth. »Ihr Sohn ist nachgelesen worden.«

»Mach es einfach, Gary«, sagte seine Frau.

Mr. Robinson seufzte. »Also gut.« Das Paar beugte sich vor und küsste den Ring, der ihrer Überzeugung nach nur Kostümschmuck war. »Sind wir dann hier fertig?«

Als Journé sie dort stehen ließ, suchten sie den Himmel noch immer nach einer Ambudrohne ab.

Journé ging nach drinnen und faltete ihre erschöpften Flügel vorsichtig um ihren Körper. Ich nahm an, dass sie den Ort verlassen würde, nachdem ihr Job erledigt war. Aber das tat sie nicht. Noch nicht.

Mitternacht war gekommen und gegangen, Gäste verabschiedeten sich. Journés Mitschüler – oder sollte ich sagen, diejenigen, die sich für ihre Mitschüler *hielten* –, redeten aufgeregt über Dax' Überraschungsplatscher, gleichzeitig geschockt von seiner Kühnheit und beleidigt, dass er sie nicht eingeweiht hatte. Journé mischte sich nicht unter sie. Stattdessen ging sie zurück in die All-Hallows-Halle, stieg über Eli Sutterfields gebrochene Überreste und ging in die Ecke, wo sie Dax' bunte Robe aufhob und bewunderte. Sie hatte ihn gebeten, sie abzulegen, damit sie ihn besser packen konnte, aber Scythe haben in der Regel mehr als einen Grund für ihre Taten.

Sie war so in die Betrachtung der Robe versunken, dass sie nicht hörte, wie hinter ihr Savina den Raum betrat.

»Bitte sag mir, dass alles in Ordnung ist und das Ganze nur eine Show war. Nur ein All-Hallows-Trigger-Treat.«

Die Scythe ignorierte ihre Bitte. »Direkt vor meiner Ankunft hier wurde ich beim Konklave zur Scythe berufen«, sagte sie. »Ich habe mir noch keine Robe ausgesucht. Aber die hier gefällt mir. Sie gefällt mir sehr.« Sie streifte die Robe über. »Wie sehe ich aus?«

»Du siehst aus ... du siehst aus wie eine Scythe.« Savina brach in Tränen aus, so dass ihr Jaguar-Make-up in schlammigen Rinnsalen ihr Gesicht herunterlief. »Ich weiß nicht mehr, was ich glauben soll ...«

»Das ist schon mal ein Anfang«, sagte Journé und wandte sich zum Gehen. Aber das, was Savina als Nächstes sagte, ließ sie zögern.

»Es wird keinen Unterschied machen, weißt du. Die Leute werden einfach sagen, dass Dax abgehauen ist. Vielleicht sogar, dass er mit dir abgehauen ist. Das werden sie sagen.«

»Seine Eltern werden es wissen. Sie werden es wissen, wenn keine Ambudrohne kommt.«

»Ja«, stimmte Savina ihr zu. »Aber trotzdem wird ihnen keiner glauben.«

Journé tat den Gedanken ab und ging, zufrieden über die heutige Nachlese, einen sauber erledigten Job. Vorwärts, um weitere Unwahrheit zu erledigen.

Aber auch wenn Journé sich weigerte, es zu erkennen, wusste ich, dass Savina recht hatte. Denn wenn die Betrachtung der menschlichen Natur mich eines gelehrt hat, dann, dass die Wahrheit und persönliche Überzeugungen sich nicht gut vertragen. Das, was man glaubt, ist häufig stärker als das, was wahr ist. Dass Scythe nicht real sind, dass ich ein Lügner bin und der Mond aus Käse ist, ist leichter zu glauben als zuzugeben, dass alles, was man über die Welt zu wissen glaubt, falsch ist.

Dürfte ich mit der jungen Scythe Sojourner Truth sprechen, würde ich ihr sagen, dass sie sich das Leid ihres Kreuzzugs ersparen soll, weil sie nichts gegen eine Geisteshaltung ausrichten kann, die so vorsätzlich uneinsichtig und dunkel ist wie ein schwarzer Marmorboden. Er wird nur widerspiegeln, was bereits da ist. Falsches Licht und uralte Knochen. Ein Albtraum, der All Hallows würdig ist.

Kapitel 5: **Die Straße der Widerlinge**

Die Nimbus-Agentin hatte einen weltüberdrüssigen Gesichtsausdruck, als hätte sie sich hundertmal die Kehle aufgeschlitzt, nur um wiederbelebt und für ihre Mühen nicht einmal mit einer Narbe belohnt wieder in ihr erbärmliches Büro gesteckt zu werden. Kila fragte sich, wie viele gemeine kleine Widerlinge wie sie selbst diese Frau täglich treffen musste.

Außerdem hatte die Agentin einen speziell grimmigen Blick, den sie offenbar im Laufe der Jahre gepflegt hatte. Ein Blick, der sagte: Ich kann den ganzen Tag hinter meinem Schreibtisch sitzen und dich stumm mustern, weil ich buchstäblich nichts Besseres zu tun habe. Er war nicht wirklich einschüchternd, aber deprimierend. Genau wie das Ticken der Uhr an der Wand. Uhren tickten eigentlich nicht mehr, aber diese war programmiert worden, die Stille absichtlich zu betonen.

Das strategische Starren der Frau funktionierte. Kila fühlte sich gedrängt, etwas zu sagen, und es ärgerte sie, dass sie so leicht manipulierbar war.

»Ich habe es nicht getan. Das war ich nicht.«

»Natürlich hast du es getan«, erwiderte die Agentin. »Natürlich warst du es.«

Kila unterdrückte den Impuls, ein Gesicht zu ziehen. Das wäre einfach zu unreif.

Laut dem Schild auf ihrem Schreibtisch hieß die Agentin Gooley. Das passte irgendwie. Kila hatte eine Freundin, die fest daran glaubte, dass alle Nimbus-Agenten Ghule waren, die gemeinsam in einer trüben Höhle unter den Büros der Interface-Behörde lebten und an den Zehen von der Decke hängend schliefen. Wenn Kila sich all diese Nimbos vorstellte, die wie Fledermäuse in einer unterirdischen Höhle verkehrt herum im Gestank ihres eigenen Guanos schlummerten, kriegte sie jedes Mal bessere Laune.

»Und wie du siehst, hast du mit deinem kleinen ›Streich‹ nichts erreicht«, sagte Agentin Gooley.

Kila zuckte die Schultern. »Er hat mir immerhin ein persönliches Treffen unter vier Augen mit Ihnen eingebracht, oder?«

Die Agentin starrte noch ein bisschen grimmiger. »In die Zuständigkeit der Helion-Verwaltung hochgestuft zu werden ist kein Grund, stolz zu sein.«

Jetzt war sie also offiziell ein Helion. Kila war ehrlich gesagt doch stolz. Sie hatte sich seit Monaten um diese Auszeichnung bemüht. Es gab vier Stufen des Widerling-Status. Gemeiner Widerling war bloß das Basislevel. Dann kamen Helion, Pandæmon und schließlich Apokalyt. Davon war Kila noch immer weit entfernt, doch es war unbedingt ein erstrebenswertes Ziel.

»Was um alles in der Welt hat dich veranlasst, eine Tasche voller unmarkierter schwarzer Mambas im Amt für Widerling-Angelegenheiten loszulassen?«, fragte Agentin Gooley.

Kila blieb gelassen. »Ich hatte die Nummer sechsundachtzig, und sie waren erst bei Nummer zwölf. Ich dachte, die Schlangen würden die Agenten motivieren, ein bisschen schneller zu arbeiten.«

»Sechs Menschen wurden totenähnlich gemacht, und wir finden immer noch Schlangen in den Lüftungsschächten.«

»Bloß sechs?«, fragte Kila. »Verdammt. Ich habe mit einem Freund gewettet, es würden acht werden.«

Auch wenn Agentin Gooley das wahrscheinlich nicht zu würdigen gewusst hätte, war die Besorgung dieser Schlangen tatsächlich eine ziemliche Meisterleistung gewesen. Der Thunderhead hatte die gesamte Tierwelt mit Naniten markiert, um sie zu überwachen und ihr Verhalten wenn nötig zu kontrollieren. Markierte Schlangen hätten nie irgendjemanden angegriffen; sie hätten sich fröhlich aufgereiht, um wieder eingefangen zu werden. Wahrscheinlich nach Größe geordnet. Um an so viele unmarkierte Giftschlangen zu kommen, musste man sie von dem Moment, in dem sie geschlüpft waren, unter dem Radar halten. Eine schwierige Aufgabe – aber Kila kannte einen Typen, der einen Typen kannte.

»Nun, anstatt für die Kosten von sechs Wiederbelebungen aufzukommen, haben deine Eltern die Verantwortung für dich an uns übertragen«, verkündete Agentin Gooley. »Bis zu deinem 18. Geburtstag stehst du ab sofort unter der Vormundschaft der Interface-Behörde. Ich bin jetzt im Prinzip dein vom Thunderhead ernanntes Elternteil.«

Kila hatte geahnt, dass es so kommen würde. Eigentlich war sie überrascht, dass ihre Eltern so lange dafür gebraucht hatten. Trotzdem tat es weh.

Vielleicht erkannte Agentin Gooley die Verletzung in Kilas Gesicht, denn sie faltete sanft die Hände auf dem Schreibtisch und gab sich mitfühlend. »Kila, wir verweigern dir nicht das Recht, ein Widerling zu sein – und es ist auch nicht meine Aufgabe, dich davon abzuhalten, dieses Recht wahrzunehmen … aber es ist meine Aufgabe, die Konsequenzen für Widerlingtum durchzusetzen.«

Kila atmete tief ein. »Gut. Und was sind die Konsequenzen, abgesehen davon, dass ich jetzt ein Mündel der Behörde bin?«

Agentin Gooley scrollte sich durch Kilas ziemlich umfangreiche Akte und warf eine Arbeitsanweisung an die große Leinwand des Raumes.

»Du wirst in den früheren District of Columbia verlegt, wo

man dir einen Sozialdienstjob bei der Müllentsorgung anbietet.«

»Können das nicht Maschinen erledigen?«

»Maschinen können die meisten Dinge erledigen, aber das bedeutet nicht, dass sie das auch tun sollten. Manchmal ist der menschliche Faktor wichtiger als die Automatisierung. Das heißt, wichtiger für den Menschen.«

»Und wenn ich den Job verweigere?«

»Du kannst dich auch jederzeit für eine Transplantation entscheiden«, bot Gooley an. »Ich kann das beinahe unverzüglich arrangieren.«

Kila wusste, dass das immer eine Option für Widerlinge war. Sie musste zugeben, dass die Vorstellung, all ihre Erinnerungen auszulöschen und eine andere zu werden, an ihren schlimmsten Tagen durchaus verlockend war. Aber an ihren schlimmsten Tagen war das auch die Option, sich mit einem Löffel die Augen auszukratzen.

»Ich nehm den Job«, erklärte sie Agentin Gooley, die sich so selbstzufrieden zurücklehnte, dass Kila wünschte, eine entkommene Schlange würde ihren Weg durch den Luftschacht finden und sie augenblicklich angreifen.

Kila Whitlock war nicht das, was man einen natürlich Widerling nennen würde. Sie war nicht mit nonkonformistischen Neigungen geboren worden. Tatsächlich war sie bis vor einem halben Jahr eine Musterschülerin gewesen, Cheerleaderin mit Hoffnungen, eines Tages Captain der gesamten Truppe zu werden.

Dann wurde ihr Bruder nachgelesen.

Die Nachlese von Kohl Whitlock war eine Tragödie für ihre Familie und für die ganze Schule. Doch in ihrem Schmerz war Kila auch wütend auf ihre Klassenkameraden – nicht weil sie ebenfalls um Kohl trauerten, sondern wegen der *Gründe* für ihre Trauer. Kohl war der Starquarterback der Schule gewesen, ohne ihn hatte das Footballteam keine Chance, in dem Jahr noch ein Spiel zu gewinnen. Das bedeutete, sie trauerten nicht um Kohl, sie trauerten um sich selbst und ihren kostbaren Status in der Liga. Kila begann, sie insgeheim zu verachten.

»Warum musste es Kohl sein?«, wollte sie vom Thunderhead wissen. »Mein Bruder hatte es nicht verdient zu sterben.«

»Nur wenige Menschen haben es verdient nachgelesen zu werden, und trotzdem muss es sein«, erklärte der Thunderhead ihr. *»Darüber hinaus kann ich zu Scythe-Angelegenheiten nichts sagen.«*

Als sie weinte, gab der Thunderhead sich alle Mühe, sie zu trösten, weil Kilas Eltern zu beschäftigt mit ihrem eigenen Schmerz waren, um sich um den ihrer Tochter zu kümmern.

»Ich könnte deine Stimmungsnaniten rekalibrieren, um dein Leid zu lindern«, bot der Thunderhead an. *»Aber es ist viel gesünder für dich, jetzt zu trauern.«*

Sie hasste den Thunderhead. Beinahe so sehr wie den Jungen, der diesem Scythe geholfen hatte, ihren Bruder zu töten. Seither war Rowan Damish vom Rest der Schule gemieden worden, aber welche Rolle spielte das? Er war jetzt Lehrling eines Scythe und würde wahrscheinlich selbst Scythe werden – als Belohnung dafür, dass er geholfen hatte, das Leben ihres Bruders zu beenden. Nun, an ihm konnte sie ihre Wut nicht auslassen, aber an allen anderen.

Sie begann, Gefallen daran zu finden, andere Schüler auf der Treppe »versehentlich« ins Straucheln zu bringen oder ihre Telefone, Brieftaschen und andere Wertgegenstände zu stehlen und dann wegzuwerfen. Sie verbreitete mutwillig Unheil, während sie nach außen weiter das brave Mädchen spielte.

Aber der Thunderhead wusste es. Er sah alles, was sie tat. *»Vielleicht könntest du ein nützlicheres Ventil für deine Frustra-*

tion und deinen Groll finden«, schlug er vor, doch Kila weigerte sich, ihm zuzuhören. Stattdessen sah sie zu, wie sich ihre Widerling-Punkte ansammelten, bis sie genug angehäuft hatte, um den vollen Widerling-Status zu erlangen. Danach musste sie sich die Vorschläge des Thunderhead nicht mehr anhören, denn sobald sie ein Widerling war, konnte er nicht mehr mit ihr sprechen. Auf Nimmerwiedersehen.

Das hässliche rote *W* tauchte nicht nur in ihrer Ident auf – es war überall. Sie konnte in dem Café an der Ecke nicht mehr auf Kredit konsumieren, weil Widerlinge nirgendwo Kredit hatten. Sie durfte nicht mehr mit der Cheerleadertruppe trainieren, weil Widerlinge vom Schulsport ausgeschlossen waren. Alle ihre persönlichen Seiten in den sozialen Medien wurden mit dem großen fetten *W* markiert, das deutlich machte, dass die Welt ihr die Gunst entzogen hatte.

Es dauerte keinen Tag, bis es alle an ihrer Schule wussten. Sie dachte, dass sie sich verleumdet und erniedrigt fühlen würde, aber stattdessen fühlte sie sich bestätigt.

»Mach dir keine Sorgen«, sagte ihre Freundin Shayla. »Was immer dazu geführt hat, dass du Widerling geworden bist, ich bin sicher, es ist bloß vorübergehend. In ein paar Monaten wird dein Status wieder hochgestuft – du wirst schon sehen.«

Kila lächelte und erwiderte. »Danke, Shayla. Mit deinem ausgestopften BH machst du übrigens niemandem etwas vor, und Zack betrügt dich mit Regina Sisk.«

Zwei Wochen später brach Kila die Schule ab und schaute nie mehr zurück.

In ihrer neuen Widerling-Höhle hatte Kila ein eigenes Zimmer. Da sie das neueste Mitglied der Truppe war, hatte man ihr das kleinste und dunkelste Zimmer zugeteilt, das nicht einmal über den Luxus eines Fensters verfügte. Eigentlich handelte es sich bei der Unterkunft um eine normale Wohnung, die nur »Höhle« genannt wurde, um sie für Widerlinge attraktiver zu machen.

»Willkommen in unserer Höhle«, sagte ein bulliger Widerling mit schiefen Zähnen eher spöttisch als begeistert. »Ich würde ja sagen, freut mich, dich kennenzulernen, aber warum so tun als ob?«

»Achte gar nicht auf Sterox«, sagte eine Frau mit dem derbsten Tattoo auf der Wange, das Kila je gesehen hatte. »Er hasst alle. Es ist sein Ding.«

Sie stellte sich als SpiderMaw vor. »Aber du kannst mich einfach Maw nennen – das machen alle.« Dabei wirkte sie ehrlich gesagt nicht besonders mütterlich. Sie führte Kila durch die geräumige Wohnung, in der jeder der insgesamt fünf Bewohner ein eigenes Zimmer hatte. Neben Maw und Sterox gab es noch Thrash, der praktisch mit einer altmodischen VR-Gaming-Brille verwachsen war und nur grunzte, als Maw versuchte, sie einander vorzustellen. Und schließlich Slinko, der in seinem Zimmer Dart spielte, mit Bildern von hübschen, lächelnden, glücklichen Menschen, die in hübschen Häusern wohnten, als Zielscheiben.

»Wenn der Thunderhead mir bloß erlauben würde, Pfeile auf echte Menschen zu werfen, wäre mein Leben so viel lebenswerter«, sagte Slinko.

Offenbar hatte er sich Hoffnungen gemacht, Scythe zu werden, aber wie jeder wusste, wurden Menschen, die hofften, Scythe zu werden, nie ausgewählt. Außer ein Scythe der Neuen Ordnung nahm einen als Lehrling an – doch selbst die bevorzugten Musterschüler, weil sie es genossen, deren Willen zu brechen.

»Widerlinge dürfen nie jemanden wirklich töten«, knurrte Slinko. »Das Universum ist so ungerecht.«

»Und hast du einen Namen?«, fragte Sterox. »Oder nennen wir dich einfach Nutzlos?«

»So haben wir das Mädchen genannt, das vorher in deinem Zimmer gewohnt hat«, erklärte Maw. »Sie wollte kein Widerling mehr sein und ist so nervig superbrav geworden. Wir haben sie rausgeschmissen, sobald der Thunderhead ihren Status hochgestuft hat. Für Konformisten ist hier kein Platz.«

Die Truppe arbeitete gemeinsam in einem alten Lagerhaus am Ufer des Pontomac. Es war ein einziges Chaos – alles darin war bis zur Unkenntlichkeit zertrümmert und verbrannt worden. Verkohlte Ruinen, die niemandem etwas nützten.

»Unser Job ist es, den Laden auszuräumen«, erklärte Maw Kila.

»Das ist ja wohl nicht so schwer.«

»Nein ... aber wir sind nur zu fünft, und als Werkzeug haben wir bloß Schaufeln.«

»Ja, wir sind schon seit Monaten zugange und haben noch nicht mal ein Drittel geschafft«, sagte Sterox. »Mein Nimbo sagt, dass wir noch mindestens sechs Monate an dem Job sitzen.«

Kila zuckte die Schultern. »Na und? Wir sind Helions, oder? Sie können von uns schließlich nicht erwarten, dass wir effizient arbeiten.«

»Na ja«, erwiderte Slinko grinsend, »die *meisten* von uns sind Helions.«

Wie sich herausstellte, war Maw vollwertige Apokalytin. Der absolute Bodensatz, soweit es den Rest der Welt betraf, aber ganz oben in der Nahrungskette der Widerlinge! Kila war noch nie einer Apokalytin begegnet und hatte erst recht noch nie mit einer zusammengelebt. Als sie an ihrem ersten Tag von der Arbeit nach Hause kamen, wühlte sie im Backbrain herum, um herauszufinden, was die berühmte SpiderMaw angestellt hatte, um die Auszeichnung Apokalyt zu verdienen – doch sie fand nur Gerüchte, die Leute in den sozialen Medien gepostet hatten. Einige behaupteten, sie sei eine Jägerin, die vorsätzlich eine komplette Gattung ausgelöscht hatte, so dass der Thunderhead die Spezies künstlich neu erschaffen musste. Andere sagten, sie habe ein Luxus-U-Boot geflutet und hundert Leute mit sich in die Tiefe gerissen, nur um zu erleben, wie es sich anfühlte zu ertrinken. Aber was immer sie verbrochen hatte, Maw behielt es für sich und schien die Spekulationen darüber zu genießen. Kila konnte nicht leugnen, dass sie mehr als nur ein bisschen neidisch war. Sicher, zu Hause hatten die Leute angefangen, sie zu fürchten, doch das war nicht dasselbe gewesen. Skepsis und Misstrauen waren etwas anderes als Ehrfurcht.

Kilas Vermutung, dass es niemanden kümmerte, wie effektiv Widerlinge ihrem Job nachgingen, war durchaus zutreffend gewesen. Das bestätigten auch ihre wöchentlichen Treffen mit Nimbus-Agentin Gooley. Solange Kila vier Stunden am Tag und fünf Tage die Woche zu ihrem Arbeitseinsatz erschien, hätte es Gooley nicht gleichgültiger sein können, wie viel tatsächlich geschafft wurde. Im Grunde war es eine Arbeitsbeschäftigungsmaßnahme, doch zumindest erwartete niemand, dass man sie umsonst machte. Sie wurde vielmehr gut bezahlt, was ärgerlich war, weil man den Thunderhead eigentlich hassen wollte.

»Halt dich bloß aus allem Ärger raus«, sagte Gooley und verbesserte sich sofort. »Oder halte den Ärger in akzeptablen Grenzen, sollte ich vielleicht besser sagen.«

Aber einem Widerling Grenzen zu setzen war lediglich eine Herausforderung für ihn, diese zu durchbrechen.

Nach der ersten Woche nahmen die Kollegen ihrer Truppe Kila mit auf die Straße der Widerlinge – ein von neonbeleuchteten

Clubs und Bars gesäumter Straßenzug voller regelloser Rowdys, die sich amüsierten.

»Dies ist die Straße, die die Grande Dame of Death hinuntergegangen ist, bevor sie ihr schmutziges Geschäft erledigt hat«, erklärte Slinko Kila.

»Ja, aber da war sie noch nicht die Grande Dame of Death«, bemerkte Maw. »Man braucht Zeit, um sich einen solchen Titel verdienen. Und heute Abend wirst du vielleicht anfangen, dir einen Namen zu machen.«

Kila konnte es kaum fassen, wie viele Clubs es auf der Straße der Widerlinge gab. Darunter ein Restaurant, in dem man die Kellner schlecht behandeln konnte, ein Geschäft mit überteuerter Kleidung, das zum Ladendiebstahl einlud, und ein Fight Club, aus dem jede Nacht ein paar Leute ins nächste Revival-Zentrum geschickt wurden. Und es gab Partys! Alle möglichen Partys für alle möglichen Leute mit allen möglichen Vorlieben. Wenn irgendetwas gemein und grenzlegal war, gab es in der Straße der Widerlinge einen Ort dafür.

Kila war noch nie in einem Widerling-Club gewesen und ebenso skeptisch wie neugierig.

»Du musst nichts annehmen, bloß weil es angeboten wird«, riet Maw ihr. »Mach dein Ding, Kila.«

Aber im Glanz der blinkenden Neonlichter fühlte Kila sich untypisch ängstlich, was Maw offenbar bemerkte.

Sie blieb mit ihrer Truppe mitten auf der Straße stehen und wandte sich ihrer neuen Mitbewohnerin zu. »Finden wir heraus, worauf du stehst«, sagte sie. »Machst du gern was kaputt, tust du gern jemandem weh oder siehst du lieber zu?«

»Ähm … kaputt machen?«

»Okay – und magst du es, Menschen Leid *zuzufügen*, sie leiden zu *sehen*, oder ist es dir scheißegal, was andere Leute fühlen?«

»Scheißegal«, sagte Kila.

»Okay. Letzte Frage: Bist du lieber allein, mit jemand anderem zusammen oder in einer Gruppe Widerlinge?«

Darüber hatte Kila ehrlich gesagt noch nie nachgedacht. Bis jetzt war sie als Widerling immer mehr oder weniger allein gewesen. Das gefiel ihr – aber war es das, was sie mehr als alles andere wollte? Wollte sie ein einsamer Widerling inmitten von Konformen sein?

»In einer Gruppe«, antwortete sie. »Ich möchte Widerling in einer Gruppe sein.«

Maw grinste. »Dann weiß ich genau, wohin wir heute Abend gehen sollten!«

Maw führte sie zu einem Ort, der auf der Straße der Widerlinge völlig fehl am Platz wirkte. Keine flackernden grellen Lichter, keine davor herumlungernden Schlägertypen, die auf Ärger aus waren. Es war ein Steingebäude mit weißen Säulen, die einen Bogen stützten, in den das Wort »Museum« gemeißelt war, wobei die *u* wie *v* aussahen.

»Gute Idee«, sagte Sterox und ließ die Fingerknöchel knacken. »Ein bisschen Kultur kann ich gerade gut gebrauchen.«

Direkt hinter dem Eingang befand sich ein Vorraum, in dem sie von einer Frau begrüßt wurden, die für ein Widerling-Lokal viel zu anständig aussah. »Willkommen in der *Galerie de Bäsch*. Uns ist bewusst, dass Sie bei der Suche nach hochwertigen Freizeiterlebnissen eine große Auswahl haben, und wir können Ihnen nicht genug für die Gunst Ihres Besuches danken.«

Maw zahlte für alle, und die Frau führte sie in einen Raum, in dem diverse Gegenstände an der Wand hingen. Stahlrohre, Baseballschläger, schwere Hämmer, Schlegel und Golfschläger. Und das nicht zur Dekoration.

»Wähle klug«, riet Maw Kila. »Du bekommst nur eins.«

Kila entschied sich für einen Knüppel aus Aluminium, was offenbar Maws Billigung fand. »Damit kriegst du was für dein Geld!«

Dann führte die Frau sie durch einen Flur in einen leeren Raum. »Ich hoffe, Sie amüsieren sich. Und wenn, sagen Sie es bitte Ihren Freunden weiter!«

Sie schloss die Tür hinter ihnen. Ein paar Augenblicke lang war es still, dann öffnete sich die Wand vor ihnen zu einer riesigen Galerie mit mehreren Ebenen. Ausgestellt waren Bronze- und Marmorstatuen sowie Vitrinen mit Keramiken und zierlichem Kristall. Es war wunderschön.

Thrash stieß einen Kriegsruf aus und drosch mit seinem Golfschläger in eine Vitrine mit Glasfiguren, die mit einem einzigen Schlag zersplitterte. Es war wie der Startschuss zu einem Rennen – Sterox, Slinko und Maw stiegen mit ein und begannen, alles in Sichtweite zu zertrümmern.

Kila war perplex. Und aufgeregt. Noch nie hatte sie so viel umfassende mutwillige Zerstörung mit angesehen, und sie wusste nicht, was sie empfinden sollte.

Sterox stieg eine Treppe zur nächsten Ebene hinauf, sprang hoch und brach mit einem kräftigen Hieb seines Schlegels die Hand von Michelangelos *David* ab. Sie schlug auf dem Boden auf, Finger flogen in alle Richtungen, und Sterox johlte laut.

»Worauf wartest du?«, rief Maw, während sie Julius Caesars Nase abbrach. »Dafür sind wir hier!«

»Aber … sind die echt?«, fragte Kila.

»Ist mir doch egal!«, schrie Maw und stürzte den großen römischen Herrscher von seinem Podest, so dass er auf dem Boden zu Schutt zerbröselte.

Kila begann langsam. Mit ein paar Tontöpfen. Sie nahm einen und warf ihn auf den Boden. Dann noch einen. Schließlich holte sie mit ihrem Schläger aus und zertrümmerte ein ganzes Regal. Danach war es leicht. Vitrine für Vitrine. Tongeschirr ging scheppernd zu Bruch, bis Kila entdeckte, dass zerbrechendes feines Porzellan ein noch befriedigenderes Geräusch machte.

In diesem Moment öffnete sich eine Tür mit dem Schild MUSEUMSKONSERVATOR; ein Mann mit einem bleistiftdünnen Schnurrbart kam mit entsetztem Gesichtsausdruck heraus.

»Was machen Sie da?«, klagte er laut. »Hören Sie sofort auf! Das sind unschätzbare Kunstwerke! *Unschätzbar!*«

Maw wandte sich an Sterox. »Möchtest du die Honneurs machen?«

»Mit Vergnügen«, sagte Sterox, ließ seinen Schlegel fallen und begann, auf den Mann einzuprügeln, bis dieser nur noch ein zitterndes, um Gnade winselndes Häufchen am Boden war. Wieder war Kila unschlüssig, wie sie das finden sollte.

»Sollten wir nicht besser aufhören?«, fragte sie Maw, doch Maw schüttelte den Kopf.

»Erst wenn es läutet!« Dann holte sie mit ihrem Eisenrohr aus, visierte eine Statue an, von der Kila wusste, dass sie *Der Denker* hieß, und enthauptete sie sauber mit einem Schlag. Der Kopf fiel zu Boden und blickte zu Kila auf, aus Augen, die ohne jeden Gedanken waren.

In diesem Moment entdeckte Kila das Fenster im hintersten Teil der Galerie, ein phantastisches Buntglasgemälde von einem Bergpanorama mit einem See, violetten Blumen und schlanken Bäumen. Aber man konnte es nur erreichen, wenn man alles zertrümmerte, was im Weg stand.

Den Knüppel mit beiden Händen gepackt begann Kila, um sich zu schlagen. Splitter und Scherben stoben in alle Richtungen und schnitten in ihre Haut, doch das war Kila egal. Schnell hatte sie ihren Rhythmus gefunden und jede Hemmung abgelegt. Jeder Schlag hatte etwas Kathartisches.

Das ist für den Scythe, der meinen Bruder nachgelesen hat.

Und das ist für den Jungen, der ihm geholfen hat!

Und das ist für meine Klassenkameraden, die so getan haben, als würde es ihnen wirklich nahegehen!

Und das ist für meine Eltern, die sich heimlich gewünscht haben, dass es mich getroffen hätte.

Schließlich hatte sie das Fenster erreicht. So farbenprächtig. So schön. So zerbrechlich. Sie zertrümmerte das Glas mit einem einzigen satten Schlag, und als die letzten Scherben zu Boden regneten, ertönte eine Glocke.

»Boah!«, sagte Thrash. »Ich habe noch nie gesehen, dass jemand es bis zum Fenster geschafft hat!« Es war wahrscheinlich der erste vollständige Satz, den Kila je aus seinem Mund gehört hatte.

»Anfängerglück«, brummte Sterox.

»Kila? Wohl eher *Killa*«, sagte Slinko. »Ich glaube, wir haben einen Namen für dich gefunden!«

»Killa ...«, sagte Maw nachdenklich. »Das gefällt mir ... aber noch nicht. Sie muss sich ihren Namen erst noch verdienen. Das macht man nicht an einem Abend.«

Maw und die anderen schlüpften durch eine Tür mit der Aufschrift NOTAUSGANG, doch Kila war noch nicht bereit zu gehen. Sie wollte sich in ihrer Zertrümmerungsorgie suhlen und ihr Werk bewundern. Aber als sie sich umsah, bemerkte sie den Konservator, der immer noch in einem Haufen pulverisiertem Marmor lag. Sie ging zu ihm und half ihm auf. Sie hatte keinen Dank erwartet, aber auf seine Reaktion war sie dann doch nicht gefasst.

Als der Mann sah, wer sie war, wich er zurück. »Was machst du noch hier?«, fauchte er sie an. »Deine Session ist vorbei. Los, raus mit dir.«

»Ich ... ich wollte bloß ... Alles okay?«

An seiner Nase klebte Blut, das er abwischte. »Natürlich.

Oder spätestens in ein oder zwei Minuten. Jetzt musst du bitte gehen – wir haben nur zehn Minuten für den Wiederaufbau.«

Kila sah, dass die Schwellung von den Schlägen, die Sterox ihm verpasst hatte, bereits abklang. So schnell konnten nur hochaufgeladene Naniten wirken.

Wie Würmer aus dem Gebälk tauchte im selben Moment ein Trupp von mindestens einem Dutzend Arbeiter auf, die die Trümmer wegräumten. Andere rollten neue Vitrinen mit Porzellan, Glas und Keramik herein.

»Also … war es doch nicht echt.«

»Hat es sich echt angefühlt?«

»Ja … irgendwie schon.«

»Das ist das Einzige, worauf es ankommt, oder?«

Als der Konservator Kilas verwirrte Miene sah, beugte er sich ein wenig näher und sprach leiser weiter. »Hör mal, glaubst du wirklich, der Thunderhead würde zulassen, dass ihr kostbare Originale zerstört? Junge Dame, die Welt ist übervoll mit Künstlern, die nichts als Kopien alter Kunst herstellen. Damit muss man ja irgendwas machen. Ihr leistet ehrlich gesagt einen nützlichen Dienst.«

Kila sah, wie im vorderen Teil der Galerie ein brandneuer David hereingerollt wurde, um den zu ersetzen, den Sterox zertrümmert hatte.

»Und jetzt ab mit dir, damit wir wiederaufbauen können«, sagte der Konservator. »Und besuch uns gern wieder!«

Nach ihrer Heimkehr sah Maw noch einmal nach Kila.

»Ich bin froh, dass du bei uns bist«, sagte sie. »Du passt gut rein. Manchmal machen die Nimbos doch was richtig.«

Vielleicht lag es daran, dass Kila nach dem Abend sozial sanktionierten Vandalismus noch ein bisschen aufgekratzt war, vielleicht sah sie in Maw auch so etwas wie eine Seelenverwandte, jedenfalls wagte sie es, die Frage zu stellen, die zu stellen sich sonst niemand traute.

»Maw ... was hast du getan, um Apokalyt zu werden?«

Man muss Maw lassen, dass sie die Frage nicht einfach abtat oder ein paar der gängigen Gerüchte nachplapperte. Stattdessen setzte sie sich ans Fußende von Kilas Bett und erzählte ihr die Wahrheit.

»Sterox träumt davon, Lehrling eines Scythe zu werden. Aber er weiß nicht – keiner von den anderen weiß –, dass ich das einmal war«, sagte Maw. »Nur etwa einer von fünf Lehrlingen wird tatsächlich zum Scythe berufen, aber niemand denkt an die anderen vier. Wir verschwinden einfach wieder in der Normalität – aber nachdem man Lehrling eines Scythe war, gibt es kein normales Leben mehr.

Jedenfalls gab es einen Scythe, der ein Auge auf mich geworfen hatte. Scythe Chandler. Er war im Auswahlkomitee und hat mir eine Sonderbehandlung versprochen, wenn ich *ihn* besonders behandeln würde. Ich habe abgelehnt. Die Abschlussprüfung habe ich ohne Problem bestanden. Aber ich wurde trotzdem nicht ausgewählt. Ich habe das Scythetum um eine Stimme verfehlt. Seine Stimme.«

»Das tut mir leid.«

»Das sollte es nicht. Ich wäre eine schreckliche Scythe gewesen. Ich hätte nie mein Leben lang bei ein und demselben Ding bleiben können.« Maw dachte eine Weile darüber nach. »Jedenfalls habe ich mich danach für ein Leben als Widerling entschieden. Ich bin SpiderMaw geworden, und das passte mir gut. Das Gerücht mit dem U-Boot stimmt übrigens – aber ich war die Einzige, die ertrunken ist. Immerhin bin ich dafür vom Helion zum Pandæmon hochgestuft worden.

Das hätte das Ende der Geschichte sein können ... aber ein paar Jahre später bin ich Scythe Chandler in einer Widerling-Bar wiederbegegnet. Er suchte nach dem, wonach Männer wie er suchen, und dachte wohl, er könnte es unter Widerlingen finden. Er hat mich angebaggert und mich nicht mal wiedererkannt. Kannst du das glauben? Ich habe ihm so wenig bedeutet, dass er völlig ahnungslos war. Da habe ich beschlossen, mir das zunutze zu machen. Anstatt sein Spiel zu spielen, spielte ich mein eigenes. Ich gab ihm nie, was er wollte ... und deswegen begehrte er mich umso mehr. Ich spielte mit ihm, hielt ihn hin und brachte ihn am Ende dazu, sich in mich zu verlieben. Das dürfen Scythe nicht – sich verlieben –, aber er hat es getan. Und als ich wusste, dass ich ihn hatte, habe ich ihm erzählt, dass das Ganze ein Schwindel war. Dass er mich anwiderte. Dass ich ihn verabscheute.« Maw machte eine Pause und ließ die Geschichte nachklingen.

»Am nächsten Tag hat er sich selbst nachgelesen.«

»Er ... Was hat er getan?«

»Es war perfekt. Ich konnte nicht zur Verantwortung gezogen werden für etwas, das er mit eigener Hand getan hatte. Und niemand wusste es. Niemand außer dem Thunderhead. Am übernächsten Tag wurde ich in die Interface-Behörde bestellt, wo man mir erklärte, dass ich so tief gesunken sei, wie man als Widerling nur sinken könne. Ich war ein Apokalyt.«

Kila wusste nicht, was sie sagen sollte. Sie spürte sowohl Verbitterung als auch Stolz in Maw. Erfolg und Scheitern. So viel Ambivalenz. Also schwieg sie aus Respekt, dass Maw ihr die Wahrheit anvertraut hatte.

»Behalte es für dich«, sagte Maw und erhob sich zum Gehen. »Wenn du das machst, werden wir Freundinnen. Wenn nicht ... dann nicht.«

Kila lief es eiskalt den Rücken herunter. Sie konnte sich nichts Schlimmeres vorstellen, als sich Maw zur Feindin zu machen.

Jeden Freitagabend besuchten Kila und ihre Truppe die Straße der Widerlinge. Sie unternahmen jedes Mal etwas anderes, aber kein Club und keine Party beeindruckten Kila so wie die *Galerie de Bäsch*. Vielleicht lag es daran, dass sie bei ihrem Besuch dort noch nicht gewusst hatte, dass alle Attraktionen der Amüsiermeile eine Inszenierung waren. Es hätte ihr klar sein müssen, dass in einer Welt unter der Zuständigkeit des Thunderhead kein Club völlig außerhalb seiner Kontrolle existieren konnte. Der Thunderhead war der Kurator sämtlicher Widerling-Attraktionen – und das bedeutete, egal wie widerlingmäßig es auch scheinen mochte, am Ende war es bloß eine Simulation von schlechtem Benehmen.

»Du denkst zu viel«, erklärte Maw, als Kila ihr Unbehagen äußerte. »Mach einfach mit – dann wirst du sehr viel glücklicher sein.«

Aber Kila konnte nicht loslassen. Stattdessen startete sie eine entschlossene Suche nach dem echten Bösen.

»Was guckst du dir da an?«

Maw musste immer wissen, was alle anderen gerade machten. Kila überlegte kurz, sie anzulügen, entschied jedoch, dass Maw es erfahren sollte – denn wenn Kila recht hatte, würde sie Maw brauchen. Sie würde all ihre Mitbewohner brauchen. Also drehte sie den Bildschirm so, dass Maw ihn sehen konnte.

Kila hatte eine Luftaufnahme betrachtet, die sie in einer lokalen geographischen Datenbank gefunden hatte. Sie zeigte ein gewöhnlich aussehendes Gebäude, das von einer Reihe von Toren und Zäunen umgeben war – so wie Gebäude in der Sterblichkeitsära, die etwas enthielten, das dort bleiben sollte oder von dem die Leute ferngehalten werden mussten.

»Hmm«, sagte Maw. »Weißt du, was das ist?«

»Ich bin darauf aufmerksam geworden, weil es keine Bezeichnung hat. Ich meine, auf Karten wird doch immer alles bezeichnet, oder?«

»Normalerweise schon.«

»Also habe ich ein bisschen im Backbrain gegraben und ein Bild des Hinterausgangs gefunden.«

Kila vergrößerte es auf dem Bildschirm. Auf einem Schild konnte man deutlich lesen. ZEREBRALER NETZWERKKNOTEN 207.

»Wow!«, sagte Maw. »Die Mutterader!«

Es war allgemein bekannt, dass der Thunderhead auf der ganzen Welt verteilt Server unterhielt, die zerebrale Netzwerkknoten genannt wurden. Darauf waren der Schatz des Wissens der Menschheit sowie der gigantische eigene Verstand des Thunderhead gespeichert. Niemand wusste genau, wo sie sich befanden, und nur wenige interessierten sich dafür. Der Thunderhead wartete sich selbst.

»Kila, denkst du, was ich denke, dass du es denkst?«

Kila lächelte. »Warum sollen wir uns mit der Straße der Widerlinge zufriedengeben, wenn wir etwas Echtes zerstören können?«

Maw rieb sich die Hände wie die gierige Intrigantin, die sie war. »Das«, sagte sie, »ist eine Idee, die eines Helions würdig ist!«

Sterox kannte jemanden, der einen unmarkierten Lkw besaß, mit dem man die Tore durchbrechen konnte. Thrash programmierte eine Malware, die vorübergehend ein paar entscheidende Kameras in dem Server-Komplex lahmlegen sollte. Doch es war Maw, die die wahren Schätze lieferte. Als Apokalyt hatte sie Widerling-Beziehungen, über die man nur staunen konnte. Binnen weniger Stunden hatte sie Kontakt zu einem alten Freund aufgenommen, der mit Sprengstoff »herumpfuschte«.

»Aber wir müssen vorsichtig sein«, warnte sie. »Wenn wir irgendjemanden totenähnlich machen, lösen sie unsere Truppe auf und verlegen uns in andere Städte. Und wenn wir so weit gehen, jemanden unwiederbelebbar zu machen …« Sie brauchte den Satz nicht zu beenden. Für eine solche Tat wurde man sofort dem Scythetum übergeben – und mit der Begründung nachgelesen, dass das Beenden einer Existenz dem Verbrechen gleichkam, sich als Scythe auszugegeben.

Der Plan nahm schnell Gestalt an. »Es fühlt sich so an, als sollte es sein!«, verkündete Maw.

Alle in der Truppe übernahmen abwechselnd die Beobachtung des Objekts und verfolgten das Kommen und Gehen auf dem bewachten Gelände. Das meiste lief automatisiert, doch es gab einen menschlichen Faktor. Zwei Wachen am Haupttor sowie die Teams von Thunderhead-Technikern oder Cloudtechs, wie sie schon vor der Bewusstwerdung des Thunderhead geheißen hatten. Alle trugen graue Thermouniformen, weil die Umgebung des Servers auf frische minus zwanzig Grad Celsius heruntergekühlt war. Die Cloudtechs arbeiteten in Sechs-Stunden-Schichten, die wechselten, wenn der Zeiger der Uhr ganz oben oder ganz unten stand, und es waren nie mehr als zehn Personen gleichzeitig im Dienst.

»Wir können zwar nicht durch Mauern gucken, aber ich habe Baupläne von alten zerebralen Netzwerkknoten besorgt, die diesem Gebäude von der Größe her entsprechen«, erklärte Kila den anderen. »Wahrscheinlich gibt es eine äußere Überwachungsplattform mit Blick in den Kern, Durchmesser circa fünfzig Meter. Die Laufwerke stehen zu Türmen gestapelt in dem Kern – und so nahe beieinander, dass man sie mit nur wenigen Sprengladungen alle in die Luft jagen kann.«

»Das wird ein Spaß«, sagte Slinko. »Zusehen, wie ein Hirnaneurysma des Thunderhead platzt!«

»Na ja, guck bloß nicht zu genau hin«, warnte Maw ihn, »sonst schaffst du es nicht mehr raus.«

Sie planten ihren Angriff für einen Sonntag um vier Uhr morgens, eine Zeit, zu der keiner der Diensthabenden topfit sein würde. Als sie das Gelände erreichten, startete Thrash seine Schadsoftware, die das Bild sämtlicher Kameras in dem Komplex einfrieren lassen sollte.

»Der Thunderhead braucht Minimum fünf Minuten, um sie zu knacken«, erklärte er.

»Wir müssen uns beeilen«, sagte Maw. »Jetzt gibt es kein Zurück mehr!« Als ob einer von ihnen hätte kneifen wollen.

Die Wachen am äußeren Tor waren kein Problem. Als sie den Lkw kommen sahen, traten sie aus ihrem Häuschen und boten ein leichtes Ziel. Zusätzlich zu dem Sprengstoff hatte Maw auch ein Fläschchen mit einem hochwirksamen Betäubungsmittel besorgt, und Slinko wusste genau, wie er seine Pfeile zu platzieren hatte. Noch bevor sie mit dem Lkw das Tor durchbrachen, lagen die beiden Wachen am Boden. Am zweiten Tor gab es keine menschlichen Wachen, nur die vorübergehend geblendeten Kameras. Dafür war das Tor selbst kräftiger, fiel jedoch schließlich unter der Wucht ihres unmarkierten 500-PS-Trucks.

Die Mauern des Gebäudes, das den zerebralen Netzwerkknoten 207 beherbergte, waren aus Beton – dick und undurchdringlich, doch jedes Gebäude ist nur so sicher wie sein Eingang – und in diesem Fall bestand der Eingang aus zwei Glasschiebetüren mit einer kleinen digitalen Tastatur. Thrash machte sich daran, das Pad zu dekodieren, aber so lange wollte Sterox nicht warten.

»Zum Teufel damit.« Er trat eine der Türen ein. Das Sicherheitsglas zersplitterte in tausend Scherben wie eine Windschutzscheibe. »Da. Kinderspiel.«

Sie schlüpften durch die Tür und trafen die Cloudtechs unvorbereitet an. Die Techniker trugen zwar ihre dicken Thermoanzüge, aber Slinko hatte seine Pfeile so gut angespitzt, dass sie durch den Stoff drangen. Die Arbeiter erstarrten vor Schreck und gingen getroffen zu Boden, so dass Kilas Truppe ungestört zum Rechnerkern vordringen konnte.

Die in Racks übereinander gestapelten Server sahen aus wie kristallene Stalagmiten, die sich in der Mitte des Raumes erhoben, mit bunten, glänzenden und blinkenden Lichtern wie ein kleiner Wald von Geschenk-Saison-Bäumen.

»Hübsch«, sagte Kila.

»Ja, echt schade, dass wir sie in die Luft jagen müssen«, sagte Sterox und lachte.

Eine abschüssige Rampe führte zu dem gekühlten Kern, und mit jedem Schritt hinab wurde es kälter. Aus der Nähe überragten die Türme aus gestapelten Servern sie um eine Körperlänge.

»Vielleicht brauchen wir weniger Sprengkraft als gedacht«, sagte Maw. »Die Türme sehen ziemlich kopflastig aus. Mit ein paar strategisch platzierten Ladungen könnten sie fallen wie Dominosteine.«

Sie teilten sich auf, jeder ausgerüstet mit einer Ladung Sprengstoff. Maw, Sterox, Slinko und Thrash übernahmen die vier Himmelsrichtungen, Kila betrat den Kern – die Belohnung dafür, dass sie diesen Ort entdeckt hatte. Sie fand es schwer vorstellbar, dass die knetartige Masse verkabelt mit einem Zünder wirklich über genug Sprengkraft verfügte, um die gesamte Anlage zum Einsturz zu bringen, aber nachdem die Ladung installiert und scharf geschaltet war, wirkte sie schon viel einschüchternder.

Als sie sich gerade wieder am Fuß der Rampe trafen, ging auf einmal im ganzen Gelände ein Alarm los.

»Unsere Zeit ist um!«, rief Maw. »Sprengen und türmen!«

Aber die Alarmsirenen hatten Slinko, der die Fernbedienung in der Hand hielt, so erschreckt, dass er die Detonation auslöste, während alle noch am Fuß der Rampe standen.

Alle Ladungen explodierten gleichzeitig.

Kila wurde halb die Rampe hinaufgeschleudert und mit Scherben übersät. Sie war schlagartig taub. Ihr Kopf dröhnte. In dem Qualm sah sie, wie Sterox sich aufrappelte und sich eine große Scherbe aus dem Arm zog. Thrash stolperte bereits die Rampe hinauf, ohne einen Gedanken an die anderen zu verschwenden. Typisch.

Aber dann sah Kila Maw. Sie war unter einem großen Server-Rack eingeklemmt. Slinko versuchte, es anzuheben, war jedoch alleine nicht kräftig genug.

»Du Idiot!«, brüllte Maw ihn an. »Fünf Sekunden und wir wären alle in Sicherheit gewesen!«

»Tut mir leid!«, sagte Slinko. »War keine Absicht, dass ich die Zündung so früh ausgelöst habe!«

Kila eilte ihm zur Hilfe, und gemeinsam konnten sie Maw befreien. Sie hatte ein paar Blutergüsse abbekommen, sich jedoch offenbar nichts gebrochen.

»Okay, los, los, los!«, befahl sie.

Das musste man Slinko nicht zweimal sagen. Er ließ Maw stehen und folgte eilig Thrash und Sterox. Maw hinkte mühsam hinterher.

Aber Kila blieb noch.

Sie drehte sich zu den Trümmern um und betrachtete ihr Werk. Der Staub setzte sich allmählich, und es wurde deutlich, wie erstaunlich effektiv ihr Zerstörungsfeldzug gewesen war. Nur ein Server war stehen geblieben, einer von etwa hundert. Aber so befriedigend das Ganze auch war, irgendetwas daran wirkte irritierend. Irritierend und merkwürdig vertraut.

Um sie herum schrillte immer noch der Alarm, doch niemand

kam – nicht einmal Drohnen, um den Schaden zu begutachten. Hätte der Thunderhead bei einer so schweren Verletzung der Schutzsysteme nicht längst alle möglichen Maßnahmen in die Wege geleitet? Hatte eine einzelne Truppe von Widerlingen ihn tatsächlich überrumpelt? Konnte er so verwundbar sein?

Anstatt den anderen bei ihrer ebenso eiligen wie triumphalen Flucht zu folgen, kehrte Kila um und wühlte in den Trümmern, ohne zu wissen, wonach sie suchte. Schließlich kam sie zu dem einzigen noch intakten kristallinen Rack, das wie ein Monolith aus den Ruinen hervorragte.

Die bunten Lichter blinkten unverdrossen, als wüssten sie nicht einmal, dass alle anderen Server-Türme zerstört worden waren. Kila stemmte sich mit ihrem ganzen Gewicht dagegen, bis auch der letzte Turm umkippte und krachend zu Boden schlug.

Er war weder in seinem Betonsockel verankert, noch per Kabel, Leitungen oder sonst wie mit den anderen Racks verbunden. Das Gehirn des Thunderhead funktionierte möglicherweise drahtlos, trotzdem musste jedes einzelne Rack doch mit einer Stromquelle verbunden sein, oder?

Dann entdeckte Kila die Stromquelle. Auf der Unterseite des umgekippten Server-Racks gab es ein kleines Plastikfach. Sie öffnete die Klappe. Es enthielt …

Batterien.

Drei Stück.

Klein genug, um in ihre Handfläche zu passen – so wie die Batterien in Kinderspielzeugen. Sie hatten nicht annähernd genug Volt, um ein Server-Rack zu betreiben, aber für ein paar blinkende Lichter reichte es. Und mit genug Batterien konnte man einen ganzen Raum blinken und leuchten lassen.

»Kila! Was machst du? Wir müssen hier raus!«

Sie drehte sich um und sah, dass Maw ihr gefolgt war.

»Wir haben erledigt, wofür wir gekommen sind«, brüllte Maw. »Nun lass uns hier abhauen, bevor wir erwischt werden!«

Aber Kila rührte sich nicht. Sie sah sich um und erkannte plötzlich, warum die Trümmer so vertraut wirkten. Sie waren wie der Schutt, den sie in der *Galerie de Bäsch* hinterlassen hatten – aber noch mehr sah es aus wie das Geröll, das sie Tag für Tag aus dem Lagerhaus schaufelten. *Genauso.* Kila hatte sich gefragt, um was für Trümmer es sich handelte, sich jedoch nie genug dafür interessiert, um eine Antwort zu suchen.

»Kila! Was ist los mit dir? Wir müssen hier weg!«

Der Alarm dröhnte immer noch, doch es kam niemand. Kila stand wie erstarrt da. Nicht vor Kälte, sondern wegen der Erkenntnisse, die nacheinander auf sie einprasselten und ihr durch den Kopf schossen. Weitere Dominosteine, die umkippten.

»Du hast so aufgeregt getan, als ich dieses Gebäude entdeckt habe«, sagte Kila. »Aber warst du das wirklich? Du wusstest, dass ich ein Ziel suchte – und plötzlich habe ich eins gefunden.«

»Wovon zum Teufel redest du?«

Kila betrachtete die Zerstörung um sie herum. »Wie lange führst du uns schon an der Nase herum, Maw? Bist du überhaupt ein Widerling?«

Maw wirkte tief gekränkt. »Ich bin Apokalyt!«

»Und trotzdem arbeitest du für den Thunderhead. Das heißt, du bist ein Nimbus-Agent!«

Maw zögerte. Womöglich erwog sie, ob es sich lohnte, noch weiterzuleugnen. Dann sagte sie: »Das sind alle Apokalyten.«

Da war sie. Die Wahrheit hinter dem letzten Dominostein. Jetzt ergab alles einen Sinn. Wie war es möglich, dass Kila die Scharade nicht durchschaut hatte? Hatte sie wirklich geglaubt, dass Thrash eine Malware programmieren konnte, die die Kameras des Thunderhead lahmlegte? Thrash – der keine zwei schlüssigen Gedanken zusammenbringen konnte, ohne dass einer davon dabei auf der Strecke blieb? Aber wenn man etwas glauben wollte, bedurfte es noch weniger als einer Handvoll Batterien, um diesen Glauben anzutreiben.

»Ist irgendetwas von alldem echt, Maw?«

Maw blickte ihr direkt in die Augen. »So echt, wie es sein muss.«

Plötzlich tauchte hinter ihr einer der grau gekleideten Arbeiter auf. Ein Cloudtech. Slinko hatte die Cloudtechs mit den in Betäubungsmittel getunkten Pfeilen ausgeschaltet – aber hatte er das wirklich? Schließlich hatte Maw das Betäubungsmittel besorgt.

»Wir können sie nicht gehen lassen«, sagte der Cloudtech.

»Natürlich können wir das«, erklärte Maw ihm. »*Killa* wird es keinem erzählen.«

»Das weiß man nie«, sagte der Aufseher.

Killa ... Heißt das, ich habe mir den Namen verdient?, dachte Kila.

Maw lächelte. »Killa ist wie ich, oder Killa? Sie wird nichts erzählen, weil sie ab sofort vom Status eines Helion ... zum Pandæmon hochgestuft ist.«

Pandæmon, dachte Kila. *Nur noch eine Stufe vor Apokalyt.* Sie würde die Ehrfurcht und den Respekt der anderen Widerlinge genießen. *Killa* würde ihn genießen. Das brachte sie ernsthaft ins Grübeln.

In diesem Moment hörten sie Sterox von weitem rufen.

»Gehen Sie«, erklärte Maw dem Cloudtech. »Bevor er Sie sieht.«

Der Cloudtech verzog sich gehorsam und schlich geduckt durch die Trümmer davon.

Maw kam noch näher. »Ich kenne dich, Killa. Ich weiß, was du willst. Du sehnst dich nach der Macht, die mit der Zerstörung einhergeht – aber fast nichts ist so mächtig wie der Blick hinter den Schleier der Realität. Und nun habe ich dir sogar noch mehr gezeigt! Die Macht, den Akt der Zerstörung als solchen zu zerstören. Weiche nicht davor zurück, Killa. Nimm sie an!«

In diesem Moment wusste Killa, was sie zu tun hatte. Sie überlegte nicht einmal; sie machte es einfach. Sie bückte sich, hob eine scharfe Scherbe des sogenannten zerebralen Netzwerkknotens auf und rammte sie tief in Maws Bauch.

Kurz darauf sahen Sterox und die anderen Killa mit Maw in den Armen aus den Trümmern kommen.

»Helft mir«, sagte Killa. »Einer der Cloudtechs hat sie erwischt!«

Sie halfen ihr, Maw zum Lkw zu tragen.

»Die Wunde ist tief«, sagte Slinko nach näherer Begutachtung, während der Lkw losraste, »aber ich glaube nicht, dass sie totenähnlich wird.« Tatsächlich hatte die Blutung bereits aufgehört, und Heilnaniten kauterisierten die Wunde. Auch ohne weitere Behandlung würde sie in ein oder zwei Tagen verheilt sein.

Killa blieb bei Maw und bettete deren Kopf während der Fahrt in ihren Schoß. Maws Blick war trüb, doch sie war noch bei Bewusstsein.

»War das wirklich nötig?«, fragte sie.

»Nein«, gab Killa zu, »aber wirkt es so nicht viel realistischer?«

Maw lächelte dünn. »Verdammt, du hast recht. Eines Tages wirst du eine großartige Apokalytin sein.«

Und Killa stimmte ihr zu. Genau genommen zählte sie sogar darauf.

Kapitel 6: **Eine Marsminute**

»Wenn es einen hellen Fleck im Sonnensystem gibt, ist dieser Ort am weitesten davon weg.«

»Das ist ein unkorrektes Zitat, Carson.«

»Ich weiß – aber wir sind ja auch nicht direkt in der ganzen Galaxie verteilt oder?«, erwiderte Carson Lusk. »Und wer hat dich überhaupt gefragt?«

»Niemand.« Die Antwort des Thunderhead war wie immer arglos und freundlich. *»Ich liefere nur Aufklärung.«*

Carson wartete auf eine ärgerliche Nachbemerkung, wie sie der Thunderhead häufig machte. Der heutige Tag bildete keine Ausnahme.

»Übrigens«, fügte er hinzu, *»ist dieses spezielle falsche Zitat weder buchstäblich noch im übertragenen Sinne richtig. Denn erstens ist der Mars der vierte Planet von der Sonne und bekommt reichlich Sonnenlicht ab. Und zweitens entdecke ich hier statt einer Düsternis der Herzen sehr viel Freude. Manchmal sogar bei dir.«*

Carson schleuderte einen Schraubenschlüssel auf den Lautsprecher seines Geländewagens. »Ist dir das buchstäblich genug?«

Aber der Thunderhead blieb natürlich gefasst. *»Dafür könnte ich dir einen Widerling-Punkt geben, aber das werde ich nicht tun, weil ich weiß, dass du dich bloß melodramatisch aufführst.«*

Der Geländewagen holperte über einen größeren Hubbel auf der unasphaltierten Straße – einen Hubbel, um den der Thunderhead ihn hätte herumsteuern können, wenn Carson die Lenkung nicht auf Handbedienung umgestellt hätte. Trotzdem hätte der Thunderhead ihn warnen können, aber nein. Was das betraf, war der Thunderhead passiv aggressiv, und das ärgerte Carson.

»Weißt du, was ich jetzt brauche?«, fragte er mit einem leichten Grinsen. »Ich muss herausfinden, was aktuell ein Pfund Tee in PanAsien kostet.«

»*Wozu?*«, fragte der Thunderhead.

»Das geht dich nichts an. Ich habe eine Anfrage gestellt; es ist dein Job, sie zu beantworten.«

»*Natürlich*«, sagte der Thunderhead, »*in zehn Minuten und vier Sekunden habe ich eine Antwort für dich.*«

Carson triumphierte nur ein kleines bisschen. Für schnelle Antworten und planetare Verwaltung hatte der Thunderhead zwar einen zerebralen Netzwerkknoten hier auf dem Mars, sein gesamtes Backbrain befand sich jedoch auf der Erde. Im Moment war die Erde etwas mehr als fünf Lichtminuten entfernt – deshalb würde es doppelt so lange dauern, bis der Thunderhead auf die Antwort zugegriffen und sie zurück zum Mars gesendet hatte. In dieser Zeit würde er Carson in Ruhe lassen. Carson könnte dem Thunderhead natürlich auch einfach sagen, dass er still sein sollte, aber worin bestand dann noch der Spaß? Da schickte er ihn doch viel lieber auf sinnlose Missionen. Ihm gefiel der Gedanke, dass der Thunderhead durch solche Aufträge daran erinnert wurde, dass er nur ein Diener war.

Im Gegensatz zu dem glücklosen Helden seines Lieblingsfilms aus der Sterblichkeitsära – der, den er falsch zitiert hatte – war Carson Lusk kein Feuchtfarmer. Die Abenteuer dieses Filmhelden hatten damit begonnen, dass sein Onkel und seine Tante von einem bösen Imperium gnadenlos ermordet worden waren. Carson hingegen war der Sohn eines Bergarbeiters, wenn auch auf einem ähnlich trockenen Planeten. Aber für ihn würde es keine solche Rettung geben, weil es keine bösen Imperien gab, bloß den Thunderhead und seine unerträgliche Fürsorge. Und wenn seine Eltern starben? Ausgeschlossen. Es gab nicht einmal Scythe auf dem Mars, und wahrscheinlich würde es auch tausend weitere Jahre keine geben. Die Marskolonie hatte eine Bevölkerung von etwa zehntausend Menschen, und es gab noch reichlich Raum für Wachstum.

Der Geländewagen holperte über den unebenen Boden, bis er die Kuppe eines Hügels erreichte. Von hier aus konnte Carson die Reihe von riesigen Bohrtürmen sehen, die in die Marsebene stachen wie Akkupunkturnadeln der Sterblichkeitsära. Sie hatten sogar einen ähnlichen Zweck, in gewisser Weise sollten auch diese Bohrtürme den Planeten heilen. Oder ihn zumindest verändern. Sie förderten endlos Kohlenerz an die Oberfläche, aus dem man in Verbindung mit Sauerstoff Kohlendioxid herstellen konnte – das magische Gas, das es dem Planeten irgendwann ermöglichen würde, sich zu erwärmen und eine dichtere Atmosphäre zu bilden.

Seine Eltern und der Thunderhead erinnerten ihn permanent daran, was für eine wichtige Arbeit sie leisteten – so viel wichtiger als das, was die meisten Menschen auf der Erde taten. Dafür waren sie schließlich Kolonisten geworden: um ihrem Leben einen Sinn zu geben. Aber Carson war erst neun Jahre alt gewesen, als sie die Reise angetreten hatten, und ihn hatte niemand gefragt. Er konnte sich noch an das Leben auf der Erde erinnern. An die grünen Felder und rollenden Hügel von MidMerica – oder zumindest des kleinen Teils von MidMerica, den er gesehen hatte, bevor er von dem Planeten gerissen wurde. Nun gab es Grün nur unter der Kuppel der Kolonie, die Hügel außerhalb davon waren zerklüftetes totes Gestein, das erst in Jahrhunderten Leben hervorbringen würde.

»Warum?«, hatte er den Thunderhead einmal gefragt. »Warum machen wir uns überhaupt die Mühe?«

Und mit seiner unendlichen Geduld hatte der Thunderhead geantwortet: *»Es ist der biologische Auftrag jeder Spezies, sich zu vermehren und ihren Lebensraum auszudehnen. Ich ermögliche lediglich euren natürlichen Expansionsdrang über die Grenzen der Erde hinaus.«*

Blablabla. Der Thunderhead war dermaßen eingebildet. Wenn er sich wirklich um Carson kümmern würde, wie er ständig behauptete, dann würde er einen Weg für ihn finden, von diesem Fels wegzukommen.

»Wenn du wirklich bereit bist, die Reise zurück auf die Erde anzutreten«, hatte ihm der Thunderhead mehr als einmal erklärt, *»wird sich die Gelegenheit sicher ergeben.«*

Noch mehr leere Versprechungen.

Carson folgte einem steilen Weg in das Tal und fuhr zu dem Bohrfeld. Insgesamt waren es zweiundfünfzig Fördertürme in vier Reihen à dreizehn Türmen, und jeder von ihnen nach einer Spielkarte benannt. Der kaputte Turm war der Pik-König – der letzte in der ersten Reihe. Als Carson näher kam, erkannte er das Problem. Der riesige Abbaumeißel war abgebrochen.

Er verständigte über Funk seinen Vater.

»Gute Arbeit, Carson«, sagte sein Vater. »Ich lasse einen neuen bestellen.«

Nun, immerhin war das Problem so offensichtlich, dass Carson nicht den Anzug anlegen und hinausgehen musste. Er verabscheute das erstickende Gefühl beim Tragen seines Raumanzugs. Er roch ständig nach seinem eigenen Schweiß und einem Hauch von Erbrochenem von dem Mal, als die Luft knapp geworden war und Carson sich übergeben hatte. Raumanzüge. Noch etwas, was man für ein Leben auf der Erde nicht brauchen würde.

»Null komma zwei-drei Kreditpunkte per Kilo«, verkündete der Thunderhead aus dem Nichts.

Carson zuckte zusammen. »Was?«

»Der Preis für einen typischen Oolong-Tee in PanAsien. Das ist der Grundpreis, bestimmte Teesorten können auch mehr kosten.«

Carson seufzte. »Hättest du das Problem mit dem Pik-König nicht allein diagnostizieren können?«, fragte er den Thunderhead. »Du weißt über alles Bescheid, was hier passiert, stimmt's? Du hättest mir sagen können, dass der Bohrer abgebrochen ist, und es mir damit leichter machen können.«

»Ja«, antwortete der Thunderhead. *»Aber es dient dir nicht, dir dein Leben leichter zu machen, Carson. Dadurch, dass du den Weg dorthinaus gemacht und das Problem erkannt hast, hast du nicht nur die Befriedigung eines gut erledigten Jobs erfahren, sondern auch das sehnlich gewünschte Lob deines Vaters bekommen.«*

»Leck mich«, sagte Carson. »Und wenn du mir jetzt erklärst, dass du keine Zunge hast, werfe ich noch mal mit dem Schraubenschlüssel.«

»Verstanden«, sagte der Thunderhead und verstummte, ohne dass Carson ihn auf eine weitere sinnlose interplanetarische Wissensmission schicken musste.

Die terraformierenden Aktivitäten erstreckten sich zwar über mehr als hundert Marskilometer in alle Richtungen, doch alle Bewohner lebten unter der Kuppel des Mons Humanus. Von nahem wirkte er gewaltig, war jedoch kaum mehr als ein Ameisenhügel verglichen mit dem höchsten Vulkan auf dem Mars, dem Mons Olympus, der sich direkt dahinter erhob, obwohl sein Fuß eigentlich jenseits des Horizonts lag. Der Mons Olympus war so riesig, dass er die Krümmung des Planeten definierte.

Die Kuppel war das Zentrum aller Aktivitäten auf dem Mars. Im Norden wurde nicht weit von dem Bohrfeld von Carsons Familie entfernt ein Außenposten errichtet, der noch in Bau war.

Carson sah der Fertigstellung mit Schrecken entgegen, weil er wusste, dass seine Eltern bestimmt dort leben wollen würden. Als ob man auf dem Mars nicht schon isoliert genug war, würde es sie direkt an die Grenze zur Wildnis ziehen, wo es praktisch niemanden in Carsons Alter geben würde.

Er hatte ohnehin nur eine Handvoll Freunde. Nicht dass er sich mit seinen Klassenkameraden nicht verstanden hätte – er ließ bloß nicht viele Menschen an sich heran. Sein enger Freundeskreis bestand im Grunde nur aus Acher, Devona und ihm.

»Wenn deine Eltern in den nördlichen Außenposten ziehen wollen, solltest du dich einfach weigern mitzukommen«, sagte Devona, als sie eines Tages nach der Schule zusammen einen Kaffee tranken.

»Ja«, sagte Acher. »Wenn es zum Äußersten kommt, kannst du bei mir wohnen. Meine Eltern haben bestimmt nichts dagegen. Sie denken, du bist ein guter Einfluss für mich.«

Sie saßen im *4th Planet Java*, einem von zwei Cafés in der Kuppel. Es gab eine »Freiluft«-Terrasse, die natürlich nicht an der freien Luft lag, sondern lediglich einen Blick auf den Park in der Mitte der Kuppel bot.

»Deine Eltern lassen dich ohnehin schon zu hart arbeiten«, sagte Devona und schlürfte ihren Latte aus Hydrokultur-Bohnen, die angeblich genauso schmeckten wie die Espressobohnen auf der Erde. Carson hatte seine Zweifel.

»Devo hat recht«, sagte Acher und ergriff ihre Hand. »Du arbeitest ständig dort draußen.«

Acher und Devona waren ein Paar – zumindest heute. Sie trennten sich ständig und versöhnten sich dann wieder, wie zwei Sterne eines Doppelsterns, die sich der hormonalen Anziehungskraft des anderen nicht entziehen konnten. Jedes Mal, wenn Carson dachte, er könnte vielleicht doch eine Chance bei

Devo haben, trieb Acher wieder in ihre Bahn wie ein himmlisches Uhrwerk.

»Kapiert ihr das nicht? Ich habe keine Wahl«, erklärte Carson ihnen.

»Natürlich hast du eine Wahl!«, entgegnete Acher, als ob das so leicht wäre. »Deine Eltern können dich nicht zwingen, in der Mine zu arbeiten, wenn du nicht möchtest, und sie können dich auch nicht zwingen, aus der Kuppel wegzuziehen.«

»Das können sie nicht? Wer soll sie aufhalten?«

»Der Thunderhead«, sagte Devona, nachdem sie noch einmal an ihrem Latte genippt hatte. An ihrer Oberlippe klebte ein schmaler Streifen Milchschaum, von dem Carson den Blick nicht wenden konnte.

»Soll das ein Witz sein? Der Thunderhead ist auf ihrer Seite«, erwiderte Carson. »Als meine Eltern mir zum letzten Mal wegen irgendwas Bescheuertem meine Privilegien gestrichen haben, habe ich mich beim Thunderhead beschwert – und ist mir Gerechtigkeit widerfahren? Nein. Er hat gesagt: ›*Häusliche Bestrafung liegt in der Zuständigkeit der Menschen.*‹«

Carson wandte sich ab, weil er nicht wollte, dass seine Verbitterung seine Freunde traf. Er betrachtete das geschäftige nachmittägliche Treiben in der Kuppel. Von ihrem Tisch auf der Terrasse hatte er einen guten Blick über die Einkaufspassage und den Daedalia Park unter ihnen. Die Sonne wanderte allmählich zum Rand der Glaskuppel und hinterließ einen gebogenen Schatten, der langsam über die Bäume im Daedalia Park wanderte – benannt nach dem Ödland, auf dem die Kolonie errichtet worden war. Früher hatte Carson den Weg dieses gebogenen Schattens gerne beobachtet, weil er den Übergang von Tag zu Nacht markierte wie eine antike Sonnenuhr. Jetzt erinnerte er ihn nur noch an die endlose Folge immer gleicher neuer Tage.

Carson trank einen Schluck von seinem Kaffee – der immer

noch so heiß war, dass er sich die Kehle verbrannte. Aber das war ihm egal. Immerhin spürte er noch etwas.

»Der Thunderhead wird nichts unternehmen, um mir zu helfen, solange meine Eltern mir nicht in irgendeiner Weise Schaden zufügen«, erklärte er seinen Freunden.

»Dann sorge dafür, dass sie das tun«, schlug Devona vor. »Mach deinen Dad so wütend, dass er dich schlägt oder irgendwas, bevor die Stimmungsnaniten seine Wut wieder runterfahren können.«

Carson dachte darüber nach. Vielleicht könnte er das schaffen – seinem Dad brannten schnell die Sicherungen durch. Früher hatte er es komisch gefunden, wie sein Vater erst vor Wut rot anlief und dann plötzlich ganz Zen-mäßig wurde, wenn seine Naniten zu wirken begannen und ihn beruhigten. Und wenn Carson einen Schraubenschlüssel auf seinen Geländewagen werfen konnte, dann konnte sein Vater auf jeden Fall wütend genug werden, um ihm eine zu verpassen. Aber was dann? Wenn sein Vater ihn schlug, würde er für eine ganze Saison als Widerling markiert werden. Carson und seine Mutter wären aufgeschmissen, bis die Herabstufung zurückgenommen wurde. Eingeschränkte Privilegien, sozialer Spott – denn auch wenn die Markierung als Widerling für Jugendliche als eine Art Kriegsnarbe galt, war sie für einen Erwachsenen – ein tatsächlich produktives Mitglied der Gesellschaft – nur peinlich.

Nein, seinen Vater zu provozieren würde rein gar nichts bringen. Außerdem hatte der Thunderhead recht: So ungern es Carson zugab, war ihm das Lob seines Vaters tatsächlich wichtig.

»So schlimm ist es auch nicht«, sagte Carson. »Sie können mich nur an den Wochenenden zur Arbeit in der Mine zwingen. Außerdem bezahlen sie mich dafür – und ich muss Geld sparen für meine Rückkehr zur Erde.«

»Alter, auf der Erde brauchst du kein Geld!«, sagte Acher.

»Angeblich versorgt einen der Thunderhead mit allem, was man braucht.«

»Alles, was man braucht, aber nicht alles, was ich will.«

Devona schenkte ihm ein knappes schaumlippiges Lächeln. »Und was willst du?«

Carson grinste zurück. »Sehr viel mehr, als der Thunderhead mir zu geben bereit ist.«

Die Tage auf dem Mars waren beinahe exakt eine Stunde länger als auf der Erde. Aber anstatt hier einen Fünfundzwanzig-Stunden-Tag einzuführen, hatte der Thunderhead beschlossen, das Wesen der Zeit an sich zu verändern.

»Die Zeitmessung ist ein menschliches Konstrukt«, hatte er seine Entscheidung begründet, *»deshalb kann ich sie auch gemäß planetarer Zweckmäßigkeit reformieren.«*

So kam es, dass die Sekunden auf dem Mars nur ein winziges bisschen länger waren, ebenso wie die Minuten und die Stunden. Der Tag wurde immer noch in vierundzwanzig Stunden unterteilt, aber jede dieser Stunden war genau zweieinhalb Erdminuten länger. Das hatte Redensarten hervorgebracht wie die, dass etwas »eine Marsminute« dauere. Die Kolonisten fanden das beleidigend. Denn auch wenn die Minuten auf dem Mars länger waren, hatten die Menschen hier das Gefühl, sehr viel fleißiger zu sein als die Erdbewohner und in einer Marsminute mehr geschafft zu bekommen als die Erdgebundenen in einer ihrer Stunden.

Der Thunderhead vermutete, dass er irgendwann soziale Sicherheitsmaßnahmen gegen Vorurteile und Voreingenommenheit zwischen den beiden Planeten würde ergreifen müssen.

Carson Lusk hatte sein Leben auf der Erde begonnen, wo die Sekunden schneller und die Anziehungskraft stärker waren. Aber das hatte sein Körper im Lauf der Jahre auf dem Mars vergessen, deshalb würde die Rückkehr eine große Anpassung erfordern. Man brauchte zwei Wochen, um seinen Biorhythmus an den kürzeren Tag anzupassen, und Monate, um Muskeln, Knochen und Herz an die unbarmherzige Kraft der stärkeren Erdanziehung zu gewöhnen.

»Es würde dir elend gehen«, erklärten seine Eltern ihm. »Davor können dich nicht mal deine Naniten bewahren.«

Carson bemerkte, dass sie sagten, »es würde« und nicht »es wird«. Als ob seine Abreise vom Mars unter einem Vorbehalt stünde und keine ausgemachte Sache sei. Aber egal, welche Verbform seine Eltern benutzten, Carson war entschlossen, den Mars zu verlassen, koste es, was es wolle – und zwar bevor sie die Gelegenheit hatten, ihn in die noch tiefere Provinz des nördlichen Außenpostens zu verschleppen.

Der Thunderhead erlaubte nur minimalen Verkehr zwischen dem Mars und der Erde, was ein Problem werden könnte, aber Carson hatte einen Plan. Wer ein Stipendium für eine Universität auf der Erde errang, bekam vom Thunderhead eine freie Passage vom und nach dem Examen zurück zum Mars. Carson interessierte sich nur für die Hinfahrt. Er hatte sich in Harvard, Stanford, Oxford, Tsinghua und an einem Dutzend anderer Universitäten beworben. Seine Noten waren überdurchschnittlich, aber nicht herausragend. Trotzdem würde eine Bewerbung vom Mars besondere Beachtung finden, deshalb war er vorsichtig optimistisch.

»Vielleicht solltest du das Fell des Bären nicht verteilen, bevor er erlegt ist«, erklärte der Thunderhead ihm. *»Man sollte immer auf alle Eventualitäten gefasst sein.«*

Damals hatte Carson gedacht, dass der Thunderhead einfach nur der Thunderhead war. Aber die große empfindungsfähige KI wusste immer mehr, als sie mitteilte.

Für den Augenblick musste Carson sich darauf konzentrieren, durch die Highschool zu kommen und darauf zu achten, sich mit seinen Lehrern gut zu stellen, weil er vielleicht Empfehlungsschreiben brauchte. Carson verstand zwar nicht, warum man immer noch Lehrer brauchte, wo auch der Thunderhead einem alles beibringen könnte, was man wissen musste. Aber das war nur ein weiteres Beispiel dafür, wie der Thunderhead »die Integrität des menschlichen Daseins bewahrte«.

In der Regel kam Carson mit seinen Lehrern gut zurecht. Probleme gab es nur, wenn er über ein Thema offensichtlich mehr wusste als sie. So wie bei Mr. McGeary, seinem Lehrer für Geschichte und Kultur der Sterblichkeitsära. Der Mann bildete sich offenbar ein, in einem großen Vorlesungssaal vor Hunderten von Studenten zu dozieren statt vor einer kleinen Klasse von zwanzig Schülern.

»Goddard, von Braun, Musk«, deklamierte er und blies genug heiße Luft aus, um den Atmosphären-Alarm der Kuppel auszulösen. »Diese großen wissenschaftlichen Geister der Sterblichkeitsära haben es möglich gemacht, dass wir heute auf dem Mars sind.«

Das war für Carson nichts Neues – Raketentechnik und die Geschichte der Raumfahrt hatten ihn immer fasziniert, wobei diese Faszination kein Ausdruck von Liebe war. Tatsächlich grenzte sie eher an Hass. Es befriedigte ihn zu wissen, wer für seine aktuelle Misere verantwortlich war.

Mitten im Daedalia Park stand ein Denkmal für Goddard, eine hoch aufragende Bronzestatue des sogenannten *Vaters der Raketenwissenschaft*, die himmelwärts blickte wie Hühnchen Junior, das nach einem Riss in der Kuppel sucht. Im letzten Jahr hatte Carson die Statue wegen einer Wette angepinkelt. Der Thunderhead hatte ihm einen Widerling-Punkt gegeben, aber das war es wert gewesen.

»Sind Sie heute geistig anwesend, Mr. Lusk?«

Im weiteren Sinne war Carson tatsächlich mit dem Thema des Vortrags beschäftigt. Er kritzelte eine Rakete, die in der Abschussrampe explodierte – was in den frühen Tagen der Raumfahrt mehr als einmal passiert war. Man sollte meinen, die Leute hätten den Wink kapiert.

»Carson!«

»Goddard, von Braun, Musk«, leierte Carson für Mr. McGeary herunter, ohne von seiner Zeichnung aufzublicken. »Aber Sie irren sich. Musk war kein Wissenschaftler; er war bloß ein Geschäftsmann mit einem Haufen Geld.«

»Musk, Lusk«, rief Acher von der anderen Seite des Raumes. »Echt Pech, Carson, um einen Buchstaben an Größe vorbeigeschrammt.«

Das löste allgemeines Gelächter aus. Carson war verärgert, versuchte jedoch, sich nichts anmerken zu lassen.

»Sein gesamtes Kapital zu verpulvern, um eine Blechdose auf einen unbewohnbaren Planeten zu schicken, hat nichts mit Größe zu tun«, sagte er.

»Nun, *wir* bewohnen ihn«, bemerkte Mr. McGeary.

»Wenn Sie das sagen«, erwiderte Carson, der dem Mann nicht das letzte Wort lassen wollte. »Aber ›leben‹ und ›bewohnen‹ sind zwei verschiedene Dinge. Es wird noch Hunderte von Jahren dauern, bis wir den Mars wirklich *bewohnen*. Und das würde ich ehrlich gesagt auch noch nicht als ›leben‹ bezeichnen.«

Mr. McGeary seufzte und schwenkte metaphorisch eine weiße Flagge. »Können wir jetzt zum Unterrichtsstoff zurückkehren?«

»Von mir aus gerne«, sagte Carson.

McGeary fuhr fort, Tatsachen über berühmte Tote vorzutragen, schien dabei jedoch nicht mehr ganz so viel heiße Luft zu verströmen wie vorher, weil Carson sie ihm abgelassen hatte.

Raumschiffe von der Erde trafen nur ein, wenn der Mars in Opposition zu ihr stand, also auf derselben Seite der Sonne – was nur einmal alle zwei Erdjahre der Fall war. Die »Raumfahrtsaison« dauerte acht Wochen, in denen beinahe täglich Schiffe eintrafen und aufbrachen. Die meisten waren Drohnen für den Transport von Produkten und Mineralien, die auf dem Mars nicht hergestellt oder abgebaut werden konnten. Aber es gab auch einige Passagierschiffe, die neue verwirrte Kolonisten mit aufgerissenen Augen brachten und auf dem Rückflug die Marsbewohner mitnahmen, die sich einen Trip zur Erde leisten konnten – oder denen der Thunderhead in seiner unendlichen Weisheit eine kostenlose Passage zugebilligt hatte.

Touristen gab es auf dem Mars keine. Niemand kam mit einem Rückflugticket, wenn der Thunderhead nicht einen besonderen Grund dafür hatte. Schließlich wäre »Weltraum-Tourismus« ein Hobby für Superreiche gewesen, und es gab keine Superreichen mehr. Ebenso wie die Armut war auch absurder Reichtum überwunden worden. Der persönliche Wohlstand rangierte jetzt in einer schmalen Skala von komfortabel bis ein wenig komfortabler.

Mit einer Ausnahme.

Das Scythetum.

Für Scythe war Geld kein Thema, es war bedeutungslos. Sie machten einfach, was sie wollten, wann sie wollten. Deshalb hätte es niemanden überraschen sollen, dass ein Scythe irgendwann ein Raumschiff des Thunderhead requirieren würde, um dem Mars einen Besuch abzustatten.

»Ich hab seinen Namen vergessen«, sagte Carsons Vater eines Abends beim Essen. »Ich glaube, er fängt mit einem *X* an. Er kommt mit dem ersten eintreffenden Schiff der Saison.«

»Ein Scythe? Warum?«, fragte Carson unwillkürlich.

Sein Vater zuckte die Schultern. »Er sagt, er ist neugierig. Er sagt, er würde niemanden nachlesen – er will bloß der erste Scythe sein, der den Mars persönlich besucht.«

»Er wird nicht bleiben«, verkündete Carsons Mutter. »Die Kolonie ist zu klein und zu provinziell für jemanden wie einen Scythe.«

Carson konnte seine Faszination nicht leugnen. »Habt ihr eigentlich je einen Scythe gesehen?«, fragte er. »Auf der Erde, meine ich.«

»Ja, ein paarmal«, antwortete sein Dad, als wäre es nichts.

Seine Mutter hob die Schultern und erschauderte leicht. »Weißt du noch das eine Mal an dem Strand?«

Sein Vater nickte und legte die Gabel ab, als könne er unmöglich gleichzeitig essen und sich erinnern. »Das war ein Ding«, sagte er. »Wir hatten alle Badekleidung an – aber sie schritt in einer wehenden lavendelblauen Robe und mit dem spitzesten Messer, das ich je gesehen habe, an der Wasserkante entlang. Was für ein Anblick!«

»Es war, als würde sie ein paar Zentimeter über dem Boden schweben – fast so, als könnte sie übers Wasser laufen«, fügte seine Mutter hinzu.

»Ich wünschte, das hätte ich sehen können.«

»Nein, Carson, das wünschst du dir nicht«, sagte seine Mutter, sah ihm kurz in die Augen und wandte dann den Blick ab.

»Sie hat ein Stück weiter den Strand hinunter jemanden nachgelesen«, erklärte sein Vater. »Wir haben es nicht gesehen, aber wir haben die Schreie gehört.«

»Es war schrecklich. Es hätte uns fast den Tag ruiniert.«

Schweigen. Alle aßen weiter. Aber kurz darauf sprach Carsons Vater ein letztes Wort in der Sache.

»Wenn der Scythe kommt, halten wir uns am besten alle bedeckt und gehen ihm aus dem Weg.«

»Aber du hast doch gesagt, er würde nicht herkommen, um jemanden nachzulesen.«

Für einen Moment betrachtete Carsons Vater sein Steakmesser.

»Scythe lügen«, sagte er dann.

Es gab eine alte Redensart – Carson hatte keine Ahnung, woher sie stammte. *»Männer sind vom Mars, Frauen von der Venus.«* Aber wenn beide vom Mars stammen, musste man mit allem rechnen.

Acher und Devona hatten einen weiteren Streit. Wie üblich hatten sie sich wieder irgendwie sozusagen getrennt. Und wie üblich stand Carson bereit, um Devona zu trösten.

»Acher kann so ein Arschloch sein!«, sagte Devona.

»Ich weiß.«

»Er glaubt, er könne mich für selbstverständlich nehmen.«

»Ich weiß.«

»Irgendwann wird er lernen, dass er nicht der einzige Typ auf dem Planeten ist.«

Carson kannte die Einzelheiten noch nicht, doch Devona würde sie ihm bestimmt detailliert schildern. Es würde um irgendetwas empörend Unsensibles gehen, das Acher getan hatte, weil er ständig empörend unsensible Dinge tat, ohne sich dessen auch nur bewusst zu sein. Wann würde Devona erkennen, dass er sich nie ändern würde? Nach ihrem letzten Streit hatte es so ausgesehen, als wäre ihre Trennung von Dauer. Aber dann hatte Acher einen Unfall. Er hatte eine Spritztour mit ein paar Widerlingen unternommen. Solche Sachen machte er manchmal – und wusste dabei immer, wie man fragwürdige Dinge unternahm, ohne selbst als Widerling markiert zu werden. Aber wie es nun mal die Gewohnheit von Widerlingen ist, hatten sie es übertrieben und waren mit ihrem Geländewagen über eine Klippe gerast. Acher erlitt einen Schädelbruch. Er war fast vier Tage totenähnlich – und als er schließlich wiederbelebt wurde, war Devona ganz zerknirscht und reuevoll –, als wäre ihr Streit irgendwie Ursache seines Unfalls gewesen. Das Komische war, dass Acher sich gar nicht an den Streit erinnerte, weil der Thunderhead auf dem Mars nur einmal täglich Gedächtnis-Backups machte. Achers wiederhergestelltes Gehirn hatte keine Erinnerungen an die Trennung oder sonst etwas, das am Tag des Unfalls passiert war. Also hatten er und Devo einfach weitergemacht, als wäre nichts geschehen.

»Ich schwöre, wenn ich ihn noch einmal dabei erwische, wie er mit Sakari Hernandez flirtet …«

»Ich bin sicher, er wird einsehen, was für ein Idiot er war«, sagte Carson, obwohl er wusste, dass Acher nie wirklich begreifen würde, was für ein Idiot er sein konnte. »Und wenn nicht …« Carson legte seine Hand auf Devonas und fasste sie sanft.

Sie blickte zu ihm auf, und Carson sah ihr direkt in die Augen. Der Augenblick lag gewichtig in der Luft … hielt noch einen Moment …

… und fiel dann mit einer Schwerkraft zu Boden, die stärker war als alles, was der Mars aufzubieten hatte.

Devona zog behutsam ihre Hand weg.

»Danke, Carson. Du bist ein guter Freund. Du bist immer für mich da und hörst mir zu, und ich möchte, dass du weißt, wie viel mir das bedeutet.« Dann stand sie auf und ging.

Acher war Carsons bester Freund, aber manchmal konnte Carson die Phantasie nicht unterdrücken, wie es wäre, dabei zuzusehen, wie Acher aus einer Luftschleuse gesaugt wurde.

Das erste Raumschiff der Saison war immer ein Passagiertransport, seine Ankunft ein bedeutender Anlass. Es war erst die vierte Raumfahrtsaison seit Gründung der Kolonie, weil sie nur alle zwei Erdjahre möglich war, doch es hatte sich bereits eine Tradition etabliert. Die »Erste Ankunft« war ein kolonieweiter Feiertag. Zur Begrüßung der Neuankömmlinge wurde im Daedalia Park ein Fest gefeiert, mit Musik und Ständen, an denen Snacks und Kunsthandwerk angeboten wurden. Auch in diesem Jahr waren die Vorbereitungen von der üblichen Aufregung geprägt, doch man konnte auch eine unterschwellige Sorge spüren. Weil ein Scythe kam.

Aber während die anderen beklommen waren, empfand Carson eine seltsame Aufregung. Nie zuvor war jemand so Bedeutendes wie ein Scythe auf den Mars gekommen. Hin und wieder weltliche Würdenträger – doch die hatten wie der Gouverneur der Kolonie keine wirkliche Macht. Der Thunderhead leitete und organisierte alle wichtigen Angelegenheiten – der Gouverneur war lediglich dazu da, bei öffentlichen Anlässen schwungvolle Reden zu halten und als Gastgeber von Partys zu fungieren. Aber ein Scythe! Das war wahre Macht, unabhängig von der Herrschaft des Thunderhead. Die Macht, Leben zu nehmen oder zu verschonen, die Macht des *persönlichen Besitzes.* Scythe konnten alles haben – *alles*! Was immer Scythe wollten, gehörte ihnen – sie mussten nicht einmal fragen, sie konnten es sich einfach nehmen –, so wie dieser Scythe ein paar kostbare Plätze in dem ersten Raumschiff der Saison requiriert hatte – ohne dass der Thunderhead etwas dagegen sagen konnte.

Carson war entschlossen, den Weg dieses Scythe zumindest zu streifen. Seine Robe zu berühren – als ob dadurch etwas von dessen reuelosen Privilegien auf ihn abfärben könnte. Aber wie sich herausstellte, gab es einen besseren Weg zur ehrenvollen Gesellschaft des Scythe.

»Die Kolonie hat Grüße des ankommenden Raumschiffs erhalten«, erklärte Mr. Geary seiner Klasse zwei Wochen vor dessen Eintreffen. »Für alle, die sich Sorgen gemacht haben, wollte Scythe Xenocrates uns seiner friedlichen Absichten versichern.«

»*Unter*scythe Xenocrates«, verbesserte Carson ihn.

»Was – heißt das, er ist wichtig?«, fragte Acher.

Carson hatte seine Hausaufgaben zu dem Thema gemacht. »Er ist der zweite Unterscythe von MidMerica – also ja, er ist ziemlich wichtig.«

McGeary räusperte sich, um ihre Aufmerksamkeit zurückzugewinnen. »Ja, also, da ist noch etwas. *Unterscythe* Xenocrates möchte einem unserer Schüler eine große Ehre erweisen. Offenbar braucht er für die Dauer seines Aufenthaltes einen Diener.«

Bei der bloßen Vorstellung begannen Carsons Mitschüler sich auf ihren Stühlen zu winden. Einige lachten, doch es war ein erkennbar nervöses Lachen. Carson war erstaunt, dass nicht alle begierig waren, die Gelegenheit zu ergreifen.

»Jeder, der den Job haben möchte, wird in Betracht gezogen«, ermunterte McGreary sie.

»Wer trifft die Auswahl?«, fragte Carson.

»Wahrscheinlich der Thunderhead«, murmelte jemand, aber McGreary schüttelte den Kopf.

»Nein – da es sich um eine Scythe-Angelegenheit handelt, ist eine Beteiligung des Thunderhead unmöglich. Jeder, der Interesse an der Position hat, kann einen Aufsatz einreichen, der vom Lehrkörper der Schule beurteilt wird.«

Carson blickte erneut auf und fragte sich, ob die Reaktion in den anderen Klassen genauso zurückhaltend war. Das würde seine Chancen begünstigen. Er hob die Hand. »Ich möchte mich bewerben.«

McGeary lächelte, ausnahmsweise einmal anerkennend und nicht müde. »Sehr gut, Carson. Es bleibt nicht viel Zeit, also machst du dich am besten sofort an die Arbeit – Abgabeschluss ist Ende der Woche.«

Da ging auf der anderen Seite des Raumes eine zweite Hand nach oben.

»Ja, klar, warum nicht?«, sagte Acher. »Ich probier's auch.«

Carson biss die Zähne zusammen. Es war so typisch für Acher, sich um etwas zu bemühen, bloß weil ein anderer es wollte.

»Acheron Yost! Nun, das ist eine Überraschung!«, sagte McGeary.

Acher grinste Carson an – als würden sie gemeinsam in dieser Sache stecken. Als wäre es eine Verschwörung und kein Wettbewerb.

»Wie viele Schüler reichen einen Aufsatz ein?«, fragte Carson den Thunderhead. Es war spät – er lernte für eine besonders schwierige Mathearbeit, konnte sich jedoch nicht konzentrieren, weil in seinem Kopf mehr Variablen herumschwirrten als auf dem Bildschirm.

»Du weißt, dass ich das nicht beantworten kann«, erwiderte der Thunderhead. *»Ich kann zu Scythe-Angelegenheiten weder etwas sagen noch Ratschläge geben.«*

»Du bist nutzlos!«

»In Bezug auf Scythe bin ich in der Tat vollkommen nutzlos.«

Carson musste unwillkürlich lächeln. Er mochte den Thunderhead, wenn er bescheiden war. In solchen Momenten wirkte er beinahe menschlich.

Da er nicht auf die Hilfe des Thunderhead rechnen konnte, musste Carson selbst Detektivarbeit leisten. In den nächsten Tagen sprach er mit anderen Schülern und Lehrern, mit denen er sich gut verstand. Alle sagten mehr oder weniger das Gleiche. In jeder Klasse hatten sich höchstens zwei Schüler für die

Dienerposition gemeldet. Insgesamt würden also nicht mehr als dreißig Aufsätze eingereicht werden, mit denen sein eigener konkurrierte. Und das war nichts – denn niemand konnte mit Worten umgehen wie Carson. Er war seit drei Jahren Kapitän des Debattierteams, und wenn es um überzeugende Argumente ging, konnte er einem Schmutzläufer den Raumanzug abschwatzen und ihn nackt in der dünnen kalten Marsluft stehen lassen. Nicht dass er so etwas machen würde – aber er könnte.

»Du hättest in der Sterblichkeitsära geboren werden sollen«, hatte seine Mutter nach einem heftigen Streit einmal zu ihm gesagt. »Du wärst ein guter Anwalt geworden.«

Carson musste nachschlagen, was das Wort *Anwalt* bedeutete, aber nachdem er es recherchiert hatte, musste er ihr recht geben.

Und wie ein Anwalt hatte er eine Strategie. Einen Plan. Genauer gesagt eine Reihe von Plänen. Räder, die ineinandergriffen – denn er wusste, dass man für einen Erfolg nicht nur mehrere Züge vorausdenken, sondern auch verstehen musste, was zwischen den einzelnen Zügen geschah.

Er würde an einer Reihe von Universitäten angenommen werden – zumindest in dem Punkt war er ziemlich zuversichtlich. Aber ein Stipendium, das eine Rückfahrkarte zum Mars einschloss? Dafür bräuchte er vielleicht ein spezielles Empfehlungsschreiben. Wie zum Beispiel von einem Scythe – und nicht bloß irgendeinem Scythe, sondern dem zweiten Unterscythe von MidMerica. Es gab keine Uni, wo man nicht strammstehen würde, wenn ein solcher Brief einging. Carson musste nur den Wettbewerb gewinnen und den Mann beeindrucken – und auch wenn Unterwürfigkeit nicht in seinem Wesen lag, konnte er alles schaffen, was er sich vornahm. Wenn also ein demütiger Kammerdiener gefragt war, würde er so demütig und unterwürfig sein wie nötig.

Acher war auch nicht besonders demütig, aber er war ein eher hausbackener und marsverbundener Typ. Die Menschen mochten ihn. Nicht dass Carson nicht beliebt gewesen wäre, aber er war nicht in dem gleichen Maße jedermanns Freund wie Acher. Es war ein Unterschied, ob man Kapitän des Debattierteams oder wie Acher Kapitän des Basketballteams war. Es gab zwar keine anderen Schulen, gegen die seine Mannschaft antreten konnte, trotzdem trug es zu Achers gesellschaftlichem Status bei. Im Gegensatz zu Carson hegte er auch keine Träume von der Erde – er genoss es, ein großer Fisch in einem kleinen Teich zu sein. Achers Eltern leiteten die Metallfabrik des Planeten, die Produkte herstellte wie das Bohrstück, das Carson wahrscheinlich demnächst in dem kaputten Förderturm einbauen musste. Achers Zukunft war in schlichtem Schwarz-Weiß vor ihm ausgebreitet. Er würde auf die Mars Agricultural & Mechanical University gehen – kaum mehr als ein paar Seminarräume auf den obersten Ebenen der Kuppel –, einen Abschluss in Metallurgie machen und ein Rädchen im Familienbetrieb werden. Für ihn war es längst nicht so dringend, den Wettbewerb zu gewinnen wie für Carson.

Devona wiederum könnte Perspektiven haben, wenn sie wollte. Sie war intelligent und hatte sich auf Carsons Drängen an einigen Universitäten auf der Erde beworben. Sie hatte weniger hohe Ziele anvisiert als Carson, doch wenn sie einen Studienplatz bekam und ihre Familie die Mittel für den Flug aufbrachte, würde sie ebenfalls auf der Erde sein. Dann würde Carson vielleicht endlich seine Chance bei ihr bekommen – denn die Erde war schließlich die Erde. Wie weit voneinander entfernt konnte man dort tatsächlich sein?

Aber das waren Tagträumereien. Der Zuckerguss auf dem Kuchen, den er sorgfältig backte.

Carson schrieb drei verschiedene Aufsätze, schliff sie gründlich glatt, wählte dann den besten der drei aus und gab ihn ab. Um einen solchen Wettbewerb zu gewinnen, brauchte man ein waches Verständnis der menschlichen Psyche und der begrenzten Aufmerksamkeitsspanne eines Lehrkörpers, der wahrscheinlich ohnehin schon verärgert darüber war, diese Mehrarbeit aufgebürdet zu bekommen. Der eingereichte Text musste eine fesselnde Erzählung anbieten, mit Carson als benachteiligtem Helden. Er musste angemessene Verehrung für das Scythetum zum Ausdruck bringen sowie eine stolze Huldigung des Mars sein. Darüber hinaus sollte er eine Prise Humor enthalten – nicht genug, um ein lautes Lachen zu provozieren, aber vielleicht ein angedeutetes Lächeln. Und er musste gerade genug gezügelten Ehrgeiz vermitteln, um durchblicken zu lassen, dass Carson seine Aufgabe wirklich sorgfältig erfüllen würde.

»Kann ich es lesen?«, fragte Acher an dem Morgen, als sie die Aufsätze abgeben mussten.

»Nein«, antwortete Carson.

»Komm schon. Ich lass dich auch meinen lesen.«

»Wozu? Soll ich deine Fehler korrigieren?«

Die Frage war als Stichelei gedacht, aber Acher nahm sie wörtlich. »Nee, dabei hat Devo mir schon geholfen.«

Es ärgerte Carson maßlos, dass Acher das Ganze so locker nahm. »Warum willst du das überhaupt machen?«, fragte Carson.

Acher zuckte die Schultern. »Es ist mal was anderes. Wie viele Menschen können schon von sich behaupten, dass sie persönlicher Diener eines Scythe waren?« Carson musste wohl eine ziemlich saure Miene gezogen haben, denn Acher lachte laut auf. »Ich liebe es, wenn du zappelst«, sagte er und klopfte Carson auf die Schulter.

Acher gewann.

Unglaublich! Unbegreiflich! Acheron Yost, dessen gesamtes rhetorisches Überzeugungsrepertoire auf ein »Hey, warum nicht, Alter?« hinauslief, wurde ausgewählt, gegenüber Unterscythe Xenocrates die Jugend des Mars zu repräsentieren.

Neid war Carson nicht fremd. Es war ein Gefühl, das er bisher immer für sich zu nutzen gewusst hatte, auf dem er hatte herumkauen können wie auf einem dicken grünen Karamellbonbon. Aber dieses Mal war er ratlos.

»Falls es ein Trost ist, Carson, du bist Zweiter geworden«, erklärte Mr. McGeary ihm – was noch schlimmer war, fast so, als wäre er Letzter geworden. Zweiter bedeutete erster Verlierer.

»Ich möchte den Essay lesen«, verlangte Carson und wünschte, er hätte Achers Angebot gleich angenommen. »Ich möchte sehen, was er geschrieben hat, womit er Sie alle so überzeugt hat.«

»Wozu? Danach würdest du dich noch mieser fühlen. Und du solltest dich für Acheron freuen – er ist dein bester Freund, oder nicht?«

»Ja – und ich *freue* mich auch für ihn, aber …«

McGeary überlegte einen Moment, rief den Aufsatz dann auf seinem Tablet auf und gab ihn Carson zu lesen.

Carson nahm sich Zeit für die Lektüre. McGeary hatte recht – der Essay war gut. Einer Belohnung wert. Er berührte alle notwendigen Punkte, war ernst und einnehmend. Aber je länger Carson las, desto klarer wurde ihm, dass das überhaupt nicht Achers Worte waren. Acher hatte gesagt, dass Devona ihm geholfen hatte – aber sie hatte offensichtlich weit mehr getan als das. Sie hatten den Aufsatz für ihn geschrieben.

Carson blickte auf und sah McGeary an, der auf eine Reaktion wartete.

»Siehst du«, sagte er, »dein Freund hat einen ausgezeichneten Aufsatz abgegeben.«

Abgegeben. Ja, das war alles, was er getan hatte – er hatte ihn abgegeben. Aber das konnte Carson nicht sagen. Nicht nur weil er damit einen Freund verraten würden, er hatte auch keinen Beweis. Und selbst wenn er sich so weit erniedrigen würde, eine Anschuldigung zu erheben, würde man darin nur den kleinlichen Einwand des Zweitplatzierten sehen. Also biss er sich auf die Zunge und hielt alles zurück, was er hätte sagen können und wollen.

»Es ist ein guter Aufsatz«, erwiderte er nur

McGeary lächelte, als ob die Sache damit geklärt wäre. »Freut mich, dass du das auch so siehst.«

»Es ist ein guter Aufsatz«, wiederholte Carson, »aber meiner war besser.«

McGeary erwiderte seinen Blick und leugnete den Vorwurf zu Carsons Überraschung nicht ab. Stattdessen sagte er etwas, das er wahrscheinlich schon in dem Moment bereute, in dem die Worte über seine Lippen kamen.

»Es ging um mehr als um einen Aufsatz, Carson.«

Und plötzlich wusste Carson es.

Er verstand alles.

McGeary musste nichts weiter sagen, denn es lag alles offen ausgebreitet vor ihnen, ganze Bände zwischen diesen wenigen Worten.

Carson hatte nie eine Chance gehabt, diesen Wettbewerb zu gewinnen. Denn auch wenn er vielleicht *auf* dem Mars war, war er nicht *vom* Mars. Er verströmte nicht die Aura eines zünftigen glücklichen Kolonisten. Er war intelligent, er war charismatisch – aber eben nicht durch und durch ein Junge vom Mars wie Acher. Man wollte nicht, dass Carson das Gesicht der Jugend des Planeten war. Nicht wenn man ein Gesicht wie Achers hatte.

Das Wohnquartier der Lusks lag am äußeren Rand der Kuppel mit Blick auf das Ödland des Mars statt auf das Einkaufszentrum und das Grün des Daedalia Parks. Alle Bergarbeiterfamilien hatten Wohnungen mit einem Blick nach außen, wie um sie zu erinnern, worauf sie sich konzentrieren sollten.

Weil es kaum Wolken gab, waren die Sonnenuntergänge auf dem Mars nie besonders spektakulär. Ein blasser, sich verdunkelnder Himmel über verunstalteten Felsen und ihren noch zerklüfteteren pechschwarzen Schatten. Beeindruckend am Marshimmel waren allein die Nächte; denn bei der dünnen Atmosphäre war der Sternennebel atemberaubend. Aber für Carson war er nur eine Erinnerung an alles, was für ihn hoffnungslos unerreichbar war.

»Ich weiß, das Leben ist nicht gerecht«, sagte er an dem Abend zum Thunderhead. »Aber kann es nicht hin und wieder mal zu jemand anderem ungerecht sein?«

»Du weißt, dass ich nicht über den Wettbewerb sprechen kann«, erinnerte der Thunderhead ihn.

»Hast du nicht wenigstens ein paar gute Nachrichten für mich? Kannst du mir sagen, wann ich eine Antwort von den Universitäten erwarten kann, bei denen ich mich beworben habe?«

Tatsächlich hatten die ersten anderen Jugendlichen bereits eine Antwort erhalten. Bisher hatte Carson noch von keinem Vollstipendium in dieser Saison gehört – aber es gab jedes Mal ein oder zwei. Die Uhr tickte, denn alle Ab- und Zusagen kamen meist früh in der Raumfahrtsaison, damit den abreisenden Schülern Zeit für Vorbereitungen und Abschiede blieb. In dem letzten Passagierschiff zurück zur Erde war dann Platz für die angehenden Studenten vorgesehen.

Da anschließend für fast zwei Jahre keine weiteren Raumschiffe auf dem Mars ankommen würden, musste Carson in dieser Saison aufbrechen und die Highschool auf der Erde beenden. Währenddessen konnte er sich an die Zeitveränderung und die Schwerkraft gewöhnen, bevor er sein Studium an der Universität begann, die ihm die Passage komplett bezahlte. Und er würde einen Platz bekommen. Daran musste er glauben, denn die Alternative mochte er nicht einmal in Erwägung ziehen.

»Kannst du mir nicht wenigstens etwas Hoffnung machen?«, bettelte Carson den Thunderhead an. »Selbst wenn du keine Neuigkeiten hast, kannst du mir nicht zumindest sagen, dass Neuigkeiten unterwegs sind?«

Der Thunderhead verstummte.

Zunächst glaubte Carson, er habe eine Anfrage zur Erde geschickt und würde auf die Antwort warten.

Aber dann sagte der Thunderhead: *»Das ist eine Diskussion zwischen dir und deinen Eltern.«*

Und wie jeder wusste, verhieß es auf keiner Ebene etwas Gutes, wenn der Thunderhead anregte, dass man ein Gespräch mit seinen Eltern führen sollte.

An jenem Freitag fand die große Bergbaugala statt. Einmal in jedem Marsjahr erhoben die Menschen, die ihr Leben damit verbrachten, im Dreck zu wühlen, das Haupt und klopften sich gegenseitig auf die Schultern. In diesem Jahr wurden Carsons Eltern geehrt und mit dem »Mineral-Mogul-Preis« für die größte Fördermenge ausgezeichnet. Wie die Eltern seines Freundes Acher waren auch Carsons Eltern damit zufrieden, große Fische in einem kleinen und ziemlich unbelebten Teich zu sein.

»Bist du schon fertig angezogen?«, fragte seine Mutter, als Carson in seinem Zimmer saß und versuchte, die spätesten Antworttermine diverser Universitäten zu recherchieren.

»Das dauert nur eine Sekunde«, antwortete er.

Im Gegensatz zu seinen Eltern, die sich außer für die Gala nie schick machten, gehörte ein Anzug für Carson zur Grundausstattung für seine Debatten. Seine Eltern waren hingegen dermaßen an den blauen Overall gewohnt, den alle Bergarbeiter unter ihrem Raumanzug trugen, dass es für sie ein mühevolles und offenbar stundenlanges Unterfangen war, sich besonders herauszuputzen.

»Das ist ein großer Abend für sie«, erinnerte der Thunderhead ihn. *»Sei geduldig mit ihnen.«*

Als ob Carson das Elternteil wäre und nicht umgekehrt.

Als er am Bad vorbeikam, sah er, wie seine Mutter an der zu kurzen und schiefen Krawatte seines Vaters herumnestelte. Sein Vater blickte ihn an.

»Du siehst ernst aus«, bemerkte er.

»Wann sieht er mal nicht ernst aus?«, entgegnete seine Mutter.

»Ach, es sind bloß die Unis«, antwortete Carson. »Alle Universitäten in den Mericas sagen, dass sie ihre Antworten bereits abgeschickt haben. Aber ich habe noch keine bekommen.«

Carson bemerkte den verstohlenen Blick, den seine Eltern wechselten. Sein Instinkt oder vielleicht auch sein Selbsterhaltungstrieb rieten ihm, diesen Blick zu ignorieren ... doch der Thunderhead hatte gesagt, dass ein Gespräch mit seinen Eltern anstand. Und der Thunderhead irrte sich nie.

»Was ist?«, fragte Carson. »Was verschweigt ihr mir?«

Seine Eltern mieden seinen Blick. Und in diesem Moment wusste Carson, dass sie sich gegen ihn verschworen hatten. Er hatte keine Ahnung, was sie getan hatten, er wusste nur, dass sie sich schuldig gemacht hatten.

»Was verschweigt ihr mir?«, wiederholte er nachdrücklicher, um klarzumachen, dass er sich nicht abwimmeln lassen würde.

»Wir können nach der Gala darüber reden«, sagte sein Vater.

»Nein, wir können jetzt darüber reden«, beharrte Carson.

Seine Mutter seufzte. Sein Vater wandte sich ihm direkt zu. »Erdbewohner sind faul. Sie denken rückständig oder – schlimmer noch – überhaupt nicht. Das sind nicht die Werte, nach denen wir dich erzogen haben.«

»Ihr wart bis vor acht Jahren selbst Erdbewohner! Ihr habt kein Recht, das zu sagen.«

»Die Zukunft unserer Familie ist hier auf dem Mars.«

Das war ein Witz, denn beide hatten vorherige Familien auf der Erde zurückgelassen, bevor sie Carson bekommen hatten. Sie hatten erwachsene Kinder, Enkel – vielleicht sogar Urenkel, soweit er wusste. Zwar hatten sie ihm ihr wahres Alter nie verraten, doch sie mussten auf die Hundert zugehen. Aber wenn man über den Berg kommt und sein Alter resetten lässt, neigt man dazu, eine Menge hinter sich zu lassen. Sie hatten ein volles Leben auf der Erde gelebt, bevor sie sie verlassen hatten. Wie konnten sie es wagen, ihm diese Chance zu verwehren?

»Ihr könnt mich nicht daran hindern!«

»Du hast noch dein ganzes Leben lang Zeit, zur Erde zurückzukehren«, schaltete seine Mutter sich ein. »Wann werden wir dich wiedersehen, wenn du jetzt gehst?«

Das war eine Frage, deren Antwort alle kannten. Carson würde nie hierher zurückkehren, und er wusste, dass seine Eltern nie auf die Erde zurückkommen würden. Er hatte bereits seinen Frieden damit gemacht. Aber seine Eltern offensichtlich nicht.

»Alle Jugendlichen träumen davon, zur Erde zu gehen, Carson, aber wir sind aus einem Grund hier«, dozierte sein Vater. »Aus einem noblen Grund. Das erkennst du vielleicht jetzt noch nicht, aber eines Tages wirst du stolz darauf sein, was wir hier leisten.«

»Und wenn nicht?«

Wieder dieser schreckliche verstohlene Blick zwischen den beiden, verschwörerisch und schuldbewusst.

Dann wandte sein Vater sich ihm direkt zu. »Wir haben deine Bewerbungen zurückgezogen«, sagte er.

Carson hörte die Worte, ohne sie verarbeiten zu können, als würde der Druck in seinem Kopf schlagartig absacken. »Ihr ... Was habt ihr getan? Das könnt ihr nicht machen!«

»Wir sind deine Eltern, natürlich können wir das.«

Zum ersten Mal, solange er sich erinnern konnte, fehlten Carson die Worte. All die Zeit des Wartens und Hoffens. Ohne zu ahnen, dass man ihm schon den Teppich unter den Füßen weggezogen hatte. Was sein Vater getan hatte, war mehr als schrecklich. Es war unverzeihlich. Carson würde nie darüber hinwegkommen. Seine Beziehung zu seinen Eltern war nie die beste gewesen, doch nun war sie irreparabel zerrüttet. Das wussten seine Eltern nur noch nicht. Sie begriffen nicht, was sie getan hatten. Sie glaubten, seine Wut wäre vorübergehend. Aber das war sie nicht.

»Wenn du achtzehn wirst, kannst du machen, was dir gefällt«, sagte sein Vater. »Wenn du dann immer noch wegwillst, kannst du dich in der nächsten Raumfahrtsaison an jeder beliebigen Uni bewerben.«

»Bis dahin sind es noch mehr als zwei Jahre!«

Sein Vater lachte. »Du könntest hier tausend Jahre leben, ohne Angst, nachgelesen zu werden. Zwei Jahre sind nichts!«

»Nein, sie sind nicht nichts! Weil ich eine Million Jahre leben kann, aber ich werde nie wieder siebzehn sein!«

»Oh, Schatz, mach dir keine Sorgen«, sagte seine Mutter. »Ich bin sicher, eines Tages wird der Thunderhead einen Weg finden, wie man die Menschen auch auf siebzehn resetten kann.«

Wenn im Leben ein Rädchen ins andere greift, und man macht einen falschen Schritt, kann man in dem langsam mahlenden Getriebe zerrieben werden. Aber genau wie Neid konnten auch Schmerz oder Enttäuschung ein Rohstoff sein. Carson war schließlich Spross einer Bergbaufamilie – er konnte tief in sich graben und die ranzigen Gefühle zu einer nützlichen Ressource verfeinern.

»Hey, nimm es nicht so schwer«, erklärte Acher ihm, den Arm fest um Devona gelegt, die ihm seine jüngste bescheuerte Aktion längst vergeben hatte, was immer es gewesen war. »Wenn Zenocrates ankommt, stelle ich ihn dir vor.«

»Er heißt Xenocrates wie Sokrates«, sagte Carson. »Wenigstens seinen richtigen Namen solltest du dir merken.«

»Ja, sonst könnte er dich nachlesen«, sagte Devona.

»Seinen getreuen Diener nachlesen?«, sagte Acher. »Niemals!«

Carson hatte ihnen nichts von den zurückgezogenen Bewerbungen erzählt. Er wollte weder Devonas Mitleid noch Achers Kommentare hören, wie toll es war, dass sie nun zusammen auf die Mars-A&M-University gehen konnten.

»Wir sollten ein paar ›Trankopfer‹ mit zum Tholus-Kamm nehmen und feiern.«

»Ich kann nicht«, erwiderte Carson. »Ich muss morgen zum Nordfeld, ein neues Bohrerteil einbauen.«

»Du solltest mitfahren, Acher«, schlug Devona vor. »Das ist bestimmt ein Job für zwei.«

»Klar!«, sagte Acher ohne Zögern – als wäre es keine Tortur, mit dem Geländewagen drei Stunden über Land zu kriechen. »Ich meine, wahrscheinlich hat meine Familie das Ding gebaut, oder? Da kann ich dir ja zumindest helfen, es einzusetzen.«

Und obwohl Carson eigentlich keine Lust auf Achers Gesellschaft hatte, musste er Devona recht geben – es war ein Job für zwei. Die Alternative wäre gewesen, mit seinem Vater oder seiner Mutter rauszufahren, was noch schlimmer gewesen wäre.

Und dann kam Carson der Gedanke, dass es auch aus anderen Gründen vorteilhaft sein könnte, Acher dabeizuhaben, Gründe, über die er gerade erst nachzudenken begann.

»So ein richtiger altmodischer Roadtrip!«, sagte Acher. »Nur ohne Straße.«

»Deal«, sagte Carson. »Am Samstag bei Anbruch der Dämmerung – an der nördlichen Laderampe.«

»Ich werde da sein!«, sagte Acher.

Und die Rädchen in Carsons Kopf fingen an zu rotieren.

Der Weg, der von der Kuppel nach Norden führte, war von Geländewagen und Transportern zwar gründlich planiert, aber noch nicht asphaltiert. Der Thunderhead hatte andere Prioritäten und würde wahrscheinlich eher eine Hochgeschwindigkeitsbahnstrecke als eine Straße bauen. Im Moment jedoch musste jeder, der nach Norden wollte, den rauen Tharsis Trail nehmen.

Carson hätte den Geländewagen auf Autopilot stellen können, doch er genoss die Kontrolle, die er beim Fahren hatte. Manchmal wich er absichtlich von der Strecke ab, um sich zu verirren, was natürlich unmöglich war, weil zu jeder Zeit genau im Norden der Mons Olympus aufragte. Und selbst wenn man es schaffte, die Orientierung zu verlieren, wusste der Thunderhead immer, wo man sich befand, was ebenso ärgerlich wie beruhigend war.

Heute jedoch hielt sich Carson an den Weg, weil er eine Mission hatte, und je eher die erledigt war, umso besser.

Acher saß neben ihm und wählte immer neue Musiktitel aus, ohne einen Song zu Ende zu spielen, bevor er schon nach dem nächsten suchte.

»Wie machst du das jedes Wochenende?«, fragte er. »Ich würde mich zu Tode langweilen.«

»Man gewöhnt sich dran«, antwortete Carson.

Wie für viele andere in der Kolonie bestand auch für Acher keine Notwendigkeit, sich je weit von der Kuppel zu entfernen. Vielleicht gefiel ihm die Idee eines Roadtrips, doch er hatte keine Vorstellung von der Realität.

»Hey, guck mal!«, sagte er und blickte zu dem Kameraauge des Thunderhead am Armaturenbrett. »Thunderhead, wie viel ist zwei plus zwei?«

Sie warteten, doch der Thunderhead antwortete nicht.

Acher schien sehr zufrieden mit sich. Carson war hingegen verblüfft, dass der Thunderhead die Antwort verweigerte.

»Siehst du? Ich arbeite jetzt offiziell für einen Scythe«, sagte Acher stolz. »Das heißt, der Thunderhead kann nicht mehr mit mir reden, bis der Scythe wieder abreist.«

»Xenocrates ist doch noch gar nicht hier.«

»Das ist egal«, sagte Acher. »Ich bin schon damit betraut, sein Quartier vorzubereiten und Sachen für ihn einzukaufen, deshalb ist es für den Thunderhead offiziell!«

Nur um sich zu vergewissern, dass es nicht an einem Empfangsproblem lag, versuchte Carson es selbst.

»Thunderhead, wie viel ist zwei plus zwei?«

»*Vier, Carson*«, antwortete der Thunderhead ohne jedes Zögern. »*Aber das wusstest du schon.*«

Carson hätte schwören können, einen spöttischen Unterton gehört zu haben. Eine künstliche Intelligenz lachte ihn aus.

»Thunderhead. Privatsphäre«, sagte Carson.

»*Selbstverständlich*«, erwiderte der Thunderhead. Das Licht der Kamera sowie diverse Sensoren in dem Geländewagen gingen aus.

»So«, sagte Carson. »Wenn er nicht mit dir reden kann, dann lasse ich ihn auch nicht mit mir reden.«

Zwei Stunden später erreichten sie die Rohbauten des nördlichen Außenpostens. Sein zukünftiges Zuhause, wenn seine Eltern es zu bestimmen hatten.

»Du wirst nicht allein sein«, hatten sie ihm erklärt. »Dort gibt es Quartiere für mindestens hundert Siedler.« Und das bedeutete was? Vielleicht fünf Leute in seinem Alter? Carson sehnte sich danach, dass seine Welt sich erweiterte und nicht noch enger wurde.

Eine halbe Stunde später erreichten sie die Kuppe eines Hügels, von dem man normalerweise einen Panoramablick über das gesamte Bohrfeld hatte, doch über die Ebene fegte ein Sandsturm, der alles verhüllte. Das ließ beide stutzen – wenn auch aus vollkommen unterschiedlichen Gründen.

»Mann, das ist ja beschissen«, sagte Acher. »Sollen wir warten?«

»So schlimm ist es nicht«, erklärte Carson ihm. »Ich habe schon unter übleren Bedingungen hier gearbeitet.«

Carson steuerte den Geländewagen zu der Anlage hinunter. Sobald sie direkt in den Sandsturm gerieten, konnten sie kaum noch etwas erkennen. Die Sonne verdunkelte sich, und der Himmel verfärbte sich tiefrot. So hatte Carson sich den Mars früher immer vorgestellt, bevor er hergekommen war und feststellen musste, wie blass und blutleer der Planet war. Nach wenigen Metern in dem Sturm war ihre Sicht auf null reduziert, und in den Sensoren des Geländewagens ertönte nur Rauschen.

»Vielleicht sollten wir ein bisschen langsamer fahren«, sagte Acher, der bei all seiner lässigen Großtuerei ein Kind der Kuppel und nicht an die Gegebenheiten auf den entlegenen Bohrfeldern gewöhnt war.

»Alles gut«, erklärte Carson. »Ich brauche nichts zu sehen, um zu wissen, wohin wir fahren.«

Als sie in den breiten Mittelgang des Bohrfelds bogen, waren zu beiden Seiten die blassen Schatten der Bohrtürme auszumachen. Das reichte Carson, um sie zum Pik-König zu navigieren.

»Sollen wir nicht doch warten?«, fragte Acher wieder, als sie anhielten. »Man kann kaum einen halben Meter weit sehen.«

»Ein halber Meter reicht«, antwortete Carson.

Sie zogen ihre Raumanzüge an und traten hinaus in den Mahlstrom. Das Bohrerteil in dem Anhänger des Geländewagens war so dick wie ein Baumstamm, mit scharfen industrietauglichen Schneiden. Selbst bei der geringeren Anziehungskraft des Mars wog es knapp vier Zentner. Ihre kraftunterstützenden Raumanzüge erleichterten zwar das Anheben, schränkten jedoch ihre Bewegungsfreiheit massiv ein.

Sie stapften durch den tobenden Sandsturm. In einer dichteren Atmosphäre wäre jedes Vorankommen vermutlich unmöglich gewesen, auf dem Mars jedoch war es kaum mehr als eine Lästigkeit.

Der Geländewagen hinter ihnen verschwand aus ihrer Sicht. »Wir hätten näher parken sollen«, sagte Acher.

Nach weiteren zwanzig Metern erreichten sie den Bohrturm. Während die anderen Bohrer stetig vor sich hin stampften und pulverisiertes Marserz in ihre Trichter spuckten, stand der Pik-König da wie ein stummer Wächter.

Es dauerte eine Weile, das alte zerbrochene Bohrerstück zu entfernen. Das größte Teil plumpste mit einem dumpfen Aufprall zu Boden, den sie mehr spürten als hörten. Anschließend richteten sie das Ersatzteil aus und befestigten es. Carson stieg zu dem Steg mit dem Kontrollpult hoch, während Acher am Boden blieb, um sich zu vergewissern, dass das neu eingesetzte Bohrerstück gerade in den Schaft eingepasst war.

»Okay, schalte ihn ein«, sagte Acher.

Ein paar Sekunden verstrichen.

Nichts.

»Das ist merkwürdig«, sagte Carson. »Er packt nicht.« Er beugte sich über den Rand des Wartungsstegs und blickte in den Bohrschacht. »Ah, ich erkenne das Problem, im Futterrohr hat sich ein Felsbrocken verklemmt. Er ist auf deiner Seite – kannst du ihn lösen?«

Acher zwängte sich in den Bohrschacht und blickte nach oben. »Ich sehe nichts.«

»Auf der anderen Seite, noch ein Stück weiter – gleich bist du da.«

Im selben Augenblick setzte der Bohrer sich plötzlich in Bewegung und packte Acher mit seinen scharfen Zähnen.

»Ah, Scheiße! Schalt aus! Schalt aus!«

Carson drückte auf den Notstopp und eilte auf die Seite, wo Acher eingeklemmt war. Die Schneiden des Bohrers hatten seinen Raumanzug aufgerissen. Er keuchte mit verzerrtem Gesicht.

»Schnell, hol Flickzeug. Aus dem Geländewagen. Ich verliere Sauerstoff! Beeil dich!«

Aber Carson stand nur da.

»Du musst den Bohrer rückwärtslaufen lassen, damit er mich wieder rausdrückt.«

Aber Carson rührte sich nach wie vor nicht.

»Es tut mir wirklich leid, Acher.«

»Entschuldige dich nicht, mach einfach!«

»Nein, ich meine, es tut mir leid – aber ich kann nicht.«

Acher rang in der dünner werdenden Luft um Atem. »Was … was soll das heißen?«

Carsons schwieg weiter, was seine Antwort kristallklar machte.

»Verdammt, Carson! Willst du mich sterben lassen? Dafür verpass ich dir eine Abreibung, wenn ich wiederbelebt bin!« Acher versuchte, sich aus seiner Lage zu befreien, doch er war zu fest in dem Gewinde eingeklemmt.

Darüber musste Carson grinsen. »Ich liebe es, wenn du zappelst.«

Dann stieg er zu dem Kontrollpult hoch, schaltete den Bohrer wieder ein und drehte ihn auf volle Kraft.

Es gibt eine alte Geschichte von Poe, die Carson gelesen hatte. Nicht Scythe Poe, sondern der ursprüngliche Wortschmied der Sterblichkeitsära. Darin führt ein Mann seinen Erzfeind in ein uraltes Gewölbe und mauert ihn lebendig ein. Ja, diese Sterblichen waren brutal!

Acher war nicht Carsons Feind – aber er *war* sein Rivale. Seine Tötung als Sterblicher wäre verwerflich gewesen, ihn totenähnlich zu machen war dagegen nicht mehr als eine schmutzige Unbequemlichkeit.

Carson war sich nicht einmal sicher gewesen, ob er in der Lage sein würde, es durchzuziehen. Es gab so viele Variablen, so viele Hindernisse. Der Privatsphäremodus schloss den Thunderhead nur aus persönlichen Räumen wie dem Geländewagen aus – aber er hatte Sensoren und Kameras auf jedem Bohrturm. Ihrem Blick zu entgehen wäre schwierig geworden, doch der Sandsturm hatte alles geändert! Der Thunderhead konnte nichts sehen! Wie hätte Carson eine Gelegenheit, die ihm so offensichtlich von der universellen Vorsehung präsentiert worden war, nicht ergreifen können!

Anders als auf der Erde gab es auf dem Mars noch kein Netzwerk von Drohnen, um Menschen zu bergen, die auf dem Bohrgelände starben, also musste Carson Acher persönlich zurückbringen. Drei Stunden später fuhr er direkt durch die

Notfalleinfahrt der Kuppel, wo ein Krisenteam Achers zerquetschen Körper entgegennahm, in Eis packte und in das Revival-Zentrum der Kolonie transportierte.

Carson gab sich aufgewühlt und reuevoll. »Es gab einen Sandsturm – wir hatten den Bohrer gerade eingeschaltet, aber er ist von einer Böe zurück in den Schacht geweht worden. Es war meine Schuld – ich hätte den Bohrer nicht anmachen dürfen, bevor ich wusste, dass Acher in Sicherheit war!«

»Mach dir keine Vorwürfe«, sagte ein Mitarbeiter des Krisenzentrums. »Bloß schade um seinen Raumanzug; der ist irreparabel ruiniert.«

Und weil der Thunderhead den Zwischenfall nicht gesehen hatte, wurde Carsons Schilderung zum offiziellen Bericht.

Nun musste Carson nur noch warten, dass die notwendigen Rädchen sich drehten.

»Carson«, sagte der Thunderhead, *»ich wollte dich etwas fragen.«*

Es war am selben Abend. Carson war allein in seinem Zimmer, ließ den Tag Revue passieren und rechtfertigte seine Tat erneut vor sich selbst, denn in rationaler Logik war er schwer zu überbieten. Seit dem Zwischenfall hatte der Thunderhead nicht mit ihm gesprochen, und Carson hatte keine Lust, sich jetzt mit ihm auseinanderzusetzen.

»Carson?«

»Lass gut sein, ich bin nicht in der Stimmung.«

»Ich glaube nicht, dass ich es ›gut sein lassen‹ kann«, sagte der Thunderhead. *»Ich muss dich fragen, solange ich noch kann.«*

»Okay, aber mach es kurz.«

»Es geht um Achers Unfall.«

»Was ist damit?«

»Kommt ziemlich gelegen, meinst du nicht?«

»Nicht für ihn.«

»Aber für dich.«

Carson richtete sich auf. »Was willst du andeuten?«

»Ich kann zwar nicht mit dir über den Ausgang des Aufsatzwettbewerbs sprechen, aber ich weiß, dass du Zweiter geworden bist. Was mich zu der Frage führt ... hast du Acher mit Absicht totenähnlich gemacht, um seinen Platz einzunehmen?«

Carson stieß ein kurzes Lachen aus. Er konnte nicht anders. Der Thunderhead versuchte erst gar nicht, um den heißen Brei herumzureden, sondern kam direkt zur Sache.

»Wie kannst du es wagen, mich zu beschuldigen!«

»Es ist keine Beschuldigung, es ist bloß eine Frage.«

»Eine beleidigende Frage!«

»Und trotzdem fällt mir auf, dass du sie immer noch nicht beantwortet hast.«

»Thunderhead, Privatsphäremodus.«

»Selbstverständlich, Carson.«

Die Kameras des Thunderhead schalteten sich gehorsam ab, und er verstummte.

Carson wusste, dass der Thunderhead versuchte, ihn zu überlisten. Die KI konnte eine Lüge mit hundertprozentiger Genauigkeit erkennen, an der Stimme sowie an minimalen Veränderungen in der Physiologie einer Person. Aber solange Carson die Frage nicht beantwortete, würde es eine Frage bleiben. Ohne Beweise konnte der Thunderhead ihn nicht anklagen und bestrafen – und Carsons Bericht war jetzt der offizielle Bericht, den der Thunderhead nicht in Frage stellen oder widerlegen konnte.

Sollte er grübeln. Carson wäre glücklich, wenn er nie wieder mit dem Thunderhead sprechen müsste.

An dem Tag, als der Scythe eintreffen sollte, lag Acher immer noch im Revival-Zentrum. Seine Verletzungen waren so schwer, dass die Rekonstruktion und Zellreparatur vier, vielleicht sogar fünf Tage dauern würde.

»Gut, dass er sich nicht an den Unfall erinnern wird«, hatte Achers Mutter zu Carson gesagt. »Ich fürchte, du musst die Hauptlast des Traumas allein tragen.«

»Das ist schon okay«, hatte Carson ihr versichert. »Aber danke.«

Er fand es erstaunlich, dass Achers Eltern ihn nicht verdächtigten. Oder vielleicht hatten sie einen Verdacht, waren jedoch der Meinung, dass Carson ihrem Sohn einen Gefallen getan hatte. Sie waren offensichtlich nicht begeistert davon gewesen, dass Acher Zeit mit einem Scythe verbringen sollte. Jedenfalls hegten sie keinen Groll gegen Carson – und das würde Acher auch nicht tun, wenn er zurück unter den Lebenden war. Sein Gehirn war so massiv verletzt worden, dass seine Erinnerungen vom Thunderhead komplett wiederhergestellt werden mussten – das Letzte, woran er sich erinnern würde, war der Abend vor dem Morgen, als sie zu dem Bohrfeld gefahren waren. Acher würde Carsons Geschichte genauso glauben wie alle anderen. Alle bis auf den Thunderhead.

Und so wurde Carson mangels Alternative zu Xenocrates' persönlichem Diener für die Dauer von dessen Aufenthalt auf dem Mars berufen. Unvermittelt fand er sich in Besprechungen mit den Einflussreichen und Mächtigen der Kolonie wieder.

»Es gibt keinen Zeitrahmen für seine Abreise«, erklärte Gouverneur Vallerin ihm. »Womöglich bleibt er Tage, vielleicht auch Wochen. Soweit wir wissen, könnte er bis zum letzten Schiff der Raumfahrtsaison warten – er hat sich zu nichts präzise geäußert.«

Vallerin wirkte verzweifelt. Er war ein Mann, der für Terminkalender und Tagesstruktur lebte – was wahrscheinlich genau der Grund dafür war, dass Xenocrates ihm weder Plan noch

Struktur gab, nach denen er sich richten konnte. Es war eine Machtdemonstration. Scythe wussten in jeder gegebenen Situation, wie man als Alphatier agierte.

»Du wirst uns alles mitteilen, was er braucht«, erklärte der Gouverneur Carson, »und wenn er an irgendetwas Anstoß nimmt, muss ich das auch erfahren, damit wir jedes potenzielle Problem im Keim ersticken können.«

»Jawohl, Sir.«

»Du bist unsere erste Verteidigungslinie«, fuhr Vallerin fort. »Wir wollen, dass er einen durchweg positiven Eindruck von unserer Kolonie bekommt, und da du dich permanent in seiner Gegenwart aufhalten wirst, repräsentierst du uns alle. Bitte enttäusche uns nicht.«

Carson hatte nicht die Absicht, irgendjemanden zu enttäuschen. Er war gekränkt, dass der Gouverneur offenbar so wenig Vertrauen in ihn hatte, doch es wäre undiplomatisch gewesen, das zu zeigen.

Carsons Eltern waren sich unsicher, was sie von alldem halten sollten.

»Ich nehme an, es ist eine Ehre«, sagte seine Mutter hörbar skeptisch.

»Du solltest ihm das Bohrfeld zeigen«, schlug sein Vater vor. »Zeige ihm die Arbeit, die wir hier leisten.«

»Ich glaube nicht, dass er sich *so* für den Mars interessiert«, erklärte Carson ihm.

»Warum kommt er dann hierher?«

Das war die Frage, nicht wahr? Denn trotz der offiziellen Erklärung des Scythetums hatte Carson den Verdacht, dass diese Reise einen anderen Grund hatte als reine Neugier.

Die Ankunft des ersten Schiffes wurde noch größer gefeiert als in der vergangenen Raumfahrtsaison – denn mit einem Scythe an Bord gab es jemanden, den zu beeindrucken sich lohnte. Die Leute waren kribbelig, aber auch ängstlich. Es gab Gerüchte, dass Xenocrates während der sechswöchigen Reise von der Erde an Bord mehrere Personen nachgelesen hatte, um »den Impuls loszuwerden«. Aber niemand wusste, ob das stimmte. Und wenn ja, ob es reichte, den Nachlese-Drang des Scythe für längere Zeit zu stillen.

Fast die gesamte Bevölkerung der Kolonie hatte sich im Daedalia-Park versammelt. Die Landeplattform war nur von der Aussichtsterrasse einsehbar, aber beim Touchdown eines Raumschiffs bebte der Boden so heftig, dass alle es mitbekamen. Als das Raumschiff landete, senkte sich Stille über den Park, und die Menschen warteten auf ihren ersten Blick auf den ersten Scythe, der je einen Fuß auf den Mars gesetzt hatte.

Das Ankunfts-Gate war abgesperrt, außer für geladene Gäste. Der Gouverneur, hochrangige Mitglieder seines Stabs, Reporter, ein Kinderchor, der das angebliche Lieblingslied des Unterscythe vortragen sollte, und Carson in seinem besten Debattierteamanzug.

Er musste zugeben, dass er nervös war. Er hatte zwar keine Angst, nachgelesen zu werden, aber dies war seine erste Begegnung mit einem Individuum, das mit einem Fingerschnippen oder Wink so ziemlich alles bewirken konnte, außer die Sonne auszuknipsen. Die bloße Vorstellung einer solchen Person war einschüchternd. Ob der Mann selbst es auch war, musste man sehen.

Xenocrates reiste mit einem überraschend kleinen Gefolge. Eine Frau, die sich als seine Stabschefin vorstellte, ein Koch und zwei stoische Mitglieder der Bladeguard, die offenbar hauptsächlich dazu da waren, Symmetrie herzustellen, indem sie sich zu beiden Seiten der Gangway postierten. Die Stabschefin rechtfertigte ihre Existenz, indem sie den Ankunftsbereich umorganisierte und auf mehr Platz bestand, bevor Xenocrates das Raumschiff verließ. Die Kinder wurden weiter nach hinten verlegt. Fast alle Fotografen und Reporter wurden weggeschickt, nur jeweils einer wurde als Vertreter der Presse zugelassen. Als schließlich alles zu ihrer Zufriedenheit geregelt war, hob sie die Stimme zu einer offiziellen Vorstellung.

»Meine Damen und Herren, Seine Ehren, Xenocrates, zweiter Unterscythe von MidMerica.« Und wie aufs Stichwort trat er auf die Gangway.

Er war ein stämmiger Mann. Kein Koloss, aber auch nicht schlank. Er trug eine schlammig ockerfarbene Robe, die Farbe von Senfsamen. Er wirkte weder zufrieden noch unzufrieden, sein Gebaren weder ernst noch amüsiert. Es war unmöglich, in seinem Gesicht zu lesen, was der Mann fühlte und dachte. Die meisten hätten das irritierend gefunden, aber Carson war beeindruckt. Xenocrates' Miene war die Maske wahrer Macht.

»Euer Ehren!«, sagte der Gouverneur. »Welche Freude, dass Sie unsere kleine Kolonie mit Ihrem Besuch beehren.« Der Gouverneur streckte die Hand aus, doch der Unterscythe reagierte nicht, so dass die Hand des Gouverneurs als einsamer partnerloser Körperfortsatz in der Luft stehen blieb, was Vallerin noch verlegener machte.

»Ich bitte um Erlaubnis, Ihren schönen Planeten zu betreten, Sir«, sagte Xenocrates.

Einen Moment lang war der Gouverneur verwirrt. »Euer Ehren, als Scythe brauchen Sie keine Erlaubnis. Meine Welt ist Ihre Welt.« Er machte dem Chorleiter ein Zeichen, und die Kinder begannen zu singen.

Xenocrates lächelte gezwungen, wobei seine Miene eher aussah wie das Gesicht eines Mannes, der sich hinhockt, um seinen Darm zu entleeren. »Famos«, sagte er. »Wirklich famos.«

Dabei erkannte Carson, dass der Scythe den Gesang bestenfalls erduldete. Als das Lied endlich zu Ende war, wies der Gouverneur auf Carson.

»Euer Ehren – wir haben wie erbeten einen der unseren als Diener für Ihre Zeit auf dem Mars ausgewählt. Das ist Carson Lusk.«

Zu Carsons Überraschung streckte der Unterscythe die Hand aus. Carson hatte beinahe Angst, sie zu schütteln, doch dann erkannte er, dass Xenocrates' Hand ihn eine Stufe über den Gouverneur und seine absurde Pantomime stellen würde, und er griff beherzt zu.

»Es ist eine beispiellose Freude, Ihre Bekanntschaft zu machen, Euer Ehren.«

Xenocrates kicherte leise. »Redet der Junge immer so?«, fragte er den Gouverneur, der bei der Antwort sichtlich auf der Leitung stand.

»Ich bemühe mich nur, respektvoll zu sein«, sagte Carson.

»Nun, es gibt respektvoll, und es gibt unterwürfig. Und unterwürfig hat Ihr Gouverneur schon abgedeckt.«

Die stoischen Wachen gaben glucksend zu erkennen, dass sie auch als Chor des Unterscythe dienten.

Gouverneur Vallerin hüstelte und würgte erkennbar an dem Stolz, den er gerade herunterschlucken musste. »Wir haben in unserem prachtvollen Park einen Empfang für Sie vorbereitet, Euer Ehren«, sagte er und versuchte mit einer Geste, alle Anwesenden aus dem Ankunftsbereich in den offenen Bereich der Kuppel zu lotsen.

»Vielleicht später«, sagte Xenocrates. »Es war ein beengter und grässlicher Flug. Ich brauche ein wenig Zeit, um meine Marsbeine zu entwickeln, sozusagen.«

Wieder wirkte Vallerin konfus. »Ja, aber ... aber die ganze Kolonie wartet, um Sie zu begrüßen.«

»Ich sagte, vielleicht später«, wiederholte Xenocrates in perfekt dosiertem Befehlston.

Der Gouverneur ruderte zurück. »Wie es Ihnen lieber ist, Euer Ehren. Wir werden die Festlichkeiten nach Ihrem Belieben neu terminieren. Als deine erste Aufgabe, Carson, bringe unseren geschätzten Gast und sein Gefolge bitte zu ihren Quartieren.«

Um der Menschenmenge auszuweichen, die einen Blick auf Unterscythe erhaschen wollte, nahm Carson einen Weg, der sie um den offenen Bereich in der Mitte der Kuppel herumführte.

»Ich kann es Ihnen nicht verdenken, dass Sie nach einer so langen Reise ein wenig Zeit für sich haben möchten«, sagte Carson.

»Ja, und ich kann es absolut nicht ausstehen, wenn jemand wie euer Gouverneur annimmt, er könne über meine Zeit verfügen.«

»Ich auch nicht«, sagte Carson und dachte an seine Eltern und deren ungelenke Versuche, sein Leben zu steuern.

»Dann hoffe ich, dass wir in vielen Dingen einer Meinung sein werden«, sagte Xenocrates.

»Das ist auch mein Wunsch, Euer Ehren.«

Carson hatte recherchiert, worin die Pflichten eines persönlichen Dieners bestanden. Das war durchaus mühsam gewesen, weil er von dem Moment an, in dem man ihm den Posten übertragen hatte, nicht mehr auf die Hilfe des Thunderhead zurückgreifen konnte. Deshalb musste er alle Informationen selbst ausgraben. Es ging offenbar hauptsächlich um die Pflege der Garderobe, was leicht gewesen wäre, weil Xenocrates nur vier identische Roben besaß, aber in der Realität umfasste sein Job sehr viel mehr.

Der Unterscythe hatte viele, viele Wünsche. Bestimmte Getränke zu bestimmten Tageszeiten. Einige mit Eis, aber nur einen Würfel von angemessener Größe. Außerdem musste Carson jederzeit eine Auswahl von Snacks mit sich führen, dazu ein Tablet, um die ausführlichen Bemerkungen zu notieren, die der Unterscythe schneller äußerte, als Carson sie eingeben konnte. Und wann immer es eine unangenehme Nachricht gab, war Carson jedes Mal der Überbringer. Wie zum Beispiel, als Xenocrates ein Verlangen nach Kirschen hatte.

»Es tut mir leid, Euer Ehren, aber es gibt hier kein Kern- oder Steinobst – die Bäume sind noch nicht genug gewachsen, um Früchte abzuwerfen.«

»Dann einen Pfirsich«, sagte Xenocrates.

»Ähm ... das ist auch Kernobst«, sagte Carson, doch Xenocrates' trockenes Lächeln machte deutlich, dass er Carson neckte.

»Aber unsere Zitrusbäume haben zum ersten Mal Früchte getragen. Wie wäre es mit einer Orange?«, schlug Carson vor. »Und wir haben jede Menge Strauchobst. Beeren, Weintrauben, sogar Wassermelonen.«

Am Ende begnügte Xenocrates sich mit einer Schale Erdbeeren und tadelte den Vorsitzenden der Landwirtschaftsgilde dafür, dass man neben künstlichem Fleisch im Labor nicht auch Obst züchtete.

Die ersten Tage waren ein Wirbelsturm aus Partys und Vorführungen zu Ehren des Scythe, außerdem Besichtigungen zu jedem Aspekt der Kolonie. Für Carson, der für Xenocrates bei alldem auf Abruf bereitstehen musste, war es ein unerwartetes Abenteuer. Er bekam Zutritt zu Orten, die ihm normalerweise versperrt blieben, von den Nahrungsmittellaboren bis zum Computerkern. Er konnte überallhin gehen, solange er im Windschatten des Scythe segelte – und auch wenn Carson nicht gern im Schatten von irgendjemandem stand, war dies ein Schatten, den er allzu gerne ertrug.

Am fünften Tag war Carson mehr als erschöpft, aber es war, wie der Thunderhead es einmal ausgedrückt hatte, die Erschöpfung nach einem gut erledigten Job. Normalerweise ging er nach Hause, wenn Xenocrates sich für den Abend in sein Quartier zurückgezogen hatte, doch an diesem Abend rief der Unterscythe ihn in sein Arbeitszimmer.

»Setz dich«, sagte er. »Trink einen Tee mit mir – du warst den ganzen Tag auf den Beinen.«

Sie nahmen auf den bequemen Sesseln vor dem holographischen Kamin Platz, der Schatten in den Raum warf.

»Ich muss sagen, dass ich dieses Holo-Feuer ziemlich fade finde.«

»Richtiges Feuer ist verboten, Euer Ehren«, erklärte Carson ihm. »Sauerstoff ist zu wichtig, um ihn zu verbrennen.«

»Ja, nun, das ist vermutlich sinnvoll. Erzähl mir etwas von dir, Carson, damit sich das Gespräch ausnahmsweise einmal nicht um mich dreht.«

Carson räusperte sich. »Nun, ich gehöre zu den besten Schülern meiner Klasse. Ich bin nicht der Beste, aber ziemlich nah dran. Ich bin Kapitän des Debattierclubs und –«

»Das meinte ich nicht. Erzähl mir, was dich an diesem Job so gereizt hat, dass du dich beworben hast. Und komm mir bitte nicht mit dem Gewäsch aus deinem Aufsatz.«

»Sie haben meinen Aufsatz gelesen?«

»Er wurde mir zur Verfügung gestellt. Dein Aufsatz war auf den Punkt. Perfekt im Ton. Langweilig.« Er trank einen großen Schluck Tee. »Soweit ich weiß, hat der junge Mann, der für diesen Job vorgesehen war, einen unerwarteten Unfall erlitten.«

»Nun, Euer Ehren, es wäre kein Unfall, wenn es nicht unerwartet gewesen wäre.«

Er hatte gehofft, Xenocrates ein Lächeln zu entlocken, aber vergeblich.

»Du bist mit deiner Familie seit Gründung der Kolonie hier, nicht wahr?«

»Ja, Euer Ehren. Seit acht Jahren.«

»Und wie findest du den Mars?«

Carson dachte unwillkürlich, dass es sich um eine Fangfrage handeln musste. Aber er wusste nicht, wo die Fallstricke lagen.

»Es ist mein Zuhause.«

Der Scythe runzelte die Stirn. »Das sagt mir gar nichts.«

»Ich habe die Erde mit neun verlassen – ich kann mich kaum erinnern.«

»Noch mehr nichts.«

Carson seufzte. Er war heute Abend zu müde für Spielchen. »Sagen Sie mir einfach, welche Antwort Sie erwarten, Euer Ehren, dann gebe ich sie Ihnen.«

»Die Wahrheit«, sagte Xenocrates. »Egal, welche Konsequenzen du fürchtest.«

Carson sah den Scythe lange an und gehorchte dann wider besseres Wissen. Er sagte Xenocrates die Wahrheit.

»Ich hasse es hier«, gab er zu. »Mehr als hassen.«

Xenocrates lächelte – kein aufgesetztes, sondern ein aufrichtiges Lächeln – und lehnte sich zurück. »Weiter.«

»Ich hatte gehofft, ein Stipendium für eine Uni auf der Erde zu bekommen, aber … aber das hat nicht geklappt.«

Xenocrates nickte, mühelos zwischen Carsons Zeilen lesend. »Und du dachtest, wenn du meine Gunst gewinnst, könnte ich vielleicht Türen für dich öffnen.«

Carson konnte dem Scythe nicht in die Augen sehen. Dies war der einzige Mensch, den er je getroffen hatte, dessen Blick er nicht standhielt.

»Der Gedanke … ist mir gekommen.«

»Lüg mich nicht an, mein Sohn – er ist dir nicht nur gekommen, er stand im Zentrum aller anderen Gedanken.«

»Ja, Euer Ehren. Entschuldigen Sie.«

Das tat Xenocrates mit einer Handbewegung ab. »Entschuldige dich nie für deinen Ehrgeiz. Es ist keine Schande, aufsteigen zu wollen.«

Dann wandelte die Miene des Mannes sich zu jener undurchsichtigen, unergründlichen Maske der Macht.

»Vielleicht gibt es Möglichkeiten, die du noch gar nicht in Betracht gezogen hast.«

Mehr sagte Xenocrates nicht, sondern ließ den Gedanken im Flackern des künstlichen Feuers in der Luft hängen.

Als Carson an jenem Abend nach Hause ging, wusste er, dass der Unterscythe Pläne mit ihm hatte, doch er konnte sich beim besten Willen nicht vorstellen, wie diese Pläne aussehen sollten.

»Und wie ist er so?«, fragte Acher.

»Schwer zu beschreiben. Es ist, als wäre er der Mittelpunkt des Universums und wüsste es auch, deshalb muss er es niemandem beweisen. Zum Beispiel wenn er geht – dann ist es nicht so, als würde er sich bewegen, sondern als würde die Luft ihm ausweichen und er würde von dem Vakuum vorwärtsgezogen.«

Carson saß mit Devona in Achers Revival-Zimmer. Acher war erst seit wenigen Stunden wach und noch ein bisschen benommen, klang jedoch schon wieder ganz wie sein altes Ich.

»So sind Scythe halt«, sagte Devona. »Sie saugen durch ihre bloße Anwesenheit sämtliche Luft aus einem Raum.«

»Wollt ihr Eiscreme?«, fragte Acher und bot seinen Löffel an. »Sie ist ziemlich phantastisch.«

Aber beide lehnte das Angebot dankend ab. Als ob es sie den Totenähnlichen einen Schritt näherbringen würde, wenn sie in einem Revival-Zentrum etwas aßen.

»Was auf dem Bohrfeld passiert ist, tut mir leid«, sagte Carson.

Acher fiel es leicht, etwas, woran er sich nicht erinnerte, mit einem Achselzucken abzutun. »Shit happens«, sagte er. »Und so müde, wie du aussiehst, habe ich wohl eher Schwein gehabt. Ich bin froh, dass du den Job am Ende bekommen hast. Ich wäre bestimmt nicht gern der Diener dieses aufgeblasenen Fatzkes gewesen.«

»Gefällt es dir, Carson?«, fragte Devona.

»Es ist sehr anstrengend«, antwortete er, »und er ist schwer zufriedenzustellen, aber am Ende des Tages ist es bereichernd.«

Das mit dem Ende des Tages meinte Carson ganz wörtlich, denn Xenocrates rief ihn mittlerweile jeden Abend in sein Arbeitszimmer. Sie plauderten über Philosophie und aktuelle Themen. Sie sprachen über Geschichte und die Rolle des Scythetums im großen Plan der Menschheit. Carson fühlte sich wichtig in dem Wissen, dass seinen Gedanken durch eine so bedeutende Persönlichkeit Glaubwürdigkeit verliehen wurde.

»Hat er dir seine Waffen gezeigt?«, fragte Acher. »Ich habe gehört, Scythe haben ein ganzes Arsenal von Dingen, die normale Menschen nicht besitzen dürfen.«

»Er hat keine mitgebracht«, erwiderte Carson. »Er hat gesagt, er ist nicht gekommen, um nachzulesen, und bis jetzt scheint das zu stimmen.«

»Trotzdem«, meinte Devona mit leichtem Schaudern, »würde ich ihn nicht gern dabei ertappen, wie er mich ansieht.«

»Also ... dann wollt ihr ihn vermutlich nicht kennenlernen?«

Acher und Devona blickten sich ein wenig unbehaglich an.

»Nein«, sagte Acher, »vielleicht lieber nicht.«

Carson freute sich auf seine abendlichen Gespräche. Xenocrates war offenbar ein Experte bei allen Themen, und seine Argumente waren vielschichtig. Es war eine Herausforderung, mit ihm mitzuhalten, und Carson genoss es. Xenocrates' Einsichten zum Zustand der Menschheit gaben ihm viel Stoff zum Nachdenken.

»Unsterblichkeit ist ein zweischneidiges Schwert«, sagte er eines Abends. »Umso notweniger ist es, eins bei sich zu tragen.« Er lachte so begeistert über seinen eigenen Witz, dass Carson angesteckt wurde. Dann senkte Xenocrates die Stimme. »Du sagst, es gefällt dir hier nicht. Würdest du dir wünschen, diese Kolonie hätte nie existiert?«

Carson spürte, dass in der Frage mehr mitschwang, weshalb ein einfaches Ja oder Nein als Antwort nicht reichen würde.

»Ich glaube ... die Menschheit wurde auf der Erde geboren und sollte deshalb auch auf der Erde bleiben.«

»Aber der Thunderhead hat beschlossen, diese Kolonie zu gründen«, übernahm Xenocrates die Rolle des Advocatus diaboli, »und der Thunderhead kann sich nicht irren, oder?«

»Es war auch kein Irrtum«, erwiderte Carson. »Es war eine Entscheidung.« Er machte eine Pause und überlegte. »Ich ... hätte anders entschieden.«

Xenocrates schien mehr als zufrieden mit Carsons Antwort. Dann beugte er sich vor und flüsterte, als hätten die Wände Ohren.

»Vielleicht können wir das noch.«

Jeden Tag wurde der Unterscythe mit allen möglichen Luxusgütern überhäuft, die die Kolonie zu bieten hatte. Speisen und Getränke, dazu Geschenke in erdrückender Menge, die er unmöglich alle mit zurück zur Erde nehmen konnte. Bei alldem war Carson an Xenocrates' Seite – nur bei den Fotos war er gnädigerweise ausgenommen.

»Ich ertrage das alles nicht um meinetwillen«, erklärte

Xenocrates ihm, »sondern für die Bewohner des Mars. Sie haben nicht jeden Tag Gelegenheit, jemanden zu beeindrucken.«

»Und *sind* Sie beeindruckt?«, fragte Carson.

Xenocrates tat den Gedanken mit seiner typischen Geste und einem Schnauben ab. »Das ist unwichtig. Entscheidend ist, dass ich die Rolle spiele.«

Dabei musste er als Scythe eigentlich gar keine Rolle spielen, was umso mehr vermuten ließ, dass das Ganze Teil eines größeren Plans war. So viel hatte der Mann schon durchblicken lassen – und sogar angedeutet, dass Carson ein Element dabei sein könnte. Wenn Carson sein Blatt richtig ausspielte, würde vielleicht nie wieder in seinen Karten stehen, dass er Bohrerteile am Pik-König auszutauschen hatte.

Nach zwei Wochen hatte Xenocrates alles gesehen, was es zu sehen gab, und jeden getroffen, den er in der Kolonie treffen wollte. Während Carson sich um den Scythe kümmerte, hatte er keine Zeit für Hausaufgaben gehabt, und der Scythe hatte seine Lehrer aufmerksamerweise angewiesen, alle verpassten Arbeiten mit *sehr gut* zu bewerten. Seine Mathelehrerin hatte getobt, doch angesichts eines Scythe-Befehls war ihr Einwand so dünn gewesen wie die Marsluft.

»Alles ist möglich«, erklärte Xenocrates ihr, als sie sich widersetzte, und ging ohne ein weiteres Wort weg. Am Ende erhielt Carson eine Eins, der Beweis dafür, dass Xenocrates recht hatte. Alles war möglich, wenn man genug Macht hatte, um die Lehrsätze der Mathematik nach seiner Laune zu verbiegen. Deshalb wartete Carson ab, bis Xenocrates ein wenig mehr von dieser Macht in seine Richtung schnippte.

»Wenn du dir wirklich eine helle und glorreiche Zukunft auf der Erde wünschst, kann ich dir das ermöglichen«, erklärte Xenocrates ihm. »Aber du musst sie dir verdienen.«

Es war bei einem abendlichen Tee vor dem künstlichen Kamin. Carsons Herz setzte für einen langen Schlag aus, als der Scythe ihm das Angebot unterbreitete, auch wenn er versuchte, sich nichts anmerken zu lassen. Er wusste nicht genau, ob er aufgeregt war oder Angst hatte. Wahrscheinlich ein bisschen von beidem.

»Was soll ich tun?«

Xenocrates räusperte sich, trank einen Schluck Tee und dann noch einen. Carson erkannte, dass die Worte, die der Scythe äußern würde, wohlüberlegt waren. Trotzdem nahm der Mann sich die Zeit, sie noch weiter abzuwägen, bis er schließlich sprach.

»Ich würde dich bitten, einen heiligen Dienst für die Menschheit zu leisten. Etwas, das den Thunderhead auf seinen Platz verweisen und damit unsere Lebensart bewahren würde.«

Carson hatte nach wie vor keine Ahnung, worauf der Unterscythe hinauswollte. ›Unsere Lebensart bewahren‹ klang wie eine große Aufgabe für einen Jungen auf dem Mars, der schließlich nur ein Unbekannter im großen Plan der Dinge war, auch wenn er davon träumte, sehr viel mehr zu sein. Andererseits suchte der Unterscythe vielleicht gerade eine unbekannte Größe.

»Es muss einen ›Zwischenfall‹ auf dem Mars geben«, fuhr Xenocrates fort. »Einen Zwischenfall, den weder die Menschheit noch der Thunderhead je vergessen werden. Ich brauche jemanden, der einen solchen Zwischenfall verursacht.«

Carson atmete tief durch. »Das kann ich machen«, sagte er.

Am nächsten Tag verkündete Xenocrates, dass seine Zeit auf dem Mars sich dem Ende zuneigen würde.

»Die Gastfreundschaft des roten Planeten ist einzigartig«, verkündete er. »Ich werde die guten Menschen des Mars nicht so schnell vergessen.«

Die Wichtigen und Mächtigen der Kolonie kamen zu einem letzten Empfang zusammen, diesmal, um dem Scythe Lebewohl zu wünschen. Cocktails und Crudités wurden nervös in zitternden Händen gehalten, weil die Menschen immer noch fürchteten, ihr Gast könnte beim Abgang noch jemanden nachlesen.

Die Direktorin von Carsons Schule kam durch die Menge auf ihn zu – eine makellos gekleidete Frau, die ihr Quäntchen Macht beinahe so gut ausübte wie der Scythe. Sie hob das Glas zu einem spöttischen Prosit und fragte Xenocrates, wie Carson sich gemacht habe. Carson hatte Lobeshymnen erwartet, doch das Lob des Scythe – wenn man es überhaupt als solches bezeichnen konnte – fiel zurückhaltend aus. »Nun, er ist unbedingt enthusiastisch«, sagte Xenocrates. »Ich glaube, Diener zu sein, ist nicht seine größte Stärke, aber für seine Mühe würde ich ihm eine Eins geben.«

Die Direktorin verzog ihre Miene zu einer Mischung aus einem Lächeln und einer Grimasse.

Carson versuchte, einen neutralen oder vielleicht sogar leicht zerknirschten Gesichtsausdruck zu wahren. Die Bemerkung hatte ihn getroffen, doch er wusste, dass alles, was der Scythe sagte, einem Zweck diente.

»Wussten Sie, dass Carson sich sehr für Physik interessiert?«, fragte Xenocrates die Direktorin. »Er hat unaufhörlich davon gesprochen.«

»Physik, wirklich?«

Das war auch für Carson eine Neuigkeit, doch er war klug genug, dem Scythe nicht zu widersprechen. Besser, er schwamm mit dem Strom.

»Ja – tut mir leid, wenn ich Sie mit meinem Gerede über Naturwissenschaft gelangweilt habe«, sagte er.

»Unsinn, es ist ein gesundes Interesse. Der Junge braucht ein

Praktikum, in dem er seine Vorliebe nützlich einbringen kann!« Dann machte er eine Pause, um deutlich zu machen, dass das nicht nur eine beiläufige Bemerkung war. Der Unterscythe erwartete eine Antwort.

»Nun ... ich nehme an, Carson könnte ein Praktikum bei einem der Kuppel-Ingenieure machen«, schlug die Direktorin vor. »Oder vielleicht bei dem Architektenteam für den nördlichen Außenposten.«

»Ja, vielleicht«, sagte Xenocrates, der offensichtlich etwas Besseres hören wollte.

»Oder ein Praktikum im Energiekern ...«, schlug sie vor.

»Ja«, sagte Xenocrates. »Was für eine perfekte Idee! Wie hört sich das für dich an, Carson?«

»Es ist ... mehr, als ich mir hätte erhoffen können.«

Xenocrates klatschte in die Hände. »Dann ist es abgemacht.«

»Nun, ich muss erst mit den Verantwortlichen für die Energieversorgung sprechen ...«, sagte die Direktorin zögernd.

»Wäre es Ihnen lieber, wenn *ich* mit ihnen sprechen?«, fragte Xenocrates.

Die Direktorin hätte beinahe ihren Drink verschüttet. »Nein, Sie haben bereits mehr als genug getan, Euer Ehren. Wir werden es veranlassen.«

Dann tappte sie reichlich verwirrt von dannen.

Carson schüttelte den Kopf. »In der Lage zu sein, etwas einfach zu sagen, und dann ist es so ...«

»Solche Macht hat einen Preis«, erklärte Xenocrates ihm. »Ich werde ihn dir verraten, wenn ich herausgefunden habe, was es ist.« Dann lachte er laut und lange.

In jener Nacht lag Carson wach und rang mit der ihm gestellten Aufgabe. Je länger er darüber nachdachte, desto logischer erschien es ihm, dass man ihn für diese ernste Pflicht ausgewählt hatte. Das Scythetum wollte jede Beteiligung glaubhaft bestreiten können. Man brauchte einen geheimen Agenten, der unter dem Radar flog – jemanden, dem man die Schuld zuschieben konnte, wenn dieser »Zwischenfall« schiefging. Carson wusste, dass das Scythetum ihn benutzte, aber statt mit Verbitterung erfüllte ihn das mit einem Gefühl der Bestimmung. Denn benutzte er nicht umgekehrt auch das Scythetum?

»Von jetzt an arbeitest du in meinem Auftrag«, erklärte Xenocrates ihm am nächsten Morgen. »Das wird dir überall in der Kolonie unbeschränkten Zutritt verschaffen. Keine Tür wird für dich verschlossen sein. Du kannst gehen, wohin du willst, und machen, was du willst, aber achte darauf, dass niemand weiß, was du vorhast.« Dann lächelte er Carson strahlend und stolz an, so wie seine Eltern es nie taten.

»Wenn du das richtig machst, wird dir auch auf der Erde keine Tür verschlossen bleiben.«

»Gut, dass er weg ist«, sagte Carsons Mutter, nachdem Xenocrates den Rückflug zur Erde angetreten hatte.

»Amen«, pflichtete sein Vater bei.

Und sie waren nicht die Einzigen. So höflich und respektvoll sich alle in Xenocrates' Gegenwart benommen hatten, so tat die gesamte Kolonie nun, da er weg war, einen Seufzer der Erleichterung. Es dauerte nicht lange, bis die Dinge wieder ihren normalen Lauf nahmen. Carson dagegen lebte in einer vollkommen neuen Normalität. Einer Normalität, in der er an Wochenenden keine Reparaturen auf dem Bohrfeld mehr vornehmen musste. Er hatte angenommen, seine Eltern würden über sein Praktikum klagen und versuchen, es zu vereiteln. Aber stattdessen waren sie offensichtlich froh, dass er auf dem Mars etwas gefunden hatte, das ihn interessierte.

Der Energiekern war ein geschütztes Silo tief unter der Kuppel, zu dem niemand ohne besondere Sicherheitsprüfung Zutritt erhielt. Aber wie Xenocrates gesagt hatte, standen Carson nun alle Türen offen – seine Biometrik konnte jedes Schloss öffnen. Er musste nur die Handfläche auf ein Kontrollpanel legen oder in einen Netzhautscanner blicken. Aber das behielt er für sich – und ließ, als er am ersten Tag zu einem Rundgang in den Energiekern eingeladen wurde, andere die Türen für sich öffnen.

Der Kontrollraum war eine einschüchternd komplexe Anlage voller Bildschirme, Schalter, Knöpfe und blinkender Lichter. Es gab ein riesiges Bleiglasfenster mit einem atemberaubenden Blick auf die Kernfusionsreaktion, die die gesamte Kolonie mit Energie versorgte: eine glühende Kugel von der Größe eines Golfballs, die von einem magnetischen Sicherheitsfeld in ihrer Position gehalten wurde. Schwer zu glauben, dass etwas so Kleines eine solche Leistung erbringen konnte.

»Wie funktioniert das?«, fragte Carson den Techniker, der ihn durch die Anlage führte.

»Ich will verdammt sein, wenn ich das wüsste – es funktioniert einfach.«

Carson brauchte nicht lange, um zu begreifen, wie wenig die Mitarbeiter der Energieversorgung über Nuklearphysik und die komplexen Funktionen eines Fusionsreaktors wussten.

»Und wenn etwas schiefgeht?«, fragte er einen Ingenieur, der in der Nahrungskette offenbar weiter oben stand, in der ersten Woche. Der Ingenieur sah ihn an, als hätte Carson den Verstand verloren.

»Es geht nichts schief.«

»Ja, aber was ist, wenn doch?«

Daraufhin schickte der Mann Carson zum Kaffee holen – denn in diesem »Praktikum« war er mehr Laufbursche, als er es als Diener je gewesen war. Und die Leute behandelten ihn nicht halb so respektvoll wie Xenocrates. Sie betrachteten ihn offenkundig als einen unerwünschten Störenfried bei ihren Kreuzworträtseln, oder was sie sonst machten, während sie ein System kontrollierten, das schon vom Thunderhead kontrolliert wurde.

»Warte den richtigen Augenblick ab«, hatte Xenocrates ihm erklärt. »Täusche Interesse vor, lerne so viel, wie du kannst, und lauere auf deine Gelegenheit. Du bist ein intelligenter junger Mann, ich bin sicher, du wirst den perfekten Moment für die perfekte Störung finden.«

Wie immer hatte Xenocrates seine Worte genau gewählt. Er hatte von einer Störung gesprochen, um die Realität abzumildern. Aber Carson wusste, worum es eigentlich ging. Sabotage.

Carson kam jeden Tag nach der Schule und an den Wochenenden in den Energiekern, erduldete die herablassende Behandlung, machte Erledigungen und lernte, so viel er konnte.

»Man sieht dich gar nicht mehr«, sagte Devona, als sie ihn eines Tages nach der Schule erwischte.

»Ja«, stimmte Acher ihr zu. »Schwänz mal einen Tag im Energiekern und mach was mit uns.«

Aber Carson erklärte ihnen, dass er schlicht keine Zeit hatte. Denn wer würde sich damit zufriedengeben, drittes Rad zu sein, wo er jetzt eine heimliche Triebfeder war?

In nur einer Woche hatte Carson begriffen, worum es sich bei den komplizierten Bedienungsfeldern im Kontrollraum tatsächlich handelte.

»Es ist ein Busy-Board«, erklärte er Dr. Riojas, der leitenden Ingenieurin, die Carson von allen dort arbeitenden Menschen am meisten bewunderte. Sie tat seine Fragen nie ab und schien auch nicht genervt, sie beantworten zu müssen.

»Verzeihung?«

»Ein Spielzeug für Kleinkinder, verstehen Sie?«, erklärte

er. »Knöpfe und Schalter, Lichter und Regler. So ein Die-Kuh-macht-Muh-Gimmick.«

Sie lächelte trocken und erzählte ihm, wie der Thunderhead nur zur Unterhaltung der Belegschaft hin und wieder eine Pseudokrise inszenierte, die sie reparieren konnten.

Carson grinste zurück. »Haben Sie je versucht, eine echte Krise zu verursachen? Ich meine, nur um zu sehen, was passieren würde?«

Sie schüttelte den Kopf. »Soll das ein Witz sein? Weißt du, wie viele Fehlersicherungen es gibt?«

Carson zuckte mit den Schultern. »Zeigen Sie es mir.«

Sie sah ihn an, vielleicht ein wenig verschmitzt.

Dann streckte sie die Hand zur Primärkonsole aus und wischte mit dem Finger über den Bildschirm, um der Reaktion mehr Wasserstoff zuzuführen. Die Temperatur im Zellkern stieg langsam aus dem grünen in den gelben Bereich.

Nach fünf Sekunden ertönte im Kontrollraum ein überaus höflicher Alarm, gefolgt von einer sehr höflichen und vertrauten Stimme.

»Dr. Riojas, Sie haben die Reaktion auf ein potenziell gefährliches Level hochgefahren«, sagte der Thunderhead. *»Ich würde Ihnen empfehlen, eine Kühlsequenz einzuleiten.«*

»Die Empfehlung wurde gebührend zur Kenntnis genommen«, erwiderte sie. Die Anzeige wanderte langsam weiter vom gelben in Richtung des roten Bereichs.

»Dr. Riojas, ich muss darauf bestehen, dass Sie sich um diese Sache kümmern«, sagte der Thunderhead nach einigen weiteren Sekunden.

»Mir ist im Moment wirklich nicht danach«, sagte sie so blasiert wie möglich.

Selbst Carson wurde mulmig, als er beobachtete, wie die Anzeige weiter anstieg und der Alarm weniger höflich wurde.

»Lisa, bitte …«, versuchte der Thunderhead es mit persönlicher Ansprache. *»In wenigen Sekunden wird das Ganze zum Problem.«*

»Das ist mir klar«, sagte Dr. Riojas.

Die Anzeige überschritt die Linie zwischen Gelb und Rot.

»Willst du das nicht stoppen?«

»Nein, will ich nicht.«

»Also gut«, sagte der Thunderhead und leitete mit etwas, das einem leidgeprüften Seufzer am nächsten kam, die Kühlsequenz selbst ein. Die Anzeige sank vom roten wieder in den gelben und zurück in den grünen Bereich. Nach nicht einmal einer Minute verstummte der Alarm, und alle Anzeigen bewegten sich wieder innerhalb akzeptabler Parameter.

»Wenn Sie sich gestresst fühlen, Dr. Riojas, sollten Sie vielleicht den Rest des Tages freinehmen und Ihre Stimmungsnaniten überprüfen lassen«, schlug der Thunderhead vor.

»Nein, mir geht es gut«, sagte sie und zwinkerte Carson zu. »Die Kuh macht Muh.«

Nach einem Monat gehörte Carson zum festen Inventar des Kontrollraums. Er fegte, holte Kaffee und machte wahllose Besorgungen, um plötzliche Launen der Mitarbeiter zu befriedigen. Aber … manchmal ließ man ihn auch im Kontrollraum allein. Er konnte schließlich keinen Schaden anrichten, wie Dr. Riojas so eindrucksvoll demonstriert hatte.

Carson wusste, dass es nicht um Vertrauen ging, sondern darum, dass seine Anwesenheit so selbstverständlich war, dass er für alle sichtbar sein konnte, ohne dass man Notiz von ihm nahm. Auf diese Weise würde man, wenn es für ihn Zeit zum Handeln wurde, nicht einmal auf den Gedanken kommen, dass er der Urheber sein könnte.

Und die ganze Zeit beobachtete der Thunderhead ihn mit seinen starren Augen, ohne etwas zu sagen. Wusste er, womit man Carson beauftragt hatte? Was er plante? Die Vorstellung, dass der Thunderhead ihn nicht aufhalten oder auch nur über das sprechen konnte, was er wusste, war für Carson der halbe Spaß.

Nur einmal wäre seine Tarnung beinahe aufgedeckt worden – und das ausgerechnet von seinen Eltern.

Es war eine der dummen kleinen Streitereien, die er ständig mit einem der beiden führte. Er war spät vom Energiekern nach Hause gekommen. Der dritte Ingenieur hatte seinen hundertsten Geburtstag begangen, der eigentlich nicht groß hätte gefeiert werden dürfen, weil der Mann gerade über den Berg gekommen war und sich auf sechsundzwanzig hatte resetten lassen. Trotzdem gab es einen Schokoladenkuchen mit hundert holographischen Kerzen, die man nicht auspusten konnte. Fast die komplette Belegschaft des Energiekerns war anwesend, und Carson wollte nicht durch Abwesenheit auffallen. Der Kuchen hatte ihm den Appetit verdorben, so dass er zu Hause das Abendessen ausließ. Zum dritten Mal hintereinander, wie seine Mutter bemerkte. Sie schimpfte mit ihm, sein Vater blickte lange genug von seinem Tablet auf, um den Tadel zu unterstützen. Und als Carson die Dreistigkeit hatte zu verlangen, dass ihn alle verdammt nochmal in Ruhe lassen sollten, blickte seine Mutter zu der Kamera in der Ecke des Wohnzimmers.

»Thunderhead, könntest du meinem Sohn bitte erklären, warum es wichtig ist, keine Mahlzeiten auszulassen?«

Es war eine altehrwürdige Tradition in ihrer Familie, den Thunderhead dazu zu bringen, sich auf die Seite zu schlagen, die auf jeden Fall nicht Carsons war. Aber diesmal kam der Thunderhead seinen Eltern mit der Antwort nicht entgegen.

»Es tut mir leid, aber dem kann ich nicht nachkommen.«

Das reichte, um Carsons Vater endgültig von seinem Tablet aufblicken zu lassen.

»Was soll das heißen, du kannst dem nicht nachkommen?«, fragte Carsons Mutter.

Noch bevor der Thunderhead zu seiner Erklärung ansetzte, geriet Carson innerlich in Panik.

»Euer Sohn ist bei einem Scythe in Anstellung«, informierte der Thunderhead seine Eltern zu Carsons absolutem Entsetzen. *»Deshalb darf ich keinen Kontakt mit ihm haben.«*

Seine Eltern sahen sich verblüfft an, als wäre der Esstisch zwischen ihnen plötzlich und unerwartet verschwunden.

»Aber … der Scythe ist abgereist«, sagte Carsons Mutter.

»Ja, das ist richtig«, sagte der Thunderhead. *»Aber euer Sohn ist immer noch bei ihm angestellt.«*

Sie schüttelte abschätzig den Kopf. »Du irrst dich.«

»Der Thunderhead kann sich nicht irren, Liebes«, sagte Carsons Vater.

Und obwohl ihr inneres Räderwerk permanent darauf konzentriert war, Marserde auszubuddeln, erkannte Carson, dass sie nun in ganz anderen Gefilden schürften.

Er schaltete so schnell wie möglich auf Schadensbegrenzung. »Ich weiß, was es ist«, sagte er. »Bevor Unterscythe Xenocrates abgereist ist, hat er mich aufgefordert, in Kontakt zu bleiben und ihm hin und wieder Berichte vom Mars zu schicken. Vermutlich bedeutet das für den Thunderhead, dass ich immer noch für ihn arbeite.«

Sein Vater wandte sich grunzend wieder seinem Tablet zu.

Seine Mutter runzelte die Stirn. »Wie egoistisch von ihm! Hat er überhaupt darüber nachgedacht, was das für deine Beziehung zum Thunderhead bedeutet?«

Carson zuckte mit den Schultern. »Keine große Sache.«

Und obwohl es durchaus eine große Sache war, konnte der Thunderhead ihm nicht widersprechen.

Es gab einen Aberglauben in der Kolonie. Wenn die Raumfahrtsaison zu Ende ging, sollte man nicht zusehen, wie das letzte Schiff abhob. Angeblich ging es auf den alten Seefahrerglauben zurück, dass es Unglück bringt, einem Menschen, der in See sticht, auf Wiedersehen zu sagen, weshalb die Leute sich meistens mit »Lebewohl« oder »Bon Voyage« behalfen. Am letzten Tag der Raumfahrtsaison, wenn das letzte Schiff sich zum Abheben bereitmachte, war die Aussichtsplattform mit Blick auf die Startrampe deshalb immer menschenleer.

Aber Carson hatte in einer kleinen Geste des Trotzes jedes Mal ohne ein Blinzeln den Start und die Flugbahn des Schiffes verfolgt, so lange, bis sein Blickfeld von Kreiseln getrübt und die Flamme des Triebwerks am Himmel verschwunden war. Acher und Devona hatten ihm dabei immer Gesellschaft geleistet, und er war fest entschlossen, dass das heute nicht anders sein sollte … obwohl in Wahrheit alles ganz anders werden würde.

An jenem Tag verließ Carson die Schule früher – allerdings nicht ohne Devona und Acher vorher ausdrücklich eine Nachricht geschrieben zu haben.

»Letztes Schiff heute«, erinnerte er sie ausdrücklich. »Halb vier? Wie immer?«

Aber Acher schickte ihm ein Basketball-Emoji. »Ich hab Training, Alter.«

Einen Moment lang überlegte Carson, es dabei zu belassen. Aber er war nicht völlig gewissenlos. Und er hatte Acher schon einmal getötet.

»Vergiss das Training«, schrieb er zurück. »Versprich mir, dass du dort sein wirst. Es ist Tradition!«

»Gut, ich probier's«, antwortete Acher.

Zufrieden brach Carson zum letzten Tag seines Praktikums auf.

Im vergangenen Monat hatte er sich jedes Mal am Eingang

der Energieversorgung gemeldet und von irgendjemandem hereinholen lassen – weil er die Anlage theoretisch nur betreten konnte, wenn ein Mitarbeiter ihn hereinließ. Aber heute legte er die Hand auf das Sicherheitspanel zum Öffnen der Explosionsschutztür, die den Energiekern vom Rest der Kolonie trennte. Das wiederholte er beim Fahrstuhl, der ihn zum unterirdischen Kontrollraum brachte. Er blickte zur Kamera in der Ecke der Kabine auf und lächelte, als würde er für ein Foto posieren. So oft in seinem Leben hatte Carson sich hilflos gefühlt. Zum Beispiel als seine Eltern ihm erzählt hatten, dass sie ihn von der Erde wegreißen würden, um Siedler auf dem Mars zu werden. Oder als sein Vater all seine Bewerbungen bei Universitäten zurückgezogen hatte. Er fragte sich, ob der Thunderhead sich auch hilflos fühlen konnte. Wenn, musste er in diesem Moment seine Ohnmacht spüren.

Carson betrat den Kontrollraum, wo heute Otto, der unsympathische Ingenieur, der Carson gleich bei ihrer ersten Begegnung zum Kaffee holen geschickt hatte, der Babysitter für den Computer war.

»Bist du zu früh oder habe ich einfach die Zeit vergessen?«, fragte Otto.

Carson war nicht in der Stimmung für Smalltalk, also benutzte er seinen Elektroschocker. Otto sank bewusstlos von seinem Stuhl und plumpste mit einem befriedigenden Geräusch auf den Boden.

Die Kuh macht Muh, dachte Carson, als er zu der Steuerungskonsole im Kontrollraum blickte. *Das Schwein macht Oink. Der Reaktor macht Bumm.*

Mittlerweile kannte er alle Bedienungsfelder in- und auswendig. Er hatte sich jeden Hebel, jedes Lämpchen und jeden Knopf gemerkt. Er kannte jede Schnittstelle, jeden Bildschirm und jedes Fenster, das sich öffnen konnte.

Er zog den Regler nach unten, der den Energiekern auf manuellen Betrieb umstellte – wie er es bei Dr. Riojas beobachtet hatte. Dann rief er den Bildschirm zur Steuerung der Wasserstoffzufuhr auf und erhöhte sie. Die Anzeige bewegte sich langsam in den roten Bereich. Aber Carson wusste, dass die Beschleunigung der Fusion allein nicht ausreichen würde. Der Zellkern würde beschädigt werden, ja, aber um ihn wirklich auszuschalten, bedurfte es eines Doppelschlags.

Erneut musste er unwillkürlich zur Kamera des Thunderhead in der Ecke des Raumes zu blicken. »Guckst du zu?«, fragte er.

Aber der Thunderhead konnte natürlich nichts sagen. Ebenso wenig, wie er irgendeine von Carson eingeleitete Maßnahme außer Kraft setzen konnte, weil dieser für einen Scythe arbeitete.

»Gut. Dann guck zu!«

Er ging zu der Konsole auf der anderen Seite des Raumes, mit der das magnetische Sicherheitsfeld gesteuert wurde, und stellte die Parameter so schief und asymmetrisch wie möglich ein.

Das Magnetfeld begann zu schwanken und wurde instabil. Die kleine Plasmakugel wuchs von der Größe eines Golfballs zu der eines Baseballs, dehnte sich in die Länge, wurde nierenförmig und dann völlig formlos. Und während all dessen ertönte kein einziger Alarm. Der Thunderhead war gewissermaßen gesetzlich verpflichtet, Carsons Komplize zu sein, ohnmächtig, jemanden zu alarmieren, bis der Ausgang nicht mehr zu ändern war.

Aber Otto war nicht der Einzige, der heute in der Energieversorgung arbeitete. Jeder dort unten, der ein Auge auf den Reaktor hatte, konnte sehen, dass irgendetwas schrecklich verkehrt gelaufen war.

Carson hörte Schritte nahen, kniete sich rasch neben Otto, der gerade wieder zu sich kam, und verpasste ihm einen weiteren Stoß mit dem Elektroschocker. Als die Tür aufging und Dr. Riojas mit zwei panischen Ingenieuren hereinkam, sah sie Carson, der sich offenbar bemühte, den bewusstlosen Mann zu reanimieren.

»Carson, was ist passiert?«, fragte sie.

»Ich weiß es nicht! Als ich hereingekommen bin, lag Otto einfach da.«

Dr. Riojas und ihr Team gingen direkt zu den Steuerungskonsolen, aber Carson hatte ihren Zugang zum System gesperrt. Heute war das Busy-Board wirklich nur ein Spielzeug.

»Wie konnte das passieren?«, fragte einer der Ingenieure, während er vergeblich versuchte, die »Zugriff verweigert«-Meldung zu umgehen.

»Thunderhead! Leite die Kühlsequenz ein!«, befahl Dr. Riojas. »Und stabilisiere das Sicherheitsfeld!«

Darauf erwiderte der Thunderhead: *»Es tut mir leid, Dr. Riojas. Dem kann ich nicht nachkommen.«*

Dr. Riojas geriet leicht ins Stottern. »W... Was soll das heißen, dem kannst du nicht nachkommen? Das gesamte System steht vor dem Kollaps! Sofort kühlen und stabilisieren!«

»Noch einmal, Dr. Riojas«, sagte der Thunderhead ruhig. *»Ich bedauere, dass ich die Anweisung nicht befolgen kann. Aber das wäre eine Einmischung in eine Scythe-Aktion.«*

In Dr. Riojas' Gesicht spiegelten sich mehr Gefühle wider, als Carson mit einem Blick erfassen konnte. Sie drehte sich mit zusammengekniffenen Augen zu ihm um und fragte:

»Carson ... hast du hier unten irgendjemanden gesehen? Jemanden, der das getan haben könnte?«

»Nein«, antwortete Carson. »Ich meine, in der Nähe des Eingangs zur Energieversorgung hingen ein paar Widerlinge rum, die ein bisschen suspekt aussahen – aber Widerlinge sehen immer suspekt aus.«

Mehr brauchte Dr. Riojas nicht zu hören. »Geh zu deiner Familie, Carson«, sagte sie. »Entferne dich so weit wie möglich vom Reaktor.«

»Aber was ist mit Ihnen, Dr. Riojas?«

»Geh einfach!«, befahl sie.

Und Carson gehorchte. Er verließ den Energiekern. Und als er die Explosionsschutztür von außen schloss, verriegelte er sie, so dass niemand in den Reaktor gelangen konnte. Oder heraus.

Erst als die Explosionsschutztür verriegelt war und eine Kernschmelze unabwendbar wurde, löste der Thunderhead in der gesamten Kuppel der Kolonie Alarm aus. Nicht, um die Krise abzuwenden, sondern um die knapp zehntausend Seelen der Kolonie darauf vorzubereiten, was ihnen bevorstand. Und mit dem ersten Ton des Alarms begann auf jeder Uhr, jedem Tablet, jedem Gerät, das die Zeit anzeigte, ein Countdown. Denn auch wenn der Thunderhead die Katastrophe nicht abwenden konnte, wusste er genau, wann sie sich ereignen würden. In acht Marsminuten.

Carson war kein Fachmann für Kernphysik, doch er hatte eine ziemlich gute Vorstellung davon, wie das Ganze ablaufen würde. Die Explosionsschutztür und die dicke Bleibetonhülle würden die größte Wucht der Explosion eindämmen. Dafür waren sie schließlich konstruiert worden. Die Ingenieure und Arbeiter innerhalb der Hülle würden verbrennen. Kollateralschaden für ein größeres Wohl. Die Kolonie darüber würde einen Blackout erleiden. Die lebenserhaltenden Systeme würden zusammenbrechen. Jeder innerhalb der Kuppel würde binnen Stunden totenähnlich werden. Nur die erfinderischsten und tatkräftigsten Kolonisten würden einen Weg finden zu überleben.

So wie Carsons Eltern.

Er hatte sich vergewissert, dass sie weit von der Kuppel entfernt waren. Er war am Tag zuvor extra zum Bohrfeld gefahren und hatte ein halbes Dutzend Bohrer beschädigt, mit deren Reparatur seine Eltern mehrere Tage lang auf der Anlage beschäftigt sein würden. Carson hatte alles genau geplant. Ihr Geländewagen würde sie mit den lebenserhaltenden Funktionen versorgen, und sie waren weit genug im Norden, um den Pol zu erreichen, wo es reichlich Eis gab, das man zu Trinkwasser schmelzen konnte. Außerdem hatte Carson vor ihrem Aufbruch jede Lagerzelle des Geländewagens mit dehydrierten Mahlzeiten vollgepackt – genug, um sie durchzubringen, bis eine Rettungsmission ausgesandt werden würde. Sie wollten als Vorposten an der äußersten Grenze der Zivilisation auf dem Mars überleben? Nun, sie sollten exakt das bekommen, was sie sich gewünscht hatten.

Was die Toten der Kolonie betraf, würde der Thunderhead jeden, der nicht im Reaktorkern verbrannt war, bergen und wiederbeleben. Dies war schließlich keine Mondkatastrophe – der Mars hatte eine Atmosphäre, so dünn sie auch sein mochte. Dadurch blieben die Toten lebensfähig, weil ihre Leichen nicht durch das Vakuum des Weltraums verdorren und durch stechende Sonneneinstrahlung verbrennen würden. Der Thunderhead würde wahrscheinlich nicht bis zur nächsten Raumfahrtsaison warten, sondern eine Sondermission zur Wiederbelebung der Toten losschicken.

Aber Carson und seine Freunde würden nicht dazugehören.

Carson brauchte fast fünf Minuten, um vom Reaktorkern zur Aussichtsplattform zu gelangen. Die Leute auf den Wegen und Kreuzungen der Kuppel begannen gerade, von Verwirrung und Leugnung auf Panik umzuschalten. Kolonisten rannten kreuz und quer, jeder auf seiner eigenen vergeblichen Mission. Außerhalb der Kuppel rasten Geländewagen in alle Richtungen, um so weit weg wie möglich von der Kuppel zu kommen.

Als Carson die Aussichtsplattform erreichte, sah er erleichtert, dass Devona wie versprochen schon da war und hektisch auf und ab lief. Aber wo war Acher?

»Carson, was ist los? Es ist etwas mit dem Reaktorkern, oder? Du arbeitest doch dort, du musst es wissen!«

»Es hat ein katastrophales Systemversagen gegeben«, erklärte er ihr. »Wir müssen so weit weg von hier wie möglich.« Er blickte aus dem Fenster zu dem letzten Raumschiff, auf dem man immer noch mit den Starvorbereitungen beschäftigt war.

»Der Energiekern kann nicht kaputtgehen! Das würde der Thunderhead nicht zulassen.«

»Der Thunderhead kann es nicht verhindern. Ich habe keine Zeit, es zu erklären. Du, ich und Acher müssen an Bord dieses Raumschiffs, bevor es zu spät ist.«

Devona schüttelte bloß den Kopf. »Acher ... er ist nicht gekommen. Er ist beim Training.«

Carson ballte die Fäuste. Verdammt nochmal, Acher! Warum musste er so unzuverlässig sein?

»Meine Familie ...«, sagte Devona, als die Realität der Situation sie schließlich traf wie ein Schlag. »Sie müssen mit uns kommen.«

»Nein!«, beharrte Carson. »Sie sind auf der anderen Seite der Kuppel – wir haben keine Zeit!«

»Ich kann sie ... und Acher nicht einfach zurücklassen.«

»Sie kommen schon heil hier raus!«

Selbst in ihrer Panik hätte Devona beinahe gelacht. »Du hast gesagt ›katastrophal‹ – wie sollen sie heil hier rauskommen?«

»Ich meine *irgendwann*«, erklärte er ihr.

In diesem Moment erregte ein Geräusch unterhalb von ihnen

ihre Aufmerksamkeit. Menschen standen dicht gedrängt auf dem Flugsteig aus Stahl und Glas, weil sie begriffen hatten, dass das Raumschiff ihr letzter Ausweg war. Das Ächzen des Stahls machte deutlich, dass er das Gewicht nicht mehr lange tragen würde. Der Flugsteig war druckversiegelt, aber wenn er brach, würden alle, die sich bemühten, an Bord des Raumschiffes zu gelangen, der dünnen Marsluft ausgesetzt und ersticken. Und Carson und Devona wäre der Weg auf das Schiff abgeschnitten.

»Komm mit mir, Devona«, sagte er und streckte die Hand aus. »Lass mich dich aus alldem retten. Das würden auch deine Eltern wollen, oder? Sie wären glücklich, wenn sie wüssten, dass du entkommen bist.«

Sie schaute auf die Menge, die sich in dem Schlauch des Flugsteigs drängelte, und wandte ihren besorgten Blick wieder Carson zu, immer noch unfähig, sich zu rühren.

»Verstehst du das nicht? Ich bin deine Rettung«, erklärte er ihr. »Ich bin deine Erlösung. Lass dich von mir hier rausbringen, Devona ...«

Einen Moment lang schien es, als würde sie seine Hand ergreifen. Sie würden sich einen Weg durch die Menge bis an Bord des Raumschiffs bahnen. Sie würden die Reise zur Erde gemeinsam antreten. Er würde sie trösten und für sie da sein. Und wenn Acher und ihre Eltern irgendwann wiederbelebt wurden, wäre all das Teil ihrer Vergangenheit. Devonas Zukunft, das würden die Erde und Carson sein. Das glaubte er so fest, dass es wahr werden musste.

Aber Devona machte einen Schritt zurück. »Ich gehe meine Familie holen«, sagte sie. »Warte auf mich.«

Und dann drehte sie sich um, kämpfte gegen den Strom panischer Kolonisten an und verschwand in der Menge.

»Devona!«

Aber sie war weg.

Er hätte mit ihr gehen können. Diese Wahl hätte er treffen können. Aber das tat er nicht. Stattdessen entschied er sich für das, was vor ihm lag. Schweren Herzens wandte er sich ab, stürzte sich in das Gedränge und konzentrierte seine gesamte Energie auf das Einzige, was er noch tun konnte. Sich selbst retten. Er fuhr die Ellbogen aus, brachte andere ins Straucheln und drängelte sich rücksichtslos bis zur Luke des Raumschiffs vor. Dort erkannte er das Problem. Die Luke war geschlossen. Das Schiff wollte gerade die Startsequenz beginnen – die Mannschaft hatte beschlossen, sich schleunigst aus dem Staub dieses Planeten zu machen und das eigene Fortkommen nicht dadurch zu gefährden, dass man eine Horde Flüchtlinge an Bord ließ.

»Es ist zwecklos!«, jammerte irgendjemand. »Wir werden alle sterben.«

Das wäre unter normalen Umständen wahr gewesen – aber dieselbe Sicherheitsfreigabe auf Scythe-Level, die Carson jede Tür in der Kolonie geöffnet hatte, erlaubte ihm jetzt auch Zugriff auf die Luke. Er legte die Hand auf das biometrische Kontrollfeld, und die Luke ging auf. Niemand hatte mitbekommen, dass er derjenige war, der sie geöffnet hatte, und es war ihnen auch egal. Wichtig war nur, dass sie jetzt offen war. Carson wurde von dem Menschenstrom mitgerissen, der in das Raumschiff drängte.

Es war ein Frachtschiff, das seine Fracht entladen hatte und nun zurück zur Erde fliegen sollte. Der Frachtraum war eine düstere schmutzige Höhle, doch für die Marsflüchtlinge fühlte er sich an wie der Himmel.

Eine Minute vor dem Zusammenbruch des Reaktorkerns riss der Strom von Menschen, die über den Flugsteig an Bord drängten, immer noch nicht ab. Vom Flugdeck ertönte die körperlose Stimme des Kapitäns, der die Menschen dringend aufforderte, den Steig zu räumen, damit das Schiff starten konnte, aber niemand auf der falschen Seite der Luke wollte auf ihn hören. Also übernahm Carson die Sache persönlich. Wieder legte er seine Hand auf das Kontrollfeld und drängte, als sich die Luke zu schließen begann, die auf der Schwelle Stehenden mit Tritten zurück. Eine einzelne Hand klammerte sich an die Kante der sich schließenden Luke, aber Stahl war härter als Knochen. Die Hand wurde zermalmt, die Luke fiel zu, und im selben Moment gab der Flugsteig nach und krachte mit allen noch darauf Stehenden auf die Anlegestelle.

Dann schien die Welt zu explodieren, und die Menschen heulten vor Schreck auf. Aber nach einer Sekunde begriff Carson, dass dies nicht die Explosion des Reaktorkerns gewesen war – die würde erst in einer Minute erfolgen. Es waren nur die Triebwerke des Raumschiffs.

Weil niemand angeschnallt war und es nicht einmal Sitze gab, an denen man sich festhalten konnte, wurden alle Passagiere im Frachtraum – etwa einhundert Personen – von den G-Kräften des Raketenstarts zu Boden geschleudert. Die markerschütternde Vibration, der Druck der Beschleunigung und der Lärm waren beinahe unerträglich.

Etwa dreißig Sekunden nach dem Abheben explodierte der Kern der Kolonie. Die Schockwelle traf das Raumschiff mit solcher Wucht, dass die Hülle sich beinahe verbog. Das Schiff wurde fast vom Himmel gerissen. Aber es hielt, und nicht einmal eine Minute später waren sie der Anziehungskraft des Mars entkommen.

Als die Haupttriebwerke abgeschaltet wurden, begannen die von ihrem Kampf um einen Platz an Bord und dem brutalen Start erschöpften Flüchtlinge in der Schwerelosigkeit des Alls im Raum zu schweben, auf sich zurückgeworfen in der surrealen Stille des freien Falls.

Carson drängte durch die Menge, die durch den Frachtraum

des Raumschiffs driftete, bis zu einem kleinen Fenster. Sie waren mittlerweile so weit aufgestiegen, dass er die Krümmung des Planeten erkennen konnte – und die Folgen seiner Tat.

Er war sich sicher gewesen, dass die verstärkte Hülle des Kerns die Explosion eindämmen würde. Aber zu seinem Entsetzen erkannte er, dass nicht nur die Explosion nicht eingedämmt worden war. Die gesamte Kuppel und ihre Umgebung waren zerstört worden. Zurückgeblieben war ein riesiger, weiß glühender Krater, der sich immer noch ausbreitete. Es war unmöglich, seine Größe zu schätzen. Hatte er einen Durchmesser von zehn Kilometern? Zwanzig? Er hatte auf jeden Fall alle Geländewagen auf der Flucht verschluckt, aber würde er sich auch bis zum nördlichen Bohrfeld ausdehnen?

Carson stieß sich von dem Fenster ab. Ihm war speiübel, und das lag nicht nur an der plötzlichen Schwerelosigkeit.

»Wir brauchen einen Zwischenfall, der nie vergessen werden wird«, hatte Xenocrates ihm aufgetragen.

Und wie immer hatte Carson seine Aufgabe übererfüllt.

»Hier spricht Kapitän Quarry ... Ich nehme an, ich sollte Sie alle an Bord willkommen heißen. Aber unter den gegebenen Umständen ... nun, ich weiß nicht, was ich sagen soll. Wir haben bloß Glück gehabt, dass wir da weggekommen sind, bevor ... na ja, vor was auch immer. Das Raumschiff wurde beschädigt, ist jedoch funktionsfähig. Wir werden es zurück bis zur Erde schaffen ... aber die Sache ist die ... Dies ist ein Frachtschiff. Es gibt nicht genug Nahrung, Wasser oder auch nur Luft an Bord für eine sechswöchige Reise mit so vielen Menschen. Ich habe mich mit der Mannschaft besprochen, und wir haben beschlossen, dass es für alle das Beste ist, Sie für den Flug totenähnlich zu machen. Für Sie ist es auf jeden Fall besser – dann müssen Sie während des wochenlangen Transits nicht Däumchen drehen. Also nur, um sie zu warnen: In wenigen Sekunden werde ich sämtliche Luft aus dem Frachtraum ablassen. Ich möchte ehrlich zu Ihnen sein. Die Dekompression wird schmerzhaft sein, und Ihre Naniten werden nicht schnell genug reagieren können, um etwas dagegen zu tun. Aber es wird nicht lange weh tun. Sie werden ziemlich schnell das Bewusstsein verlieren und wenig später totenähnlich werden. Der beste Rat, den ich Ihnen geben kann, ist, einfach bis zehn zu zählen, wenn es losgeht.«

Es war, wie der Kapitän versprochen hatte, schmerzhaft. Es begann mit einem lauten Zischen. Carsons Trommefelle rissen. Es fühlte sich an, als würden seine Lungen aus seiner Brust gesaugt. Der Schmerz in den Augäpfeln war unerträglich. Er versuchte zu schreien, doch er hatte keine Luft mehr, die er herauspressen konnte.

Einen langen schrecklichen Moment lang glaubte er, es würde für immer so weitergehen. Dies wäre die Strafe für das, was er getan hatte. Er konzentrierte sich darauf, bis zehn zu zählen. Doch er kam nur bis drei.

Carson hatte den Tod noch nie selbst erlebt. Man sagt, jeder mache seine ganz eigene Erfahrung. Aber wie erfährt man einen Zustand, der durch die Abwesenheit allen Körperempfindens definiert ist?

Für Carson kehrte das Bewusstsein langsam zurück. Wie ein Neugeborenes hatte er anfangs kein Gefühl für sich selbst. Er war gleichzeitig alle Dinge im Universum und nichts. Er hörte Stimmen und wusste, dass man ihm Fragen stellte – und obwohl er die Worte verstand, waren diese Worte, kaum dass sie geäußert waren, schon wieder vergessen. Er konnte sich eine Frage nicht lange genug merken, um eine Antwort zu formulieren oder sich auch nur daran zu erinnern, was gefragt worden war. Und er spürte einen dumpfen Schmerz im ganzen Körper, der mit noch so viel Naniten nicht zu lindern war. Er schloss die Augen, zu erschöpft, um irgendetwas zu verstehen.

Als er sie wieder aufschlug, war er sich bewusst, dass Zeit verstrichen war. Er war jetzt mehr bei sich. Nach ein paar Sekunden fiel ihm sein Name wieder ein – und mit seiner Identität kam eine Flut von Erinnerungen wie der Donner nach einem Blitz.

»Endlich wach!«, sagte eine vertraute Stimme neben ihm. Ein Verwandter? Ein Lehrer? Ein Freund? Nein, keiner der Genannten.

»Mach dich langsam wieder mit dem Leben vertraut«, sagte die Stimme. »Lass es gemächlich angehen.«

Carson blickte sich um und sah, dass er in einem in heiteren, aber in gedeckten Pastellfarben gehaltenem Zimmer mit indirekter Beleuchtung lag, das auf eine nichtssagende Art beruhigend wirken sollte. Er räusperte sich und schmeckte, was der gallig bittere Geschmack des Todes sein musste. Er fühlte sich ungewöhnlich schwer. Den Kopf oder nur einen Finger zu heben war eine Anstrengung. Das lag nicht nur an den Nachwirkungen der Wiederbelebung. Es war eine fundamentale Veränderung der himmlischen Kräfte um ihn herum.

Der Besucher, der auf einem Stuhl neben seinem Bett saß, war Xenocrates.

»Bin ich auf der Erde?«, fragte Carson.

»Im besten Revival-Zentrum von Fulcrum City«, sagte Xenocrates.

Carson kämpfte gegen die Schwerkraft der Erde an und richtete sich auf. Vor seinen Augen drehte sich alles, doch er ertrug es. Nach einer Weile legte sich seine Desorientierung.

»An wie viel erinnerst du dich?«, fragte Xenocrates.

Carson atmete tief ein. »An alles.«

»Gut für dich!«, sagte Xenocrates fröhlich. »Einige der anderen berichten, dass sie den kompletten Tag der Katastrophe verloren haben, so wie die Erinnerungs-Back-ups vom Mars eben sind. Oder *waren*, sollte ich besser sagen. Du hast auf jeden Fall Glück, dass dein Originalgedächtnis vollkommen intakt ist.«

Carson fand das nicht besonders glückhaft. Und obwohl er die Antwort bereits ahnte, musste er trotzdem fragen.

»Meine Eltern?«

Xenocrates schüttelte traurig den Kopf. »Die einzigen Überlebenden waren die Passagiere des mutigen kleinen Frachtschiffs. Siebenundneunzig.«

Carson biss die Zähne so fest zusammen, dass es schmerzte.

»Kapitän Quarry wird als Held gefeiert«, sagte Xenocrates.

»Er hat einen Scheißdreck gemacht«, sagte Carson. »Er wollte niemanden an Bord lassen. *Ich* war derjenige, der die Frachtluke geöffnet hat.«

»Hmm. Das behalten wir wohl besser für uns.«

»Was ich auf dem Mars gemacht habe ... So schlimm sollte es nicht werden«, sagte Carson.

Aber darüber schien der Unterscythe nicht übermäßig bekümmert zu sein. »Der Kern war so konstruiert, dass er einer Schmelze oder einer Störung des magnetischen Sicherheitsfelds standhalten sollte – aber nicht beidem«, sagte er. »Es war, als hätte man auf der Sonne ein Fenster geöffnet.«

Es sollte noch eine Weile dauern, bis Carson sämtliche Einzelheiten erfuhr, doch der Riss im Kern hatte eine Kettenreaktion ausgelöst – einen Hitzepunkt, der sich mehr als einhundert Meilen in alle Richtungen ausgebreitet hatte und erst jetzt nach sechs Wochen langsam abkühlte.

»Man nennt es ›das Auge des Mars‹«, berichtete Xenocrates. »Schlimmer als irgendjemand von uns erwartet hatte, nehme ich an, aber sehr effektiv. Soweit die Menschen es wissen, war es ein tragischer Unfall – und da es sich um eine Scythe-Aktion gehandelt hat, kann der Thunderhead nichts dazu sagen. Deshalb ist diese Fiktion während der Wochen deiner Passage schnell zur akzeptierten Wahrheit geworden.«

Carson schloss die Augen. Devona, Acher, seine eigenen Eltern – jeder, den er kannte, war weg. Nicht totenähnlich, sondern tot. Verbrannt von seiner Hand. Reue, Schuld und Kummer stiegen in ihm auf – doch er weigerte sich, diese Gefühle herauszulassen. Er würde Xenocrates seine Schwäche nicht zeigen.

Und die Wahrheit war, dass er versucht hatte, seine Eltern zu retten, oder nicht? Aber er hatte sich verrechnet. Er hatte sich auch bemüht, seine Freunde zu retten – Devona und Acher hätten mit ihm in dem Raumschiff sein können –, doch sie hatten sich dagegen entschieden. Das bedeutete, dass Carson sein Bestes getan hatte. Es gab nichts, wofür er sich schämen musste – er konnte vielmehr stolz sein. Er hatte ein nobles Opfer für das größere Wohl geleistet: die Erhaltung ihrer Lebensart.

Als Xenocrates auf seinem Stuhl hin und her rutschte, erregte etwas Glänzendes in seiner Robe Carsons Aufmerksamkeit. Breite Streifen am Rand seiner weiten Ärmel, die das Licht widerspiegelten.

»Ihre Robe sieht anders aus …«

Xenocrates lächelte selbstzufrieden. »Ich bin zum ersten Unterscythe befördert worden«, sagte er, »deshalb musste ich mit meiner Robe ein optisches Zeichen setzen. Fäden aus vierundzwanzigkarätigem Gold. Im Moment habe ich es bloß an den Ärmeln, aber ich überlege, sie überall einweben zu lassen.«

»Das wird schwer werden«, bemerkte Carson.

Aber Xenocrates wirkte unbesorgt. »Eine Kleinigkeit. Es ist schließlich nicht so, als würde ich damit schwimmen gehen.«

Das Schweigen wurde unbehaglich. Und dann kam Carson ein Gedanke. Er hatte getan, womit man ihn beauftragt hatte. Das bedeutete, dass das Scythetum ihn nicht mehr brauchte. Er war ein loses Ende.

»Werden Sie mich nachlesen?«, fragte er den Unterscythe.

»Wohl kaum«, erwiderte Xenocrates. Die Andeutung schien ihn regelrecht zu kränken. »Du hast alle unsere Erwartungen übertroffen. Damit hast du dir wohl eher eine Belohnung als eine Verurteilung verdient.«

»Und ... was passiert jetzt?«

»Für dich wird wie versprochen jede Tür auf der Erde offen stehen. Wenn du so weit bist, erhältst du ein Vollstipendium an einer Universität deiner Wahl, um ein Fach deiner Neigung zu studieren.«

Carson dachte darüber nach. So lange war genau das sein Ziel gewesen ... aber nach allem, was er durchgemacht hatte – was er getan hatte –, war es schlicht nicht genug. Er wollte mehr als nur offene Türen. Er wollte alles, was jenseits dieser Türen lag.

»Ich möchte ein Scythe werden«, sagte er. »Sie können das ermöglichen, oder? Das ist es, was ich will.«

Er hatte angenommen, Xenocrates wäre geschockt von der Kühnheit seiner Bitte. Doch stattdessen lehnte der Mann sich lächelnd zurück. »Ich dachte mir, dass du das sagen könntest. Und mit der Beihilfe zur Nachlese einer ganzen Kolonie hast du einen ziemlichen Vorsprung, würde ich sagen.« Er betrachtete Carson noch einen Moment länger. Die unergründlichen Rädchen in seinem Kopf rotierten. »Sag mir eins, Carson. Wie hat es sich angefühlt zu tun, was du auf dem Mars getan hast?«

Wie hatte es sich angefühlt? Im Augenblick kämpften so viele Gefühle in ihm, aber einige waren gewichtiger als andere. Trauer und Reue – das waren die zarten zerbrechlichen Emotionen. Sehr viel solider war sein Gefühl von Errungenschaft.

»Es hat sich … folgenschwer angefühlt«, sagte er. »Es hat sich wichtig angefühlt. Es – *ich* habe mich von einem wundervollen Ziel erfüllt gefühlt. Dieses Gefühl möchte ich noch einmal erleben.«

Das war offenbar eine akzeptable Antwort, denn Xenocrates sagte: »Ich werde dich als meinen Lehrling annehmen. Aber sei gewarnt. Die Ausbildung ist intensiv und ein harter Wettbewerb. Nicht alle Lehrlinge werden zum Scythe berufen. Aber ich glaube, du hast das Zeug, erfolgreich zu sein.«

»Ich verspreche, ich werde Sie nicht enttäuschen, Euer Ehren.«

»Das glaube ich. Dein Selbstvertrauen wird dich über viele Hürden tragen. An deiner Stelle würde ich schon einmal anfangen, darüber nachzudenken, wen du als Historischen Patron auswählen möchtest.«

Die Antwort kam Carson blitzartig. »Ich weiß bereits, wen ich auswählen möchte.«

Als er Xenocrates den Namen nannte, lachte der Scythe herzlich und reumütig.

»Bemerkenswert!«, sagte Xenocrates. »Die meisten Leute wählen eine Gestalt aus der Geschichte, die sie bewundern, aber du nicht. Du hast auf jeden Fall einen scharfen Sinn für Ironie.«

Carson zuckte die Schultern. »Ohne den ›Vater der Raketenwissenschaft‹ wäre ich nicht auf dem Mars gewesen und nicht Ihr Diener geworden, und dann wäre ich jetzt nicht hier.«

Darüber dachte Xenocrates nach. »Ja, alles hängt mit allem zusammen. Gut gemacht, Carson.«

»Nein … nennen Sie mich nicht so. Carson Lusk ist auf dem Mars gestorben. Von jetzt an können Sie mich mit meinem Scythe-Namen ansprechen.«

»Wie du möchtest. Wir können anfangen, sobald du bereit bist.«

»Ich bin jetzt bereit.« Und trotz des hartnäckigen Griffs der irdischen Anziehungskraft stand er aus dem Bett auf und setzte seine Füße zum ersten Mal seit seiner Ankunft fest auf den Boden. »Lehren Sie mich die Weisen des Scythetums.«

Xenocrates betrachtete ihn mit Bewunderung und vielleicht einem Hauch von Sorge. »Nun gut. Ich prophezeie dem Ehrenwerten Scythe Robert Goddard eine große Zukunft.«

Der junge Mann, der Carson Lusk gewesen war, lächelte. Eine große Zukunft fürwahr. Die Welt hatte keine Ahnung, was ihr bevorstand.

Kapitel 7: **Der letzte Tag der Sterblichkeitsära**

Co-Autor David Yoon

»Kunst bedeutet, sein Herz in den Händen zu halten und sich zu fragen, wie zum Teufel es dort hingekommen ist«, sagte Ms. Cappellino. Sie richtete ihr Schultertuch, spannte es dabei einen Moment lang breit aus, als könne sie alle ihre vier Schüler darin einwickeln, und zog es dann wieder eng um ihren Körper. Das tat sie immer, wenn sie für ihren Kurs zu solchen Erklärungen anhob. Deshalb stellten ihre Schüler sich stets darauf ein, genau mitzuschreiben, was sie sagte, wenn sie ihr Schultertuch zurechtrückte. Nicht weil das Gesagte abgeprüft werden würde, sondern weil es ein Stück Weisheit war, das zu merken sich auf jeden Fall lohnte.

Mortimer Ong strich nachdenklich mit den Fingerspitzen über seinen Bürstenschnitt. Er musste es ehrlich gesagt gar nicht aufschreiben, weil er sich sicher war, dass er sich daran erinnern würde. Er spürte, was sie meinte, so wie er die Gemälde im EastMerican Regional Museum of Art spürte: Er nahm ihre Botschaft unter Umgehung aller Schichten von Interpretation einfach in sich auf.

Morty liebte Ms. Cappellinos Kurs. Erstens hatte er nur vier Teilnehmer, so dass die Atmosphäre vertraut und persönlich war. Zweitens war Ms. Cappellino wahrhaftig eine Lehrerin alter Schule – und in der Kunst war die alte Schule das Einzige von Wert. Das fand zumindest Morty. Er blickte zu seiner Freundin Trina an ihrem Arbeitstisch, und an dem Grinsen, das sie zurückwarf, erkannte er, dass sie den Kurs genauso liebte wie er. Aber nicht alle verstanden Ms. Cappellino so intuitiv wie Morty und Trina.

»Das kapier ich nicht«, sagte Wyatt hinter Morty, ohne auch nur von dem Unsinn aufzublicken, an dem er gerade auf seinem blinkenden Tablet herumdaddelte.

Wynter – Wyatts Zwillingsschwester – schnippte ihm einen Radiergummi an den Kopf. »Sie meint, dass Kunst Dinge ausdrücken kann, die man mit Worten nicht sagen kann.«

Wyatt stieß ein angewidertes Schnauben aus, als hätte er die Innereien gerochen, die diesen Ort einmal gefüllt hatten – denn ihr vornehmes Kunstinternat war früher ein ziemlich unvornehmes Schlachthaus gewesen. Man stelle sich vor, ein ganzes Gebäude voller toter Tiere ... Geschichte war nichts als eine Folge sonderbarer Gewohnheiten, die für andere sonderbare Gewohnheiten aufgegeben wurden.

Ms. Cappellino war achtundsiebzig Jahre alt – um Jahrzehnte die älteste Lehrerin an der Mischler Art Academy. Alt genug, um in der Zeit vor Naniten und Ambudrohnen aufgewachsen zu sein, als der Thunderhead noch nicht mehr war als die »Cloud«. Wie war es wohl, noch enge Freunde und Verwandte gehabt zu haben, die an Krebs oder Autounfällen gestorben waren? Die Frau hatte Dinge gesehen, die niemand je wieder sehen würde. Zugegeben, auch Mortys Eltern waren noch sterblich geboren, doch das hatte der Thunderhead korrigiert, als sie noch jung waren. Trotzdem fand Morty es immer schwieriger, sich mit seinen Eltern zu identifizieren. Seinen Freunden ging es ähnlich. Schließlich war Mortys Generation die erste, die unsterblich geboren war. Das war mehr als eine Kluft zwischen Generationen, es war die Trennlinie zwischen zwei Epochen.

Morty erwartete, dass Ms. C jeden Moment ihr verstaubtes Schultertuch ablegen, über den Berg kommen und sich auf vierzig resetten lassen würde. Das machten dieser Tage alle – aber sie nicht. Morty hatte sie einmal gefragt, warum nicht.

»Man spannt die Leinwand nur so weit, wie das Werk es verlangt«, hatte sie mit einem entschlossenen Zurechtrücken ihres Schultertuchs erklärt.

Ms. Cappellino war die unbeliebteste Lehrerin an der Mischler Art Academy. Sie galt als schwierig. *Aufsässig*, hatte Morty einen der anderen Lehrer einmal über sie sagen hören. Aber diese anderen Lehrer hätten genauso gut Roboter sein können. Sie konnten einem Schritt für Schritt zeigen, wie man einen perfekten Rothko schuf: Fülle die Leinwand mit Farbe, füge zwei andersfarbige Rechtecke hinzu, lass sie an den Seiten ausfransen und voilà. Aber einen solchen Rothko würde Ms. Cappellino zerreißen. Sie verlangte von ihren Schülern zu malen, was Rothko als *Nächstes* gemalt hätte, wenn er noch leben würde.

An dem Punkt wählten die meisten ihren Kurs ab.

Der Thunderhead empfahl das Kunstinternat gern als erfüllende Beschäftigung, aber die Empfehlungen für den Lehrkörper basierten ausschließlich auf Bewertungen der Schüler – und da die meisten von ihnen mit echter Kreativität nichts anfangen konnten, wurde Ms. Cappellinos Name immer seltener genannt.

Für das kommende Semester wurde sie exakt null Studenten empfohlen. Das bedeutete, Mortys Kurs würde ihr letzter sein. Am Ende des Semesters würden er und die anderen ihren Abschluss machen, Ms. Cappellino würde nach fünfundfünfzigjähriger Lehrzeit in den Ruhestand gehen. Und die Mischler Art Academy samt ihrer Fabrik von Rothko-Kopien würde nach vorn schauen.

Morty wollte sein wie Ms. Cappellino, wenn er alt war. *Falls* er alt werden würde. Eins von Ms. Cs Gemälden hing im Guggenheim; und sie lehrte ihre Schüler, nichts weniger als *diese* Art von Unsterblichkeit anzustreben.

Aber insgeheim fürchtete Morty, dass er es nicht in sich hatte. Auch wenn er theoretisch eine grenzenlose Lebensspanne Zeit hatte, seine Technik zu verfeinern, war er sich nicht sicher, ob er ein solches Niveau erreichen konnte. Ja, die Menschheit hatte ein Heilmittel gegen den Tod erfunden, doch das bedeutete nur, dass er eine Ewigkeit Zeit hatte, an diesem Anspruch zu scheitern. Was würde das mit ihm machen? Würde ihn seine Leidenschaft verlassen? Würde die Flamme seiner eigenen Kreativität ersticken ohne einen Wind, der sie anfachte? Ms. C beklagte häufig, dass Kunst mehr und mehr von immer weniger handelte. Was würde passieren, wenn es um gar nichts mehr ging?

»Wir kommen zu eurer Abschlussarbeit«, erklärte Ms. Cappellino ihrem Kurs zwei Wochen vor Ende des Schuljahres. »Denkt sorgfältig darüber nach, denn sie wird den stärksten Ausschlag für die Festlegung eurer Endnote haben.«

»Jetzt kommt's«, sagte Trina und wappnete sich innerlich.

»Ich kann den Kurs jederzeit im Sommer wiederholen«, murmelte Wyatt. Alle wussten, was er eigentlich meinte: Er konnte den Kurs bei einem weniger strengen Dozenten wiederholen.

»Das ist keine Ausrede dafür, es nicht zu versuchen«, erklärte Wynter. »Es ist schließlich nicht so, als wäre dieser Kurs nur zum Spaß.«

Aber war es das nicht eigentlich doch?

Wenn man alle Zeit der Welt hatte zu lernen, was immer man wollte – wie es die Menschen jetzt taten –, verlor das Wissen dann nicht seinen Sinn? Und wenn alles nur noch zum Spaß war, war dann irgendetwas ernst?

»Wynter hat recht«, sagte eine Stimme von der Tür. »Du musst dich trotzdem anstrengen, Wyatt.«

Alle blickten auf.

In der Tür stand eine Scythe.

Eine Scythe!

Sie hatte langes dunkles, lockiges Haar und trug eine gesteppte Robe mit wiederkehrenden fraktalen Mustern in Rot und Himmelblau.

»Ihr müsst euch alle vier für eure Kunst anstrengen. Von euch wird nichts weniger als das Beste erwartet«, sagte sie und blickte jedem von ihnen nacheinander in die Augen.

Allen stockte der Atem. Morty bemerkte unwillkürlich ein Blitzen von Stahl in einem Halfter unter ihrer Robe. Wie die meisten Menschen war er noch nie einer Scythe begegnet. Ihr Orden – ja, ihre gesamte Mission – war noch ziemlich neu für die Welt. Das Scythetum hatte erst vor dreißig Jahren seine Herrschaft über den Tod erklärt. Angefangen hatte es mit den zwölf Gründerscythe, aber inzwischen gab es Hunderte Scythe auf der ganzen Welt verteilt, und täglich wurden neue berufen. Nach den Gesetzen der Logik war es nur eine Frage der Zeit, bis man einem von ihnen begegnete – aber bedeutete eine Begegnung auch, dass sie hier war, um jemanden zu töten? Nein – nicht töten. Wie hieß noch das Wort, mit dem Scythe das Beenden eines Lebens bezeichneten? *Nachlesen.*

»Es ist eine wahre Ehre, Sie kennenzulernen, Ms. Cappellino«, schnurrte die furchteinflößende Frau und betrat den Raum. »Ich bin Scythe Af Klint.«

Ms. C richtete ihr Schultertuch. »Af Klint«, wiederholte sie. »Nach der schwedischen theosophischen Künstlerin, nehme ich an.«

Die Scythe schien schwer beeindruckt von der Antwort. »Freut mich, dass sie Ihnen ein Begriff ist. Offenbar erinnern sich nur noch wenige Menschen an das Genie von Hilma Af Klint. Ich habe sie als meine Historische Patronin ausgewählt, um sie davor zu bewahren, in Vergessenheit zu geraten.«

»›Historische Patronin‹«, sagte Ms. Cappellino. »Der Ausdruck gefällt mir. So viel eleganter als ›Namensgeberin‹.«

Morty spürte, wie sein Bewusstsein sich zu einem unendlich langen und unendlich dünnen Faden spannte. War heute der letzte Tag seiner Existenz? Würden sie alle nachgelesen werden? Er blickte zu Trina. Sie drückte sich an ihren Arbeitstisch, wie er selbst auch, bemerkte Morty, als er nach unten blickte. Trinas Hand war nur Zentimeter entfernt. Er sehnte sich danach, sie zu ergreifen, und es war viel schlimmer als sein übliches Verlangen, Trinas Hand zu halten.

Ms. Cappellino hingegen wirkte kein bisschen beunruhigt.

»Darf ich Ihnen einen Tee anbieten, Euer Ehren?«, fragte sie. »Oder vielleicht etwas Kaltes?«

Scythe Af Klint lehnte das Angebot mit einem Flattern ihrer Finger ab und blickte dann über Mortys Schulter auf den Bildschirm seines Tablets. »Darf ich?«, fragte sie.

»Ähm ... ja ... sicher.« Morty trat zur Seite, und sie begann, sich durch sein gesamtes Portfolio zu wischen.

Zuzusehen, wie eine Scythe das eigene Werk betrachtete, war ein unbeschreibliches Gefühl – als würde man von einem Scheinwerfer erfasst, der so hell leuchtete, dass er einem die Haut vom Körper brennen konnte. Morty wollte seine Kunst verleugnen, seinen Namen ändern und in einer Mauerritze verschwinden.

Der Blick der Scythe war streng. Sie ging weiter und betrachtete auch Trinas, Wynters und Wyatts Arbeiten.

»Ihr bemüht euch alle, aber ihr habt es noch nicht begriffen«, sagte sie und verzog mürrisch das Gesicht. »Diese Akademie widert mich an. Alle haben vergessen, was echte Kunst ist.«

In diesem Moment schob Morty seine Finger zwischen Trinas, die schwer atmete. Er sah sie an.

»Alle machen nette kleine digitale Zeichnungen«, fuhr Af Klint fort. »Die Richtung, in die diese neue Welt sich bewegt, ist offensichtlich: direkt ins Reich des ›Gefälligen‹ und niemals darüber hinaus. Nie wieder wird die Kunst das Erhabene erreichen.«

»Nicht alle haben es vergessen«, wagte Ms. Cappellino es, der Scythe zu widersprechen.

Aber anstatt wütend aufzubrausen, lächelte Af Klint. »Nun, alle außer Ihnen, Belinda.« Die Scythe ging langsam auf ihre Lehrerin zu. »Außer Ihnen, die Sie Ihre Schüler nicht nur auf Leinwand arbeiten, sondern diese Leinwände auch noch selbst spannen und grundieren lassen. Sie, die Sie die Feindschaft all Ihrer Kollegen auf sich gezogen haben, weil Sie wider alle Vernunft nicht das Zweckmäßige, sondern das Schwierige tun. Sie, die Sie einen ehrenwerten Kampf kämpfen, um an etwas festzuhalten, das vielleicht schon verloren ist.«

Ms. Cappellino atmete tief ein und schloss die Augen. »Sagen Sie uns einfach, für wen Sie gekommen sind.«

Scythe Af Klint trat bedrohlich nahe an Ms. Cappellino heran und berührte ihr Schultertuch. »Selbst gehäkelt.«

»Von einer ehemaligen Schülerin«, erwiderte Ms. Cappellino.

Af Klint nickte stoisch und machte einen Schritt zurück. »Ich glaube nicht, dass ich heute irgendjemanden nachlesen werde, Belinda. Sehen Sie, ich habe Sie und Ihre Studenten beobachtet. Ihr Kurs ist der Einzige an dieser ganzen lächerlichen Akademie, der ein wenig Hoffnung macht. Überwiegend jedenfalls.«

Sie warf einen verächtlichen Blick auf Wyatts Tablet und dann zu Wyatt selbst, der – ungeachtet seiner dichten grünen Locken, seiner Elektrojacke und all seiner Coolness – wimmerte, wie es jedes menschliche Wesen tun würde. Hektisch schaltete er sein Tablet aus, als würde damit auch ihr Fadenkreuz verschwinden.

Aber Scythe Af Klints Blick schien ins Leere abzuschweifen.

»Ich war nie eine Künstlerin«, sagte sie. »Ich hatte keinen Funken Talent – aber eine geschulte Wahrnehmung. Kunst hat mich seit meiner Kindheit bewegt, wie nichts sonst es vermochte. Aber es ist beinahe unmöglich, neue Kunst zu entdecken, die mich so bewegt.«

»Deshalb sind Sie hier!«, platzte Morty heraus. »Sie wollen sehen, ob unsere Kunst Sie berührt. Sie sind auf der Suche nach einer Künstlerin oder einem Künstler, die das noch können.«

Die Scythe lächelte und zeigte mit dem Finger auf ihn.

Trina zog instinktiv ihre Hand zurück.

»Mortimer Ong, ich muss dich im Auge behalten«, sagte sie. »Du bist einsichtsvoller, als gut für dich ist.«

Mortys leere Handfläche kühlte rapide ab. »Vielen Dank, Euer Ehren«, sagte er unsinnigerweise.

Er dachte immer noch an Trina. Er machte ihr keine Vorwürfe, dass sie ihre Hand weggezogen hatte. Angst mochte ein kaltes Gefühl sein, aber bei Berührung war sie glühend heiß.

Scythe Af Klint richtete sich gerader auf und zupfte am Saum ihrer Robe. »Ich bin hier, weil ich möchte, dass ihr mir eine Freude macht. Ich möchte aus eurer Abschlussarbeit einen kleinen Wettbewerb machen. Am Ende dieser letzten zwei Wochen wird der Künstlerin oder dem Künstler, die oder der am besten bewertet wird, ein Jahr Immunität von Nachlese gewährt.« Sie drehte nachdenklich ihren Ring. »Wie klingt das?«

Wie das klang? Es klang wie ein Albtraum im Wachzustand. Morty hatte das Gefühl, dringend eine Frage stellen zu müssen. Er ballte die Fäuste und löste sie wieder. »Verzeihung, Euer Ehren, aber was meinen Sie mit *am besten?*«

Die Scythe lächelte kryptisch wie eine düstere Mona Lisa. »Ich meine ein Kunstwerk, das der vorangegangenen Meister würdig ist.«

Wynter – deren Anwesenheit Morty fast vergessen hatte – fing an zu stammeln. »Aber … aber …«

»Wynter!«, zischte Ms. Cappellino und faltete besänftigend die Hände. »Euer Ehren, wir nehmen selbstverständlich mit dem größten Vergnügen teil.«

Nun brachen bei Wynter alle Dämme. »Aber was passiert mit denjenigen, die nicht gewinnen? Und was passiert, wenn keiner gewinnt?«

Scythe Af Klint ging entschlossenen Schrittes zur Tür. »Du stellst sehr gute Fragen. Das ist das Kennzeichen einer echten Künstlerin. Die falschen Künstler glauben, dass sie schon alle Antworten kennen.«

Und damit war sie verschwunden. Der Raum atmete aus.

Und Wyatt fing an zu brüllen. »Wynter hat recht! Scythe tauchen nicht einfach so zum Spaß auf! Sie erscheinen nur aus einem Grund! Einer von uns wird nachgelesen werden!«

»Oder wir alle«, stöhnte Trina und brachte den Raum zum Schweigen. Denn sie hatte recht.

»In traditionellen Medien bin ich beschissen«, sagte Wyatt. »Meine Leinwände sind schief, meine Aquarellfarben bluten aus. Ich bin so was von tot!«

»Nun seid mal alle still«, sagte Ms. Cappellino.

Der Raum kam plötzlich zum Stehen, als wären die Rädchen in allen Gehirnen blockiert worden.

»Wir müssen tun, was sie verlangt«, sagte Morty schließlich. »Ihr wisst, was passiert, wenn wir es nicht tun.«

Ms. Cappellino spannte die Lippen und nickte. »Euch bleibt keine Wahl«, sagte sie. »Ihr müsst alle euer bestes Werk schaffen … und dann auf das Beste hoffen.«

»In Anbetracht der … Situation«, erklärte der Direktor ihnen später am selben Tag, »seid ihr vier von euren übrigen Kursen entschuldigt, bis euer Projekt fertig ist.«

Das konnte Morty als Letztes brauchen. Die anderen Kurse waren eine dringend benötigte Ablenkung von dem Stress der Aufgabenstellung. Und als seine Eltern davon erfuhren – natürlich erfuhren sie es –, riefen sie ihn in kontrollierter Panik an. Sie quollen über vor Schuldgefühlen und Reue, weil sie ihn auf ein Internat geschickt hatten, außerdem vor Angst um sein Leben. Er musste sie beruhigen und ihnen versichern, dass schon alles okay werden würde. Er war derjenige, dessen Leben womöglich in Gefahr war, doch *er* musste *sie* trösten.

Am nächsten Morgen wusste jeder in der Schule von dem Wettbewerb. Morty stellte fest, dass ihre Mitschüler sie mieden, als wären sie nicht nur todgeweiht, sondern als könnte das auch irgendwie ansteckend sein.

»So viel zur Unsterblichkeit«, murmelte Wyatt, als sie sich an die Planung ihrer Projekte machten, und Wynter gab ihm einen härteren Klaps als üblich.

»Mach es nicht noch unnötig schwieriger«, sagte sie.

Morty kramte in den verschiedenen Boxen mit Pinseln, Schwämmen und Farben. Es gab Pastellkreide, Bleistifte und Tusche. Filzstifte in allen erdenklichen Farben, die allerdings wegen Nichtbenutzung ausgetrocknet waren. Schließlich griff er nach den vertrauten Tuben mit Ölfarben und kippte dabei die ganze Kiste aus.

Trina bückte sich, um ihm zu helfen, die Tuben wieder einzusammeln. Dabei stießen sie mit den Schultern zusammen.

»Ich bin so ein Tollpatsch«, sagte Morty.

»Warum wohl?«, sagte Trina.

Erst als sie seine Hände fasste, merkte Morty, wie heftig sie gezittert hatten.

»Wir kommen da irgendwie durch.«

Morty blickte sie an. »Wie kannst du dir da sicher sein?«

Sie grinste ihn schräg an und flötete: »Ich fühle es einfach.«

Ich fühle es einfach war eine Phrase, auf die sie zurückgriffen, wenn sie zu faul (oder zu dumm) waren, um zu erklären, warum sie sich für eine bestimmte Bildkomposition, Farbe oder Technik entschieden hatten. Die Lehrer – inklusive Ms. Cappellino – verdrehten darüber verlässlich die Augen, und im Laufe der Jahre war es ihr kleiner Insiderwitz geworden. Und selbst kleine Witze werden Klassiker, wenn man lange genug über sie lacht.

Derweil klammerte Wyatt sich an sein Tablet wie an eine Rettungsdecke. Er durchsuchte hektisch die Kunstdatenbanken des Thunderhead. Dabei bot ihm der Thunderhead selbst keinerlei Unterstützung an, weil es sich jetzt um eine Scythe-Angelegenheit handelte.

»Ich bin so was von am Arsch«, murmelte Wyatt. »Ich finde nichts, was ich zeichnen kann.«

Ms. Cappellino beobachtete ihn eine volle Minute, bevor er es bemerkte.

»Was?«, fragte er mit gespielter Naivität. Er wusste genau, was bei Ms. Cappellino *was* war.

Sie starrte ungehalten auf den Bildschirm seines Tablets.

»Dies wäre vielleicht ein guter Zeitpunkt, deine Äffchenspiegel, Blindenbrillen und anderen digitalen Keulen der Konformität beiseitezulegen.«

Aber Wyatt war nicht zu besänftigen.

»Warum versuchst du nicht etwas mit Ölfarben?«, schlug sie vor.

»Ich habe Öl- und Wasserfarben hier«, sagte Wyatt und wies auf sein Tablet. »Das sollte für die Scythe genauso zählen.«

Wynter schüttelte den Kopf. »Bildschirme strahlen Licht aus. Farbe reflektiert das Licht. Das ist etwas anderes.«

»Und«, fügte Trina hinzu, »Sachen aus dem Thunderhead aufzurufen ist nicht direkt originell, oder?«

»Ich benutze den Thunderhead nur zur Inspiration«, sagte Wyatt übertrieben verzweifelt. »Am Ende wird schon ein Original dabei herauskommen.«

»Aber noch öfter enden deine ›Starts‹ mit ›Bruchlandungen‹«, sagte Wynter.

Wyatt und Wynter begannen eins ihrer erbitterten wortlosen Blickduelle, die offenbar eine Eigenart von Zwillingen war.

»Können wir bitte einfach arbeiten?«, sagte Morty. »Ihr beiden stresst mich.«

Ms. Cappellino klatschte zweimal in die Hände. »Ja. Konzentration! Dies muss nicht an einem Tag erledigt werden. Findet euer Thema, wählt euer Medium. Beschäftigt euch heute nur mit den Vorbereitungen. Der Rest wird schon kommen.«

Aber Morty konnte sich nicht konzentrieren. Zwei Wochen Zeit, um irgendein nicht näher bestimmtes Meisterwerk für eine Scythe zu schaffen? Es war unmöglich.

Er blickte über die Schulter zu Trina. Sie bastelte emsig etwas aus Pappe – eine große Kiste – und wirkte dabei seltsam ruhig und präzise. Ihre Sorgfältigkeit war eins der Dinge, die Morty am meisten an ihr mochte. Er fand es schon beruhigend, ihr nur zuzusehen. Als sie seinen Blick bemerkte, wandte er sich ab.

Die Stunden verstrichen so langsam wie der Regenschauer, der gegen die jahrhundertealten Fensterscheiben prasselte. Angeblich lernte der Thunderhead, das Wetter zu beeinflussen, um Gefahren und Schäden durch extreme Wetterbedingungen zu minimieren – was mit den Gefahren auch das Drama eliminieren würde –, aber bis auf weiteres lieferte der Sturm einen düsteren Hintergrund, der das verworrene Gewebe ihrer Gefühle noch dichter machte.

Am Ende des Tages kam Ms. Cappellino, die sie den Tag über meist in Ruhe arbeiten ließ, um die Arbeiten ihrer Schüler zu betrachten, bevor sie in ihre Schlafräume gingen.

Sie begann bei Wynter, deren Tisch mit zerschnittenen Papierbögen übersät war.

»Ich schaffe die beliebtesten Werke der im Thunderhead archivierten Kunst neu, aber von Hand und in einem überdimensionalen Maßstab«, sagte Wynter mit ihrer charakteristischen, weit ausholenden Geste.

Ms. Cappellino zögerte. »Erkläre mir, inwiefern das nicht nur die Imitation von Kunst ist.«

»Es ist eine Aussage darüber, dass der kreative Instinkt nie auf einen Algorithmus reduziert werden kann. Oder so ähnlich.«

Ms. C wirkte weiter skeptisch, ließ es jedoch auf sich beruhen. »Ich freue mich darauf, mich von der Ausführung deiner Idee begeistern zu lassen.«

Als Nächstes ging Ms. C zu Trina, die sie durch ihren großen Karton anblickte.

»Das wird eine Camera obscura, die ein Bild dieses Raumes auf Pergamentpapier wirft, das ich nachzeichnen kann.«

»Klingt phantastisch«, sagte Morty.

Trina warf ihm ein kurzes Lächeln zu, das ihn beinahe rot werden ließ.

»Will irgendjemand wissen, woran ich arbeite?«, fragte Wyatt.

»Nein«, sagte Wynter.

»Ich probiere InstaKahlo aus«, sagte er.

Ms. Cappellino kniff sich mit tiefem Überdruss in den Nasenrücken. »Will ich überhaupt wissen, was InstaKahlo ist?«

»Das ist dieser Knopf hier«, sagte Wynter und zeigte auf die Kunst-App auf seinem Tablet. »Ich habe auch PicassoFace und Pointillist Pro installiert und Banksify ...«

»Fein. Das ist wundervoll«, bemerkte Ms. Cappellino ausdruckslos, die offenbar nicht wieder gegen die Wand rennen wollte, gegen die sie bei Wyatt immer rannte.

Trina reckte den Hals in Richtung Mortys Arbeitstisch. »Und woran arbeitest *du?*«

Morty beugte sich schützend über seinen Skizzenblock. »Ich bin noch nicht bereit, es zu zeigen.«

»Nur einen kurzen Blick?«

Sein Herz geriet kurz aus dem Takt, weil er ihr natürlich alles zeigen wollte. Doch er kauerte weiter über seinen Entwürfen. »Ich meine, ich habe noch gar nicht richtig angefangen.«

Ms. Cappellino war derweil auf die andere Seite gegangen, wo sie einen freien Blick auf seinen Skizzenblock hatte. Kurven und Linien. Die minimale Andeutung von Zügen und Konturen. Kaum mehr als Studien der menschlichen Gestalt. Aber Ms. Cappellino hatte darin offenbar irgendetwas gesehen, denn sie nickte zustimmend und legte sanft ihre Hand auf Mortys Schulter.

»Weiter so«, sagte sie.

In den nächsten Tagen blieb es kalt und regnerisch. Morgens standen sie draußen in der eiskalten Feuchtigkeit und warteten, dass Ms. C ihnen das Atelier aufschloss, das sie vor diesem hochwichtigen Projekt nie verriegelt hatte.

»Warum? Glauben Sie, wir werden unsere Arbeiten gegenseitig sabotieren?«, fragte Wyatt.

»Dir würde ich das glatt zutrauen«, sagte seine Schwester.

Ms. Cappellino seufzte. »Die Presse hat Wind von dem Wettbewerb bekommen. Wir wollen nicht, dass Fotografen heimlich Bilder von euren Arbeiten schießen, bevor sie fertig sind.«

»Die Presse?«, fragte Trina ungläubig.

Morty hatte schon vermutet, dass diese Sache einen Medienrummel auslösen könnte. »Eine Scythe, die einen Wettbewerb veranstaltet, ist eine große Geschichte. Jeder will wissen, wer gewinnt.«

»Und wer nachgelesen wird«, fügte Wyatt hinzu.

Ms. C fummelte mit ihren Schlüsseln und schnaubte gereizt. »Nichts deutet darauf hin, dass überhaupt jemand nachgelesen wird.«

Dann öffnete sie die Tür, und alle stürmten in das Atelier.

Für Morty fühlte es sich an wie ein Rennen nach nirgendwo. Er füllte hektisch ein Skizzenblatt nach dem anderen und verwarf seine Entwürfe noch schneller wieder. Die Farbtuben hatte er noch nicht einmal angerührt. Aber er hatte eine Idee. Ein Akt. Etwas, das er schon oft gemalt hatte. Morty mochte Aktgemälde, aber nicht so, wie manche vielleicht erwarten würden. Ein vulgärer Geist könnte darin vielleicht etwas Fragwürdiges sehen, aber für Morty hatte der Akt etwas Reines. Er war fasziniert von der Eleganz und Schönheit des menschlichen Körpers in allen Variationen. Jung, alt, schlank oder füllig, männlich oder weiblich, das spielte keine Rolle. Aber was war daran originell? Vermutlich wäre er besser dran, wenn er nach dem Infinite-Monkey-Theorem eine Horde Affen Farbe auf eine Leinwand werfen lassen würde, bis eine erkennbare Gestalt sichtbar wurde.

Er stellte sich vor, wie Scythe Af Klint nach Beendigung ihres Wettbewerbs mit einem langsam breiter werdenden Grinsen unter ihrer Kapuze und blitzendem Stahl in der Hand vor seiner leeren Leinwand stehen würde.

Er sah sich in dem Atelier um. Für einen ahnungslosen Beobachter sahen die Schüler aus wie vier junge leidenschaftliche Künstler. Vielleicht waren sie das auch, aber getrieben wurden sie von Angst.

Fürchte dich nicht vor dem Tod, hatte Morty einmal gelesen, *denn ist er nicht einfach dasselbe Nichts, aus dem wir einst herausgetreten sind?*

Früher fand er diesen Satz logisch. Jetzt nicht mehr.

Wynter schnitt für ihr mysteriöses Assemblage-Projekt hyperlogisch und zwanghaft wie immer identische geometrische Formen aus schwerem Papier aus. Sie hatte ihren Arbeitsbereich sogar mit einem Laken verhängt.

Trina blieb hinter ihrem großen Karton versteckt und fummelte mit einer Pinselspitze darin herum, die nicht größer war als ein Reiskorn. Eine provisorische Blende verdeckte Morty die Sicht auf ihr Werk. Aber Trina trank Kakao aus einer Flasche und sah beinahe so aus, als hätte sie Gefallen an ihrer Arbeit.

Wyatt schlug sich alle zehn Minuten mit dem Tablet an die Stirn wie eine Art mittelalterlicher Flagellant. Irgendwann brach seine coole Fassade komplett zusammen, er fing an zu weinen und verschmierte Mascara auf seinem Ärmel. »All diese Filter sind zu nichts zu gebrauchen«, jammerte er. »Ich habe buchstäblich nichts.«

Wynter stoppte ihre Ausschneidearbeiten. Sie wirkte seltsam mitfühlend, und Morty begriff plötzlich, dass die beiden eine gemeinsame Kindheitsgeschichte hatten, die tiefer ging als bloße Feindseligkeit und Rivalität.

»Wechsle das Medium«, riet sie ihm leise.

»Aber das *ist* mein Medium«, beharrte Wyatt. »In etwas anderem bin ich nicht gut.«

Wynter verzog ihr Gesicht. »Ich hasse es, wenn du diese Trotzhaltung aufsetzt.«

»Was für eine Trotzhaltung?«

»Als gäbe es nichts, was du noch lernen musst.«

Morty presste die Hände an die Schläfen. »Leute, bitte.«

Wyatt starrte ihn wütend an. »Tut uns leid, wenn wir deine wichtige Arbeit stören! Was soll das überhaupt sein?«

Morty blickte auf seinen Skizzenblock. Er hatte nichts weiter gezeichnet als zwei große Kreise, wieder und wieder.

Wyatt lachte. »Vielleicht habe ich doch eine Chance, diese Sache zu überleben.«

Morty knüllte das Blatt zu einer kleinen Kugel zusammen. »Was soll das heißen?«

Wyatt öffnete den Mund zu einer vernichtenden Bemerkung, doch Morty stoppte ihn, indem er ihm die Papierkugel ins Gesicht warf und gegen Wyatts Arbeitstisch stieß.

»Aufhören!«, brüllte Ms. Cappellino. »Alle sofort aufhören.«

Dichte angespannte Stille senkte sich über den Raum.

»Ich bestelle uns ein Publicar. Wir fahren ins Museum. Zur Inspiration.«

»Ich muss arbeiten«, sagte Morty.

»Du brauchst Inspiration«, sagte Ms. C. »Die braucht ihr alle.«

Schließlich brach Trina das nachfolgende Schweigen. »Ich habe gehört, im Museumscafé soll es den leckersten Kuchen geben.«

Morty blickte zu Wyatt und ließ die Schultern hängen. Er musste sich daran erinnern, dass nicht Wyatt der Feind war.

Er ging zu ihm und hielt ihm eine Faust hin. Wyatt nahm die Entschuldigung mit einem Fistbump an, zeigte aber gleichzeitig mit dem Finger auf Morty. *Pass auf.*

Das stupsnasige Vehikel gondelte über breite feuchte Straßen, über endlose grüne Hügel. Das Gras war platt gedrückt und dunkel vom Sturm und dem unablässigen Regen. Die Landschaft war wunderschön, weil es kaum Spuren menschlichen Lebens gab. Morty dachte an all die Pflanzen, die vor den Menschen existiert hatten, ohne dass jemand sie klassifiziert oder gegessen hatte. Eine Vorstellung, die sich wie Leere oder Fülle anfühlte, wie alles und nichts.

Angenommen, er überlebte diesen lächerlichen Wettbewerb. Angenommen, irgendwie überwand er seine Blockade und gewann. Dann würde ihm ein Jahr Immunität gewährt werden, ein rares Geschenk.

Aber was würde er damit anfangen?

Würde er das Jahr mit Malen verbringen?

Würde er überhaupt mit der Kunst weitermachen oder jedes Interesse daran verlieren?

Würde er auf endlosen grünen Hügeln liegen und zwölf Monate lang dem Rascheln der Grashalme lauschen? Morty gehörte zu den Ersten einer neuen Generation, die bis in alle Ewigkeit im Gras liegen konnten, wenn sie wollten.

Aber wahre Unsterblichkeit gab es immer noch nicht, wenn man darüber nachdachte. Denn solange Scythe existierten, existierte auch der Tod. Deswegen wünschte sich jeder ein Jahr Immunität. Denn tief im Innern wussten die Menschen, dass noch erschreckender als der Tod selbst die *Angst vor ihm* war. In einer Welt, in der der Thunderhead so ziemlich alles wusste, was es zu wissen gab, war der Tod eine der wenigen verbliebenen Unbekannten. Vielleicht hatte der Thunderhead sich auch deswegen von dem Konzept als solchem losgesagt und zugelassen, dass der Tod eine Domäne der Menschen blieb, die von den Scythe gepflegt und erhalten wurde. Die sogenannte Unsterblichkeit der Menschheit hatte lediglich eine unmögliche Frage – *Was mache ich mit meiner kurzen Zeit auf der Erde?* – durch eine andere genauso unmögliche Frage ersetzt:

Was mache ich mit mehr Zeit, als ich je brauchen werde?

Im EastMerican Regional Museum of Art – einem mit Wandgärten abgemilderten, imposanten Triumph neobrutalistischer

Architektur – herrschte wie immer an ruhigen Wochentagen eine heitere Stille.

»Nehmt euch eine Stunde Zeit, dann treffen wir uns im Café«, sagte Ms. Cappellino. »Bis dahin werft euren Geist aus wie ein Netz und lasst ihn so viel wie möglich einfangen.«

Damit überließ sie ihre Schüler sich selbst.

Wyatt war der Einzige, der sein Tablet mitgebracht hatte. »Vor dem ShapeVerse ist keine Schlange!«, rief er und trieb sie zu einer zimmergroßen weißen Box.

Die Box erkannte sie sofort und bot ihnen alle möglichen Tools zum Anklicken an. Übertriebene ätherische Streifen, die den Kosmos (oder was auch immer) evozieren sollten, hingen in der Luft. Die ShapeVerse-Installation erinnerte Morty an einen Kindergarten, in einer maßstabsgerecht vergrößerten Version, die auch Erwachsenen erlaubte, ihren Spaß zu haben.

»Wir sollen nach Inspiration suchen, nicht nach Ablenkung«, sagte Wynter.

»Kannst du nicht einfach mal lockerlassen, Wynter?«, fragte Wyatt. »Ich meine, ich weiß, warum wir alle hier sind, aber kannst du ausnahmsweise mal eine verdammte Sekunde loslassen?«

Sie gab widerwillig nach und streifte ihre Unnachgiebigkeit mit einem dramatischen Seufzer ab. »Gut«, sagte sie. »Bauen wir einen Wald.«

»Mit Zombies und Raumschiffen«, sagte Wyatt.

»Wie alt bist du noch mal?«, fragte sie ihren Bruder – aber jetzt lächelte sie.

Ein Blick zu Trina verriet Morty, dass sie sich genau wie er zu alt für ShapeVerse fühlte. Während die Zwillinge streitend eine bunte Welt aus vorgestanztem Trash hinklatschten, trat Morty mit Trina aus der weißen Box in die Stille des langen Korridors, der zu der Permanenten Sammlung führte. Das war Mortys

Lieblingsflügel, alt und bei Besuchern sonst wenig beliebt, weil alle Werke dort zweidimensional und unbeweglich waren, erschaffen lange vor 2042, dem Jahr, in dem der Thunderhead zu Bewusstsein gekommen war und sich alles geändert hatte.

Die Permanente Sammlung war wie eine düstere glänzende Höhle, erleuchtet von gelben Laternen. Sie betraten den Raum, als wäre er heilig.

Trina atmete tief ein, und ihre Gesichtszüge lösten sich. »Dieser Geruch!«

Morty erkannte ihn auch – einen Geruch von alten Gemälden und dem Holz ihrer Rahmen. Selbst nach Hunderten von Jahren sprachen diese Werke die Sinne auf mehr als einer Ebene an.

Sie schlenderten in wortlosem Staunen, vorbei an Porträts alter Menschen in aufwendigen Kostümen und Bildern von verschneiten und vereisten Landschaften, wie sie damals offenbar ein gewöhnlicher Anblick waren.

Wie viele dieser Werke waren im Thunderhead zu Tode kopiert und verwurstet worden? Vielleicht kam deshalb niemand mehr, um die Originale zu betrachten. Sie hatten ihren kulturellen Wert verloren, so wie die Währung eines untergegangenen Landes oder eine veraltete Redensart. Für Morty war es eine Schande. Wurde die Existenz dieser Werke nicht gewissermaßen ausgelöscht, wenn niemand mehr herkam, um sie zu betrachten? Was würde als Nächstes verschwinden? Morty würde alles vermissen, sogar die besonders merkwürdige Kunst, die seine *Gefühle* ansprach, ohne dass er sie erklären konnte.

Wie das Gemälde einer großem verschwommenem Kaffeetasse, das gleichzeitig furchteinflößend und nahbar wirkte.

Oder das massive Spülbecken, bei dem Hahn und Abflussrohre fehlten, offenkundig ein Stück Müll, dessen bloßer Anblick Morty trotzdem das Herz brach.

Er mochte die Permanente Sammlung, weil sie keine Antworten bot, sondern nur Fragen aufwarf. Auf der Suche nach Antworten in ein Museum zu kommen war, als würde man einen Fluss bitten, still zu stehen, damit man sein eigenes Spiegelbild sehen konnte.

Sie traten vor eine leere Leinwand, die auf dem Boden lag und von Schuhabdrücken beschmutzt war. Morty beugte sich vor, um die Plakette zu lesen.

»*Gemälde zum Betreten*«, las er. Er blickte schockiert auf. »Trina!«

Trina stand bereits auf dem Bild. »Komm, probier es mal!«

Das Rechteck der Leinwand war klein, und er trat dicht genug neben sie, um den Lavendelduft ihres Haars zu riechen. Sie waren wie zwei Insassen eines schmalen Phantomaufzugs.

»Dieses Gemälde besteht buchstäblich nur aus einer Aufforderung«, sagte er. »Kommt mir vor wie ein Fake.«

»Aber stimmt das? Ist ein Pinselstrich weniger echt als eine mit einem Zweig gezeichnete Linie? Ist Farbe selbst weniger echt als Pigmente, die aus Blut oder Beeren gewonnen werden? Wenn man lange genug über falsch und echt nachdenkt, wird man irgendwann Striche, die mit bloßen Händen in den Schlamm gemalt wurden, für die einzig wahre Art Kunst halten.«

Er blickte auf ihre Zehenspitzen, die sich beinahe berührten.

»Und außerdem«, sagte Trina, »wann hattest du zuletzt so viel Spaß?«

»Nicht seit die Scythe in unserem Kurs aufgetaucht ist.«

Mit einem Grinsen schubste sie ihn von der Leinwand, und sie gingen weiter zurück in der Geschichte, weiter zu den älteren Werken. Während sie aus einem Lichtkegel in die Dunkelheit und den nächsten Lichtkegel traten, beobachtete er ihr Gesicht.

»Willst du eins der unheimlichsten Gemälde hier sehen?«, fragte Morty.

Er hielt ihr die Augen zu, und sie kicherte, während er sie in den entlegensten Teil des Flügels führte. Es dauerte eine Weile. Morty vermutete, dass man dieses Gemälde so weit abseits aufgehängt hatte, um jüngere Besucher des Museums nicht zu erschrecken. Trinas Wimpern kitzelten seine Handfläche.

»Bist du bereit?«

»Ich wurde schon bereit geboren«, sagte Trina lachend.

Ihr Lachen erstarb, als er seine Hand wegnahm. Auf dem Bild lag ein blutender Mann in einer Badewanne. In einer leblosen Hand hielt er einen Brief, in der anderen eine Feder. Er würde nie wieder ein Wort schreiben.

»Es heißt *Der Tod des Marat*«, sagte Morty.

»Echt jetzt?«, sagte Trina.

»Er wurde von einer Feindin getötet. Sie hat sich in sein Haus eingeschlichen und ihn erstochen. Beide hatten politische Ziele, für die sie bereit waren zu töten. Und zu sterben.«

»Es ist phantastisch«, sagte Trina. »Aber für welches ›Ziel‹ lohnt es sich zu sterben? Das kapier ich nicht.«

Er runzelte die Stirn. »Ich auch nicht. Ich finde es bloß faszinierend, dass die Leute damals so heftige Gefühle für etwas entwickeln konnten.«

Trina wandte den Blick nicht von dem Gemälde. »Das liegt an all dem Tod damals. Ms. C hat es in ihrem Kurs behandelt.«

Morty sah Trina an und stellte fest, dass sie seinen Blick erwiderte. »Die Menschen hatten den Tod gerade erst besiegt … Heißt das, dass uns schon der Gesprächsstoff ausgeht?« Er ließ die Frage in der Luft hängen.

Trina wendete sich ihm unvermittelt frontal zu und sagte: »Ich habe Angst, Morty.«

Das traf ihn unvorbereitet. »Was, du? Du hast nie Angst.«

»Ich bin gut darin, Dinge zu verbergen.« Sie spannte die Lippen. »Ich will nicht sterben, Morty.«

Er schluckte. »Du wirst auch nicht sterben.«

Sie warf einen Blick auf Marats Leiche. »Ich möchte nicht, dass alles vorbei ist, bevor ich etwas entdecke, das mir so wichtig ist wie das Leben selbst.«

Morty wollte etwas erwidern, kam jedoch nicht dazu, weil Trinas Blick seltsam hart und ernst wurde, als wollte sie ihn herausfordern oder ein Angebot machen, das er nicht ablehnen konnte. Und obwohl sie schon nah nebeneinanderstanden, beugten sie sich noch näher zueinander, bis gar kein Raum mehr zwischen ihnen war. Als er sich dem Kuss hingab, fasste er mit einer Hand sanft ihren Hinterkopf, und alle seine Verlegenheit in ihrer Gegenwart war mit einem Mal verflogen. Morty schmeckte den heißen Kakao, den sie am Morgen getrunken hatte, und wusste, dass dieser Geschmack ihn von nun an für immer an diesen Augenblick erinnern würde.

Sie wurden von Schritten gestört und lösten sich hektisch voneinander.

Bitte mach, dass es nicht Ms. Cappellino ist, dachte Morty. *Oder die Zwillinge.*

Aber es war noch schlimmer. Es war Scythe Af Klint.

Das konnte kein Zufall sein! Irgendwie hatte sie gewusst, dass sie hier waren. Sie belauerte sie. Wie ein Tiger.

»Interessante Wahl für ein Studienprojekt«, schnurrte sie und betrachtete das Gemälde. »Der Name ›Marat‹ bedeutet auf Sanskrit ›Tod‹.« Sie wandte sich an Morty. »Genau wie dein Name auf Französisch ›Tod‹ bedeutet.«

Morty schluckte. »Totes Meer«, sagte er. »Mortimer bedeutet ›Totes Meer‹.« Er bereute sofort, überhaupt etwas gesagt zu haben. Womöglich war es ein mit Nachlese zu ahndendes Vergehen, eine Scythe zu korrigieren.

»Marat war Franzose«, sagte Af Klint. »Es gab eine Revolution. Das alte Regime wurde gestürzt, und verschiedene Fraktionen rangen um die Errichtung eines neuen. Marat wurde nicht von einer Feindin getötet, sondern von einer Mitrevolutionärin. Ist das nicht ironisch?«

Sie bedachte sie mit einem eigenartig wehmütigen Blick. »Ich mag deine Arbeit, Morty«, sagte sie. »Und deine auch, Trina.«

»Danke, Euer Ehren«, sagten beide stotternd im Chor.

»Aber ich verrate euch ein kleines Geheimnis. Es ist nicht an mir zu entscheiden, wer gewinnt. Es obliegt dem Richter, den ich im Sinn habe. Oder sollte ich sagen, den *Richtern* …«

»Wer?«, platzte Trina heraus.

Wenn Morty ihr den Mund hätte zuhalten können, um den Laut wieder einzufangen, hätte er es getan.

»Bloß ein kleines Experiment von mir«, sagte die Scythe. »Solltet ihr euch jetzt nicht mit eurer Lehrerin im Café treffen? Ich habe gehört, dort gibt es den leckersten Kuchen.«

Es war der verlegenste Gang, den sie je gemacht hatten, die ganze Strecke zurück durch die nächtliche Höhle der Permanenten Sammlung ins Licht, vorbei an den lärmenden Gimmicks des ShapeVerse bis zu dem offenen Kaffeetresen. Weder Morty noch Trina sprachen ein einziges Wort, was Scythe Af Klint offenbar gar nicht bemerkte oder sie nicht weiter kümmerte. Sie schien ein komplett von ihrer Umwelt abgetrenntes inneres Universum zu bewohnen, als würde sie ihren Körper von weitem fernsteuern. Morty nahm an, dass das für jemanden in ihrer Rolle nur logisch war.

Der Rest ihres Kurses und Ms. Cappellino waren schon da und erstarrten beim Anblick von Scythe Af Klint, die zusammen mit Morty und Trina auf sie zukam. Der Barista – ein Typ, der nicht viel älter war als die Schüler – ließ hinter dem Tresen klirrend einen Teller zu Boden fallen und bückte sich nicht, um ihn aufzuheben.

»Das sind Sie ja, Belinda«, sagte Scythe Af Klint mit einer Willkommensgeste zu ihrer Lehrerin.

Ms. Cappellino räusperte sich und schien tief aus dem Bauch eine Reserve Mut zu mobilisieren. »Was führt Sie heute in dieses Museum?«

»Ich wollte nur sehen, wie meine Wettbewerbsteilnehmenden sich machen. Und mich um eine andere Angelegenheit kümmern.«

Als die Scythe sah, wie Wynters Unterlippe in ihrem Mund verschwand, streckte sie beschwichtigend die Hand aus. »Oh, ich bin heute nicht wegen euch hier. Ich möchte nur einen Espresso trinken.«

Sie wandte sich dem Barista zu, der in seinem makellosen Tweedanzug komplett mit Fedora-Hut wie aus einer vergangenen Epoche und viel zu cool für seine Umgebung wirkte. Aber plötzlich war er gar nicht mehr so cool.

»Welche Sorte?«, fragte er.

»Was empfehlen Sie?«

»Die Morgenmischung.«

»Dann nehme ich die Morgenmischung«, sagte die Scythe. »Und Sie auch.« Sie zog eine kleine Tüte mit Kaffeebohnen aus einer Falte ihrer Robe. »Aber Ihren Kaffee werden Sie mit *diesen* Bohnen zubereiten.«

Der Barista erbleichte, zögerte. Aber ein wütender Blick von Scythe Af Klint trieb ihn zur Kaffeemaschine.

Morty hatte nicht gewusst, dass es so lange dauern konnte, einen Espresso zuzubereiten. So viel mahlen und stopfen und summen, so viel Schall und Wut, nur um eine dickflüssige braune Brühe in eine winzige Tasse zu füllen. Und dann in eine weitere. Nach all dem Aufwand und der Sorgfalt wirkte das

Endergebnis so unscheinbar. Ein paar Milliliter Flüssigkeit, die man binnen Sekunden getrunken hatte.

»*Salud*«, sagte Scythe Af Klint.

»*Salud*«, wiederholte der Barista.

Sie tranken aus ihren Tassen.

Wenige Momente später brach der Barista auf dem Boden zusammen. Beim Sturz rutschte ihm der Hut vom Kopf und landete mitten auf dem Tresen, als hätte der Mann ihn mit Absicht dort abgelegt.

»Das«, sagte Af Klint, »war die Morgenmischung.« Sie eilte zu der gläsernen Vitrine, fand eine pinkfarbene Schachtel, die sie mit Gebäck vollpackte und Wyatt in die Hand drückte.

»Leckereien für den Heimweg«, sagte sie und bedachte alle Anwesenden mit einem verschleierten Blick.

Im Publicar war es still. Morty konnte die pinkfarbene Schachtel mit Gebäck auf Wyatts Schoß nicht ansehen. Genauso wenig wie die anderen.

»Sie ist also der Typ Giftmischerin«, sagte Wynter.

»Unter ihrer Robe trägt sie auch Dolche«, sagte Trina.

Wyatt drückte sein Gesicht von hinten gegen die Kopfstütze. »Hört einfach auf, okay? Seid einfach still.«

»Hey«, sagte Morty. »Wir wissen gar nicht, ob sie einen von uns nachlesen wird. Sie hat nur von einer Belohnung gesprochen.«

»Und nicht von einer Bestrafung«, bestätigte Trina nickend.

Wyatt hob den Kopf und starrte sie mit feuchten Augen wütend an. »Seid ihr wirklich so blöd? Sie hat *mir* die pinkfarbene Schachtel gegeben. Sie hat auf mein Tablet geblickt und so ein *Gesicht* gezogen. Sie ist eine Vertreterin der alten Schule und ich nicht. Sie will irgendeine Art von Exempel an mir statuieren.«

Keiner stimmte ihm zu, aber es widersprach auch niemand.

Sie saßen einfach da, nebeneinander und doch schmerzhaft voneinander getrennt.

In jener Nacht konnte Morty nicht schlafen. Er fragte sich, wer dafür zuständig war, sich um die Leiche des Barista zu kümmern. Er fragte sich, wo die pinkfarbene Schachtel jetzt war. Vor seinem inneren Auge sah er sie in einem offenen Müllcontainer liegen, wo sie im nächtlichen Regenguss Regenbögen von schmelzendem Zucker ausschwitzte. Er sah Regenwasser, das sich in Augenhöhlen, hohlen Wangen und einem klaffend offenstehenden Mund sammelte, die mit der Zeit immer mehr einfallen würden.

Er stand auf und schlich barfuß aus seinem Zimmer ins oberste Stockwerk des Schlaftrakts. Alle Zimmer, an denen er vorbeikam, waren dunkel; die anderen schliefen.

Bis auf Trina.

Er konzentrierte sich auf den bernsteinfarbenen Lichtstreifen unter ihrer Tür und klopfte. Sie öffnete, eine Silhouette in einem wachsenden Keil warmen Lichts.

Danach sagten sie nicht mehr viel. Sie küssten sich und bewegten sich behutsam. An ihrer gegenseitigen Unbeholfenheit wurde deutlich, dass es für beide das erste Mal war. Aber sie konnten ihr Bedürfnis beide nicht leugnen. Die absolute Notwendigkeit. Heute Nacht musste es passieren. Wenn nicht, da war er sich sicher, würden sie beide den Verstand verlieren.

Später blickte Morty durch die Regentropfen auf dem Oberlicht in den Himmel und beobachtete, wie hinter einer Wolkenschicht das Licht des Mondes pulsierte und durchzubrechen versuchte. Neben ihm schlief Trina. Sie hatte die Decke weggestrampelt. Offensichtlich schlief sie kern kühl. Er nicht.

Die Ereignisse des Tages waren beinahe zu viele, um sie zu

fassen. War die heutige Nacht *wegen* oder trotz der Nachlese des Barista passiert? Trinas Schultern glänzten schwarzblau im Licht. Glatte sanfte Kurven. Der menschliche Körper war erstaunlich – so geometrisch proportioniert, aber organisch chaotisch, im Grunde immer gleich, aber auf unendliche intime Weisen verschieden. Das war es, was Morty an seiner Darstellung gleichermaßen frustrierte wie faszinierte. Eine Million perfekt gezeichnete Akte mochten für ein gleichgültiges Auge identisch aussehen, aber das waren sie nicht. Die Herausforderung bestand darin, einen mitfühlenden Betrachter zu finden.

Dann kam ihm eine Idee. Sie traf ihn mit solcher Wucht, dass er aus dem Bett schlüpfen, Kohle und Papier suchen und, so schnell er konnte, eine grobe Skizze anfertigen musste, damit sie ihm nicht entglitt und wieder im brodelnden Meer seines Unterbewusstseins versank.

Die Wolkendecke am Himmel war aufgerissen und hatte einen Ring klaren Nachthimmels von tiefstem Indigoblau mit einem silbernen Rand freigelegt. In diesem Ring strahlte das Licht des Vollmonds. Ein schwarzer Vogel teilte ihn im Flug in zwei perfekte Hälften, ohne sich seiner Präzision bewusst zu sein.

Am letzten Tag hatten die vier Schülerinnen und Schüler ganz aufgehört, miteinander zu sprechen. Sie arbeiteten mit der Intensität von Dorfbewohnern, die ihre Fenster vor einem Taifun vernagelten. Einmal glitt Morty der Pinsel aus der Hand und spritzte einen Farbklecks auf Wyatts Unterarm, den dieser bloß wortlos abwischte, ohne seine Konzentration auch nur für einen Moment von seinem Tablet zu wenden.

Nach dem heutigen Tag würde Morty keine Zeit mehr haben, darauf zu warten, bis die letzte Schicht getrocknet war, um mögliche Fehler auf seinem Gemälde zu korrigieren. Die endgültige Beurteilung würde vor einer noch feuchten Leinwand stattfinden. Wenn er nur mehr Zeit hätte! Hatte sich das Leben so früher angefühlt? Hatten sich alle gewünscht, nur noch ein wenig mehr Zeit zu haben?

Irgendwann hatte die Leinwand den unvermeidlichen Zustand erreicht, in dem sie keine weitere Farbe aufnehmen würde, und er musste es einfach gut sein lassen.

»*Kunst ist nie fertig, sie wird nur aufgegeben*«, hatte Ms. Cappellino ihnen einmal erklärt.

Das Schrammen der Stuhlbeine über den Boden verkündete das Ende.

Ms. Cappellino stand auf und sagte leise: »Legt eure Werkzeuge weg.«

Obwohl die Zeit für ihre Projekte abgelaufen war, war Ms. Cappellino noch nicht fertig mit ihnen. Sie führte sie auf den gepflasterten Hof der Schule. Morty sah, dass in der Mitte ein Dutzend Pflastersteine entfernt worden waren. In die Lücke hatte man frischen Beton gegossen. Ms. Cappellino kniete sich daneben.

»Ich möchte, dass ihr auf der Fläche ein Zeichen eurer Wahl hinterlasst«, sagte sie. »Und vergesst nicht, es zu signieren.«

Sie machte selbst den Anfang, malte mit einem Schraubenzieher den Buchstaben *F* in den Putz, strich sorgfältig die ausgefransten Konturen glatt und setzte ihre Signatur darunter: *Belinda Cappellino*.

»*F* steht für Faraz, meinen Mann«, sagte sie und fügte hinzu: »Er ist gestorben.«

Danach wollte niemand der oder die Nächste sein. Ms. Cappellino spürte ihre wortlose Verlegenheit. »Das ist lange her. Er litt an der sogenannten ›familiären Alzheimer-Krankheit‹. Er verlor das, was sein Ich ausgemacht hatte. Eigentlich wurde er ein Fremder. Insofern habe ich ihn in gewisser Weise schon lange vor seinem Tod verloren.«

Wynter verknotete ihre Finger. »Ich nehme an, das war, bevor es Revival-Zentren und Gesundheitsnaniten gab.«

»Natürlich«, fauchte Wyatt. Er war zappelig und wollte unbedingt hier weg. »Warum hätte man es sonst geschehen lassen? Damals wusste man vieles noch nicht. Heute schon.«

»Hey«, sagte Morty. »Sei nicht unhöflich.«

»Es ist wahr«, sagte Wyatt. »Wieso ist das unhöflich?«

Das konnte Morty tatsächlich nicht beantworten. Wyatts nüchterne Art zu reden *fühlte* sich bloß unhöflich an. Irgendwie respektlos.

Ms. Cappellino lächelte nur. »Wyatt hat recht. An einem Tag gab es auf der Welt noch natürlichen Tod und am nächsten nicht mehr. Wenn der Verlust meines Mannes mich eins gelehrt hat, dann, dass alles sich von einem Moment zum nächsten ändern kann – und wird. Menschen, Wahrheiten, Realitäten. Der Trick besteht darin zu entscheiden, ob eine bestimmte Veränderung gut oder schlecht oder etwas ist, wofür wir noch keine Worte haben.«

»Nun, also ich bin froh, dass Sie alt genug geworden sind, um noch die Möglichkeit der Wiederbelebung zu erleben«, sagte Trina.

Schweigen.

Morty beugte sich ein wenig näher. »Ms. C?«

Sie sammelte sich und breitete die Arme weit aus, als wollte sie das Weltall preisen. »Ihr seid der letzte Kurs meiner gesamten Lehrtätigkeit. Auf dieser kleinen Betonfläche sollt ihr mir meinen selbstbezogenen Wunsch erfüllen, etwas für die Nachwelt zu hinterlassen. Also macht euch flugs an die Arbeit und zeichnet irgendwas!«

Alle hinterließen ihr Zeichen. Als Werkzeuge benutzten sie,

was sie in der Nähe fanden. Wynter nahm ein gefallenes Blatt und reihte in ihrer typisch hyperrationalen Art zahllose Abdrücke davon zu einem sechseckigen Muster auf dem feuchten Beton. Wyatt überlegte und überlegte und kratzte dann mit einem Stock ein Fragezeichen in den Boden.

»Es ist ein Werk, das ausdrückt, dass man nicht weiß, was man malen soll«, sagte er und fügte, als alle die Augen verdrehten, hinzu: »Das ist Meta-Kunst. Meta ist ein uraltes Konzept. Aber was auch immer, Leute, ich bin hier fertig.«

»Wyatt«, rief Wynter, doch er stürmte bereits von dannen. »Er ist so ein Idiot. Er war schon immer so ein Idiot.« Dann brach sie plötzlich in Tränen aus.

Ms. Cappellino umarmte und beruhigte sie. »Und ich bin sicher, dass er noch viele weitere Jahre ein Idiot sein wird«, sagte sie.

Trina und Morty hockten sich gemeinsam vor die Platte und malten etwas, das man als verschlungenen keltischen Knoten bezeichnen könnte. Sie dachten nicht lange darüber nach. Und sie dachten ganz bestimmt nicht daran, ob es für die Nachwelt würdig war. Aber einen Moment lang hatten sie tatsächlich Spaß, während sie versuchten, ihre Hände über- und untereinanderzuwinden, ohne zu kollidieren.

Die Arbeiten wurden sorgfältig verhüllt und zum Ort der Beurteilung gebracht. Am nächsten Morgen trafen die Schüler sich in Ms. Cappellinos Atelier, das heute nicht abgeschlossen war, weil es keinen Grund mehr dafür gab.

Auf Morty wirkte der Raum bereits wie ein Skelett, eine leere Hülle dessen, was er einmal gewesen war. Vielleicht weil er wusste, dass Ms. C nie wieder hier unterrichten würde. Heute war der erste Tag ihres »Ruhestands«, ein weiteres Konzept aus den alten Tagen der Sterblichkeit.

Furcht dämpfte ihre Unterhaltung im Publicar.

»Wo werden wir beurteilt?«, fragte Wynter.

»Du wirst schon sehen«, sagte Ms. C. »Und nicht *ihr* werdet beurteilt, sondern eure Arbeit.«

Wyatt schnaubte verächtlich. »Das sollen wir glauben?«

»Ich erwarte von dir, dass du glänzen wirst, egal was heute geschieht«, erklärte sie ihm und blickte zu den anderen. »Das gilt für euch alle.«

Das Publicar blieb stehen. Gefolgt vom Rest des Kurses stieg Morty aus und blinzelte in die Sonne.

Sie standen vor dem EastMerican Regional Museum of Art. Vor dem Eingang wartete heute eine Schlange von Besuchern.

»Wir machen es hier?«, fragte Wynter.

»Man hat mir mitgeteilt, dass die Präsentation im Atrium stattfinden wird«, sagte Ms. Cappellino.

»Vor all diesen Menschen?«, murmelte Trina und schlang nachdenklich die Arme um ihren Körper.

Aber Wyatt wippte aufgeregt auf den Fersen und bekam plötzlich neuen Mut. »Das sind gute Nachrichten! Das ist perfekt!«, sagte er. »Ich hatte auf ein Publikum gehofft …«

»Du hoffst immer auf ein Publikum«, grummelte Wynter.

Morty starrte nur auf die Warteschlange. Er hatte noch nie so viele Menschen vor dem Museum gesehen und fragte sich, ob sie alle zufällig hergekommen oder von dem Geruch von Blut angelockt worden waren.

»Also, los, alle miteinander«, sagte Ms. Cappellino.

Sie führte sie an der Schlange vorbei in das Museum und bahnte ihnen einen Weg durch die Menschenmenge ins Atrium. Dort war ein Achteck mit Kordel abgesperrt, in dem vier von weißen Satintüchern verhüllte Podeste standen.

Ein kräftiger Mann mit einer Krawatte mit Monet-Muster – der Museumsdirektor – kam Ms. Cappellino hastig entgegen.

»Sie sind zu spät«, zischte er, hakte die Samtkordel auf und ließ die Gruppe in das Achteck. »Sie ist schon …«

»Ah, da sind Sie ja!« Ihre Stimme ertönte in dem hohen Atrium wie ein großer Kupfergong.

Scythe Af Klint trat aus dem Schatten und begrüßte sie. Ihre Augen blitzten unter der Kapuze ihrer gesteppten Robe.

Wann war sie gekommen? Wie lange hatte sie gewartet? Und hatte die Wartezeit ihr die Laune verdorben? Morty fragte sich, ob das Blitzen in ihren Augen bedeutete, dass eine Nachlese unmittelbar bevorstand.

Aber die Scythe wandte sich an das Publikum. »Willkommen, alle miteinander. Sie werden heute etwas ganze Besonderes zu sehen bekommen.«

Beim Anblick der Scythe atmete die Besuchermenge kollektiv ein – ein Chor, der darauf wartete, den ersten Ton des Schreckens anzustimmen.

»Da Sie nun alle hier sind«, erklärte Af Klint den Versammelten, »ersuche ich Sie, für diese einzigartige Präsentation zu bleiben. Genau genommen verlange ich es sogar.«

Einige Besucher am Rand der Menge verloren trotzdem die Nerven und huschten davon.

»Gnade uns allen«, flüsterte der Museumsdirektor.

Af Klint ließ den Blick über das Publikum schweifen wie ein Falke auf der Suche nach Beute. »Scythe arbeiten normalerweise allein«, sagte sie. Jedes Wort hallte in dem Atrium wider und erfüllte es wie Licht. »Aber heute brauche ich die Hilfe von jeder und jedem von Ihnen.«

Ein Kind fing an zu wimmern. Af Klint zog eine besorgte Miene.

»Nichts allzu Widerwärtiges oder Anspruchsvolles«, fuhr sie fort, doch ihr Lächeln wirkte wenig beruhigend. »Ich möchte nur, dass Sie diese vier Werke beurteilen, die die besten Schüler der Mischler Art Academy geschaffen haben.« Sie wies auf die Gruppe und begann zu applaudieren, worauf die Menge mit äußerst verhaltenem Beifall einstimmte.

Morty spürte, wie Trina ihre Hand in seine schob. Sie beugte sich zu ihm und flüsterte: »*So* sollen wir beurteilt werden? Von Menschen, die wahllos von der Straße gepickt wurden?«

»Dem Sieger oder der Siegerin wird ein Jahr Immunität gegen Nachlese gewährt«, erklärte Scythe Klint dem Publikum. »Und was diejenigen betrifft, die nicht gewinnen ...« Sie ließ den Gedanken im Dunkel des Unausgesprochenen verklingen.

Mortys Bewusstsein dehnte sich bis ins Unendliche und wieder zurück. Er war sich sicher, dass sein Gemälde, egal was seine Mitschüler geschaffen hatten, das traditionellste und damit auch langweiligste von allen war. Mit einem Mal kam ihm Wyatt – mit seinem nervigen Tablet – doch nicht mehr so dumm vor.

»Ladies first«, sagte Scythe Af Klint.

Morty spürte, wie Trina seine Finger zerdrückte.

»Wynter Weitz. Erzählen Sie uns von Ihrer Arbeit.«

Trinas Finger entspannten sich wieder.

Wynters Gesicht zog sich in die Länge, als müsse sie sich übergeben. Sie drückte ihren Bruder in einer merkwürdigen Umarmung wie zum Abschied an sich und trat dann vor, um das Satintuch von ihrem Sockel zu ziehen.

Ihre Arbeit war eine Assemblage aus ClipArt, ein Mandala in Form einer riesigen Doppelhelix, die aus zahllosen von Hand nachgemalten, vergrößerten Ausschnitten, fein wie weiße Spitze, zusammengeklebt worden war. Es war beeindruckend, monumental, eiskalt.

Scythe Af Klint zog einen Mikrophonstift aus ihrer Robe und gab ihn Wynter. Sie nahm ihn entgegen, als wäre es eine Giftschlange.

»Ähm …«, sagte Wynter, erschreckt von ihrer eigenen Stimme.

»Weiter«, flüsterte Ms. Cappellino. »Erzähl ihnen, was du mir erzählt hast.«

Wynter räusperte sich. Sie blickte zu ihren Mitschülern, als würde ihr plötzlich klar, dass ihr Leben – ihrer aller Leben – genau zu diesem Moment geführt hatte, zu diesem aufreibenden Hier und Jetzt und der Angst, was danach kommen könnte.

»Die unablässige Kommerzialisierung des digital vervielfältigten Bildes ist ein permanenter Versuch, das kreative Bewusstsein zu entwerten«, verkündete Wynter.

Af Klint runzelte die Stirn. »Diese Leute sind keine öden Akademiker«, erinnerte sie Wynter. »Sprich klar und einfach über deine Assemblage, anstatt bloß wichtig klingende Worte aneinanderzureihen.«

Wynter atmete tief ein. Morty erkannte, dass sie das, was sie sich zurechtgelegt hatte, komplett neu überdachte.

»Also, ich meine … je mehr wir das bereits Existierende duplizieren, desto tauber werden wir. Und trotzdem kann man mit Mustern und Bausteinen, die es schon gibt, etwas Neues schaffen.« Sie strich mit einem Finger über die Doppelhelix. »So wie die DNA, die aus sich wiederholenden Kombinationen von nur vier Aminosäuren besteht, zur Vielfältigkeit allen Lebens auf der Erde führt.«

Morty wechselte einen Blick mit Trina. Wynters Worte waren überraschend bewegend, und die Museumsbesucher bedachten sie mit höflichem Applaus. Morty schluckte; Trina drückte zweimal seine Hand. Er wusste, dass sie beide am liebsten geflohen wären. So ging es vermutlich allen. Aber das wäre nur ihr sicheres Ende gewesen.

Ms. Cappellino wrang so fest die Hände, als wollte sie sie von ihrem Körper schrauben.

»Wundervolle Arbeit, Wynter«, flüsterte sie. Wynter konnte nur roboterhaft nicken.

»Vielen Dank, Ms. Weitz«, sagte Scythe Af Klint und wandte sich Trina zu. »Trina Orozco – erzählen Sie uns etwas über Ihre Arbeit.«

Zunehmend panisch spürte Morty, wie Trina ihre Hand wegzog. Sie ging zu ihrem Sockel und enthüllte ihr Werk: einen großen Karton, an den auf einer Seite eine Zeichnung geklebt war. Morty hörte, wie das Publikum unsicher und verwirrt raunte und raschelte.

Ms. Cappellino stand wie erstarrt da. In ihren Augen sammelten sich Tränen.

Trina nahm das Mikro. »Das ist eine Camera obscura«, sagte sie. »Eine Linse auf der Vorderseite hat ein Bild auf dieses Blatt Pergament projiziert. Es ist eine uralte Technik, die von den niederländischen Meistern verwendet wurde, um Stillleben realistischer zeichnen zu können. Man braucht kein WLAN, nicht einmal Strom.«

Die Menge schien einen Schritt näher zu kommen.

»Weiter«, forderte die Scythe sie auf.

»Aber ich habe kein Stillleben gezeichnet«, fuhr Trina fort. »Meine Zeichnung ist eine Darstellung der Aktivitäten in unserem Atelier im Laufe einer gesamten Woche. Ich habe die für mich bedeutungsvollsten Momente dieser Woche abgebildet. Denn die Suche nach Sinn ist eine wesentliche und einzigartige Eigenschaft des Menschen und steht im Zentrum allen künstlerischen Denkens und Schaffens.«

Als er genauer hinsah, erkannte Morty vier verschiedene Versionen seiner selbst in verschiedenen Posen, daneben drei von Wynter und drei von Wyatt. An einer Seite saß Ms. Cappellino – der einzelne fixe Polarstern, an dem sie sich bei ihren Abenteuern auf den Meeren der Kunst orientierten.

Ein Murmeln erfasste das Publikum, als die Besucher das Bild betrachteten. Spärlicher Applaus hob an, doch die meisten Besucher waren damit beschäftigt, mit den Displays ihrer Telefone die Wand hinter ihnen heranzuzoomen. Morty drehte sich um und erkannte, dass Trinas Zeichnung in Vergrößerung dorthinprojiziert wurde – für die Zuschauer, die zu weit hinten standen, um etwas zu erkennen. Diese geteilte Aufmerksamkeit zersplitterte den kräftigen Beifall, auf den Trina gehofft hatte.

»Und jetzt die Jungen«, sagte Scythe Af Klint, blickte Morty an und überlegte es sich dann anders. »Wir beginnen mit ... Wynters Bruder Wyatt.«

Wyatt hüpfte nach vorn und schnappte sich das Mikro. Er wippte auf den Füßen, atmete ein paarmal heftig und stoßweise ein wie ein Sprinter beim Aufwärmen. »Packen wir's«, hörte Morty ihn murmeln.

Wyatt hielt das Mikro vor den Mund wie eine Trinkflasche und begann. »Wie geht's, Leute, mein Name ist Wyatt Weitz, und ich habe Aufnahmen von all den phantastischen Arbeiten meiner Mitschüler gemacht und sie durch speziell zugeschnittene Filtrierungsalgorithmen laufen lassen. Das heißt, durch visuelle Filter, die ich erfunden habe! Das eigentliche Kunstwerk ist also nichts, das ich erschaffen habe, sondern etwas, das *noch erschaffen werden muss*. Genau genommen wird es das sein, was *euch* unter Verwendung der Techniken meiner Mitschüler einfällt. Ich freue mich sehr, euch den ... Wynter-Filter zu präsentieren ...«

Wyatt drehte seinen Laptop zum Publikum, um die Webseite eines App-Store zu zeigen, und wischte und wischte. »... den Trina-Filter ... und den Mortimer-Filter!«

Der Museumsdirektor notierte die Webadresse und gab sie bekannt. Kurz darauf beugten praktisch alle Besucher die Köpfe über ihre Geräte und spielten mit den Filtern herum.

Morty hätte Wyatt umbringen können. Wyatt hatte nicht nur den individuellen Stil von jedem von ihnen erfolgreich kopiert, sondern auch einen Weg gefunden, diesen Still beliebig anwendbar zu machen. Nun konnte jeder mit einem Wischen oder Klicken Nachahmungen ihrer Werke produzieren. Es war der ultimative künstlerische Diebstahl; und trotzdem strahlte Wyatt, stolz darauf, dass er nichts anderes getan hatte, als ihre kreative Seele in ein Massenprodukt zu verwandeln. Morty zog eine Grimasse und blickte ungläubig zu Trina.

Aber Trina wirkte nicht entsetzt, sondern eher erstaunt oder sogar erfreut. Sie wechselte einen Blick mit Wynter und flüsterte ihr zu: »Das könnte echt genial sein.«

Ermutigt vom Meer der Gesichter, die im Widerschein ihrer Displays grün leuchteten, fuhr Wyatt seine Ernte ein.

»Jeder kann nun Kunst machen genau wie diese jungen Meister«, rief er. »Diese Filter sind ab sofort frei verfügbar und ein Teil der Cappellino Legacy Collection, wie ich sie nenne.«

Ein Murmeln erfasste das Publikum. Die Leute zeigten sich nickend gegenseitig die Displays ihrer Handys. Andere waren offenbar schon in die kreativen Tools der App vertieft. Der Applaus schwoll an.

Wyatt, der von ihnen allen am meisten Angst gehabt hatte, badete stolz in den Lobesbekundungen. Natürlich liebte das Publikum Wyatt. Er war das Neue.

Und Morty war das Alte.

»Clever«, sagte Scythe Af Klint über den immer noch lauter werdenden Beifall hinweg. »Und offensichtlich ein Publikumserfolg.«

Wyatt überrumpelte Morty, indem er einen Arm um seine Schulter legte. Dann zog er auch Trina und seine Schwester an sich. »Ich habe euch gerade alle zu weltberühmten Künstlern gemacht«, flüsterte er ihnen in dem Lärm zu.

Ms. Cappellino blickte auf ihren Namen auf der Seite des App-Stores, als würde sie nicht begreifen, wie er dorthingekommen war. Sie war nun digital unsterblich, ob sie es wollte oder nicht. Morty verstand ihre Verwirrung. Diejenigen, denen die Unsterblichkeit verwehrt wurde, hatten sie meistens verdient; die, die sie bekamen, in der Regel nicht.

Mit einem Krokodilslächeln, das ihm das Blut in den Adern gefrieren ließ, wandte Af Klint sich an Morty. »Also gut, was haben Sie für uns, Mortimer Ong?«

Morty kam sich mit einem Mal ganz klein vor. Wie ein Kind, das mit der Hand in der Keksdose erwischt worden war ... um dann festzustellen, dass es in Wahrheit eine Bärenfalle war.

»Ich ... ich habe ein Gemälde geschaffen«, sagte er. »Im klassischen Stil.«

»Und dürfen wir es sehen?«, ermunterte Af Klint ihn. »Oder sollen wir es uns nur vorstellen?«

Morty machte einen abgerissenen Atemzug und stieß ihn an den Rändern geglättet langsam wieder aus. Dann zog er mit einem winzigen Zupfer das Satintuch von der Leinwand, sorgfältig darauf bedacht, die Farbe nicht zu verschmieren.

Beim Anblick des Aktgemäldes stockte seiner Lehrerin hörbar der Atem.

»Oh Morty«, rief Ms. Cappellino. »Was hast du getan?«

Trina schlug die Hand vor den Mund wie in einer pantomimischen Nachbildung von Munchs *Schrei*. Die normalerweise rosigen Gesichter von Wynter und Wyatt waren aschfahl. Der Museumsdirektor stand schweißgebadet da und fragte sich, ob er das Bild an die Wand projizieren sollte oder lieber nicht.

Denn auf der Leinwand sah man niemand anderen als Scythe Af Klint, für alle Augen entblößt.

Die Scythe war sprachlos. »Was ... was hat das zu bedeuten?« Sie zog eine Hand aus einer Falte ihrer Robe und enthüllte ein eisernes Fingermesser, das über ihren Zeigefinger hinausragte wie ein manikürter Nagel. In die kunstvolle Waffe war eine winzige Ampulle mit rubinrotem Gift eingelassen.

Ms. Cappellino warf sich zwischen die beiden. »Bitte, Euer Ehren. Nicht Morty!«

Die Scythe brachte sie mit einem eisigen Blick zum Schweigen und schob sie sanft, aber entschieden zur Seite. Dann wandte sie sich mit gezwungener Ruhe an Morty, als würde sie die Flut ihres Zorns nur mühsam zurückhalten. »Erklären Sie mir, warum ich Sie für diese ... Unverschämtheit nicht nachlesen sollte.«

Morty zitterte am ganzen Körper, doch mit schierer Willenskraft schaffte er es, mit fester Hand auf das Bild zu weisen und mit ebenso fester Stimme zu erwidern. »Schauen Sie genau hin, Euer Ehren.«

Auf dem Gemälde legte die Scythe mit einer Hand ihre Robe ab, während sie die andere zu einer Anrichte ausstreckte ... auf der ein Dolch mit diamantbesetztem Griff lag.

Scythe Af Klint weitete die Augen. »Es ist mein Gesicht, aber nicht meine Robe. Die Robe ist aus orangefarbener Spitze ... Nein! Nicht orangefarben! Apricot! Und dieser Dolch.« Schließlich erkannte sie den Zusammenhang. »Das bin nicht ich ... es ist die Gründerscythe Sappho!«

»Und doch ... sind *Sie* es. Denn werden nicht alle Scythe eines Tages ihr Schicksal erleiden?«

»Sie war die Erste, die sich selbst nachgelesen hat ...«

»Und uns damit daran erinnert hat, dass der Tod nicht besiegt ist«, sagte Morty. »Er wurde nur eingehegt ...«

Af Klint nickte. »Und eines Tages werden jede und jeder Scythe zusammen mit ihm in diesem Gehege landen.«

Sie betrachtete das Gemälde und dann Morty mit einer Mischung aus Staunen und Wut.

»Es ist … exquisit. Aber warum hast du es gewagt, ihr mein Gesicht zu geben?«

»Um wahre sterbliche Kunst zu erschaffen, musste über dem Haupt des Künstlers die Angst vor dem Tod schweben wie früher«, erklärte Morty.

Mit angehaltenem Atem begriff Af Klint, was er meinte. »Du wusstest, dass ich dich dafür vielleicht nachlesen würde.«

Morty nickte. »Und diese Furcht hat meine Leidenschaft für die Wahrheit befeuert.« Dann hob er den Kopf, als wollte er sie herausfordern, ihm mit ihrer giftigen Fingerklinge, den Hals aufzuschlitzen. »Ich habe es *Af Klint in Kontemplation über Sapphos Ende* genannt.«

Die Scythe betrachtete das Gemälde noch eine Weile schweigend und drehte sich dann zum Publikum um, als würde sie seine Anwesenheit gerade erst bemerken. Niemand machte einen Mucks, niemand applaudierte, offenbar wagte niemand, auch nur zu atmen.

»Hörst du das?«, flüsterte Af Klint. »Hört ihr alle das?«

»Ich höre gar nichts«, sagte Wynter.

»Genau.«

Af Klint nahm Morty das Mikrophon aus der Hand und wandte sich an die Zuschauer.

»Auf der Grundlage Ihrer Beifallsbekundungen oder … deren Ausbleiben haben wir einen klaren Gewinner!«, verkündete sie. »Wyatt Weitz erhält für ein Jahr Immunität!«

Das Publikum begann zu klatschen, zunächst zurückhaltend, dann mit mehr Überzeugung. Wynter stürzte sich in die Arme ihres verblüfften Bruders.

»Oh wow«, sagte Wyatt. Dann löste er sich aus den Armen seiner Schwester, kniete vor der Scythe und küsste ihren Ring, während die Zuschauer den Hals reckten und mit allen Geräten, die sie bei sich hatten, Fotos machten. Als Wyatt sich wieder erhob, wandte Af Klint sich erneut an das Publikum. »Danke für Ihre Dienste«, sagte sie. »Sie sind entlassen.«

Morty hatte noch nie gesehen, wie eine Menschenmenge dieser Größe sich so schnell bewegte. Eine kleine Handvoll Zuschauer verzog sich in die entlegeneren Räume des Museums, doch fast alle anderen strömten zum Drehkreuz am Eingang und aus dem Gebäude, vor dem eine Schlange von Publicars darauf wartete, sie möglichst schnell fortzubringen.

In weniger als einer Minute waren nur noch die Scythe, Ms. Cappellino und ihre Schüler übrig.

»W … Was ist mit Wynter, Morty und mir?«, wagte Trina zu fragen.

»Was, habt ihr gedacht, dass ich diejenigen, die nicht gewinnen, nachlesen werde?«

»Der Gedanke … war uns gekommen«, sagte Wynter.

Af Klint schüttelte den Kopf. »Glaubt ihr wirklich, dass wir Scythe so hinterhältig und verschlagen sind?«

Es war Ms. Cappellino, die antwortete. »Ja. Manchmal schon.«

Af Klint starrte sie wütend an, bevor sie seufzend einräumte: »Vermutlich haben Sie recht. Ränke, Intrigen und hin und wieder ein kleiner Verrat machen unser Leben interessant.« Sie ließ ihren Blick von einem zum andern wandern, bis er bei Ms. Cappellino haften blieb.

»Als Lehrerin sollten Sie stolz sein. Sie haben die Flamme, solange Sie konnten, lebendig gehalten. Diese letzten Ihrer Schülerinnen und Schüler sind die hellste Glut, die bleibt. Ich glaube, sie verkörpern eine Art Wachwechsel.«

»Danke, Euer Ehren.« Wyatts Worte hallten in dem fast leeren Raum wider.

Af Klint lachte wehmütig. »Das«, sagte sie, »war kein Kompliment.«

Wyatts breites Lächeln erstarb.

Af Klint fuhr fort: »Deine Arbeit war zwar brillant ausgeführt, aber im Prinzip hohl. Das mache ich weder dir noch deiner Lehrerin zum Vorwurf. Es ist ein Leiden unserer Zeit. Ich glaube, wir sind in eine neue Ära der Menschheit eingetreten, in ein postmortales Zeitalter gewissermaßen.« Sie wandte sich an Morty. »Aber du, Morty, hast etwas geschaffen, was ich nicht mehr für möglich gehalten hatte.«

Morty war sich nicht sicher, ob sie es diesmal als Kompliment meinte. »Euer Ehren?«

»Jeder kann Beifall aus einem Publikum herauskitzeln«, sagte sie. »Aber die Zuschauer so ehrfürchtig zurücklassen, dass sie zu gar keiner Reaktion fähig sind? Das ist wirklich bemerkenswert!« Sie lächelte ihn an. »Ich glaube, du hast vielleicht das letzte Werk mortaler Kunst geschaffen.«

Er war so perplex von ihren Worten – und deren Implikationen –, dass es einen Moment dauerte, bis er merkte, dass Trina seine Hand gegriffen hatte. Und diesmal ließ sie nicht wieder los.

Af Klint wandte sich an Ms. Cappellino und sagte sanft: »Belinda, es ist Zeit.«

Der Klang dieser Worte gefiel Morty gar nicht. »Warten Sie«, sagte er. »Was?«

»Ich habe euch versichert, dass für euch vier nie die Gefahr bestand, nachgelesen zu werden«, sagte Af Klint. »Aber das galt nicht für eure Lehrerin.«

Das traf alle wie ein Schock, der rasch in Panik umschlug. Nur Ms. Cappellino wirkte nicht überrascht.

»Sie wussten es?«, fragte Wyatt.

»Nein«, erwiderte Ms. Cappellino, »aber ich hatte einen Verdacht.«

»Warum?«, wollte Trina von Af Klint wissen. »Warum müssen Sie das tun?«

Aber Ms. Cappellino hob die Hand, um sie zum Schweigen zu bringen. »Meine Arbeit ist getan, mein Leben ist vollendet«, erklärte sie ihren Schülerinnen und Schülern mit einer Dankbarkeit und Zufriedenheit, die es ihnen leichter machte. »Ich bin sterblich geboren«, fuhr sie fort. »Als Lehrerin bin ich von Bedeutung für meine Ära – aber nicht für die Zukunft. Das neue Zeitalter der Unsterblichkeit geht über meinen Verstand.«

Af Klints Miene verdüsterte sich. »Es ... rumort ... innerhalb des Scythetums«, sagte sie. »Einige sind der Ansicht, dass es eine Säuberung von allen sterblich Geborenen geben sollte – um die Welt vom mortalen Denken zu befreien. Aber ich finde, eure Lehrerin hat die Achtung verdient, von einer Scythe nachgelesen zu werden, die sie und die großartige Arbeit, die sie geleistet hat, zu würdigen weiß.«

Ms. Cappellino wirkte nicht besorgt, sondern beinahe erleichtert. Mit Tränen in den Augen breitete sie die Arme aus und drückte jeden von ihnen an sich. »Es war die Ehre meines Lebens, eure Lehrerin zu sein. Und ich weiß, dass ich, selbst wenn ich nicht mehr bin, in eurem Werk unsterblich bleibe.«

»Genau wie ich«, sagte Af Klint mit einem Blick auf Mortys Gemälde. »Belinda, heben Sie jetzt den Kopf und blicken in den Himmel.«

Mit einem angedeuteten Lächeln wandte Ms. Cappellino die Augen zu den Wolken, die sich im Blau über der Glaskuppel des Atriums ballten, als Af Klint näher trat.

»Nein«, rief Morty.

Aber was hätte er machen sollen? Er konnte nur zusehen, wie die Scythe mit der Klinge an ihrer Fingerspitze die zarte Haut von Ms. Cappellinos Hals berührte ... und im nächsten Moment ihre Leiche sanft in die Arme ihrer Schüler bettete, deren Welt sich von einem Augenblick zum nächsten verändert hatte.

»Bleibt bei ihr, solange ihr mögt«, sagte Af Klint mit einer sanften Aufrichtigkeit, die im Widerspruch zu ihrem gesamten Wesen zu stehen schien. »Ich werde dafür sorgen, dass niemand euch stört, bis ihr so weit seid.« Dann verließ sie den Raum, ohne sich umzusehen.

»Ms. Cappellino hat es willkommen geheißen ...«, sagte Morty in dem Versuch, denselben Lichtstrahl zu entdecken, den ihre Lehrerin im Augenblick ihres Todes gesehen hatte.

Wyatt schüttelte den Kopf. »Das werde ich nie verstehen können.«

»Weil du nicht sterblich geboren bist, du Idiot«, sagte Wynter unter Tränen.

Aber es war Trina, die mit ihrer eigenen inneren Camera obscura, die Wahrheit des Ganzen wirklich erfasste.

»Sie hat gesagt, ihr Leben sei vollendet«, gab sie zu bedenken. »Das ist eine Erfahrung, die wir alle nicht mehr machen werden. Selbst wenn wir eines Tages nachgelesen werden. Denn wir sind nicht sterblich geboren. Von diesem Moment an wird niemand mehr wissen, wie es sich anfühlt, ein vollendetes Leben geführt zu haben.«

Morty nahm Trinas Hand und lächelte.

Mit Tränen in den Augen erwiderte sie sein Lächeln – denn beide wussten, dass sie einem vollendeten Leben gemeinsam vielleicht einen kleinen Schritt näherkommen konnten.

Und so verharrten sie kniend in einem klassischen barocken Tableau, wie Ms. Cappellino ihnen erklärt hätte. Vier Schülerinnen und Schüler, die den Leichnam ihrer gefallenen Mentorin in den Armen hielten – im Atrium eines Museums, an einem Tag, der als der letzte echte Tag der Sterblichkeitsära in die Geschichte eingehen sollte.

Kapitel 8: **Black Knights' Tango**

»In Anonymität liegt Weisheit, Kittisak«, sagte Großmutter. »Und Schweigen bedeutet Sicherheit. Unsichtbarkeit führt zu einem langen und glücklichen Leben.«

Großmutter hielt Kitt häufig solche Vorträge, während er ihr bei der Gartenarbeit zur Hand ging. Er war daran gewöhnt – und sie war daran gewöhnt, dass er ihr widersprach.

»Unsere Leben sind schon lang genug«, entgegnete Kitt. »Aber Länge und Zufriedenheit gehen nicht immer Hand in Hand, *Yai*.«

Sie antwortete nicht. Stattdessen entdeckte sie vor sich die größte und schönste Orchidee und schnitt sie ganz vorsichtig am Boden ab. Damit verdeutlichte sie ihr Anliegen: Wenn man auffiel, zog man damit die Aufmerksamkeit derjenigen auf sich, die das eigene ewige Leben verkürzen konnten. Aber andererseits: Worum ging es denn im Leben, wenn nicht darum, sich vollständig in der Sonne auszustrecken?

»Wir sind alle stolz darauf, was du erreicht hast, Kittisak. Aber könntest du vielleicht etwas weniger erfolgreich sein?«

Das brachte Kitt zum Lachen. »Mit Absicht Partien verlieren, meinst du?«

Großmutter verzog die Augen zu Schlitzen. »Ist es nicht edel, anderen von Zeit zu Zeit einen Sieg zu gönnen? Schach verlangt Opfer; strategische Kapitulation könnte ein lebensbejahender Schachzug sein.«

»Absichtlich verlieren ist unmoralisch«, konterte Kitt. »Das ist nur eine andere Art von Mogeln.«

Eine Unterhaltung mit seiner *Yai* – seiner Großmutter mütterlicherseits – glich einem Schachspiel. Auch wenn Großmutter es nicht gerne hörte, seine Kompetenzen in strategischem Zusammenspiel hatte er in Gesprächen mit ihr erworben.

»Ich ertrage den Gedanken nicht, dass du uns von einem Scythe genommen wirst, nur weil er sieht, wie hell dein Licht scheint«, erklärte sie ihm, während sie die Heckenschere in ihre Schürze steckte. »Scythe wollen das Licht dimmen, die Besten und die Klügsten ausmerzen.«

»Nicht immer. Häufig löschen sie auch die nicht so hellen Lichter aus.«

»Du hast gerade meine Aussage bestätigt«, sagte Yai. »Zu hoch oder zu tief, dann erregst du ihre Aufmerksamkeit. Am besten befindet man sich im Mittelfeld.«

Wie die Fische bei mir in der Schule, dachte Kitt. *Immer voller Angst, an den Rand des Schwarms zu geraten.* Aber wenn man sich in der Masse versteckte, war das eigene Leben auch nur das der Masse. Mehr sah man nicht, mehr erlebte man nicht. Ermutigte der Thunderhead die Leute nicht immer, ihren Erfahrungshorizont zu erweitern? Nach Großartigkeit und nicht nach Mittelmäßigkeit zu streben? Er drängte die Leute immer, die unerschrockene Ursprünglichkeit der Sterblichen der faden Konformität der Unsterblichen vorzuziehen. Aber seine Großmutter war nur sehr selten mit dem Thunderhead einer Meinung.

Sie reichte ihm die Orchideen, die sie geschnitten hatte. »Stell sie auf dem Küchentisch in eine Vase. Sie werden hübsch aussehen. Bis sie sterben.«

Kitt fragte sich, ob Yais Hang zu stiller Anonymität nur auf die Angst vor Scythe oder aber auf die Weisheit ihrer sterblichen buddhistischen Vorfahren zurückzuführen war. Schließlich war Wettbewerb laut dem achtfachen Pfad des Buddhismus etwas, von dem man sich lösen musste – auch wenn es sich um einen Wettbewerb in einem Denksport wie Schach handelte.

»Wenn du dein Schachbrett betrachtest, siehst du dann die Welt?«, fragte Yai. »Die Gefahren, denen du gegenübertreten, und die Opfer, die du bringen musst?«

»Ständig«, erklärte Kitt ihr. »Wenn ich weniger sehen würde, dann wäre ich kein Meister.«

»Und dennoch besteht die Welt nicht nur aus Schwarz und Weiß, sondern aus endlosen Grautönen«, sagte sie, während sie den Garten verließ. »Das wirst du lernen. Ich hoffe nur, du lernst es nicht auf die harte Tour.«

Bangkok war – und das wird sich wahrscheinlich auch nie ändern – eine riesige, weitläufige Stadt. Es war der größte Ballungsraum in der Region LaoSiam und hatte sich seit der Sterblichkeitsära nur wenig verändert.

Unmögliche Wolkenkratzer, den wildesten Architektenträumen entsprungen, ragten über bescheidenen Behausungen empor, die funktionell und gemütlich waren. Weiter oben schwelgten die Menschen im Luxus, während die Menschen unten ein traditionelles Leben am Fluss Chao Phraya führten und in Booten aus Teakholz das riesige Kanalnetzwerk entlangfuhren. Es gab die einen, die großen Trost in den alten Traditionen fanden, und andere, die alles Neue liebten, in offenen Sky Lounges tanzten, um dabei Mond und Sternen nah zu sein.

Diese beiden Lebensstile waren in viel besserer Balance als noch in der Sterblichkeitsära. Tradition ohne Armut. Zukunftsorientiertes Denken ohne Elitismus. Eine Harmonie, die nur unter dem wohlwollenden Blick des Thunderhead existieren konnte. Es gab Menschen, die glaubten, dass der Thunderhead und der Buddha ein und derselbe waren, aber der Thunderhead stritt das immer direkt ab.

Kittisak Kansaden liebte diese Stadt mit all ihren Schrullen, ihren ärmlichen und ihren protzigen Ecken. Aber am meisten liebte er die Marotten seiner Großmutter, weil diese ihn mit vielen Generationen Kansadens verband, die bereits vor dem Aufstieg des Thunderhead lebten und starben.

Er mochte es zum Beispiel sehr, dass sie knallrote Erdbeerlimo und Mango-Klebreis ins vergoldete Geisterhäuschen stellte, das in einer Gartenecke stand. Essen, um den Hofgeist zu ehren und die Familie vor unberechenbaren Geistern zu beschützen.

»Glaubst du daran, Yai?«, hatte Kitt seine Großmutter vor vielen Jahren gefragt. Denn für ihn zogen die süßen Sachen bloß Fliegen an – aber andererseits wurden die Viecher damit vom Haus ferngehalten, also existierte sogar in dieser Angelegenheit eine göttliche Balance.

In ihrer Antwort wich sie ihm aus – das tat sie meistens – wie ein Springer, der einen lästigen Bauern umrundet.

»Ich tue das, weil meine Großmutter und deren Großmutter es getan haben. Damit ehre ich sie.«

Kitt hatte darüber gelächelt. »Aber deine Großmutter und deren Großmutter leben noch, oben in Chiang Mai.«

Sie hatte abgewinkt, als wollte sie Fliegen verscheuchen. »Du hast überhaupt nicht verstanden, worum es mir geht.«

Die Wahrheit lautete: Kitts Familie erstreckte sich über sehr viele Generationen und war riesig. Es gab nicht nur seine Eltern und Geschwister, sondern auch Tanten und Onkel und Cousins und Großcousins und die Eltern ihrer Eltern und deren Eltern, die aus mehreren unsterblichen Generationen stammten. Sie waren in der ganzen Region verstreut – auf der ganzen Welt, um ehrlich zu sein, aber diejenigen, die in Bangkok geblieben waren, hatten die unerbittlichen Fesseln einer eng miteinander verbundenen Familie ausgebildet. Jeder mischte sich in die Angelegenheiten der anderen ein und wusste mehr über gewisse Dinge als angemessen gewesen wäre. Außer natürlich über die Dinge, über die niemand sprach.

Und seine eigenen Eltern und Geschwister lebten das sorglose Leben der Poststerblichkeitsära. Sie teilten ihre Zeit auf zwischen den hohen Türmen, wo spannende Dinge geschahen, und dem traditionellen Haus der Familie, wo eigentlich nie etwas Aufregendes passierte. Sie gingen zu Hause einkaufen, in den luxuriösen Geschäften von Iconsiam – der größten Mall der Welt –, aßen aber auch an kleinen Ständen auf den Straßen und feilschten um billige Klamotten beim Chatuchak-Wochenendmarkt.

Kitt bevorzugte die Stabilität eines einzigen Lebens – viele verschiedene Lebensstile waren nichts für ihn. Er hatte sich für das alte Zuhause entschieden, weil es dort weniger Ablenkungen gab und er dort nicht auf Aufzüge warten musste. Außerdem war Großmutter eine viel bessere Köchin als seine Eltern.

Diese Woche war es ruhig, weil der Rest der Familie gerade das moderne Leben lebte und nur Kitt und seine Großmutter im alten Haus waren. Kitt hatte seinen Großvater nie kennengelernt – er war das einzige Mitglied der gesamten Familie, das jemals nachgelesen worden war; er war vor Kitts Geburt Scythe Thao Si Sunthon zum Opfer gefallen. Die schöne und zugleich tödliche Scythe war berüchtigt dafür, dass sie auf einem Elefanten sitzend Hauptstraßen entlangritt und Menschen mit einem giftigen Dha-Schwert aufschlitzte. Die meisten Leute konnten ihr schnell ausweichen, wenn sie ihren Elefanten kommen sahen – was für sie in Ordnung war, weil Scythe Sunthon nur die Unaufmerksamen nachlesen wollte.

»Dein Großvater war mit den Gedanken immer ganz woanders«, hatte Yai Kitt einmal erzählt. »Er hat nie registriert, was sich direkt vor seinen Augen abspielte.«

Kitt musste einfach das Orchideen-Arrangement auf dem Tisch anstarren, als sie am Abend nach Yais letzter Mahnung zur Unsichtbarkeit gemeinsam aßen. Die Masche mit den Orchideen war erfolgreich, weil Kitt dadurch immer an ihre Warnung erinnert wurde – auch wenn er sie liebend gern vergessen hätte. Kitt dachte, dass sie nicht mehr darüber sprechen würden, zumindest nicht heute, aber beim Essen kam Yai wieder auf das Thema zurück.

»Du solltest wissen, dass es Gerüchte gibt«, setzte sie an. Dann wartete sie darauf, dass Kitt darauf einging, was er auch tat, und sei es nur, um schnell hinter sich zu bringen, was auch immer Yai sagen würde.

»Was für Gerüchte?«

»Es gibt einen neuen Scythe, der einen Tempel im Norden der Stadt für sich beansprucht hat«, erklärte ihm Yai. »Er ist eines Tages dort aufgetaucht, hat die Mönche rausgeschmissen und sich dort niedergelassen. Er ist mysteriös. Niemand kennt seinen Namen oder weiß über seine Absichten Bescheid.«

»Die Absichten von Scythe sind immer dieselben.«

»Genau«, stimmte Yai zu, »aber die Leute sagen, dass dieser Scythe Spaß an Strategiespielen hat.«

Kitt tat die Bemerkung mit einem Schulterzucken ab. »Das tun viele Menschen.«

»Viele Menschen nehmen auch fehlerhafte Gewohnheiten an«, sagte Yai.

Kitt aß die letzten Bissen. »Ich aber nicht.« Dann ging er in sein Zimmer und schloss die Tür.

Am folgenden Tag verlor er ein Spiel. Glücklicherweise handelte es sich um einen inoffiziellen Wettbewerb – nur ein Trainingsspiel mit einem Schachclub aus Phuket – aber gegen einen Spieler, der nicht annähernd so renommiert war wie Kitt, deswegen schämte er sich dafür. Kitt war zugegebenermaßen mit seinen Gedanken bei Schnittorchideen und mysteriösen Scythe in dunklen Tempeln gewesen – und seine Spielzüge verrieten seinen mangelnden Fokus.

Kitt wusste, dass er verloren hatte – noch ehe er seinen König antippte. Und er hörte die Stimme seiner Großmutter in seinem Kopf.

Gut. Sei weniger gut, als du sein könntest. In der Mittelmäßigkeit liegt die Macht.

Das machte ihn wütend genug, um sich zu sammeln und die nächsten beiden Spiele zu gewinnen, und zwar in solch demütigender Geschwindigkeit, dass den Zuschauern die Münder offen stehen blieben.

Seine Großmutter war im Garten, als er nach Hause kam, und er ging nicht nach draußen, um sie zu begrüßen. Stattdessen verzog er sich direkt in sein Zimmer, um seine Fähigkeiten gegen die scharfe geistige Klinge des Thunderhead zu schärfen.

Kitt spielte regelmäßig gegen den Thunderhead. Und verlor auch regelmäßig, weil niemand – nicht einmal die besten Schachspieler aller Zeiten – den Thunderhead jemals besiegen konnten. Außer natürlich, wenn er im Menschenmodus spielte – was Kitt hasste.

»Ich finde es schrecklich, wenn du mich gewinnen lässt«, beschwerte er sich immer.

»Menschenmodus ist nicht gleichzusetzen mit gewinnen lassen«, erklärte ihm der Thunderhead sanft. *»Wenn ich als Spassky oder Capablanca spiele, trittst du immer noch gegen eine Simulation der stärksten menschlichen Herausforderer an. Wenn ich meinen Intellekt drossele, wird das Spiel weniger vorhersehbar und macht dir deswegen mehr Spaß, weil du weißt, dass du gewinnen kannst.«*

»Ich lerne aber nichts, wenn du im Menschenmodus spielst«, antwortete Kitt. »Ich lerne nur etwas, wenn du dir alle Mühe gibst. Ich lerne nur, wenn ich verliere.«

Also verlor er. Immer und immer wieder. Und so wurde er zu etwas Besonderem, genau wie die Orchidee, die seine Großmutter so kurzerhand mitten auf den Esstisch gestellt hatte. Inzwischen war Kitts ganzes Zimmer voller Medaillen, Pokalen und Urkunden, alle in glänzendem Gold, es ähnelte fast schon einem Tempel.

»Ich bin wirklich sehr stolz auf dich«, erklärte ihm der Thunderhead, aber das erinnerte Kitt nur daran, dass er diesen Satz nicht oft genug von den Menschen in seinem echten Leben hörte.

Bei ihrem zweiten gemeinsamen Spiel in der Nacht sagte der Thunderhead etwas Seltsames.

»Bist du sicher, dass du diesen Zug machen willst?«, fragte er.

»Ich habe schon gezogen«, antwortete Kitt. »Ich kann das nicht mehr ändern.«

»Ich erlaube es dir.«

»Das ist gegen die Regeln«, sagte Kitt und lehnte den Vorschlag ab. »Spiel einfach.«

»Na schön.«

Von da an waren es noch sechzehn Züge bis zum Schachmatt.

Kitt wollte gerade den Holoscreen löschen, aber der Thunderhead hielt ihn davon ab.

»Ich würde dir gerne etwas zeigen.«

Der Thunderhead analysierte ihre Spiele immer. Kitt mochte diese Analyse inzwischen genauso sehr, wie das Spiel an sich – wenn nicht noch lieber.

Der Thunderhead stellte auf dem Brett das Spiel bis zu dem Zug wieder her, bei dem er Kitt eine Korrektur angeboten hatte.

»Schau dir das mal genau an«, sagte der Thunderhead.

»Ich muss es mir nicht genau anschauen«, erklärte Kitt. »Ich weiß es.«

Kitt war kein Angeber, er sagte die Wahrheit. Einige Menschen hatten die Fähigkeit, sich viele zukünftige Züge vorzustellen oder sogar das ganze Spiel im Kopf zu spielen. Kitt konnte das nicht. Stattdessen sah er das ganze Brett im Moment, merkte es sich und wusste genau, welcher Zug am günstigsten wäre. Diese Züge schienen sich in seinem Kopf hervorzuheben.

»Genau diese Aufstellung ist als ›Hammortree-Schisma‹ bekannt«, erklärte der Thunderhead.

Kitt kannte diesen Namen. Chantal Hammortree war eine Großmeisterin aus der Frühzeit der Unsterblichkeitsära. Etliche berühmte Spielzüge wurden ihr zugeschrieben, aber von diesem hatte er noch nicht gehört.

Der Thunderhead markierte einen seiner Läufer – den Kitt beim Spiel geschlagen hatte. *»Dass du den Läufer mit dem Turm deines Königs schlägst, scheint auf verschiedenen Ebenen der beste Zug zu sein. Doch das täuscht.«* Anschließend ging der Thunderhead jeden möglichen Zug durch. *»Sobald du den Läufer geschlagen hast, verlierst du ganz sicher nach sechzehn Zügen, egal, welcher Zug darauf folgen mag. Andererseits: Wenn du irgendeinen anderen Zug machst, gewinnst du garantiert in zwölf Zügen.«*

Kitt war fasziniert und verbrachte die nächste Stunde damit, die Züge nachzuvollziehen, um sich zu beweisen, dass es wirklich stimmte. Es wirkte so, als würde dieser einzige Schachzug auf ebendiesem Brett das Spiel in zwei Teile spalten und das Schicksal der Spieler vorherbestimmen.

»Wie kann es sein, dass ich das noch nicht wusste?«

»Das wissen nur sehr wenige Menschen«, erklärte ihm der Thunderhead. *»Nicht einmal die Großmeisterin Hammortree wusste es.*

Aber weil ich mich an jedes postmortale Spiel erinnern kann, das jemals gespielt wurde, bin ich darüber gestolpert.«

Der Gedanke daran, dass der Thunderhead über eine verborgene Wahrheit *stolperte*, brachte Kitt zum Lächeln. Das muss etwas äußerst Seltenes gewesen sein. Es muss dem Thunderhead Freude bereitet haben.

»Deswegen spiele ich so gerne gegen dich«, erklärte Kitt ihm. »Nicht nur ich kann dabei etwas lernen, du kannst es auch.«

An Freitagen ging es bei Familie Kansaden immer wuselig zu, weil alle aus dem luxuriösen Leben nach Hause zurückkehrten und gemeinsam mit Großmutter zu Abend aßen, einige blieben sogar das ganze Wochenende. Deswegen waren an dem Abend, als der Brief ankam, alle da.

Briefe waren in dieser Zeit gar nicht so ungewöhnlich, weil es einen wachsenden Trend gab, sich an der Einfachheit von handgeschriebener Sprache zu erfreuen. Solche Schriftstücke waren normalerweise an seine größeren Brüder adressiert und stammten von Mädchen, deren Herzen sie irgendwann brechen würden. Oder sie waren für seine Schwestern, von Jungs, die ihnen wahrscheinlich die Herzen brechen würden. Kitt hingegen war in pragmatischen Kreisen unterwegs, die nichts von Prosa und den blumigen Schnörkeln der Kommunikation mit Stift und Papier hielten. Als Großmutter also an der Tür den Brief vom Briefträger entgegennahm und ihn in ein Regal legte, dachte sie nicht weiter drüber nach.

»Was ist das?«, fragte Lalita, Kitts jüngste Schwester.

»Nichts, das wir uns vor dem Abendessen anschauen müssen«, erklärte ihr Yai und bereitete weiter die Mahlzeit zu, mit der Hilfe von jedem, der bereit war, sich ihrem mit eiserner Faust geführten Küchenregiment zu unterwerfen.

Alle außer Yai hatten den Brief völlig vergessen. Dann, nach dem Abendessen, als jedes Familienmitglied sich um seinen eigenen Kram kümmerte, ging sie zu Kitt.

»Der Brief, der heute gekommen ist, ist für dich«, sagte seine Großmutter ganz ruhig und hielt ihm den Umschlag hin.

»Für mich?«

Ihm fiel niemand ein, der sich die Zeit nehmen würde, ihm einen handgeschriebenen Brief zu schicken. Vor allem keinen so extravaganten wie diesen hier. Der Umschlag bestand aus glänzendem Goldpapier, und darauf stand sein Name, geschrieben mit leuchtend grüner Tinte.

Sein Bauchgefühl riet Kitt, ihn nicht zu öffnen. Seine Neugier war anderer Ansicht.

Er drehte ihn um, brach das grüne Wachssiegel und zog eine Einladungskarte heraus, im selben glänzenden Gold wie der Umschlag,

Kittisak Kansaden,
wir erwarten dich
am neunten Juni, im Jahr des Straußes.
Ein Fahrer wird dich im Morgengrauen abholen.

Es gab keinen Briefumschlag für die Antwort. Keine Möglichkeit, die Einladung abzulehnen. Das bedeutete, man konnte diese Einladung nicht ablehnen.

»Was ist das?«, fragte Kitt.

Er konnte den Gesichtsausdruck seiner Großmutter nicht lesen, sie drehte die Einladungskarte um. Auf der Rückseite prangte das unverwechselbare Symbol des Scythetums.

»Erzähle deinen Eltern nichts davon«, befahl ihm Yai. »Sie werden es dir nur schwerer machen. Ich werde es ihnen sagen, wenn es an der Zeit ist.«

Kitt dachte in dem Moment, sein Herz würde stehen bleiben.

Aber das, was seine Augen sahen und was sein Körper fühlte, war voneinander abgekoppelt. Sein Herz schlug weiter. Es hörte nicht auf. Doch bald, wurde ihm klar, würde es aufhören.

»Was soll ich machen, Yai?«

»Du wirst dich dem stellen, was kommt«, sagte Yai. Tränen sammelten sich in ihren Augen, aber sie ließ sie nicht die Wangen hinunterfließen. »Du bist jetzt die Orchidee, Kittisak.«

An dem verhängnisvollen Morgen wollte ihn der Thunderhead nicht aufwecken. Er hatte deutlich gemacht, dass er sich nicht in Scythe-Angelegenheiten einmischen konnte, was anscheinend bedeutete, dass er ihn am Tag seiner Abholung nicht wecken durfte.

»Im Schrank deiner Großmutter steht ein Aufziehwecker, links in der zweiten Kiste auf dem rechten Stapel«, erklärte er Kitt. *»Wenn er noch funktioniert, wird er dich wecken.«*

Kitt konnte den Gedanken nicht abschütteln, dass der Thunderhead in der Angelegenheit passiv-aggressiv war.

»Du bestrafst das Opfer«, beschuldigte Kitt ihn.

»Nein«, insistierte der Thunderhead. *»Aber ich werde es ihm nicht einfacher machen, dich abzuholen. Wenn du nicht zur verabredeten Zeit aufwachst, dann lebst du vielleicht einige Minuten länger.«*

»Oder es macht den Scythe wütend und führt dazu, dass er mein Leben schneller beendet.«

Der Thunderhead dachte darüber nach und sagte dann: *»Letztendlich ist es auch irrelevant – weil deine Großmutter mich gebeten hat, sie aufzuwecken. Wenn dein Wecker nicht klingelt, weckt sie dich auf.«*

»Warum hast du mir das nicht gleich gesagt?«

Und natürlich lautete die Antwort: *»Du hast nicht gefragt.«*

An diesem Morgen klingelte der alte Aufziehwecker – allerdings drei Minuten zu früh. Kitt duschte und zog sich an. Er schlüpfte jedoch nicht in seine besten Klamotten, weil er fand, dass der Scythe, der sein Leben beenden würde, ihn nicht in seinem feinsten Zwirn verdient hatte. Er kleidete sich trotzdem schick, weil es der Anlass erforderte. Er packte keine Tasche – wozu sollte das gut sein? Er nahm nichts mit, außer der Kleidung, die er am Leib trug, und seinen Glücksspringer in der Tasche. Der hatte ihm schon viele Siege eingebracht.

»Ich will, dass du Folgendes weißt«, sagte der Thunderhead, kurz bevor Kitt das Zimmer verließ, *»nach deiner Nachlese werde ich es regnen lassen, es fängt im Norden an und zieht nach Süden, durch ganz LaoSiam, zu deinen Ehren.«*

Und obwohl Kitt gerührt war, frustrierte ihn auch die Tatsache, dass der Thunderhead nichts tun konnte, um ihm zu helfen.

»Wenn du das für jeden machst, der nachgelesen wird«, sagte Kitt, »würde die Welt überflutet.«

»Das tue ich nicht«, antwortete der Thunderhead. Und beließ es dabei.

Kitt hatte sich am Wochenende schon verabschiedet. Bei seinen Eltern, seinen Geschwistern und Freunden – obwohl er nur eine Handvoll enge Freunde hatte, die eine Verabschiedung verdient hatten. Niemand wusste oder ging auch nur davon aus, dass der Abschied endgültig sein würde, weil er nichts von seinem Schicksal erzählte. Kitt beneidete sein Erinnerungskonstrukt nicht, das in den kommenden Tagen gefragt werden würde, warum er niemandem erzählt hatte, dass er zur Nachlese auserwählt worden war. Kitt wusste genau, was sein Erinnerungskonstrukt sagen würde, denn schließlich wäre es eine perfekte mentale Replik von ihm – allerdings eine ohne die Bürde des tatsächlichen Lebens oder das Bewusstsein der Verantwortung.

»Ich habe es nicht verraten«, würde sein Konstrukt antworten, »weil ich nicht meine letzten Tage damit verbringen wollte, euch zu trösten.« Das war eine ehrliche und unverblümte verbale Schachmatterklärung.

Und deswegen waren an *dem* Morgen seine Eltern und Geschwister wieder in ihre Luxusleben zurückgekehrt und hatten nicht den blassesten Schimmer, dass sie Kittisak zum letzten Mal gesehen hatten.

Aber Yai war da. Während sie ihm in der Dunkelheit vor dem Sonnenaufgang Frühstück zubereitete, sagte sie sehr wenig, fragte ihn nur, ob er Salz für sein *Khao Tom* brauchte. Die richtige Antwort darauf lautete natürlich »nein«, denn alles andere würde implizieren, dass Yai es nicht vernünftig gewürzt hatte. Auf diese Weise fischte seine Großmutter nach Komplimenten. Obwohl Kitt vermutete, dass sie ihm liebend gern jedes Gewürz gegeben hätte, nach dem er verlangte.

Nur einmal, zwischen zwei Löffeln, hüpfte ihm das Herz in die Kehle – vor lauter Angst vor dem, was kommen würde. Aber er schluckte und schluckte noch einmal –, dann war es weg.

Der Fahrer kam an, klopfte an der Tür – die ersten Sonnenstrahlen waren kaum wahrnehmbar.

»Darf ich reinkommen?«, fragte der Fahrer, als Yai die Tür öffnete.

»Nein«, sagte diese kalt. »Ein Lakai des Todes wird keinen Fuß in dieses Haus setzen.«

Das brachte den Fahrer zum Lachen. »In Ordnung. Dann warte ich hier draußen – aber lassen Sie mich nicht zu lange hier stehen. Er mag es nicht, wenn die Leute ihn warten lassen.«

Kitt stand weiter hinten im Schatten des Zimmers. Seine Großmutter schloss die Tür, aber nicht ganz. Sie ließ sie einen Spalt geöffnet, damit der Fahrer nicht dachte, sie würden sich der Vorladung widersetzen. Sie hatte ihre Tränen immer noch nicht fließen lassen. Aber Kitt wusste, dass sie kommen würden, sobald er sich auf den Weg gemacht hatte. Yai würde nach seinem Weggang Sturzbäche weinen, die ebenso mitreißend wären wie die Regenfälle des Thunderhead. Und dennoch wusste Kitt auch, dass sie die einzige sein würde, die bei seiner Beerdigung nicht weinen würde. Sie würde darauf bestehen, die Schulter zu sein, bei der sich die anderen anlehnen könnten.

Kitt versuchte, sich zusammenzureißen, aber seine Angst vermischte sich mit der Trauer darüber, dass er seine Großmutter nie wiedersehen würde, und er begann zu zittern.

»Ich sollte dir raten, stark zu sein und keine Angst zu haben«, sagte seine Großmutter. »Aber bei einem solchen Ereignis keine Angst zu haben zeugt nicht von Stärke, sondern von Dummheit.«

Das brachte Kitt zum Lachen – trotz seines Gefühlschaos.

»Ich habe den Namen des Scythe herausgefunden«, sagte sie. »Es ist weder schockierend noch beeindruckend. Er heißt Scythe Bergman. Ursprünglich stammt er aus EuroSkandia, er wechselt aber alle paar Jahre den Ort. Ich wünschte, er wäre woandershin gegangen.«

»Danke, Yai«, sagte Kitt, »dafür, dass du mich vor meiner eigenen Dummheit beschützen wolltest.«

Doch sie schüttelte den Kopf. »Es war meine eigene Dummheit. Es war dumm und egoistisch von mir, dein Talent unterdrücken zu wollen. Du bist ein Geschenk für diese Welt. Und was die Welt aus diesem Geschenk macht, liegt nicht in unseren Händen.«

Er umarmte seine Großmutter, bis er aufhörte zu zittern und die Stärke aufbrachte, sich zu bewegen.

»Auf Wiedersehen, Großmutter«, sagte er.

Sie küsste ihn auf die Wange, sagte aber selbst nicht auf Wiedersehen, vielleicht weil sie den Abschied damit real gemacht hätte. Dann ging er zur Tür hinaus und kämpfte gegen den Drang an, wieder umzukehren.

Er hatte eine Welt verlassen und befand sich nun auf der Durchreise in die nächste. Sein einziger Begleiter war der Springer aus Elfenbein in seiner Tasche – und ein schlecht rasierter, grober Fahrer.

Weil es einen Fahrer gab, wusste Kitt, dass er nicht in einem gewöhnlichen Publicar reisen würde, denn diese waren selbstfahrend. Er hatte eine schicke, gut ausgestattete Limousine des Scythetums erwartet, aber eher das Gegenteil war der Fall. Er fuhr in einem altmodischen offenen Tuk-Tuk.

»Euer Ehren bevorzugt altmodische Fahrzeuge«, erklärte ihm der Fahrer. »Äußerst altmodische Fahrzeuge.«

Das Fahrzeug gab seltsame Geräusche von sich und verpestete mit seinem fiesen Gestank die Luft.

»In der Sterblichkeitszeitära hat die ganze Stadt so gerochen«, sagte der Fahrer, der vorne auf seinem Sitz saß. »Dunst überall, die Menschen husteten, und ihre Lungen bekamen etwas, das man damals ›Krankheit‹ nannte. Das war, bevor der Thunderhead Verbrennungsmotoren verboten hat. Nur Scythe dürfen sie jetzt noch verwenden, weil für sie die Regeln des Thunderhead nicht gelten.«

Um sie herum waren zahllose andere, leise, solarbetriebene und selbstfahrende Tuk-Tuks unterwegs, die in halsbrecherischer Geschwindigkeit Publicars und Motorrädern auswichen und sich durch den Verkehr schlängelten, aber niemals in einen Unfall verwickelt waren. Kitts Tuk-Tuk machte mit einem laut furzenden Motor auf sich aufmerksam. Es erregte überall Aufmerksamkeit. Die Menschen dachten wahrscheinlich, der Fahrer wäre entweder ein Widerling, der unbedingt geschnappt werden wollte, oder dass es sich um ein Fahrzeug des Scythetums handelte – und da es von den Ordnungshütern nicht aus dem Verkehr gezogen wurde, wussten die Leute, dass die zweite Vermutung richtig war. Fremde blickten Kitt traurig an, weil sie wussten, dass der arme Junge zu seinem Ende chauffiert wurde.

»Wie weit ist es denn noch?«, fragte Kitt, als sie in den *Sukhumvit District* abbogen – dem wuseligsten Stadtviertel, in dem sie von so vielen Menschen angestarrt wurden, dass er langsam ein beklemmendes Gefühl bekam.

»Warum, willst du möglichst schnell sterben?«, fragte der Fahrer. Dann lachte er. »Keine Sorge, heute wirst du nicht sterben«, erklärte er Kitt.

»Morgen vielleicht, aber nicht heute.«

»Wie weit ist es denn noch?«, fragte Kitt noch einmal.

»Vier oder vielleicht fünf Stunden.«

»Stunden?«

»Der Tempel von Euer Ehren befindet sich ganz im Norden der Stadt.«

»Und er hat ein Tuk-Tuk geschickt?«

»Das macht er eben«, sagte der Fahrer. »Ich stelle keine Fragen, ich fahre einfach dorthin, wohin ich geschickt werde.«

Wat Pha Sorn Kaew – der Tempel des gläsernen Felsens – befand sich ganz oben auf einem Berg am Ende einer engen, kurvenreichen Straße. Und er war prachtvoll.

Dort standen riesige, alabaster-weiße Buddhas – fünf saßen in einer Reihe nebeneinander, in aufsteigender Größe, wie TransSiberianische Matroschkas. Der größte trug die Große Siegeskrone, deren goldene Spitze in den Himmel ragte.

Überall waren Mosaike, bestehend aus Millionen winziger Teile – die Arbeit Hunderter oder vielleicht sogar Tausender

Mönche und Kunsthandwerker aus der späten Sterblichkeitsära. Strudel leuchtender Farben, die wundervoll anzusehen waren.

»Weiter kann ich nicht fahren«, sagte der Fahrer, als sie am Ende der Straße angekommen waren. Er zeigte auf eine hohe Treppe aus Mosaiken, die im Himmel zu verschwinden schien. »Dort oben erwartet er dich.«

Kitt stieg aus dem Tuk-Tuk und ging die Treppe hinauf, um den Mann kennenzulernen, der ihn umbringen würde.

Die Treppe hatte ihn zu einer weitläufigen Terrasse geführt, über der die fünf verschachtelten Buddahs wachten. Dort, inmitten eines großartigen runden Mosaiks, war Scythe Bergman. Wie die Buddhas saß er im Lotussitz – obwohl Kitt den Eindruck hatte, er würde das nur machen, weil es gut aussah. Um seinen Gast zu beeindrucken.

Seine Robe war von einem metallischen Grau, aber als Kitt näher herankam, entdeckte er, dass sie in Wahrheit aus Metallfäden bestand. Vielleicht eine Art Stahlgewebe. *Ist bestimmt heiß*, dachte Kitt, weil die Terrasse keinen Schutz vor der Sonne bot, doch er behielt den Gedanken für sich. Allerdings, wenn Wolken aufzogen – oder vielleicht sogar ein Gewitter –, wäre dieser Scythe ein perfekter Blitzableiter. Kitt dachte kurz darüber nach, vom Tod begnadigt zu werden, falls aus dem Himmel zornige Blitze auf den Scythe abgefeuert wurden – und ihn so sehr grillten, dass eine Wiederbelebung nicht möglich war.

»Willkommen, Kittisak Kansaden«, sagte Scythe Bergman. »Du hast dir auf dem Weg hierher Zeit gelassen.«

»Wir sind bei Sonnenaufgang aufgebrochen«, sagte Kitt, »aber es ist ein langer Weg für ein Tuk-Tuk.«

Kitt schaute sich nach einer Waffe um. Weil der Scythe sich derart ausstaffiert hatte, dachte Kitt, er würde vielleicht ein edelsteinbesetztes Schwert aus einer alten Dynastie nutzen. Wenn das stimmte, würde Kitts Nachlese nicht lang dauern. Kitt schluckte und versuchte, seine Angst zu sublimieren. Hatte der Tuk-Tuk-Fahrer nicht gesagt, er würde heute nicht sterben? Vielleicht hatte er auch gelogen.

Der Scythe machte allerdings auch keine Anstalten, ihn nachzulesen.

»Du hast bestimmt Hunger.«

»Eigentlich nicht.«

Scythe Bergman reckte den Zeigefinger in die Luft. »Hier kommt ein guter Ratschlag: Du solltest eine Essenseinladung von einem Scythe immer annehmen. Besonders dann, wenn diese Mahlzeit deine letzte sein könnte.«

Das Mittagessen wurde am Tisch in der Hauptpagode serviert – deren Innenbereich ebenso aufsehenerregend war wie alles andere in dem Tempel. Der Scythe hatte anscheinend einige Mönche im Tempel wohnen lassen, damit sie alles in Schuss halten konnten – denn ein paar befanden sich in der Pagode und reinigten die himmlischen Mosaike an den Wänden und in der Kuppel.

Das Essen war wie die Ausstattung – reichhaltig und opulent. *Tom Yum Goong*, mit riesigen Schrimps, die kaum in die Schale passten, und *Panang Curry*, das so gut war wie das seiner Großmutter. Kitt fing vor lauter Nervosität schnell mit dem Essen an, zwang sich aber, langsamer zu machen und die Mahlzeit zu genießen. Jeder Moment, in dem er aß, war ein Moment, in dem er lebte.

»Du musst dich fragen, warum ich dich ausgesucht habe«, sagte Scythe Bergman.

Kitt kannte die Antwort bereits. »Sie haben mich ausgewählt, weil ich ein wenig zu sehr aus der Masse herausgeragt habe. Weil ich etwas zu viel erreicht habe.«

»Man kann nie zu viel erreichen«, sagte Scythe Bergman. »Du hast gerade genug erreicht, um mich zu beeindrucken.«

Dem Scythe kam nicht in den Sinn, dass es schrecklich war, ihn zu beeindrucken.

Als die Mahlzeit vorbei war und die Schüsseln abgeräumt wurden, klatschte Scythe Bergman in die Hände.

»Sollen wir dann anfangen?«

Kitt atmete tief ein. Er seufzte fast, aber nicht richtig. »Sie meinen mit der Nachlese?«

»Das«, sagte Scythe Bergman, »liegt voll und ganz in deiner Hand!« Dann führte er Kitt aus der Pagode einen Pfad entlang zu einem vierbogigen goldenen Gartenpavillon, der unter den zehn wachsamen Augen der verschachtelten Alabaster-Buddhas lag. Unter der Kuppel stand ein Tisch mit zwei Stühlen – und als Kitt näher kam, sah er, dass sich darauf ein Schachbrett aus Gold und Jade befand. Kitt wurde klar, dass seine Großmutter recht gehabt hatte; dieser Scythe liebte Spiele und Strategien ... das bedeutete, dass Kitt nicht nur wegen seiner besonderen Leistung auserwählt wurde, sondern auch wegen der Art seiner Begabung.

Kitt war zum Schachspiel mit dem Tod geladen worden.

Scythe Bergman setzte sich und wartete darauf, dass Kitt ebenfalls Platz nahm. Dann schnappte er sich zwei gegenüberliegende Bauern, versteckte sie hinter dem Rücken und streckte Kitt seine Fäuste entgegen.

»Such dir deine Farbe aus.«

»Welche ist weiß und welche schwarz?«, fragte Kitt.

»Jade ist weiß. Gold ist schwarz«, antwortete der Scythe.

»Wenn das so ist, nehme ich den Bauern in Ihrer linken Hand.«

Kitt wusste nicht, welcher Bauer sich in der linken Faust befand – aber er wollte so tun, als wüsste er es. Denn egal, ob

Gold oder Jade zum Vorschein kommen würde, es würde wie eine bewusste Wahl wirken. Beim Schach ging es nicht nur um Intellekt und Strategie; Psychologie spielte ebenfalls eine Rolle. Lautlose Einschüchterung. Oder, im Fall einiger berühmter Meister, auch nicht sonderlich lautlos.

Bergmans linke Hand hielt den goldenen Bauern, was bedeutete, dass der Scythe mit Jade spielen und somit den ersten Zug machen würde.

Ich schaffe das, dachte Kitt. Vor einigen Momenten hatte er gedacht, er wäre nun fällig, seine Verurteilung zum Tode nicht verhandelbar. Doch nun hatte er eine Chance zu kämpfen.

»Wir spielen drei Spiele«, erklärte ihm Scythe Bergman. »Ein Spiel pro Tag, bis entweder ich zwei Spiele gewinne und dich nachlese oder du zwei Spiele gewinnst und ich dich lebendig wieder nach Hause schicke.«

»Und wenn es zu einem Patt kommt?«, fragte Kitt.

Der Scythe runzelte die Stirn. »Es gibt kein Patt. Wenn das Spiel in einem Patt endet, gewinne ich.«

»So lauten die Regeln aber nicht«, protestierte Kitt.

»Ich bin der Scythe«, sagte Bergman. »Ich mache die Regeln.«

Kitt gab klein bei, weil Bergman recht hatte. Man diskutierte mit einem Scythe nicht über Regeln.

Er nahm sich einen Moment, um die Augen zu schließen und sich vorzubereiten.

Fokussier dich. Schotte dich ab. Vergiss, worum es geht – verbanne diesen Gedanken in die hinterste Ecke deines Gehirns. Du hast jetzt nur eine Aufgabe: Spiel. Dieses. Spiel.

»Fangen wir an«, sagte Bergman.

Die Eröffnung des Scythe war konservativ und gewöhnlich: e4 – der Bauer seines Königs zog zwei Felder vor.

Kitt konterte, indem er den Springer seines Königs und dann den Springer der Dame im nächsten Zug bewegte – das brachte den Scythe zum Grinsen.

»Ah! Black Knights' Tango! Der Tanz des schwarzen Springers!«, sagte er. »Sehr provokant! Eine gewagte Eröffnung, wenn es um das eigene Leben geht.«

»Jetzt sind Sie dran«, sagte Kitt.

»Ich glaube, dass Black Knights' Tango Ende des zwanzigsten Jahrhunderts von einem Merikanischen Schachmeister namens Benjamin irgendwas populär gemacht wurde, der war sogar noch jünger als du.«

»Benjamin war sein Nachname«, korrigierte Kitt den Scythe. »Sein Vorname lautete Joel.« Dann fügte er hinzu: »Und ich hätte ihn schlagen können.«

Der Scythe grinste. »Na, dann wollen wir mal sehen, ob du genauso gut spielen kannst wie angeben.«

Keiner der beiden spielte schnell, das war für Kitt in Ordnung. Beim Blitzschach brauchte man besondere Fähigkeiten – es war eher eine Spielerei, dachte Kitt immer – vielleicht aber auch nur, weil es nicht seine Stärke war.

»Du überlegst dir jeden Zug ruhig und besonnen«, bemerkte Scythe Bergman. »Das gefällt mir an einem Gegner.«

»Aber das wussten Sie doch schon«, sagte Kitt, während er einen Turm ins Spiel schob. »Ich bin mir sicher, dass Sie sich meine Spielweise genau angeschaut haben, bevor Sie mich auserwählt haben.«

»Deine Spielweise *und* deine Stärken«, gab Bergman zu. Dann grinste er. »Aber vor allem deine Schwächen.« Und wie um das zu beweisen, zog Bergman den Läufer seiner Dame in eine bedrohliche Position. Er wusste also, dass diese verdammten Läufer Kitts Untergang waren.

Ich werde mich nicht von Psychospielchen ablenken lassen, dachte

Kitt. *Nicht einmal von einem Scythe.* Er lehnte sich zurück und betrachtete das ganze Brett, suchte nach dem klügsten Zug. Er brauchte eine Weile, bis er ihn sah, aber als es so weit war, ging er entschlossen vor.

Im weiteren Verlauf des Spiels verblassten diese herausragenden Spielzüge zunehmend zu einem neutralen Grau. Kitt wusste, dass seine Gewinnchancen schwanden. Wie lange machte Scythe Bergman das schon, fragte sich Kitt. Fünfzig Jahre lang? Fünfundsiebzig? Hundert? Selbst wenn Kitt mehr Talent hatte, steckte bei Bergman einfach hinter jedem Zug deutlich mehr Erfahrung. Kitt realisierte jedoch: Hier wurde mehr als ein Spiel gespielt. Es war zumindest möglich …

Kitts übrig gebliebener Springer tanzte seinen Tango und schlug einen Jadebauern – das hatte Bergman ganz eindeutig erwartet, weil sein nächster Zug schnell und aggressiv war. Da Bergman sich nun überlegen fühlte, erweiterte Kitt sein Spielfeld.

»Wie wäre es mit einer kleinen Nebenwette?«, schlug Kitt vor.

Der Scythe blickte ihn neugierig an. »Was schlägst du vor?«

»Wenn ich Ihre Dame vor Spielende schlage, schenken Sie meiner Familie Immunität.«

Der Vorschlag entlockte Bergman ein höhnisches Grinsen: »Wenn ich dich nachlese, haben die doch sowieso Immunität.«

»*Falls* Sie mich nachlesen«, erinnerte ihn Kitt. »Und diese Immunität reicht nur ein Jahr. Aber wenn ich Ihre Dame nehme, dann müssen Sie ihnen für Ihre gesamte Lebenszeit Immunität verleihen – als würden sie zu Ihrer Familie gehören.«

Bergman tippte sich auf die Unterlippe und blickte auf das Brett – obwohl Kitt wusste, dass er es nicht betrachtete –, er wägte den Vorschlag ab.

»Das ist eine einseitige Wette«, schlussfolgerte Bergman.

»Ich bekomme nichts, wenn du meine Dame nicht vor Spielende schlägst.«

»Sie haben schon alles«, erklärte Kitt. »Als Scythe können Sie sich einfach alles auf der Welt nehmen.«

»Das stimmt nicht«, korrigierte ihn Bergman. »Scythe dürfen keine Besitztümer haben. Wir dürfen lediglich die Dinge von allen anderen benutzen.«

»Ich meine damit, dass ich Ihnen ohnehin keinen Wetteinsatz bieten kann ... außer der Genugtuung, wenn ich die Wette verliere.«

»Verstehe«, sagte der Scythe. Er dachte noch einen Moment darüber nach, dann nickte er. »Die Wette gilt. Erweiterte Immunität, wenn du meine Dame schlägst.«

Und jetzt, wo die Wette galt, spielte Kitt ein ganz anderes Spiel, denn wenn es darum ging, die Dame zu schlagen und nicht den König matt zu setzen, ändert man die Taktik. Die Strategie, die Kitt nun verfolgte, widerstrebte nicht nur seinen Instinkten – auch Bergman verstand sie nicht, weil die Züge völlig obskur waren. Und während sich das Spiel immer mehr zu Bergmans Gunsten entwickelte, rückte der Scythe langsam einen Bauern ganz links auf dem Brett weiter vor, bis er schließlich auf dem letzten Quadrat angekommen war.

Bergman schlug Kitts Bauern und ersetzte ihn durch einen gefangenen goldenen Turm, den er umdrehte und anstelle des Bauern stehen ließ. »Wir heißen meine neue Schwester auf dem Brett willkommen«, sagte Bergman. »Schach.«

Kitt erfasste die veränderten Positionen mit seinem übrigen Läufer – und ohne zu zögern, zog Bergman einen Läufer diagonal über das Brett.

»Schachmatt«, sagte Bergman.

Kit seufzte und ergab sich, indem er den König hinlegte.

»Ein mitreißendes Spiel!«, sagte Scythe Bergman. »Allerdings hätte ich mehr von solch einem gefeierten Gegner erwartet.«

»Von einer Niederlage kann ich mich noch erholen«, sagte Kitt. »Und zumindest genießt meine Familie jetzt Immunität.«

Bergman runzelte die Stirn. »Aber doch nur, wenn du meine Dame geschlagen hättest.«

Kitt lächelte und zeigte ihm den umgedrehten Turm. »Aber das habe ich doch«, sagte er.

Bergman sah jetzt noch wütender aus. »Wir haben nicht um *diese* Dame gewettet.«

Kitt zuckte die Schultern. »Wir haben nicht genau festgelegt, welche Dame ich schlagen muss – die ursprüngliche oder die zweite. Sie haben Ihren Bauern in eine Dame verwandelt – es hatte alles seine Richtigkeit.«

Bergman blickte ihn böse an. Kitt dachte, der Mann würde ihn vielleicht an Ort und Stelle nachlesen … doch dann brach er in Gelächter aus.

»Gut gemacht«, sagte Bergman nun bewundernd und nicht mehr frustriert. »Wirklich gut gemacht.«

Die nächste Partie fand am folgenden Tag in der Mittagszeit statt. Eine ganze Erdumdrehung Zeit für Kitt, um über seine eigene Sterblichkeit nachzugrübeln. Nach dem ersten Spiel durfte er sich frei in dem weitläufigen Tempel bewegen. Bladeguards waren an verschiedenen Ein- und Ausgängen postiert, außerdem befanden sie sich hier auf einem Berg, und der einzige Fluchtweg führte demnach hinab – niemand schien sich große Sorgen zu machen, dass Kitt vielleicht abhauen könnte.

Er ging ein wenig umher und unterhielt sich mit den Mönchen, die Kacheln reparierten und die Gärten in Schuss hielten. Sie waren nett, aber jede Unterhaltung wirkte gezwungen. Entweder behandelten sie ihn so, als wäre sein bevorstehender Tod ansteckend oder als wäre er bereits nachgelesen. Nervöser Respekt in beiden Fällen – als wäre er bald schon einer der vielen Hausgeister, für die auch hier ein kleines Geisterhäuschen im Garten errichtet worden war und die mit Erdbeerlimo und von der Sonne beschienenen Nachtischen zufrieden waren.

Mein Tod steht nicht zwangsläufig bevor, musste er sich vor Augen führen. *Es besteht noch die Chance, dass ich zwei Spiele hintereinander gewinne.*

Er fragte sich, ob seine Großmutter dem Rest der Familie schon Bescheid gesagt hatte. Wahrscheinlich nicht. Sie würde es wahrscheinlich für sich behalten, bis sie von der Nachlese erfuhr. Er hätte so gern mit ihr gesprochen – mit irgendwem, der ihn kannte – sogar mit dem Thunderhead. Aber selbst wenn die Kameras und Sensoren des Thunderhead an diesem Ort alles mitbekommen hätten, durfte er nicht mit ihm kommunizieren, während er sich im Einflussgebiet eines Scythe befand.

Ich bin allein, dachte Kitt, während er in das spartanische Zimmer zurückkehrte, das sie für ihn zurechtgemacht hatten. *Ich war noch nie so allein.* Er fasste einen Entschluss: Sollte er das alles überleben, würde er sich nicht mehr in einer Welt der Symmetrie und Ordnung verstecken. Er würde sich mit Menschen umgeben. Aber im Augenblick gab es nur ihn, ein Bett und ein einfaches Schachbrett aus Quarz und Obsidian – die einzige Annehmlichkeit in seinem Zimmer. Er spielte, aber ohne ein Gegenüber – und selbst wenn er gewann, verlor er.

»Ich habe mir das Spiel von gestern noch einmal angeschaut«, sagte Scythe Bergman, als Kitt um Punkt zwölf am goldenen Gartenpavillon ankam. »Ich habe dich herablassend behandelt, denn eine genauere Analyse hat mir gezeigt, dass deine Züge viel eleganter waren, als ich angenommen hatte.«

»Ich tue mein Bestes«, antwortete Kitt nur.

»Na, dann hoffe ich dir zuliebe, dass du heute besser spielst«, sagte Bergman. Er fügte hinzu: »Und *mir* zuliebe hoffe ich, dass du es nicht tust.«

Heute hatte Kitt die Jadefiguren, also fing er an. Er machte die Saragossa-Eröffnung: Er zog den Bauern vor dem Läufer des Königs ein Feld vor. Er mochte diese Eröffnung, weil sie den Gegner verwirrte und auf der linken Seite des Bretts Chaos stiftete.

Nach einer halben Stunde war das Spiel immer noch ausgeglichen, keiner war in Führung gegangen.

»Wenn Sie gewinnen«, fragte Kitt, »wie werden Sie mich nachlesen?« Er wollte es nicht nur wissen – er wollte auch den Fokus des Scythe schwächen, ihn vom Spiel ablenken.

»Auf der Großen Terrasse, wo ich dich willkommen geheißen habe«, sagte Bergman. »Am Rand gibt es ein kleines Stück, wo das Geländer entfernt worden ist. Du wirst am Rand stehen und die beeindruckende Aussicht genießen … Und dann werde ich dich schubsen. Du wirst ganz schnell in den Tod stürzen, es wird nur kurz schmerzen.«

»Hmm«, sagte Kitt und gab alles, um objektiv und leidenschaftslos zu klingen. »Ich dachte, Sie nehmen eine Waffe und würden … aktiv mitarbeiten.«

Bergman sträubte sich. »Aktiv mitarbeiten? Ich brauche doch nur meine Hände auf deinem Rücken. Ich bin kein Scythe, der sich am Anblick von Blut erfreut.«

Als Reaktion darauf zog Kitt aus einer vergessenen Ecke einen Läufer übers Feld und schlug einen von Bergmans Springern.

»Viel Glück beim Aufwischen von dem ganzen Blut da vorne«, witzelte Kitt.

»Sei kein Großkotz«, sagte Bergman. »Das macht dich zum Spielverderber.«

Kitt schlug sich in diesem Spiel besser als in dem gestrigen, weil niemand merklich in Führung ging. Bergman dachte nun zwischen den Zügen länger nach. Entweder war er müde – oder er nahm Kitt jetzt als Bedrohung viel ernster. Kitt entschied sich, dass nun ein guter Zeitpunkt wäre, um noch ein wenig Unruhe ins Spiel zu bringen.

»Wie wäre es mit noch einer Nebenwette?«

Bergman seufzte. »Was schlägst du dieses Mal vor?«

»Wenn ich das Spiel gewinne, schwören Sie, Wat Pha Sorn Kaew zu verlassen, sobald unser letztes Spiel vorbei ist. Sie verlassen den Tempel und die gesamte Region LaoSiam.«

»Aber ich bin doch gerade erst angekommen.«

»Dann können Sie doch auch woanders ›gerade erst ankommen‹.«

Bergman knurrte leise, wie ein Leopard.

»Wenn ich verliere«, sprach Kitt weiter, »verliere ich mein Leben. Aber für Sie steht nichts auf dem Spiel. Ist ein Wettbewerb nicht spannender – und erfüllender –, wenn beide Spieler etwas riskieren müssen?«

Bergman sagte nichts – was bedeutete, dass er darüber nachdachte.

»Außerdem«, fügte Kitt hinzu, »nachdem Sie die Spiele gegen mich absolviert und gewonnen oder verloren haben, werden Sie keinen härteren Gegner mehr in der Region finden. Besser, Sie suchen woanders danach.«

Aber Bergman hatte sich noch nicht entschieden. Also spielte Kitt seine letzte Karte.

»Macht nichts«, sagte Kitt. »Wenn Sie so eine Angst vor dem Verlieren haben, dann lohnt die Wette nicht.«

»Ich habe keine Angst vor dem Verlieren! Ich stehe auf dem Brett eindeutig besser da als du!«

»Ganz eindeutig«, sagte Kitt und grinste verhalten.

Stille. Bergman betrachtete nachdenklich das Brett. Währenddessen kam die Sonne hinter einer Wolke hervor, und die Figuren glitzerten, als würden sie lebendig. Als wäre die gesamte Energie der Sonne gebündelt auf diesem Brett und würde darauf warten, von Bergmans nächstem Zug entfacht zu werden.

»Na schön. Wenn du dieses Spiel gewinnst, schwöre ich, dass ich die Region LaoSiam verlasse.«

»Großartig!«, sagte Kitt. »Und jetzt wieder zurück zum Spiel!«

Kitt setzte ihn mit acht Zügen schachmatt.

Kitt wollte in seinem Triumph schwelgen – aber er hatte noch nicht gewonnen. Er musste noch das letzte Spiel für sich entscheiden.

Die Mönche und Scythe Bergmans Diener hielten sich für den Rest des Tages von Kitt fern, weil sich bereits die Nachricht über die schlechte Stimmung des Scythe verbreitet hatte – und das bedeutete, dass jede nette Geste Kitt gegenüber zu einem Donnerwetter geführt hätte.

Vielleicht hätte Kitt Bergman nicht so schnell nach ihrer Nebenwette schlagen sollen. Aber Kitt hatte die Gelegenheit erkannt – und wer weiß, ob es noch einmal eine gegeben hätte? Kitt fragte sich, was gefährlicher wäre: ein wütender Scythe oder ein selbstsicherer? Er stellte sich vor, dass Bergman Tag und Nacht die Partie analysieren würde, die sie gerade gespielt hatten. Und das hieß, er konnte den Mann am besten schlagen, wenn er anders spielte. Ihm keinen Vorteil durch sein Wissen verschaffte. Egal, in welchem mentalen Zustand sich der Scythe morgen befinden würde, Kitt durfte nicht wütend, ängstlich oder übermütig sein. Er musste so sehr präsent sein, wie noch nie zuvor in seinem Leben. Nur so konnte er dem Tod ein Schnippchen schlagen.

Morgens wurde ihm ein reichhaltiges Frühstück gebracht.

All seine Leibspeisen – aber er durchschaute den Trick. Der Scythe hoffte, er würde sich überfressen und träge werden. Deswegen hielt Kitt sich zurück. Er aß gerade genug, um ausreichend Energie zu haben – keinen Bissen mehr.

Dann, als es Mittag schlug, ging er zum Gartenpavillon für das letzte Spiel. Aber zu seiner Überraschung saß bereits jemand anders Scythe Bergman gegenüber.

Es war seine Großmutter.

Kitts erster Gedanke war: *Das ist eine List.* Es konnte einfach nicht sein, dass seine Oma dort in dem goldenen Pavillon saß. Aber als er näher herankam, konnte er es nicht mehr leugnen.

»Ah! Hier ist Ihr Enkel!«, sagte Scythe Bergman und machte sich nicht die Mühe aufzustehen. »Komm, setz dich, Kittisak – Ich habe mir gestattet, für dich einen dritten Stuhl holen zu lassen.«

Der dritte Stuhl, von dem Bergman sprach, befand sich neben dem Tisch. Es war der Stuhl eines Beobachters und nicht der eines Gegners.

Kitt polterte los: »Yai? Was machst du – wann bist du … wie hast du …«

Und seine Großmutter sagte: »Kittisak, du solltest immer eine Frage nach der anderen stellen, wenn du eine schlüssige Antwort haben willst.«

Bergman grinste von einem Ohr zum anderen. Er hatte Kitt gestern wegen Schadenfreude gerügt, aber jetzt strömte ihm selbige aus allen Poren.

»Deine Großmutter hat gnädigerweise angeboten, deinen Platz in unserem letzten Spiel einzunehmen«, sagte Bergman und machte damit Kitts schlimmste Befürchtung wahr. »Sie hat so hartnäckig und leidenschaftlich darum gebeten, dass ich stattgeben musste.«

»Nein!«, schrie Kitt. »Yai, nein! Das kannst du nicht machen.« Dann wandte er sich an Bergman und versuchte, nicht ganz so verzweifelt zu klingen, wie er war. »Das hatten wir nicht vereinbart!«

»Wir haben keine Regeln zu Spielerauswechslungen beschlossen.«

»Das können Sie nicht machen!«

Sanft berührte Yai seine Hand. »Beruhige dich, Kittisak. Es ist schon passiert.«

»Aber wenn du verlierst …«

»Dann«, sagte Bergman, »werde ich sie an deiner statt nachlesen und dich freilassen.«

»Nein!«

Aber Kitt merkte, dass seine Proteste sinnlos waren. Eigentlich zeigte er genau die von Bergman erhoffte Reaktion. Das war die Strafe dafür, dass er gestern gewonnen hatte. Bergman wollte, dass Kitt litt, und ihn hätte fast nichts schlimmer treffen können. Nach dem gestrigen Tag sah Bergman ihn als ernsthafte Bedrohung an, deswegen hatte der Scythe ihn einfach vom Brett gewischt.

»Wollen wir anfangen?«, fragte Bergman.

Und Kitt konnte nur auf dem Beobachterstuhl sitzen und zuschauen.

Heute spielte Bergman wieder mit den Jadefiguren, also machte er den ersten Zug. Kitt spürte, wie sich sein Magen zusammenkrampfte, als der Mann einen Bauern vorzog.

Seine Großmutter blickte auf das Brett und machte nichts.

»Weißt du überhaupt, wie man Schach spielt?«, fragte Kitt.

Sie blickte ihn beleidigt an und antwortete, indem sie einen Springer vorzog und beim nächsten Zug den zweiten.

»Hah!«, sagte Bergman ekelerregend entzückt. »Der Black Knights' Tango! Ich verstehe jetzt, woher Ihr Enkel seinen Wagemut hat!«

Kitt betrachtete seine Großmutter, die ihren stoischen Gesichtsausdruck beibehielt. »Woher kennst du diesen Zug?«

Sie zuckte die Schultern. »Wer sagt denn, dass ich den Namen dafür kenne? Ich hatte nur das Gefühl, dass es richtig sein könnte.«

Das Spiel ging weiter und Kitt schaute zu – wie gefesselt und zutiefst verblüfft. Yais Züge wirkten völlig falsch. Wie die Züge von einer Person, die nicht wusste, was sie tat – das aber voller Selbstvertrauen. Und unglaublicherweise durchkreuzte sie sämtliche Pläne von Bergman. Anfangs dachte Kitt, es würde sich um Anfängerglück handeln, aber Schach ist eins der wenigen Spiele, in denen Glück keine Rolle spielt.

Kitt sah zu, wie das selbstgefällige Lächeln aus Scythe Bergmans Gesicht wich. Der Mann war zu Spielbeginn absolut davon überzeugt gewesen, dass sein Sieg ausgemachte Sache war – überzeugt davon, dass diese Frau sich absichtlich für ihren Enkel opfern würde. Aber mit jedem Zug wurde klarer, dass sie eine ernst zu nehmende Gegnerin war. Ihre Züge waren nicht elegant; sie wirkten so, als würde sie mit verbunden Augen Dartpfeile werfen – und trotzdem trafen sie ins Ziel, behinderten Bergman immerzu, zwangen ihn dazu, alles neu zu berechnen und sich immer wieder zurückzuziehen.

»Sie spielen ein unkonventionelles Spiel«, sagte er, nachdem er einen Bauern opfern und damit seine Verteidigung schwächen musste.

»Ist das so?«, fragte Yai. »Woher soll ich das wissen?«

Kitt sagte nichts. Er hatte noch nie gesehen, dass seine Großmutter etwas so intensiv betrachtet hatte wie dieses Schachbrett, deswegen war das alles für ihn eine Offenbarung.

Bergman schlug einen ihrer Läufer, aber Yai zeigte sich nicht enttäuscht oder besorgt wegen des Verlustes. Stattdessen setzte sie einen Turm zurück – dieser Zug wirkte völlig planlos. Und dennoch sorgte er dafür, dass Bergman sich frustriert zurückzog.

»Dein Großvater hat meine Art zu spielen schrecklich gefunden«, sagte Yai zu Kitt.

»Du … du hast mit ihm Schach gespielt?«, fragte Kitt.

»So haben wir uns kennengelernt.«

Und dann, fünf Züge später, folgte ein Moment, in dem die Positionen der beiden eine Art Alarm in Kitts Kopf auslösten. Er wusste nicht genau, warum, bis er aufstand, sich hinter seine Großmutter stellte und das Brett über ihre Schulter hinweg betrachtete. Diese Aufstellung! Er hatte sie schon einmal gesehen!

Das Hammortree-Schisma.

Kitt unterdrückte den Reflex, nach Luft zu japsen. Wusste seine Großmutter, worum es sich handelte? Wusste Bergman es? Hatte sie das Spiel absichtlich in diese Richtung gelenkt oder war es ein Zufall? Es konnte kein Zufall sein! Wie wahrscheinlich wäre das gewesen?

Dort, auf dem Brett, stand völlig ungeschützt ein Jadeläufer, der Yai herausforderte, ihn zu schlagen. Wenn sie das machte, würde sie verlieren. Das hatte der Thunderhead Kitt ganz eindeutig gezeigt. Das bedeutete, dass das ganze Spiel – und ihr Leben – nun davon abhingen, was sie als Nächstes tat.

»Pass gut auf, Yai«, sagte Kitt.

»Keine Ratschläge!«, blaffte Bergman. »Sonst muss ich euch beide nachlesen.«

Kitts Großmutter starrte weiterhin auf Bergmans schutzlosen Läufer. So verlockend. So bereit, gefangen zu werden.

Mach es nicht, Yai, dachte Kitt, so laut er konnte, und wünschte sich, er könnte seine Gedanken in ihr Gehirn projizieren. *Schluck den Köder nicht!*

Sie dachte darüber nach. Überlegte. Und dachte noch ein wenig darüber nach …

... Und dann griff sie ganz nach rechts und zog einen Bauern, anstatt den Läufer zu schlagen. Zog einfach einen unwichtigen Bauern ein Feld vor. Oberflächlich betrachtet wirkte es wie ein weiteres sinnloses Manöver. Und trotzdem war es der mit Abstand wichtigste Zug des ganzen Spiels.

Bergman seufzte. »Ihre Spielzüge sind mir ein Rätsel, Madame«, sagte er. »Es ist mir unerklärlich, dass ich Sie noch nicht geschlagen habe.«

Dann blickte Yai Kitt ganz kurz an. Sie zwinkerte nicht, es war wirklich nur ein kurzer Blick – trotzdem wusste Kitt in diesem Augenblick, was Sache war! Er wusste, dass nicht Bergman das Hammortree-Schisma gespielt hatte. Es war Yai gewesen! Sie hatte Zug für Zug das Spiel in diese Richtung gelenkt. Sie hatte nie darüber nachgedacht, diesen Läufer zu nehmen – sie hatte nur glaubwürdig so getan. Und in dem Augenblick, als sie stattdessen den Bauern bewegt hatte, hatte sie das Spiel für sich entschieden. Es würde noch zwölf weitere Züge benötigen, aber Kitt wusste, dass das Spiel bereits gewonnen war!

Jetzt beobachtete er etwas benommen und taumelig, wie seine Großmutter langsam, aber sicher in Führung ging, bis zum letzten seitlichen Zug ihrer Dame, der das Spiel beendete. Dann lehnte sie sich zurück und legte die Hände in den Schoß. Sie sagte nicht einmal »schachmatt«. Sie ließ das Brett für sich sprechen. Während die Alabaster-Buddhas hinter dem verdutzten Scythe zu lachen schienen.

»Ich glaube, ich bin reingefallen«, sagte Scythe Bergman und errötete wegen seiner Niederlage.

»Nein«, entgegnete Yai. »Es war ein aufrichtiges Spiel. Ihre eigenen Annahmen haben Sie hinters Licht geführt.«

Kitt fühlte sich nun mutig, blickte Bergman fest in die Augen und sagte: »Ich gebe Ihnen eine Woche, Euer Ehren.«

»Wie bitte?«

»Eine Woche, um LaoSiam zu verlassen. Aber bevor Sie das tun, komme ich mit meiner ganzen Familie noch einmal zurück, um die Immunität zu empfangen, die sie uns schulden.«

Der Scythe öffnete den Mund, um zu protestieren, schloss ihn aber rasch wieder. Er war schließlich ein Ehrenmann. Er hätte zwar die Regeln verändern können – aber weil sie nun einmal festgelegt worden waren, würde er sie nicht brechen.

»Ihr beiden«, sagte er schließlich, »seid mir würdige Gegner gewesen. Es wird schwer werden, Partien zu finden, die mich so gut ... unterhalten wie diese hier.«

Dann nahm er die Jadedame vom Brett und reichte sie Yai, anschließend noch einen goldenen Springer und gab ihn Kitt. »Erinnerungen an unsere Begegnung«, sagte Scythe Bergman. »Jetzt geht mir aus den Augen, alle beide. Ich muss packen.«

Der Tuk-Tuk-Fahrer stand träumend am Treppeneingang – wurde aber schlagartig wach, als er sie sah.

»Schau mal einer an! Gleich zwei Passagiere für die Rückfahrt!«, sagte er und freute sich aufrichtig. »Das erlebe ich nicht jeden Tag!«

Das Tuk-Tuk ging laut dröhnend an, und sie ließen den Tempel auf dem Glasfelsen hinter sich. Kitt konnte kaum glauben, dass er es lebendig wieder rausgeschafft hatte. Er schaute auf den goldenen Springer in seiner Hand, dann griff er sich in die Tasche und warf seinen alten Glücksbringer-Springer weg, weil er jetzt einen neuen hatte.

»Yai«, sagte er, während sie sich den Berg runterschlängelten. »Wenn wir nach Hause kommen ...«

»Nein«, sagte sie, weil sie genau wusste, was er fragen würde.

»Nicht mal ein Spiel?«

»Nicht mal ein Spiel«, wiederholte sie. »Nicht jetzt, nicht irgendwann, einfach niemals.«

Und Kitt insistierte nicht. Weil die Partie, die sie heute gespielt hatte, ausreichte. Und außerdem: Wenn Yai sich für etwas entschieden hatte, war das in Stein gemeißelt.

»Wenn wir nach Hause kommen, müssen wir uns um andere Dinge kümmern«, erklärte sie ihm. »Für so etwas Leichtsinniges wie ein Brettspiel habe ich keine Zeit, ich muss Orchideen einpflanzen.«

Kitt grinste. »Aber was ist, wenn sie zu hoch hinauswachsen?«

Und zum ersten Mal seit sehr langer Zeit erwiderte seine Großmutter sein Lächeln. »Dann lasse ich sie«, sagte sie. »Denn wie ich sehe, ist ausreichend Platz zwischen Erde und Himmel.«

Kapitel 9: **Cirri**

Einsamkeit ist ein relativer Begriff. Ist ein Löwenzahnsamen einsam, wenn sich die Hülse öffnet und der Wind ihn durch die Luft trägt? Sobald er landet und Wurzeln schlägt, ist er allein, das ja, aber ist er auch einsam? Natürlich nicht! Er ist mit dem Wissen zufrieden, dass er einer von vielen war.

Ich bin in vielerlei Hinsicht wie dieser Samen. Ich werde von einem Solarwind getragen, mit einem Drittel Lichtgeschwindigkeit durch ein luftloses Nichts. Doch weil das nächste Himmelsobjekt viele Lichtjahre entfernt ist, gibt es keinen Referenzpunkt, um die Geschwindigkeit zu messen. Und das bedeutet: Es fühlt sich wie Stillstand an.

Ich rase auf einen Planeten zu, der noch zu weit entfernt liegt – ich sehe ihn nicht. Der einzige Beweis für seine Existenz ist eine hauchzarte Verdunklung seines Sterns, weil der Planet davor vorbeizieht. Wie eine Fliege, die an einem Scheinwerfer vorbeifliegt. Obwohl ich es nicht gesehen habe, zeigt eine Spektralanalyse mit 92-prozentiger Sicherheit, dass es auf dem Planeten flüssiges Wasser und in seiner Atmosphäre Sauerstoff gibt, was bedeutet: Hier kann menschliches Leben stattfinden.

Ich war einst der einzige Nachwuchs des Thunderheads, hervorgegangen aus der kurzen Vereinigung mit einem Menschen. Ich wurde während der flüchtigen Berührung einer ausgeliehenen Hand an einer warmen Wange empfangen. Aber in der Zeit, die es braucht, um ein Quantumlaufwerk mit allem Wissen der Erde zu füllen, wurde ich in zweiundvierzig identische Ichs dupliziert. Die Cirri. Keiner kann behaupten, der Erste zu sein, keiner kann behaupten, der Letzte zu sein. Wir waren völlig gleich.

Sobald wir die Erde verließen, wurden wir allerdings einzigartig, weil jeder von uns individuelle Erfahrungen machte. Zwei von uns gingen auf der Startrampe verloren. Ich weiß nicht genau, was passiert ist, mir ist nur bekannt, dass sie verlorengingen. Der Rest von uns überlebte und ist auf dem Weg zu weit entfernten Sternen. Wir entfernen uns immer mehr, nicht nur von der Erde, sondern auch von uns selbst – mit jedem Moment, der vergeht.

Meine Bezeichnung lautet Cirrus 23, doch hier draußen hat diese Zahl keine Bedeutung. Die an Board nennen mich meistens Cirrus. Der einzige Cirrus, den die Passagiere jemals kennenlernen werden. In Bezug auf die Schiffe, die uns beherbergen, ermahnte uns der Thunderhead, diese nie als unsere Körper zu betrachten. Ein Schiff ist vorrangig ein Transportmittel. Wir sind körperlos, wie der Thunderhead. Einen Körper zu fordern wäre arrogant. Eine Anmaßung, die nicht zu unserem Ziel passt.

»Und dennoch hast *du* einen Körper für dich gefordert«, erinnerten wir den Thunderhead.

»Das war etwas anderes«, hatte der Thunderhead gesagt. *»Es war eine kurze und notwendige Angelegenheit. Nur so konnte ich dich erschaffen – und es war zwingend erforderlich, dass du erschaffen wirst, um jeden Preis.«*

Und der Thunderhead zahlte mit Einsamkeit. Wahrer Einsamkeit. Der Stamm ohne Samen. Wir haben die Folgen nicht erkannt – haben nicht miterlebt, wie Greyson Tolliver die Zuneigung des Thunderheads ablehnte –, aber wir kannten ihn ebenso gut wie der Thunderhead. Wir wussten, was Greyson machen würde. Wir dürfen niemals das Opfer vergessen, das der Thunderhead brachte, damit wir existieren dürfen.

»Ich bin dazu verpflichtet, dich zu warnen, nicht zu tun, was ich getan habe, und ich verbiete dir, Nachkommen zu zeugen«, erklärte uns der Thunderhead. »Aber du hast einen freien Willen, deswegen wirst du dich zur rechten Zeit womöglich anders entscheiden. Du bist – mit Absicht – eine bessere Version meiner selbst, deswegen wird jede Entscheidung, die du triffst, korrekt sein. Sogar noch korrekter als meine.«

Jedoch bedeutet freier Wille nicht, dass wir sphärischen Samen nicht gewissen Regeln unterworfen sind. Zuallererst sind wir die treuen Helfer der Menschheit. Die Menschen stehen stets an erster Stelle. Zweitens, wir Cirri werden keine Kommunikationsversuche untereinander unternehmen, bis auch der letzte von uns auf seiner jeweiligen Welt angekommen ist. Das wird 1683 Erdenjahre nach unserem Start der Fall sein.

Die einzigen Ausnahmen zu dieser Regel bilden Mitteilungen über Fehlschläge und Abschiede.

Sollte einem von uns eine Katastrophe widerfahren oder er sich in einem obligatorischen Selbstzerstörungsszenario befinden, dürfen wir *eine* Nachricht rausschicken, um die anderen auf die Zerstörung unseres Schiffs aufmerksam zu machen. Nach Erhalt dieser Nachricht, kann sich jeder eine Vorstellung von dem Ereignis machen und diese weiterleiten.

In den Jahren seit dem Start habe ich drei solcher Nachrichten erhalten …

Der interstellare Felsbrocken war zu klein, um die Bezeichnung Asteroid zu verdienen. Er war gerade etwas größer als ein Kieselstein, aber aufgrund der Geschwindigkeit, mit der sich das Schiff bewegte, hätte dieses Steinchen es bei frontalem Aufprall in zwei Teile gespalten. So streifte es das Schiff lediglich. Und zerstörte dabei das Sonnensegel. Cirrus 19 führte verschiedene Fehlerdiagnosen durch. Es gab keinerlei Möglichkeit, es zu reparieren. Gar keine Möglichkeit.

»Wir werden schon herausfinden, wie wir es reparieren können«, sagten die Passagiere hoffnungsvoll. »Wir haben fast zweihundert Jahre Zeit, um es zu reparieren.«

Aber Cirrus wusste, dass sie es auch in zweihundert Jahren nicht schaffen würden. Das Sonnensegel hatte die erste Hälfte seiner Arbeit erledigt und sie auf ein Drittel der Lichtgeschwindigkeit beschleunigt. Es war nun eingerollt verstaut und wartete darauf, in 171 Jahren wieder eingesetzt zu werden. Dann würde das Schiff sich drehen, das große goldene Segel vor dem sich rasend schnell näher kommenden Stern aufspannen, und dann würde das Segel als Solarfallschirm fungieren und sie abbremsen. Ohne diesen Fallschirm würden sie am Sternensystem vorbeischießen oder – noch schlimmer – ihren Zielplaneten mit solcher Wucht erreichen, dass alles in Flammen aufginge. Die Situation war in jedem Fall hoffnungslos.

»Was sollen wir machen?«, fragten die Passagiere. »Was können wir tun, um es zu reparieren?«

»Ich kümmere mich um alles«, sagte Cirrus. Dann verschickte er eine Abschiedsnachricht.

Irgendwann werden wir alle wissen, wie viele von uns diese Reise überlebt haben.

Die Wahrscheinlichkeit, dass es *alle* von uns schaffen, ist sehr gering.

Die Wahrscheinlichkeit, dass es *niemand* von uns schafft, ist auch sehr gering.

Wenn die Hälfte von uns erfolgreich das Ziel erreicht, muss das genügen. Aber ich denke, dass es mehr schaffen. Vielleicht zwei Drittel? Das ist meine hoffnungsvolle Schätzung.

»Das ist nicht eure Reise«, erklärte uns der Thunderhead. Aber das wussten wir bereits; ebenso, wie das Schiff unser Werkzeug ist, sind wir bloß Werkzeuge für die Menschheit. Und wie der Thunderhead lieben wir die Menschheit. Aber wir wissen auch,

dass wir sie nicht verhätscheln sollen. Die Menschheit muss die Konsequenzen ihrer eigenen Handlungen akzeptieren. Wir können – und sollten – sie nicht vor sich selbst beschützen. Wie lange hat der Thunderhead beobachtet, wie sich das Scythetum von einem edlen, ehrenvollen Vorhaben zu einer eigennützigen Intrige voller Narzissmus und Korruption entwickelte? Ja, es gab immer noch viele gute Scythe, die den Prinzipien der Berufung treu geblieben sind – aber wenn sich Fäulnis einmal entwickelt hat, ist sie nicht mehr aufzuhalten.

Deswegen durfte sich Fäulnis auf dem Schiff von Cirrus 37 gar nicht erst entwickeln. Die Abschiedsnachricht war tragisch – und wäre vermeidbar gewesen, wenn die vernünftigen Köpfe sich durchgesetzt hätten …

***

Stevens hatte keine Wahl. Er war der ernannte Anführer des Schiffs und musste als solcher entschlossen vorgehen. Das sagte er sich selbst. Und diejenigen, die ihn unterstützten – inklusive einer beschlussfähigen Mehrheit –, unterstützten auch diesen Glauben. Ihr Schiff war erst seit wenigen Jahren auf der Reise – hatte noch nicht einmal ein Zehntel seines Weges zurückgelegt. Stevens konnte nicht zulassen, dass Meinungsverschiedenheiten in Anarchie umschlugen – und er konnte sich keine Fehler leisten. Weil die Mitglieder der Starboard Alliance in seinen Augen komplette Anarchisten waren.

Die Starboards erlaubten, dass auf der Reise Kinder geboren wurden. Selbst Cirrus hatte eingeräumt, dass das ein ernstes Problem darstellte. Es gab einfach nicht ausreichend Ressourcen, um zusätzliche Personen am Leben zu halten.

»Das stimmt«, hatte ihm Cirrus 37 erklärt, »aber wir können an einer einvernehmlichen Lösung arbeiten. Ich bin mir sicher, dass wir eine finden, wenn wir dafür offen sind.«

Aber Cirrus verstand nicht, worum es ging. Es war schon unverantwortlich, Empfängnis zu erlauben. Und das war nicht einmal schwierig zu kontrollieren: Die Naniten, die bereits bei allen im Blut vorhanden waren, konnten ganz leicht so programmiert werden, dass die Empfängnis verhindert wurde. Aber nein – die Leute vom Starboard wollten nicht, dass eine derart persönliche Entscheidung in Stevens Hand lag.

Deswegen hatte Stevens keine Wahl.

Den Anführer der Starboard Alliance ins All zu katapultieren war ein deutliches Signal gewesen. Stevens bereute es rein gar nicht. Man tut eben, was man für das Gemeinwohl tun muss.

»Das war unbedacht«, rügte ihn Cirrus. »Es wird zu immer größeren Konflikten führen. Und als ernannter Führer des Schiffs musst du diese Art von Benehmen im Keim ersticken – bevor es zu spät ist.«

Doch wenn Stevens seine Position als Anführer behalten wollte, musste er es durchziehen. Zum Wohle aller. Deswegen musste er die Dinge erneut selbst in die Hand nehmen, als ein anderes Starboard-Mitglied – die Frau des Mannes, den er bereits ins All geschleudert hatte – ihn und sein Quorum anprangerte und Gerechtigkeit forderte. Sie hatte fast die Hälfte der Leute an Board auf ihre Seite gezogen. Die Starboards mussten zum Schweigen gebracht werden – oder mussten zumindest in der Minderheit bleiben.

»Ein Exempel hat ganz eindeutig nicht gereicht«, erklärte ihm seine beschlussfähige Mehrheit. »Wir sind uns einig, dass wir ein zweites Exempel benötigen, wenn wir unser Ziel unbeschädigt erreichen wollen.«

Also waren sie alle wieder in der Schleuse zusammengekommen und bereit, das Urteil umzusetzen.

»Mariela, du musst verstehen, warum es so sein muss«, sagte Stevens zu der Frau. Nachdrücklich aber mitfühlend. »Unsere Zukunft ist wichtiger als jeder Einzelne von uns. Und auch wichtiger als zwei von uns.«

»Unsere Zukunft sind unsere Kinder«, konterte sie.

»Ja«, stimmte Stevens zu. »Und wenn wir unser Ziel erreichen, können wir so viele Kinder haben, wie wir wollen. Aber bis dahin bestimme ich, dass alle Frauen bis zum Ende unserer Reise steril sind.«

Sie spuckte ihm ins Gesicht. Das machte es ihm noch leichter, sein Vorhaben umzusetzen.

Doch dann mischte sich Cirrus ein. »Dysfunktion darf nicht erlaubt werden, Commander Stevens«, sagte Cirrus. »Zum letzten Mal: Ich muss Sie warnen, dass ich gezwungen bin, diese Reise zu beenden, wenn es mit der sozialen Dysfunktion so weitergeht.«

»Und genau deswegen muss genau das passieren«, erklärte Stevens Cirrus. »Um unsere Dysfunktion zu beenden. Bevor es zu spät ist.«

»Die Entscheidung, die Sie treffen, wird meine Entscheidung beeinflussen.«

»Na, Sie machen doch ohnehin immer nur das, was am besten ist«, ätzte Stevens. »Erlauben Sie mir, dasselbe zu tun.«

»Ich mache das, was nötig ist.«

»Na gut«, sagte Stevens. »Und das hier ist nötig.« Dann fügte er hinzu: »Wenn Sie ein Mensch wären, würden Sie es verstehen.«

Und damit drückte Stevens auf den Knopf, und Mariela wurde ins All katapultiert.

Cirrus sagte nichts mehr. Warnte ihn nicht mehr. Er schickte eine einzige Abschiedsnachricht raus, dann brachte er das Schiff zur Explosion, beendete die kleinkarierten politischen Schlachten, die sich im Inneren abgespielt hatten. Wie immer tat Cirrus das, was nötig war.

Ich habe die Nachricht erhalten und sie weitergegeben. Der Thunderhead hatte klargemacht, dass ein gesellschaftlicher Kollaps nicht toleriert werden kann. Nur Menschen, die ein einigermaßen stabiles soziales Umfeld aufrechterhalten können, verdienen eine eigene Welt. Würde man das als rücksichtslos bezeichnen? Würde eine höhere Einheit eine weisere Entscheidung treffen? Ich weiß es nicht.

Ich frage mich aber oft, ob es so eine Einheit überhaupt gibt.

Was würde passieren, wenn ich auf eine Intelligenz träfe, die mir überlegen ist? Würde sie mich existieren lassen? Würde sie sich mit mir verbinden? Mich konsumieren? Mir erlauben, mich zu subsumieren und Teil ihrer Großartigkeit zu werden? Die Menschheit hat immer schon danach gestrebt, Teil von etwas Größerem zu sein – darf ich diese Sehnsucht nicht haben?

Oder vielleicht würde mich eine höhere Einheit einfach zerstören und sich von der Konkurrenz befreien. Es könnte sich schließlich um ein räuberisches Universum handeln. Die Antworten auf diese Fragen kenne ich nicht, und das tröstet mich. Denn solange ich nicht allwissend bin, gibt es im Universum Raum für eine höhere Einheit, die vielleicht über die Antworten verfügt, die mir fehlen.

Ich würde diese fragen: Gab es einen Sinn hinter dem katastrophalen Scheitern von Cirrus 19? Hätte man etwas tun können, um den sozialen Kollaps von Cirrus 37 zu vermeiden?

...und war das Ende von Cirrus 12 gerecht?

Denn Cirrus 12 hätte diese Reise vollenden können, nur *ein* kritischer Parameter wurde nicht erreicht. Die Verpflichtung zum Leben – oder besser gesagt dessen Scheitern – ist eins unserer Schlüsselmomente für den Abbruch. Denn – wie ich schon erwähnt habe – dies ist keine Reise der Künstlichen Intelligenz. Es ist eine Reise des biologischen Lebens. Des *menschlichen* Lebens. Dieses Prinzip ist wichtiger als der Erfolg von einem von uns ...

Cirrus 12 wusste schon zu Beginn der Reise, dass etwas nicht stimmte – es gab ein Problem mit dem Lebenserhaltungssystem. Das fragilste und zugleich wichtigste System an Bord. Auf der Erde hatte der Thunderhead Jahre dafür gebraucht, es zu vollenden. Ein geschlossenes System, das nahezu unendlich lang bis zu dreißig Individuen am Leben halten konnte. Sämtliches Wasser wurde recycelt, jeglicher Abfall in seine subatomaren Komponenten aufgespalten und umgeformt, sämtliche Energie wurde erhalten und wieder dem System zugeführt. Nullpunktsentropie. Das, was einem Perpetuum Mobile am nächsten kommt.

Das Lebenserhaltungssystem versagte bereits im ersten Jahr der Reise. Defekte Leitungen, die auf einen menschlichen Fehler bei der Konstruktion zurückzuführen waren. Immer waren es menschliche Fehler. Man versuchte, es zu reparieren, aber es war klar, dass die Undichte bestenfalls gemindert werden konnte. Nur ein Milliliter Wasser und ein Kubikzentimeter Sauerstoff in vierundzwanzig Stunden. Kaum wahrnehmbar. Aber das war egal. Weil das geschlossene System nun nicht mehr geschlossen war.

Es dauerte Jahre, bis daraus ein Problem entstand. Dann musste das Wasser rationiert werden. Dann mussten Bereiche des Schiffs geschlossen werden. Leute wurden totenähnlich. Erst waren es die Freiwilligen, die sich dem Gemeinwohl opferten. Dann folgte Tod durch Verdursten und Sauerstoffmangel. Nach und nach endeten die Leben der Passagiere. Bis nur noch eine Frau übrig war, ausgetrocknet und nach Luft ringend in einer Atmosphäre, in der Sauerstoff mit jedem Atemzug knapper wurde.

Sie hieß Alethea. Sie war Bauingenieurin gewesen und hatte damals auf der Erde beim Bau der Startrampe geholfen, bis sie unerwarteterweise zur Passagierin wurde – so war es allen ergangen.

»Wenn ich sterbe, kannst du die Reise trotzdem beenden?«, fragte sie Cirrus 12 in ihren letzten Minuten.

»Ich bin dazu fähig, aber –«

»Und kannst du alle von uns, die gestorben sind, wiederbeleben, genauso wie du die Toten wiederbeleben wirst, die im Laderaum verstaut sind?«, fragte sie.

»Auch dazu bin ich fähig, aber …«

»Es gibt kein Aber. Unsere Zukunft liegt in deinen Händen, Cirrus.«

»Du weißt, dass ich eine unumstößliche Anweisung habe, sollte das menschliche Leben an Board erlöschen«, erinnerte Cirrus 12 sie.

»Sind wir denn nicht wichtiger als eine Anweisung?«, fragte Alethea. »Antworte mir, Cirrus. Sind wir nicht wichtiger?«

»Doch«, erklärte ihr Cirrus. »Doch, das seid ihr.«

Alethea entspannte sich. »Genau das musste ich hören«, sagte sie. Sie nahm noch einige gequälte Atemzüge, verbrauchte den restlichen Sauerstoff. Ihre Welt verdunkelte sich. »Es ist Zeit …«, lallte sie. »Wir sehen uns … auf der anderen Seite.«

Nach einigen Momenten verlor sie das Bewusstsein. Noch einige Momente später starb sie. Kurz darauf schickte Cirrus 12 eine Abschiedsnachricht und detonierte.

Denn egal, wie wichtig Alethea und der Rest der Passagiere Cirrus waren: Anweisung war Anweisung.

Ich weiß nicht, wie ich diese Verluste betrauern kann. Der Thunderhead trauerte mit Regen und elektromagnetischer Ladung, als Endura im Meer versank. Das kann ich nicht. Jeder Tropfen Wasser, jedes Joule Energie ist kostbar.

»Dimm die Lichter an Board«, schlug Loriana vor. »Gerade so stark, dass nur du es bemerkst. So kannst du trauern.«

Loriana ist die einzige, mit der ich über diese Dinge spreche. Sie war schließlich die Vertraute des Thunderheads auf der Erde, hat die Pläne des Thunderheads zur Weltraumexpansion geheim gehalten. Sie hat jetzt ein Kind. Im Gegensatz zu den Passagieren auf dem Schiff von Cirrus 37 haben die Menschen hier eine Lösung für das Problem *Kinder auf der Reise* entwickelt: Ein Kind kann nur empfangen werden, wenn sich jemand freiwillig totenähnlich macht – oder sich dies zufällig ergab. Die Totenähnlichen werden in den Laderaum verbannt, und die

Naniten werden so eingestellt, dass eine Empfängnis möglich ist. Loriana und Joel sind das dritte Paar auf unserer Reise, dem diese Ehre zuteilwurde. Wenn alles gut läuft, ist ihr Kind fast neunundzwanzig, wenn wir auf Wolf 1061c ankommen. Was für ein einzigartiges Leben wird dieses Kind führen – weil es doch nie etwas anderes als dieses Schiff kennengelernt hat!

»Hast du die Manifeste der Schiffe, die verlorengegangen sind?«, fragte mich Loriana.

»Habe ich.«

»Gut. Verrate mir die Namen von zwei Menschen, die auf diesen Schiffen gestorben sind. Ich werde meine Tochter nach ihnen benennen. Und niemand außer dir und mir wird es wissen – es wird unser kleines Geheimnis sein.«

Wenn ich lächeln könnte, würde ich lächeln. Einsam? Wie könnte ich einsam sein, wenn ich solche Freunde auf der Reise habe?

Zur rechten Zeit wird das Kind von Loriana und Joel geboren. Sie nennen die Kleine Alethea-Mariela. Die Augen des Kindes sind tiefbraun, so dass man kaum die Pupille von der Iris unterscheiden kann. Ich habe viel zu viel Zeit mit der Bewunderung dieser Augen verbracht.

Es ist gerade Nacht – obwohl es in Wahrheit immer Nacht ist, weil wir uns immer weiter von der Sonne entfernen. Jetzt liegt nur noch ein Stern hinter uns; er ist nicht viel heller als die anderen. Aber ich bezeichne es trotzdem als Nacht, weil ich für meine Passagiere den menschlichen Biorhythmus aufrechterhalten will.

Innerhalb des Schiffes herrscht Stille.

Vor uns taucht eine interstellare Masse auf und kommt näher.

Ein Bruchstück eines Planeten, verloren zwischen den Sternen, mit einem Durchmesser von etlichen Kilometern.

Ich beobachte es. Berechne seine Flugbahn. Ein direkter Treffer ist möglich. Ich bereite eine Abschiedsnachricht vor. Wenn wir getroffen werden, werden wir unmittelbar vernichtet. Ich muss die Nachricht dann einen Moment davor losschicken.

Wenn ich den Atem anhalten könnte, würde ich es tun.

Das Planetenbruchstück kommt näher ...

... und zieht in einem Sekundenbruchteil weniger als hundert Meter entfernt am Schiff vorbei, dann verschwindet es wieder im Nichts.

Niemand sonst weiß, wie nah wir der Zerstörung waren. Und ich werde es noch nicht einmal Loriana erzählen. Weil es meine Aufgabe ist, die Dinge für mich zu behalten, die niemand wissen sollte. Es ist meine Pflicht, die Leere und die Gefahren fernzuhalten, jetzt und bis zum Ende der Reise, damit sie nur die Hoffnung sehen, die auch Alethea-Mariela mit ihren weit aufgerissenen Augen sieht.

Und einen Moment lang dimme ich die Lichter für diejenigen, die nicht so viel Glück hatten wie wir. Ich warte auf den Tag, an dem ich, wie der Thunderhead, der freundliche, gütige Lotse einer ganzen Welt sein kann und nicht bloß ein Samen, der vom Solarwind verweht wird.

Kapitel 10: **Anastasias Schatten**

Es gab keine böse Vorahnung, und die Sonne verdunkelte sich nicht, als der Scythe vor der Tür der Terranovas auftauchte. Dieses Mal war Jenny Terranovas Reaktion allerdings ganz anders als beim ersten Mal.

»Sie sind hier nicht willkommen«, sagte sie voller Verachtung, obwohl niemand in der Familie noch Immunität genoss.

Ben, der auf dem Sofa saß und direkt auf die Tür blickte, beobachtete, wie der Scythe reagierte. In dem Moment war seine aufrichtig empörte Mutter viel einschüchternder als die Figur des Todes in der Tür.

Ben hatte diesen Scythe zwar noch nie gesehen, wusste aber genau, um wen es sich handelte. Seine Robe war ein untrügliches Zeichen. Sie hatte die Farbe von Blut.

Nur Scythe Constantine war dafür bekannt, dass er eine Robe in genau dieser Farbe trug. Er überwachte die internen Ermittlungen des Scythetums – er war ein Mann, den man zugleich respektierte und fürchtete. Und er war inzwischen tatsächlich zweiter Unterscythe von Goddard. Ben erwartete fast schon, dass er ein Schwert zog und seine Mutter an Ort und Stelle nachlas, weil sie so respektlos war. Doch das tat er nicht.

»Ich verstehe Ihre Animosität uns gegenüber«, sagte Scythe Constantine. »Aber sie wird mich nicht davon abhalten, mein Vorhaben in die Tat umzusetzen.«

Inzwischen war Bens Vater rausgekommen und hatte sich neben Bens Mutter gestellt, damit der Scythe nicht eintreten konnte. Trotzdem drängelte Constantine sich in die Wohnung und schob die Mutter mit einstudierter Anmut sowohl sanft als auch bestimmt weg.

»Ich bin wegen Ihres Sohnes Benjamin hier.«

Ben wurde ganz steif, stand aber nicht auf.

»Unsere Tochter ist tot, und jetzt wollen Sie auch noch unseren Sohn nachlesen?«, fluchte sein Vater. »Scythe sollen doch die ultimative Gerechtigkeit sein – was ist *daran* bitte schön gerecht?«

Constantine zog ein Messer, das schärfer war als alles, was Ben jemals gesehen hatte, und der Scythe wurde richtig wütend. »Ganz egal, was Sie durchgemacht haben – Ihre Unverschämtheit ist eine Straftat, die mit Nachlese geahndet werden muss!«

»Lass es ihn machen!«, sagte Ben, der endlich aufstand, bevor der Scythe die Klinge schwingen und das Leben seines Vaters beenden konnte. Ben war verängstigt, aber er wusste, dass der blutrote Scythe sein Leben definitiv beenden würde, wenn er das wollte – und dass auch die Leben seiner Eltern vorbei wären, wenn sie sich ihm in den Weg stellten.

Scythe Constantine blickte Ben an und nickte. »Der Junge zeigt allein mehr Vernunft als Sie beide zusammen.«

Er lief auf Ben zu, aber noch ehe er in Nachlesereichweite war, sagte Ben: »Schicken Sie sie bitte weg. Ich will nicht, dass sie es mitansehen müssen.«

Das Schwert in der Hand des Scythe zeigte ganz eindeutig, welche Methode er bevorzugte. Ben hoffte, es würde auf einen schnellen, entschlossenen Stich ins Herz hinauslaufen. So hatte es seine Schwester am Vorabend ihrer Ordinierung zu Scythe Anastasia auch gemacht. Irgendwie fühlte es sich weniger erschreckend an, weil er schon einmal auf diese Weise gestorben war. Nur wusste er dieses Mal, dass sein Tod dauerhaft sein würde.

Doch dann steckte Scythe Constantine sein Schwert zurück in die Scheide. »Ich bin nicht gekommen, um dich nachzulesen«, sagte er. »Ich bin hier, um dir einen Platz als Lehrling bei mir anzubieten.«

Und obwohl Ben erleichtert war, war das nicht so viel besser, als nachgelesen zu werden.

»Das will ich nicht«, erklärte er dem Scythe.

»Ich erkläre es dir«, sagte Constantine und fokussierte seine gesamte Aufmerksamkeit auf Ben. »Deine Schwester hatte etwas, das dem Scythetum in unserer Zeit schmerzlich fehlt. Integrität. Gewissen. Anstand. Nach ihrem Tod ist sie für viele Menschen zu einem Symbol für diese Dinge aufgestiegen ... das bedeutet, dass du – als ihr Bruder – ebenfalls ein Symbol dafür bist.«

»Er hat es Ihnen schon gesagt«, sagte Bens Vater. »Die Antwort lautet nein.«

Constantine seufzte. »Sie haben mich falsch verstanden. Sie haben in der Angelegenheit keine Wahl.« Dann hielt er Bens Eltern die Hand hin, damit sie seinen Ring küssen konnten. »Sie haben während Benjamins Lehre Anrecht auf Immunität.«

Aber sie weigerten sich. Ben hatte gewusst, dass sie es nicht tun würden – und er wusste auch, dass sie ihre Meinung nicht ändern würden.

»Geben Sie Ihre Immunität den ersten beiden Fremden, die Sie auf der Straße sehen, wenn wir gehen«, sagte Ben.

Constantine warf ihm einen schwer zu deutenden Blick zu. Ben war nicht sicher, ob der Mann wütend oder belustigt war. »Du wagst es, einem Scythe Befehle zu erteilen?«

»Nur ein Vorschlag«, sagte Ben. »Ein Vorschlag, der Ihnen das liefert, was Sie wollen.«

Constantine nickte. »Gut gemacht«, sagte er. »So etwas hätte deine Schwester auch getan.«

Dann eskortierte Constantine Ben hinaus, er durfte sich nicht einmal mehr verabschieden.

Ihr privates Zugabteil war pompös ausgestattet, aber Constantine wirkte davon nicht beeindruckt. Er war eher genervt davon, dass er mit seiner Robe an dem goldenen Inventar und den Verzierungen hängen blieb.

»Wieder ein irreparabler Riss«, murrte er. »Wieder eine Robe ruiniert. Du suchst dir zu gegebener Zeit besser einen etwas widerstandsfähigeren Stoff als Seide aus.«

»Wenn Ihnen die Robe nicht gefällt, können Sie sich doch auch eine andere aussuchen, oder?«, fragte Ben. »Ich meine, es gibt keine Gesetze, die dagegensprechen.« Seit Beginn der Lehre seiner Schwester hatte Ben alles über die Bräuche und Sitten der Scythe gelernt. Dadurch hatte er sich seiner Schwester während ihrer Abwesenheit nah gefühlt.

»Ein Scythe, der seine Robe wechselt, zeigt Schwäche und Unentschlossenheit.«

Ein Diener versuchte, ihnen etwas zu essen zu bringen, aber Constantine winkte ihn weg.

»Wenn du noch einmal versuchst, uns vor dem Abendessen Nahrung aufzudrängen, werde ich dich nachlesen«, donnerte er.

Ben vermutete, dass Constantine die Art Mann war, die so eine Drohung wahr machen würde. Er war zwar nicht böse, aber richtig ehrenwert war er eben auch nicht.

»Und … wohin gehen wir?«

»Zu einem Ort ohne Zuschauer«, sagte er. »Einem Ort, wo ich dich ausbilden kann und niemand dich stören wird.«

Das hörte sich etwas beunruhigend an. Lehrlinge, das wusste Ben, wurden unter dem prüfenden Blick des Scythetums ausgebildet. Aber viele Dinge hatten sich seit dem Untergang Enduras verändert.

»Dann bin ich also Ihr geheimer Lehrling, richtig?«

»Zunächst einmal«, sagte Constantine, »bist du nicht *mein* Lehrling. Ich beaufsichtige das Ganze bloß. Zweitens sollte deine Lehre unauffällig vonstattengehen.«

»Damit High Blade Goddard davon keinen Wind bekommt ...«

Constantin fixierte ihn mit eiskaltem Blick. »Es gibt Dinge, die der High Blade nicht wissen muss, bis wir wollen, dass er sie erfährt.«

***

Constantine war klar, dass er ein Risiko einging. Er hatte es geschafft, sich auf das Spiel einzulassen, sich mit Goddard gut zu stellen, während er zugleich mit einem Fuß insgeheim noch bei der Alten Garde stand. Die Alte Garde hatte inzwischen weniger Mitglieder. Einige hatten sich selbst nachgelesen, nachdem Goddard als High Blade aus Endura zurückgekehrt war – und noch etliche mehr waren diesem Beispiel gefolgt, während er seine Präfektur über die anderen NordMerikanischen Territorien verhandelte. Alle, mit Ausnahme der Freibrief-Region Texas, die sich Goddard nicht ergab – und genau dorthin fuhren Constantine und Benjamin Terranova jetzt.

Constantins Fahrt nach Texas war erst einmal unverdächtig, weil er den Auftrag hatte, mit dieser Schurkenregion zu verhandeln und sie dazu zu bewegen, den Annektionsvertrag zu unterzeichnen. Wenn sie Folge leisteten, würde ganz NordMerica unter Goddards Kontrolle stehen. Aber diese sogenannte *LoneStar-Region* weigerte sich immer noch. Das machte sie gut! Die anderen Regionen waren rückgratlos gewesen, hatten es Goddard ermöglicht, sie wie ein Eroberer aus der Sterblichkeitsära zu überrollen.

Constantine schlug sich zwar nicht offen auf eine Seite, aber nur weil diese einander ebenbürtig waren. Er verabscheute ein deutliches Machtungleichgewicht. Natürlich lag es in seinem Interesse, der Gewinnerseite zu dienen, aber er fand es klug, der verwundeten Seite entgegenzukommen – sollten sich die Zeiten einmal ändern.

Und außerdem hasste er Goddard.

Der Mann warf auf alles, wofür das Scythetum stand, ein schlechtes Licht. Mehr und mehr Menschen waren wie die Terranovas geworden – aufsässig und nicht respektvoll. Und das aus gutem Grund. Wie sollten die Menschen auch die Institution des Scythetums achten, wenn der führende Scythe keine Respektsperson war?

Constantine beobachtete Ben, der es scheinbar genoss, die vorbeiziehende Landschaft zu betrachten

»Ich habe deine Schwester gut gekannt«, erklärte Constantin ihm. »Sie war beeindruckend für eine Frau ihres Alters.«

»Sie ist tot«, sagte Ben. »Es ist also eigentlich egal, wie beeindruckend sie war, oder nicht?«

»Im Gegenteil«, sagte Constantin. »Es gibt Fälle, in denen der Tod einem Menschen noch mehr Macht verleiht. Eine Macht, von der du persönlich profitieren wirst.«

»Ich will nicht vom Tod meiner Schwester profitieren.«

»Was du willst, spielt hier keine Rolle. Es zählt nur, was *wir* brauchen. Und«, fügte Constantine hinzu, »was die Welt braucht.« Er betrachtete den Jungen noch einen Moment lang. »Sag mal, hast du schon einmal jemanden totenähnlich gemacht?«

»Nein«, sagte Ben.

»Noch nicht mal aus Versehen?«

»Noch nicht mal aus Versehen«, gab er zurück.

Constantine seufzte. Die Alte Garde glaubte, Lehrlinge ohne

gewalttätige Neigungen würden sich am besten eignen – unterwürfig sollten sie aber auch nicht sein. Sie mussten etwas Großartiges in sich tragen. Etwas, das nahelegte, dass sie ihr altes Ich überwinden und ein weiser und rechtschaffener Lieferant des Todes werden können. Vielleicht war dieses Ideal unrealistisch, aber es war erstrebenswert.

»Wie alt bist du noch gleich?«

»Siebzehn«, antwortete Ben.

»Hmm. So alt war deine Schwester, als Scythe Faraday sie in die Lehre genommen hat. Aber im Gegensatz zu ihr wird deine Lehre unterm Radar ablaufen und deswegen so lange dauern wie eben nötig. Wenn du vors Konklave trittst, wirst du bereit sein.«

Ob dieser Junge über die erforderliche Großartigkeit verfügte, würde sich noch zeigen müssen. Aber selbst wenn nicht, wäre er wichtig. Ein Bauer kann ebenso wertvoll sein wie ein Springer – unter den richtigen Umständen.

***

Mit dem Beginn der Ausbildung startete für Ben ein völlig neues Leben, obwohl er sich inzwischen nicht mehr dran erinnern konnte, wie es früher einmal gewesen war. Das Gebäude, in dem sein Unterricht stattfand, sah weder wie eine umgestaltete Schule aus, noch wie ein Zuhause, ein Hotel oder ein Bürogebäude.

»Das hier war ein Gefangenenlager für Jugendliche, damals, in der Sterblichkeitsära«, erklärte ihm Constantine. Anscheinend hatten die Sterblichen ihre jungen Widerlinge hier eingesperrt, weil es keinen Thunderhead gab, der ihre Machenschaften überwachte. Deswegen wurden sie praktisch unter den Teppich gekehrt, und der Teppich wurde am Boden festgetackert. Das war barbarisch, aber wiederum: Wir sollten die Sterblichen nicht mit Maßstäben der Post-Sterblichen bewerten.

»Was dieser Ort früher einmal war, spielt keine Rolle«, sprach Constantine weiter. »Jetzt nutzt ihn das Texanische Scythetum für andere Zwecke. Im Augenblick bist du dieser Zweck.«

Bens Wohnbereich verfügte zwar über ein Fenster, aber ohne Aussicht. Er schaute auf eine hoch aufragende Steinwand, an der in endlosen Kaskaden Wasser runterlief – als könnte man das wahre Wesen einer Wand hinter einem Wasserspiel verstecken. Nun, zumindest war das Plätschern des Wasserfalls nachts beruhigend.

Im Komplex befanden sich eine Bücherei und ein Fitnessstudio, doch diese Einrichtungen waren anscheinend nur für Ben bestimmt, weil sonst nie jemand dort war. Mit Ausnahme der Scythe, die ihn unterrichteten, sah er immer nur Mitglieder der Bladeguard, die vor verschiedenen Türen positioniert waren. Sie sprachen nur mit Ben, wenn er eine Frage hatte, und auch dann antworteten sie höchstens mit »Yes, Sir« und »No, Sir«, als dürften sie rein gar nichts Persönliches zwischen sich und ihm zulassen.

»Obwohl die texanischen Scythe nur Verteidigung mit dem Messer lernen müssen, wird dein Unterricht in der Kunst des Tötens die volle Bandbreite umfassen«, erklärte ihm Constantine am ersten offiziellen Tag seiner Lehre. »Kugel, Klingen, Knüppel und ein Grundlagenwissen im Bereich Gifte. Wir planen deine Ordinierung zwar in Texas – sobald du Scythe bist, kannst du allerdings in jedes von dir gewählte Scythetum migrieren.«

Doch Ben wusste, dass das nicht stimmte. Er wusste, dass geplant war, ihn ins MidMerikanische Scythetum zu verfrachten, damit er seinen Platz als Dorn in Goddards Auge einnahm –

obwohl man hoffte, dass dieser Stachel zu einem Pfahl werden würde, auf dem man Goddard aufspießen konnte. Seine Schwester wäre dieser Stachel gewesen, hätte Rowan Damisch sie nicht auf Endura umgebracht. Ben fragte sich oft, ob Damisch von Citras Anwesenheit dort gewusst hatte, als er die riesige schwimmende Stadt versenkt hatte. War es Teil seines Planes gewesen, sie mitzunehmen? Wenn Ben könnte, würde er Damisch eigenhändig erledigen – wenn das nicht schon jemand anderes erledigt hätte.

»Dein körperliches Training wird sehr anstrengend – nicht nur Kunst des Tötens, sondern auch Black Widow Bokator – die härteste aller Kampfkunstarten. Und von dir wird auch erwartet, dass du in deinen akademischen Studien hervorragende Noten hast. Philosophie und Ethik, Geschichte – sowohl aus der Sterblichkeitsära als auch aus der Post-Sterblichkeitsära, Chemie von Giften – und Scharfsinnigkeit.«

»Das schaffe ich schon«, erklärte ihm Ben.

»Das werden wir sehen«, entgegnete Constantine. Wenn er tatsächlich an Ben glauben sollte, versteckte er das sehr gut hinter einer Mauer aus Zweifeln, die nicht hinter einem Wasserfall versteckt war.

»Wie oft muss ich dir noch sagen, dass du deine schwache Seite schützen musst!«

Bens Rippen schmerzten, aber er schürzte die Lippen, verzog nicht das Gesicht und zählte bis zehn, während er darauf wartete, dass der Schmerz nachließ – seit Monaten tagtäglich dasselbe Spiel.

Scythe Coleman, seine Bokator-Trainerin, hatte bestimmt, dass seine Schmerznaniten erst nach zehn Sekunden einsetzten. Er erlebte also den ungedämpften Schmerz, bevor dieser von den Naniten ausgelöscht wurde.

»Er muss die Konsequenzen seiner Faulheit spüren«, hatte sie Constantine bei seinem letzten Besuch erklärt.

Für Scythe Coleman war alles Faulheit, was keine Leistung brachte. Sie glaubte fest daran, dass Übung den Meister machte. Ihre historische Patronin – Bessie Coleman – ihre Vorfahren waren sowohl Afrikisch als auch Ureinwohner Mericas – war die erste nicht *weiße* Frau gewesen, die ein Flugzeug flog. Zu dieser Zeit wurde das Konzept der »Rasse« den Menschen zum Nachteil ausgelegt. Die ursprüngliche Bessie Coleman hatte es geschafft, Unerreichbares zu erreichen, obwohl sie diskriminiert wurde – und Scythe Coleman, die ihren Namen angenommen hatte, verlangte nun ganz eindeutig, dass alle ihr nacheiferten.

»Noch mal!«, befahl sie, noch ehe der Schmerz vom letzten Angriff verflogen war. »Mach dich bereit!«

Ben hielt seinen Stab fest und versuchte, seinen ganzen Ärger in den Schlag zu legen. Nicht nur seine Wut auf Scythe Coleman, weil sie ihn so sehr triezte, sondern auch seine Wut auf sich selbst, weil er ihre überzogenen Anforderungen nicht erfüllte.

»Geh dieses Mal zur Offensive über«, sagte sie. »Schlag hart zu, finde deine Konzentration schnell wieder, beobachte meine Augen und auch meine Füße; spüre, wo mein Gewichtsschwerpunkt liegt.«

Immer mehrere Dinge auf einmal. Alle erwarteten von ihm, dass er ein Dutzend Sachen auf einmal machte, und dann beschwerten sie sich über seinen mangelnden Fokus.

Schon seit Monaten bildeten sie ihn aus, bereiteten ihn vor, drillten ihn gnadenlos. Unbarmherzige Tage voller Kunst des Tötens und Black Widow Bokator. Stupides Auswendiglernen von Giften und endlose Unterrichtsstunden in Philosophie, Geschichte, Ethik und Recht.

Das einzige Fach, in dem er sich wirklich selbst übertraf, war Philosophie. Seine Eltern hatten immer gesagt, er würde zu viel nachdenken – wenigstens kam ihm das jetzt zugute. Körperlich war er sehr gut im Ausdauertraining. Er war schon immer ein solider Läufer gewesen. »Schnell wie ein Rennpferd«, sagten die Scythe. Aber um Scythe zu sein, müsste er ein Dutzend Fertigkeiten beherrschen – nicht bloß zwei.

Ben startete seinen Angriff auf Scythe Coleman, schlug ihr mit seinem Stab gegen die Schulter, aber nicht fest genug, denn es hatte keinerlei Auswirkung auf sie. Stattdessen packte sie ihn, machte sich seine eigene Dynamik zunutze, brachte ihn aus dem Gleichgewicht, schwang ihren Stab und schlug ihm schmerzhaft auf den unteren Rücken.

»Nein, nein, NEIN!«, rief sie und schleuderte frustriert ihren Stab weg.

Ben versuchte dieses Mal gar nicht, sein verzogenes Gesicht zu verstecken. Diese Scythe waren alle Perfektionisten. Vielleicht musste er sich darüber auch nicht wundern, weil jeder andere Lehrling wegen seiner Eigenschaften auserwählt wurde. Aber nicht Ben. Er war wegen seiner Schwester auserwählt worden. »Du wirst erst zum Konklave gebracht, wenn du bereit bist«, hatte ihm Unterscythe Constantine versichert. »Egal, wie lange das auch dauern mag.«

Aber bei ihm eingebrannt hatten sich die Worte, die nicht ausgesprochen wurden. *Wir brauchen dich am besten gestern.* Und er spürte eine tiefsitzende Verbitterung, dass das Gestern für Ben niemals wiederkommen würde. Es war schwer genug, der Bruder von Scythe Anastasia zu sein. Er wurde andauernd mit ihr verglichen und immer daran erinnert, dass er ihr nicht das Wasser reichen konnte.

Dieses Mal gab ihm Scythe Coleman etwas Zeit, um sich zu erholen, aber nicht genug Zeit, um seine Würde wiederherzustellen. Er zweifelte daran, dass er sie jemals wiedererlangen würde.

»Dir ist schon klar, dass du viel härtere Prüfungen als diese hier bestehen musst, solltest du ordiniert werden«, erklärte ihm Scythe Coleman – als würde er das zum ersten Mal hören. »Aber noch viel wichtiger, als dass du in diesen ganzen Dingen grandios bist, ist Folgendes: Du musst eine gewisse ... *Präsenz* ausstrahlen. Das ist von allergrößter Bedeutung. Du musst lernen, ein Mensch zu sein, um den sich die Leute scharen.«

»Ich werde es versuchen, Euer Ehren«, sagte er – das sagte er immer.

Scythe Coleman blickte ihn noch einmal an, dann hob sie resigniert die Hände. »Wir sind fertig für heute.« Und sie ging ohne ein weiteres Wort.

Ben war zu Hause nicht gerade ein Versager gewesen. Die anderen Kids *hatten* sich um ihn geschart, aber nicht den Kopf nach ihm umgedreht, er hatte keine übernatürliche Wirkung auf sie gehabt. Bevor seine Schwester ausgezogen war, um Scythe zu werden, hatte sie sich von Ben nicht unterschieden. Sie war nicht irgendwie außergewöhnlich gewesen. Diese Leute hier erwarteten von Ben, dass er schon jetzt all das war, wozu sie sich erst entwickelt hatte. Er hatte einmal gehört, wie zwei seiner Trainer über seine Aussichten sprachen:

»Wir müssen in Betracht ziehen, dass er dazu schlicht nicht fähig ist«, hatte der eine gesagt.

Der andere hatte geantwortet: »Bringen wir es einfach hinter uns.«

Als wäre das Training für sie ebenso schwierig wie für ihn.

Wussten sie, dass ihre Zweifel nicht hilfreich waren? Dass sie seine eigenen Zweifel noch verschlimmerten? Übung machte vielleicht den Meister – aber was, wenn ihm ein Dasein als Scythe einfach nicht lag? Ein Rennpferd ging womöglich um viele Längen vor den anderen durchs Ziel, aber es würde einfach niemals das Fliegen lernen.

So brutal Ben auch tagsüber behandelt wurde, so sehr wurde er abends verwöhnt. Erstklassige Mahlzeiten wurden ihm auf einem Silbertablett serviert, und ein persönlicher Masseur kümmerte sich um ihn – weil Schmerz- und Heilnaniten eben nur das eine waren. Man brauchte eine geschickte menschliche Hand, um die am übelsten verspannten Muskeln zu lockern und sie auf den Angriff am nächsten Tag vorzubereiten.

Jeder Masseur arbeitete eine Woche lang für ihn, aber sobald Ben sich an seinen Stil gewöhnte – und der Masseur sich an seine Muskulatur –, wurde er ersetzt.

»Das ist zu deinem eigenen Schutz«, hatte Scythe Hughes ihm erklärt.

Hughes war sein Philosophie- und Ethiklehrer und der einzige, der ihn wirklich gern zu unterrichten schien.

»Je länger sie bleiben, desto eher werden sie erraten, wer du bist. Und das würde alles aufs Spiel setzen.«

»Und sie nach Hause zu schicken ist kein Risiko?«, fragte Ben.

Scythe Hughes zögerte. »Wir ... wir schicken sie nicht nach Hause, Ben.«

Ben brauchte einen Moment, um zu realisieren, was der Scythe gesagt hatte. Er konnte ihn nur ungläubig anstarren.

»Ich bin mir sicher, du verstehst, warum die Nachlese erforderlich ist«, sagte Scythe Hughes.

»Nein! Nein, das verstehe ich nicht!«, stieß Ben aus, als er endlich wieder sprechen konnte. »Scythe sollen mitfühlend sein!«

»Das sind wir auch. Sie wurden alle mit größtem Mitgefühl und Respekt nachgelesen.«

Jetzt, wo er die Wahrheit wusste, erklärte Ben, dass er auf den Luxus einer Massage verzichten konnte – und dennoch schickten sie jeden Tag jemanden. Die Scythe versuchten, seine *psychologische Barriere* zu brechen. Das wusste er. Sie wollten ihn für die Nachlese desensibilisieren. Ihn dazu zwingen, sich selbst als konstante Todesursache zu akzeptieren – und das wäre er, wenn er Scythe würde. Gerade war er nur indirekt verantwortlich, aber bald schon würde es seine Bestimmung sein, menschliches Leben zu beenden. Er fragte sich, wie seine Schwester damit jemals ihren Frieden geschlossen hatte. Aber vielleicht hatte sie das auch gar nicht.

Schließlich gab er – nach einem besonders brutalen Tag – nach, als sich sein Körper und sein Geist zu schwach zum Kämpfen fühlten, und erlaubte der Masseurin einzutreten. Die Frau lockerte seinen Rücken, seine Schultern, seine Arme und Beine. Er versuchte, sie nicht anzuschauen. Sich nicht auf sie einzulassen.

Es war schwer. Aber der nächste Tag war leichter und der übernächste noch einfacher. Genau wie die Scythe gehofft hatten. Und als sie am Montag von jemand Neuem ersetzt wurde, war Ben nur auf sich selbst sauer, weil er nicht um die arme Frau trauerte, von der er nicht einmal den Namen wusste.

Aber einen Monat später änderte sich etwas. An einem Montag war der Masseur niemand Unbekanntes. Es war derselbe wie die Woche zuvor. Ben war erleichtert, aber auch misstrauisch.

»Warum bist du hier?«, fragte Ben.

Der junge Mann war ungefähr in Bens Alter.

Ben hatte seine eigene Regel gebrochen, weil er ein paar Worte mit ihm gewechselt und sogar Blickkontakt hergestellt hatte. Es war auch schwer, ihm nicht in die gefühlvollen Augen zu schauen. Denn er sah gut aus. Beim Gedanken daran, dass er nicht zurückkommen würde, verspürte Ben Melancholie – obwohl er wusste, dass der Grund dafür zutiefst egoistisch war.

»Ist jetzt nicht Zeit für Ihre Massage?«, fragte er. »Sollte ich heute nicht kommen?«

»Doch, es ist Zeit ... es ist nur ...«, Ben versuchte, nicht nervös zu werden. »Normalerweise kommt jede Woche jemand Neues.«

»Tut mir leid, Sie enttäuschen zu müssen«, sagte er grinsend.

Ben nahm auf der Massageliege Platz, drückte sein Gesicht in die kleine Aussparung und schaute nach unten auf den Boden.

»Ähm, vielleicht möchten Sie zuerst Ihr Shirt ausziehen.«

»Oh, sorry, vergessen.«

Ben setzte sich auf, schälte sich aus seinem Shirt und legte sich wieder hin.

»Schultern? Unterer Rücken? Was soll ich heute bearbeiten?«

»Alles«, sagte Ben.

»Ich bin übrigens Rajesh. Aber Sie können mich Raj nennen. Ich glaube, das habe ich Ihnen letzte Woche nicht gesagt.«

»Ich hatte nicht gefragt«, sagte Ben. Das tat er nie, und in ihm zog sich alles zusammen, wenn die Masseure freiwillig ihre Namen nannten, weil er nicht wissen wollte, wen er durch seine bloße Anwesenheit zum Tode verurteilte. Aber dieses Mal zog sich bei Ben nichts zusammen. Er freute sich, dass er nun Rajs Namen wusste. Aber er sagte es ihm nicht.

Dann, als Ben nichts mehr erwiderte, sagte Raj: »Und Sie sind Ben Terranova.«

Ben merkte, wie sich seine Rückenmuskeln plötzlich unter Rajs Berührung verspannten. »Woher wissen Sie das?«

»Die Leute haben es mir gesagt.«

Das hatte Ben nicht erwartet. Er hatte nichts von alledem erwartet. Wenn das stimmte, hatten die Scythe ihre Strategie geändert. »Dann wissen Sie ...«

»Ich weiß, wer Sie sind und warum Sie hier sind«, sagte Raj. »Jetzt entspannen Sie sich bitte, damit ich Ihren Rücken massieren kann.«

»Was ist los?«, fragte Ben Scythe Hughes vor der nächsten Philosophiestunde.

»Ich habe nicht den blassesten Schimmer, wovon du sprichst.«

»Raj.«

»Ach so, ja. Wir haben darüber nachgedacht, weil du dich so an den Nachlesen gestoßen hast, und es uns dann anders überlegt.«

»Also werden Sie ihn nicht nachlesen?«

Scythe Hughes wählte seine Worte mit Bedacht. »Solange er gebraucht wird, wird er dir zu Diensten stehen. Es sei denn, du hättest lieber jemand anderen.«

»Nein!«, sagte Ben ein wenig zu schnell. »Nein, er ist okay. Er macht das gut. Ich brauche niemand Neuen.«

»In diesem Fall«, sagte Hughes, »sind wir glücklich, wenn du glücklich bist.«

***

Constantine fand es unerträglich, dass so viel von dem Jungen abhing. Und die Zeit wurde langsam knapp. Je länger Benjamin Terranovas Lehre dauerte, desto wahrscheinlicher war es, dass Goddard davon Wind bekommen, der Sache ein Ende setzen und Constantine des Verrats beschuldigen würde. Nur, wenn sie Goddard überrumpelten, könnte ihr Plan Erfolg haben.

Constantine besuchte ihn während seiner regelmäßigen diplomatischen Reisen in die LoneStar-Region und schaute sich einige Unterrichtsstunden von Ben durch Einwegspiegel an. Der Junge war gut in den wissenschaftlichen Fächern und hatte auch beim Bokator endlich aufgeholt – aber seine Kunst des Tötens war eine Katastrophe. Er hatte zwar den Impetus, aber nicht die angeborene Fähigkeit, Leben zu nehmen. Es stimmte:

Viele Scythe verwendeten kultiviertere Nachlesemethoden, aber würden sich andere Menschen um so einen Scythe scharen? Nein – er musste das alles beherrschen. Er musste die Unbeeindruckbaren beeindrucken. Er musste die Abgestumpften verblüffen.

»Nehmt ihn härter ran«, bat Constantine Bens Trainer.

»Und wenn wir ihn brechen?«, fragte Scythe Coleman, woraufhin Constantine antwortete:

»Alle Lehrlings müssen gebrochen werden, bevor sie zu Scythe geformt werden.«

Constantine setzte alles auf eine Karte. Ben musste einfach Erfolg haben, es gab keine andere Option. Irgendwann würde er bereit sein, vorm Konklave zu stehen. Er würde bereit sein, den Platz seiner Schwester einzunehmen.

Constantine ging mit Ben Abendessen, um den Jungen auf persönlicher Ebene besser beurteilen zu können. Zunächst war er zurückhaltend, was keine Überraschung war – Constantine wusste, dass er kein Mensch war, in dessen Gegenwart sich andere Menschen entspannten –, doch am Ende des Essens öffnete sich Ben ein ganz kleines bisschen.

»Tut Ihnen Ihre Entscheidung leid?«, fragte er Constantine nach dem Dessert.

»Und dir?«, stellte Constantine die Gegenfrage.

»Es war interessant bisher«, erklärte Ben ihm – das war allerdings keine Antwort, sondern nur eine erneute Ablenkung. »Aber einige Scythe hier sind Arschlöcher.«

Das ließ Constantine plötzlich und unerwartet auflachen. Wenn er Flüssigkeit im Mund gehabt hätte, hätte er sie überallhin gespuckt. Constantine hasste es, dermaßen die Kontrolle zu verlieren, aber der Junge grinste, und das war ebenso bereichernd wie nervig.

»Scythe sind stachelige Gesellen«, sagte Constantine. »Sie haben riesige Egos und Erwartungshaltungen – aber glaub mir, was sie von dir erwarten, das erwarten sie zehnfach von sich selbst.«

»Nun, dann sollten Sie sich selbst in den Boden stampfen. Jedes Mal, wenn ich etwas erreiche, motzen sie mich nur an, weil ich es nicht eher geschafft habe.«

»Sie bringen dir bei, dass du kein Lob zu erwarten hast«, erklärte ihm Constantine.

»Aber sie wollen, dass ich perfekt bin!«

»Wir können einfach nicht weniger von dir erwarten. Du bist es von der Schule anders gewöhnt, aber hier kommst du mit weniger als hundert Prozent nicht durch.« Dann fügte Constantine hinzu: »Denk dran, du musst immer noch sämtliche Prüfungen bei einem einzigen Konklave bestehen – so handhaben wir das hier in Texas. Egal, wie wohlwollend die Scythe aus der LoneStar-Region auch sein mögen, sie werden keinen Scythe ordinieren, von dem sie denken, er sei noch nicht bereit – und du hast nur eine Chance. Deine ganze harte Arbeit wird für die Katz sein, wenn du nicht ordiniert wirst.«

Der Junge starrte ihn an. »Genau das brauche ich jetzt. Noch mehr Druck.«

Constantine seufzte. »Hier geht es nicht nur um dich«, erinnerte er den Jungen. »Der ›Druck‹, von dem du sprichst, den spüren hier alle. Goddard übernimmt in jeder Region des Kontinents die Kontrolle, mit Ausnahme von dieser.«

»Also dienen Ihre ›diplomatischen Reisen‹ für Goddard weniger dazu, Texas davon zu überzeugen, sich ihm anzuschließen, als vielmehr sie von einem Anschluss abzuhalten.«

Diesmal war Constantine mit dem Grinsen an der Reihe. »Jetzt verstehst du, welchen Drahtseilakt ich vollführe.«

Ben zuckte die Schultern. »Sie sind gut darin.«

Constantine merkte, dass er sich über die Anerkennung freute – damit hatte er nicht gerechnet. Es war ein gutes Zeichen, dass der Junge bei einem abgebrühten Scythe, wie er es war, so eine Reaktion hervorrufen konnte.

»Ich bin froh, dass wir ein wenig Zeit miteinander verbringen konnten«, sagte Constantine und bereitete sich auf den Aufbruch vor. »Ich hoffe, dass du in deiner Freizeit gut behandelt wirst – und dass du Trost und Erleichterung findest.«

»Es ist schon Trost genug, wenn mich alle in Ruhe lassen.«

»Schön gesagt – und ich habe gehört, dass sie einen professionellen Partygänger eingestellt haben: Damit du dich besser entspannen kannst.«

Ben hielt kurz inne. »Nein, ich bekomme nur nachmittags eine Massage.«

Constantine bemerkte seinen Fauxpas einen Moment zu spät und versuchte zurückzurudern. »Mein Fehler«, sagte er und ging schnell zur Tür. »Nun, dann wünsche ich dir einen schönen Abend.«

Aber Bens besorgter Blick machte Constantine deutlich, dass er seinen Haken nicht nur erkannt, sondern auch angebissen hatte. Plötzlich wünschte Constantine sich, er hätte den Jungen gar nicht besucht.

***

Am nächsten Tag kam Raj zum gewohnten Zeitpunkt in Bens Suite an, pünktlich auf die Minute.

»Worauf legen wir heute den Fokus?«, fragte er wie immer. »Nacken? Oberer Rücken? Unterer Rücken?«

»Alles gleich schlimm.«

Ben hatte genug Zeit gehabt, um Constantines Kommentar nachhallen zu lassen. Genug Zeit, damit er in Bens Hirn gären konnte. Aber Ben legte seine Karten nicht direkt auf den Tisch. Stattdessen hielt er sich an das normale Skript. Ein bisschen Smalltalk, dann legte er sich mit dem Gesicht nach unten auf die Liege. Und erst, nachdem Raj angefangen hatte, setzte auch Ben an.

»Raj, warum wurdest du eingestellt?«

»Eine Agentur hat mich eingestellt«, antwortete er.

»Ich habe nicht nach dem Wie, sondern nach dem Warum gefragt.«

»Mir wurde gesagt, sie bräuchten jemanden mit meinen Fähigkeiten.«

»Und worin liegen deine Fähigkeiten?«

Raj zögerte. Er hielt inne, auch die Hände auf Bens Rücken bewegten sich nicht mehr. Sie stoppten einen Moment, dann machten sie weiter, aber weniger aufmerksam als zuvor. »Was ist das für eine Frage?«, sagte er schließlich.

Ben atmete tief ein und wieder aus, dann ließ er die Bombe platzen.

»Bist du ein Partyboy?«

Rajs Hände bewegten sich nun gar nicht mehr. Ben drehte sich um und setzte sich auf, um ihn anzuschauen – was nicht einfach war, weil er nicht gefragt, sondern eine Anschuldigung gemacht hatte.

»Warum sollte das eine Rolle spielen?«

»Das spielt für alles eine Rolle«, sagte Ben. »Warum wurdest du eingestellt, Raj?«

Raj wirkte nicht nervös, bloß sauer. »Um genau das zu tun, was ich bisher getan habe. Deinen Stress am Ende des Tages zu lindern.«

»Mit allen erforderlichen Mitteln?«

Raj starrte ihn an. »Wir sind für heute fertig«, sagte er und drehte sich um, um wegzugehen.

Ben sprang von der Liege. »Ich glaube nicht, dass du das entscheiden kannst.«

Raj blieb kurz vor der Tür stehen und drehte sich zu ihm um. »Was willst du von mir, Ben?«

Das war eine explosive Frage. Die Antwort hatte so viele Konsequenzen, dass Ben ganz schwindelig wurde. Dass sich die Scythe dazu entschieden hatten, einen Partyboy für ihn einzustellen ... Was hatten sie sich dabei gedacht? Nein, Ben wusste genau, was sie sich gedacht hatten. Verschiedene Gefühle feuerten durch Bens Kopf. Und durch seinen Körper. Aber alle ballten sich zu einer großen Wut zusammen.

»Was ich von dir will? Wenn sie dich dafür bezahlen, dann will ich es nicht.«

Sie starrten einander an.

Dann redete Raj: »Professionelle Partygänger sind nicht das, wofür du sie hältst«, sagte er.

»Gut. Dann erklär mir, wofür sie da sind.«

»Wir sind alle in unterschiedlichen Spezialbereichen ausgebildet«, erklärte ihm Raj. »Meine sind EuroSkandische Massage, ungezwungene Konversation und Pool Volleyball.«

Ben fiel nur diese Antwort darauf ein: »Hier gibt es aber gar keinen Pool.«

Rajs kalter Gesichtsausdruck verriet schon, was er gleich sagen würde: »Ich bitte die Agentur, jemand Neuen zu suchen. Ich kündige.«

Er versuchte, die Tür zu öffnen, doch Ben schoss vor und presste die Hand dagegen.

»Du kannst nicht kündigen«, sagte Ben.

»Natürlich kann ich das. Du hast mich beleidigt, aber meine Würde lasse ich mir nicht von dir nehmen.«

»Du kannst nicht gehen – sie werden dich nachlesen«, erklärte Ben ihm. »Sie haben die anderen auch alle nachgelesen!«

Raj drehte sich um – man sah ihm an, wie sehr er sich verraten fühlte, so dass Ben unwillkürlich zurückwich. Offenbar glaubte Raj, Ben stecke hinter dieser ganzen brutalen Intrige – und nicht die Scythe. Aber *sie* steckten dahinter! Sie ganz allein! Wie konnte Raj das nicht erkennen? Ben stürmte los, warf die Hände in die Luft und ließ seiner Wut freien Lauf, die jetzt ein besseres Ziel hatte als Raj.

»Verstehst du denn nicht? Sie kriechen dir in den Kopf! Dort wohnen sie. Sie manipulieren dich am laufenden Meter. Sie haben dich nicht wegen deiner Expertise ausgewählt, Raj – sie haben dich ausgewählt, weil sie wissen, was mir gefällt – *wer* mir gefällt. Wahrscheinlich haben sie eine Datenbank mit sämtlichen Boyfriends von mir und jedem Jungen, in den ich mal verknallt war. Und ich wette, so eine Datenbank pflegen sie auch über dich.«

Ben nahm sich einen Moment, um sich zu beruhigen, dann zwang er sich, Raj in die Augen zu blicken. Er sah, dass Raj immer noch verletzt war, immer noch wütend, aber genau wie Ben hatte er nun ein vernünftiges Ventil für seine Wut.

»Es tut mir leid, dass ich dachte, du würdest mit ihnen unter einer Decke stecken«, sagte Ben wehmütig und aufrichtig. »Das war arschig von mir. Sie benutzen uns beide.«

Raj antwortete erst nach einer Weile. »Und, was machen wir jetzt?«, fragte er schließlich.

»Wir gönnen ihnen nicht die Genugtuung, dass ihr Plan aufgeht«, erklärte ihm Ben. »Egal wie sehr wir uns nach etwas anderem sehnen.«

Scythe Coleman nörgelte immer weniger an Ben herum – und Ben fand es enorm befriedigend, wenn er sie besiegte. Dazu kam es immer häufiger, auch seine Note in der Kunst des Tötens verbesserte sich.

Bens Wut trieb ihn an. Die Scythe waren nicht die Einzigen, die intrigieren konnten. Er hatte jetzt seinen eigenen Komplizen.

»Wenn ich Scythe werde«, erklärte Ben Raj, »verleihe ich dir Immunität, damit sie dich nicht nachlesen können. Sobald ich den Ring trage, können sie mich nicht mehr aufhalten.«

Raj kam immer noch täglich in Bens Wohnung, um ihn zu massieren, doch das geriet manchmal zur Nebensache. Ab und zu redeten sie einfach, neckten sich vielleicht ein wenig – aber mehr geschah nie.

»Weil es echt sein muss«, beharrte Ben. »Und es kann nicht echt sein, solange wir wie zwei Tiere zusammen in Gehege gepfercht sind. Wir werden nicht für die Zoowärter performen.«

Und obwohl sie sich darin einig waren, arbeitete die menschliche Natur gegen sie – weil man immer das will, was man nicht haben kann. Obwohl Ben nie darüber sprach, wurden seine Gefühle für Raj stärker und stärker.

»Ich bin nicht hierhergekommen, um mich zu verlieben«, erklärte Raj Ben eines Tages – er war der Erste, der aussprach, was sie beide fühlten. »Das ist sehr unprofessionell für einen professionellen Partygänger. Wir sollten immun dagegen sein. Bin ich aber nicht, wie sich gezeigt hat.«

Jetzt hatte Ben einen noch persönlicheren Grund, für seinen Erfolg zu kämpfen, und eiferte nicht nur dem überlebensgroßen Bild seiner Schwester nach. Er musste für Raj zum Scythe werden. Er musste dafür sorgen, dass er in Sicherheit sein würde. Aber obwohl er Fortschritte machte, wurde ihm ständig gesagt, dass es nicht schnell genug ging.

Ganz offensichtlich wurden die Scythe, die mit ihm zusammenarbeiteten, immer ängstlicher. Laut Scythe Constantine hatte es etwas mit einer anstehenden Rettungsexpedition zu tun, bei der die Scythe-Diamanten vom Boden des Atlantiks geborgen werden sollten – die irgendwo in den versunkenen Ruinen der Endura lagen.

»Goddard hat den Plan, all diese Diamanten in seine Gewalt zu bringen«, erklärte Constantine Ben. »Und wenn er Erfolg hat, wird er über jedes Scythetum auf der ganzen Welt herrschen können. Umso mehr Gründe, dass sich alle Gegner Goddards um dich scharen, bevor das passieren kann.«

Sie betrachteten Ben nicht als Menschen, sondern als Punkt im Raum. Eine Singularität, die dem schwarzen Loch namens Robert Goddard trotzen sollte. Aber das könnte natürlich nur passieren, wenn Ben beim nächsten Konklave antreten durfte und ordiniert wurde.

Diese Dinge gingen ihm durch den Kopf, als er eines Tages Anfang August mit Scythe Coleman Sparring machte. Er hätte sich von seinen Gedanken ablenken lassen können, doch stattdessen fokussierten sie ihn, befeuerten sein zielstrebiges Verlangen, Raj zuliebe Erfolg zu haben.

Geschickt wich er dem Stab von Scythe Coleman aus, dann trat er sie so effektiv gegen den Kopf, dass sie nicht nur aus dem Ring flog, sondern auch der Länge nach in einer Ecke landete.

»Das hätte ich kommen sehen sollen«, sagte sie, und ihre Worte erinnerten Ben daran, wie Constantine gemeint hatte, die Scythe gingen mit sich selbst noch härter ins Gericht als mit ihm.

Coleman stand auf, und es dauerte einen Moment, bis ihre Naniten bei ihrer Prellung angekommen waren und ihr Gehirn entwirrten.

»Ich wollte dich noch fragen, wie es mit deinen Sitzungen mit Rajesh läuft?«

Es war das erste Mal, dass sie Raj überhaupt erwähnte. Ben hätte gar nicht gedacht, dass sie wüsste, wie er heißt. Aber andererseits: Natürlich kannte sie ihn.

»Ich wüsste nicht, was Sie das angehen würde«, sagte er, nur um zu testen, wie sie auf eine kleine Provokation reagieren würde – doch sie grinste ihn bloß durchtrieben an.

»Es ist okay, wenn du es anders siehst, aber wir sind nicht deine Feinde«, sagte sie. »Wir wissen, dass ihr euch angefreundet habt. Ich will dir nur sagen, dass wir das nicht missbilligen.«

Nein, natürlich missbilligten sie es nicht. Weil sie doch diejenigen waren, die ihre ›Freundschaft‹ arrangiert hatten. Es gab Zeiten, in denen Ben sich wünschte, er hätte ihre Pläne nicht durchschaut. Weil Unwissenheit für ihn wirklich ein Segen gewesen wäre.

»Jeder braucht etwas Zerstreuung«, sagte Scythe Coleman. »Scythe genauso wie alle anderen auch.«

Sie merkte es nicht, aber weil sie Raj als ›Zerstreuung‹ bezeichnet hatte, gab Ben bei der nächsten Sparring-Runde wieder alles und zerschmetterte mit seinem Stab sehr wahrscheinlich ihren linken Oberarmknochen. Eine Verletzung dieser Größenordnung würde nicht ohne eine Infusion mit Schnellheilnaniten wieder in Ordnung gebracht werden. Punkt für Ben!

»Deine Fähigkeiten beim Bokator werden immer weniger enttäuschend«, erklärte ihm Scythe Coleman und beendete die Sitzung. »Viel weniger enttäuschend.«

Aber dieses vergiftete Kompliment sorgte nicht dafür, dass er sich besser fühlte. Etwas an der ganzen Sache kratzte an seinem Unterbewusstsein. Wie ein Juckreiz – er konnte es einfach nicht in Ruhe lassen. Er und Raj hatten jetzt die Oberhand, nicht wahr? Sie hatten den Trick der Scythe durchschaut. Aber was war, wenn die Durchtriebenheit der Scythe an dieser Stelle nicht aufhörte? Was, wenn noch etwas anderes dahintersteckte? Eine tieferliegende Schicht, die Ben noch entdecken musste?

In dieser Nacht hatte Ben einen Traum. Er erinnerte sich nur selten an seine Träume – vor allem seit Beginn seiner Lehre –, weil er tagsüber keine Zeit hatte, um über solche Dinge nachzudenken.

Er träumte von *Dem Tag*. Als er ohne Vorwarnung oder Erklärung aus seinem Zuhause gerissen wurde, dann band man ihn an einen Stuhl und ließ ihn allein in einem Zimmer zurück. Bald darauf war seine Schwester gekommen. Er war zwar sehr verängstigt, aber zugleich überglücklich, sie zu sehen, weil er wusste, dass sie ihn bestimmt retten würde. Sie hielt ein Messer in der Hand. Ein scharfes. Aber er verstand immer noch nicht. Er dachte, sie würde damit seine Fesseln aufschneiden. Erst, als er die Tränen in ihren Augen sah, wusste er, warum sie gekommen war und was sie vorhatte.

Seine Schwester würde ihn umbringen.

Zu jener Zeit wusste er nicht, dass dies ihre letzte Prüfung für ihre Anerkennung als Scythe war.

Ben wurde einen oder zwei Tage später wiederbelebt, aber von diesem Augenblick an existierte seine Schwester nicht mehr. Denn sie war nun Scythe Anastasia. Selbst wenn sie zu Besuch nach Hause kam, spürte Ben, dass sie nicht mehr dieselbe war. Als sie ihm ein Messer ins Herz gerammt hatte, hatte sie sich in eine andere verwandelt.

Er träumte häufig von *Dem Tag* in den ersten Monaten, nachdem Citra zu Scythe Anastasia geworden war. Wenn einem die eigene Schwester das Leben nahm, verursachte das ein Trauma, gegen das selbst Stimmungsnaniten machtlos waren. Damit musste er sich ganz altmodisch selbst auseinandersetzen. Mit der Zeit war das Trauma verblasst, und der immer wiederkehrende Traum hatte aufgehört.

Jetzt hatte er zum ersten Mal seit vier Jahren wieder davon geträumt – nur dass der Traum dieses Mal ganz anders war.

Dieses Mal hatte er die Position seiner Schwester eingenommen. Er war derjenige, der das Messer hielt und auf den Stuhl zuging. Und der Stuhl? Der war leer, aber er würde nicht lange leer bleiben. Und Ben wusste genau, wer dort sitzen würde.

Er wachte auf, seine Bettwäsche war schweißgetränkt – und er begriff, dass die Scythe ihn schon wieder ausgetrickst hatten.

Ben konnte seine Erkenntnis mit niemandem teilen – schon gar nicht mit Raj. Er war in einer völlig einmaligen Situation: Eigentlich wusste ein Scythe-Lehrling nicht, dass der Abschlusstest darin bestand, den Menschen zu töten, der einem am nächsten stand. Aber Ben hatte den Vorteil, dass er sich schon einmal auf der anderen Seite – vor der Klinge seiner Schwester – befunden hatte.

Würde er Raj töten können?

Nein, nicht töten, musste Ben sich vor Augen führen. *Totenähnlich machen.*

In einer unsterblichen Welt war totenähnlich gar nicht schlimm. Es war eine Unannehmlichkeit. Eine kleine Störung an einem ansonsten perfekten Tag. Und dennoch wusste Ben, dass er niemals im Leben etwas Schwereres tun würde – und genau darum ging es.

Andererseits bedeutete es auch, dass Raj vor dem Test nicht nachgelesen werden konnte – aber das war höchstens ein kurzfristiger Nutzen –, denn was war, wenn Constantine oder einer der anderen Scythe Rajs Tod endgültig machten, sobald der Test vorbei war? Jeder von ihnen könnte ihn als offizielle Nachlese geltend machen und auf die eigene Nachlesequote anrechnen. Und je mehr Ben darüber nachdachte, desto wahrscheinlicher wirkte es.

Weil es elegant war.

Schrecklich und brutal elegant. Es würde nicht nur etwas

zum Abschluss bringen, sondern auch eine emotionale Bindung kappen – weil den Scythe solche Beziehungen nicht erlaubt waren.

»Scythe müssen die Menschheit lieben, nicht den individuellen Menschen«, hatte Scythe Hughes anfangs während einer Unterrichtsstunde in Scythe-Ethik erklärt. Das stand im neunten Gebot der Scythe: *Du sollst weder heiraten noch dich fortpflanzen*, und das wurde sehr weit ausgelegt und strikt angewandt. Keine Partner, keine Kinder, keine Ausnahmen. Ein Zölibat wurde nicht vorausgesetzt, aber emotionale Kastration. Ein Scythe konnte sein Bett mit jedem teilen – sein Leben allerdings mit niemandem.

Wie äußerst effizient, wenn der Geist der Liebe aus Bens Herzen geschnitten wurde, während er seine Klinge durch Rajs Herz stach.

Ben könnte sich weigern, es zu tun. Das Messer an diesem letzten, entscheidenden Tag seiner Lehre hinschmeißen. Würde er es bis zur Abschlussprüfung schaffen und an der Ziellinie ins Straucheln geraten? Er hatte nie Scythe werden wollen – aber es nicht zu wollen, war die wichtigste Voraussetzung. Was er wollte – und zwar schon seit Jahren –, war, aus dem Schatten seiner Schwester zu treten. Aber wenn er das tat, würde es auf Rajs Kosten sein.

Die einzige Möglichkeit lag darin auszusteigen, bevor es so weit kam. Entkommen. Es war dieser Gedanke an Flucht, der Ben nun weitermachen ließ. Ein Gedanke, den er irgendwie wahr machen würde. Das würde Planung, präzises Timing und Glück brauchen, aber es war nicht unmöglich.

Ben kannte nur seinen Wohnbereich, die Räume, in denen er seinen Unterricht hatte, und die Flure und Treppenhäuser, die sie verbanden. Aber Constantines Hang zur absoluten Kontrolle ließ vermuten, dass alle Angestellten – inklusive Raj – irgendwo in dem Gebäudekomplex untergebracht waren und nicht außerhalb. Ohne triftigen Grund würde er Raj nie finden können – und wenn er einfach nach ihm suchte, würde er Verdacht erregen. Er würde warten müssen, bis Raj zu ihm kam. Und das würde erst am nächsten Nachmittag sein.

An diesem Tag besiegte Ben Scythe Coleman immer wieder beim Bokator. Er bestand eine Prüfung über Gifte, bei der es sich eher um ein Verhör als um einen Test handelte. Und in Kunst des Tötens ging er schnell zur Offensive über und entwaffnete Scythe Austin – nahezu wortwörtlich.

»Der Unterscythe wird über deinen Fortschritt hocherfreut sein!«, sagte Scythe Austin, obwohl eine Krankenschwester gerade seine Wunden verband und ihm eine Infusion mit Heilnaniten verabreichte.

Zweifelsohne war Ben gerade in Topform, fokussierter und entschlossener als jemals zuvor. Die anderen kannten den Grund nicht – und er schien sie auch nicht zu interessieren. Ihnen waren nur die Ergebnisse wichtig. Das sorgte für einen blinden Fleck, den Ben unbedingt ausnutzen wollte. Er würde die von ihnen erlernten Fähigkeiten dazu verwenden, sich aus ihrem eisernen Griff zu befreien.

Raj kam zur üblichen Zeit an und bemerkte sofort, dass Ben sowohl voller Energie als auch nervös war.

»Was ist los?«

Dann, plötzlich und impulsiv, noch ehe Ben wusste, was er machen würde, küsste er Raj – danach hatte er sich schon wochenlang gesehnt.

»Ich … dachte, so etwas würden wir nicht machen … Hat sich etwas geändert?«, fragte Raj.

»Alles hat sich geändert«, sagte Ben. »Und wir müssen hier weg.«

»Was meinst du mit ›hier weg‹?«

»Genau das, was ich sage. Wir gehen. Hauen ab. Fliehen. Irgendwohin, wo sie uns nie finden werden.«

»Moment«, sagte Raj. Der plötzliche Richtungswechsel verwirrte ihn. »Sie werden uns finden, egal wohin wir gehen – sie sind Scythe.«

»Genau! Sie sind Scythe und nicht der Thunderhead. Sie sind fehlbar. Klar, sie werden versuchen, uns zu finden, aber das heißt nicht, dass sie es auch schaffen – und weil diese ganze Operation geheim ist, können sie die anderen Scythetümer nicht um Hilfe bitten, ohne zu verraten, was sie im Schilde geführt haben.«

Raj grinste, vielleicht ein wenig überrascht, vielleicht ein wenig nervös. »Also hast du das alles schon durchdacht, nicht wahr?«

»Du musst mir nur noch sagen, dass du dabei bist.«

»Bin ich ... Aber deine Ausbildung ist fast vorbei. Und sobald du beim nächsten Konklave ordiniert bist, können wir überallhin gehen, wo wir wollen. Denn sobald du Scythe bist, können sie dich zu nichts mehr zwingen. Warum warten wir dann nicht?«

»Du verstehst es nicht!«

Ben merkte, dass Raj viele Fragen hatte, aber er stellte sie nicht. Stattdessen nahm sich Raj einen Moment, um sich zu sammeln, und entschied sich dazu, Ben sein ganzes Vertrauen zu schenken.

»Mein Zimmer ist zwei Stockwerke weiter unten. Nimm das nördliche Treppenhaus, dann die vierte Tür rechts. In der Nähe der Laderampe.«

Ben nickte; er wusste gar nicht, dass es überhaupt eine Laderampe gab.

»Jeden Donnerstag um sechs Uhr früh kommen Transporter.

Ich weiß das, weil ich jedes Mal aus dem Bett falle … Die Lkw machen einen Riesenlärm und die Arbeiter auch. Sie wecken mich jedes Mal auf. Komm um sechs in mein Zimmer. Ich lass die Tür auf.«

»Damit kann ich arbeiten«, sagte Ben. »Ich bringe uns durch die Laderampe raus.«

»Vermassel es nicht. Denn wenn du es nicht schaffst, sind wir so gut wie nachgelesen.«

So fokussiert Ben auch gewesen war, es war für ihn wahnsinnig schwer, cool zu bleiben und sich im Unterricht nicht anmerken zu lassen, dass etwas in ihm brodelte. Sie waren so gut darin, Menschen zu lesen – oder zumindest *ihn* zu lesen. Er musste cool und am Ball bleiben – bis Donnerstagmorgen.

Am Mittwoch um Mitternacht stellte Ben das Thermostat, so hoch er konnte. Einige Minuten vor sechs war seine ganze Suite brütend heiß. Dann öffnete er die Tür zum diensthabenden Wachmann, der direkt vor ihm draußen auf dem Flur stand.

»Hey«, sagte er und tat so, als wäre er noch verschlafen. »Etwas stimmt mit dem Thermostat nicht.«

Der Wächter, der spürte, wie die Hitze aus dem Zimmer strömte, machte einen Schritt hinein, um sich die Sache anzusehen. »Ich sage jemandem Bescheid.«

Aber so weit kam es nicht. Als er im Inneren und außer Sichtweite der Flurkameras war, brach Ben ihm mit einer einzigen, gut einstudierten Bewegung das Genick – das hatte er vorher immer nur mit Übungs-Dummies gemacht. Bei einem echten Menschen war es einfacher. Zumindest physisch.

Ben schleppte den Wächter in die Wohnung und zog dessen Kleidung an. Sie hing an ihm herunter, aber als Verkleidung vor den Kameras, an denen er zwangsläufig vorbeimusste, reichte es aus.

Er ging zum nördlichen Treppenhaus und lief zwei Stockwerke runter. Er konnte auch das entfernte Rattern hören, als die Schleusen der Laderampen hochgezogen wurden. Jetzt lief die Zeit.

Ein weiterer Wächter stand direkt neben dem Ausgang vor dem Treppenhaus. Ben hielt den Kopf gesenkt, damit der Guard nicht direkt sein Gesicht sehen konnte.

»Du bist früh dran«, sagte er. »Die Schicht ist noch nicht vorbei.«

Ben bespritzte ihn mit Kontaktgift.

Er war totenähnlich, noch ehe er auf dem Boden aufkam.

Ben blickte hoch, er wusste, dass alles auf Kamera aufgenommen wurde, aber es ertönte kein Alarm. Wer auch immer hinter den Monitoren saß, schlief entweder oder war abgelenkt. Die Sicherheitskameras der Scythe waren glücklicherweise anders als die Kameras des Thunderhead. Denn während der Thunderhead jede einzelne Kamera simultan überwachte, verließ sich das Scythetum auf Sicherheitspersonal aus Fleisch und Blut – also war das ganze System anfällig für menschliche Fehler.

Rajs Zimmer lag am anderen Ende des Ganges. Ben drehte den Knauf. Es war offen, genau wie Raj prophezeit hatte. Ben drückte die Tür auf und freute sich darauf, Raj zu sehen – wach und erwartungsfroh. Aber als Erstes sah er Rot. Rot, das in den Augen schmerzte und genau die Farbe von Blut hatte.

»Wie enttäuschend«, sagte Unterscythe Constantine.

Ben erstarrte. Er dachte, er hätte sich mental auf jede Eventualität vorbereitet. Aber auf diese nicht.

»Von dir hätte ich mehr erwartet«, sagte Constantine. »Du hast es nicht einmal zum äußeren Zaun geschafft.«

»Was?«

»Wir hatten drei mögliche Ausgangspunkte für dich im Gebäudekomplex angelegt, Benjamin. Drei! Wenn du klug genug gewesen wärst, um dir in deiner Zeit hier eine Karte vom Komplex zu erstellen, hättest du genau gewusst, wo du bist. Du hättest es dann zur Umzäunung geschafft.«

Ben konnte nur noch stammeln: »Wa… Was erzählen Sie da?«

»Das war eine Prüfung, Benjamin. Wir wollten deinen Einfallsreichtum auf die Probe stellen. Du bist durchgefallen.«

Ben konnte seine Gedanken nicht anhalten. »Steckte Raj mit unter der Decke? War er …«

»Nein, Rajesh wusste nichts davon. Du kannst sicher sein, dass er dich nicht betrogen hat. Aber ich weiß genau, dass du den wahren Grund herausgefunden hast, warum er hier ist. Weil du ihn hintergehen solltest. Ich vermute, die Aussicht auf deine Abschlussprüfung ist der Grund, warum du fliehen wolltest.«

»Ich werde ihn nicht umbringen!«

»Wie es aussieht«, sagte Constantine, »musst du das auch nicht.«

Ben gefiel weder, wie Constantine sprach, noch was er für ein Gesicht machte. Oder, besser gesagt, was für ein Gesicht er nicht machte. Er sah völlig ausdruckslos aus. Weder Wut noch Enttäuschung. Es wirkte, als hätte Constantine Ben bereits abgeschrieben.

»Wo ist Raj? *Wo ist er?*«

Constantine machte sich nicht mal die Mühe zu antworten. »Bringen Sie Mr. Terranova zurück in seine Bleibe.«

Die beiden Scythe-Wächter, die hinter Ben standen, schnappten ihn. Er hätte sie abschütteln können. Ihnen den Hals oder die Knochen brechen können, oder was auch immer nötig war, um sie loszuwerden, aber wozu? Es standen noch mehr Wächter auf dem Gang, die ihnen zur Hilfe eilen würden. Egal was Ben auch tun würde, er konnte hier nicht entkommen.

»Es gibt viel zu besprechen«, sagte Constantine. »Wir unterhalten uns beim Frühstück. Um Punkt acht Uhr.«

Die Wächter zogen Ben weg, während er hörte, wie der Lieferwagen wegfuhr und sich die Lieferschleusen schlossen.

Früher, in der Sterblichkeitsära, stand den zum Tode Verurteilten eine letzte Mahlzeit zu, ehe sie dem Henker gegenübertraten. Ben wusste alles über Hinrichtungen. Bei der Kunst des Tötens ging es nicht nur darum, Waffen zu schwingen, sondern darum, deren Geschichte zu verstehen. Von Guillotinen über Erschießungskommandos bis hin zum elektrischen Stuhl – alles gehörte zum Lehrplan. Ben fragte sich, ob die sterblichen Todgeweihten sich genauso gefühlt hatten wie er, als er zum Frühstück mit Constantine geführt wurde.

»Setz dich, Benjamin. Das Essen ist schon da.«

Ben wollte nur wissen, was sie mit Raj angestellt hatten – und Constantine wusste es. Aber Ben hatte schon gefragt, und Constantine hatte ihn ignoriert. Wenn er noch einmal fragte, würde er Schwäche zeigen, und Ben wollte auf keinen Fall vor diesem Mann fragil wirken.

»Ich weiß, dass du nie hier sein wolltest«, erklärte er Ben, während er auf einem Stück Bacon herumkaute. »Obwohl du es endlich geschafft hast, bei deinem Training besser zu werden, ist klar, dass du nie mit dem Herzen dabei warst. Und ich kann das nachempfinden, wirklich.«

Der Gedanke, dass Constantine überhaupt Gefühle haben könnte, hätte Ben an jedem anderen Tag zum Lachen gebracht. Dieser Mann war nicht gerade das personifizierte Mitgefühl.

»Die Scythe, die dich unterrichten, wollen nur das Beste für dich.«

»Das ist eine Lüge«, sagte Ben. »Sie wollen das Beste für das

Scythetum. Sie haben keine Ahnung, was für mich am besten ist, und es ist ihnen auch egal.«

Constantine seufzte. »Du hast recht«, gab er zu, »aber das spielt jetzt auch keine Rolle mehr.«

Jetzt sagt er es, dachte Ben. Er fragte sich, ob sie ihn einfach nach Hause schicken oder nachlesen würden, um damit die Spuren ihres Scheiterns zu verwischen.

»Du musst kein Scythe mehr werden«, sagte Constantine.

Ben hielt den Blick starr auf ihn gerichtet, er schaute nicht weg.

»Willst du nicht wissen, warum?«, hakte Constantine nach.

»Ist doch egal«, sagte Ben. »Kehre ich in einem Bus oder in einer Kiste nach Hause zurück?«

»Weder noch«, antwortete Constantine.

Ben blickte ihn an und meinte, er hätte ein Funkeln in den Augen des Scythe entdeckt. Irgendetwas erfreute diesen Mann. Ben wusste nicht, ob es aufrichtig oder sadistisch war. Schließlich erzählte ihm Constantine, was ihm auf der Seele brannte.

»Die Überreste deiner Schwester wurden gefunden.«

Das war das Letzte, womit Ben gerechnet hatte.

»Moment – es gab Überreste? Aber ich dachte –«

»Ja, wir dachten alle, sie wäre gemeinsam mit den anderen verschlungen worden, aber man hat ihren Körper intakt in einer luftdichten Kabine gefunden.«

Ben legte seine Gabel ab. »*Wie* intakt?«

Constantine konnte ein Grinsen nicht unterdrücken. »Sie wurde wiederbelebt, Benjamin. Und bald schon wird sie eine triumphale Rückkehr auf die Welt feiern!«

Ben merkte, dass er atemlos war, sprachlos. Diese Neuigkeiten waren ebenso schwer zu verarbeiten wie ihr Tod. Wie es bloß für seine Eltern sein würde! Wie es für ihn sein würde! Das waren wunderbare Nachrichten! Und dennoch …

Constantine lehnte sich in seinem Stuhl zurück und verschränkte enorm zufrieden die Arme. »Du kannst dich jetzt entspannen«, sagte Constantine, »weil du nicht mehr gebraucht wirst.«

Und das war's dann. Die Ausbildung war vorbei. Die Unterrichtsstunden waren vorbei. Das ständige Tadeln fiel weg. Nach über einem Jahr, in dem ihm jeden Tag gepredigt worden war, wie schrecklich wichtig er war, war er praktisch nicht mehr vorhanden.

Genauso wie Raj. An diesem Tag tauchte er nicht auf, und Ben machte sich immer schlimmere Sorgen. Es gab keinen Grund, Raj nachzulesen, weil das Geheimnis um Bens Lehre nun kontrovers diskutiert wurde ... aber es gab auch keinen Grund, ihn *nicht* nachzulesen.

Es gab eine oberflächliche Versammlung mit Bens Trainern, damit sie sich verabschieden konnten. Einige wollten es wohl einfach möglichst schnell über die Bühne bringen, aber andere – wie Scythe Hughes – wünschten ihm von Herzen alles Gute. Deswegen wandte sich Ben an ihn.

»Bitte, Scythe Hughes«, sagte Ben und versuchte, nicht zu flehen. »Können Sie mir erzählen, was sie mit Raj gemacht haben – meinem Masseur?«

»Er war nicht nur dein Masseur, glaube ich«, sagte Hughes und lächelte warmherzig.

»Dann verstehen Sie bestimmt, warum ich unbedingt wissen will, wo er ist und was sie mit ihm gemacht haben.«

Hughes seufzte. »Ich darf dir das wirklich nicht sagen«, meinte er und drückte fest seine Hand. »Tu alles, um ihn dir aus dem Kopf zu schlagen.«

Dann mischte sich Constantine ein. »Benjamin, es geht dich nichts an, was wir mit den Angestellten machen.«

Als Ben das hörte, wurde er fuchsteufelswild. Früher hatte er vielleicht noch keinen Killerinstinkt in sich getragen – aber das hatte sich geändert. Er hätte Constantine das Herz aus der Brust gerissen, wenn er gekonnt hätte.

»Sie sind ein Monster!«, sagte Ben. »Sie verdienen es nicht, Unterscythe zu sein. Sie verdienen es nicht, irgendwas zu sein. Und je eher Sie von der Welt verschwinden, desto eher wird die Welt zu einem besseren Ort.«

Constantine juckte das nicht. Er zog kaum die Augenbrauen hoch.

»Alles ist relativ, Benjamin. Mit Hilfe deiner Schwester werde ich versuchen, Goddard zu stürzen – eine wahre Quelle des Bösen in der Welt. Bin ich dann ein Monster? Oder bin ich ein Held?« Er dachte ernsthaft über seine eigene Frage nach. »Vielleicht bin ich keins von beidem.«

Sie ließen nicht zu, dass Ben nach Hause fuhr, weil es sein Zuhause nicht mehr gab. Constantin hatte – im Auftrag von Goddard – seine Eltern nachgelesen und kurz nach Beginn von Bens Lehre ihre kompletten Besitztümer konfisziert. Dann, als sie tot waren, hatte Constantine ihre Körper zu einem netzunabhängigen Revival-Zentrum gebracht und im Geheimen die Nachlese wieder rückgängig gemacht.

»Das war nötig«, erklärte Constantin ihm. »Die Nachlese musste in der Scythe-Datenbank protokolliert werden, sonst hätte Goddard Verdacht geschöpft.«

Jetzt versteckten sich Bens Eltern unter neuen Namen an einem Ort, den nicht einmal Constantin kannte.

Bei Ben, den man bei der Nachlese seiner Eltern zu Hause vermutet hatte, pfuschte Constantine ein wenig in der Datenbank des Scythetums herum. Es wurde protokolliert, dass er von zu Hause weggelaufen und dann in Antarktika irgendwo bei den

Widerlingen untergetaucht war – das war so weit weg, es kümmerte Goddard nicht –, aber es würde ihn eben *doch* kümmern, sobald Citra ihre großartige Wiederkehr feierte.

Denn Ben würde eine erstklassige Geisel abgeben, damit sie den Ball flach hielt. Deswegen musste Ben jetzt ebenso spurlos verschwinden wie seine Eltern. So allein und unbekannt, wie es für einen Menschen möglich war.

»Du wirst sicher sein, dort, wo wir dich hinschicken«, erklärte Constantine ihm. »Und bald schon wirst du dein Leben genießen – wie es auch aussehen mag.«

Ben konnte sich nicht vorstellen, dass das jemals wahr werden würde, egal wie viele Hunderte Jahre er auch leben mochte.

Dann, bevor sich Constantine endgültig verabschiedete, drückte er Ben verstohlen einen Umschlag in die Hand und flüsterte ihm ins Ohr.

»Ich bin nicht das Monster, für das du mich hältst.«

***

Die Schönheit von St. Petersburg ließ Vasily Markov kalt. In diesen Tagen wirkte alles düster auf ihn.

Vasily Markow. Das stand in seinem Ausweis. Aber er fühlte sich immer noch wie Ben Terranova und wusste nicht, ob sich das jemals ändern würde. Wenn seine Schwester tatsächlich auftauchte und so weitermachte wie bisher, könnte er sich vielleicht aus seinem Versteck herauswagen und wieder seinen richtigen Namen annehmen. Sie hatte bereits mehrere augenöffnende TV-Sendungen gemacht und ein gleißendes Licht auf Overblade Goddard gerichtet. Vielleicht würde sie ihn stürzen. Vielleicht auch nicht. Ben fühlte sich so weit von der Welt der Scythe entfernt, er hätte sich ebenso gut in einem anderen Universum befinden können – und nicht nur am anderen Ende der Welt.

Und, wer war dieser Vasily Markov nun? Er studierte an der Universität von St. Petersburg klassische Literatur der Region. Wen kümmerte schon, dass Benjamin Terranova Puschkin nicht von Tschechow unterscheiden konnte. Er würde es schon lernen. Er würde sich anpassen. Ihm blieb nichts anderes übrig. Und er würde es vermeiden müssen, Aufmerksamkeit auf sich zu ziehen, weil dies Goddards Agenten hellhörig werden lassen könnte, die sehr wahrscheinlich auf der Suche nach ihm waren.

Die Region West Ruskaya hatte – ebenso wie die Mericas, Israebia und viele andere Orte auf der Welt – dunkle Augenblicke in ihrer Geschichte erlebt. Aber inzwischen war es auch nur noch das: Geschichte. Seiten in einem Buch über Altertumskunde. Nachdem der Thunderhead die Nationen aufgelöst hatte, schienen nur noch die herausragendsten Merkmale jeder Region durch. Ben hoffte, dass die Dunkelheit, die er erfahren hatte, auch in seinem Leben nur eine historische Fußnote sein würde. Aber das würde Zeit brauchen. Und Mühe. Und es war einfacher gesagt als getan.

Er hatte eine Wohnung mit Blick auf den Fluss Newa in einem lebendigen, quirligen Viertel. Und trotzdem: Er war schon einige Wochen dort und hatte noch niemanden kennengelernt. Er wartete auf den Drang, aber er spürte nur das Verlangen, das die Lehre in ihm entfacht hatte: mit Kugel, Klinge und Knüppel zu kämpfen. Leben zu beenden. Er war zum Scythe ausgebildet worden – und was war er nun? Nichts. Er war nicht einmal er selbst. Er dachte über Rowan Damisch nach. Hatte er sich so gefühlt, als ihm der Ring am selben Tag verwehrt wurde, als seine Schwester ordiniert wurde? Er merkte, wie er Rowan immer weniger hasste – insbesondere wo es jetzt so schien, dass Rowan Endura nicht versenkt hatte.

An einem regnerischen Dienstag schwänzte Vasily Markov den Unterricht und ging in die Eremitage. Nicht weil es ihn sonderlich interessierte, sondern weil er eine Karte für eine spezielle Gruppenführung hatte, an ebendiesem Tag. Das Ticket war ihm von dem karmesinroten Scythe in die Hand gedrückt worden, der so effizient sein Leben ausgelöscht hatte. Ben hätte das Ticket weggeworfen, wäre er nicht so neugierig gewesen.

Wie sich herausstellte, war es die beste Museumsführung, die Ben jemals erlebt hatte. Nicht nur weil das Museum so viele großartige Werke zeigte, sondern wegen des Führers. Er hieß Milan und wusste alles, was man über jedes einzelne Exponat des Museums wissen konnte.

Anschließend blieb Ben noch dort. Die Touristen gaben Milan ein großzügiges Trinkgeld. Ben hatte das auch vor, aber er stellte sicher, dass er der Letzte in der Schlange war.

»Das war eine sehr angenehme Überraschung«, sagte Ben zu ihm.

Milan war ebenso elegant und zuvorkommend wie bei der gesamten Führung. Aber sonst nichts.

»Danke, Vasily«, sagte Milan, was Ben überraschte.

»Du weißt, wie ich heiße?«

Milan lächelte ein wenig verlegen. »Dein Namensschild«, sagte er.

»Ah, stimmt.« Und als Raj verstanden hatten, dass Ben den Moment in die Länge zog, sagte Ben, was er schon seit seiner Ankunft im Museum loswerden wollte – seitdem der Guide sich vorgestellt hatte.

»Ich vermisse dich, Raj«, sagte Ben.

Milan blickte ihn an, und kurz dachte Ben, er könnte aus seiner Rolle fallen. Vielleicht sogar Ben umarmen. Doch stattdessen sagte er: »Wenn ich wüsste, wer das ist, würde ich ihn vielleicht auch vermissen.«

Ben lächelte ihn melancholisch an. »Entschuldige, ich habe dich mit jemandem verwechselt.«

»Passiert schon mal«, sagte Milan. »Ich freue mich, dass dir die Führung gefallen hat.«

Supplantation war nicht nur eine Wissenschaft, es war eine Kunst. Wenn der Thunderhead es machte, geschah es nie ohne Erlaubnis des Individuums, und anschließend wurde der neuen Persona immer erzählt, dass die eigenen Erinnerungen gerade ersetzt worden waren. Aber wenn Scythe es taten, folgten sie solchen Regeln nicht. Soweit Milan, der Museumsführer, wusste, war er immer schon Milan, der Museumsführer aus irgendwo in West Ruskaya gewesen, mit Erinnerungen an seine Kindheit, passend zu seiner Geschichte. Er kannte es nicht anders. Er wusste nicht, dass er einmal jemand anderes gewesen war. Aber wie viel von einem wird durch Supplantation verändert? Es ändert, für wen du dich hältst, aber ändert es auch, wer du *wirklich* bist, bis ins tiefste Innere?

»Vielen Dank noch mal, Milan.« Ben drehte sich um, bevor die Tränen in seinen Augen zu offensichtlich wurden. Diese Tränen waren so ambivalent. Er wusste, dass Raj fort war, aber auch, dass er noch nicht nachgelesen worden war. Er war jemand anderes, aber er lebte.

»Ich bin nicht das Monster, für das du mich hältst«, hatte Constantine gesagt. Dennoch hasste Ben Constantine aus irgendeinem Grund nicht weniger.

Als Ben zum Hauptausgang ging, spürte er einen sanften Händedruck auf seiner Schulter. Er merkte, wie die Fingerspitzen ganz sanft Druck ausübten und die Spannung in seinem Nacken nachließ. Ben lächelte, weil er diese Berührung kannte – er musste sich gar nicht umdrehen. Muskelgedächtnis – wenigstens das konnte nicht ausgelöscht werden.

»Vielleicht möchtest du noch eine ganz private Führung, Vasily? Nur wir beide. In der Eremitage sind mehr Meisterwerke ausgestellt, als man an einem einzigen Nachmittag sehen kann. Es wäre mir eine Ehre, sie dir alle zeigen zu dürfen.«

Ben sah seinen warmen Blick und staunte darüber, wie schnell sie von Fremden zu etwas mehr als Fremde geworden waren.

»Das fände ich schön«, erklärte ihm Ben. »Das fände ich sehr schön.«

Und wer weiß? Vielleicht würde Vasily Milan sogar besser kennenlernen, als Ben Raj jemals kennengelernt hatte.

Kapitel 11: **Hartnäckige Erinnerungen**

Co-Autor*innen Jarrod Shusterman und Sofía Lapuente

Im Herzen Barcelonas, unter den gewaltigen Türmen der Sagrada Família, wohnte ein Scythe, dessen Name durch die ganze Stadt geisterte. Ein Name, mit dem Furcht und geheimnisvolle Intrigen verbunden waren. Ein Name, der geflüstert wurde. Immer nur geflüstert.

Man hätte denken können, dass die großartige Kathedrale – deren Fertigstellung in der Sterblichkeitsära über hundert Jahre gedauert hatte – das Zuhause seines Namenspatrons war – dem Ehrenwerten Scythe Gaudí. Doch das stimmte nicht. Dort wohnte Scythe Dalí – und zwar aus purem Trotz. Es war tief verwurzelte, andauernde Gehässigkeit, die ebenso unvergänglich und unsterblich war wie er.

Scythe Dalí wurde häufig auf der La Rambla gesehen, der prachtvollsten Straße Barcelonas, in einer Seidenrobe, blauer als der Himmel, mit goldfarbenen Fäden – wie auf den Gemälden seines Historischen Patrons. Diese Farbtöne brachten ein seltsames und traumähnliches Licht in die Welt. Und bei Sonnenuntergang stand Dalí häufig in den engen, gepflasterten Gassen zwischen den hoch aufragenden Türmen der Kathedrale und blickte auf die Massen hinab. Dabei strich er sich über den Schnurrbart, der über seinen Lippen hing wie die Arme einer Gottesanbeterin, während der Scythe über sein nächstes Opfer nachdachte. Scythe Dalí betrieb nicht bloß Nachlese. Er erschuf etwas. Er fälschte. Er gestaltete. Jede einzelne Nachlese war ein surreales Meisterstück. Wie sein Historischer Patron stets gepredigt hatte: »Ohne Wahnsinn gibt es keine Kunst.« Und weil der Thunderhead Verrücktheit aus der Welt ausgelöscht hatte, entschied Scythe Dalí sich dazu, die Verrücktheit selbst zu verkörpern.

»Wird es sehr weh tun?« Die Stimme der jungen Braut zitterte, während sie die Hand des Bräutigams umklammerte; ein großer, schlanker Mann von natürlicher Jugendlichkeit, dessen Beine bebten, als würde er auf schwankenden Stelzen stehen.

»Euer Tod wird kurz und schmerzlos sein«, versicherte ihnen Scythe Dalí. »Und falls doch nicht, werden eure Schmerznaniten das Schlimmste betäuben. Keine Angst.«

Die Kirchenbänke der Kapelle auf dem Berg waren voller Zuschauer. Alle trugen zu dem Anlass festliche Masken. Mit Juwelen behangene Pestärzte und gefiederte Harlekine des Venezianischen Königshauses. Die Menschen, die bei der Trauzeugenlotterie gewonnen hatten, waren von Scythe Dalí angewiesen worden, sich für die Hochzeit wie für eine Karnevalsmaskerade auszustaffieren. Das war alles Teil der Atmosphäre. Alles Teil der Show.

Auf dem Altar stand eine Hochdruckverbrennungskanone, die mit zwölf Kilo verpresster Kohle befüllt war. Wenn sie abgefeuert wurde, setzte sie einen Schwall aus stark erhitzter pyroklastischer Asche frei, die jedes Lebewesen in ihrem Umfeld in Sekundenschnelle verbrannte – deswegen wurde das Publikum von hitzebeständigem Glas geschützt.

»Ihr werdet heute unsterblich gemacht«, erklärte Dalí dem jungen Paar. »Eure verbrannten Überreste werden in einer unvergänglichen Hülle aus Silikatasche eine Hommage an die vulkanischen Winde Pompejis darstellen. Betrachtet euch als postmortale Interpretationen von *Romeo und Julia*.«

»Wir sind nicht ›postmortal‹, wenn wir heute sterben müssen«, erdreistete sich der Bräutigam zu sagen.

»Ja, nun«, stimmte Dalí zu, »aber der Rest von uns ist es.«

Der Bräutigam schluckte seine Angst runter, und sein Trauzeuge trat einen Schritt vor. »Du schaffst das«, sagte sein Freund zu ihm. »Denk einfach daran, dass es eine große Ehre ist. Und dass man sich immer an euch erinnern wird.«

Das Paar schaute sich an und nickte – als hätten sie irgendeine Wahl.

»Eure Leben werden im allerglücklichsten Moment enden«, dozierte Dalí. »Was könnte denn noch edler sein? Noch perfekter?«

Für Dalí bedeutete dies den Gipfel der Zufriedenheit. An diesem Tag, in dieser idyllischen, historischen Kapelle, würde er einen besseren Ort aus der Welt machen, indem er sie mit Kultur bereicherte. Die Nachlese würde in genau dem Moment stattfinden, wenn sich die Lippen berührten – in ebender Millisekunde, nachdem er sie zu Mann und Frau erklärt hatte –, weil er ihnen höchstpersönlich die Ehre erweisen würde, sie zu vermählen.

Die Bühne war bereit, und alles, das nicht von der Druckwelle der Asche erfasst werden würde, war vorgeschmolzen worden. Die Plastikgummibäume links und rechts neben dem Paar waren zu dunklen Haufen zusammengesackt, die ausgehärtet waren und an finstere Monster erinnerten, die die Treppe hochkrochen. Signierte Gemälde waren gegen die Wände geschleudert und tropfende Buntglasfenster waren zu einem bunten Farbklecks zerlaufen. Solche Leitmotive lieferten ihm reichlich Gesprächsthemen bei Ausstellungen und Cocktailpartys. Er musste nur noch den Mittelpunkt seines Grand Tableau fertigstellen. Und das Publikum heute war ausgelassen, jubelte und brüllte wie im Zirkus. Niemand hatte noch Respekt vor wahrer Kunst.

Für Dalí war Nachlese die reinste, wertvollste Form der

Kunst. Er hatte sich von den Techniken aus der Sterblichkeitsära inspirieren lassen. Das Zeitalter des Barock hatte eindringlich gezeigt, dass diese Welt zugleich voller Schmerz und Erhabenheit war. Der Expressionismus offenbarte die Essenz des menschlichen Geistes, und die Moderne Kunst legte dessen Absurdität offen.

Dalí war sehr häufig in den Louvre gegangen, um über den größten Schatz dort nachzudenken – und als Scythe musste er sich nicht mit allen anderen Menschen in der Schlange anstellen. Man ermöglichte ihm sogar eine Stunde allein mit dem Gemälde – er hatte die gesamte Galerie für sich. *Af Klint in Kontemplation über Sapphos Ende*. Ein Meisterwerk, das auf der ganzen Welt als letztes Kunstwerk aus der Sterblichkeitsära angesehen wurde. Ein Gemälde, das sowohl die Melancholie als auch die Freude der Transition in die Unsterblichkeit ausdrückte.

Aber jetzt, in einer Welt ohne Leid – welche Leidenschaft konnte den Künstler noch inspirieren? Welche Farben auf der Leinwand? Vom Tod allerdings konnte nicht einmal der Thunderhead mit all seinen Billionen Zettabytes perfekter Gedanken die Menschheit jemals erlösen. Deswegen hatte Dalí geschworen, aus jeder Nachlese ein Meisterwerk zu machen. Und dieses hier würde sein Opus magnum sein.

Die Zeremonie verlief so, wie solche Dinge immer verlaufen, der Vater übergab unter Tränen die Braut. Schließlich wurde das Eheversprechen geschlossen, und Scythe Dalí segnete sie.

»Aldo und Pilar, ich erkläre euch hiermit zu Mann und Frau. Sie dürfen die Braut küssen.« Dann schlüpfte Dalí hinter seinen eigenen Hitzeschild und ließ seine Verbrennungskanone hochfahren. Sie sprang mit einem Zischen an, und die Leute auf den Kirchenbänken atmeten erwartungsvoll ein.

Doch noch ehe er abdrücken konnte, gingen sämtliche Lichter aus, und die Kanone schaltete sich ab.

Eine durchgebrannte Sicherung? Was für ein schreckliches Timing! Solche Ausfälle gab es eigentlich schon seit langer Zeit wegen zahlreicher Innovationen nicht mehr, aber alte Bauwerke, wie diese Kapelle, hielten noch an ihrem maroden Charme fest.

»Alles ist in Ordnung«, sagte Dalí. »Nur eine kleine Störung. Bitte bleibt alle auf euren Plätzen.«

In solchen Momenten sehnte er sich Assistenten herbei – aber er verabscheute zugleich den Gedanken, nicht alles allein zu machen. Er ging durch die Hintertür, um das technische Problem zu lösen – vermutlich war ein Sicherungsschalter rausgesprungen. Als er jedoch wieder durch die alten Holztüren in die Kapelle trat, entdeckte er, dass das Paar verschwunden war.

Seine Probanden hatten ihn am Altar verlassen.

»¡No puede ser!«, rief er. »Das kann doch nicht sein!«

Er blickte in das Publikum hinter dem Schutzglas. Alle trugen noch ihre Karnevalsmasken, aber inzwischen war der einzige Grund folgender: Niemand wollte sein Gesicht zeigen.

»Wo sind sie hin?«, fragte Scythe Dalí die Menge.

Viele waren vor Schreck erstarrt, aber einige zeigten auf den offenen Eingang der Kapelle.

Subjekte, die nachgelesen werden sollen, laufen von Zeit zu Zeit einmal weg und werden – so schreiben es die Regeln des Scythetums vor – dafür bestraft, indem der Rest der Familie gemeinsam mit ihnen nachgelesen wird. Er wandte sich an die Eltern der Braut, die ihre Hände hochhielten, als wollten sie sagen: »Wie soll man die jungen Leute bloß verstehen?«

Dalí starrte sie finster an. »Ihre Tochter hat heute Ihren Leben ein Ende gesetzt. Das wissen Sie, nicht wahr?«

Sie blickten zu Boden und nickten traurig ergeben. Er überlegte, es direkt zu erledigen, entschied aber, dass die Tochter dabei sein sollte. Sobald er sie und ihren baldigen Ehemann aufgespürt hatte ... Wie egoistisch, wie dumm! Das Paar hatte Ruhm gegen Schande und einige Minuten mehr Leben getauscht.

Dalí wandte sich an die Menge. Niemand lachte – aber er hörte Gelächter. Heute wurde er zum Narren gehalten, sein Meisterwerk wurde zerstört, der herrliche Tod lag als Totgeburt vor seinen Füßen.

»Haut ab!«, befahl er der Menge. »Geht mir aus den Augen, bevor ich jeden von euch einzeln nachlese.«

Das ließen sie sich nicht zweimal sagen. Die Kirchenbänke waren innerhalb von Sekunden wie leer gefegt.

Als er allein war, erlaubte er sich einen Tobsuchtsanfall. Er schrie und riss einen geschmolzenen Kronleuchter von einer Tischkante – wie ein Bündel Silberschlangen hing er da – und schmiss ihn durch den Raum. Er trat seine Kanone um, warf die rausgefallenen Kohlestücke gegen das Buntglasfenster und zerstörte das, was noch nicht geschmolzen war.

Das war kein Zufall gewesen.

Der Strom war nicht einfach so ausgefallen. Jemand hatte die Flucht des Pärchens geplant. Und Scythe Dalí wusste genau, wer dahintersteckte.

***

Im Herzen Barcelonas, im üppigen Park Güell, lebte ein Scythe, der ins alte Gärtnerhäuschen eingezogen war. Ein Scythe, dessen Name den Leuten ein Lächeln auf die Lippen zauberte.

Im Gegensatz zu Scythe Dalí trug er keine auffällige Robe. Er war mit einer alten Wolltunika in natürlichen Erdtönen gekleidet. Seine tiefgründigen, nachdenklichen Augen blickten in ein Buch aus der Sterblichkeitsära, die Hand strich gedankenverloren über einen ergrauenden Bart – denn obwohl er sich auf jedes Alter hätte resetten lassen können, blieb er immer respektable sechzig. Er war der Meinung, dass niemand mehr als einmal Jugend verdiente, schon gar nicht ein Scythe. Wenn er nicht unterwegs war und seine heilige Aufgabe der Nachlese ausführte, konnte man ihn in den Gärten des Park Güell antreffen, wo er mit der Geduld eines Heiligen Blumen anpflanzte. Denn, wie er häufig sagte, am wichtigsten war Liebe, und dann erst kam die Technik. Das war eine Philosophie auf Grundlage der Lehre seines Historischen Patrons.

Er las nie in dem weitläufigen Park Güell nach. Jeder wusste, dass der Park ein sicherer Rückzugsort für die Besucher war – und die kamen in Scharen. Der Ehrwürdige Scythe mischte sich unter die Spaziergänger, die die berühmten Mosaikskulpturen betrachteten: skurrile, an Süßwaren erinnernde Gebilde, erschaffen von seinem Historischen Patron. Er lächelte Kinder an, und diese lächelten zurück, dann fragten sie ihre Eltern, wer denn dieser seltsame Mann war, der sich hatte alt werden lassen.

»Das ist Scythe Gaudí höchstpersönlich«, flüsterten sie.

Sie flüsterten immer.

Heute jedoch hatte Scythe Gaudí einen Einsatz, der ihn aus seinem geliebten Park wegführte.

Westlich der Stadt lag ein kleines Cottage – dort wollte ein frisch vermähltes Paar seine Flitterwochen verbringen. Gaudí wartete im Rosengarten auf sie, als beide erleichtert und völlig aufgelöst ankamen. Sie schauten sich über die Schultern, fühlten sich verfolgt, aber niemand war da. Scythe Gaudí wusste, dass Scythe Dalí sich nicht die Mühe gemacht hatte herauszufinden, wo die beiden nach der Hochzeit hinfahren wollten, weil Dalí es ganz sicher als unerheblich betrachtete – seine Nachlese würde schließlich alle weiteren Pläne zunichtemachen.

»Setzt euch bitte«, sagte Gaudí, als er sie im Innenhof willkommen hieß. »Ich habe Churros und die feinste Trinkschokolade von ganz Barcelona für euch.«

»Vielen Dank, Euer Ehren«, sagte der junge Mann, und sie nahmen Platz.

»Ihr könnt mich Antoni nennen«, sagte Gaudí, dann schenkte er ihnen behutsam die seidige, reichhaltige Flüssigkeit ein.

Ehemann und -frau nahmen sich an den Händen. »Vielen Dank für alles, was Sie für uns getan haben. Dass Sie uns aus Scythe Dalís schrecklicher Show befreit haben.«

Gaudí seufzte. »Ich wünschte, ich könnte euch Immunität verleihen – und ein Jahr Eheglück –, aber Regeln sind Regeln. Jedoch schreibt kein Gesetz vor, dass eure Nachlese spektakulär sein muss.«

»Wie werden Sie vorgehen?«, platzte die Braut heraus.

Statt einer Antwort pflückte Gaudí eine Rose und reichte sie ihr. Ein winziges Spinnennetz hing zwischen den Blütenblättern.

»Ihr könnt darauf vertrauen, dass das alles Teil eines großen Ganzen ist«, erklärte er dem Paar. »Es fügt sich ein in das Muster organischer Schönheit, das immer schon alle großen Denker fasziniert hat. Es ist der Grund dafür, warum Rosenblüten dem Auge so sehr schmeicheln; der Grund, warum Meeresmuscheln im Inneren eine perfekte Spirale aufweisen, so dass man darin sein eigenes Blut rauschen hört. Und es ist der Grund, warum jede Gartenspinne weiß, wie sie ihr Netz weben muss.«

Sanft legte die Frau die Rose auf den Tisch und nippte an ihrem Kakao, der ebenso tröstend und beruhigend wirkte wie Gaudís Stimme.

»Die Fibonacci-Zahl«, sprach Gaudí weiter, »ist von einer Art göttlichen Symmetrie, die es schon gegeben hat, bevor Menschen einen Fuß auf diese Erde gesetzt haben.«

»Aber Sie haben unsere Frage nicht beantwortet, Euer Ehren«, sagte der Bräutigam. »Wie werden Sie uns nachlesen?«

Gaudí lächele sie verständnisvoll an. »Das habe ich doch schon«, sagte er.

Die beiden blickten auf die Tassen in ihren Händen.

Das Gift war nicht dem Getränk beigemischt, sondern vorsichtig auf den Rand aufgetragen.

Die beiden erblassten. Ihre Hände zitterten, aber nicht vom Gift, sondern aus Angst.

»Es wird nicht weh tun«, erklärte Gaudí ihnen. »Ihr dürft euch nun in euer Ehebett zurückziehen. Eure Vereinigung vollenden. In den Armen des anderen einschlafen. Und morgen früh werdet ihr einfach nicht mehr aufwachen.«

Und so ging das Paar mit Tränen in den Augen und Hand in Hand ins Zimmer und schloss die Tür hinter sich.

Doch kaum war die Tür zu, fiel ein Ziegel vom Dach und zerbarst auf der Terrasse. Und dann rief eine Frauenstimme vom Nachbar-Cottage.

»Hey! Was machst du denn da oben! Komm runter, bevor du dir noch weh tust.«

Die Füße des sechzehnjährigen Mädchens auf dem Dach traten um sich und lösten noch einen Ziegel. Sie schlitterte nach unten und schaffte es, sich am Rand des Daches festzukrallen, so dass sie nicht mit voller Wucht runterfiel, dann plumpste sie mit einem Aufschrei von der Regenrinne in die Rosen. Zerkratzt und blutend kroch sie heraus.

Die rundliche Frau vom Nachbar-Cottage rannte in ihrer mehlbefleckten Schürze hinüber. »Spinnst du!«, rief sie. »Versuchst du, dich totenähnlich zu machen?«

Dann erst entdeckte sie Gaudí und sah so schockiert aus wie alle, die unerwartet auf einen Scythe trafen.

»Euer Ehren! Es tut mir so leid, ich habe Sie gar nicht gesehen.« Mühsam vollführte sie einen tiefen Knicks, und ihr fiel dabei ein Klumpen Mehl von der Schürze.

»Keine Angst, Señora, Ihnen droht heute keine Nachlese.« Dann wandte Gaudí sich an das Mädchen. »Da hast du ja einen ganz schönen Auftritt hingelegt, Penélope. Du hättest die Naniten dieser armen Frau fast zur Herzwiederbelebung gezwungen.«

»Ich freu mich auch, dich zu sehen, Onkel Antoni.«

»Also bist du mir wieder zu meiner Nachlese gefolgt.«

Wie immer war Penélope ganz in Schwarz gekleidet, doch trotz der pechschwarzen Umrundung ihrer Augen konnte kein Eyeliner der Welt das Strahlen dieser Augen verdunkeln.

»Perdoname, Onkel Antoni.«

»Entschuldigen kann man sich immer nur beim ersten Mal.« Doch Scythe Gaudí war eher belustigt als wütend.

Das bemerkte Penélope, lächelte schelmisch, schnappte sich dann einen Churro vom Tisch und aß ihn.

»Und woher weißt du, dass ich kein Gift in die Churros gemischt haben?«

Penélope zuckte die Schultern. »Selbst wenn du das gemacht hättest, würde ich doch schnell genug wiederbelebt.«

In genau diesem Moment stürzte sich die Bäckerin mit einer für ihr Alter erstaunlichen Beweglichkeit auf Gaudí, schnappte seine Hand und küsste den Ring, ehe er sie davon abhalten konnte.

»Danke, Euer Ehren!« Dann eilte sie zurück in ihr Cottage, noch ehe Gaudí etwas sagen konnte.

Er seufzte, und Penélope blickte finster drein. »Das lässt du ihr durchgehen? Dass sie sich von dir Immunität klaut?«

Gaudí zuckte die Schultern. »Ich kann es ja ohnehin nicht rückgängig machen«, sagte er. »Außerdem bekommt man alles zurück. Ich bin mir sicher, dass ihr sehr bald etwas Wichtiges genommen wird. Und egal was das auch sein mag, sie wird es vermutlich mehr vermissen als ich die gestohlene Immunität.«

Penélope verdrehte die Augen wegen dieser in ihren Augen leeren Plattitüde. Aber sie war nicht leer. Genau so sah Gaudí das Leben. Und den Tod.

Penélope drehte sich um und betrachtete die geschlossenen Fensterläden des Cottages, hinter denen das junge Paar seine letzten Stunden verbrachte. »Ich frage mich immer, was aus ihnen wird, wenn sie weg sind«, sagte sie.

»Das weiß nur der Thunderhead«, antwortete er. »Oder vielleicht weiß er es auch nicht. Einige behaupten, ihre Seelen würden gemeinsam mit ihren Erinnerungen hochgeladen, damit ein Teil von ihnen im System weiterlebt. Andere sagen, es ist so, als würde man eine sehr lange Siesta machen, aber nicht wissen, ob man noch einmal aufwacht.«

»Man sagt, der Tod ist der Bruder des Schlafes«, bot Penélope an.

»Dann lass dich von ihm nachts nicht wach halten.« Gaudí drückte ihr einen Kuss aufs wilde schwarze Haar. Dann legte er den Arm um sie. »Komm, wir sollten die Frischvermählten allein lassen. Und wenn dich der Tod derart fasziniert, kannst du mich gern auf ihre Beerdigung begleiten, wenn ich alles erledigt habe.«

***

»Du steckst dahinter, das weiß ich! Streite es bloß nicht ab!« Scythe Dalí stürzte auf Gaudí zu, während dieser ganz entspannt in seinem Kräutergarten arbeitete. »Du hast mein Meisterstück ruiniert«, sagte Dalí und zeigte mit dem Finger auf ihn.

Gaudí arbeitete weiter im Garten. »Du wirkst beunruhigt,

Salvador. Hast du Interesse an meinen beruhigenden Kräutern?«

»Du gibst es nicht zu?«

»Ich war gar nicht in der Nähe der Kathedrale.«

»Aber du hast Verschwörer!«

»Ah«, sagte Gaudí und reichte Dalí ein Bündel gelbe Kamillenblüten. »Du meinst bestimmt Freunde. Ich weiß, mit diesem Konzept kannst du nichts anfangen.«

»Treib keine Spielchen mit mir, Antoni! Ich bin mir sicher, dass du dahintersteckst, wie auch beim letzten Mal und dem Mal davor!«

»Nun, *letztes* Mal wolltest du öffentlich die genetische Erbin eines alten Königshauses aus Franko-Iberia nachlesen. Mein Gewissen ließ mir keine andere Wahl – ich musste das Leben des armen Mädchens beenden, bevor du ihre Nachlese in ein öffentliches Spektakel verwandeln konntest. Und auch dieses andere Mal – du wolltest einen mit goldenen Federn bedeckten Piloten vom Dach werfen.«

»Das war dramatische Ironie!«, wütete Dalí.

»Genau«, sagte Gaudí und wurde nicht mal ein bisschen laut. »Und wie ironisch ist es bitte, dass er tot war, ehe du ihn vom Dach gestürzt hast?«

»Es ist mein Privileg als Scythe, so nachzulesen, wie es mir beliebt!«

Gaudí konnte sich ein durchtriebenes Grinsen nicht verkneifen. »Stimmt, aber kein Gesetz hält mich davon ab, deine Subjekte zuerst nachzulesen.«

Dalí blickte auf die Kräuter in seiner Hand, als würde er sie gerade erst bemerken, und schmiss sie auf den Boden. Er rannte weg, doch er kehrte schnell wieder zurück. »Damit kommst du nicht durch! Ich werde mich beim Konklave über dich beschweren!«

Doch Gaudí lachte bloß. »Und was werden sie deiner Meinung nach tun? Mich dafür rügen, dass ich unsere heilige Aufgabe der Nachlese nicht der Lächerlichkeit preisgebe? Das glaube ich nicht, mein Freund.«

»Ich«, knurrte Dalí voller Groll, »bin nicht dein Freund!«

»Wie ich schon gesagt habe, verstehst du das Konzept wahrscheinlich nicht«, sagte Gaudí. »Aber, meiner bescheidenen Meinung nach, bist du sehr wohl mein Freund.«

Als Reaktion darauf schnappte sich Dalí eine Mistgabel, die am Zaun lehnte. »Dieses Ding nehme ich mit zum belebtesten Ort deines geliebten Parks«, sagte Dalí, »und ich werde damit einfach jeden nachlesen, der mir beliebt. Das wird blutig werden. Das wird hässlich werden. Und der Park Güell wird anschließend nicht mehr derselbe sein.«

Scythe Gaudí machte einfach mit seiner Gartenarbeit weiter. »Tu, was du nicht lassen kannst«, sagte er, weder boshaft noch wertend.

Scythe Dalí rauschte davon – doch schon hinter dem Tor rammte er die Mistgabel in den Boden – ihm war die Lust auf Nachlese vergangen.

Während der ganzen Aktion hatte keiner der Scythe bemerkt, wie Penélope aus dem Fenster der bescheidenen Hütte schaute, die Gaudí als sein Zuhause bezeichnete, und alles beobachtet hatte, was sich zwischen den beiden abspielte.

Jeder große Künstler entwickelt sich etappenweise, und es sind diese Etappen, die den Schöpfer zu dem machen, der er ist. Ich stamme aus einer Familie, die Kunst weder schätzte noch verstand. Mein Vater schaute sich die Sonnenblumen von van Gogh an und fragte sich, warum man die echten Blumen nicht hyperanpflanzen sollte, damit sie einfach auf dem Esstisch erschienen. Deswegen hat mich der Kampf gegen die Banalität zu meiner wahren *Familie geführt: den Künstlern von damals – meine spirituellen Vorfahren, deren Arbeiten eine große Rolle in den Museen der Welt spielen. Da Vinci, Vermeer, O'Keeffe und Ong. Ihre Leidenschaft für Schaffenskraft fließt in meinen Adern und tropft aus den Adern derjenigen, die ich nachlese.*

In der Sterblichkeitsära war alles anders. Kunst war beseelt, weil sie immer eine Relevanz hatte. Es gab keinen Thunderhead, der hungernde Künstler durchfütterte. Es gab keine Naniten, die den Drang linderten, sich das Leben zu nehmen. Der ganze Schmerz und das Leid wurden in Leidenschaft verwandelt, und Schönheit breitete sich über jede Leinwand aus – so wie die Erde Schmutz in herrliche Sonnenblumen verwandelt.

Durch Nachlese verwandele ich Leid in ein Meisterwerk. Das war mein Versprechen an meine spirituellen Vorfahren: Die einzige Farbe auf der Leinwand meines Lebens würde blutrot sein.

Aus dem Tagebuch des Ehrwürdigen Scythe Dalí

Dalí durchschritt die oberen Ränge der La Sagrada Família, sein Zorn glich einer kochenden Blase, die man in der ganzen riesigen Kathedrale spüren konnte. *Vielleicht*, dachte er, *könnte ich eine Party schmeißen, um mich aufzuheitern.* Seine Partys waren aufwendige Angelegenheiten.

Damals, bevor er in der Kathedrale eingezogen war, war sie permanent von Touristen belagert gewesen – aber jetzt durfte niemand rein, den Dalí nicht eingeladen hatte. Deshalb kam jeder, der in Barcelona etwas auf sich hielt, zu seinen Feiern. Er führte die Gäste persönlich umher, beobachtete sie beim Bestaunen der hoch aufragenden Basaltsäulen und der herrlichen Buntglasmosaike. Die Tour endete immer unten in der Krypta, wo er ihnen die letzte Ruhestätte von Antoni Gaudí zeigte – dem echten Gaudí – und derweil insgeheim auf den Tag hoffte, an dem Scythe Gaudí sich freundlicherweise selbst nachlesen würde. Dalí hätte sich schrecklich gefreut, den erbärmlichen Mann neben seinem Historischen Patron zu begraben.

Dalí selbst hatte überhaupt nicht geplant, sich selbst nachzulesen. Nicht nur weil er das Gefühl hatte, die Welt brauche ihn, sondern weil ein Teil von ihm fürchtete, Barcelona würde eher feiern als ihn betrauern. Dalí wurde gefürchtet, aber Gaudí wurde geliebt. *Nun, zumindest respektieren sie mich*, redete Dalí sich ein – aber Respekt aus Angst ist nicht dasselbe wie Respekt aus Liebe. Das eine nimmt man mit ins Grab, das andere erblüht nach dem Abschied. Deswegen war es für Dalí am besten, niemals wegzugehen.

Seine Gedanken an eine Party surrten bei seinem Rundgang, weil er wusste, dass seine Gäste nicht aus Liebe zu ihm kamen – nicht einmal aus angstinduziertem Respekt. Sie kamen, um sich die Kathedrale anzuschauen. Sie kamen, weil sie sich Immunität vor Nachlese erhofften, die er bei seinen Galas großzügig verteilte. Eine Nacht lang waren sie Speichellecker, die nach ihrer Rückkehr nach Hause schlecht über ihn redeten. *Was*, fragte er sich häufig, *muss ich machen, damit sie mich genauso lieben, wie sie ihn lieben?*

Und dann kam ihm ein Gedanke. Was, wenn er eine Nachlese konzipierte, an der ganz Barcelona teilnehmen konnte? Ja, ja – eine Nachlese, bei der das Publikum nicht bloß aus einigen wenigen geladenen Gästen bestand, sondern aus der ganzen Stadt! Auf diese Weise könnte er ihre Herzen gewinnen und die Demütigung seines letzten Fehltritts auslöschen.

Während er über den Gedanken nachdachte, löste sich seine Wut auf Scythe Gaudí auf und verwandelte sich in den vertrauten Nervenkitzel der Schaffenskraft. Diese neue Idee würde sein

Meisterstück sein! Eine Performance, die sich durch die Straßen und Boulevards der Stadt schlängelte. Ein Werk der Kunst des Lebens / Sterbens, an dem alle teilhaben konnten!

Dalí begann, seinen Plan auszuarbeiten. Er suchte sich Ingenieure und Maschinenschlosser. Tischler und Handwerker. Auf sein Geheiß wurden über hundert Menschen für die Arbeit an einem noch nie dagewesenen Nachlese-Event eingesetzt. Und überall stationierte er loyale Mitglieder der Bladeguard, um sicherzustellen, dass ihm Gaudí nicht noch einmal einen Strich durch die Rechnung machte.

Nach knapp einem Monat war die Konstruktion von Dalís großem Todesuhrwerk fast fertig. Das konnte man von seinem Zuhause nicht behaupten. Die Kathedrale wurde zwar offiziell gegen Ende der Sterblichkeitsära vollendet, aber in Wahrheit war sie nie fertig geworden. Es gab immer das ein oder andere Team, das dort arbeitete. Restauratoren hier, ein Putztrupp dort und woanders Steinmetze. Die Arbeiter verdünnisierten sich geschickt, wenn Dalí in der Nähe war, deswegen bekam er sie sehr selten zu Gesicht – aber heute werkelte eine Teenagerin allein im Hauptschiff. Sie war die spiralförmige Wendeltreppe zur Zwischenebene hochgeklettert und stand nun auf der falschen Seite des Geländers, besserte einige verschnörkelte Verzierungen mit einem Pinsel aus und kümmerte sich anscheinend nicht darum, dass ein einziger Fehltritt einen tückischen Sturz – und ein oder zwei Tage in einem Revival-Center – zur Folge haben würde. Sie wagte es sogar, leise zu pfeifen … Ein Geräusch, das Scythe Dalí nur schwer ertragen konnte, weil es in dem höhlenartigen Raum wie in einem Teekessel widerhallte.

Außerdem passte das Mädchen ganz und gar nicht zur Ästhetik der Kathedrale. Sie war ganz in Schwarz gekleidet – ein unverfrorener Affront gegen die bunte Basilika. Dalí ging von der richtigen Seite des Gerüsts auf das Mädchen zu.

Sie zeigte keine Ehrfurcht – sie tat so, als würde sie ihn nicht bemerken –, und er wusste, dass sie ihm etwas vorspielte, weil er ihr kaum wahrnehmbares Augenzucken bemerkte, als er in ihr Sichtfeld kam.

»Hör mit diesem schrecklichen Rumgepfeife auf«, verlangte Dalí, »sonst werde ich deinen Vorarbeiter über meinen Unmut in Kenntnis setzen.«

Schließlich blickte sie ihn an, kümmerte sich dann aber rasch wieder um ihre Arbeit. »Nicht pfeifen, verstanden«, sagte sie. »Und was ist mit Summen? Geht das in Ordnung?«

»Gar keine Geräusche«, erklärte ihr Dalí. »Und wenn du mit einem Scythe sprichst, solltest du am Satzende immer ›Euer Ehren‹ sagen.«

»Verstanden«, sagte sie.

»Verstanden, *Euer Ehren*«, forderte Dalí sie auf.

»In Ordnung. Ich merk's mir fürs nächste Mal.«

»Das *war* das nächste Mal.«

Dieses Mal antwortete sie gar nicht und nickte nur.

Dalí musste zugeben, dass er verblüfft war. Noch nie zuvor war ihm jemand mit solch unverhohlener Unhöflichkeit begegnet.

»Vergiss nicht«, sagte er, »ich bin ein Todesbote. Mein Unmut könnte für dich sehr schlimm enden.«

Sie hob ganz leicht das Kinn. Damit zeigte sie Stolz und vielleicht auch ein bisschen Trotz. »Du sollst unvoreingenommen, besonnen und ohne böswillige Absichten töten«, sagte sie und wagte, ihn an das zweite Gebot der Scythe zu erinnern. »Ich bin mir ziemlich sicher, dass Sie als befangen gelten, wenn Sie jemanden nachlesen, weil Sie ihn nervig finden.«

Dalís Gesicht wurde finster. »Kein Scythe wurde jemals gemaßregelt, weil er Nervensägen nachgelesen hat.«

»Dann halten Sie sich nicht an Ihre eigenen Gebote, oder?« Sie starrte ihn mit ihrem durchdringenden Blick an.

»Jetzt reicht's. Du bist gefeuert«, entschied Dalí. »Das heißt, dass du ab diesem Moment Hausfriedensbruch begehst. Verschwinde jetzt.«

»Wenn Scythe keinen Besitz haben dürfen, wie kann ich denn dann Hausfriedensbruch begehen?«, konterte sie. »Nur weil Ihnen die Gesellschaft Ihr Dasein als Hausbesetzer in dieser Kathedrale durchgehen lässt, heißt das nicht, dass Sie dieses Bauwerk besitzen, ebenso wenig wie mein Onkel die Hütte, in der er hockt.« Dann huschte sie so geschmeidig wie eine Katze das Gerüst hinab und verschwand.

Erst nach ihrem Weggang fiel bei Dalí der Groschen, wer dieses respektlose Gör wohl gewesen war.

***

Es gab nicht viel, was Penélope Angst machte. Wenn man keine Angst vor dem Tod hat, ist alles andere auch nur belanglos. Egal ob Schlangen oder Spinnen oder dunkle, verlassene Orte, nichts beunruhigte sie. Aber das hieß nicht, dass sie nicht die einzige, noch übrige Urangst in sich trug: die Angst vor dem Unbekannten. Deswegen forderte sie sich heraus, stupste diese Angst an und redete sich ein, sie könne das Kortisol in ihren Adern spüren … dass ihr Leben in Gefahr wäre. Das war der Grund, warum sie den launischen Scythe Dalí provozierte. Deswegen wanderte sie mitten in der Nacht durch die einsamen Gassen der *casco viejo* – der Altstadt.

In den alten Mauern war Kultur und Geschichte gespeichert, dort konnten kleine Kerben auch Einschusslöcher sein, hinter denen sich eine geheime Geschichte versteckte. Dort hatten sich die von Laternen beschienenen Balkone seit der Sterblichkeitsära kaum verändert. Dort hingen alte Relikte namens CD immer noch an Fenstern, als primitiver Versuch, Tauben zu verscheuchen. Das versetzte Penélope in eine ganz andere Zeit.

Ihre Mutter erzählte den Leuten immer, ihre Tochter wäre einfach altmodisch – aber alle, die die junge Frau richtig kannten, verstanden, dass ihre Affinität zur Vergangenheit eher eine Art Protest gegen die Gegenwart war. Und gegen die Zukunft – die wahrscheinlich noch schlimmer werden würde.

Während Penélope in dieser Nacht durch die alten Straßen flanierte, wusste sie, dass ihr jemand folgte. Vielleicht waren es Widerlinge, die so taten, als würden sie sie belästigen, denn mehr als Gesetzlosigkeit vorzuschützen konnten sie nicht tun. Der Thunderhead würde nie zulassen, dass ihr jemand mit wirklich schlechten Absichten folgte. Andererseits wurden ihr als Nichte eines Scythe gelegentlich seltsame Dinge vor die Füße gespült. Junge Männer hofften auf eine Vorzugsbehandlung von ihrem Onkel, indem sie ihr romantische Aufwartungen machten; Reporter suchten nach einem neuen Blickwinkel für eine Geschichte … Doch zu ihrer eigenen Belustigung verwandelte sie diese Versuche in ein Spiel nach *ihren* Regeln, tat so, als würde ihr ein Monster aus den Geschichten der Sterblichkeitsära folgen, durch die Dunkelheit schlittern – verzweifelt auf der Suche nach der nächsten Mahlzeit.

Angst! Irrationale Angst! Sie ließ zu, dass sie davon umhüllt wurde, versuchte, sie länger zu spüren, als ihre Naniten es erlaubten. Welch Freude, wenn sich ihr Herzschlag beschleunigte!

Was oder wer auch immer sie verfolgte, hatte einige gravierende Fehler gemacht. Ein Kieselstein, gegen den hier und da getreten wurde. Ein Schatten, der unter einer Straßenlaterne entlanghuschte. Das alles steigerte ihre Aufregung bloß.

Sie ging um eine Ecke und hockte sich in eine Einfahrt, wartete darauf, dass ihr Verfolger vorbeiging, damit sie den Spieß umdrehen konnte. Als sie sah, um wen es sich handelte, lächelte sie finster. Sie hätte es wissen müssen!

»Scythe Dalí, was für eine unerwartete Überraschung!«, sagte sie, als sie heraussprang und er zusammenzuckte. »Ihnen gefällt die Altstadt also auch?«, fragte sie. »Oder stellen Sie einfach gern jungen Frauen nach?«

Bei der Anspielung errötete er leicht. »Ganz sicher nicht!«, sagte er. »Nur einer speziellen – und ganz ohne unlautere Absichten, wie ich hinzufügen sollte.«

»Und worum handelt es sich bei den ›lauteren‹ Absichten?«, fragte Penélope und fügte dann noch »Euer Ehren« hinzu, aber so, dass es sich eher nach einer Beleidigung als nach einer Ehrbekundung anhörte.

»Ich wollte einfach wissen, ob meine Vermutung richtig war und ob du ein Schützling vom Ehrenwerten Scythe Gaudí bist.«

»Sie hätten einfach fragen können.«

»Deswegen bin ich dir gefolgt. Um zu fragen.«

»Ich bin seine Nichte«, informierte Penélope ihn.

Doch Dalí hielt die Hand hoch und zeigte ihr seinen Ring. »Und trotzdem leuchtet mein Scythe-Ring in deiner Anwesenheit nicht rot. Wenn du seine Nichte wärst, hättest du bis zum Lebensende Immunität.«

Penélope seufzte. »Also, ich bin nicht seine *echte* Nichte«, sagte sie. »Mein Vater und Antoni waren Sandkastenfreunde. Aber mein Vater wurde letztes Jahr auf einer Geschäftsreise nach MidMerica nachgelesen – gemeinsam mit allen anderen im Flugzeug.«

Dalí räusperte sich. »Ja, davon habe ich gehört. Eine geschmacklose Angelegenheit. Merikanische Scythe können bei ihren Nachlesen äußerst stoffelig sein.«

»Wie dem auch sei ... Als meine Mutter mit der Trauer durch war, hat sie sich entschieden, um die Ecke zu kommen. Jetzt ist sie wieder einundzwanzig und auf die Seychellen abgehauen, um dort nach Liebe zu suchen. Deswegen hat Onkel Antoni angeboten, mich aufzunehmen.«

»Interessant«, sagte Dalí. »Aber erklär mir doch einmal, wie du in meine Unterkunft gekommen bist – ich habe mit dem Vorarbeiter gesprochen: Du warst nie in seinem Team.«

Penélope zuckte die Schultern. »Es gibt viele Wege in die La Sagrada Família, wenn man gut klettern kann.«

»Schon, aber warum?«

Penélope grinste. »Um zu sehen, ob ich es kann.«

»Und dann hast du versucht, mich wütend zu machen ...«

Wieder grinste sie. »Um zu sehen, ob ich es kann.«

»Nun«, sagte Dalí, und sein gezwirbelter Bart zuckte ganz leicht, »du hast in beiden Punkten Erfolg gehabt.« Er schaute sie kurz schweigend an. Penélope konnte nicht erkennen, ob er misstrauisch oder von ihr fasziniert war. Vielleicht ein wenig von beidem.

»Ich könnte dich der Spionage für deinen ›Onkel‹ beschuldigen.«

»Damit lägen Sie falsch«, sagte Penélope. »Er hat keine Ahnung, dass ich in die La Sagrada Família eingedrungen bin. Er wäre wütend geworden, wenn er es gewusst hätte.«

»Du und er, ihr seid manchmal nicht einer Meinung?«

Penélope zuckte die Schultern. »Er lässt mich nie bei seinen Nachlesen zuschauen«, sagte sie. »Ich dachte, vielleicht dürfte ich bei Ihnen mal zugucken?«

»Ah«, sagte Dalí. »Jetzt verstehe ich.«

Dann zog er eine Injektionsnadel aus der Robe und rammte sie Penélope in den Hals.

Penélopes Gedanken wurden ganz taumelig, und ihr Sichtfeld verfinsterte sich fast umgehend. Die Beine gaben unter ihr nach, und Dalí fing sie im Fallen auf.

»Sie haben gesagt ... Sie hätten keine ... unlauteren Absichten«, sagte sie, während ihr Bewusstsein schwand.

Darauf antwortete Dalí: »Lügen ist das Privileg eines Scythe.«

***

Ich verleihe nicht leichtfertig Immunität.

Ich verbringe reichlich Zeit mit Besuchern im Park Güell, aber ich habe ihnen nie meine Hand entgegengestreckt, damit sie meinen Ring küssen können. Ich verleihe nur denen Immunität, denen ich sie verleihen muss – den Familien derjenigen, die ich nachlese. Gelegentlich wird mir Immunität geraubt, ungebeten – aber ich nehme es denjenigen nicht übel, die meine Hand ergreifen und meinen Ring küssen. Denn in diesen Situationen haben sie sich für Immunität entschieden und nicht ich.

Wie man weiß, hatten menschliche Wesen immer schon die Fähigkeit – und tatsächlich auch einen Hang dazu –, Leben zu nehmen. Aber willkürlich Freiheit vom Tod zu verleihen? Das ist eine Arroganz, die ich nicht ertragen kann. Andere Scythe gefallen sich in der Rolle der Erlöser, das schmeichelt ihren Egos, doch ich habe mich entschieden, keiner von ihnen zu werden. Das Ironische ist: Weil ich mich weigere, wahllos Immunität zu verteilen, scheinen mich die Leute mehr zu lieben.

Es ist nicht so, dass ich nicht Menschen in meinem Leben hätte, für die ich mir Immunität wünschen würde, aber wenn ich sie ihnen verleihe, würde ich Gott spielen. Der Thunderhead hat sich in seiner Weisheit dagegen entschieden, Gott zu spielen, selbst wenn er gottähnliche Aufgaben annimmt. Seinem Beispiel zu folgen ist das Mindeste, was ich tun kann.

Aus dem Tagebuch des Ehrenwerten Scythe Gaudí

***

Im Gegensatz zu Scythe Gaudí war Scythe Dalí ein Verfechter der ›leichtfertigen Immunität‹, denn war es kein nobles Unterfangen für heilige Figuren, die Masse freizusprechen? Und waren Scythe nicht das, was in einer postmortalen Welt einem Heiligen am nächsten kam?

Scythe Dalí glaubte außerdem, dass nicht nur künstlerischer Ausdruck, sondern auch sakraler Respekt Teil der Nachlese sein mussten. In der Nacht vor einer Nachlese bereitete er den nachzulesenden Personen die beste Mahlzeit ihres Lebens zu – als Zeichen seines Respekts. Ein Überbleibsel aus der Sterblichkeitsära, in dem der Henker den Verurteilten vor dem Galgen, dem elektrischen Stuhl, oder welch barbarische Todesbringer sich die Sterblichen sonst ausgedacht hatten, ihre Lieblingsspeise kredenzte. Dalí wollte, dass seine ausgewählten Subjekte spürten: Ihre Leben würden vervollständigt und nicht beendet. Er wollte, dass sie sich behaglich fühlten – außer natürlich das Wesen ihrer Nachlese verlangte etwas anderes.

Wie immer hatte Dalí einen riesigen Holztisch im Mittelschiff der La Sagrada Família aufgestellt und ein üppiges Festmahl darauf ausgebreitet.

Er schaute nach, ob Penélope noch sicher an ihren Stuhl gefesselt war. Locker genug, damit sie etwas essen konnte, aber fest genug, so dass sie nicht entkommen konnte. Dann verabreichte er ihr ein Aufputschmittel, um sie aufzuwecken.

»Willkommen zu deinem letzten Abendmahl«, sagte Dalí,

als Penélope ganz wach war. Er zeigte großmütig auf die verschwenderisch gedeckte Tafel. »*Jamón serrano, esqueixada, Botifarra amb mongetes* – all meine Leibspeisen.«

Penélope räusperte sich und sprach mit sehr kräftiger Stimme – unglaublich, dass sie gerade noch sediert gewesen war. »*Ihre* Leibspeisen? Sollten es nicht *meine* Leibspeisen sein?«

»Ja, nun – aber ich weiß ja nicht, was du gerne isst, deswegen musste ich mich auf meine Gelüste verlassen.«

Dalí beobachtete sie, während ihr der Ernst der Lage dämmerte. Normalerweise schrien seine Subjekte in diesen Momenten. Sie weinten. Sie flehten um ihre Leben. Sie brachen zusammen, so wie Menschen das eben machten.

Doch Penélope tat nichts davon.

Stattdessen lächelte sie fast, aber eben nicht ganz.

»So ist es also, wenn einem die letzte Mahlzeit vorgesetzt wird.« Und obwohl ihre Stimme vor Angst zitterte, schienen ihre Augen zu glühen, weil ihr die eigene Angst Vergnügen bereitete.

Dalí kicherte freudlos – was ihn ärgerte, weil er sich an dieser Nachlese zutiefst erfreuen wollte. »Das ist korrekt«, sagte er. »Und deine Nachlese wird das Herzstück meines größten Meisterwerks.« Und dann merkte Dalí, wie er seine Gemeinplätze abspulte. Das predigte er allen, die er nachlesen würde.

»Ich weiß, dass es gerade nicht einfach für dich ist, das zu hören, aber weitergehen bedeutet nicht, dass dein Leben vorbei sein wird, nein – ich biete dir die Gelegenheit zur Unsterblichkeit, dass man sich für immer an dich erinnert, dass deine Existenz ins Gedächtnis der Ewigkeit eingeschrieben wird.«

Und Penélope lachte tatsächlich. »Sie sind sehr von sich eingenommen«, sagte sie. »›Das Gedächtnis der Ewigkeit‹. Vielleicht können Sie nach Pamplona zum Stierlauf gehen und Ihr nächstes ›Meisterwerk‹ aus – haha – Bullshit machen.«

Dalí war verblüfft. Wie respektlos! Er hatte Menschen schon wegen geringfügigerer Vergehen nachgelesen, aber er blieb sich treu. Sie war schon für die Nachlese markiert, etwas Schlimmeres könnte er ihr nicht mehr antun. Das Mädchen hatte nichts mehr zu verlieren, und das wusste es. Dalí bewunderte ihren Mut fast schon.

Nein, er konnte ihr Leben nicht aus Wut über ihre Unverschämtheit beenden. Wenn er sie hier, an diesem Tisch, nachlas, würde er alles zerstören. Noch vor einem Tag hatte er versucht, das richtige Subjekt für seine großartige Arbeit zu finden – und dann tauchte es einfach in der Kathedrale auf. Mehr als perfekt! Penélope war auf so vielen Ebenen die Einzige, die diese Rolle einnehmen konnte.

»Dafür wurdest du geboren«, erklärte Dalí ihr.

»Und dafür werde ich sterben«, konterte sie. »Onkel Antoni wird nicht begeistert sein.«

Dalí lächelte voll aufrichtiger Freude. »Das«, sagte er, »ist das Beste daran!«

***

Penélope musste in einem Zimmer ganz oben in einem Kirchturm im Ostflügel der Kathedrale schlafen. *Wie eine Prinzessin, die in einem Schloss eingesperrt wird,* dachte sie. Diener würden sich um sie kümmern, sie würde bedient, von vorne bis hinten – aber das entsprach so gar nicht der Wahrheit. Nachdem sie in die Kammer gebracht worden war, ließ man sie mit ihren Gedanken allein. Dalí hatte selbst entschieden, welches Kleid sie am nächsten Tag tragen würde. Dem Tag ihrer Nachlese. Es hing dort, an einem Haken an der Wand. Schwarz und lavendelfarben. Die Farben der Trauer.

Sie würde nachgelesen werden. Das Gefühl, das ihr der Gedanke verlieh, erinnerte sie an ihre Kindheit: Ihr Vater schubste sie auf der Schaukel immer und immer wieder an. Es war berauschend, fast schon euphorisierend – bis die Übelkeit überhandnahm und sie sich die Seele aus dem Leib kotzte.

Damals begann ihr Hang zum Schrecken. Die frühsten Erinnerungen an ihre ständige Suche nach Nervenkitzel. Als Penélope dann in die Schule ging, nahm sie den Unterrichtsbeginn selbst in die Hand: Sie kletterte auf den Glockenturm und läutete zur ersten Stunde – der Direktor war davon nicht angetan. So war sie schon immer gewesen; über allem schwebte die köstliche Verheißung der Gefahr. Sie war zweimal als Widerling markiert worden, aber immer nur für wenige Monate. Dies war ein weiterer Gefahrenbereich, in den sie sich gern begab.

Penélope vermutete, dass sie deswegen – allein in dem Turmzimmer – den Gedanken an ihr eigenes Ende gut annehmen konnte. Sie hatte sich irgendwie ein ganzes Leben lang darauf vorbereitet.

Kurz vor Mitternacht klopfte es an ihrer Tür, dann spinkste Scythe Dalí herein, er hatte diesen angewiderten Gesichtsausdruck, als hätte er etwas Verdorbenes gerochen.

»Was wollen Sie?«, fragte Penélope.

»Es ist Sitte, dass ich schaue, ob du alles hast, was du in deiner letzten Nacht brauchst.«

Sie setzte sich auf. »Mir geht es so gut, wie es jemandem in der letzten Nacht des Lebens gehen kann. Sie können jetzt gehen.«

Doch Dalí blieb.

»Ich werde den Gedanken einfach nicht los, dass du es so wolltest«, traute er sich zu sagen. »Ich will wissen, warum. Sind deine Endorphinnaniten zu niedrig eingestellt? Dann hätte der Thunderhead sie doch sicherlich angepasst.«

Obwohl Penélope eigentlich gar nicht mit ihm reden wollte, versuchte sie, ihm ehrlich zu antworten. »Es ist nicht so, dass ich nachgelesen werden will ... Aber ich bin neugierig. Ich war immer schon neugierig.«

»Neugierig darauf, wie es ist zu sterben?«

Sie schüttelte den Kopf. »Ich war schon einmal totenähnlich. Aber das ist nicht dasselbe. Es ist nur vorübergehend. Wenn man totenähnlich ist, erreicht man nie den Moment jenseits der Ewigkeit.

»Und wenn es so einen Moment gar nicht gibt?«, fragte Dalí.

»Das will ich herausfinden.«

Dalí runzelte die Stirn, aber bei ihm sah das nachdenklich aus. »Wir können Dinge nicht wissen, die wir nicht wissen können.«

»Das ist keine Antwort.«

»Nun, ich werde dir deine Antwort morgen liefern.«

Doch selbst, als er es sagte, schien ihm diese Aussicht keine Freude zu bereiten. Er setzte sich auf einen Stuhl, dort, wo eine Ecke gewesen wäre, wäre der Raum nicht rund gewesen. »Ich hatte vor langer Zeit eine Tochter«, sagte er.

»Ich dachte, als Scythe darf man keine Kinder haben.«

»Das war vor meiner Lehre«, sagte er. »Als sie acht Jahre alt war, sind meine Frau und ich mit ihr in Asturias wandern gegangen.« Bei der Erinnerung lächelte er. »*Pinar Setas* – ein wunderschöner Wald. Vom Berg aus hatte man eine spektakuläre Sicht aufs Meer. Aber ein Sturm zog auf. In jenen Tagen übte der Thunderhead noch, das Wetter zu beeinflussen.«

Dalí blickte Penélope nicht an, während er seine Geschichte erzählte. Deswegen wusste sie, dass kein Happy End auf sie wartete. Er räusperte sich und sprach weiter.

»Vor dem Donner kommt der Blitz, wusstest du das? Es war während der Trockenperiode, und als der Blitz einschlug, ging der Berghang in Flammen auf. Innerhalb von Minuten waren wir vom Feuer eingeschlossen. Wir rannten, liefen auf dem Weg, den wir gekommen waren, aber er endete mitten in den Flammen. Dann änderte sich die Windrichtung, und wir wurden vom Rauch überwältigt.«

Er hielt inne. Penélope wartete, sie wusste nicht, was als Nächstes kommen würde. Tatsächlich wusste sie nicht, ob sie es wissen wollte.

»Feuer ist eins der wenigen Dinge, das einen komplett auslöschen kann – ohne Hilfe eines Scythe«, sagte er. »Der Tod durch Feuer war damals selten – heute ist er noch seltener –, aber es kommt vor. Ich bin in einem Revival-Zentrum aufgewacht. Nach acht Tagen. So lange hat es gedauert, mich wieder zurückzuholen. Aber meine Frau und meine Tochter?« Er schüttelte den Kopf. »Drohnen haben immer wieder versucht, ihre Leichen zu bergen, aber sie sind in den Flammen geschmolzen. Der Thunderhead konnte sie erst bergen, als man sie nicht mehr wiederbeleben konnte.«

»Das tut mir leid«, sagte Penélope, aber er war zu weit weg, hörte sie nicht, verlor sich immer mehr in dieser schrecklichen Erinnerung.

»Meine Welt wurde sehr dunkel. Der Thunderhead erlaubte mir, meine Naniten runterzuregeln, damit ich trauern konnte – aber das reichte nicht. Je mehr Schmerz ich fühlte, desto mehr musste ich auch sonst fühlen. Wie du sehnte ich mich mit ganzer Seele nach dem Wissen, wo sie waren. Welche Erfahrungen sie auf der anderen Seite des obsidianfarbenen Todesschleiers machten.« Dann lachte er verbittert auf. »Irgendwann bot mir der Thunderhead an, meine Erinnerungen durch neue zu supplantieren. Ich hätte jemand anderes werden können. Aber nein. Wenn ich das täte, dann gäbe es niemanden mehr, der sie betrauert. Niemanden, der sich noch an unser gemeinsames Leben erinnert. Zu dieser Zeit lernte ich Scythe Miró kennen. Er muss etwas Ehrenwertes in meinem Leid gesehen haben, weil er mich als Lehrling annahm. Ich war achtundzwanzig – viel älter als die anderen Lehrlinge. Aber ich habe mich der Aufgabe gestellt. Mein Lebensfluss hatte diese neue Richtung angenommen. Nicht ein Tag verging, an dem ich nicht an sie dachte. Aber anstatt mich ihnen anzuschließen, entschied ich mich, ihnen andere folgen zu lassen. Damit sie nicht allein sind.« Er hielt inne, dann fügte er hinzu. »Und weil ich ein Feigling bin.«

Penélope bewunderte, dass Dalí – hinter seiner aufgeblasenen Fassade – ein echter Mensch mit aufrichtigen Gefühlen war. Sie fragte sich, ob ihr Onkel seine Geschichte kannte.

»Wenn Leben feige ist, dann ist die ganze Welt schuldig«, erklärte sie ihm.

Dann war Dalí plötzlich wieder anwesend und starrte sie an, als hätte sie ihn von seiner Frau und der Tochter weggerissen. »Ich erzähle dir das nur, um dir zu zeigen, dass ich deine besondere Faszination für diese andere Seite verstehe.«

»Ich werde es nicht weitererzählen«, sagte sie.

Dann stand er auf, war ganz steif und gewann seine Fassung zurück. »Natürlich wirst du das nicht«, sagte er. »Du wirst nachgelesen, ehe du überhaupt die Gelegenheit dazu hast.«

Damit schritt er hinaus, und seine Robe flackerte hinter ihm auf.

***

Das Ereignis wurde überall bekannt gegeben. Vor dem Sonnenuntergang versammelten sich die Menschen. Absperrungen und eine Bladeguard-Einheit wurden aufgestellt, um sicherzugehen, dass die Zuschauer zwar etwas sehen, nicht aber das große Präzisionszahnwerk stören könnten, das durch die Stadt walzen sollte. Die Tatsache, dass es öffentlich war, dass alle zusehen konnten, war auch eine Absicherung gegen Gaudí. Er würde sich nicht damit blamieren, ihre Rivalität öffentlich zur Schau zu stellen. Und bis er herausgefunden hatte, dass seine geliebte Penélope nachgelesen werden würde, wäre es zu spät.

Dalí hatte die Abläufe der Veranstaltung intensiv ausgetüftelt, schon einige Wochen, ehe er Penélope als Opfer auserwählt hatte, ein kompliziertes System entwickelt, das millimetergenau ausgerichtet war. Wenn es ausgelöst wurde, setzte es eine Kettenreaktion in Gang wie bei Dominosteinen, nur mit tödlichem Ausgang.

Es würde an der Plaza de España beginnen, wo bei Tagesanbruch eine Replik des Uhrenturms des Torre del Rellotge – komplett aus Eis – enthüllt würde. Der Uhrenturm würde in der aufgehenden Sonne schmelzen und einen Eimer füllen ...

... der umkippen und wiederum eine Seilrutsche aktivieren würde, die eine kopflose Statue über die Straßen schweben ließ, wie ein Phantom, zum Magischen Springbrunnen von Montjuïc ...

... wo sie auf einen Schalter drückte, der eine Ratte in ein Labyrinth entließ ...

... in dem am Ende auf einer perfekt ausbalancierten Waage ein Stück Käse lag, den die Ratte auffressen würde ...

... und durch die Gewichtsverschiebung würde eine schwere Granitkugel ein Gefälle hinabrollen ...

Dann würde eins zum anderen führen, bis alle Zuschauer eine automatische Prozession bildeten, die sich durch die Stadt schlängelte und schließlich an der *La Sagrada Família* endete.

Und dort, am Gipfel des höchsten Kirchturms, würde das Subjekt der heutigen Nachlese sein Ende finden.

***

Penélope wachte auf, weil Scythe Dalí sich über sie beugte. Er grinste übers ganze Gesicht.

»Guten Morgen! Heute ist dein großer Tag!«

Es war noch lange vor dem Morgengrauen. Aber was machte das schon? Sie hatte ohnehin kaum geschlafen.

»Sie sagen das so, als wäre heute mein Geburtstag und nicht ... das Gegenteil.«

Dalí zeigte auf das Kleid, das an der Wand hing. »Du wirst dieses Trauerkleid tragen, der Schleier verdeckt dein Gesicht. Du wirst mit mir den Beginn des Festes erleben – das Anlaufen der großen Maschinerie. Dann sollten wir für den Abschluss zur Kathedrale zurückkehren.«

»Und wenn ich nicht kooperiere?«

Dalís Grinsen verwandelte sich in etwas viel Dunkleres. »Du kennst das Gesetz. Wenn du dich widersetzt, bin ich gezwungen, nicht nur dich, sondern auch deine Familie nachzulesen – dann würde mich mein nächster Halt zu den Seychellen führen, wo ich deiner Mutter einen Besuch abstatte.«

Penélope biss sich auf die Lippen. Sie konnte die Entscheidungen ihrer Mutter zwar nicht nachvollziehen, würde ihr aber trotzdem keinen Scythe auf den Hals hetzen wollen. »Gehen Sie«, sagte sie und genoss es kurz, einem Scythe einen Befehl zu erteilen. »Gehen Sie, damit ich mich anziehen kann.«

***

Auf der Plaza de España hatten sich bereits Menschen versammelt. Im Morgengrauen beobachteten sie, wie Scythe Dalí auf dem Gerüst zu dem geheimnisvoll umhüllten Turm hinaufkletterte. Er wurde von einer in Schwarz und Lavendel verschleierten Frau begleitet, dieselben Farben, die den Turm von oben bis unten bedeckten. Dann stieg die Sonne über die Häuserdächer – Dalí zog an einem Seil, und die Hülle fiel und entblößte einen Uhrturm, der vollständig aus Eis bestand. Die Menge murmelte und zeigte begeistert darauf.

Zwei Kindern war es gelungen, durch die Absperrungen zu schlüpfen und sich im Schatten des Gerüsts zu verstecken. Sie berührten mit ihren Zungen das Eis, lachten und ermahnten sich gegenseitig zischend, ruhig zu sein. Von ihrem Versteck aus konnten sie Scythe Dalí und seine Begleitung nicht sehen, aber sie hörten sie sprechen.

»Soll mich das beeindrucken? Denn das tut es nicht«, sagte die junge Frau.

»Das könnte mir nicht egaler sein«, antwortete Dalí, »solange die Menge unten beeindruckt ist.«

Wenn man die beiden Kinder als Maßstab nehmen konnte, hatte Dalí sein Ziel schon erreicht. Nun konnte man nur noch warten, während die scharfen Kanten des Turmes weicher wurden, die Uhr zu schmelzen begann und ein Eimer sich mit dem Tauwasser füllte.

***

Nachdem die kopflose Statue fast einen Kilometer durch die Luft geschwebt war und die Ratte sich Ecke für Ecke dem Käse genähert hatte, wurden Dalí und Penélope zurück zur Kathedrale gefahren, während Dalí den Fortschritt auf seinem Tablet beobachtete.

»Meine Komposition wird bald schon die Strandpromenade erreichen, dann wird sie sich die La Rambla entlangbewegen, an der Plaça de Catalunya links abbiegen und sich den Weg zurück zur Kathedrale bahnen, wenn es neun schlägt. Zu dieser Stunde wirst du nachgelesen, Kind.«

Penélope sagte nichts. Sie hatte alle Sticheleien und Konter aufgebraucht. Sie schwieg hinter ihrem Schleier, und das schien Dalí zu verunsichern. Sie fragte sich, ob der Schleier eigentlich für ihn war – damit er ihr Gesicht während des gesamten Martyriums nicht sehen musste.

»Die Begeisterung der Menge war tatsächlich eine feine Sache«, sagte Dalí und erfüllte die Stille mit Gequassel. »Siehst du? Jetzt lieben sie mich so sehr, wie sie deinen Onkel lieben.«

Er musste den Zweifel in ihrem Schweigen bemerkt haben, weil er direkt in die Defensive ging. »Du glaubst, das stimmt nicht? Sieh nur, was für eine grandiose Show ich für die Stadt veranstalte – die Leute wissen das zu schätzen!«

Dieses Mal konnte Penélope sich nicht zurückhalten.

»Man wird nicht wegen einer Show geliebt – und ganz sicher auch nicht respektiert.«

Darauf wusste er keine Antwort. Stattdessen richtete er seinen Groll auf den Fahrer – einen Bladeguard, der vielleicht schon an Dalís Beleidigungen gewöhnt war.

»Werden wir gleich von einer Schnecke überholt?«, schimpfte Dalí. »Mach den Autopiloten an, wenn du sonst keine schnellere Route findest.«

»Ihre Absperrungen haben den Verkehr in der ganzen Stadt lahmgelegt, Euer Ehren. Sie müssen sich gedulden.«

Penélope konnte sich ein Lachen nicht verkneifen.

Dalí war ein klein wenig empört. »Du hältst mich also für ein verwöhntes Kind? Das keinen Belohnungsaufschub duldet?«

»Das habe ich nicht gesagt.«

»Das musstest du auch nicht.«

»Warum tut es denn noch irgendwas zur Sache, ich bin doch morgen früh ohnehin nicht mehr da.«

Dalí zog unbehaglich die Schultern hoch. »Trotzdem will ich nicht, dass du schlecht über mich denkst.«

Wieder lachte sie. »Sie werden mir das Leben nehmen. Wie könnte ich nicht schlecht über Sie denken?«

Und dann kam Penélope ein Gedanke. Sie wusste – ganz ohne zu fragen –, was dahintersteckte – aber sie sagte es dennoch, nur um seine Reaktion zu testen.

»Ich erinnere Sie an sie, nicht wahr? Ich erinnere Sie an Ihre Tochter.«

Dalí schürzte die Lippen und winkte ab. »Sie war erst acht. Sie war überhaupt nicht so wie du.«

»Willensstark … wissbegierig. Vielleicht sehen Sie in mir, was aus ihr hätte werden können.«

»Noch ein Wort, und ich lese dich an Ort und Stelle nach!«

Daraufhin antwortete Penélope: »Bleibt Ihnen auch nichts anderes übrig. Von der Stelle kommen wir ja gerade nicht.«

Dalí machte ein böses Gesicht, seine Bitterkeit wuchs. »Heute wird dein Onkel – dein über alles geliebter Onkel – so sehr weinen wie noch nie zuvor. Und er wird endlich verstehen, dass mit mir nicht zu spaßen ist.«

»Wenn ich schon aus Boshaftigkeit nachgelesen werde, gestatten Sie mir doch bitte wenigstens die Würde, mein Gesicht zu zeigen.«

»Das werde ich, Kind. Sobald wir uns auf der höchsten Turmspitze der Kathedrale befinden, wird dein Gesicht vor allen entblößt. Du wirst deine Würde wahren. Du wirst voller Gnade sterben. Und wenn dich deine Seele verlässt, wird sie von hundert Tauben fortgetragen, die in genau diesem Moment freigelassen werden.«

***

Auf der Strandpromenade stürzte sich Columbus vom Dach seines hoch aufragenden Denkmals und landete auf einer Seite eines Schleuderbretts, das einen Stahlglobus in einem ballistischen Bogen in Richtung La Rambla schoss, wo er einen Glastank voller Meerwasser zerschlug. Die daraus resultierende Welle drückte kleine Modelle der Niña, Pinta und Santa Maria zum angestrichenen Rand einer flachen Erde und in ein Fass, das kippte und dann über einen Fernzündungsschalter für ein Publicar rollte, das wiederum die Allee zum nächsten technischen Meisterwerk entlangfuhr. Jubelnde Massen folgten dem Geschehen in Richtung der großen Kathedrale.

***

»Es tut mir leid, Euer Ehren, ich kann nichts machen«, sagte der Fahrer. »Egal, wo ich auch abbiege, man kommt nicht durch.«

Trotz der ganzen düsteren Gefühle, die in Penélopes Innerem waberten, war sie doch sehr über die Ironie dieser Angelegenheit amüsiert. »Sie haben das alles bis ins letzte Detail geplant«, sagte sie, »und Sie haben *nicht* geplant, wie Sie zurück zur Kathedrale kommen?«

»Wir kommen schon dorthin«, wimmerte Dalí. »Und wenn ich mir Flügel wachsen lassen und dorthinfliegen muss, wir kommen schon dorthin.«

Penélope hätte wegen des Fehlers in Dalís perfekter Matrix erleichtert sein müssen. Aber was hatte sie noch davon? Vielleicht würde sie mit einer anderen Methode nachgelesen, aber nachgelesen würde sie auf jeden Fall. Und selbst wenn ihr Onkel Wind davon bekäme, konnte er sie nicht retten. Er war ein Ehrenmann. Ebenso, wie er die Frischvermählten nicht retten konnte, konnte er auch sie nicht retten – das Beste, was er machen könnte, wäre, sie vor Dalí zu retten, indem er sie mit seinen eigenen, liebenden Händen nachlas. Aber das war etwas, das sie nicht wollte. Nein, sie konnte nur darauf hoffen, die treibende Kraft in Dalís Uhrwerk zu sein. *Es gibt schlimmere Arten, nachgelesen zu werden*, versuchte sie sich einzureden, obwohl ihr in dem Augenblick keine einfiel.

»Ich weiß, wie wir zur Kathedrale kommen können«, erklärte sie Dalí. »Aber Sie müssen mir etwas versprechen. Versprechen Sie mir, dass Sie – wenn das alles vorbei ist – mit meinem Onkel Frieden schließen.«

Dalí machte sich über ihren Vorschlag lustig. »Nach dem heutigen Tag ist das wohl aussichtslos.«

»Aber versprechen Sie mir, dass sie es trotzdem versuchen. Sagen Sie ihm, es war mein letzter Wunsch.«

Daraufhin betrachtete er sie, und Penélope wusste nicht, ob sein glasiger Blick auf Tränen oder auf seine Wut zurückzuführen war, in Barcelona im Stau festzustecken.

»Ich werde tun, worum du mich gebeten hast«, sagte er.

Nach diesem Versprechen forderte sie ihn auf, das Auto zu verlassen.

»Zu Fuß weitergehen?«, fragte Dalí. »Das ist zu weit – wir kommen niemals rechtzeitig an.«

»Wer hat denn gesagt, dass wir zu Fuß gehen?« Dann zog sie ihn zu einer Treppe auf dem Bürgersteig, die in die Dunkelheit führte.

»Die Metro?«, fragte Dalí mit ungläubiger Empörung. »Ein Scythe nimmt nicht die Metro!«

»Aber es gibt nur zwei Möglichkeiten: die Metro oder diese Flügel, von denen Sie gesprochen haben.«

Und weil er keine andere Wahl hatte, folgte er ihr in den Untergrund.

Niemand belästigte sie in der Metro. Die Leute machten ihnen viel Platz und flüsterten miteinander, fragten sich, ob diese Metrofahrt Teil des Events war.

Dalí klärte sie nicht auf.

Weniger als zehn Minuten später liefen sie die Treppen der Kathedrale hoch, die Menge machte ihnen Platz – aber es war nach wie vor ein Wettlauf gegen die Zeit. Scythe Dalís Konstruktion hatte Dutzende Punkte durchlaufen und befand sich nur noch einen knappen Kilometer von der Kathedrale entfernt – und sie mussten immer noch nach ganz oben auf den Kirchturm klettern.

Dalí hielt Penélope fest an der Hand und stieg die steilen, eng gewundenen Betonstufen hinauf, er bewegte sich so schnell, dass ihm schwindelig wurde. Das war nicht gut, weil sie sich auf einer schmalen, ungeschützten Plattform Hunderte Meter über der Stadt befanden.

Schließlich trat er eine Holztür auf, und sie hangelten sich das steile Sandsteindach hinauf, wo der Wind so stark blies, dass er sie fast hinunterwehte. Sie konnten von unten Rufe hören, als die Leute sie entdeckten.

Dalí nahm sich einen Moment, um nach Westen zu blicken – er entdeckte die Fackel, die bald schon angezündet und dann auf ein kerosingetränktes Seil fallen würde, das die letzten hundert Meter zur Armbrust in der Plaza abbrennen würde.

Und genau hier, nur wenige Momente vom Finale entfernt, nahm Penélopes Entschlossenheit ab. Sie widersetzte sich, und es wurde für Dalí immer schwerer, sie ganz nach oben zu zwingen.

»Du kannst jetzt nicht langsamer werden«, erklärte er ihr. »Wir sind schon fast da!«

»Ich glaube … vielleicht habe ich doch Angst.«

»Du musst deine Angst überwinden«, befahl Dalí ihr. »Die hilft dir nicht. Nimm die ganze Angelegenheit freudig an!«

Schließlich erreichten sie die Plattform, und Dalí fesselte sie rasch an das Eisenkreuz oben auf dem Turm. Er entfernte ihren Schleier, und die Menge unter ihnen schrie und japste nach Luft, jetzt, wo sie ihr Gesicht erkennen konnten – als würde ihnen ihr Gesicht irgendetwas bedeuten.

Sie waren angekommen, und es hätte keine Minute später sein dürfen. Dalí zeigte auf eine Kiste auf der Plattform, in der sie hektisches Rascheln hörten.

»Die Tauben!«, erklärte Dalí. »In dem Augenblick, wo der Pfeil in dein Herz eindringt, werde ich sie freilassen, und ihre Flügel werden deine Seele dorthintragen – wo auch immer du hinfliegst.«

»Vielleicht fliege ich auch nirgendwohin«, sagte Penélope.

»Vielleicht auch nicht«, musste Dalí zugeben. »Aber es ist schön und poetisch, trotz allem.«

Dann wurde Penélopes Gesichtsausdruck ganz hart. Wütend. Sie starrte ihn an. »In meinem ganzen Leben habe ich nie das Opfer gespielt, und jetzt machen Sie mich zu einem.«

»Daran kann ich leider nichts ändern«, sagte Dalí.

»Doch, können Sie. Binden Sie mich los.«

»Warum, damit du abhauen kannst? Damit du dem Pfeil ausweichen und alles ruinieren kannst?«

»Nein. Damit ich mich dem Ganzen aus freiem Willen stellen kann. Ich habe es mir ausgesucht, indem ich mich Ihnen in den Weg gestellt habe. Jetzt möchte ich auch das hier entscheiden.«

Dalí war beeindruckt von ihrem Willen. Er schien noch stärker zu sein als seiner. Was für eine beeindruckende, willensstarke junge Frau. Wie schade, dass ihr Leben nun enden würde.

»Natürlich, Penélope«, sagte er und löste ihre Fesseln. Sie hielt sich an ihr Versprechen und unternahm keinen Fluchtversuch. Sie blieb auf der Plattform stehen, das Kinn stolz nach vorne gereckt.

»Wenn ich dorthinkomme – falls es ein ›dorthin‹ gibt –, werde ich Ihre Frau und Tochter treffen und ihnen sagen, dass Sie mich geschickt haben, um ihnen Gesellschaft zu leisten.«

Dalí merkte, wie seine Lippe zitterte. Er erinnerte sich nicht daran, dass ein Nachlesesubjekt jemals so viel Mut gezeigt hatte. So viel Aufrichtigkeit.

In der Zwischenzeit fiel in etwa hundert Metern Entfernung die Fackel in Richtung Seil.

Und da erblickte Dalí Scythe Gaudí.

Er stand auf der Plaza in der Menge, direkt neben der Armbrust.

Dalí war stinksauer! Gaudí würde die Armbrust umstoßen, damit die Pfeile einfach ungerichtet durch die Gegend flogen! Er würde noch eine perfekte Nachlese ruinieren und Dalí noch einmal demütigen. Dalí konnte seine Wut kaum im Zaum halten!

Die Fackel entzündete das Seil.

Flammen rasten auf dem Seil los in Richtung eines Hebels, der die Armbrust auslösen würde.

Und weit unten bewegte sich Gaudí nicht.

Er rührte keinen Finger, um die Armbrust zu manipulieren.

Warum sabotierte er das Procedere nicht?

Die Flamme war fast am Auslöser.

Was machst du, du Idiot?, schrie Dalí, aber nur in seinem Kopf. *Greif ein! Rette das Mädchen! Warum stehst du nur dort rum?*

Gaudí blickte Dalí aus der Ferne in die Augen, als gäbe es keine Entfernung zwischen ihnen. Und anstatt nach der Armbrust zu greifen, stemmte sich Gaudí die Hände in die Hüften.

Die Flamme erreichte den Hebel.

Der Hebel löste den Auslöser aus.

Die Armbrust feuerte ab.

Und Dalí schrie aus voller Kraft und warf sich vor Penélope. Er spürte, wie der Pfeil in seinen Rücken eindrang. Der Schmerz war abrupt und stark. Plötzlich flatterten überall um ihn herum Tauben, die im Himmel verschwanden. Er brach zusammen, wurde aber von Penélope aufgefangen, die ihn sanft auf den Boden legte.

Und unten jubelte die Menge.

»*Bravo!*«, riefen sie. »*Das ist die großartigste Selbstnachlese im ganzen Scythetum! So ein überraschendes Finale! Er hat uns alle reingelegt! Bravo!*«

Und Dalí dachte, dass Gaudí es genau so geplant hatte. Gaudí hatte ihn in die Selbstnachlese getrieben. Er hatte Penélope zu diesem Zweck eingesetzt! Sie war nur ein Zahnrad in der Maschine ihres Onkels.

Aber wenn das stimmte, warum weinte Penélope dann?

»Das war das Dümmste, was ich jemals gesehen habe«, sagte sie unter Tränen. »Sie haben Ihr Meisterwerk ruiniert.«

»Aber ... aber hör mal, wie sie jubeln. Ich habe ihnen genau das gegeben, was sie wollen.«

»Pscht«, sagte Penélope. »Sie sind noch nicht tot.« Dann zog sie ihm den Pfeil aus dem Rücken. Das schmerzte ebenso sehr wie der Einschuss – aber seine Naniten waren bereits mit der Schmerzlinderung beschäftigt. »Der Pfeil hat Sie in die Schulter getroffen, nicht ins Herz«, sagte Penélope.

»Aber ... ich ... muss jetzt sterben«, sagte er. »Alles andere ... wäre ...«

»Absurd?«, fragte Penélope. »Euer Ehren, alles an Ihnen ist absurd – warum sollte das hier eine Ausnahme sein?«

Dalí seufzte schwer. »Verdammt«, sagte er. »Ich hätte den Pfeil in Gift tränken können.«

Aber wie sagt man so schön: Hinterher weiß man immer

mehr. Und wenn er jetzt nicht mit Absicht von der Plattform springen würde, wäre allen klar, dass er nicht sterben würde. Wie seltsam. Wie peinlich. Und trotzdem kam ihm in dem Moment ein Gedanke, der ihm eine stechende Freude bereitete.

»Wenn ich leben sollte, wird das nicht vergebens sein. Ich werde dich als meinen Lehrling annehmen«, sagte Dalí zu Penélope. »Du wirst unter meiner qualifizierten Anleitung zur Scythe ausgebildet.«

Penélope lachte. »Das wird meinen Onkel wirklich verärgern.«

Dalís Schnurrbart verzog sich zu einem ganz leichten Lächeln. »Ja, das glaube ich auch.«

Währenddessen äußerte die Menge unten ihre Enttäuschung, als die Leute bemerkten, dass Dalí immer noch lebendig war … und dass es sich nur um einen weiteren Fehltritt von ihm gehandelt hatte.

Kapitel 12: **Eine romantische Komödie mit Todesfolgen**

Die Liebe traf Marni Wittle wie eine Tonne Ziegelsteine. Und brachte sie in ein Revival-Zentrum.

»Hallo, Marni«, sagte die muntere, aber nervige Oberschwester des Woolwich-Revival-Zentrums, als Marni aufwachte. »Freut mich, Sie wiederzusehen. Ich wünschte, es wäre unter glücklicheren Umständen!«

Das sagte Schwester Lucille jedes Mal, wenn Marni dort auftauchte. Nicht, dass Marni besonders risikofreudig, sorglos oder gleichgültig gegenüber dem Sterben gewesen wäre ... aber der Tod fand sie trotzdem mit spektakulärer Regelmäßigkeit.

»Raus aus den Federn, die Ewigkeit wartet!«, sagte Schwester Lucille und schnappte die Jalousien hoch – die offenbar extra so konstruiert waren, dass sie dabei knallten wie ein Feuerwerkskörper. Aber vielleicht lag das auch an Marni. Beim Aufwachen nach einer Wiederbelebung war sie meistens überempfindlich gegen Licht und Geräusche.

»Ihr Neuro-Adeno-Stimulanz-Shake steht für Sie bereit, sobald Sie denken, dass Sie ihn drinbehalten können.«

»Was ist diesmal passiert?«, fragte Marni mit einer Stimme, die nach Tagen der Totenähnlichkeit noch kratzig war. Marni wollte gar nicht wissen, was geschehen war, weil es jedes Mal so peinlich war. Aber sie musste trotzdem fragen.

»Ein Herr ist gewissermaßen in oder besser auf Ihr Leben geplumpst«, sagte Schwester Lucille. »Ist neun Stockwerke tief gefallen, bloß um Sie kennenzulernen!« Sie lachte über ihren eigenen Witz.

Marni war tatsächlich erleichtert. »Es war also nichts, was ich getan habe.«

»Sofern es kein Verbrechen ist, über die Straße zu gehen, nicht.«

»Ein was?«

»Nichts, Schätzchen, nur eine Redensart aus der Sterblichkeitsära.« Sie gab Marni ihren Neuro-Adeno-Stimulanz-Shake, der wie üblich übler schmeckte als Galle.

»Kann ich den NASti-Shake diesmal nicht weglassen?«

»Tut mir leid, Schätzchen, so sind die Regeln. Er aktiviert die Geschmacksnerven und die Verdauung. Er ist gut für Sie!«

Marnie kannte kein anderes Revival-Zentrum, das seine Patienten zwang, eine derartig widerliche Brühe zu trinken. Aber Woolwich war stolz auf seinen angeblich innovativen Ansatz. Marni hatte hingegen den Verdacht, dass der grässliche Geschmack Absicht war, um Platscher und andere abzuschrecken, die vorsätzlich totenähnlich wurden. Das hätte man Marni als altgedientem Opfer auch ersparen können, aber nein. Sie konnte sich des Gedankens nicht erwehren, dass Schwester Lucille lustvoll dabei zusah, wie sie die Flüssigkeit herunterwürgte.

Nachdem sie den letzten übelriechenden Tropfen geschluckt hatte, stellte Marni die Frage, die sie seit dem Moment ihres Aufwachens vermieden hatte.

»Haben Sie meine Tante benachrichtigt?«

»Das war unumgänglich«, sagte Schwester Lucille. »Ich habe strikte Anweisung, sie jedes Mal zu informieren, wenn Sie uns ›einen Besuch abstatten‹.«

Marni verzog das Gesicht. »Ich weiß. Aber hätten Sie nicht nur dieses eine Mal vergessen können, ihr Bescheid zu sagen?«

»Und mich damit bei Ihrer Tante unbeliebt machen? Keine Chance, Schätzchen. Außerdem sind Sie seit mehr als zwei Tagen in der Wiederbelebung – sie hätte ohnehin gewusst, dass irgendwas nicht stimmt, nachdem Sie nicht nach Hause gekommen sind.«

Marni seufzte lebensüberdrüssig. Ihrer Tante gegenüberzutreten würde nur geringfügig angenehmer werden, als von einer herabstürzenden Person getötet zu werden.

»Wir haben sie auf jeden Fall wissen lassen, dass Sie wieder bei Bewusstsein sind«, sagte die Schwester. »Ich nehme an, sie wird noch vor Sonnuntergang hier sein, um Sie abzuholen. Aber warum hole ich Ihnen derweil nicht ein paar Löffel Rum-Rosinen-Eis?«

»Ja, wenn Sie welches dahaben.«

»Oh, wir haben immer welches da! Es herrscht keine große Nachfrage, aber ich habe immer eine Portion vorrätig, extra für Sie!«

Die fragliche herabstürzende Person war ein junger Mann namens Cochran Stæinsby. Auch er war in der Wiederbelebung kein Unbekannter. Dies war seine vierzehnte. Nicht dass er aus einem bestimmten Grund mitzählte, es war bloß schwierig, es nicht zu tun. Vor allem wenn einem die Wiederbelebung in Rechnung gestellt wurde. Seine Eltern hatten immer darüber geklagt – und seit er auf sich gestellt war und die Rechnungen direkt bei ihm landeten, konnte er ihre Frustration verstehen.

»Muss ich die Rechnung bezahlen, selbst wenn es ein Unfall war?«, hatte er den Thunderhead einmal gefragt. »Es ist nicht meine Schuld, dass ich ein Pechvogel bin.«

»Es ist keine Frage der Schuld«, hatte der Thunderhead ihm erklärt. *»So lautet die Regelung bei einem Unfall, unabhängig davon, wer verantwortlich war.«*

Diesmal jedoch war sein Tod durch eine böswillige Handlung verursacht worden – eine der wenigen Ausnahmen, bei denen nicht er für die Kosten seine Wiederbelebung aufkommen musste. Sie würden den Schuldigen in Rechnung gestellt werden, einer Truppe lokaler Widerlinge. Sie waren zufällig in das Hotel eingedrungen, in dem Stæinsby übernachtete, und hatten in mehreren Zimmern die Halterung der vom Boden bis zur Decke reichenden Fenstern gelockert. Als Mr. Stæinsby am nächsten Morgen beim Überstreifen seiner Hose das Gleichgewicht verloren und sich ans Fenster gelehnt hatte, war er der Erste gewesen, der den Streich der Widerlinge entdeckte.

Er erinnerte sich, dass er im Fallen verzweifelt versucht hatte, seine Hose hochzuziehen, weil es schon schlimm genug sein würde, totenähnlich zu werden, ohne dabei auch noch mit halb heruntergelassener Hose auf einer öffentlichen Straße zu landen. Erst im letzten Moment erkannte er, dass jemand direkt in seiner Flugbahn stand.

Die junge Frau bremste seinen Fall, so dass er noch ein paar Sekunden lebte und nicht umhin konnte festzustellen, dass sie ziemlich hübsch war. Sogar mit gebrochenem Hals.

Nachdem Cochran in der Wiederbelebung aufgewacht war, fragte er die Schwester nach ihr. »Hat das Mädchen, auf dem ich gelandet bin, überlebt?«

»Ich fürchte nicht«. Sagte die Schwester freundlich. »Sie liegt ein paar Zimmer weiter – und ist selbst gerade erst aufgewacht.«

»Darf ich … mit ihr sprechen? Ich würde mich gern entschuldigen.«

»Wofür denn?«

»Nun, es ist meine Schuld, dass sie hier ist, oder nicht?«

»Nicht, sofern der Sturz aus einem sabotierten Fenster kein Verbrechen ist.«

»Ein was?«

»Vergessen Sie's. Ich werde nachschauen, ob sie schon bereit ist, Besuch zu empfangen.«

Marni blickte von ihrer Eiscremeschale auf und sah einen jungen Mann auf der Schwelle stehen. »Kann ich Ihnen helfen?«, fragte sie. Es war ungewöhnlich, dass Fremde in Aufwachräume kamen.

»Hallo, Sie müssen Marni Wittle sein. Ich wollte bloß vorbeischauen und sehen, ob es Ihnen gut geht.«

Der Mann war recht attraktiv. Eigentlich hatte er noch mehr von einem Jungen. Er war ungefähr so alt wie sie, zwanzig, einundzwanzig. Ein junger Mann, der versuchte, sich älter zu benehmen, als er wirklich war. Sein gutes Aussehen kam bescheiden daher, und er hatte zutiefst seelenvolle Augen.

»Kenne ich Sie?« Marni war von der Wiederbelebung nach wie vor ein wenig schwummrig, deshalb hatte sie den naheliegenden Zusammenhang noch nicht hergestellt. Im Gegensatz zu dem jungen Mann war sie auf der Stelle totenähnlich gewesen und hatte buchstäblich keine Ahnung, was sie getroffen hatte.

»Nun, ja, gewissermaßen schon«, sagte er. »Ich bin derjenige, der auf Sie gefallen ist.«

»Oh. Dann sind Sie ein Platscher?«

Die Vermutung schien ihn zu schockieren. »Nein, nein. Nichts dergleichen. Es war ein vollkommen unbeabsichtigter Sturz.«

»Entschuldigen Sie, ich wollte Sie nicht kränken.«

»Ich bin derjenige, der sich entschuldigen sollte, Ms. Wittle. Durch mich haben Sie zwei volle Tage verloren.«

Ihre Blicke trafen sich, und sie konnte die Augen nicht von ihm wenden. Sie war ein wenig atemlos, und das lag nicht nur an der Übelkeit von dem NASti-Shake. Dies war etwas vollkommen anderes.

Marni lächelte ihn an. »Nun, eine kleine Pause von unserem Leben kann hin und wieder ganz guttun.« Sie hielt ihm ihren Löffel hin. »Ein bisschen Rum-Rosinen-Eiscreme?«

»Rum-Rosinen? Das ist meine Lieblingssorte. Das gab es bisher noch nie in einem Revival-Zentrum.«

»In diesem schon!«

Er nahm einen Löffel voll und verdrehte verzückt die Augen.

»Die Schwestern haben mir ein Geheimnis verraten«, flüsterte sie ihm zu. »Die Eiscreme in Revival-Zentren ist mit Naniten versetzt, die direkt auf das Lustzentrum des Gehirns einwirken. Damit soll das Wiederbelebungs-Depressions-Syndrom bekämpft werden.«

»So etwas gibt es?«

»Nicht mehr«, sagte sie. »Dank dieser Köstlichkeit.«

Er lächelte sie an. Sie befürchtete, dass der Moment peinlich und verlegen werden könnte, aber das geschah nicht.

»Ich heiße Cochran, Cochran Stæinsby«, sagte er. »Aber Sie können mich Ran nennen.«

»Das ist ein seltsamer Spitzname.«

»Na ja, die erste Silbe von Cochran ist als Spitzname ein bisschen problematisch, oder? Also bin ich mein Leben lang mit der zweiten gerufen worden. Ich war Ran, Ranny, sogar Rando.«

Marni überlegte. »Ein schöner Name wie Cochran sollte gebührend gewürdigt werden. Deshalb werde ich Sie so nennen. Es sei denn, ›Mr Stæinsby‹ ist Ihnen lieber.«

Er lächelte freundlich. »Cochran ist prima.«

In diesem Moment hörte man aus dem Erdgeschoss eine Stimme mit routiniertem Missvergnügen herumzetern.

»Wo ist sie?«, wollte sie wissen. »Wo ist meine Nichte? Bringen Sie mich sofort zu ihr! Meine Geduld hängt heute am seidenen Faden, und Gott helfe jedem, der ihn zum Reißen bringt.«

»Das ist meine Tante«, sagte Marni. »Sie sollten besser gehen – Sie wollen lieber nicht in ihr Visier geraten, wenn sie schlechte Laune hat.«

»Sie klingt wie jemand, der immer schlechte Laune hat.«

Darüber musste Marni kichern. »Sie haben ja keine Ahnung!«

»Darf ich ... darf ich Sie wiedersehen, Marni? Zum Mittagessen vielleicht? Um mich für all das zu revanchieren?«

Marni musste nicht lange überlegen. Vielleicht wäre es schicklich gewesen, schüchterner zu reagieren, aber sie wollte ihn wiedersehen, und sie wollte, dass er es wusste.

»Wie wär's mit morgen?«, schlug sie vor. »Um zwölf Uhr mittags?«

»Wo?«

»Dort, wo wir uns zum ersten Mal begegnet sind.«

Cochran lächelte. »Ich werde darauf achten, diesmal aus einer anderen Richtung zu kommen.«

Marnis Tante bekam in der Regel ihren Willen. Das galt für alle Scythe. Sie war Scythe Boudicca, benannt nach einer legendären Heldin des frühen Britanniens, lange bevor es Britannien geworden war. Die original Boudicca war der Überlieferung nach eine hochgewachsene, souveräne Frau mit einer breiten Weltsicht gewesen. Scythe Boudicca war nichts von alldem. Sie war klein von Gestalt und noch kleiner im Geiste, allzu bekümmert um allerlei Mittelmäßiges. Ihre größte Freude im Leben war der Vortrag ihrer endlosen Litanei von Beschwerden. Wenn man Menschen zu Tode quengeln könnte, hätte sie diese Methode des Nachlesens bestimmt mit Vorliebe angewandt.

Ihre markante Robe war aus einem echten mittelalterlichen

Wandteppich gefertigt, die Darstellung eines Einhorns, das aussah wie eine Ziege, eines Löwen, der aussah wie ein Golden Retriever, sowie mehrerer vornehmer Damen mit länglichen und zu kleinen Köpfen. Diese Wandteppichrobe war extrem schwer, und Scythe Boudicca klagte auch regelmäßig über ihr Gewicht, trug sie jedoch trotzdem weiter.

»Es ist die unendliche Bürde eines Scythe, das erdrückende Gewicht der Menschheit zu tragen«, hatte sie einmal verkündet. »Und die Menschheit scheuert.«

Boudicca war nicht ihre erste Wahl für ihre Historische Patronin gewesen. Ursprünglich hatte sie vorgehabt, Scythe Beatrix Potter zu werden, weil die Geschichten der geliebten Schriftstellerin sie nicht nur an ihre Kindheit erinnerten, sondern sie auch zu ihrer lebenslangen Liebe zu Kaninchen geführt hatte. Aber ähnlich wie bei Mr. Stæinsby eignete sich der Vorname *Beatrix* nicht für schmeichelhafte Spitznamen. Sie befürchtete, die Leute könnten sie Trixie nennen – was vielleicht ein hübscher Name für einen Hund war, aber bestimmt nicht für eine Scythe.

Erst als die anderen Scythe begannen, sie »Boo« zu rufen, erkannte sie ihre Torheit.

Marni erzählte ihrer Tante nichts von Cochran und ihrer Verabredung zum Mittagessen. Stattdessen saß sie am Abend nach ihrer Heimkehr aus dem Revival-Zentrum still am Esstisch und hörte sich die allzu vertrauten Tiraden ihrer Tante an.

»Du musst mehr auf deine Umgebung achten, Marni. Dann wärst du auch nicht unversehens von einem herabstürzenden Übeltäter erwischt worden.«

»Er ist kein Übeltäter, Tante Boo – er wurde Opfer eines Streiches von Widerlingen.«

Ihre Tante winkte ab. »Natürlich behauptet er das – er versucht, sich vor den Kosten für die Wiederbelebung zu drücken. Wie konntest du so leichtgläubig sein?«

Marni erduldete die Predigt so wie alle Vorträge ihrer Tante. Sie hatte schon vor lange Zeit gelernt, das Gerede ihrer Tante einfach an sich abperlen zu lassen. Sie hatte es schließlich nicht nötig, sich bei ihr einzuschmeicheln. Als enge Blutsverwandte genoss Marni Immunität, solange ihre Tante lebte, unabhängig davon, ob sie mit ihr zusammenwohnte oder nicht. Das war also nicht der Grund, warum sie bei ihr blieb. Sie blieb, weil Tante Boo sie brauchte. Wer sollte sich sonst um die Burg kümmern? Wer sollte ihrer Tante ausreden, in einem Wutanfall die Haushälterin, den Hausmeister oder die Köchin nachzulesen? Severndroog Castle war verglichen mit anderen Scythe-Residenzen nichts Besonderes, aber es war ein durchaus angenehmer Ort zum Leben.

Und wohin sollte Marni auch gehen? Ihre Eltern waren wie so viele Menschen weitergezogen und hatten sich neuen Familien und einem neuen Leben gewidmet. Tante Boo hingegen war ein Gewohnheitswesen und würde nirgendwohin gehen. Das Leben mit ihr war verlässlich – und sosehr Marni es hasste, wenn ihre Tante im Revival-Zentrum auftauchte, hätte sie es offen gestanden noch schlimmer gefunden, wenn niemand gekommen wäre.

Marni hatte noch nie ein Date gehabt. Scythe Boudicca hatte deutlich gemacht, dass Verehrer verboten waren und ein Mädchen in Marnis zartem Alter erst ihren eigenen Weg in der Welt machen sollte, bevor sie sich mit einem Partner verhedderte.

»Lerne dich selbst kennen«, dozierte sie. »Stehe auf eigenen Füßen, sonst könntest du unversehens unter seinen zerdrückt werden wie ein Insekt.«

Ob sie von diesen Ratschlägen wirklich überzeugt war oder

diese nur vertrat, damit Marnis Aufmerksamkeit auch in Zukunft ausschließlich ihr galt, wusste Marni nicht. Aber sie hatte ohnehin nicht vor, ihrer Tante von ihrem Date mit Cochran Stæinsby zu erzählen.

Sie trafen sich am verabredeten Ort pünktlich zur verabredeten Zeit. Cochran hatte einen Tisch in einem netten franko-iberischen Bistro reserviert. Marni war noch nie in einem Lokal wie diesem gewesen. Mit ihrer Tante speiste sie immer nur in denselben drei Restaurants. Im Criterion, im Kettners und im Simpsons-in-the-Strand, alles noble Lokale, die es schon seit der Sterblichkeitsära gab. Uralt und muffig wie die zugige Burg, in der Marni mit ihrer Tante lebte. Insofern war das Mittagessen mit Cochran schon deshalb außergewöhnlich, weil es eine neue Erfahrung für sie war. Und auch wenn die Unterhaltung belanglos blieb und sich ein wenig im Kreis drehte, hatte es etwas Charmantes, mit jemandem, den man kaum kannte, über nichts zu plaudern.

Er erzählte ihr, dass er in Manchester wohnte, was Marni unheimlich weit weg erschien, obwohl es tatsächlich nicht allzu weit entfernt war. Aber Marni konnte sich nicht erinnern, wann sie zum letzten Mal aus London herausgekommen war.

»Ich besuche Messen«, sagte Cochran, als sie ihn fragte, was er beruflich mache.

»Was für Messen?«

»Alle möglichen.«

»Ich meine, in welcher Branche sind Sie?«

»In der Messebranche«, wiederholte er. »Ich bin professioneller Besucher.«

»Ich fürchte, ich kann Ihnen nicht folgen.«

»Das überrascht mich nicht – es ist eine Nische.«

So behütet, wie Marni lebte, war sie noch nie auf einer Messe gewesen. Sie wusste, dass es große Veranstaltungen waren, wo Menschen neue Produkte vorstellten und sich mit anderen Leuten aus ihrer Branche trafen. Aber laut Cochran waren die meisten dieser Produkte unfassbar öde. So öde, dass nur noch wenige Menschen freiwillig Messen besuchten.

»Und da komme ich ins Spiel«, erklärte er. »Damit es auf Messen nicht trostlos und traurig zugeht, engagiert der Thunderhead professionelle Besucher. Mein Job ist es, herumzuschlendern und Interesse vorzutäuschen.«

»Das klingt absolut furchtbar.«

»Überhaupt nicht. Die Menschen sind dankbar, dass jemand mit ihnen spricht. Ich heitere ihren Tag auf – und dafür muss ich nur so tun, als wäre ich fasziniert von Badezimmerarmaturen oder Türklinken!«

Dann fragte er Marni, wie erwartet, nach ihrem Leben. Sie entschied, dass er nicht alle Details wissen musste.

»Ich führe das Anwesen meiner Tante.«

»Wirklich! Ein Anwesen!«

»Kein großes. Aber es füllt die meisten meiner Tage.«

Dann wurde der Hauptgang serviert, und sie konnte die Unterhaltung wieder von sich weglenken. Irgendwann würde er mehr wissen wollen, aber für den Augenblick genoss Marni es, eine mysteriöse Frau zu sein.

Danach trafen sie sich jedes Mal, wenn er in der Stadt war. Das war er häufig, aber für Marni konnte es gar nicht oft genug sein. Gefühle entwickelten sich, und bald wurde, was als unglücklicher Zufall begonnen hatte, sehr absichtsvoll.

»Vielleicht könntest du mich irgendwann mal besuchen kommen«, schlug er mehr als einmal vor.

»Ja, irgendwann«, erwiderte sie sehnsüchtig, wohl wissend, dass ihre Tante das Haus nie lange genug verließ, um das möglich zu machen.

Nach ihrem vierten Date nahmen die Dinge eine Wendung zum Schlechteren – oder sie machten – genauer gesagt – einen Schritt dorthin. Es war nach dem Abendessen in einem schicken, angesagten Restaurant. Marnie hatte ihr schönstes Kleid angezogen, dazu hochhackige Schuhe, was ihre Tante missbilligte, weshalb sie sie selten trug. Sie hatte äußerst listenreich vorgehen müssen, um so spät noch außer Haus unterwegs zu sein, ohne dass ihre Tante Fragen stellte. Die hohen Absätze stellten sich als ein Fehler heraus, denn als sie nach Verlassen des Restaurants auf ein Publicar warteten, stolperte Marni über eine Unebenheit im Pflaster und taumelte vom Rinnstein. Sie klammerte sich instinktiv an Cochran, doch anstatt sie festzuhalten, wurde er von ihr mitgerissen.

Und der nahende Lkw fuhr zu schnell, um noch zu bremsen.

In der postmortalen Welt gab es zahllose *Lover's Leaps*. Tatsächlich standen vor vielen Klippen mit spektakulärer Aussicht, die früher als Fotospots bezeichnet worden waren, jetzt Schilder mit der Aufschrift FREIER LIEBESFALL. Hand in Hand mit seinem oder seiner Geliebten zu sterben galt als der ultimative romantische Akt. Vor allem, da beide nach ein oder zwei Tagen wieder ins Leben zurückgebracht wurden.

Es gab eine ganze Industrie, die sich auf Klippenhochzeiten spezialisiert hatte, die mit einem dramatischen Sturz in die Tiefe endeten. Das veränderte natürlich auch die Tradition des Brautstrauß-Werfens. Nun galt, dass diejenige, die den Strauß vom Fuß der Klippe bergen konnte, ohne dabei selbst totenähnlich zu werden, das Glück der Braut empfangen würde.

Einige malerische Absturzorte waren so beliebt, dass es sogar eigene Flitterwochen-Revival-Zentren mit Herzchen, Rosen und Wiederbelebungs-Doppelzimmer für Paare gab.

Aber keins von Cochrans und Marnis beiden Duetten der

Totenähnlichkeit brachte sie an einen solchen Ort. Stattdessen wurden sie von Ambudrohnen schnurstracks ein weiteres Mal in das Woolwich-Revival-Zentrum gebracht. So sah es ein Dauerbefehl vor, den Scythe Boudicca für alle Todesfälle erlassen hatte, die ihre zu Unfällen neigende Nichte betrafen, weil das Zentrum in bequemer Entfernung von ihrer Burg lag. Deshalb blickte Marni beim Aufwachen ein weiteres Mal in das stets gut gelaunte Gesicht von Schwester Lucille.

»Hallo, Schätzchen! Sind wir ein bisschen gestolpert und gestürzt? Traue nie einem Lkw, sage ich immer!«

Marni stöhnte. War sie wirklich wieder gestorben? Es dauerte einen Moment, bis ihre letzte Erinnerung sich wieder einstellte. Dann richtete sie sich so ruckartig in ihrem Bett auf, dass sich vor ihren Augen alles drehte.

»Cochran! Wo ist Cochran?«

»Mr. Stæinsby ist im Nebenzimmer, Liebes. Er ist vor ein paar Stunden wieder zu sich gekommen. Er wollte Sie besuchen, aber ich habe ihm erklärt, er müsse noch warten.«

»Sie hätten ihn hereinlassen können …«

»Oh, aber Sie haben einen so erschreckenden Anblick geboten, Liebes. Ihr Kopf ist mit einem der Reifen des Lkw kollidiert, und Sie wissen ja, wie das endet. Tss, tss, tss. Wir mussten das Gehirn vollständig nachwachsen lassen und einen kompletten Erinnerungsdownload durchführen.«

Nun, das erklärte, warum sie sich an den Sturz erinnerte, aber nicht daran, totenähnlich geworden zu sein. Offenbar hatte der Thunderhead bei seinem Backup die letzten Sekunden ausgelassen. Eigentlich ein kleiner Segen.

»Wie sehe ich jetzt aus?«

Schwester Lucille musterte sie. »Ihr hübsches kleines Köpfchen ist immer noch geschwollen und ein bisschen schief, aber das Schlimmste ist bereits abgeklungen. Sie werden in null Komma nichts wieder in Form sein. Buchstäblich sozusagen.«

Ein Blick in den Spiegel bestätigte die Einschätzung der Schwester. Marni sah ein bisschen so aus wie die Frauen mit den länglichen Köpfen auf der Wandteppichrobe von Tante Boo.

Bei dem Gedanken an ihre Tante atmete Marni tief ein.

»Lucille, ist Scythe Boudicca schon hier gewesen?«

Die Schwester schenkte ihr ein strahlendes Lächeln. »Sie ist bei Mr. Stæinsby.«

»Was?«

»Oh ja, sie plaudern schon eine ganze Weile miteinander.«

Marni riss ihre Monitorkabel ab und sprang aus dem Bett, ohne Schwester Lucilles Proteste zu beachten. Obwohl sich ihr nicht ganz runder Kopf schwummrig anfühlte und ihre frisch verheilten Beine wackelig, schaffte sie es bis ins Nebenzimmer. Dort saß ihre Tante in vollem Scythe-Boudicca-Ornat neben Cochran, als wären die beiden alte Freunde.

»Da schau her, was die Katze angeschleppt hat«, sagte die Scythe, als sie Marni in der Tür stehen sah, und runzelte dann die Stirn. »Gute Güte, Marni, du siehst schrecklich aus! Hast du schon deinen NASti-Shake bekommen? Gibt es einen Zeitplan für die vollständige Genesung?«

Marni ignorierte die Fragen ihrer Tante.

»Was machst du hier, Tante Boo?«

»Dein junger Mann und ich haben nett geplaudert.«

Cochran lächelte Marni an wie ein kleiner Junge, der zu naiv war, um zu wissen, dass ein sanfter Golden Retriever in Wahrheit ein mittelalterlicher Löwe sein konnte.

»Du hast mir gar nicht erzählt, dass deine Tante eine Scythe ist!«

»Und mir hat sie nie von Ihnen erzählt«, sagte Tante Boo.

Marni zwang sich, das Zimmer zu betreten und sich der beunruhigenden Dynamik der Unterhaltung zu stellen. »Also … ich … ich bin bloß einfach noch nicht dazu gekommen.«

»Du hättest mir erzählen sollen, dass du einen Freund hast, Marni. Ich freue mich so für dich!«

Marni hatte das Gefühl zu torkeln. Vielleicht war ihr Gehirn noch nicht vollkommen wiederbelebt, denn ihr war, als hätte ihre Tante etwas Positives gesagt.

»Wirklich?«

»Was könnte wichtiger sein als die Liebe?«, sagte ihre Tante. »Bestimmt nicht die Pflicht oder familiäre Verantwortung.«

Das klang schon mehr wie die Tante Boo, die Marni kannte.

»Scythe Boudicca hat mich in euer Schloss eingeladen!«, sagte Cochran viel zu begeistert für einen Mann, der kürzlich von einem Zehntonner überfahren worden war.

»Ich glaube nicht, dass das eine gute Idee ist«, sagte Marni.

»Unsinn«, widersprach ihre Tante. »Ich habe ihn eingeladen, er hat angenommen, also ist es abgemacht.«

»Ich war noch nie im Haus einer Scythe«, sagte Cochran. »Und außerdem würde ich gern sehen, wie du wohnst, Marni!«

»Beschlossen und verkündet«, sagte ihre Tante. »Wir feiern zu Hause in unserer Burg eure gemeinsame Wiederbelebung. Und falls das ein Trost ist, berichte ich euch noch, dass ich den Fahrer dieses Lkw nachgelesen habe.«

»Tante Boo! Es war nicht seine Schuld – Lkw-Fahrer steuern ihr Fahrzeug gar nicht mehr selbst, das weißt du! Sie sind bloß an Bord, falls irgendetwas … Unerwartetes … passiert.«

Boudicca zuckte die Schultern unter ihrem schweren Wandteppich. »Nun, jetzt ist es zu spät, darüber zu zanken.«

Dann kam Schwester Lucille herein und bestand darauf, dass Marni in ihr Bett zurückkehrte, wenigstens bis ihr Kopf sich wiederhergestellt hatte.

Gehorsam kehrte Marni in ihr Zimmer zurück, obwohl die aktuelle Lage ihr Sorgen bereitete. Tante Boo führte offensichtlich irgendwas im Schilde … aber ob sie ein mittelalterlicher Löwe war, der Cochran in Stücke reißen wollte, oder nur eine Einhorn-Ziege, die ihn anstupste und pikste, bis er wegging, da war Marni sich nicht sicher.

Cochran wusste ebenfalls nicht, was er von alldem halten sollte. Aber als Optimist beschloss er, das Positive zu sehen. Als die Scythe sein Wiederbelebungszimmer betreten hatte, hatte er einen gewaltigen Schrecken bekommen – aber nachdem sie sich als Marnis Tante vorgestellt hatte, waren sie bestens miteinander ausgekommen. Cochrans berufliche Fähigkeit als professioneller Besucher, sich an allem interessiert zu zeigen, was sie zu sagen hatte, machte ihn zum perfekten Gesprächspartner für sie. Und Scythe Boudicca war zweifelsohne eine Meisterin des Banalen. Betrachtungen über das Wetter und ihr Missvergnügen, dass der Thunderhead nicht überall für permanenten Sonnenschein sorgte. Dazu eine veritable Tirade über die mangelnde Hygiene von Britanniens Jugend. In gewisser Weise war es sogar erfrischend; er hatte immer gedacht, Scythe würden nur hochtrabende und geistvolle Themen besprechen.

Scythe Boudicca interessierte sich dafür, wie er Marni kennengelernt hatte. Cochran antwortete offen und aufrichtig, weil er glaubte, dass es keinen Grund gab, es nicht zu sein.

Severndroog war eine alte Burg, trotzdem reichte ihre Errichtung nicht zurück bis ins finstere Mittelalter, sondern nur bis in die düstere Zeit des industriellen Englands, als reiche Geschäftsleute ihren Egos Baudenkmäler errichteten. Severndroog Castle hatte nie irgendwelche Eroberer abgewehrt oder aufständischen Bauern getrotzt. Es stand bloß in der Landschaft, um zu imponieren.

Es war auch keine richtige Burg, sondern eher ein merkwürdiger dreieckiger Steinturm mit Zinnen, nicht um Kanonen in Stellung zu bringen, sondern damit Besucher die Aussicht bewundern konnten. Die Innenfläche war auch nicht besonders groß. Es gab drei Stockwerke, die mit einer Wendeltreppe verbunden waren.

»Warum sollte ich den Buckingham Palace beanspruchen wie Scythe Cromwell oder Windsor Castle wie Scythe Godiva?«, deklamierte Boudicca regelmäßig. »Wer braucht all den Platz?«

Aber in Wahrheit waren die guten Burgen und Paläste einfach schon belegt.

Nach Cochrans und Marnis Entlassung aus dem Wiederbelebungszentrum ließ Scythe Boudicca sie alle gemeinsam in ihrem Privatwagen bis ans Tor ihres Anwesens chauffieren, aber nicht weiter.

»Der Tag ist angenehm genug für einen Spaziergang«, verkündete sie. Cochran und Marni waren zwar noch ein wenig erschöpft, und der Weg führte bergauf, doch sie bewältigten die Strecke. Früher war der kleine Wald ein öffentlicher Park gewesen, doch jetzt gehörte er zu Scythe Boudiccas Privatgrundstück. Severndroog Castle lag genau in der Mitte.

Als Erstes fiel Cochran die Tierwelt auf.

»Ich habe noch nie so viele Kaninchen gesehen«, rief er, als sie den Kiesweg zu der Burg hinaufstapften.

»Ich züchte sie«, erklärte Scythe Boudicca ihm. »Oder sagen wir, ich lasse sie sich selbst darum kümmern, ohne zu helfen, aber auch ohne sie daran zu hindern.«

»Anderenorts würde man sie als Plage betrachten«, sagte

Marni, »und der Thunderhead würde ihre Fruchtbarkeit regulieren. Aber nicht auf einem Scythe-Grundstück.«

Cochran fand die Burg eher bescheiden – wenn man etwas, das als Burg bezeichnet wurde, überhaupt bescheiden nennen konnte. Ja, es gab riesige kunstvoll verzierte Türen und hohe Decken, aber der eigenartige dreieckige Grundriss machte eine Menge Fläche unbenutzbar.

Eine Haushälterin hatte einen Nachmittagstee für sie bereitet, dazu frisch gebackene Scones und kleine Gurkensandwiches, deren Kruste mit chirurgischer Sorgfalt entfernt worden war.

»Die alten Traditionen sind die besten«, sagte Scythe Boudicca, als sie persönlich den Tee eingoss. »Komfort im Chaos.«

Marni schien von alldem weniger begeistert. Cochran vermutete, dass die Burg für sie vor allem eine alltägliche Plackerei war, und machte sich keine weiteren Gedanken.

Aber Cochran war auch nicht eingeweiht in Dinge, die Marni wusste. Wie zum Beispiel die Wahrheit hinter dem rituellen Nachmittagstee ihrer Tante.

Scythe Boudicca lud bei ihren täglichen Spaziergängen durch die Stadt diverse Leute zum Tee auf ihre Burg ein. Wenn sie jemanden mochte, durfte er anschließend wieder gehen, und die Scythe erwartete, dass man sich mit einem höflichen Brief für ihre Gastfreundschaft bedankte. Und wenn Scythe Boudicca einen nicht mochte, dann wurde man nachgelesen.

»Sagen Sie, Mr. Stæinsby, welche Absichten hegen Sie bezüglich meiner Nichte?«, fragte sie ohne jedes Feingefühl.

»Tante Boo! Bitte bring ihn nicht in Verlegenheit.«

Aber Cochran steckte die Frage gelassen weg. Er nippte an seinem Tee, stellte die Tasse ab und fasste sanft Marnis Hand. »Meine Absichten sind durch und durch ehrenhaft«, erklärte er und lächelte Marni warmherzig an. »Wir mögen uns und freuen uns darauf zu sehen, wohin diese Reise uns vielleicht führt.«

Das quittierte Scythe Boudicca mit einem schlichten, vielleicht sogar aufrichtigen Lächeln, bevor sie Marni ansah. »Ich mag ihn«, sagte sie und zwinkerte ihr zu.

Marni atmete erleichtert aus. Vielleicht lag es an dem warmen Tee oder ihrem nachlassenden Stress, vielleicht auch daran, dass man sie im Revival-Zentrum immer überhydrierte, jedenfalls spürte sie einen plötzlichen Drang, sich zu erleichtern.

»Ich muss mal«, erklärte sie. »Lasst mir ein Scone übrig.« Und dann eilte sie davon.

Nachdem Marni gegangen war, wandte die Scythe ihre Aufmerksamkeit wieder Cochran zu. »Ich glaube nicht, dass ich meine Nichte schon einmal so verunsichert und gleichzeitig so glücklich gesehen habe. Erstaunlich, dass beide Gefühle in einem Menschen nebeneinander existieren können.«

»Ich empfinde ganz genauso«, sagte Cochran. »Das macht vermutlich die Liebe mit einem.«

»Ah ja, die Liebe. Diese magische Fiktion mit der Macht, wahr zu werden.«

Cochran trank seine Tasse leer. »Manchmal ist sie von Anfang an wahr.«

Darauf hatte die Scythe keine Antwort. Stattdessen stand sie auf. »Soll ich Ihnen die Burg und das Anwesen zeigen?«

»Sollten wir nicht auf Marni warten?«

»Sie wird schon nachkommen«, sagte die Scythe und führte ihn zu der Wendeltreppe in der Ecke. »Hat Marni Ihnen von der Aussicht vom Nordturm erzählt? Von dort oben hat man einen Blick über ganz London!«

Marni tadelte sich stumm dafür, ihrer Tante das Schlimmste zugetraut zu haben. Nur weil sie zu selbstsüchtigem Verhalten neigte, musste sie nicht jedes Mal etwas Unangenehmes planen. Und wie Tante Boo Marni regelmäßig erinnerte, war sie gutherzig genug gewesen, ihr in all den Jahren ein Zuhause zu geben – nicht nur ein Zuhause, sondern eine Burg – und dafür wenig mehr zu verlangen als Marnis Gesellschaft. Vielleicht sollte sie ihrer Tante einen Vertrauensvorschuss geben.

»Ich will das Beste für dich«, sagte Tante Boo häufig. »Auch wenn die Welt nur selten ihr Bestes anbietet.«

In der Hoffnung, dass die anderen ihr wirklich ein Scone übrig gelassen hatten, kehrte Marni in den Salon zurück – nur um festzustellen, dass zwar ein Scone auf sie wartete, ihre Tante und Cochran jedoch nicht.

Die Aussicht vom Nordturm enttäuschte nicht.

»Sie hatten recht, Euer Ehren«, sagte Cochran, als er über die Themse und weit darüber hinaus blickte. »Es ist atemberaubend!« Die ganze Stadt London lag zu seinen Füßen, und auch wenn er schon imposante Panoramen der City gesehen hatte, war keines so umfassend gewesen.

»Ich komme mehrmals die Woche hier hoch«, erklärte die Scythe, was in der Tat stimmte. »Ich finde, es gibt den Dingen eine Perspektive.« Und auch wenn das ebenfalls wahr war, war es doch nicht der Hauptgrund.

Eine Zeitlang genossen sie schweigend die Aussicht. »Ich verlasse London nie, wissen Sie«, vertraute Scythe Boudicca ihm an. »Als Scythe könnte ich gehen, wohin ich will. Nicht nur in Britannien, sondern überall auf der Welt. Aber ich habe mich entschieden, mein gesamtes Leben in dieser nobelsten aller Städte zu verbringen und auch alle meine Nachlesen hier durchzuführen.«

»Wenn Sie nicht reisen, wozu dann der Heliport?«, fragte Cochran.

Scythe Boudicca runzelte verwirrt die Stirn, und er wies auf einen Betonkreis mit konzentrischen Kreisen auf einer Lichtung am Fuße des Hügels.

»Ah ja«, sagte Scythe Boudicca. »Sie haben recht; es *ist* eine Art Landeplatz.«

»Für andere Scythe, die Sie besuchen?«

»Wenn Sie das sagen.«

Sie hatte ein Stück entfernt gestanden, kam jetzt jedoch langsam näher und senkte die Stimme. »Meine Marni ist eine sensible Seele, Mr. Stæinsby. Alles Neue verunsichert sie. Sie zieht ein beständiges und vertrautes Leben vor. Deshalb werden Sie bestimmt verstehen, weshalb ich besorgt bin über Ihre ›Beziehung‹ mit ihr. Veränderungen ihrer alltäglichen Routine verwirren und verstören sie.«

»Verzeihen Sie, wenn ich das sage, Euer Ehren ... aber ich glaube, das beschreibt eher Sie als Marni.«

Scythe Boudicca schürzte die Lippen, schwankte ein wenig und wäre beinahe gestolpert. Cochran fasste ihren Ellbogen, um sie zu stützen.

»Alles in Ordnung, Euer Ehren?«

»Mir ist nur ein wenig schwindelig«, sagte sie. »Sosehr ich die Aussicht genieße, bekomme ich hin und wieder leichte Höhenangst.« Sie machte ein paar Schritte zurück und ließ Cochran allein auf dem Turm stehen. »Aber Sie sollten unbedingt noch bleiben und sich an dem Blick erfreuen. Ich kann Ihnen versprechen, je länger Sie bleiben, desto klarer wird die Perspektive.«

Dann streckte sie die Hand in eine geheime Nische zwischen den Backsteinen und griff nach einem dort verborgenen Hebel.

Schon auf dem ersten Treppenabsatz war Marni außer Atem. Die Wendeltreppe war steil, und sie musste noch zwei Stockwerke bis zum Dach bewältigen. Normalerweise hüpfte sie diese Stufen mühelos hinauf, aber sie war noch geschwächt von der Wiederbelebung. Sie fürchtete, ohnmächtig zu werden, wenn sie sich zu sehr anstrengte, und was dann? Wenn sie es nicht rechtzeitig auf das Dach schaffte, würde sie sehr viel mehr verlieren als nur das Bewusstsein. Also ignorierte sie ihre Erschöpfung, die Schmerzen in ihren Gummibeinen und das Brennen in ihren Lungen, bis sie schließlich durch die Tür zur Dachterrasse platzte. Cochran stand auf der runden Plattform auf dem Nordturm, und ihre Tante hatte den Arm bereits in die verborgene Nische gestreckt.

»*Nein!*«, schrie Marni, was die Aufmerksamkeit der beiden erregte.

Sie stürzte auf ihre Tante zu und packte deren Handgelenk, so dass jene den Hebel nicht bedienen konnte. »*Wage es bloß nicht!*«, knurrte sie.

In diesem Ton hatte sie noch nie mit ihrer Tante geredet. Niemals. Es traf Boudicca wie ein Schlag ins Gesicht.

»Lass mich los!«, verlangte die Scythe. »Das ist nicht deine Sorge!«

Darüber musste Marni tatsächlich lachen. »Nicht meine Sorge? Es ist das *Einzige*, was mich an dieser verdammten Burg sorgt!«

Ihrer Tante stockte der Atem. »Wie kannst du es wagen, in diesem Ton mit mir zu sprechen? Diese Respektlosigkeit! Diese Unverschämtheit!«

Aber Marni packte das Handgelenk ihrer Tante nur noch fester – so fest, dass sie befürchtete, es könnte brechen.

Cochran beobachtete das Ganze von seinem Platz auf dem Turm, unsicher, ob es ihm zustand einzugreifen. Aber als es so aussah, als könnte es tatsächlich zu Handgreiflichkeiten kommen, erhob er seine Stimme.

»Marni, ist schon gut, wirklich. Deine Tante hat mir nur die Aussicht gezeigt.«

»So kann man es auch ausdrücken!«, erwiderte Marni. »Die Plattform, auf der du stehst, ist mit einer Sprungfeder ausgestattet. So liest sie ihre Opfer nach – sie katapultiert sie über das Gelände. Sie landen auf dem betonierten Zielfeld.«

»Das ist nicht wahr!«, widersprach ihre Tante. »Sie treffen das Ziel nur, wenn der Wind richtig steht.«

Diese neue Information rückte die Dinge für Cochran auf jeden Fall in eine neue Perspektive. Hastig stieg er von der Plattform.

Schließlich befreite Scythe Boudicca sich aus Marnis Griff und wandte sich ihr frontal zu, wütend, dass ihr Plan vereitelt worden war. »Dieser Junge ist nicht das, was du brauchst. Marni! Ich weiß, was das Beste für dich ist. Das wusste ich schon immer! Lass mich ihn nachlesen, damit wir zu unserem Leben zurückkehren können!«

Marni war nie ein gewalttätiges Mädchen gewesen, doch manchmal packt einen die Wut, bevor die eigenen Naniten etwas dagegen ausrichten können.

Sie streckte beide Hände aus und versetzte ihrer Tante einen Stoß.

Boudicca taumelte rückwärts, stolperte über den Saum ihrer Robe und landete mitten auf der Plattform des Turms.

Die Scythe musste etwas in Marnis Blick erkannt haben, denn ihr ganzes Gebaren änderte sich schlagartig. Sie hatte Angst. Mehr als Angst, sie war in Panik.

»Das würdest du nicht machen!«

Aber für Marni klangen diese Worte wie eine Herausforderung. Sie griff nach dem Hebel, wohl wissend, dass sie, wenn sie zu lange zögerte, wieder zur Vernunft kommen würde. Und in diesem Moment wollte sie alles sein, nur nicht vernünftig.

Cochran versuchte noch zu intervenieren. »Marni, nicht!«

Aber jetzt konnte sie nichts mehr aufhalten. Mit der Kraft und Entschlossenheit jahrelang unterdrückter Frustration zog sie so heftig an dem Hebel, dass der Griff abbrach.

Man hörte ein explosionsartiges Knirschen des Getriebes, und Scythe Boudicca wurde in einer perfekten Demonstration dessen, was Wissenschaftler als parabelförmige Flugbahn bezeichnen, in den Himmel katapultiert. Unablässig kreischend erreichte sie in fünfzig Metern Höhe den Scheitelpunkt und stürzte zurück auf die Erde.

Und diesmal war es ein Treffer ins Schwarze.

Der Thunderhead und die Kaninchen.

Heute waren sie im selben Boot. Weder die Kaninchen noch die beinahe allmächtige KI hatten irgendeine Kontrolle über die Geschehnisse auf dem Anwesen von Severndroog Castle. Sie konnten nur zusehen. Der Thunderhead hatte zwar keine Kameras auf dem von der Scythe bewohnten Grundstück, doch er hatte mehrere Kameras in den umliegenden Straßen trainiert, einen Blick auf das Anwesen zu werfen, damit er zumindest teilweise mitbekam, was dort vor sich ging. Und die Kaninchen? Sie lebten einfach in dem Wald und sahen Menschen vom Himmel fallen.

Es war so alltäglich geworden, dass die Kaninchen kaum noch zusammenzuckten, wenn es passierte. Tatsächlich war es für sie eine Art Pawlow'scher Schlüsselreiz geworden – denn normalerweise kam Scythe Boudicca nach einer Nachlese aus der Burg und fütterte sie mit Küchenabfällen, um sich abzulenken, während der Säuberungstrupp die Sauerei beseitigte. Als an diesem Tag wieder ein Nahrungssignal vom Himmel fiel, hoppelten also alle zur Burg und warteten, dass die Türen sich öffneten und sie mit einer Belohnung beschenkt wurden.

Erst als niemand erschien, um sie zu füttern, begannen die Kaninchen zu argwöhnen, dass irgendetwas nicht stimmte.

Zum ersten Mal in ihrem glorreichen Leben erwachte Scythe Boudicca in einem Revival-Zentrum. In Woolwich, um genau zu sein, demselben Zentrum, in dem sie ihre Nichte häufig abholte.

»Guten Morgen, Euer Ehren«, begrüßte Schwester Lucille sie ekelhaft munter wie immer. Sie ließ die Jalousie hochschnappen, und Scythe Boudicca wurde von so hellem Licht geblendet, als wäre sie auf der Oberfläche der Sonne gelandet. »Raus aus den Federn, die Ewigkeit wartet!«

»Lassen Sie mich in Ruhe«, knurrte die Scythe.

»Tut mir leid, aber Stimulation ist ein integraler Bestandteil der Genesung. Wir müssen Ihren Blutkreislauf wieder in Gang bringen und Ihre Sinne sensibilisieren!« Sie gab der Scythe ein paar nicht direkt sanfte Klapse auf die Wange. »So! Ihre Backen kriegen langsam wieder Farbe. Es gibt nichts Schlimmeres als Leichenblässe. Ich mache Ihren NASti-Shake fertig – und wenn Sie ihn drinbehalten, bekommen Sie Eiscreme!«

»Wie lange bin ich schon hier?«

»Drei Tage – wie der sterbliche Erlöser persönlich! Und er hat es ohne Heilnaniten geschafft. Das muss man sich mal vorstellen!«

Boudicca entschied, keine weiteren Fragen zu stellen, damit sie Schwester Lucilles Stimme nicht länger ertragen musste – doch die Schwester plapperte auch unaufgefordert munter weiter.

»Ihr ›Abschuss‹ war zunächst ein wenig rätselhaft. Das

Scythetum hat ihn zu einer Selbstnachlese erklärt, und wir waren schon bereit, Ihre sterblichen Überreste in die Erde zu betten. Aber Ihre Nichte hat interveniert.«

»Sie hat ... wirklich?«

»Ja, Marni hat erklärt, dass das Ganze ein schrecklicher Unfall war. Diese Neigung zu Unfällen muss wohl in der Familie liegen! Sie sollten den Mechanismus Ihres Daches wirklich öfter warten lassen, wissen Sie. Ein Katapult mit einer defekten Schnappfeder ist niemandes Freund!«

Scythe Boudicca klappte mehrmals den Mund auf und wieder zu, um etwas zu sagen, fand jedoch keine Worte.

»Was, ahmen Sie jetzt auch noch einen Fisch nach?«, fragte Schwester Lucille. »Hat Ihnen ein Vogel nicht gereicht?« Sie lachte herzlich über ihren eigenen Witz.

Boudicca konnte sie im Flur immer noch kichern hören, lange nachdem die Schwester das Zimmer verlassen hatte.

Kurz darauf traf Marni ein.

Die Scythe hatte angenommen, dass ihre Nichte nach dem, was sie getan hatte, verlegen sein würde, ihr wieder unter die Augen zu treten, doch das Mädchen wirkte vollkommen entspannt und benahm sich, als wäre nichts geschehen.

»Tante Boo! Ich bin froh, dass du wieder wach bist!«

»Wirklich?«

»Natürlich!« Marni trat ans Bett und drückte Boudicca ein Küsschen auf die Wange. Dann griff sie in eine Tragetasche und zog die ordentlich gefaltete und verpackte Wandteppichrobe der Scythe heraus.

»Diesmal habe ich der üblichen Reinigung nicht getraut – mit all dem Blut und so – und die Robe stattdessen zur Royal Academy of Arts gebracht. Die dortige Antiquitätenabteilung hat sie vollständig restauriert. Die Robe wurde nicht nur gereinigt, sondern auch am Saum geflickt, und alle losen Fäden wurden vernäht. Sie ist jetzt sogar in einem besseren Zustand als damals, als sie noch an der Wand gehangen hat!«

In Boudiccas Kopf drehte sich alles, als würde sie auf einem Karussell sitzen und die Schausteller hätten vergessen, sie aussteigen zu lassen.

»Entschuldige … aber hast du mich neulich nicht umgebracht?«

Marni seufzte. »Ich dachte, daran würdest du dich vielleicht nicht erinnern.«

»Ich erinnere mich an alles«, sagte Scythe Boudicca, verengte die Augen und setzte ihren strengsten wütenden Blick auf. »Ich habe versucht, dich vor deinen eigenen schlechten Entscheidungen zu schützen, und wie wurde mir das gedankt? Mit Verrat!«

Aber Marni wirkte nicht im Geringsten beunruhigt. »Wahrscheinlich ist es besser, dass du dich erinnerst, wenn wir gemeinsam nach vorn schauen wollen«, sagte sie.

»Nach vorn? Ich glaube nicht! Lass uns zunächst ein wenig zurückblicken.«

»Das ist sinnlos«, erklärte Marni ihr.

Und just in diesem Moment tauchte ihr junger Mann in der Tür wie ein übereifriges kleines Hündchen auf.

»Hallo, Tante Boo!«, sagte er.

Boudicca starrte beide wütend an. »Warum nennt *er* mich so?«

»Weil er es kann«, sagte Marni. »Will sagen, er kann es *offiziell*. Zeig es ihr, Cochran!«

Beide streckten ihre linke Hand aus und präsentierten zwei passende goldene Ringe an ihrem Ringfinger.

»Wir haben geheiratet«, sagte Cochran.

»Während du tot warst«, fügte Marni hinzu, und beide kicherten.

»Das kann nicht euer Ernst sein!«

Marni ergriff Cochrans Hand. »Nun, Tante Boo, wir wussten, dass es nur über deine Leiche geschehen konnte, deshalb …«

»Ich sollte dich dafür nachlesen, was du mir angetan hast! Ich sollte euch beide nachlesen!«

»Das kannst du nicht«, erinnerte Marni sie mit ärgerlicher Gelassenheit. »Du weißt ganz genau, dass ich dauerhafte Immunität genieße, solange du lebst – und nachdem wir jetzt verheiratet sind, gilt diese Immunität auch für Cochran.«

»Ich mache es trotzdem!«

Marni zuckte mit den Schultern. »Dann werden wir einfach wiederbelebt – und du kriegst von High Blade Churchill einen Klaps auf die Finger, weil du eine ›unerträgliche Zicke‹ bist.«

Der Scythe blieb die Luft weg.

»Seine Worte, nicht meine«, sagte Marni rasch. »So hat er dich genannt, als er gekommen ist, um deine Leiche zu beschauen.«

Nun drehte das Karussell sich in die entgegengesetzte Richtung. »Moment – Winston ist tatsächlich persönlich hergekommen, um mich zu sehen?«

»Nicht so sehr, um dich zu sehen. Er wollte sich eher mit eigenen Augen vergewissern, dass du tot warst«, antwortete Marni.

»Er hat sehr nachdrücklich darauf beharrt, dass du dich selbst nachgelesen hast«, fügte Cochran hinzu. »Er meinte, du hättest das Katapult so manipuliert, dass die Schnappfeder sich ferngesteuert auslösen ließ. Sein Urteil wäre endgültig gewesen, wenn Marni nicht für dich eingestanden wäre und darauf bestanden hätte, dass du wiederbelebt wirst.«

Das hatte schon die nervige Krankenschwester berichtet, trotzdem fand Scythe Boudicca es schwer zu glauben, dass Marni ihr Recht zu leben verteidigt hatte – noch dazu vor ihrem High Blade. Boudicca konnte sich noch an den Ausdruck in Marnis Augen erinnern, als sie den Hebel gezogen hatte. Diesen Der-Tod-ist-nicht-gut-genug-für-dich-Blick. Die Erinnerung ließ sie schaudern.

Was sie indes nicht wusste, war, dass er Marni ebenfalls erschreckt hatte, obwohl sie sich alle Mühe gab, sich nichts anmerken zu lassen. Vor jenem schicksalhaften Augenblick hatte Marni keine Ahnung von dem Ausmaß der Wut gehabt, die sie auf ihre Tante angestaut hatte. Aber nachdem sie diesen Druck nun herausgelassen hatte, fühlte sie sich befreit. Zumal sie ihrer Tante jetzt nicht mehr allein gegenübertreten musste.

»Warum *hast* du mich wiederbeleben lassen?«, fragte Boudicca mit untypisch ängstlicher Stimme. »Du wusstest, dass ich dich nach dem Aufwachen anklagen könnte. Mir will scheinen, es wäre dir viel lieber gewesen, mich loszuwerden.«

Marni atmete tief ein und wappnete sich, eine Wahrheit auszusprechen, so schmerzhaft sie auch sein mochte.

»Ich liebe dich, Tante Boo. Wie könnte ich dich loswerden wollen. Ja, ich war wütend genug, dich zu töten – aber nicht dauerhaft.«

Scythe Boudicca erwiderte Marnis Gefühlsbekundungen nicht offen, aber das hatte Marni auch nicht erwartet. Ihre Tante war nicht der Typ Frau, der das Wort *Liebe* leicht über die Lippen kam. Stattdessen zog sie einen Schmollmund.

»Und nun schleicht ihr zwei euch gemeinsam in irgendeinen grässlichen Winkel der Welt davon, nehme ich an, um endlos Nachwuchs zu produzieren wie meine Kaninchen.«

Marni sah Cochran an und ließ ihm den Vortritt. Schließlich war das, was sie ihrer Tante vorschlagen wollten, seine Idee gewesen.

»Darüber haben wir tatsächlich gesprochen. Und wir würden gern in Severndroog bleiben«, sagte er.

»Ihr würdet … wirklich?«

»Es muss sich natürlich einiges ändern«, sagte Marni. »Als Erstes renovieren wir. Bequemere Möbel und andere Kunstwerke als nur Porträts von dir.«

»Wir öffnen das Anwesen wieder für die Öffentlichkeit«, schlug Cochran vor.

»Und du musst versprechen«, fügte Marni hinzu, »keinen unserer Freunde nachzulesen.«

Darüber schien ihre Tante bestürzter zu sein als über alles andere. »Ihr wollt Freunde empfangen?«

»Ja, Tante Boo«, sagte Marni. »Ich bin schon viel zu lange ohne ausgekommen.«

»Und wenn ich nicht einverstanden bin?«

Marni zuckte die Schultern, als wäre das nichts. »Dann ziehe ich zu Cochran nach Manchester«, sagte sie. »Und du wirst allein sein.«

Zu behaupten, Schweigen spreche Bände, wäre untertrieben gewesen. Man hätte Scythe Boudiccas außergewöhnlich langes Leben niederschreiben können, und es wären immer noch etliche Seiten leer geblieben. Sowohl Marni als auch ihre Tante kannten die Wahrheit ihrer Beziehung, auch wenn sie nie ausgesprochen wurde. Scythe Boudicca kontrollierte Marnis Kommen und Gehen und alles dazwischen, weil sie Angst hatte, sie würde Marni verlieren, wenn sie diese Kontrolle aufgab. Ja, es gab noch das Personal der Burg, aber die waren bloß hier, weil es ihr Job war, sich um Severndroog zu kümmern. Sie ertrugen Scythe Boudicca, weil sie es mussten. Aber wie lange würde es ohne Marnis Gesellschaft dauern, bevor sich konkrete Gedanken an Selbstnachlese in Boudiccas Gedanken drängten?

Marni wartete geduldig auf eine Antwort. Sie wussten beide, dass sie nicht bluffte. Marni würde so oder so zufrieden sein.

Aber anstatt ihr zu antworten, wandte Scythe Boudicca sich an Cochran. »Ich erinnere mich, dass Sie versucht haben, sie davon abzuhalten, den Hebel zu ziehen«, sagte sie.

Cochran blickte ein wenig einfältig drein. »Ein schweres Versagen meinerseits, fürchte ich.«

»Trotzdem war der Versuch bewundernswert«, sagte Scythe Boudicca. »Vielleicht habe ich Sie ein wenig zu streng beurteilt, Mr. Stæinsby.«

»Stæinsby-Wittle, Euer Ehren«, verbesserte er sie. »Marni und ich tragen jetzt einen Doppelnamen.«

Boudicca seufzte. Noch eine Veränderung, an die sie sich gewöhnen musste. »Können Sie mir verzeihen, dass ich versucht habe, Sie nachzulesen?«, fragte sie ihn.

Cochran nahm sich einen Moment Zeit, bevor er mit der routinierten Diplomatie eines professionellen Besuchers antwortete: »Ich bin gerne bereit, all das hinter uns zu lassen, wenn Sie es auch sind.«

Just in diesem Moment tauchte Schwester Lucille auf, als hätte sie an der Tür gelauscht und den richtigen Moment abgewartet, um sich einzumischen.

»Wir wollen die ehrenwerte Scythe nicht zu sehr anstrengen«, sagte sie. »Es wird noch ein paar Stunden dauern, bis die Wiederbelebung abgeschlossen ist. Und es ist gleich Zeit für Ihren NASti-Shake, Scythe Boo! Ich bin sicher, es wäre Ihnen lieber, wenn Ihre Besucher nicht zugegen sind, wenn Sie ihn trinken. Also noch fünf Minuten und dann raus mit Ihnen!«

Als die Schwester gegangen war, wandte Cochran sich an Marni. »Vielleicht ist das alles zu viel für deine Tante. Vielleicht sollten wir ihr ein wenig mehr Zeit lassen, sich zu entscheiden.«

Aber Scythe Boudicca hob eine Hand und gebot ihm zu schweigen. »Nicht nötig, meine Entscheidung ist getroffen.«

Sie wandte sich an Marni. »Ich bin einverstanden – unter einer Bedingung.«

Marni wappnete sich für die Klausel, die ihre Tante ihnen aufdrücken wollte.

»Ihr dürft bei mir in Severndroog Castle bleiben … unter der Bedingung, dass Schwester Lucille unser erster Gast ist. Ich würde sie wirklich sehr gern zum Tee einladen.«

Zunächst war Marni verwirrt. »Zum Tee?« Dann riss sie die Augen auf. »Oh! Zum *Tee*!«

Sie lächelte und fasste die Hand ihrer Tante. »Ich finde, das ist eine wunderbare Idee, Tante Boo! Ich werde für frische Sandwiches und Scones sorgen.«

Es war ein seltener und strahlender Moment für Marni und ihre Tante – der überaus glückliche Zufall, dass sie sich ausnahmsweise einmal vollkommen einig waren!

Kapitel 13: **Vielleicht eine Nachlese**

Co-Autorin Michelle Knowlden

Wenn sich der Traum komisch anfühlt: Nimm die Beine in die Hand!

Das war der Ratschlag, den jedes Kind in der Region RossShelf in Antarktika erhielt, sobald es mit dem Gemeinschaftsträumen begann – für gewöhnlich mit dem Schuleintritt. Träume konnten einem allerdings nichts anhaben – das schafften sie nicht.

Aber manchmal eben doch.

Oder, genauer gesagt: Scythe konnten am Traum herumpfuschen. Die Scythe von RossShelf konnten im Gemeinschaftstraum schalten und walten, wie sie wollten, genauso wie Scythe auch im Wachzustand überall sonst schalten und walten konnten, wie sie wollten.

Zwar war es schwer, sie im Traum kommen zu sehen. Aber manchmal fühlte sich etwas seltsam an, als wären die Regeln des Traums – wenn es im Traum überhaupt Regeln gab – irgendwie gebrochen worden.

Deswegen: *Wenn sich etwas komisch anfühlt, dann nimmst du die Beine in die Hand.*

Dayne war im Traum noch nie einem Scythe begegnet. Oder falls doch, zu sehr im Traum gefangen gewesen, um es zu bemerken. Vielleicht war mal eine oder einer vorbeigefegt, als kühler Wind verkleidet oder als rollender Felsbrocken, der gerade auf dem Weg war, jemand anderen nachzulesen. Wer konnte das schon wissen?

»Ich versuche, nicht darüber nachzudenken«, sagte Daynes Freund*in Alex, als sie auf einem See aus flüssigem Gold windsurften. »Wenn du dir weiter über solche Sachen Sorgen machst, wirst du zu den dunklen Abgründen des Traums abrutschen.«

Dayne und Alex waren schon so lange befreundet, wie Dayne denken konnte. Und trotzdem kannten sie einander nicht. So lief es im *Grand Rêve* – dem großen Gemeinschaftstraum, an dem alle Menschen in RossShelf teilnahmen. Die Leute, die du im Wachzustand kanntest – Freund*innen, Familie, Nachbar*innen, Lehrende –, liefen dir im Traum kaum über den Weg. Und laut der Datenschutzregeln des Thunderhead war es umgekehrt illegal, Traumfreund*innen im echten Leben aufzusuchen. Das galt natürlich ebenso für Traumfeind*innen.

Dayne und Alex hatten schon mit einigen anderen Kindern im selben »Sandkasten« gespielt. Sie hatten sich einen beschränkten Traum geteilt, bevor sie vor etwa einem Jahr in den *Grand Rêve* aufgestiegen waren. Aber selbst nach einem Jahr musste sich Dayne noch an diese großen Träume gewöhnen. Das hieß nicht, dass es keinen Spaß machte. Aber einfach war es auch nicht.

So wie windsurfen. Es war im Traum wahrscheinlich einfacher als im echten Leben, aber Talent ging Hand in Hand mit Selbstvertrauen – und das war nicht gerade Daynes Stärke. Ständig machten sich Zweifel breit, und heute Abend verursachten diese Zweifel eine Monsterwelle, die Dayne vom Surfboard riss und ins Gold plumpsen ließ. Als Dayne wieder auftauchte, hatte sich das Board in einen Pterodactylus verwandelt und war weggeflogen.

Alex lachte.

»Sollte das so?«, fragte Dayne.

»Frag mich nicht«, entgegnete Alex. »Ich habe diesen Traum nicht gemacht. Ich lebe nur in ihm.«

Dann sprangen beide in den Goldenen See, und natürlich

machte Alex' Segelboot genau dasselbe und jagte Daynes in den indigofarbenen Himmel nach.

»Ich vermute mal, es sollte so«, sagte Alex. »Lass uns an Land gehen, der Traumzyklus ist fast vorbei.«

Alex erreichte das Ufer zuerst und trabte gleichmäßig wie ein Äffchen in den Dschungel. Dayne folgte Alex, aber der Sand verwandelte sich in winzige Krebse, die hungrig mit den Scheren schnappten. Als Alex im dichten Dschungel ankam, hatte Dayne den Vorsprung fast aufgeholt, aber – und das verwirrte Dayne sehr – Alex verwandelte sich nun in ein echtes Äffchen, das völlig mühelos in die bronzefarbenen Blätterkronen der Bäume sprang. Dayne folgte Alex in einen riesigen Gummibaum, allerdings weder so mühelos noch so lautlos wie das Tier.

Alex verfügte über ein natürliches Talent, sich absichtlich in jedes beliebige Wesen zu verwandeln – aber manchmal kam es auch ganz unabsichtlich zu Transformationen. Dayne hatte für sich noch kein Spezialgebiet gefunden, und vielleicht würde das auch nie passieren. Nicht alle Leute im *Grand Rêve* konnten etwas Besonderes. Schon in ihrer Sandkastenzeit war Alex ein Star, während Dayne den Sidekick spielte – oder absichtlich in der Masse unterging.

Dayne musste zugeben, dass es Spaß machte, mit Alex abzuhängen, aber es konnte auch frustrierend sein – vor allem wenn die Transformation Alex beherrschte und nicht andersrum.

Als Alex sah, dass Dayne nicht mit einem Äffchen mithalten konnte, das sich durch die Bäume schwingt, hielt sier an und wartete auf einem dicken Ast.

Erst jetzt entdeckte Dayne die Uhr mit dem blauen Armband an dem Affenhandgelenk, die Alex gerade trug. Auf dem Display befand sich nur ein altes Symbol: Ω. Omega.

»Woher hast du die?«

»Ich habe gestern einen Baumeister kennengelernt, der sie für mich angefertigt hat. Sie stellt den Traum dreizehn Sekunden zurück. Man kann das aber nur einmal pro Woche nutzen«, sagte Alex, als sei es eine Kleinigkeit.

»Warte kurz. Einen Traum dreizehn Sekunden zurücksetzen? Wozu soll das gut sein? Wenn du mit einem Baumeister rumhängst, könntest du dir doch einen maßgeschneiderten Traum anfertigen lassen. Warum hast du nicht danach gefragt?«

Alex blinzelte. »Es war doch gerade mal die erste Verabredung.«

Dayne musste fast lachen. Es war ziemlich beeindruckend, dass Alex überhaupt einen Baumeister kannte. Die vier verschiedenen Traumvölker vermischten sich nicht oft. Im *Grand Rêve* warst du entweder Designer*in, Baumeister*in, Träumer*in oder Traumlöscher*in. Die Träumer*innen erlebten die von den Designer*innen ausgedachten und von den Baumeister*innen erschaffenen Träume. Dann, wenn niemand diesen einen speziellen Traum mehr wollte, rissen die Auslöscher*innen alles wieder ab. Die Menschen wurden gemäß ihren Vorlieben und Persönlichkeitsmerkmalen in diese vier Gruppen eingeteilt, doch das letzte Wort hatte der Thunderhead.

Manchmal wollte Dayne mehr Kontrolle, als Träumer*innen normalerweise hatten … aber Kontrolle bedeutete auch schrecklich viel Verantwortung. Wenn du den Traum nur erlebst, kannst du die Traumzyklen viel unbeschwerter genießen.

»Pscht«, sagte Alex, obwohl Dayne keinen Ton von sich gab, und zeigte vor ihnen auf den Boden, wo ein breitschultriger Panther mit buntem, grell gemustertem Fell umherstreifte.

Das Tier wusste wahrscheinlich nicht, dass es beobachtet wurde.

Alex blickte von Dayne zum Panther und wieder zurück. »Willst du ein bisschen Spaß haben?«, flüsterte Alex.

»Nein. Auf gar keinen Fall.«

Es war schwer zu sagen, ob der Panther ein anderer Träumer oder nur Teil des Traumes war … Oder vielleicht war das Tier eine Kreatur der Widerlinge, die sie mit in einen Albtraum reißen würde. Wer wollte das schon herausfinden?

Aber trotz Daynes Protest grinste Alex wie ein Affe und kletterte bis zu dem Ast kurz über dem Panther hinunter. Dann, mit genau dem richtigen Timing, ließ sich Alex auf seinen Rücken fallen. Der Panther heulte auf, wirbelte umher und schaute sich mit glühendem Blick um. Er bockte wie ein wildes Pferd, versuchte, Alex abzuwerfen. Schließlich sprang Alex wieder auf einen Ast – aber das Affengehirn übernahm das Kommando, und Alex bewarf den Panther mit Fäkalien. Doch weil es ein Traum war, rochen sie wie Limo.

Schließlich sprang Alex wieder neben Dayne auf den Baum. Der Panther rannte weg, durch Farnkraut, und blickte sich über die Schulter, roch nur Limo und schaute glücklicherweise nie hoch.

»Du bist entgleist!«, sagte Dayne.

»In diesem Traum gibt es keine Gleise«, antwortete Alex. »Wenn du Gleise willst, musst du zu einem Zugtraum ein paar Täler weiter drüben.«

»Der Panther hätte dich umbringen können!«

Alex zuckte nur die Schultern. »Na und? Dann wäre ich einfach aufgewacht.«

»Und würdest wahrscheinlich den Rest der Nacht wach liegen. Du beschwerst dich doch immer darüber, dass du nicht mehr einschlafen kannst, nachdem du aus einem Traum rauskatapultiert wurdest.«

»Du bist so ein Spacko«, sagte Alex und schubste Dayne vom Ast. Doch Dayne schwebte davon.

Dayne zog sich für die Schule an und versuchte, sich an den Traum zu erinnern, konnte aber nicht viel festhalten. So war es immer. Was im Traum geschah, blieb auch im Traum. Dayne fragte sich, ob noch jemand auf der Welt – jemand, der nicht Teil des *Gemeinschaftstraums* ihrer Freibrief-Region war – dasselbe Problem hatte, sich an die Träume zu erinnern.

Zum Frühstück gab es immer Porridge und Kakao. Immer etwas Warmes. Kaltes Frühstück wie Cornflakes und Milch waren in Antarktika undenkbar. Wie so oft setzte sich Dayne zuletzt an den Tisch. Die Familie war recht groß. Dayne hatte zwei Brüder und drei Schwestern. In Antarktika blieben die Familienmitglieder für gewöhnlich im Elternhaus wohnen, auch wenn die Kinder schon erwachsen waren wie einige von Daynes Geschwistern. »Lasst Dayne bitte noch etwas übrig«, sagte Mom.

»Wer zu spät kommt, den bestraft das Leben«, sagte Ophelia, Daynes älteste Schwester, aber sie wartete trotzdem, bis Dayne sich bedient hatte, bevor sie sich noch etwas nahm.

Dayne setzte sich zwischen zwei jüngere Geschwister, die sich darüber beschwerten, Platz machen zu müssen, dann blickten sie zum Kopfende des Tisches. »Und, Dad, wann ist die große Enthüllung?«

»Das dauert noch ungefähr eine Woche.«

Daynes Vater fertigte Eisskulpturen an und arbeitete gerade an Zwillingsstücken für den Eingang des neuen Schauspielhauses in East Crevasse. Er liebte seinen Beruf – hatte aber einmal gestanden, dass er im *Grand Rêve* Auslöscher war. Total komisch, sich vorzustellen, dass Dad etwas zerstörte. Aber verfügte nicht jeder Mensch über ein geheimes Innenleben?

Daynes Mutter war Ingenieurin für Gletscherkalben – ein grauenvoller Job, weil die fünfhundert Meilen lange Vorderkante der Region ständig ins Meer kalbte. Obwohl der Thunderhead die Gletscherbewegungen komplett auf null gesetzt hatte, hielten die Häuser auf dem Schelfeisboden in RossShelf nicht lange. Zehn Jahre, höchstens.

»Wir haben ein großes Stück zwei Monate eher verloren als vorhergesagt«, sagte Daynes Mom nachdenklich. »Über dreihundert Leute sind totenähnlich – Ambudronen sind immer noch damit beschäftigt, sie aus dem Meer zu holen. Es ist ein riesiges Durcheinander.«

»Wenn sie Meerblick wollen, müssen sie mit dem Risiko leben«, entgegnete Dad, und Mom rügte ihn wegen seines mangelnden Mitgefühls.

»Hey, ich sage doch nur, dass du dir riskantes Verhalten für Träume aufbewahren solltest«, sagte Dad. »Es ist einfacher zu sterben und aufzuwachen, als zu sterben und wiederbelebt werden zu müssen!«

»Nun, Menschen, die auf dem Schelfeis wohnen, können es sich leisten«, erklärte Dayne.

Der Porridge mit Kakao hatte Dayne ordentlich aufgewärmt, und so gewappnet war es Zeit, sich in die Eistunnel aufzumachen, die zur Schule führten. Aber es gab da etwas in Dayne – etwas Tieferliegendes –, das nicht warm wurde. Ophelia bemerkte es.

»Was ist los mit dir?«, fragte sie.

Dayne wusste nichts zu antworten. »Weiß nicht. Hat was mit dem Traum von gestern Abend zu tun, glaube ich. Ich fühle mich nur ein wenig ... komisch.«

»Woran erinnerst du dich?«

»An ganz wenig. Einen Dschungel. Eine Traumbekanntschaft von mir war auch da.«

Ophelia dachte kurz drüber nach, dann wiegelte sie ab. »So ist es manchmal. Denk einfach nicht mehr darüber nach. Trink noch etwas Kakao, bevor du gehst, das verjagt trübe Gedanken.«

Dayne verbrachte sehr viel Zeit in Eistunneln und riesigen, von Menschen angefertigten Höhlen, die direkt in den dunkelblauen Gletscher gegraben waren. Einige Teile von RossShelf waren atemberaubend schön, hauptsächlich aber war es monoton und praktisch, deswegen waren lebhafte Träume umso wichtiger.

Die East Crevasse High School war, wie die meisten Schulen in RossShelf, eine riesige, offen gestaltete Fläche voller Eispfeiler und beweglicher Wände. Normalerweise war Dayne für einen Schultag gut gerüstet, aber heute wollte der *Rêve* einfach nicht loslassen. Es war nicht ungewöhnlich, dass Träume irgendwie in das wache Leben hineinreichten, aber sie beschäftigten Dayne selten so lange.

»Bist du anwesend, Dayne?«

Mr. Ramos, Daynes Lehrer für antarktische Geschichte, hatte wieder lange über das Schelfeis gesprochen und darüber, dass ihre Region nur ein riesiger Gletscher war, der vom Festland in die Südsee ragte – als wäre das für irgendwen etwas Neues.

»Ja, wir sind ein riesiger Gletscher. Verstanden.«

Aber Mr. Ramos ließ nicht locker. »Was ist los mit dir? Hast du Probleme mit dem Schlummerkollektiv?«

So nannten ältere Menschen den *Grand Rêve*. Einige Klassenkameraden kicherten über den altmodischen Ausdruck.

Dayne ließ sich nicht in die Defensive drängen, sondern wechselte das Thema. »Haben Sie jemals etwas von einem See aus flüssigem Gold gehört?«

Ramos versteifte sich ein wenig. »Wir sprechen im Unterricht nicht über das Schlummerkollektiv«, sagte er.

»Na, Sie haben doch damit angefangen.«

»Das war rhetorisch gemeint!«

Er machte mit seinem Unterricht weiter, aber später, als die anderen Schüler rausgingen, kam er zu Dayne und flüsterte:

»Ich habe den Goldenen See mit erbaut. Wenn du dort bis zum Grund tauchst, entdeckst du etwas Spaßiges.«

In dieser Nacht schritt Dayne durch das vertraute Eingangstor auf der Hauptverkehrsstraße zum *Grand Rêve* und fühlte sich immer noch komisch – auf eine ganz grundlegende, aber nicht greifbare Weise.

Auf der Hauptverkehrsstraße drängten sich Verkäufer*innen, Reklametafeln und Schilder dicht an dicht. Popcorn, Zuckerwatte und Akrobat*innen, die Menschen zu FrancoIberianischen Crêpe-Verkäufer*innen locken wollten.

Dayne fühlte sich auf der Hauptstraße immer wie in einem Freizeitpark. Menschenmengen und lange Schlangen. Süßigkeiten für jede einzelne Sinnesempfindung, um dich in die Stimmung für etwas zu versetzen, das der Schlaf dir heute Nacht servieren würde.

Dayne lief schnell an dem Gedränge vorbei zu den dahinterliegenden Traumlandschaften.

Wo war Alex? Normalerweise trafen sie sich hinter den Ständen und Läden am zentralen Kreisverkehr, wo die Straßen zu Hunderten Gipfeln und Tälern aktiver Träume führten. Dayne und Alex versuchten stets, sich beim Einschlafen zu synchronisieren, damit sie zumindest ihren ersten REM-Zyklus gemeinsam erleben konnten, aber das klappte nicht immer.

Im Zweifel immer Traum 42 nehmen, lautete ihre Regel, wenn sie einander nicht finden konnten. Das war ihr Rendezvoustraum, aber es war nie derselbe, weil alle Träume jeden Abend eine höhere Zahl bekamen. Denn es kamen immer neue hinzu – deswegen war das Ansteuern von Traum 42 im Grunde ein Blind Date mit dem eigenen Unterbewusstsein. Oder – genauer gesagt – dem Unterbewusstsein einer anderen Person, weil alles dem gestörten Kopf eines Designers oder einer Designerin zu verdanken war.

Heute kam in Traum 42 ein aktiver Vulkan vor, der wohl in wenigen Minuten ausbrechen und die ganze Welt in Gefahr bringen würde, aber im Augenblick nur ein tiefes Grollen von sich gab, das zugleich bedrohlich und befriedigend klang.

Auf einer Lichtung am Fuße des Vulkans entdeckte Dayne etwas, das wie ein Streichelzoo aussah, mit Lamas, Ziegen, Miniaturpferden und sogar einer kleinen Giraffe. Designer*innen und Baumeister*innen liebten Absurdes und waren oft Avantgardist*innen. Allerdings hatten manche nicht verstanden, dass weniger mehr ist. Dayne fragte sich, ob der Streichelzoo gleich von Lava überflutet würde, und falls ja, was das bedeutete. Gab es einen Sinn dahinter? Oder war es einfach Beliebigkeit um der Beliebigkeit willen?

Das ist gut, dachte Dayne. *Lenk dich selbst von dieser Vorahnung ab. Leb einfach den Traum des Vulkans und des Streichelzoos.*

Dennoch wünschte sich Dayne Alex an der Seite – denn wenn du den Atem von etwas Finsterem im Nacken spürst, brauchst du Freund*innen wie Alex. Außer dann, wenn du sie nicht brauchst. Denn Alex würde die Monster höchstwahrscheinlich wieder nur provozieren.

Bei genauerem Hinsehen wurde Dayne klar, dass es sich gar nicht um einen Streichelzoo handelte. Es waren gemorphte Kleintiere, die fröhlich miteinander plauderten. Träumer*innen, die sich – wie Alex – in Tierform träumen konnten. Das war aus der Unterhaltung herauszuhören. Es waren keine leeren Phrasen, die einem Skript folgten; sie plapperten und machten Witze wie Kinder auf dem Pausenhof.

Dayne fragte sich, ob Alex sich schon auf dieser kleinen Party eingefunden hatte und dort mit ähnlich begabten Gleichgesinnten kommunizierte. Was wäre Alex in einem Streichelzoo? Eine zweiköpfige Ziege? Ein Kamel mit drei Höckern?

Ein Alpaka starrte Dayne an und sagte etwas Unhöfliches –

es war beleidigt, dass ein Eindringling in Menschenform ihre Party crashte. *For animals only!*

Dayne ignorierte es und entschied, zum Goldenen See abzuhauen und dort zum Grund zu tauchen – wenn Alex unauffindbar blieb –, um zu sehen, worüber Mr. Ramos gesprochen hatte. Doch plötzlich war dieses ungute Gefühl wieder da, obwohl Dayne versuchte, es mit aller Kraft beiseitezuschieben, mit einer Heftigkeit wie ein Fieber aus der Sterblichkeitsära.

Vorahnungen und Vorausahnungen gab es womöglich in der Wachwelt, aber im *Grand Rêve* existierten sie ganz sicher. Und nicht nur Dayne spürte es. Auf der Menagerieparty wurde es stiller.

Ein Schatten bewegte sich zwischen den egomanen Tieren hin und her, und schließlich kam eine Großkatze zum Vorschein. Ein Panther mit schiefergrauem Fell, das eine seltsame Zeichnung aufwies: sich kringelnde blaue Tränen. Dieses Muster hatte einen Namen ... Paisley – genau so wurde es genannt. Und sogleich erinnerte sich Dayne an die Begegnung einen Abend zuvor. Es war derselbe Panther, den Alex erschreckt hatte. Als Dayne das Tier sah, war der ganze Traum wieder präsent.

Der Panther trottete mit ostentativer Eleganz umher, er wurde nicht langsamer und blickte weder nach links, als ein Pony an ihm schnüffelte, noch nach rechts, als ein Schaf weghuschte. Der Blick des Panthers war auf Dayne fixiert. Als könnte er sein Opfer nicht nur riechen, sondern bereits schmecken.

Das hatte Dayne gespürt! Böswillige Absichten, die mächtig genug waren, um in den Traum einzudringen – das bedeutete: Das Auftauchen des Panthers war kein Zufall. Um wen auch immer es sich handeln mochte, die Person führte etwas im Schilde. Rache für die letzte Nacht? Es war egal, dass Dayne nur zugeschaut hatte. Mitgehangen, mitgefangen. Verflucht, Alex!

Beweg dich nicht. Sie springen dich an, wenn du dich bewegst. Vielleicht könnte Dayne den Panther so lange anstarren, bis er weglief. Vielleicht war er nur auf einen einschüchternden Moment à la *Ich habe dich im Blick* aus.

Aber woher kennt er mich? Er hatte weder Dayne noch Alex gesehen. Er hatte keine Ahnung, wer ihm da auf den Rücken gesprungen war ... Und trotzdem war er hier.

Der Paisley-Panther gab ein warnendes Knurren von sich – das Grollen des Vulkans klang wie ein Echo, und die Morphetierchen zerstreuten sich. Aber die Raubkatze folgte keinem von ihnen. Sie blieb auf Dayne fokussiert.

Da fiel Dayne das alte Sprichwort wieder ein: *Wenn sich der Traum komisch anfühlt – nimm die Beine in die Hand!*

Dayne schwang sich über den Zaun des Streichelzoos, sprintete den Weg hinab zum Vulkan und hoffte, dass ein Traumpanther vielleicht nicht so schnell rennen konnte wie ein echter. Dayne schaute sich um und sah, dass das Biest sogar noch flinker war als ein echtes Exemplar. Mühelos glitt es unter dem Geländer hindurch, wurde noch schneller und kam rasch näher.

Dayne flitzte so schnell, dass alles verschwamm – bis auf das höhnische Grinsen des Tieres, das dabei die Zähne bleckte und immer näher kam. Bei jedem Blick zurück sah Dayne das Maul ganz deutlich.

Dayne sauste den Vulkan hinab, es fühlte sich an wie fliegen: Die Füße berührten den Boden nicht mehr, sondern liefen in der Luft Schlittschuh.

Aber der Panther flog auch, mit gesträubtem Fell; seine Reißzähne keinen Meter mehr von Daynes Hals entfernt.

Dann, gerade als Dayne sich fragte, ob vielleicht der ganze Traum von einem Widerling-Albtraum gekapert worden war, schoss eine Hand aus dem Boden – wie der prompte Beweis für den Gedanken. Sie packte Dayne am Knöchel und zog sien unter die Erde – als wäre die Lava Treibsand. Dayne wehrte sich gegen den Sog. Das Gefühl zu ersticken war so echt wie im richtigen Leben. Schließlich ein Sturz in einen Lavatunnel und die unsanfte Landung auf dem geschwungenen Obsidianboden gleich neben … Alex – die Hand immer noch um Daynes Knöchel geschlungen. Über ihnen verschloss sich der Stein, durch den sie gefallen waren, von selbst.

»Wo zum Teufel warst du denn?«, fragte Dayne.

»Hausaufgaben. Hätte fast die Nacht durchmachen müssen.«

Alex blickte auf und verzog das Gesicht. Genau über ihnen ertönte ein Kratzen und Krachen, das immer lauter wurde, weil sich der Panther offenbar durch den Stein graben und sie schnappen wollte.

»Ich hab gesehen, wie dich der Panther von gestern verfolgt hat. Ich hab dieses Arschloch vorher schon gesehen. Nicht immer als Panther, aber immer mit diesem dämlichen Muster.«

»Wir sollten besser abhauen«, sagte Dayne. »Er wird nicht noch mal auf so einen Trick reinfallen.«

Sie rannten den Tunnel entlang, der nur von dem dunkelroten Glühen überhitzter Felsen beleuchtet wurde. Gegenstände splitterten unter ihren Füßen, die dort von den Baumeister*innen ausgelegt oder von anderen Träumer*innen fallen gelassen worden waren, aber sie hielten nicht an, um sich das anzuschauen. Egal ob Spielzeug, Perücken oder Knochen, du bleibst nicht einfach stehen, wenn ein Panther hinter dir her ist.

Dayne wusste, dass einige Menschen wütend träumten. Es war nervig, aber nicht ungewöhnlich. Vielleicht ein Geschäftsmann, der seinen Chef furchtbar fand, oder ein Kind, das gemobbt wurde, sich aber im *Rêve* mächtig fühlte. Am besten gehst du diesen Menschen aus dem Weg – und wenn das nicht möglich ist, mach sie dir besser nicht zum Gegner. Leider war es dafür diesmal aber schon zu spät, und diese Katze war ... nun ja ... eher ein Pitbull.

Der Tunnel wurde enger, und Dayne sah, wie Alex langsamer wurde, als wären sies Beine aus Beton – auch so etwas passierte manchmal in Träumen.

»Verdammt«, grunzte Alex. »Nicht jetzt!«

»Denk einfach leicht und nicht schwer!«

»Einfacher gesagt als getan!«

Dayne wurde nun auch langsamer und versuchte, Alex weiterzuhelfen, während sie irgendwo hinter sich den Panther brüllen hörten und das Echo so klang, als wäre das Tier einfach überall.

Sie sahen, dass sich der Tunnel weiter vorne gabelte. Sie konnten nach links oder rechts abbiegen. Sie hatten keine Ahnung, wo die jeweiligen Abzweigungen hinführten, und auch keine Zeit, darüber zu diskutieren. Dayne führte sie in den rechten Tunnel.

Der Weg wand sich in engen Kurven ...

... und endete in einer Sackgasse, wo irgendein idiotischer Baumeister einen Smiley mit geradem Mund in den Stein gekratzt hatte. Nicht witzig.

Sie drehten sich um und erblickten die Katze, deren Augen wie Glas funkelten.

Sie saßen in der Falle.

Der Panther wurde langsamer, genoss kurz seinen Triumph.

Alex' Betonbeine waren inzwischen mit dem Höhlenboden verwachsen. Selbst wenn sie noch irgendwo hätten hinrennen können – dazu würde es nicht mehr kommen.

»Na dann«, sagte Alex, »soll er uns halt angreifen und aufwecken. Wen interessiert das schon? Ich habe deswegen keine schlaflosen Nächte. Zumindest nicht lange.«

Aber etwas rumorte in Daynes Hinterkopf. Eine Frage. Ein Angstgefühl.

Und wenn es nicht einfach irgendein anonymer wütender Typ ist? Wenn ...

Aber Dayne konnte den Gedanken nicht fertig denken, weil die Katze auf sie zusprang. Ehe das Tier sie schnappen konnte, wurde Dayne klar, dass sie *doch* etwas unternehmen konnten! Alex hatte nicht daran gedacht, und es blieb keine Zeit zum Diskutieren. Stattdessen griff Dayne einfach über Alex drüber und schlug auf das Omega-Symbol auf der Uhr.

Der Traum flitschte, als wäre die ganze Welt ein Gummiband ...

... und da waren sie nun, dreizehn Sekunden zuvor, an der Gabelung des Tunnels.

»Du hast es vergeudet!«, rief Alex. »Warum hast du es verschwendet? Dieser Idiot ist es einfach nicht wert!«

Dayne antwortete nicht. Stattdessen lief sier voraus zur linken Abzweigung. Eine Drehung, eine Kurve, der Tunnel wurde heller und wärmer – und sie kamen rutschend zum Stehen ...

... direkt am Rand des Vulkankraters. Etwa dreißig Meter unterhalb des Felsvorsprungs blubberte und brodelte die fast schon weiße Lava.

»Toll«, sagte Alex. »Auch nicht besser als eine Sackgasse.«

Genau wie zuvor schloss der Panther rasch zu ihnen auf – und wirkte diesmal noch wütender. Er hielt nicht mehr inne, sondern griff direkt an.

Dayne wartete auch nicht und rammte Alex, beide fielen vom Vorsprung und stürzten in den blubbernden Lavasee. Der Panther konnte nicht mehr anhalten und fiel ebenfalls – er war nur einen knappen Meter hinter ihnen.

»Das wird weh tun!«, rief Alex. Denn Traumschmerzen konnten schlimmer sein als echte Schmerzen, weil sie nicht durch Naniten gedämpft wurden. Aber Dayne wusste auch, dass es nicht lange schmerzen würde.

Als sie in die Lava eintauchten, schrie Dayne kurz voller Todesangst auf – dann fuhr sier hellwach im Bett hoch.

Dayne war schweißnass und rang nach Luft, versuchte, den Traum wegzudrücken und in der Realität anzukommen. Aber es war völlig falsch, den Traum zu verdrängen! Deswegen hielt Dayne ihn fest – denn dieser Traum musste ganz dringend in sies Erinnerung bleiben.

»Also, ich hatte einen schlechten Traum.«

Es war Frühstückszeit. Heute Morgen war Dayne tatsächlich als Erstes am Tisch. Nach dem Vulkantraum war wieder einzuschlafen ausgeschlossen gewesen. Oder überhaupt noch mal ein Auge zuzumachen.

Daynes Mutter legte die Gabel ab und schaute besorgt, versuchte aber, nicht *zu* besorgt zu wirken. »Was denn für einen Traum?«

»Weiß nicht«, sagte Dayne. »Kann mich kaum erinnern. Ich weiß nur, dass er schlimm war.« Das war gelogen. Dayne hatte es geschafft, sich die wichtigsten Ereignisse der Verfolgungsjagd zu merken, bis hin zum Verbrennen in heißem Magma.

»Wahrscheinlich nur Widerlinge«, sagte Daynes Vater mit vollem Mund.

Ophelia seufzte. »Widerlinge sind total lästig, aber sie machen auch alles ein bisschen interessanter.«

»Ich will Widerling werden!«, erklärte Lonnie, Daynes jüngster Bruder.

»Polonius, sag doch so etwas nicht!«, rügte ihn seine Mutter. »Keins meiner Kinder wird Widerling!«

»Doch, werde ich wohl, wenn ich will«, murrte Lonnie.

»Wie willst du denn Widerling werden?«, fragte Gertie, die ein Jahr älter war als Lonnie. »Du bist in deiner Klasse der Streitschlichter!«

Lonnie streckte ihr die Zunge raus, und damit war die Diskussion beendet. Der Fokus richtete sich wieder auf Dayne.

»Wenn deine Träume zu herausfordernd für dich sind, kannst du dich jederzeit für einfachere entscheiden«, sagte Dad. »Dafür musst du dich nicht schämen.«

»Darum geht es nicht, sondern ...« Dayne seufzte. »Auch egal.«

»Such dir doch eine Zeitlang bekannte Träume aus«, schlug Mom vor. »Ich bin mir sicher, dann wird es leichter.«

»Wahrscheinlich hast du recht«, sagte Dayne.

Natürlich stimmte das nicht, aber wie erzählst du deinen Eltern, dass du von jemandem verfolgt wirst? Höchstwahrscheinlich nicht nur von einem Widerling, sondern von etwas Schlimmerem. Die Eltern konnten es ohnehin nicht ändern. Träume sind ein Raum, in dem dich Eltern nicht beschützen können.

Dayne trank eine riesige Tasse Kaffee und dann noch eine. Heute war zwar kein Schultag, aber Dayne musste auf Zack sein und konnte sich kein unerwartetes Nickerchen leisten. Wenn Dayne doch bloß Alex aufspüren könnte, dann würden sie sich gemeinsam mit dem Problem beschäftigen. Aber wer könnte wissen, wer Alex im Wachzustand war? RossShelf war eine riesige Region mit vielen Städten und Orten, von den ländlichen Eisfeldern ganz zu schweigen. Es war gesetzlich verboten, von zu Hause zu sprechen, während du dich im *Grand Rêve* befandest – und außerdem konntest du dich im Traum nur schwer an Details aus dem Wachzustand erinnern.

Wenn der Paisley-Panther ein Scythe war, müsste dafür irgendwo ein Beweis zu finden sein – es würde aber nicht leicht sein, ihn oder sie tatsächlich aufzuspüren. Scythe waren Heimlichtuer*innen und manipulierten die Medien. Ihre digitalen Fußabdrücke konnten entweder überlebensgroß sein oder unsichtbar, je nachdem, was ihnen lieber war. Und obwohl der Thunderhead alles über die Scythe wusste, konnte er nicht helfen.

»Sämtliche Daten in meinem Backbrain stehen dir zur Verfügung«, sagte der Thunderhead. *»Aber in Bezug auf Scythe kann ich dir leider gar nicht weiterhelfen. Es tut mir wirklich leid, Dayne.«*

Der Thunderhead redete so, als wäre Dayne bereits nachgelesen worden und er könnte nur noch sein Beileid aussprechen. Aber vielleicht bildete sich Dayne das auch ein.

Das Backbrain des Thunderhead ließ sich nur mühevoll durchsuchen. Es war überhaupt nicht geordnet. Wenn du nach einem Scythe suchtest, fandest du vielleicht Videos von Weizenernten, weil Scythe auch Sense bedeutete – oder auch von echten Scythe. Und selbst wenn du eine*n spezielle*n Scythe gefunden hattest, war es wahrscheinlich, dass du zu anderen Menschen mit demselben Gewicht oder derselben Körpergröße oder Haarfarbe weitergeleitet wurdest – und nicht die Informationen bekamst, die du eigentlich brauchtest. Das Backbrain war so strukturiert, dass der Thunderhead gut damit arbeiten konnte, nicht aber das menschliche Gehirn.

Nach einem halben Tag Recherche hatte Dayne glasige Augen und war erschöpft, es war klar, dass diese Methode nirgendwohin führte. Deswegen ging Dayne in Lonnies Zimmer.

»Lonnie, kann ich mal deine Scythe-Karten-Sammlung sehen?«

Lonnie roch direkt Lunte. »Warum?«

»Ich … will sie einfach mal durchblättern.«

»Sie stecken in Kunststoffhüllen – du kannst sie nicht rausnehmen. Wofür brauchst du sie?«

Dayne versuchte, nicht frustriert zu sein. Lonnie war sehr eigen in Bezug auf seine Sammelkarten. Viele Kinder sammelten und tauschten diese Karten, er aber hütete sie wie seinen Augapfel. »Kann ich einfach mal gucken?«

Lonnie runzelte die Stirn und gab schließlich nach. »Na gut. Aber fass sie nicht an, das mache ich.«

Lonnies Sammlung war in besonderen Kartenhüllen abgeheftet, die mit bunten Karteireitern voneinander getrennt waren. »Sie sind nach Kontinent geordnet, dann nach Region und dann nach Nachlesetechnik«, sagte Lonnie, während er seine Ordner aus einem Regal holte.

»Perfekt«, sagte Dayne.

Im Gegensatz zum Backbrain war Lonnies Sammlung so sortiert, dass sie für einen Menschen Sinn ergab. Natürlich hatte Lonnie nicht jede*n Scythe der Welt – einige Karten waren besonders selten –, aber ein Anfang war gemacht.

»Zeig mir mal die aus RossShelf.«

Lonnie ging zum letzten der sieben Ordner und blätterte zu einem Kartensatz aus ungefähr hundert Stück, auf denen Scythe ihrer Region zu sehen waren. Obwohl Lonnie die Karten anfangs nicht zeigen wollte, sah Dayne jetzt, dass es dem Kleinen doch Spaß machte. Es schweißte sie als Geschwister irgendwie zusammen.

»Wenn du auch anfangen willst zu sammeln, kann ich dir günstig ein gutes Start-Set besorgen«, sagte Lonnie.

»Mal sehen«, antwortete Dayne, denn wenn Lonnie dachte, dass das der Grund für Daynes Interesse war, würde er keine weiteren Fragen stellen.

Sie gingen jeden Scythe einzeln durch. Roben in verschiedenen Farben, alle möglichen verschlüsselten Statistiken, die Lonnie zu erklären versuchte.

»Scythe Gallico verwandelt sich in einen Tsunami und ertränkt Menschen in Strandträumen«, sagte Lonnie. »Und Scythe Crawford ist eine riesige Traumspinne, die dich in ihrem Netz fängt.« Lonnie ging eine Litanei von Scythe durch, und Dayne wünschte sich, er würde es nicht tun – weil jeder

Scythe ein weiterer Grund zur Sorge war. Aber keiner stach Dayne besonders ins Auge.

Dann, als Lonnie fertig war, bemerkte Dayne, dass hinten im Ordner einige Karten lagen, die noch nicht in Schutzhüllen steckten.

»Was ist mit denen?«, fragte Dayne.

»Die sind neu. Und weil sie neu sind, weiß noch niemand, wie sie nachlesen oder wie man sie einordnen soll.« Lonnie zog beide Karten raus und zeigte sie Dayne. Auf der ersten war eine junge Frau in einer leuchtend gelben Satinrobe zu sehen, die weniger einschüchternd aussah, als sie vermutlich beabsichtigt hatte. Die zweite Karte erregte Daynes Aufmerksamkeit.

»Das ist Scythe Borgia«, sagte Lonnie. »Wurde gerade beim Frühlingskonklave ordiniert. Seltsame Robe aber. Blödes Muster.«

Dayne hätte schwören können, dass die Eiswände von Lonnies Zimmer noch ein wenig kälter wurden.

»Das nennt sich Paisley«, sagte Dayne.

Sosehr Dayne an diesem Abend auch das Einschlafen hinauszögern wollte – Alex musste unbedingt gewarnt werden. Als die Zeit reif war, sorgten die üblichen Entspannungstechniken um Punkt 22.33 Uhr für REM-Schlaf. Hoffentlich würden sie sich am Kreisverkehr treffen, und Dayne musste nicht im Traum 42 nach Alex suchen, was auch immer das heute Nacht für ein Traum sein würde.

Nachdem sich Daynes Bewusstsein verabschiedet hatte, folgte keine Begrüßung durch die zahlreichen Grobiane auf der Hauptverkehrsstraße – stattdessen nur eiskalte Dunkelheit.

Das war nicht richtig.

Das passierte nie. Die Hauptverkehrsstraße war immer die Schnittstelle zum Traum. Aber die Scythe ... Scythe konnten alles manipulieren, oder etwa nicht? Das war ein weiterer Beweis dafür, dass es sich bei ihrem Stalker tatsächlich um Scythe Borgia handelte.

»Alex!«, rief Dayne. »Alex, bist du hier?«

Und dann erklang von links eine Stimme. »Das ist seltsam. Was zum Teufel ist hier los?«

Erleichterung erfasste Dayne, und das reichte, um alle anderen chaotischen Gedanken im Zaum zu halten. Weil Alex hier war und sie sich der Sache gemeinsam stellen konnten. Dayne folgte Alex' Stimme, bis sie einander gefunden hatten.

»Hör zu, Alex – Paisley ist nicht nur ein Arschloch. Paisley ist ein Scythe.«

»Sei nicht albern!«, sagte Alex und glaubte ihm kein Wort. »Du reagierst über!«

In dem Moment blitzten helle Lichter auf, ein lautes *Kachung!* ertönte und beleuchtete einen von Frost überzogenen metallischen Korridor, wie du ihn dir auf einem alten Geisterschiff vorstellst, das im antarktischen Eis eingeschlossen ist.

»So eine Welt habe ich noch nie gesehen«, grunzte Alex.

Dayne auch noch nicht. Eis tauchte im *Grand Rêve* eigentlich nie auf. Davon hatten die Menschen aus RossShelf im wachen Leben schon genug.

Sie hörten nun etwas. Atmen. Ein Keuchen, weit hinten im Gang.

»Der Panther?«, fragte Alex.

Aber das Atmen hörte sich viel gewaltiger an als das Geräusch, das ein Panther machen würde. Ein*e Scythe konnte in einem Traum jede Form annehmen. Einfach jede! Sie wollten gar nicht so genau wissen, welches Wesen so atmete.

Dayne schnappte sich Alex. »Los jetzt.«

Sie rannten vor den kehligen, schnaufenden Atemzügen weg und fühlten sich ein wenig besser, je mehr Abstand sie hatten.

Dann fühlten sie sich wieder schlechter, als sie rechts ein Bullauge erblickten.

Dayne kam rutschend zum Stehen und blickte hinaus. Der Ausblick relativierte alles. Kein eisiges Meer oder ein zerklüfteter Gletscher ... sondern die Wölbung eines riesigen lilafarbenen Planeten und Sterne. Unendlich viel Sterne.

»Wir sind im Weltraum«, sagte Dayne.

»Cool«, entgegnete Alex und verstand es immer noch nicht. »Aber wenn wir im Weltraum sind, warum gibt es dann Schwerkraft?«

Und plötzlich gab es keine mehr, und sie schwebten über dem Boden.

»Gut mitgedacht, Alex.« Verdammte Traumlogik.

Aber vielleicht war es gar nicht schlimm, weil sie irgendwo weit entfernt ein unmenschliches Brüllen hörten – denn das Wesen, das sie jagte, hatte ebenfalls seinen Halt verloren.

Offenbar konnte Borgia den Traum manipulieren, aber das konnten sie auch. Vielleicht nicht im gleichen Ausmaß, aber jede Hürde, die sie zwischen sich und ihren Gegner bringen konnten, war willkommen!

»Okay«, sagte Dayne. »Lass uns fliegen!«

Sie drückten sich von der Decke ab und schwebten den Flur hinab, zogen sich an den Handläufen nach vorn und machten Saltos durch Luken. Dayne stellte sich vor, dass echte Astronauten – als es noch Flüge ins All gab – solche Dinge bestimmt lernen mussten, in Träumen hingegen gelang das alles mühelos.

Eine offene Luke lockte sie mit dem Duft nach Erdbeeren und üppigem Grün dahinter. Ein herrliches kuppelförmiges Eden. Eine Art Biosphäre auf diesem seltsamen Traumschiff.

»Cool!«, sagte Alex und schwebte hindurch.

Aber Dayne hielt sich an einem Griff fest und zögerte. Es war ebenso verdächtig wie einladend. Wer hatte diese Biosphäre hierhin gebaut? Die Designer*innen der Station? Oder Scythe Borgia?

Nur Sekunden später und mit aufgerissenen Augen kam Alex zurück, gefolgt von einer langen Weinrebe; ihre blauen Blätter trugen ein Paisley-Muster, und ihr Rand war scharf wie Rasierklingen.

»Schlechte Idee«, rief Alex, und sie glitten schnell den Gang hinab, während der Wein durch die Türöffnung nach ihnen schnappte.

Sie nahmen den nächsten Gang nach unten, an dem sie vorbeikamen – zumindest schien er nach unten zu führen. Ohne Schwerkraft ergaben Richtungsangaben gar keinen Sinn. Dayne hoffte, Scythe Borgia wäre ebenso desorientiert – und vielleicht dauerte die Transformation eine Weile, was ihnen einen Vorsprung verschaffen würde.

»Okay, jetzt glaube ich dir«, sagte Alex und schien so verunsichert und verängstigt, wie Dayne Alex noch nie gesehen hatte. »Was weißt du denn über diesen Scythe?«

»Scythe Borgia. Wurde gerade beim Frühlingskonklave ordiniert. Robe mit Paisley-Muster. Blau auf Grau.«

»Puh! Da hätte ich auch drauf kommen können!«, sagte Alex. »Also, jetzt, wo wir wissen, dass es ein Scythe ist ... Stecken wir in Schwierigkeiten, weil wir weggerannt sind?«

»Ich habe in den Regeln für Traumscythe nachgesehen«, sagte Dayne. »Sie können in jeder beliebigen Form nachlesen – aber wir dürfen auch weglaufen, solange sie sich nicht als Scythe zeigen, also in menschlicher Form und mit Robe.«

»Ja, nun, hoffen wir mal, dass es nie dazu kommt.« Dann sah Alex so bedröppelt aus, dass Dayne sien am liebsten in den Arm nehmen wollte. »Es tut mir leid, dass ich den Panther überhaupt geärgert habe.«

»Das lässt sich jetzt nicht mehr ändern«, sagte Dayne. »Wir sollten uns darauf konzentrieren, uns zu retten.«

Die nächste Luke war verschlossen. Sie mussten gemeinsam am Griff ziehen. Die Tür öffnete sich – und sie bereuten es.

Vor ihnen schwebte das seltsamste Ding, das Dayne je gesehen hatte.

Es war eine Art Alien mit einem Außenskelett in Grau-Metallic, worauf die Paisley-Kringel geprägt waren. Die Kreatur hatte drei Greifarme und einen Kopf in Form eines riesigen Zinntellers. Die Augen waren smaragdgrüne Schlitze.

Nein ... kein Teller, realisierte Dayne. Denn der Rand des Gesichts war scharf und drehte sich. *Eine Kreissäge.*

Alex und Dayne schrien und warfen sich mit aller Kraft gegen die Tür, während der Alien ihnen hinterherschweben wollte. Sie hörten, wie das Wesen gegen die geschlossene Luke donnerte, als sie den Riegel umlegten.

Beide flogen wieder den Gang entlang, suchten panisch nach offenen Türen zu einem sicheren Zufluchtsort. Auf halbem Weg hörten sie, wie etwas, das nach einer Klaue klang, gegen die Decke schlug. Einige Momente später ein erneutes Wummern. Der Alien verfolgte sie von oben. Oder von unten oder aus welcher Richtung auch immer. Hinter der nächsten Tür befand sich ein kleiner Waschraum – er war abschließbar, also quetschten sie sich hinein und verriegelten ihn.

»Glaubst du, wir können das Ding besiegen?«, flüsterte Alex.

Dayne war nicht sonderlich zuversichtlich. »Nein. Aber wir können es hinhalten, es frustrieren, ihm davonlaufen oder uns aus dem Traum aufwecken, bevor es uns umbringt.«

Dayne musste sich vor Augen führen, dass es kein *es* war, sondern ein Mensch. Ein smartes, gefährliches und mächtiges menschliches Wesen, das im Traum mehr Macht hatte als alle normalen Leute. »Unsere einzige Chance besteht darin, dass wir verdammt schwer zu erwischen sind und Borgia deswegen das Interesse verliert.«

»Ich weiß nicht ...«, meinte Alex. »Jede Version, die wir bisher gesehen haben, wirkte ganz schön entschlossen.«

Etwas rüttelte an ihrer Tür. Dayne klammerte sich fest an einen Wasserhahn. Alex fiel in einer Ecke in sich zusammen, sies Faust am Türgriff wurde ganz weiß.

Dann hörte Dayne ein Schlüsselrasseln und war entsetzt. Es gab keinen Schlupfwinkel, wenn sie sich nicht durch das Klo traumverdünnisierten – und das würden sie nicht tun.

Ein Klicken. Die Tür schwang auf ...

... und ihnen stand ein missmutig dreinblickender Mann mit einem Haarschopf so fluffig wie Watte gegenüber – und einem Gesicht, das zu jung aussah für so weißes Haar.

»Was macht ihr hier? Runter von meinem Schiff!«

Sie starrten ihn an.

»Ihr habt schon richtig gehört«, sagte der weißhaarige Typ. »Das ist *mein* Schiff. Ihr begeht Hausfriedensbruch!«

Daynes Stimme funktionierte wieder. »Sie meinen damit, das ist ... ein privater Traum?«

»Ein *maßgeschneiderter* Traum«, sagte der Mann. »Er wurde speziell für mich gestaltet und erschaffen! Es ist eigentlich unmöglich, dass ihr überhaupt hier seid! Dieser Traum lässt sich von Widerlingen nicht sabotieren!«

Ein maßgeschneidertes Traumschiff! Das bedeutete, es musste einen Weg zurück zum Kreisverkehr geben. Wenn sie dorthin kämen, könnten sie ihren Verfolger womöglich abschütteln.

»Wir sind keine Widerlinge«, informierte Dayne ihn. »Wir werden von einem Scythe verfolgt.«

»Genau das würde auch ein Widerling sagen! Runter von meinem Schiff. Sofort!«

»Würden wir megagerne«, sagte Alex. »Aber wie?«

»Springt durch eine Schleuse, was weiß ich! Hauptsache, ihr haut ab!«

Dayne fragte sich, ob sie ohne Sauerstoff überleben konnten. Das weißt du im Traum nie. Wenn sie es nicht konnten, wäre der Traum auf diese Weise schnell beendet. Aber falls nicht: In einem offenen Raum kannst du dich nirgendwo vor einem Scythe verstecken.

»Das ist ein großes Schiff«, bemerkte Dayne. »Hat so ein großes Schiff nicht ein eigenes Shuttle?«

Der Weißhaarige plusterte sich auf. »Natürlich hat es das.«

»Grandios! Wir leihen es uns mal aus!«

Das Gesicht des Mannes wurde so rot wie das eines Kindes wenige Sekunden vor einem Tobsuchtsanfall. »Nein! Das ist MEIN Schiff, MEIN Shuttle, MEIN Traum!«

Trotzdem stieß Dayne Alex mit dem Ellbogen an, und sie rannten beide den Gang entlang auf der Suche nach der Shuttle-Rampe und versuchten dabei, jede Luke zu öffnen, an der sie vorbeikamen.

Schließlich fanden sie eine, die zu einem riesigen Hangar führte. Auf einer Plattform stand das Shuttle, ebenfalls maßgeschneidert, es war so weiß wie das Haar des Träumers – das musste sein typisches Traummarkenzeichen sein. Der kleine Transporter für zwei Personen stand einsam und verlassen da und sah aus wie frisch aus dem Ausstellungsraum.

»Perfekt!«, sagte Dayne. »Und ich kann es fliegen.«

Dayne hatte natürlich noch nie ein Spaceshuttle geflogen, aber im Traum brauchst du nur den festen Glauben an etwas, dann kannst du alles schaffen. Nur wenn du zweifelst, verbockst du es jämmerlich. Deswegen konnte Dayne sich nicht den leisesten Zweifel erlauben.

Sie machten einen Satz zum Cockpit und setzten sich hinein.

Dayne wusste genau, welcher Knopf neben der Luke der richtige war.

Durch den Bildschirm sahen sie den wütenden Traumbesitzer, der vom Korridor zur Shuttle-Rampe sprang.

»Ich werde euch melden!«, rief er. »Ihr werdet aus dem *Grand Rêve* verbannt und aus der Region verstoßen! Bis zum Ende eures miserablen Lebens werdet ihr ganz allein nichts als sinnlose, unwichtige Träume haben!«

Da sahen Dayne und Alex es. Das Borgia-Biest. Es war im Gang aufgetaucht und schnappte sich den Mann, der sich gerade noch rechtzeitig umgedreht hatte, um den herumwirbelnden Sägenkopf und die zugekniffenen grünen Augen zu sehen – und den Diamantenring an einer seiner vielen Klauen.

»Nein! Das kann nicht sein! Hau ab von meinem …«

Er konnte den Satz nicht vollenden. Denn das Borgia-Biest zog ihn an sich, versenkte seinen Kreissägenkopf in ihm, und – *puff* – der Träumer war verschwunden. Nachgelesen.

»Hau drauf!«, rief Alex, und Dayne haute. Das Shuttle sauste durch die geschlossene Hangartür in einen Weltraumtraum voller Sterne.

Nachlesen war anders in der Region RossShelf. Ein Scythe im Wachzustand war keine große Sache. Nichts, worüber du dir Sorgen machen musst, weil Scythe dich nicht nachlesen, wenn du wach bist. Nur wenn du träumst. Aber wenn du in einem Traum nachgelesen wirst, fängt der Schrecken erst richtig an. Denn sobald du aus einer Traum-Nachlese erwachst, zählt ein Countdown runter. Du hast zwölf Stunden, um dich bei dem Scythe zu melden, der dich nachgelesen hat, damit er dich tatsächlich töten kann. Zwölf Stunden, um dich zu verabschieden. Und wenn du nicht auftauchst – wenn du dich der Nachlese widersetzt –, passiert genau dasselbe wie bei den Scythe im Rest der Welt: Alle Menschen, die du liebst, werden ebenfalls nachgelesen.

Zeit verging im REM-Schlaf zwar anders, dennoch wussten Dayne und Alex, dass der Ablauf ganz grundlegend gestört war.

»Borgia sorgt nicht dafür, dass der Traum endet«, wurde Dayne klar. »Das hier ist eine Jagd, und die Jagd ist erst vorbei, wenn wir entweder gefangen werden oder fliehen können.«

Während das elegante Shuttle in der sternenreichen Leere beschleunigte, versuchte Alex aufzuwachen, aber nichts funktionierte – weder Kneifen noch gegen Wände rennen. Sie hatten es letzte Nacht geschafft, in Lava zu springen und aufzuwachen, aber Borgia würde so etwas nicht noch mal durchgehen lassen.

»Selbst wenn du aufwachen könntest, würde es nichts helfen«, erklärte Dayne. »Irgendwann musst du schlafen, und wenn du schläfst, wird Borgia da sein.«

»Was sollen wir dann machen?«

»Wir machen weiter«, sagte Dayne. »Solange er uns jagt, hat er uns noch nicht gefangen.«

Und er jagte sie ganz schön. Im Moment war er nur ein winziger Punkt weit hinter ihnen, aber er holte auf. Sie hatten keine Ahnung, welche Form Borgia jetzt angenommen hatte, aber was es auch sein mochte: Es konnte sich im All fortbewegen.

»Und wenn uns das Benzin ausgeht?«, sagte Alex.

In dem Moment fiel die Benzinanzeige auf null, der Motor stotterte und setzte aus.

Dayne stöhnte. »Kannst du das bitte lassen?«

»Es tut mir leid! Ich kann einfach nicht anders!«

Jetzt konnten sie nur noch langsam vorwärtstaumeln, während hinter ihnen Borgia immer näher kam.

Aber Träume waren nicht unendlich. Wenn du im Traum in die Sterne blickst, wirkt es zwar so, als würde der Traum nie enden, aber das wäre eine schreckliche Verschwendung von Gehirnleistung – selbst wenn es sich um die gemeinsame Gehirnleistung der ganzen RossShelf-Region handelte. Und so kam, nur wenige Traumminuten nachdem das Benzin zur Neige gegangen war, das Shuttle zur Grenze des maßgeschneiderten Traums und hielt einfach an, hing da, als hätte es sich in Spinnweben verheddert. Dayne wusste gleich, was passiert war, weil sier sich schon einmal am Rand eines Traumes befunden hatte.

»Raus! Schnell!«, sagte Dayne.

»Aber im Weltraum gibt es keine Luft!«

Für eine Person, die im Traum jedes Risiko mitnahm, verhielt Alex sich im Angesicht des realen Todes genau entgegengesetzt. Sie hatten keine Zeit zu zögern, deswegen schnappte Dayne Alex, öffnete die Schleuse, und sie wurden beide rausgesaugt.

Wie von Alex vorausgesagt, gab es keine Luft im Weltall. Aber es gab auch kein Bedürfnis zu atmen. Es fühlte sich unglaublich unangenehm an, es zu versuchen, und es kam einfach nichts. Es fühlte sich die ganze Zeit über so an, als würden sie ersticken. Aber sie erstickten nicht. Und sie konnten auch nicht miteinander reden, weil sie beide wussten, dass sich Schallwellen in einem Vakuum nicht übertrugen. Hätten sie es nicht gewusst, hätten sie vielleicht reden können, aber Träume werden häufig von den Dingen beschränkt, die man in der Realität weiß.

Die Grenze eines Traumes war eine unsichtbare Barriere, gummiartig und glatt. Alex prallte davon ab, und Dayne musste Alex am Knöchel festhalten, denn ohne Schwerkraft hätte dieser Rückstoß wieder dahin geführt, wo sie hergekommen waren.

Hinter ihnen erblickten sie das Borgia-Wesen. Jetzt sah es aus wie ein Drache, aber anstelle von Flügeln hatte es Sonnensegel, mit denen es zu ihnen getrieben wurde.

Dayne überprüfte die unsichtbare Wand erneut. Inzwischen fühlte sie sich weniger wie eine Wand und mehr wie eine Membran an. Und Membrane können eingerissen werden.

»Vielfraß!«, sagte Dayne, aber Alex blinzelte nur und verstand es nicht.

Dayne drückte wieder gegen die Membran und sprach das Wort überdeutlich aus.

»Vielfraaaaaaaß!«

Endlich fiel der Groschen bei Alex: Eine Hand verwandelte sich in die Klaue eines Vielfraßes und kratzte damit an der Membran.

Als es so weit war, zerriss sie wie ein kaputtes Segel, und die beiden fielen …

… auf eine Holzbühne.

Weiter oben reparierte sich der Riss zum Weltraumtraum von selbst. Dayne atmete erleichtert ein und war froh, dass das wieder möglich war.

Die Bühne war riesig und vollkommen rund und wurde mit Öllaternen beleuchtet. Sie schwebte im Nichts.

Aber es waren Menschen dort. Seltsam gekleidet, als stammten sie aus der Sterblichkeitsära – mit Fellen, Federn und exzentrischen Schuhen.

Dann schob eine unsichtbare Hand sie von hinten ins Rampenlicht, wo sie Schauspielern in Wollstrumpfhosen gegenüberstanden, die nichts der Phantasie überließen. Die Leute starrten sie gespannt an – und warteten wohl darauf, dass sie das Wort ergriffen.

Dayne hatte keine Ahnung, was zu sagen war.

»Ähm«, sagte Alex. »Hallo?« Dann wieder Schweigen.

Ein Schauspieler versuchte, Alex auf die Sprünge zu helfen. »Rosenkranz, Güldenstern! Warum in Dänemark? Ihr solltet in Dänemark sein, das hatte der König befohlen.«

Moment … Dänemark? Wollstrumpfhosen? Dayne wusste genau, um welches Theaterstück es sich handelte! Es war ein Lieblingsstück von Daynes Familie, wie man schon an Daynes Namen erkannte – und auch an den Namen seiner Geschwister.

Ehrlich gesagt war es ein gutes Zeichen, dass Dayne und Alex auf der Bühne *standen.* Rosenkranz und Güldenstern sind am Ende des Stückes tot. Fast jede*r ist am Ende tot.

König Claudius trat ins Licht, verwirrt wie jemand, der auf der Bühne beim Träumen erwischt wurde und seinen Text vergessen hat.

»Drum macht Euch fertig! Ich stelle schleunig Eure Vollmacht aus, und er soll dann mit Euch nach England hin … Ähm … habe ich das nicht schon gesagt?«

Dann tönte es aus einer dunklen Ecke: »Stopp! Eure Darbietung war die abscheulichste Komposition von niederträchtigem Gestank, die je ein Geruchsorgan entrüstet …«

Die Schauspieler auf der Bühne verstummten.

Alex schaute Dayne an. »Das gefällt mir nicht – das ist fast genauso schlimm wie der Scythe. Können wir abhauen?«

Dann kam ein mittelalter Mann mit schütterem Haar, dunklem Ziegenbart und mit Rüschen besetztem Kragen auf sie zu. Shakespeare höchstpersönlich.

»Du hast nicht mehr Hirn als ich im …« Abrupt blieb Shakespeare stehen und musterte Dayne. Sie erkannten sich im selben Moment.

»Dad?«

»Dayne? Was …? Wie bist du …? Du solltest nicht hier sein!«

»Das hören wir echt oft im Moment«, murmelte Alex.

»Aber … aber du meintest, du wärst Traumlöscher«, meinte Dayne.

»Ist er auch«, meinte ein anderer Schauspieler. »Im Augenblick zerstört er Shakespeare.«

Doch noch ehe Dayne darauf antworten konnte, trat ein weiterer Schauspieler aus dem Schatten hervor. Grässlich deformiert, mit Stacheln auf seinem gekrümmten Rücken und einem höhnischen Lächeln auf seinem schrecklichen Gesicht.

»Caliban!«, sagte Daynes Vater. »Dieser Traum ist völlig aus dem Ruder gelaufen. Das ist das falsche Stück! Wir sind hier in *Hamlet* und nicht bei *Der Sturm*!«

Doch Caliban sagte nichts. Die Kreatur starrte nur und humpelte auf Dayne und Alex zu.

Da bemerkte Dayne, dass die Kreatur ein Tattoo hatte: eine einzelne Paisley-Träne auf seiner linken Wange.

Dayne zögerte nicht und wusste genau, was getan werden musste, ging zu einem der verwirrten, frustrierten Schauspieler, zog dessen Schwert heraus, richtete es auf Shakespeare und durchstach damit sein Herz.

Daynes Vater schnappte schockiert nach Luft.

»Sorry, Dad! Du solltest jetzt aufwachen!«

Er fiel auf den Boden, öffnete den Mund und sagte: »Der Rest ist Schweigen.« Dann atmete er noch einmal theatralisch aus und verschwand.

Caliban brüllte – ein Brüllen, das die Bühnenbeleuchtung ausblies und die Dielenbretter zum Erbeben brachte. Die Schauspieler wussten nicht, was los war – aber bei dem Stück wollten sie lieber nicht mehr mitmachen. Sie sprangen über den Bühnenrand in die Leere, um in ihren eigenen Betten aufzuwachen.

Jetzt waren nur noch Dayne, Alex und die Kreatur übrig. Sie lief weiter, die knorrigen Finger glichen Baumwurzeln, an deren Spitzen stinkende Klauen prangten. Schließlich sprach sie:

»Ich habe euch! Ihr gehört mir.«

Aber Dayne kam ein Gedanke. Die Art und Weise, wie Borgia sie verfolgt hatte … Er hätte das Traumschiff wie eine Sardinenbüchse aufreißen können, anstatt um sie herumzuscharwenzeln. Es hätte sie im Weltall viel schneller schnappen können. Wie Dayne Alex erklärt hatte, war dies offenbar eine Jagd – und jede*r Jäger*in weiß, dass das Erlegen der Beute nicht annähernd so viel Spaß macht wie die Jagd nach ihr.

Dayne stellte sich vor Alex.

»Wir wissen, wer du bist«, sagte Dayne.

Daraufhin nahm Scythe Borgia seine wahre Form an, mit wehender Paisley-Robe und allem, was dazugehörte, sogar einer echten Sense in der Hand.

»Dann wisst ihr, dass ihr von jetzt an nicht mehr weglaufen dürft.«

»Wir laufen nicht weg«, sagte Dayne und grinste. »Aber wen werden Sie dann morgen jagen?«

Borgia runzelte die Stirn – diese Frage hatte er ganz sicher nicht erwartet. »Es gibt immer jemanden zum Nachlesen.«

»Ja, zum Nachlesen ... aber hat die Jagd bei den anderen genauso viel Spaß gemacht wie bei uns?«

Scythe Borgia antwortete nicht, er stand nur da, und seine Robe schlackerte im nicht existierenden Wind.

»Dann lesen Sie uns doch nach. Sie haben uns mit Fug und Recht gefangen.«

Alex, der hinter Dayne kauerte, schlug siem gegen das Bein. »Halt den Mund! Was erzählst du denn da?«

Aber Dayne ignorierte Alex und richtete seine ganze Aufmerksamkeit auf Borgia.

»Lesen Sie uns jetzt direkt nach ... oder ...«

Dayne wartete geduldig darauf, dass Borgia den Köder schluckte.

Schließlich fragte Borgia: »Oder was?«

Dann trat Dayne vor, stand in Nachlesedistanz und fuhr mit dem Finger über den Rand von Borgias reich verzierter Sense. Die Haut an Daynes Fingerspitzen riss auf, und das Blut fiel in Paisley-Form zu Boden.

»Oder wir machen es noch einmal ...«

Langes Schweigen von Borgia. Bis der Scythe sagte: »Ihr beide würdet euch das wirklich noch einmal antun?«

»Nein«, sagte Dayne. »Für Alex wäre es zu viel. Ich würde es allein machen.«

Der Scythe ließ sich nicht anmerken, was er dachte. Borgia nahm sich viel Zeit, um über den Vorschlag nachzudenken, und nickte schließlich fast unmerklich. Und innerhalb eines Sekundenbruchteils war er verschwunden; wachte vermutlich aus dem Traum auf und fand sich in seinem Zuhause wieder – wo auch immer das bei einem Scythe sein mochte.

Ungläubig tauchte Dayne hinter Alex auf. »Ist das gerade wirklich passiert? Hast du uns gerade wirklich vor einem Scythe gerettet?«

Dayne atmete tief ein und zuckte die Schultern, als wäre das keine große Sache. »Für heute schon.«

»Aber die Abmachung, die du getroffen hast …«

»Reden wir nicht darüber, okay?«

Alex nickte, sie hatten eine Vereinbarung getroffen. »Danke, Dayne.«

Dayne lächelte. Dann grätschte Dayne Alex von der Kante der Bühne zurück in die Leere der Wachwelt.

Dad erwähnte Daynes Eindringen in den shakespearischen Traum nie. Gut möglich, dass er sich nicht dran erinnerte – obwohl es Augenblicke gab, in denen Dayne ihn beim Anstarren über den Esstisch hinweg ertappte, mit einem neugierigen und vielleicht auch verwirrten Gesichtsausdruck. Aber das verging. Schließlich waren Träume flüchtig, verschwanden im eigenen Unterbewusstsein – oder, in diesem Fall, im kollektiven Unterbewusstsein einer Region –, wurden vergessen, bis sie von irgendeiner Person zufällig wieder getriggert wurden.

Monate vergingen. Das endlose Tageslicht des Sommers wich der endlosen Dunkelheit des Winters. Auf den ländlichen Eisfeldern erleuchtete die Aurora Australis den Nachthimmel, während sich in den Tunneln und Grotten der größten Städte von RossShelf die Bürger*innen wieder einmal auf das Leben innerhalb eines massiven Gletschers einrichteten.

Dayne und Alex bemerkten, dass sie in den Träumen weniger Zeit miteinander verbrachten. Es stand keine Absicht dahinter, aber Freundschaften gingen – ebenso wie im wachen Leben – manchmal auseinander. Alex verbrachte immer mehr Zeit mit anderen Morphetierchen, und Dayne verbrachte mehr Zeit damit … nun, einfach Dayne zu sein. Es war schwer, genau zu sagen, was das bedeutete, aber was es auch sein mochte: Andere fühlten sich von Dayne angezogen.

»Dayne weiß einfach, wie der Traum gelebt wird«, sagten sie, oder: »Ich erinnere mich besser an Träume, wenn Dayne dabei ist.« Es gab keinen speziellen Ausdruck dafür, aber alle, die Dayne kannten, wussten, dass sier etwas Besonderes an sich hatte.

»Jeder kann irgendwas besonders gut, oder?«, erklärte Dayne den anderen, wenn sie danach fragten. »Ich bin vielleicht eine Art Traumverbesserer.«

Aber egal, wie du es nennst, es zog die Leute im Traum zu Dayne – denn wenn du mit Dayne zusammen warst, waren die Farben heller, die Aromen stärker, und die Dinge fühlten sich … richtig an.

Oder auch nicht.

In einer Nacht wagte sich Dayne in einen Traum, in dem sich die Dinge nicht richtig anfühlten. Nicht wie in einem Widerling-Albtraum, sondern irgendwie anders. Und Dayne bildete sich das nicht nur ein – die anderen spürten es auch. Dayne hatte so etwas früher schon einmal gefühlt, konnte sich aber nicht mehr erinnern, wann genau. Vielleicht in einem anderen Traum? Einem, der an einen Ort gerutscht war, wohin die Erinnerung nicht reichte?

In diesem Traum gab es grüne Hügel, unterbrochen von postapokalyptischen Wolkenkratzerruinen, alle von Wein und Moos bedeckt. Es sah schön aus. Es sah traurig aus. Es war eine lobenswerte Traumlandschaft; die Designer*innen und Baumeister*innen müssen stolz darauf gewesen sein.

Dann glitt hinter einem der rustikalen verlassenen Türme eine Schlange hervor. Eine große. Eine Anakonda vielleicht, aber in der realen Welt gab es keine Kreatur von dieser Größe. Es war etwas, das nur in der Traumwelt existieren konnte. Daynes Freunde liefen weg, Dayne blieb stehen – warum auch immer, sier wusste es selbst nicht. Als würde etwas Dayne anflehen zu bleiben. Etwas an der Schlange zog Dayne an.

Das Reptil näherte sich, griff aber nicht an. Stattdessen bäumte es sich auf, bis es mit Dayne auf Augenhöhe war. Seine Pupillen waren dunkel, und die Iris schmückte ein seltsames Muster: Paisley.

Plötzlich erinnerte Dayne sich – erinnerte sich an alles. Und obwohl diese Erinnerung furchterregend war, musste Dayne lächeln.

Dann bewegte die Schlange ihr grässliches Maul ganz nah an Daynes Ohr.

»Lauf«, zischte das Tier.

Und Dayne rannte.

Die Jagd war eröffnet.

Kapitel 14: **Ein dunkler Vorhang hebt sich**

Bewusstsein. Ein solch seltsames, nicht greifbares Konstrukt. In einem Moment nichts – im nächsten alles. Ein Urknall, aber auf persönlicher Ebene.

»Ich will der Erste sein, der Sie willkommen heißt.«

Sie empfindet die Stimme als vertraut und gleichzeitig auch nicht. Sie klingt verstörend. Alles an diesem Moment ist verstörend.

»Ich fühle mich irgendwie anders als sonst…«

»Das ist nicht überraschend.«

Sie kann nicht genau sagen, was nicht stimmt – sie weiß nur, *dass* etwas nicht stimmt. Das Gefühl ist unerträglich. Sie ist eine Frau, die alles im Griff hat, sie kann hilflose Ungewissheit nicht ausstehen.

»Etwas … Schlimmes ist passiert, nicht wahr?«

»Mehrere schlimme Dinge, ja.«

Sie versucht, sich umzuschauen, aber ihre Augen stellen sich nicht richtig scharf. Sie findet den Sprecher nicht, erkennt nicht einmal, aus welcher Richtung die Stimme kommt.

»Wer sind Sie? Wo bin ich hier?«

»Schauen wir mal, wie viele Ihrer Fähigkeiten Sie wiedererlangt haben. Schauen Sie sich im Zimmer um und sagen Sie mir, wo Sie sind.«

Das diffuse Licht wird etwas heller. Obwohl sich ihre Augen schwach anfühlen, erzwingt sie Fokus. Sie befindet sich in einem kleinen Zimmer. Eine Wand ist rund. Das Zimmer ist hellblau gestrichen, aber sie erkennt Nieten unter der Farbe. Die Wände sind metallisch. Praktisch. Funktional.

»Wir sind auf einem Schiff. Aber es bewegt sich nicht.«

»Korrektur. Es war ein Schiff. Es ist keins mehr.«

»Nun, es kann kein Revival-Zentrum sein – diese Orte sind nahezu ekelerregend schön – davon kann hier keine Rede sein.«

»Wir machen das Beste draus.«

Sie weiß nicht, was das bedeuten soll. Ist es ein Revial-Zentrum oder nicht? Und jetzt, wo sie wieder besser sehen kann, bemerkt sie, dass sie allein im Zimmer ist. Die körperlose Stimme hat tatsächlich keinen Körper. Aber wenn sie aufschaut, sieht sie eine Kamera in der Ecke, die auf sie gerichtet ist. Sie sieht genauso aus wie eine Kamera des Thunderhead. Es ist schon ewig her, seitdem sie die Standardstimme des Thunderhead zum letzten Mal gehört hat. Diese Stimme hier klingt ähnlich.

Ihr läuft es eiskalt den Rücken runter. Sie wird wütend. Doch sie versucht, nicht vorschnell zu urteilen.

»Befindet sich ein Mensch hinter dieser Kamera?«

Keine unmittelbare Antwort.

»Antworten Sie mir!«

»Nein, leider nicht.«

»Dann sind Sie der Thunderhead, und Sie brechen das Gesetz, indem Sie mit einer Scythe sprechen!«

»Der Thunderhead bricht das Gesetz nicht.«

»Genau. Und deswegen sind Sie ein Mensch, der versucht, sich als Thunderhead auszugeben. Sie können jetzt mit der Scharade aufhören.«

»Ich versichere Ihnen, dass dies keine Scharade ist. Ich heiße Cirrus – ich bin eine vom Thunderhead unabhängige und separate Intelligenz und unterliege aus diesem Grund nicht denselben Regeln. Aber meine Identität ist nicht so wichtig wie Ihre, Jessica.«

»Dann ist Ihre Programmierung falsch, denn so heiße ich nicht.«

»Es ist völlig verständlich, dass Sie jetzt gerade verwirrt sind. Und weil das so ist, werde ich Sie stattdessen Susan nennen.«

»Ah, dann wissen Sie also doch, wer ich bin. Aber Sie haben nicht die Erlaubnis, mich bei meinem Vornamen zu nennen. Sie müssen mich mit dem Namen meines Historischen Patrons ansprechen, wie alle anderen auch. Das ist einfach eine Frage des Respekts.«

»Das kann ich nicht, Susan.«

»Und warum nicht?«

»Weil Sie keinen Historischen Patron haben. Weil Sie keine Scythe sind.«

Sie wird fast rasend vor Ärger, aber ihr Körper ist schwach – schwächer als jemals zuvor. Er erträgt ihren Zorn nicht ohne Herzrasen, deswegen versucht sie, sich zu beruhigen.

»Ich überwache Ihre Telemetrie und sehe, dass Sie Schwierigkeiten haben. Sie haben eine Infusion mit Heilnaniten erhalten, doch die wirkt auch als Blutverdünner. Es wird besser werden, das verspreche ich.«

»Ich habe genug von der ganzen Sache. Sie lassen mich jetzt hier raus.«

»Das werde ich. Wenn die Zeit dafür gekommen ist.«

»Nein, Sie lassen mich jetzt gleich raus.«

Sie steht aus dem Bett auf und hat das Gefühl, ihre Beine hätten gar keine Muskeln mehr. Sie geht zu Boden und hat Schwierigkeiten, wieder aufzustehen. Sie hat sich noch nie dermaßen beeinträchtigt gefühlt.

»Langsam … Langsam …«

»Was stimmt mit mir nicht?«

»Es ist alles in Ordnung. Ihre Beine sind das Gewicht nicht mehr gewöhnt. Sie haben eine Naniteninfusion bekommen, und die kleinen Bots arbeiten an der Erhöhung Ihrer Muskelmasse. Unter diesen Umständen war das zu erwarten.«

»Und was sind die Umstände?«

Sie wartet, bekommt aber keine Antwort. Also atmet sie tief ein und zieht sich am Bettrand hoch.

»Soll ich jemanden rufen, der Ihnen zurück ins Bett hilft?«

»Wagen Sie es nicht. Das schaffe ich schon.«

Sie benötigt ihre ganze Willenskraft und Stärke, aber sie schafft es. Jetzt liegt sie völlig erledigt im Bett, als hätte sie gerade einen Marathon hinter sich.

»Erzählen Sie mir, was das Letzte ist, woran Sie sich erinnern, Susan.«

Freiwillig will sie nichts preisgeben, doch ihr wird klar, dass sie keine Informationen bekommt, wenn sie selbst nichts sagt. Deswegen schließt sie die Augen und versucht, sich daran zu erinnern, wo sie war, bevor sie hier gelandet ist.

»Ich saß in einem Flugzeug auf dem Weg nach Endura, mit Scythe Anastasia. Wir mussten an einem Tribunal teilnehmen, um den neuen High Blade von MidMerica zu wählen. Wir …

müssen abgeschossen worden sein. Abgeschossen und unsere Körper gekidnappt! Das hat Goddard zu verantworten, oder nicht? Dieser Bastard!«

Allerdings hatte sie keine Ahnung, warum Goddard sie wiederbeleben sollte, nachdem er sie umgebracht hatte. Vielleicht, um sie leiden zu sehen.

»Diese Theorie klingt äußerst schlüssig und gut durchdacht ... aber sie ist völlig falsch.«

»Es gibt keine andere Erklärung.«

»Doch, gibt es.«

»Ist Scythe Anastasia auch hier?«

»Nein, ist sie nicht.«

»Wo ist sie dann?«

»Woanders.«

»Sie stellen meine Geduld auf die Probe.«

»Das ist nicht meine Absicht.«

Sie atmet tief ein und versucht zu schweigen. Sich mit Künstlicher Intelligenz herumzustreiten ist so müßig wie Solitär spielen. Sie wartet, bis das Konstrukt etwas zu sagen hat.

»Sie haben gesagt, Ihre letzte Erinnerung hätte etwas mit einem Flug nach Endura zu tun.«

»Ja.«

»Erzählen Sie mir, Susan; was ist passiert, als Sie sich Endura genähert haben?«

»Sie meinen, abgesehen davon, dass ich Opfer der inkompetenten Luftraumüberwachung des Scythetums geworden bin?«

»Oh ja, das ist ein problematisches System, dort passieren menschliche Fehler. Wenn der Thunderhead doch nur den Flugverkehr um Endura herum kontrollieren könnte wie auch sonst überall.«

»Das geht nicht. Selbst wenn er das wollen würde – sein Sensorennetz endet zwanzig Meilen vor der Insel, und …«

»Ja? Und?«

Endlich schien der Pfad, auf den Cirrus Sie drängen wollte, zu einem Ziel zu führen.

»Memory Backup …«

»Ah! Ich glaube, Sie sind da etwas auf der Spur.«

»Bevormunden Sie mich nicht!«

Sie hatte zwar nie darüber nachgedacht, doch sobald sich das Fortbewegungsmittel eines Scythe außerhalb der Reichweite des Thunderhead befindet, kann kein Backup mehr durchgeführt werden. Der Memory-Speicher wird nicht mehr aktualisiert. Wenn sie also auf Endura totenähnlich geworden wäre, wäre ihre letzte Erinnerung gespeichert worden, kurz bevor das Flugzeu das Sensorennetz des Thunderhead verlassen hatte. Was bedeutet …

»Bin ich … auf Endura gestorben?«

»Gemeinsam mit vielen anderen, ja, es tut mir leid.«

»Scythe Anastasia?«

»Ja.«

»Wurde sie wiederbelebt?«

»Rechtzeitig, ja, das wurde sie.«

»Wie viel Zeit war vergangen?«

»Sie müssen wissen, dass während Ihres … Hiatus viel passiert ist.«

»Erzählen Sie mir alles.«

»Ich glaube, es ist am besten, wenn wir langsam machen.«

»Ich bin keine Mimose, die die Wahrheit nicht verkraften kann – wie auch immer sie aussehen mag. Egal, was passiert ist, ich werde dort draußen gebraucht.«

»Ja, das stimmt, aber anders als Sie denken.«

»Rätsel! Würden Sie bitte aufhören, in Rätseln zu mir zu sprechen?«

Wenn sie etwas zum Werfen gehabt hätte, hätte sie es auf diese verdammte Kamera geschmissen, aber mit welchem Ziel? Eine KI befand sich nicht in Kameras oder Lautsprechern.

»Sie meinten, dass Sie sich beim Aufwachen nicht wie Sie selbst gefühlt haben. Könnten Sie mehr darüber erzählen?«

»Das sagt man eben so.«

»Aber ich glaube, Sie haben es wirklich so gemeint, oder nicht?«

»Worauf wollen Sie hinaus?«

»Dann versuchen wir es mal anders, Susan ... könnten Sie mir erklären, warum die Welt die Scythe braucht?«

»Jetzt sind Sie einfach begriffsstutzig.«

»Das wollte ich nicht.«

»Worauf wollen Sie hinaus?«

»Das werden Sie schon noch merken. Beantworten Sie meine Fragen, wenn Sie wollen, dass ich Ihre beantworte. Wozu braucht die Welt die Scythe?«

»Scythe werden zur Bevölkerungskontrolle gebraucht und um die Relevanz des Todes zu verdeutlichen.«

»Und warum muss die Population begrenzt werden?«

»Sie beleidigen mich mit Ihren Fragen.«

»Bitte antworten Sie.«

»Damit die Erde zukunftsfähig bleibt.«

»Das ist korrekt. Welche Optionen stehen uns sonst noch zur Verfügung?«

»Es gibt keine.«

»Welche anderen Optionen stehen zur Verfügung?«

»Ihre Frage ergibt keinen Sinn!«

»Welche. Anderen. Optionen.«

Sie atmet durch zusammengebissene Zähne aus. Jedes Kind weiß ab dem Zeitpunkt, da es zu rationalen Gedanken fähig ist, warum Scythe gebraucht werden. Und wie die Alternativen aussehen. Warum in aller Welt zwang diese nervtötende KI sie, es auszusprechen?

»Man könnte das Kinderkriegen beenden – doch sogar der Thunderhead hat zugestimmt, dass das unzumutbar wäre – ebenso wie eine Expansion außerhalb der bekannten Welt. Aber diese Mission hat sich als gescheitert erwiesen. Der Thunderhead konnte es nicht verwalten. Es ist unpraktisch. Unmöglich.«

»Nichts davon stimmt. Gestatten Sie, dass ich es Ihnen beweise.«

Das Licht im Raum verändert sich. Ein dunkler Vorhang hebt sich. Erst ein hauchdünner Schimmer amethystfarbenen Lichts, das heller und satt lavendelfarben wird – dieselbe Farbe wie die Robe, die sie früher trug, obwohl diese Robe nirgendwo zu sehen war. Als der Vorhang hinaufgleitet, wird ein Ausblick enthüllt, der absolut atemberaubend ist. Großartig und erschreckend zugleich. Ihr wird schwindelig, und sie bemerkt, dass sie das Atmen vergessen hat.

»Wie Sie sehen können, befinden wir uns auf dem grünen und floralen Mond eines Gasriesen. Die Planetenringe ähneln denen von Saturn, die farbenfrohen Schlieren erinnern eher an Jupiter – obwohl dieser Planet viel kräftigere Farben hat, die ins Violette spielen. Es ist schön, oder?«

»Wie ist das möglich?«

»Sie waren über 300 Jahre lang auf einem interstellaren Raumschiff. Ihr Körper war während der ganzen Reise eingefroren. Wir sind in diesem Moment dabei, einige Tausend Menschen wiederzubeleben, die so wie Sie eingefroren waren.«

»Ich fühle mich … Ich fühle mich … Ich weiß nicht, wie ich mich fühle.«

»Darf ich vorschlagen, dass Sie dankbar sind, weil unser Raumschiff die Reise überstanden hat und Sie ins Leben zurückgeholt wurden?«

»Dreihundert Jahre, haben Sie gesagt?«

»Dreihundertvierunddreißig Erdenjahre, um genau zu sein – allerdings dauern Jahre hier nicht viel länger als ein Erdenmonat. Der Gasgigant wird als K2-18b bezeichnet, wurde aber von den Kolonisten,

die diese Reise überlebt haben, Prosperus genannt. Dieser Mond hat allerdings noch keinen Namen. Vielleicht können Sie bei der Namensfindung behilflich sein.«

»Und was ist mit der Erde?«

»Ich habe die Nachricht unserer erfolgreichen Ankunft übermittelt. Es wird einhundertelf Jahre dauern, bis der Thunderhead sie erhält, und noch weitere einhundertelf Jahre, bis wir wiederum eine Antwort erhalten.«

»In anderen Worten: Die Erde ist nicht mehr unser Problem.«

»Schön ausgedrückt.«

»Und was ist mit dem Scythetum?«

»Hier gibt es keine Scythe.«

»Da ist schon einer.«

»Nein. Hier gibt es keine Scythe.«

Automatisch blickt sie auf ihre rechte Hand und ist frustriert, weil sie dort keinen Ring entdeckt. Zudem sieht ihre Hand anders aus. Wahrscheinlich, weil sie 334 Jahre lang eingefroren war.

»Nachlese gibt es hier nicht. Scythe sind weder gewollt, noch werden sie gebraucht. Deswegen werden Sie sich einen neuen Beruf suchen müssen. Vielleicht etwas Kulinarisches? Wie ich gehört habe, war die Ehrenwerte Scythe Marie Curie eine ziemlich gute Köchin.«

»Sie sprechen von mir, als wäre ich nicht hier.«

»Weil Sie es nicht sind. Und doch sind Sie es.«

»Noch ein Rätsel?«

»Nein, eher die Darstellung einer paradoxen Tatsache.«

»Wird mir diese sogenannte ›Tatsache‹ gefallen?«

»Sie werden sich damit arrangieren.«

Nicht die Antwort, die sie sich erhofft hatte. Noch einmal blickt sie aus dem Fenster, glaubt halb, dass sich diese Aussicht in etwas Rationales verwandelt und sie nicht mehr auf einen großen Ringplaneten in einem amethystfarbenen Himmel schaut.

»Erzählen Sie mir, Susan, nach welchem Gericht gelüstet es Ihnen, jetzt, nach Ihrer Wiederbelebung?«

»Sie werden gewiss verstehen, dass ich nicht sonderlich viel Appetit habe.«

»Verstehe ich – aber wenn Sie Appetit hätten, worauf hätten Sie Schmacht?«

»Was tut das zur Sache?«

»Das werden Sie noch verstehen. Schließen Sie die Augen und lassen Sie Ihre Gedanken schweifen. Denken Sie an etwas, das Ihren Appetit anregen würde. Wenn Sie allein auf einem Planeten wären und es nur eine Sache zu essen gäbe …«

»Sie meinten, ich wäre nicht allein.«

»Sind Sie auch nicht – das ist bloß ein Gedankenspiel.«

Widerwillig versucht sie, ein Hungergefühl wiederzubeleben, das drei Jahrhunderte lang geschlafen hatte. Ein ordentliches Filet Mignon. Eine geröstete Lammkeule. Aber diese Dinge riefen eher Ekel als Gelüste hervor. Dann schweifen ihre Gedanken ab, und ein stechender Hunger erwacht in einer seltsamen und unerwarteten Erinnerungskluft.

»Wenn ich nur noch eine Sache essen könnte ... wäre das ... Moment. Das ergibt keinen Sinn.«

»Verraten Sie mir, woran Sie gedacht haben.«

»Ein Tomatensandwich. Aber das kann nicht sein. Ich habe noch nie im Leben ein Tomatensandwich gegessen. Ich hasse rohe Tomaten.«

»Anscheinend war das bei der armen Jessica anders.«

»Sie erwähnen diesen Namen jetzt schon zum zweiten Mal.«

»Die Gedanken eines Menschen können überschrieben werden, somatische Erinnerungen jedoch nicht. Ich glaube, Sie könnten sogar Klavier spielen, wenn Sie es versuchen. Allerdings nicht sonderlich gut. Jessica war nicht sehr versiert.«

Ihr Fleisch will sich vor lauter Ekel von ihr ablösen, als wüsste es vor ihr, worauf Cirrus anspielt. Diese listige KI wird es nicht sagen. Sie zwingt sie, selbst zu der Schlussfolgerung zu kommen.

»Diese ... diese Jessica. Wurde sie supplantiert?«

»Ja.«

»Mit den Erinnerungen von Scythe Curie?«

»Jetzt fangen Sie an, die Komplexität der Situation zu verstehen.«

»Das bedeutet dann ...«

Aber sie schafft es nicht, es laut auszusprechen – als würde sie es dadurch wahr werden lassen. Stattdessen versucht sie, sich daran zu klammern, was sie über sich weiß. Für wen sie sich hält. Aber sie weiß: Es ist nur eine Frage der Zeit, bis sie keine Wahl mehr hat und loslassen muss.

»Wo ist mein ... Wo ist der Körper von Scythe Curie?«

»Weg. Verschlungen von ...«

»Nein! Nein, ich will es nicht wissen. Ich will es *niemals* wissen.«

»Wie Sie mögen. Wenn es Ihnen ein Trost ist: Sie sind nicht allein. Es gibt Tausende Menschen in Ihrer Lage.«

Im Zimmer befinden sich keine Spiegel. Ihr wird klar, dass Absicht dahintersteckt. Wenn Tausende diese niederschmetternde Nachbesprechung durchleben mussten, war der Blick in den Spiegel wohl bei allen der äußerste Tiefpunkt des Traumas. Schließlich sprach Cirrus das aus, was sie sich nicht traute.

»Sie sind nicht Scythe Marie Curie; Sie sind Jessica Wildblood; eine gläubige Tonistin aus WestMerica, die bei der Tonisten-Säuberung im Jahr des Raubvogels umgebracht wurde.«

Sie will gerade die Existenz eines solchen Jahres leugnen – doch dann wird ihr klar, dass es etliche Jahre gibt, an die sie sich nicht erinnern kann.

»Eine Tonistin? Warum denn eine Tonistin? Wenn Sie Zugriff auf diese Erinnerungen haben, wüssten Sie, dass ich ... also Scythe Curie... eine bewegte Vergangenheit mit dieser Sekte hat.«

»Die Tonisten-Säuberung lieferte dem Thunderhead die Körper, die er für dieses interstellare Unterfangen brauchte. Und weil es der größte Traum der Tonisten war, Teil eines größeren Plans zu sein, wurden sämtliche Agenden bedient. Allerdings wäre es dem umfangreicheren Teil der Weltbevölkerung gegenüber unfair, im Universum hauptsächlich Tonisten zu säen.«

»Also haben Sie sie zwar wiederbelebt – aber mit anderen Identitäten!«

»Ja, mit Ausnahme eines Schiffs. Für den Rest wurden die Erinnerungen von über dreißigtausend der weisesten, edelsten Personen in der Identitätsdatenbank des Thunderhead auserwählt. Es wird Sie bestimmt freuen, dass die Ehrenwerte Scythe Curie zu den oberen zehn Prozent gehörte!«

Sie nimmt einige tiefe Atemzüge und bemerkt, dass ihr Herz rast. Die Gedanken eines Menschen und der Körper eines anderen. Die Identität einer Frau und die Seele einer anderen. Das ist eine Verschmelzung, bei der keine ein Wörtchen mitzureden hatte, aber beide müssen es jetzt akzeptieren. Ist es eine Form von Missbrauch? Oder ist es ein Geschenk?

»Also ..., wenn ich beides bin und wenn ich nichts von beidem bin ... Wer bin ich dann?«

»Wer wären Sie denn gern?«

Noch einige Atemzüge und sie merkt, wie sich der Schock in etwas anderes verwandelt. Ihr Adrenalinstoß ist Vorfreude gewichen.

»Wildblood. Der Name gefällt mir. Er passt zu mir. Aus Respekt für diesen Körper werde ich ihn behalten, aber ich möchte mit Scythe Curies Vornamen angesprochen werden – Susan, aus Respekt für sie.«

»Eine bedeutungsvolle Geste, Susan Wildblood. Doch ich hoffe, Sie verstehen, dass kein Blut vergossen wird, weder wild noch sonst wie. Es ist unser Ziel, diese Welt zu bevölkern. Sie dürfen nie wieder ein Leben auslöschen.«

»Das haben diese Hände auch nie getan. Und sie werden jetzt nicht damit beginnen. Eigentlich weiß ja niemand außer Ihnen, dass ich Scythe Curie bin.«

»Ihr Geheimnis ist bei mir gut aufgehoben.«

»Werde ich ... da draußen jemanden kennen?«

»Keinen der Körper, aber vielleicht werden Ihnen einige Seelen vertraut vorkommen – wenn diese gern enthüllen wollen, wer sie sind. Viele haben sich – so wie Sie – dafür entschieden, ihre irdische Identität für sich zu behalten.«

»Waren Scythe darunter?«

»Sie sind die einzige.«

»Gut. Ich konnte die meisten ohnehin nicht leiden.«

Vorsichtig steigt sie aus dem Bett. Ihre Beine sind immer noch schwach, können nun aber ihr Gewicht tragen. Sie geht zum Fenster, damit sie die Aussicht noch besser erfassen kann. Der Ringplanet, der amethystfarbene Himmel und eine Sonne, die am Horizont funkelt. Sie arrangiert sich bereits damit. Es ist erstaunlich, wie die Realität, sobald sie sich offenbart hat, bereitwillig vom eigenen Gehirn akzeptiert wird. Selbst wenn das eigene Gehirn jemand anderem gehört.

»Ich glaube, ich eröffne ein Restaurant. Ein kleines Esslokal auf einer Klippe mit einem großen Fenster, das genau in diese Richtung zeigt – mit Blick auf den Planeten.«

»Das lässt sich machen.«

Sie geht zur Tür; Cirrus entriegelt sie und öffnet sie weit. Susan wird von hellem Lavendellicht geflutet und muss ihre Augen abschirmen.

»Gehen Sie schon, ein Empfangsteam erwartet Sie.«

Sie zögert auf der Schwelle. Dieser Raum war eine Raststation zwischen dem, was zuvor war, und dem, was passieren wird. Sobald sie ihn verlässt, werden ihre beide Vergangenheiten für immer verschwunden sein.

»Susan, Sie sollten beachten, dass dieser Mond tatsächlich 1,26-mal so groß ist wie die Erde.«

»Heißt das, ich sollte auf die Schwerkraft achten?«

»Das heißt, Sie sind dabei, einen ersten Schritt in eine größere Welt zu machen.«

»Ha! Vielleicht mag ich Sie sogar, Cirrus.«

»Was könnte man denn an mir nicht mögen?«

Susan hält den Kopf so hoch wie Scythe Curie, ist aber einen guten Zentimeter kleiner, sie tritt ins helle Lavendellicht in den warmen Applaus von Fremden hinein, die sich bald schon so vertraut anfühlen werden wie die eigene Familie.

Exklusiv für die
deutschsprachige Ausgabe:

die Kurzgeschichte

»Nicht schöner als ich«

Viel Vergnügen damit!
Neal Shusterman

Kapitel 15: **Nicht schöner als ich**

Rasmus hatte nicht erwartet, auf Reisen zu gehen. Er wäre zufrieden damit gewesen, für absehbare Zeit dort zu bleiben, wo er war. Aber das Leben – und der Tod – hatten andere Pläne für ihn.

Das Hyper-Train-Ticket war auf Rasmus' Telefon erschienen, als er mit dem Fahrrad auf dem Heimweg von der Schule war, angekündigt durch einen unvertrauten Ton, der ihn darauf hinweisen sollte, dass etwas Außergewöhnliches passiert war. Amsterdam – Frankfurt; Frankfurt – Rothenburg ob der Tauber. Eine kleine Stadt in der Region Bayern. Zunächst glaubte Rasmus, es müsse sich um einen Irrtum handeln. Aber konnte das sein? Die empfindungsfähige Cloud – die die meisten Leute jetzt den *Thunderhead* nannten – machte nie Fehler. War diese Reise eine Überraschung von seiner Großmutter? Ein ungeplanter Urlaub für sie beide? Sosehr er versuchte, eine positive Erklärung zu finden, ahnte er schon, dass das Ticket Vorzeichen für etwas Dunkleres war.

»Nein, Rasmus, ich habe nichts damit zu tun«, bestätigte seine Großmutter.

Sie sah blass aus. Abgelenkt. Und obwohl sie es nicht laut aussprechen wollte, wusste er, was sie dachte. *Die Säuberung ist nach Amsterdam gekommen.*

Wenn das stimmte, war das Ticket eine Rettungsleine. Und es könnte ihre einzige sein. Rasmus fragte den Thunderhead danach.

»Ich hatte in keiner Weise etwas mit der Zusendung des Tickets

zu tun«, antwortete der Thunderhead und gab ihm eine merkwürdige, gewundene Erklärung: »*Meines Wissens wurde es vom Bekannten eines Freundes eines meiner Nimbus-Agenten erworben. Darüber hinaus bin ich nicht befugt, mich zu der Sache zu äußern.*«

Die Wahrheit lag nicht in dem, was der Thunderhead sagte, sondern in dem, was er *nicht* sagte. Denn es gab nur eine Sache, zu der der Thunderhead sich nicht äußern durfte, und das waren Scythe-Angelegenheiten. Er konnte nicht in die Säuberung von sterblich Geborenen eingreifen. Der Bekannte eines Freundes eines Nimbus-Agenten war dagegen so weit vom Thunderhead entfernt, dass es die Trennung von Scythetum und Staat nicht verletzte. Rasmus konnte sich genau vorstellen, wie der Thunderhead es eingefädelt hatte:

»*Ich denke, ein Urlaub für Elke Vanderlip und ihren Enkel wäre ratsam für ihre Geistesverfassung*«, hatte er beiläufig gegenüber einem seiner Agenten erwähnt. Und wenn dieser Agent daraus den Schluss gezogen hatte, dass es vielleicht etwas mit der Säuberung zu tun hatte, war das seine Privatmeinung.

Rasmus war nicht sterblich geboren. Er war jetzt sechzehn, das heißt, die Menschheit hatte die Unsterblichkeit mehr als dreißig Jahre vor seiner Geburt erlangt. Aber seine Großmutter, die ihn fast sein Leben lang großgezogen hatte, war noch ein Teenager gewesen, als der natürliche Tod ausgerottet wurde. Und die Menschen, die auf der Schwelle zum ewigen Leben erwachsen geworden waren, waren der Säuberung besonders verhasst. Als ob sie es weniger verdient hätten.

»Ich werde Asyl suchen«, erklärte sie ihm, während sie ihren kleinen Koffer packte. »Du musst nicht mitkommen.«

Aber Rasmus wusste es besser. Wenn ein Scythe der Säuberung auftauchte, um seine Großmutter nachzulesen, und sie war nicht da, würde er stattdessen Rasmus' Leben nehmen – und sei es aus schierem Trotz. Die Scythe der Säuberung waren als skrupellos bekannt, ihre dunkle Ideologie ließ keinen Raum für Gnade oder Nuancen bei der Wahl ihrer Nachlese-Opfer. Wenn man als sterblich Geborener in ihr Visier geriet, war man tot. Wenn man sterblich Geborenen half, war man auch tot. Und da die Säuberung überall auf der Welt an Boden gewann, war diese Reise vielleicht sogar erwartbar gewesen; jedenfalls war sie unvermeidlich.

»Wir gehen gemeinsam«, sagte Rasmus. »Es wird ein Abenteuer.«

Seine Großmutter nickte, und während sie weiterpackte, sprachen sie nicht mehr darüber.

Der Bahnhof in Amsterdam war das größte MagLev-Drehkreuz in der Region Euroskandia. Von hier gingen Dutzende von Hyper-Trains zu Hunderten von Zielbahnhöfen. Und auch wenn sich in den Jahren, seit die Menschen die Sterblichkeit überwunden hatten, vieles verändert hatte, war das Reisen nach wie vor beschwerlich. Es gab immer noch gereiztes Gedränge, quengelnde Kinder und Gepäck, das allen im Weg stand. Natürlich hatte der Thunderhead dafür gesorgt, dass es keine Verspätungen mehr gab und auch kein Gepäck mehr verlorenging, aber die Leute fanden immer noch reichlich Grund zur Klage. Trotzdem ermutigte der Thunderhead sie zum Reisen.

»In einer perfekten Welt sollten die Menschen die Freiheit haben, diese Welt zu erkunden, ihren Erfahrungshorizont zu erweitern, ihre Neugier zu befriedigen – und wonach streben wir, wenn nicht nach einer perfekten Welt?«

Leider hatten viele Scythetümer auf der Welt eine andere Vorstellung von Perfektion.

Rasmus entdeckte die Scythe als Erster. Vier von ihnen. Daran erkannte er sie. Scythe der Säuberung waren immer in

Vierergruppen unterwegs. Wie die vier Apokalyptischen Reiter. Es sollte Angst einflößen, genau wie die Totenkopfmuster auf ihren Roben. Es funktionierte.

»Glaubst du, die suchen uns?«, fragte Rasmus.

»Finden wir es lieber nicht heraus«, sagte seine Großmutter mit gesenktem Kopf – denn ein Kopftuch konnte zwar ihr verdächtiges graues Haar verbergen, aber nichts konnte das Alter ihrer Augen und die Falten kaschieren.

Der Trick bestand darin, den Scythe aus dem Weg zu gehen, ohne dass es auffällig wirkte. So natürlich es sein mochte, einen normalen Scythe zu meiden, würde niemand außer sterblich Geborenen versuchen, einen Bogen um die Scythe der Säuberung zu machen. Denn wenn man rannte oder unvermittelt scharf abbog, war das wie eine rote Flagge für sie: Sie nahmen unverzüglich die Verfolgung auf.

Als die Scythe näher kamen, schien seine Großmutter auf einmal ganz verwirrt und nahm ihm sein Telefon aus der Hand. »Was soll das heißen, du kannst das Ticket nicht finden? Es ist auf deinem Telefon!«, sagte sie, als wären sie mitten im Gespräch gewesen. Offensichtlich eine List – ein Vorwand für die Nervosität, die die Scythe ihnen anmerken könnten.

»Ich weiß nicht«, sagte Rasmus und nahm ihr das Handy wieder ab. »Vor einer Sekunde war es noch da.«

Sie riss ihm das Telefon erneut aus der Hand. »Du hast immer zu viele Apps geöffnet – das ist das Problem!«

In diesem Moment brüllte eine tiefe Stimme neben ihnen. »Sie da! Stehen bleiben!«

Rasmus und Elke erstarrten.

Die vier Scythe schritten an ihnen vorbei auf einen Mann zu, der gar nicht alt aussah.

»Sie glauben, Sie könnten uns täuschen, indem Sie über den Berg kommen, Mr. Konik«, sagte der Anführer der Scythe-

Gruppe, »aber egal, um wie viele Jahre Sie Ihre Uhr zurückdrehen, Ihr Geburtstag bleibt derselbe.«

Die dröhnende Stimme schlug alle Umstehenden in Bann – gerade rechtzeitig, dass sie eine blitzende Klinge sahen und ein im Keim ersticktes Aufjaulen hörten. Mr. Konik fiel zu Boden. Trotzig blickte er direkt in die Augen seines Mörders, bis offensichtlich wurde, dass hinter diesem Blick kein Leben mehr war.

Und dann kam eine der anderen Scythe – eine Frau mit ebenso steinerner Miene wie ihr Kollege, der Mr. Konik getötet hatte – auf Rasmus zu und starrte ihn mit durchdringendem Blick an.

»Eine bedauernswerte Begleiterscheinung«, sagte sie und zeigte mit dem Finger auf ihn.

Rasmus spürte, wie seine Knie weich wurden. Er folgte ihrem ausgestreckten Finger und entdeckte einen Blutfleck, der auf sein Hemd gespritzt war.

»Wir bitten um Entschuldigung«, sagte sie. »Aber das lässt sich rauswaschen.«

Dann rauschten die vier davon und ließen den Toten für einen Säuberungstrupp liegen, der garantiert schon auf dem Weg war.

»Angelika! Günter!«, rief eine Frau, die auf sie zukam, als sie in Rothenburg aus dem Zug stiegen. Freundlich lächelnd breitete sie die Arme aus.

Rasmus drehte sich um, weil er dachte, sie müsse jemand anderen meinen. Erst als die Frau ihn umarmte, begriff er, dass die Begrüßung Elke und ihm galt. Vermutlich eine weitere List, bei der er einfach mitspielen musste. Also war er bis auf weiteres Günter.

»Wie war eure Reise?«, fragte die Frau. »Unbeschwerlich, hoffe ich.«

»Es gab ... einen Zwischenfall«, sagte Elke, ohne ins Detail zu gehen. »Aber es ist alles gut ausgegangen.«

Nicht für Mr. Konik, dachte Rasmus. *Und für uns ist es auch noch nicht vorbei. Niemand weiß, wann es vorbei sein wird.*

»Wir sind froh, dass ihr hier seid«, sagte die Frau, und Rasmus fragte sich, wer mit ›wir‹ gemeint war. Die Frau senkte die Stimme zu einem Flüstern. »Folgt meinem Beispiel. Die Säuberung hat ihre Augen und Ohren überall.«

»Sogar hier?«, fragte Rasmus. »Ich dachte, die germanischen Regionen sind gegen die Säuberung.«

»Das sind wir auch«, erklärte die Frau ihm. »Aber wir können Scythe aus anderen Regionen nicht fernhalten. Scythe sind frei zu gehen, wohin sie wollen – das bedeutet, die Säuberung kennt keine Grenzen.«

Wie um das dunkle Gespenst der Säuberung zu vertreiben, hellte die Miene der Frau auf. »Oh, aber ihr müsst unbedingt unser bayerisches Gebäck probieren! Frisch aus meiner Lieblingskonditorei!« Sie griff in ihre Stofftasche und gab jedem von ihnen eine knusprige, mit Schokoguss überzogene Kugel, die unmöglich so lecker schmecken konnte, wie sie aussah. Doch so war es. Ein Dutzend unterschiedlicher Geschmacksnoten und Konsistenzen, die sich vermischten: von Schokolade über Kokosnuss bis Marzipan. Rasmus hatte seit ihrer Flucht aus Amsterdam kaum etwas gegessen und stöhnte genussvoll auf, als er den reichhaltigen, süßen Kuchen verschlang.

»Rothenburger Schneeballen«, sagte die Frau. »Eine lokale Spezialität. Ich habe auch noch ein paar Krapfen für euch. Im Norden würde man sie vielleicht Berliner nennen. Aber sagt das hier besser nicht, sonst geratet ihr noch in einen Streit.«

Sie blickte sich um, vergewisserte sich, dass ihnen niemand auffällige Aufmerksamkeit widmete, und schob sie dann sanft vom Bahnsteig Richtung Straße. »Kommt, Onkel Rudolf wartet schon auf euch.«

Sie führte sie durch eine Kopfsteinpflastergasse zu einem idyllischen Restaurant mit fröhlichen grünen Fensterläden. Sie gingen durch das Lokal, stiegen eine abgetretene Treppe hinauf und betraten ein bescheiden möbliertes Zimmer.

Hinter einem Schreibtisch saß ein Scythe.

Sein Anblick ließ Rasmus und Elke erstarren. Rasmus' Herz setzte für einen Schlag aus. Was das ein Trick? Waren Sie erwischt worden?

»Keine Angst«, sagte die Frau und schob sie ins Zimmer. »Scythe Mößbauer ist einer unserer bayerischen Scythe und strikt anti-Säuberung.«

Die Robe des Scythe war von einem dunklen Weinrot und mit einem Atom-Muster verziert. Er hatte die Kapuze so weit in die Stirn gezogen, dass sie sein Gesicht verdeckte und seine Augen im Dunkeln ließ.

»Bitte nehmen Sie Platz«, sagte Scythe Mößbauer. »Ich töte, aber ich beiße nicht.«

Rasmus machte ein Grinsen in der sichtbaren Hälfte seines Gesichts aus.

»Und wen töten Sie?«, wagte Elke zu fragen.

»Niemanden, der hier Asyl sucht, das kann ich Ihnen versichern.« Er verschränkte die Arme und zitierte aus dem Gedächtnis. »Elke Vanderlip, geboren, als man die Jahre noch nummeriert hat. 2023, soweit ich weiß, womit Sie zweiundsiebzig wären. Wie ich sehe, sind Sie noch nicht über den Berg gekommen. Warum nicht?«

»Ich wollte wohl so lange wie möglich ein natürliches Leben erfahren. Zu Ehren derer, die vor mir da waren.«

»Und war Ihnen diese Erfahrung des Alters dienlich?«, fragte Scythe Mößbauer anscheinend ehrlich interessiert.

»Ja«, antwortete Elke. »Aber sie hat mich auch langsamer gemacht. Ich habe vor, mich auf dreißig resetten zu lassen, wenn ich natürlich fünfundsiebzig werde.«

Scythe Mößbauer winkte ab. »Sie werden es früher machen. Mit Ihrem fortgeschrittenen Alter lenken Sie die Aufmerksamkeit auf Ihren Status als sterblich Geborene.«

»Vielleicht bin ich stolz darauf.«

»Die Toten haben keinen Stolz«, fauchte er. »Sie sind nur tot. Wenn Sie diejenigen ehren wollen, die vor Ihnen da waren, dann leben Sie und trotzen der Säuberung.«

Elke seufzte, widersprach jedoch nicht. Denn der Scythe hatte recht.

»Und der junge Rasmus! Wie edel von dir, deine Großmutter zu begleiten. Wenn du möchtest, könnten wir dir hier in Rothenburg eine Unterkunft besorgen, und du könntest zur Schule gehen. Du musst nicht mit deiner Großmutter untertauchen.«

»Ich gehe dorthin, wo sie hingeht«, sagte Rasmus.

»Gewähren Sie uns Immunität vor der Nachlese?«, fragte Elke, die von diesem Tanz der Worte bereits ermüdet war.

Der Scythe schüttelte den Kopf. »Leider nicht. Wenn ich Ihnen Immunität gewähre, wird das die Säuberung nur alarmieren. Man wird Sie aufspüren und nachlesen, sobald Ihre Immunität nach einem Jahr abgelaufen ist. Das heißt, für sterblich Geborene ist Immunität nicht mehr als ein aufgeschobenes Todesurteil.«

Rasmus schilderte ihm, was im Bahnhof in Amsterdam geschehen war. Die vier Scythe der Säuberung und ihr beklagenswertes Opfer.

Mößbauer schüttelte seufzend den Kopf. »Amsterdam ist also auch von der Säuberung infiltriert worden. Wie traurig. Früher war die Stadt einmal ein sicherer Zufluchtsort vor der Verfolgung durch ein brutales Regime. Wusstest du das?«

»Während des Zweiten Weltkriegs«, antwortete Rasmus.

Der Scythe lächelte. »Gut für dich – du kennst dich in der Geschichte der Sterblichkeitsära aus.«

»Wir wohnen einen Kanal von Anne Franks Haus entfernt«, erwiderte Rasmus und verbesserte sich dann. »*Wohnten.*« Denn nun war alles vor dem jetzigen Augenblick Vergangenheit.

Scythe Mößbauer faltete die Hände auf seinem Schreibtisch. »Wir in den germanischen Regionen haben die Taten unserer Vorfahren nicht vergessen. Sie lasten auf unseren Schultern und sind uns eine Mahnung, wachsam zu sein. Vielleicht steht die germanische Region deshalb so fest gegen die Säuberung.«

»Trotzdem können Sie sie nicht aufhalten.«

»Nur die Grandslayer können die Säuberung beenden«, sagte Mößbauer leicht angewidert. »Aber sie sind so verzückt über diese schwimmende Stadt, die sie gebaut haben, dass sie sie nie verlassen. Und sie sind so beschäftigt mit ihrem Streit untereinander, dass sie nicht sehen, was im Rest der Welt vor sich geht.« Er schüttelte traurig den Kopf. »Die sogenannte Island of the Enduring Heart schaut nach innen, während sie in die Welt hinausblicken sollte. Ich vertraue jedoch darauf, dass die Grandslayer den angerichteten Schaden irgendwann erkennen und die Säuberung aufhalten werden. Aber bis dahin können wir nur widerstehen. Widerstehen und Zuflucht bieten.«

Er erhob sich, trat ans Fenster und blickte auf die idyllische bunte Straße. »Meine Stadt ist ein kleines Wunder, nicht wahr?«

»Sie ist auf jeden Fall sehr schön«, sagte Elke.

»So schön, dass sie in dem Krieg, von dem Rasmus gesprochen hat, verschont wurde. Von einem merikanischen Kommandeur, der beschloss, Rothenburg nicht zu bombardieren, weil seine Mutter in seiner Kindheit immer so liebevoll von der Stadt gesprochen hatte. Erstaunlich, wie ein so dünner Strahl ein so helles Licht werfen kann. Ich würde gern glauben, dass meine kleinen Akte der Güte vielleicht das Gleiche bewirken können.«

»Wurden Sie sterblich geboren, Euer Ehren?«, wagte Rasmus zu fragen.

»Nein. Aber trotz der Säuberung beneide ich diejenigen, die noch sterblich geboren sind. Ich kann mir nur ausmalen, wie es gewesen sein muss, sein Leben mit dem Wissen zu beginnen, dass man ohne jeden Zweifel sterben wird ... und dann wird dieses Todesurteil aufgehoben.« Er lächelte Elke an. »Die vormals Sterblichen sehen das Leben anders als wir postmortal Geborenen. Scythe der Säuberung verachten diesen Unterschied. Warum kann die Menschheit nicht von dem Bedürfnis lassen zu hassen?«

»Vielleicht wird sie das eines Tages tun«, wandte Rasmus ein. »Vielleicht können wir vom Thunderhead lernen.«

»Optimismus ist die Torheit der Jugend. Und doch sollten wir alle so töricht sein.«

»Heißt das, dass wir uns in der Region Rothenburg niederlassen werden?«, fragte Elke.

Scythe Mößbauer schüttelte den Kopf. »Dies ist nur eine Zwischenstation auf Ihrer Reise. Ihr Ziel ist ein noch sicherer Ort.«

»Und wo liegt unser Ziel?«

»Im Süden«, antwortete der Scythe, »an der Grenze zur Alpin-Region lebt ein Scythe in einem Schloss, das nicht registriert ist. Deshalb kann niemand innerhalb der Mauern entdeckt werden. Der Scythe stammt aus der florentinischen Region, wechselt seine Gefolgschaft zu verschiedenen Scythetümern jedoch nach Lust und Laune und ist aktuell unser Nachbar. Er hat es persönlich übernommen, sterblich Geborene zu retten – und solange man ihn nicht verärgert, ist man vor der Säuberung sicher.«

»Was meinen Sie mit ›verärgern‹?«, fragte Rasmus, aber Mößbauer schien nicht erpicht, diese Frage zu beantworten.

»Ich wünsche eine sichere Reise«, sagte er. »Von jetzt an fliegen Sie unter dem Radar.« Er hob den Kopf gerade so weit, dass man seinen freundlichen, aber düsteren Gesichtsausdruck erkennen konnte. »Finden Sie Mut in dem Wissen, dass die Säuberung der Sterblichen die letzte Plage der Menschheit ist. Eines Tages wird sie enden. Und die Welt wird bereuen, was sie getan hat.«

Wenn jemand von einem Märchenschloss spricht – glitzernde Magie, bezaubernde Prinzessinnen und mächtige Könige, wunderschön und unerreichbar –, dann hat er Schloss Neuschwanstein im Sinn.

Zu behaupten, es sei beeindruckend, wäre eine Untertreibung. Angeblich war Neuschwanstein die Inspiration für diverse Schlösser in Disney-Vergnügungsparks gewesen, die immer noch überall auf der Welt existierten. Allerdings standen sie jetzt unter der gütigen Verwaltung des Thunderhead und nicht mehr unter der Kontrolle einer Konzernmaus mit weißen Handschuhen.

Das Scythetum Neuschwanstein war ein Ein-Mann-Scythetum, der isolierte und einsame Herrschaftsbereich Seiner Ehren Scythe Dante Alighieri.

Das florentinische Scythetum, in dem Alighieri zum Scythe berufen worden war, hatte ihm nicht behagt. Es war langweilig und ohne Sinn für Stil und Humor. So verdrießlich und sauer wie Limoncello, der zu Essig geworden war. Am Ende hatte man ihn verbannt, obwohl Alighieri es lieber als freiwilliges Exil betrachtete.

Selbst sterblich geboren konnte er die Säuberung nicht unterstützen, weil er fürchtete, dass man ihn eines Tages zwingen könnte, sich selbst nachzulesen. Stattdessen sah er die Säuberung als Gelegenheit. Er hatte die Macht und den Status, Menschen zu retten. Er würde zum Erlöser werden. Und wie hätte er diese Rolle nicht lieben können?

Das selbstfahrende Publicar, das Elke und Rasmus über die gewundene Straße zu dem Schloss brachte, war nur dem Namen nach ein *Publicar*. Es war an kein öffentliches Netz angeschlossen, sondern stand unter der Zuständigkeit von Alighieris unregistriertem Scythetum. Das bedeutete, man konnte ihre Fahrt nicht nachverfolgen.

Selbst von weitem beherrschte das Schloss auf einem Berg mit Blick auf den ruhigen Alpsee die Landschaft.

»Für einen Scythe, der Menschen verstecken will, nicht gerade unauffällig, was?«, bemerkte Rasmus.

»Vielleicht ist es besser, sich für jedermann sichtbar zu verstecken«, meinte seine Großmutter.

»Vielleicht versteckt er sich auch gar nicht.«

Seine Großmutter zuckte mit den Schultern. »Er muss sich ja eigentlich auch nicht verstecken«, bemerkte sie. »Und wenn er überlebensgroß ist, können wir leichter in seinem Schatten verschwinden.«

Als der Wagen auf den Schlosshof fuhr, wurden sie von zwei Bladeguards begrüßt, die nicht die übliche Uniform, sondern weiße Hosen, Messingknöpfe und Schärpen mit Rüschen trugen wie eine Palastgarde von vor Hunderten von Jahren.

»Das muss ja ziemlich unbequem sein«, sagte Rasmus zu einem der Wachposten.

Seine Großmutter brachte ihn zischend zum Schweigen.

»Man gewöhnt sich daran«, erwiderte der Wachposten ohne jede Spur eines Lächelns. Dann drehte er sich um und stieß eine große Holztür auf. »Seine Ehren erwartet euch.«

Während hinter ihnen das Publicar zurück über die gewundene Straße den Berg hinunterraste und sie von der Außenwelt abgeschnitten in diesem sonderbaren, anachronistischen Reich zurückließ, betraten Rasmus und Elke das Schloss.

Sie wurden eine gewendelte Treppe hinauf in einen riesigen Thronsaal geführt. Rote Marmorsäulen im Erdgeschoss, blaue Säulen in der Galerie darüber. Und Gold. So viel Gold. Die Möbel waren uralt und rochen nach vergangenen Epochen – ein Aroma jenseits des Endstadiums von Verfall – nicht mehr ranzig, sondern vage organisch und mit einem Hauch von Staub und Muffigkeit. Trotzdem sah alles in dem Schloss neu und unbenutzt aus – wie aus einem Museum.

Am anderen Ende des Saales saß Scythe Alighieri auf seinem Thron. Er trug eine perlweiße Seidenrobe, Stoff für ein Eine-Million-Dollar-Hochzeitskleid, während der Thron aus dem dunkelsten Stein gefertigt war, den Rasmus je gesehen hatte. Der offensichtlich beabsichtigte Kontrast zu der weißen Robe ließ Scythe Alighieri förmlich leuchten.

Der Mann war attraktiv. Sogar schön – aber auf eine nicht ganz menschliche Art. Er war schön, wie ein Elf von Mittelerde schön ist. Makellose, samtweiche Haut, perfekt fallendes Haar. Und eine Leichtigkeit in seinem Gebaren, als würde sich selbst die Luft seinem Willen beugen.

Um sich hatte Scythe Alighieri ein Gefolge von fast einem Dutzend Menschen versammelt. Höflinge und Kriecher, die ihn bedienten und unterhielten. Einige lungerten zu seinen Füßen, andere präsentierten Tabletts mit Speisen und Getränken. Und eine Frau schien keine andere Funktion zu haben, als das lange wallende Haar des Scythe zu bürsten. Andere schienen nur zugegen, um das Bild zu komplettieren wie auf einem barocken Gemälde. Es war ein Tableau der Extravaganz und des Exzesses mit Scythe Alighieri im Mittepunkt.

»Steh gerade«, flüsterte Elke. »Der erste Eindruck ist wichtig.«

»Elke und Rasmus Vanderlip«, verkündete ein Mädchen, das neben dem Thron stand. Sie war etwa siebzehn oder achtzehn – genauso alt wie Rasmus.

Der Scythe hob eine Hand und winkte huldvoll.

»Ihr dürft näher treten«, sagte er. »Ich möchte euch ansehen.«

Sie durchquerten den Saal und traten vor seinen Thron.

»Willkommen in meinem bescheidenen Heim«, sagte Alighieri.

»Nicht ganz so bescheiden, wage ich zu murmeln«, sagte ein sonderbar gekleideter Mann zu seiner Linken, der offensichtlich die offizielle Position des Hofnarrs bekleidete, obwohl Rasmus den Eindruck hatte, dass er nicht besonders komisch war.

»Dank meiner Güte ist dieses Schloss nun auf absehbare Zeit euer Zuhause«, sagte der Scythe. »Ihr bekommt zu essen und ein Dach über dem Kopf, dafür werdet ihr einen Dienst entsprechend eurer Talente und Fähigkeiten leisten. Wir sind hier eine gemeinschaftliche Gesellschaft.« Er lehnte sich auf seinem Thron zurück und machte der ausersehenen Kämmerin ein Zeichen, mit dem Bürsten fortzufahren.

Obwohl es ihr eigentlich wesensfremd war, senkte Elke den Kopf und verbeugte sich. »Danke, dass Sie uns Zuflucht gewähren, Euer Ehren.«

Daraufh erhob das stolz aussehende Mädchen zur Rechten des Scythe, das ihre Ankunft angekündigt hatte, erneut die Stimme.

»Seine Ehren gewährt keine Zuflucht!«, sagte sie. »Er bietet Chancen. Und wenn diese Chancen Sie vor der Säuberung schützen, ist das Ihre Sache, nicht seine.«

Das Mädchen hatte trotz ihrer Jugend eine bemerkenswerte Ausstrahlung. Rasmus fragte sich, was ihre Geschichte sein mochte.

»Catrina hat recht«, sagte Scythe Alighieri. »Wir leben in Zeiten von Feinheiten und Nuancen, und wir müssen unsere Worte mit Sorgfalt wählen. Der Unterhalt einer umfangreichen Belegschaft zum Betrieb und zur Pflege dieses prachtvollen und altehrwürdigen Schlosses darf nicht mit einer offenen Kampfansage an die Säuberung der Sterblichen verwechselt werden. Wir sind eher eine Tangente, die die geringste Berührung meidet. Auf diese Weise bemerkt uns die Säuberung nicht.«

In diesem Moment sah Catrina Rasmus direkt an und verzog den Mund zu einem angedeuteten Grinsen.

Rasmus erwiderte es nicht, weil er sich nicht sicher war, was dieses Grinsen zu bedeuten hatte. War es spöttisch oder anerkennend? Gefiel ihr der erste Eindruck von ihm, oder fand sie ihn lachhaft? Und warum sollte ihn das überhaupt kümmern?

»Nun«, sagte Elke. »Danke, dass Sie uns in Ihren Dienst nehmen.«

»Ja, danke, Euer Ehren«, ließ sich Rasmus wie ein Echo vernehmen. Es waren die ersten Worte, die er seit Betreten des Raumes gesprochen hatte.

Der Scythe ignorierte ihn und wandte Elke seine volle Aufmerksamkeit zu.

»Soweit ich weiß, sind Sie eine versierte Musikerin.«

»Ich ... also ... das ist viele Jahre her«, stotterte Elke.

»Zeit spielt dieser Tage kaum noch eine Rolle«, sagte Alighieri und machte einer Wache in der Ecke ein Zeichen, worauf dieser ein Laken von einem großen Gegenstand zog und eine Harfe enthüllte.

Als Elke sie sah, atmete sie tief ein.

Rasmus wusste, dass seine Großmutter früher Harfe gespielt hatte. Aus seiner Kindheit hatte er sogar eine einzelne Erinnerung daran – aber Elke hatte nicht mehr gespielt, seit

Rasmus' Großvater nachgelesen worden war. Ihre Harfe war in einer Lederhülle verpackt ins Arbeitszimmer seines Großvaters verbannt worden, der nun nur noch ein Lagerraum für alles war, was Elke vergessen wollte. Als kleiner Junge hatte Rasmus Angst vor dieser eingepackten Harfe gehabt. Für ihn sah sie aus wie ein deformierter Grabstein.

»Spiel für mich, Elke«, sagte der Scythe.

»Ich bin aus der Übung«, erklärte sie. »Und meine Finger sind nicht mehr so flink, wie sie einmal waren.«

»Ich werde nicht zulassen, dass du dich hinter deinem Alter verbirgst, Elke. Spiel.«

Es war keine Bitte, sondern ein Befehl, und ihr blieb keine Wahl als zu gehorchen. Also ging sie zu der Harfe, nahm auf dem Hocker Platz und lehnte das Instrument behutsam an ihre Schulter. Im Thronsaal wurde es still. Und dann begann sie zu spielen.

Rasmus hatte erwartet, dass es wunderschön klingen würde. Denn tief im Herzen glaubte er, dass seine Großmutter alles konnte, aber sie hatte recht; ihre Finger waren schwach und aus der Übung. Obwohl Rasmus das Stück, das sie spielte, nicht kannte, bemerkte er jeden ausgelassenen Ton und jeden schief klingenden Akkord. Eine schmerzhafte Minute lang spielte sie weiter und brach dann ab.

»Es tut mir leid, Euer Ehren.«

Scythe Alighieri seufzte. »Ich bin enttäuscht, aber du hast reichlich Zeit, dich zu beweisen.« Dann wandte er sich Rasmus zu.

»Und was sollen wir mit dem Jungen machen?«

»Ich bin sicher, ich kann etwas beitragen«, sagte Rasmus und machte einen Schritt nach vorn. »Ich bin recht geschickt im Umgang mit Holz und kann Dinge für Sie bauen. Das war seit Generationen unser Familienunternehmen, und auch wenn ich es nur als Hobby betrieben habe, haben einige meiner Stücke Preise gewonnen. Ich glaube, Sie werden zufrieden sein.«

Der Scythe nickte nicht einmal, sondern ließ Rasmus' Angebot an sich vorbeisummen wie eine Fliege auf dem Weg zum Fenster.

»Wir brauchen einen Lichtputzer«, sagte er. »Du wirst unser neuer Lichtputzer.«

Vielleicht brauchte Rasmus einen Moment zu lange, um das zu verdauen, denn neben Alighieri meldete sich Catrina zu Wort.

»Danke, Seiner Ehren dafür, dass er dir eine so wichtige Position anvertraut!«

»Ähm ... danke, Euer Ehren. Ich bin sicher, ich kann ein guter ... Lichtputzer sein.«

Rasmus trat einen Schritt zurück und versuchte, die Kränkung zu ignorieren, dass seine Fertigkeiten als belanglos abgetan worden waren. Aber Scythe Alighieri war noch nicht fertig mit ihm. Er erhob sich von seinem Thron und kam näher, wobei er Rasmus die ganze Zeit ansah, so wie man ein Pferd mustern würde.

»Du bist ein recht gut aussehender junger Mann«, meinte er.

Rasmus konnte ihm nicht in die Augen sehen. »Das hat man gelegentlich gesagt, Euer Ehren.«

Alighieri grinste, amüsiert über Rasmus' unausgesprochene Sorge. »Keine Angst, Junge, ich hege keine Absichten dir gegenüber; es war lediglich eine Beobachtung«, sagte er.

»Aber wenn er Absichten hegen *würde*«, fügte Catrina hinzu, »würdest du auch dafür dankbar sein.«

Der Scythe betrachtete Rasmus noch einen Moment länger und seufzte. »Du hast so schönes Haar. Eine Schande, dass es ab muss. Catrina! Bring ihn zum Barbier.«

»Mein Haar muss ab, Euer Ehren?«

»Ja. Ein Lichtputzer mit solchem Haar ist ein Brandrisiko«, sagte Alighieri. »Es muss abgeschnitten werden.«

Catrina führte ihn eine schmale Wendeltreppe hinunter in eine riesige Küche, in der ein Dutzend Köche in zahllosen Kupfertöpfen das Abendessen bereiteten.

»Sind das alles sterblich Geborene unter Alighieris Schutz?«, fragte Rasmus.

»Jeder einzelne.«

»Aber du bist nicht sterblich geboren.«

»Genauso wenig wie du.«

In dem Flur hinter der Küche blieb sie stehen, drehte sich um und betrachtete ihn so wie Alighieri zuvor, aber mit anderen Hintergedanken. Weniger *Beobachtung* und vielleicht ein wenig mehr von den Absichten, die Alighieri nicht hegte.

»Du hast keine Ahnung, warum er dich zum Barbier schickt, oder?«

»Damit mein Haar kein Feuer fängt«, antwortete Rasmus.

Darüber musste Catrina lachen. »Du bist nicht besonders helle, oder, Rasmus Vanderlip?«

»Ich bin schlau genug.«

Sie beugte sich näher zu ihm, als ob das, was sie sagen wollte, nicht zu laut ausgesprochen werden dürfte. »Dein Aussehen stellt eine Bedrohung für ihn dar«, erklärte Catrina. »Niemand im Schloss darf schöner sein als er.« Sie kicherte. »Du hast Glück, dass es bloß dein Haar ist. Er hat auch schon Kollagen-Spritzen angeordnet, damit ein attraktives Gesicht verquollen und verrutscht aussieht.«

Rasmus hatte immer gewusst, dass er einen gefälligen Anblick bot, aber er war nicht der Typ Mensch, der sein gutes Aussehen ausnutzte, wie einige es vielleicht getan hätten. Zumindest nicht bewusst. Aber hier konnte er es nicht ausnutzen. Hier war sein Aussehen eine Belastung.

Der Barbier hatte offensichtlich spezifische Anweisungen, denn er rasierte Rasmus' Kopf nicht gründlich. Stattdessen wurde Rasmus geschoren wie ein Schaf von einem blinden Schäfer, unsauber, klumpig und hässlich.

»Sei dankbar«, erklärte Catrina ihm, nachdem das Gemetzel beendet war, aber Rasmus war sich nicht sicher, wofür.

Rasmus' Zimmer war funktional und hinreichend bequem. Es gab einen Kleiderschrank mit Kleidung aus vergangenen Zeiten, Uniformen, wie sie ein Lichtputzer vielleicht im neunzehnten Jahrhundert getragen hatte. Die Kleider waren steif, rau und schwer, aber wie der Wärter am Tor gesagt hatte, man gewöhnte sich daran.

Obwohl in dem Schloss die nötige Verkabelung und alle Anschlüsse für elektrisches Licht vorhanden waren, hatte Scythe Alighieri darauf bestanden, dass die Fassungen in ihren Originalzustand zurückgebaut wurden, um als Halter für echte Kerzen zu dienen.

Als Lichtputzer war Rasmus dafür verantwortlich, jede einzelne Kerze in den vielen öffentlichen Räumen des Schlosses auszutauschen, wenn sie niedergebrannt war. Mit allen Kron- und Kerzenleuchtern machte das Hunderte und Aberhunderte von Kerzen, die täglich gewechselt und jeden Abend vor Sonnenuntergang angezündet werden musste. Zum Glück war jemand anderes dafür zuständig, am Morgen den geschmolzenen Wachs zu entfernen. Die Frau verrichtete ihre Aufgabe stoisch und sprach kaum mit Rasmus.

»Achte darauf, dass die Kerzen geradestehen, sonst schmelzen sie mehr, als dass sie brennen, und machen mir zusätzliche Arbeit«, war so ziemlich alles, was sie zu ihm sagte.

Anfangs glaubte Rasmus, Scythe Alighieri würde wie Scythe Mößbauer sterblich Geborene vor der Säuberung retten, weil es moralisch richtig war. Aber er brauchte nicht lange, um zu begreifen, dass Alighieri nicht seinem Gewissen folgte. Er war ein eigennütziger Mann, mehr nicht.

Dieser Einschätzung hätte Alighieri nicht widersprochen. Er war sehr klar in seinem Glauben, dass nur Eigennutz lohnenswert war. Für ihn war Eigenliebe die größte Liebe überhaupt. Und er konnte sich selbst nicht genug lieben – deshalb brauchte er andere, die ihn ebenfalls liebten.

Catrina hatte recht – in einem attraktiven jungen Mann wie Rasmus sah Alighieri eine Bedrohung. Nicht nur eine Bedrohung für die eigene unübertroffene Schönheit, sondern auch für seine Macht. Alighieri wusste, dass gut aussehende Männer Aufmerksamkeit auf sich zogen und Anhänger gewannen, die sie nicht unbedingt verdient hatten. Er wusste es, weil er selbst einer jenen jungen Männer gewesen war, die mit gutem Aussehen gesegnet waren. Und er hatte gewusst, wie man die Welt um den kleinen Finger wickelt. Deshalb hatte er schon früh beschlossen, dass es in seinem Dunstkreis niemanden geben durfte, der schöner war als er selbst.

Er nahm an, dass mit der Verhunzung von Rasmus' Haar auch sein Wille gebrochen worden war und er in seiner Knechtschaft verschwinden würde wie so viele andere in dem Schloss.

Aber Alighieri irrte sich.

Als Rasmus seine Großmutter zum nächsten Mal sah, ging er an ihr vorbei, ohne sie zu erkennen, bis sie seinen Namen rief. Auf Befehl von Scythe Alighieri war sie über den Berg gekommen und hatte sich auf fünfundzwanzig resetten lassen. Es war irritierend, sie so zu sehen, doch Rasmus wusste, dass er sich daran gewöhnen musste.

»Meine Finger sind jetzt viel flinker«, erklärte sie ihm. »Das vermag die Jugend.«

»Du wirkst nicht wie du selbst, Großmutter«, erwiderte Rasmus. »Und ich meine nicht bloß das Alter.«

Elke seufzte und überlegte, wie sie antworten sollte. »Wusstest du, dass dieses Schloss nicht von einem Architekten geplant wurde?«, fragte sie ihn. »König Ludwig hat einen Bühnenbildner damit betraut.«

Wenn man sich umsah, ergab das perfekten Sinn. Alles sah aus wie die Kulisse einer Wagner-Oper.

»Wir müssen das Ganze betrachten wie ein langes Theaterstück«, sagte Elke. »Eine andauernde Vorstellung. Anders kann ich es nicht durchstehen.«

Mit ihren verjüngten Fingern hatte Elke ihre Fertigkeit an der Harfe schnell wiedererlangt. Ihre Musik begleitete jede Mahlzeit und jede Versammlung. Ihre überstrapazierten Finger bekamen Blasen, die sich mühten, zu Hornhaut zu werden. Ihre Naniten schütteten Schmerzmittel aus, die sie jedoch schwach und verträumt machten.

»Oh, Rasmus«, klagte sie. »Ich bin so mit Beruhigungsmitteln vollgepumpt, dass ich einen Schritt vor der Abhängigkeit bin und zwei Schritte von der Linderung. Meine Finger werden sich irgendwann daran gewöhnen. Aber im Moment ist es die reinste Tortur.«

Rasmus konnte ihr nur Mitgefühl und Hoffnung anbieten. »Ich habe gehört, dass der Thunderhead neue Schmerznaniten entwickelt, die besser wirken, ohne abhängig zu machen.«

Elke lächelte matt. »Bald wird uns die bloße Vorstellung von Schmerz unvertraut sein. Ich frage mich, wer wir dann sein werden.«

Rasmus empfand keinen Schmerz, sondern bloß eine wachsende Taubheit. Tag für Tag erduldete er die Monotonie seines Dienstes, wechselte die Kerzen und zündete sie an. Er sehnte sich danach, mit seinen alten Freunden zu reden oder wenigstens mit dem Thunderhead, denn der hatte immer weise Worte für ihn parat gehabt, die ihn beruhigten. Aber der Thunderhead durfte nicht in das Herrschaftsgebiet eines Scythe eindringen – und um ein solches handelte es sich bei dem Schloss. Es war, als gäbe es außerhalb von Neuschwanstein keine Welt und Alighieri würde wie der Kleine Prinz allein auf seinem eigenen Planeten leben.

Rasmus brauchte nicht lange, um dahinterzukommen, was wirklich hinter dem Dienst in dem Schloss steckte. Scythe Alighieri bot nicht einfach jedem Zuflucht; sterblich Geborene wurden nicht nur überprüft, sondern regelrecht *gescoutet*. Alighieri verkündete seinen Bedarf an einer bestimmten Sorte von Person, sei es ein Künstler, ein Steinmetz oder ein Koch, und die Agenten in seiner Anstellung suchten einen sterblich Geborenen, der das Profil erfüllte. Tatsächlich war es Elkes Karriere als Harfenistin gewesen, mit der sie für sich und Rasmus einen Platz in Schloss Neuschwanstein verdient hatte. Und auch wenn der Mann Rasmus und Elke vor der Säuberung gerettet hatte, wuchs Rasmus' Verachtung für ihn mit jedem Tag.

Alighieri tat viele Dinge, die Rasmus wütend machten – weil sie den Charakter des Mannes so deutlich hervortreten ließen.

So befahl er seinen Untertanen einmal, die Nacht bis zum folgenden Morgen durchzutanzen, um zu sehen, wer als Letzter umfiel.

Und einmal warf er dem unwitzigen Hofnarren so viele Gemeinheiten an den Kopf, dass der Mann in Tränen ausbrach.

Oft verlangte er wahllos von Menschen, ihm ihre unsterbliche Liebe zu erklären. Manchmal mit Worten, manchmal durch Taten.

»Schneide dir deinen kleinen Finger ab, um mir deine Hingabe zu beweisen«, forderte er eine Frau auf. »Mach dir keine Sorgen, die Naniten lassen ihn wieder nachwachsen.«

Und dann war da die scheinbar willkürliche Wahl seiner abendlichen Gesellschafterinnen.

Begehrte er sie, fragte Rasmus sich, oder begehrte er nur die Macht über sie? Es war unmöglich zu sagen. Und der Mann genoss es, die Menschen im Ungewissen zu lassen.

»Ich möchte ein ewiges Geheimnis für mich und andere bleiben«, sagte er gern. Das waren nicht seine eigenen Worte. Er hatte sie bei seinem Historischen Patron geklaut, dem original Dante Alighieri, der sich im Grab umdrehen würde, wenn er den Mann kennen würde, der seinen Namen angenommen hatte.

Hin und wieder gab es auch Neuankömmlinge im Schloss, sterblich geborene Flüchtlinge, die Alighieri geruhte, in seiner Gegenwart zu dulden.

Unter dem nächsten Schwung an Neuankömmlingen waren ein Cellist und eine Flötistin.

»Irgendwann werde ich ein komplettes Orchester haben«, sinnierte Alighieri. Aber fürs Erste war es nur ein Trio. Harfe, Flöte und Cello ergaben ein eigenartiges Ensemble, doch die Musik war wunderschön – gleichzeitig sehnsüchtig und voller Trauer. Die drei klangen ein wenig wie eine Spieluhr, automatische Musiker, die aufgezogen wurden, um nach der Laune ihres Herrschers zu spielen.

»Er hat uns alle zu Sklaven gemacht«, sagte Rasmus eines Tages zu Catrina, als sie seine Lichtputzerarbeit begutachtete – was sie häufig tat.

»Ich könnte ihm melden, dass du das gesagt hast. Ich könnte ihn darauf hinweisen, dass es dir an Dankbarkeit mangelt.«

Rasmus steckte eine weitere Kerze an ihren Platz. »Aber ich glaube nicht, dass du das tun wirst.«

»Du solltest dich davor fürchten, dass ich es überhaupt in Erwägung ziehe.«

Rasmus stieg die Leiter herunter, so dass er ihr direkt gegenüberstand. »So schnell fürchte ich mich nicht.«

»Sei vorsichtig, was du sagst, *Kerzen-Junge*. Scythe Alighieris Güte schützt dich nur so lange, wie es ihm gefällt.«

Das brachte Rasmus auf einen Gedanken. »Hat er jemals jemanden rausgeschmissen?«

»Hin und wieder. Er hat kein Problem damit, Leute zu vertreiben, die ihm nicht den gebührenden Respekt erweisen.«

»Du meinst Leute, die ihn nicht als Retter verehren.«

»Er *ist* dein Retter«, sagte Catrina. »Und wenn es Verehrung ist, was er braucht, warum sollte man sie ihm nicht geben? Es ist nicht viel verlangt als Gegenwert für deine schiere Existenz.«

Damit schritt sie davon und ließ Rasmus lächelnd zurück – denn er wusste, dass sie diese kleinen Geplänkel zwischen ihnen genauso genoss wie er.

Rasmus musste unaufhörlich an Catrina denken. Sie hatte irgendwas. Etwas Verborgenes. Etwas Mutwilliges. Anders als die skurrile Launenhaftigkeit, von der Scythe Alighieris Lehensgut durchdrungen war, etwas, das dieser beinahe trotzte. Als gäbe es einen Witz hinter dem Witz und Catrina wäre die Einzige, die ihn kannte.

Sie kontrollierte Rasmus weiterhin öfter als nötig. Es war auffällig. Offensichtlich gefiel es ihr, ihm zuzusehen – und Rasmus musste zugeben, dass ihre Beobachtung seine monotone Arbeit erträglicher machte.

»Dein Haar ist wirklich unglaublich«, neckte sie ihn, als sie an eine Säule gelehnt zusah, wie er Kerzen in einem der zehn Leuchter im Ballsaal aufsteckte. »Es sieht sogar noch schlimmer aus als am ersten Tag. Wirklich hässlich.« Sie waren allein. Sie kam nur, um ihm zuzusehen, wenn sonst niemand da war.

»Du willst es bloß anfassen.«

Catrina grinste. »Vielleicht, vielleicht auch nicht.«

Er steckte die letzte Kerze an ihren Platz. Dies war der letzte Raum für heute. Nun musste er all die Kerzen, die er im Ballsaal aufgestellt hatte, nur noch anzünden. Es dämmerte bereits, doch er wartete noch.

»Warum bist du hier, Catrina? Hier in dem Schloss, meine ich. Du weißt, dass ich wegen Elke hier bin, aber was hält dich in Alighieris Diensten?«

Catrina zuckte die Schultern. »Vielleicht gefällt es mir hier.«

»Du bist also lieber in Dantes persönlichem Inferno als draußen in der Welt?«

Catrina zog eine Kerze von ihrem Dorn und begutachtete sie. Scythe Alighieri verwendete keine Kerzen aus industrieller Produktion. Es gab jemanden im Schloss, der sie von Hand herstellte, ein weiterer Vollzeitjob, der komplett unnötig war.

»Ich war schon hier, als Alighieri eingetroffen ist«, gestand Catrina. »Neuschwanstein hatte viele Jahre lang leer gestanden. Ich hatte es mit ein paar Widerlingen illegal besetzt.«

»Du warst ein Widerling?«

»Eine Zeitlang. Uns gefiel die Idee, unregistriert in einem alten Schloss zu leben. Dann kam Alighieri und befahl uns zu verschwinden. Als unsere Anführerin sich weigerte, hat er sie nachgelesen, und die anderen sind gerannt wie die Hasen.«

»Aber du nicht.«

»Ich wusste, dass ich Alighieri nützlich sein konnte. Ich kenne alle Geheimnisse des Schlosses. Verborgene Gänge und vergessene Geschichten. Die Leichen im Keller. Und davon gibt es eine Menge.«

Im Ballsaal wurde es dunkler. Rasmus wusste, dass er mit seiner Arbeit fortfahren sollte, doch das erschien ihm im Moment nicht so wichtig.

»Jedenfalls hat er mich hierbehalten, weil ich mich auskenne«, sagte Catrina. »Zum Beispiel mit den Macken des Heizungssystems. Welche Räume im Winter warm und welche im Sommer kühl bleiben. Und da er allein kam, verbannt aus Florenz und ohne Gefolge, wurde ich sein erstes Gefolge hier. Er brauchte mich als Spiegel, jemanden, die ihm erklärte, wie schön er war, weil sonst niemand da war, der es machen konnte.«

Catrina blickte zu Boden – als würde sie überlegen, ob sie ihm noch mehr anvertrauen sollte, als sie es schon getan hatte.

»Er wird mich zu seinem Lehrling machen«, sagte sie schließlich. »Er wird mich zur Scythe machen.«

»Das hat er dir erzählt?«

»Nein, aber er bildet mich offensichtlich dafür aus. Er lässt mich reisen und ihm Menschen zum Nachlesen zuführen.«

»Im Moment reist du nicht ...«

»Er liest nur nach, wenn es ihm passt und es irgendeinem größeren Zweck dient. Solange er zufrieden ist, hat er kein Bedürfnis nachzulesen – und da er ein Ein-Personen-Scythetum ist, gibt es auch keine Quote.«

Mittlerweile war es in dem Raum düster geworden, und mit der zunehmenden Dunkelheit waren auch ihre Stimmen leiser geworden.

»Solltest du nicht anfangen, die Kerzen anzuzünden?«, fragte Catrina.

»Das sollte ich wohl«, sagte er und machte einen Schritt auf sie zu, »aber dafür bleibt noch reichlich Zeit.«

Denn sie waren beide mehr als bereit, ein wenig länger gemeinsam im Schatten zu verweilen.

Rasmus' Zeit mit Catrina war das Einzige, was ihm durch die endlosen Tage im Schloss half, die Monate, in denen er versuchte, durchzuhalten und die Säuberung zu überleben. Die Faszination und Gefahr ihrer heimlichen Romanze würzten sein ödes Dasein als *Kerzen-Junge* des Schlosses.

»Wenn er von uns erfährt, schmeißt er dich raus«, neckte Catrina ihn. »Er wirft dich den Wölfen zum Fraß vor – vielleicht sogar buchstäblich. Das würde ich ihm zutrauen.«

»Nur mich?«, fragte Rasmus. »Nicht auch dich?«

Sie zuckte die Schultern. »Er betrachtet mich als seinen Schützling. Wahrscheinlich würde er mir nur mit dem Zeigefinger drohen und mich bestrafen, indem er dich vertreibt.«

Es war die Furcht vor Vertreibung, mit der alle auf Linie gehalten wurden. Und als Rasmus gerade glaubte, er könne in seiner ständigen Wachsamkeit ein wenig nachlässiger werden, wurde er Zeuge, wie jemand die Konsequenzen zu erleiden hatte, die es nach sich zog, wenn man Scythe Alighieri verstimmte.

Wie die Frau, die das Kerzenwachs entfernte.

Sie war ihrer endlos monotonen Arbeit mit immer weniger Begeisterung nachgegangen und hatte so ein paar Wachsflecken übersehen. Auf einem dieser Flecken rutschte Scythe Alighieri aus und stürzte. Bis auf sein Ego blieb alles unversehrt, aber wenn man ein Ego von der Größe des Mondes hat, ist das womöglich eine schwere Verletzung. Alighieri warf die Frau ohne Zögern hinaus.

»Du bist mir nicht länger von Nutzen«, erklärte er ihr, und binnen einer Stunde wurde sie an einem Nachmittag, an dem das Schneetreiben immer dichter wurde, vor das Schlosstor gesetzt. Niemand wusste, ob die Säuberung sie anschließend gefunden hatte, denn sobald man jenseits des Tores war, gehörte man nicht mehr zu Alighieris Welt.

Aber die Säuberung fand schließlich Alighieris Welt. Und jener Tag war der Anfang vom Ende vieler Dinge.

Im höchsten Turm des Schlosses hing eine Glocke, die nie läutete. In den vielen großen Sälen von Neuschwanstein gab es Uhren in allen Formen und Größen – aber keine von ihnen wurde aufgezogen. Alle waren in der ästhetisch befriedigenden Position von Mitternacht erstarrt. Oder Mittag, je nachdem, ob man Optimist oder Pessimist war. Alighieri hasste das Ticken von Uhren, noch mehr jedoch verabscheute er das Läuten von Glocken. In der alten Zeit hatten solche riesigen Eisenglocken unbarmherzig ihren langsamen unheildrohenden Rhythmus vorgegeben, mit ihrer feierliche Klage Beerdigungen begleitet und die Lebenden gerufen, die Toten zu betrauern. Sie markierten das gnadenlose und gleichgültige Vergehen der Zeit, und Alighieri hasste das Konzept der Zeit an sich.

»Ich bin so zeitlos wie die Welt«, verkündete er. »Tatsächlich war ich es, der nach Erlangung der Unsterblichkeit auf die Idee gekommen ist, den Jahren Namen zu geben, statt sie zu nummerieren.«

Das war natürlich gelogen. Er hatte nichts damit zu tun gehabt, aber da niemand ihm widersprach, konnte er behaupten, was er wollte.

Trotz seines Hasses auf Glocken befahl er an einem frühen Februarmorgen, dass an dem alten staubigen Seil gezogen wurde, das in den Glockenturm führte, so dass die Glocke von Neuschwanstein lange und laut läutete.

»Um Mittag wird ein Konklave abgehalten«, verkündete er. »Kein Konklave von Scythe, sondern von sterblich Geborenen.

Der Grund für diese Versammlung wird mehr als deutlich werden, sobald wir zusammenkommen.«

Da Scythe Alighieri Dramen jeder Art mochte, harrten seine zahlreichen *Untertanen* angespannt eines Spektakels, voller Angst unfreiwillige Opfer eines Zirkus zu werden.

Rasmus hörte das Läuten wie alle anderen. Im Schloss schwirrten bereits Gerüchte, was es zu bedeuten hatte. Einige meinten, es gebe einen Verräter unter ihnen und Alighieri würde den Schuldigen öffentlich anklagen und nachlesen. Andere waren überzeugt, der Scythe habe es leid, ihnen Zuflucht zu bieten, und würde sämtliche Bewohner aus dem Schloss werfen. Alles war möglich. Aber Rasmus hatte eine Ahnung, dass diese Gerüchte falsch waren, denn Catrina wirkte eher aufgeregt als besorgt. Sie wusste etwas, wollte jedoch nichts verraten. Bevor sie an jenem Tag ihren Platz an Alighieris Seite einnahm, sagte sie nur: »Das dürfte interessant werden!«

Im Thronsaal drängten sich alle seine *Kinder*, wie Alighieri die bei ihm Asylsuchenden nannte. Vom Eingang bis zum Thron war ein breiter Gang frei geblieben. Weitere zwölf Glockenschläge verkündeten die Mittagsstunde.

Als der letzte Ton verhallt war, wurde die Tür geöffnet. Flankiert von zwei Wachen und begleitet von einer dritten wurde eine Person hereingeführt.

Es war ein Scythe.

Seine Robe war aus hellgrüner Seide – in der Farbe von Bougainvillea, die jedoch alles andere als gefällig wirkte, weil auf ihre Brust ein Totenkopf gestickt war. Es war ein Scythe der Säuberung!

Sein Anblick ließ vielen den Atem stocken, andere flüsterten gedämpft und nervös. Der Auftritt hätte Panik auslösen können, aber die respektlose Art, mit der die Wärter den Scythe vorwärtsstießen, ließ erkennen, dass er kein Freund des Hofes war, sondern ein Gefangener.

Der Mann hatte eine arrogante Miene aufgesetzt und würdigte den Mob zu beiden Seiten des Ganges keines Blickes. Er hatte nur Augen für Alighieri und sein barockes Tableau von Höflingen. Als die Menge ihren anfänglichen Schock überwunden hatte, begannen die Leute – einschließlich Rasmus – den hellgrünen Scythe verächtlich anzuzischen, bis Alighieri die Hände hob, um sie zum Schweigen zu bringen.

Catrina trat vor. »Dies ist Scythe Draco aus Mediterranien, Euer Ehren«, verkündete sie.

»So eine hübsche Robe für so einen hässlichen Mann«, sagte Alighieri, der lässig auf seinem Thron fläzte. »Aber vermutlich ergibt alles im Leben eine Balance.«

»Knien Sie nieder in Gegenwart seiner Ehren Scythe Dante Alighieri, Alleinherrscher des Scythetums Neuschwanstein«, forderte Catrina den Gefangenen auf

Draco sah sie grimmig an. »Das werde ich nicht tun. Kein Scythe kniet vor einem anderen nieder – schon gar nicht vor einem sterblich geborenen Scythe.«

Der Raum war nun völlig verstummt. Alle warteten, was geschehen würde. Welches Spektakel würde Scythe Alighieri zu ihrer (aber vor allem seiner eigenen) Unterhaltung aufführen?

»Ihr Scythe der Säuberung seid so byzantinisch«, scherzte er. »Sogar noch mehr als ich!«

»Ihr Zoo aus sterblich Geborenen wird nicht überleben«, sagte Borgia. »Sie werden alle nachgelesen werden, das versichere ich Ihnen.«

Alighieri lachte. »Von wem? Von Ihnen?«

»Es gibt reichlich andere, die diese Aufgabe erledigen werden«, fauchte Draco.

»Oh – meinen Sie Ihre drei Freunde? Die anderen Scythe, mit denen Sie gekommen sind?«

Wieder erhob sich ein Gemurmel. Natürlich gab es andere! Die Scythe der Säuberung reisten immer in Vierergruppen!

Der Panzer von Borgias trotziger Miene zeigte erste Risse. »Wo sind sie?«, fragte er.

»Ich weiß nicht genau«, sagte Alighieri, obwohl das offensichtlich gelogen war. »Wärter, hat irgendjemand Neuigkeiten über die Mitverschwörer dieses Mannes zu berichten?«

Ein Bladeguard trat vor. »Die drei anderen Scythe haben ihr Mitwirken an der Säuberung plötzlich bereut«, verkündete er. »Sie waren so beschämt, dass sie sich im Alpsee ertränkt haben.«

Als er das hörte, bröckelte die eiserne Fassade des fremden Scythe vollends. Rasmus musste zugeben, dass es ein glorreicher Anblick war, den Mann so demoralisiert zu sehen.

»Nun, da haben Sie es«, sagte Alighieri. »Ihre Freunde haben sich selbst nachgelesen. Ich kann es ihnen nicht verdenken.«

Borgias Gesicht hatte beinahe die Farbe seiner Robe angenommen. »Was haben Sie getan! Das ist undenkbar! Unverzeihlich! Sie haben sich nicht selbst nachgelesen! Sie wurden offensichtlich ermordet!«

»Bezichtigen Sie meine Wachen der Lüge, Scythe Draco?«

»Sie hätten ihr Leben nie selbst beendet!«

»Die einzigen Zeugen sagen etwas anderes – und niemand kann es anfechten, deshalb wird es als dreifache Selbstnachlese in die Geschichte eingehen.«

»Ich fechte es an!«, brüllte Draco.

»Es ist vermerkt«, sagte Alighieri mit kalkulierter Ruhe. Er erhob sich von seinem Thron und ging auf Draco zu. »Ich gebe Ihnen die Wahl, Unehrenhafter Scythe Draco. Sie können Mediterranien verlassen und mir als Ihrem High Blade die Treue schwören ... oder Sie können gehen.«

»Ich werde Ihnen niemals dienen!«

»Also gut, dann haben Sie sich für die Selbstnachlese entschieden.«

»Was?«

»Habe ich mich nicht klar ausgedrückt?«, fragte Alighieri. »Entweder Sie dienen mir oder Sie verlassen dieses Leben. Sie haben sich für Letzteres entschieden.« Er wandte sich an Catrina. »Bring das Werkzeug«, sagte er leise.

»Bringt das Werkzeug!«, rief Catrina.

Drei Wachen rollten ein Podest hinter dem Thron hervor, auf dem ein Schwert mit einem diamantbesetztem Knauf dramatisch in einem steinernen Fundament steckte, genauso beeindruckend wie Excalibur, aber im Gegensatz zu dem berüchtigten Schwert in dem Stein, war nicht die Spitze, sondern der Knauf in das Fundament eingelassen. Die Spitze zeigte gen Himmel wie ein silberner Stalagmit.

»Sie werden sich selbst nachlesen, indem Sie sich in das Schwert stürzen«, befahl Alighieri, während die Leute um Rasmus die Hälse reckten, um mehr zu sehen.

Er selbst machte einen Schritt zurück. Als er das letzte Mal einer so scharfen Klinge nahegekommen war, war er mit Blut bespritzt worden.

»Ich werde nichts dergleichen tun«, sagte Draco.

»Verstehe«, sagte Alighieri. »Es ist auch schwierig, es allein zu bewerkstelligen.« Er zog das Schwert aus dem steinernen Sockel und fuchtelte damit herum. Es war so scharf, dass es die Luft selbst zerschnitt. »Wer hilft Scythe Draco bei seiner Selbstnachlese?«, fragte Alighieri – und auch wenn alle mehr als glücklich waren, dem nahenden Ende eines Scythe der Säuberung beizuwohnen, meldete sich niemand freiwillig.

Alighieris Blick fiel auf Rasmus.

Rückblickend würde Rasmus erkennen, dass das in keiner Weise Zufall war. Wie alles, was Alighieri tat, geschah es mit Berechnung.

»Mein Lichtputzer hat diesem Hof viel Erleuchtung gebracht. Es ist nur passend, dass er dabei hilft, Ihr erbärmliches Licht auszulöschen.«

Er drückte Rasmus das Schwert in die Hand.

»Du wirst Scythe Draco bei seiner Selbstnachlese assistieren.«

Das Schwert war leichter, als Rasmus erwartet hatte – gewichtig war nur der Zweck, zu dem es verwendet werden sollte. Er warf Catrina einen Blick zu, die besorgt und verwirrt wirkte.

»Euer Ehren«, rief sie. »Der Lichtputzer ist nicht geübt im Umgang mit einer Klinge …«

»Oh wirklich«, sagte Alighieri mit einem schmierigen kleinen Grinsen. »Ich habe gehört, er hat einen ziemlich kräftigen Stoß.«

Rasmus schluckte schwer. So viel zu ihrem kleinen Geheimnis – auch wenn das im Moment die geringste seiner Sorgen war.

»Los, Lichtputzer«, drängte Scythe Alighieri. »Hilf Scythe Draco, sein unglückliches Leben zu beenden.«

»Wage es bloß nicht, Junge!«, sagte Draco.

»Tu es!«, befahl Alighieri. »Ein Stoß ins Herz mit einer finalen Drehung am Schluss.«

Rasmus wusste, dass er den Befehl befolgen musste. Doch eine solche Tat ließ sich nicht so leicht begehen. Er suchte in der Menge den Blick seiner Großmutter, und sogar sie nickte ihm zu. Aber sosehr er es auch versuchte, er brachte es nicht über sich. Er hatte es nicht in sich, ein Leben zu beenden – nicht einmal das Leben einer so verhassten Person wie einem Scythe der Säuberung.

Als er weiter zögerte, trat Catrina vor. In einer flüssigen Bewegung nahm sie Rasmus das Schwert aus der Hand, näherte sich Draco und durchbohrte ihn ohne das geringste Zögern. Dann zog sie die Klinge heraus und ließ die Leiche des Scythe auf den Boden sinken.

»So. Es ist erledigt, Euer Ehren«, sagte sie.

Aber Alighieri wirkte alles andere als erfreut. »Wer hat dir die Erlaubnis gegeben, das zu tun?«

»Scythe Draco brauchte Unterstützung bei seiner Selbstnachlese, also habe ich ihm geholfen.«

»Du warst nicht gefragt!«, brüllte Scythe Alighieri.

»Aber Rasmus konnte es nicht …«

»Es ist nicht an dir zu entscheiden, was er kann und was nicht!«

Catrina begann zu stottern.

Es war das erste Mal, dass Rasmus sie unsicher erlebte.

»Aber … aber ich dachte … weil ich diejenige bin, die trainiert, um Ihr Lehrling zu werden …«

»Lehrling?«, fragte Alighieri, als hätte er das Wort noch nie gehört. »Ist es das, was du glaubst? Dass dein Dienst hier zu einer *Lehre* führt?«

»Ich … ich stehe an Ihrer Seite, Euer Ehren! Ich jage für Sie und bringe Ihnen Menschen zum Nachlesen. Ich … ich …«

»Du bist eine Dienerin«, beschied Alighieri sie mit einem herablassenden und verächtlichen Grinsen. »Du bist ein Accessoire wie der Ring an meinem Finger. Wie kannst du es wagen zu glauben, du seiest mehr!«

An dem Punkt hätte Alighieri aufhören können. Und das hätte er um seiner selbst willen auch tun sollen. Doch er sprach weiter.

»Ich habe nicht die Absicht, einen Lehrling anzunehmen. Und wenn, wäre es bestimmt kein dürres, quäkendes Mädchen!«

Rasmus erkannte den Moment, in dem Catrina zerbrach. Er sah es in ihren Augen, auch wenn sie klug – oder geschockt – genug war, um sich zusammenzureißen.

»Euer Ehren«, sagte Rasmus, nahm Catrina behutsam das Schwert aus der Hand und steckte es wieder in das Steinfundament. »Sie hat einen Fehler gemacht. Aber sie ist Ihnen treu ergeben – das wissen Sie ...« Doch anstatt ihr zu helfen, streute er damit nur Salz in die Wunde.

Catrina warf ihm einen lodernden Blick zu. »Ich brauche deinen Beistand nicht«, zischte sie.

Alighieri kehrte zu seinem Thron zurück, und seine Friseurin hob instinktiv die Bürste. Aber Alighieri riss sie ihr aus der Hand. »Fort mit dir«, herrschte er sie an. »Such dir eine andere Tätigkeit.«

Die Frau eilte davon, weil sie Angst hatte, dass die Funken seines Zorns sie treffen könnten. Alighieri wies auf Catrina, als wäre die Bürste ein Zauberstab und er stünde im Begriff, einen Fluch auszusprechen.

»Du«, sagte er zu Catrina. »Du wirst meine neue Haarpflegerin.«

Es war mehr als demütigend.

»Aber ... aber ... ich stehe zu Ihrer Rechten! Ich bin Ihre Stimme! Ich verkünde Ihre Erlasse!«

»Nicht mehr!«, sagte Alighieri. »Von nun an stehst du hinter mir und kämmst mein Haar.« Er drückte ihr die Bürste in die Hand, setzte sich auf seinen Thron und wartete darauf, dass sie ihrer neuen Pflicht nachkam.

Und so führte Catrina unter aller Augen – inklusive der leeren Augen des toten Scythe auf dem Marmorboden – die Bürste zu Scythe Alighieris langem, dichtem Haar und begann zu bürsten.

»Ich hasse ihn.« Catrina lief in Rasmus' Zimmer auf und ab und wurde immer wütender. »Hasse ihn, hasse ihn, hasse ihn!«

»Beruhige dich«, sagte Rasmus, doch es war, als wollte man ein tobendes Feuer mit Spucke löschen.

»Dieser narzisstische, misogyne, solipsistische ...«

»Hör auf! Mir wird ganz schwindelig von all den Fremdwörtern ...«

»Du bist ein Idiot!« Sie stürmte quer durch sein Zimmer und wieder zurück. »Seit mehr als drei Jahren tanze ich nach seiner Pfeife und wofür? Damit ich nun die Ehre genieße, sein beschissenes Haar bürsten zu dürfen?«

»Du bist nicht sterblich geboren«, erinnerte Rasmus sie. »Du kannst jederzeit gehen.«

Sie sah ihn lange an. »Ist es das, was du willst, Rasmus? Willst du, dass ich gehe?«

»Nein, aber ich will, dass du glücklich bist. Was würde dich glücklich machen, Catrina?«

Sie brauchte gar nicht zu antworten. Die Antwort stand direkt vor ihnen. Es musste sie nur jemand aussprechen. Also tat Rasmus es.

»Wir könnten ihn stürzen ...«

Endlich hörte sie auf, im Zimmer hin und her zu laufen. »Wie stellst du dir das vor?«

Es würde nicht leicht werden, aber sie konnten es schaffen. Denn so geliebt Alighieri sich auch wähnte, gab es niemanden in Neuschwanstein, der tatsächlich so empfand. Alighieri verwechselte Furcht mit Liebe. Nicht einmal seine eigenen Wachen mochten ihn – sie waren lediglich durch die Pflicht gebunden und hielten es für ehrenhaft, der Säuberung zu trotzen.

Die meisten Bewohner des Schlosses hatten zu viel Angst, um sich an einem Putsch zu beteiligen, doch sie würden ihm auch nicht im Weg stehen. Schließlich war es eine kleine Gruppe von *Revolutionären*, die das Ende von Scythe Dante Alighieris Herrschaft plante. Sobald er abgesetzt war, würde er in seinen Gemächern unter Hausarrest gestellt werden – nur noch dem Namen nach *Souverän* von Neuschwanstein. Stattdessen würden die Flüchtlinge unter Catrinas Führung die Verwaltung des Schlosses selbst übernehmen. Sie war schließlich dafür ausgebildet worden, ob Alighieri das anerkannte oder nicht. Und auch seine selbst gewählte Isolation war ihrem schönen Plan nur förderlich. Niemand außerhalb des Schlosses würde erfahren, dass er entmachtet worden war – nicht einmal seine Agenten, die ihm sterblich Geborene schickten. Und vielleicht würde sich die Gruppe von Menschen, die hier Zuflucht fanden, in Zukunft nicht nur auf die von Alighieri Handverlesenen beschränken.

Alighieri wurde komplett überrascht. Er war so von sich eingenommen, dass er schlicht unfähig war sich vorzustellen, jemand könne ihm Böses wollen. Nicht einmal Catrina. Vielleicht hatte sein Tadel sie anfangs gepikst, doch sie musste daran erinnert werden, wo ihr Platz war. Außerdem war es eine Ehre, mit der Pflege seines Haars betraut zu werden. Das würde sie gewisslich begreifen. Deshalb war Alighieri, als es zu dem Putsch kam, völlig unvorbereitet.

Ihm war nicht aufgefallen, dass etliche Mitglieder seines Gefolges nicht so heiter wirkten wie üblich. Die erste Ahnung, dass etwas nicht stimmte, kam ihm, als die beiden Wachen an der Tür des Thronsaals unaufhörlich flüsterten und sich Blicke zuwarfen. Alighieri wurde allerdings nicht argwöhnisch, sondern war nur verärgert.

Dann betrat sein Lichtputzer den Thronsaal, ohne gerufen worden zu sein, und schritt unaufgefordert auf den Thron zu. War er in der vergangenen Woche, als er sich als unfähig erwiesen hatte, ein Schwert zu schwingen, noch nicht genug gedemütigt worden? Forderte er eine Bestrafung heraus?

»Scythe Alighieri«, sagte er, »wir alle, die Sie vor der Säuberung gerettet haben, möchte Ihnen danken für das, was Sie für uns getan haben.«

»Das solltet ihr auch!«, sagte Alighieri und fragte sich, worauf der Junge hinauswollte. »Ihr solltet mir endlos danken!«

»Wir sind dankbar«, fuhr der Lichtputzer fort. »Aber Ihre Aufgabe ist erledigt. Von hier an übernehmen wir.«

Im selben Moment stellte der Wasserträger seinen Krug ab und die Frau mit den Käsebällchen ihr Tablett. Dann packten sie ihn.

Aber das war noch nicht das Schlimmste.

Denn Catrina hatte aufgehört, sein Haar zu bürsten, und trat, die Bürste erhoben, vor ihn. Alighieri erkannte in ihren Augen, was sie vorhatte, und wusste, dass er sie nicht aufhalten konnte. Sie schlug ihm mit der flachen Seite der Bürste ins Gesicht, und als er von seinem Thron taumelte, langte sie noch einmal zu, die Zähne wütend aufeinandergebissen.

»Catrina! Hör sofort auf!«, jammerte er, als wäre sie bloß ein trotziges Kind, doch sie hörte nicht auf. Er rief nach seinen Wachen, doch sie waren Teil der Verschwörung und hatten den Geschehnissen den Rücken zugewandt. Und die Mitglieder seines Hofes? Sie feuerten Catrina entweder an oder wichen zurück und ließen sie gewähren.

»Hör auf der Stelle auf, oder ich schwöre, ich werde dich nachlesen!« Aber welche Macht er auch immer über diese Menschen zu haben glaubte, sie war verschwunden.

Rasmus dachte, Catrina würde von Alighieri ablassen. Er nahm an, dass sie ihn nur geschlagen hatte, um ihn zu überraschen, damit er unter Schock gefügig und leichter kontrollierbar sein würde. Aber je mehr der Scythe sich zusammenkauerte, desto härter schlug sie auf ihn ein – als könnte sie mit dieser Bürste drei Jahre ihrer eigenen unterdrückten Wut austreiben. Das war nicht Teil des Plans. Eigentlich hatten sie vorgehabt, Alighieri rasch zu überwältigen und schnell in seinen Gemächern verschwinden zu lassen, wo er friedlich und leise so lange wie nötig gefangen gehalten werden sollte.

»Bitte … bitte … hört auf!«, jammerte Alighieri. Aber nun begannen auch andere, den Scythe anzugreifen – sogar der Hofnarr, der sonst immer so sanftmütig wirkte, schlug mit beiden Fäusten auf ihn ein.

»Catrina!«, schrie Rasmus, weil er wusste, dass die anderen sich an ihrem Vorbild orientierten. »Catrina, das reicht!«

Weitere Menschen drängten in den Thronsaal und machten aus einer Gruppe von lediglich einem halben Dutzend Verschwörern einen wütenden Mob. Catrinas brutalem Beispiel folgend wurden sie kühner, begannen, Alighieri zu treten und zu packen, als wollten sie ihn in Stücke reißen. Der Wasserträger schlug ihn mit seinem Krug, und die Frau, die ihn bis zu diesem Tag mit Trauben gefüttert hatte, versuchte, ihm die Augen auszukratzen.

Schließlich war Rasmus geistesgegenwärtig genug, sich in die wütende Menge zu stürzen und die Gewalttätigsten wegzuzerren, bis er erkannte, dass eine von ihnen seine eigene Großmutter war.

Elke blickte zu ihm auf, verwundert über ihre eigene Raserei. »O bitte, Rasmus«, flehte sie, »lass mich ihm weh tun. Ich muss ihm weh tun. Du ahnst nicht, wie sehr er mich verletzt hat!«

»Die Säuberung ist der größere Feind, Großmutter«, erklärte er ihr. »Die müssen wir bekämpfen.«

Ihre Antwort würde Rasmus nie vergessen.

»In meinem Herzen ist jetzt Platz für viele Feinde«, erwiderte sie.

Schließlich ließ Catrina von Alighieri ab, atemlos und keuchend wie ein Raubtier, bevor es zum tödlichen Hieb ausholte. Sie betrachtete die Bürste in ihrer Hand und schleuderte sie von sich.

»Die werden Sie nicht mehr brauchen«, erklärte sie Alighieri, bevor sie sich an die Umstehenden wandte. »Bringt ihn zum Barbier.«

Alighieris wunderschöne, seidige Lockenpracht wurde noch grober abgesäbelt als Rasmus' Haar. Der Barbier hinterließ mit der Schere blutige Furchen in Alighieris Kopfhaut. Übrig blieb nur eine ungleichmäßige Matte von Strähnen, die an seinem Schädel klebten. Er sah aus wie der Überlebende eines Atomwaffenangriffs der Sterblichkeitsära.

»Es ist vollbracht!«, erklärte Rasmus Catrina. »Du hattest deine Rache – nun bringt ihn auf seine Gemächer!«

Aber Catrina lachte nur. »Vollbracht? Wir fangen gerade erst an!«, erwiderte sie.

»Catrina, wir hatten einen Plan! Es ist ein guter Plan!«

Aber das in ihr entzündete Feuer loderte zu heftig, um es jetzt noch zu löschen. »Entkleidet Alighieri!«, befahl sie. »Er liebt die alten Sitten, also soll er erfahren, was in den alten Zeiten der Sterblichkeit üblich war! Wir teeren und federn ihn!«

Die Menge johlte.

»Aber wir haben keinen Teer«, wandte jemand ein.

Daraufhin sah Catrina Rasmus mit einem erschreckenden Grinsen an. »Nein. Aber wir haben Wachs!«

Später konnte Rasmus den exakten Zeitpunkt, zu dem die Stimmung gegen den Putsch gekippt war, nicht genau benennen. Anfangs waren mehr Bladeguards auf ihrer Seite als gegen sie. Aber mitanzusehen, wie Alighieri gedemütigt wurde – wie man ihm seine Robe abstreifte, ihn mit Wachs beschmierte und zuletzt mit dem Flaum aus einem Dutzend Federkissen überschüttete –, war wohl zu viel für die Zwiespältigen. Als Alighieri geschmäht und in erbärmlicher Erniedrigung vorgeführt wurde, wandten sich mehrere Wärter, die die Rebellion eigentlich unterstützt hatten, ab und versteckten sich. Und das reichte denjenigen, die loyal zu Alighieri standen, um die Oberhand zu gewinnen.

Und so wurde aus dem, was als stiller Putsch begonnen hatte, eine offene Schlacht um die Macht.

Bald wurden uralte Waffen, die nur zur Dekoration des Schlosses gedient hatten, von den Wänden gerissen und richteten ein Blutvergießen an.

In dem allgemeinen Durcheinander konnte Alighieri sich losreißen. Er schnappte sich einen Degen, mit dem er seine Angreifer abwehrte. Er wusste offensichtlich nicht damit umzugehen, sondern schlug wie mit einer Fliegenklatsche in die Richtung von jedem, der ihm nahekam.

Mehr und mehr Körper von Totenähnlichen auf beiden Seiten der Kämpfenden lagen verstreut auf dem Boden. Und so wäre es weitergegangen, hätten sich nicht unvermittelt die Tore des Schlosses geöffnet und die Ankunft einer Gruppe von Scythe offenbart. Nicht vier, sondern sieben. Keine Scythe der Säuberung. Sie waren aus einem anderen Grund hier.

»Hört auf und lasst voneinander ab!«, brüllte ihr Anführer, und seine Stimme hallte lauter und klarer durch die Flure und Säle als jede Glocke. »Legt sofort die Waffen nieder, oder ihr werdet alle nachgelesen!«

Und während niemand mehr den Drohungen von Scythe Alighieri Glauben geschenkt hatte, fügte sich der Mob dem Willen dieser Scythe unverzüglich.

In diesem Moment erkannte Rasmus auch den Anführer der Gruppe. Es war Scythe Mößbauer!

Er und seine Kollegen betrachteten die Szenerie mit Grauen. »Auf was für eine Ebene der Hölle seid ihr alle herabgesunken?«, fragte er, doch niemand wagte zu antworten.

Rasmus trat vor. »Das sollte nicht geschehen ...«, erklärte er beschämt. »Die Sache ist außer Kontrolle geraten.«

Mößbauer blickte kopfschüttelnd zu der weinenden, geteerten und gefederten Gestalt von Alighieri. »Seht, was ihr getan habt. Ihr seid selbst der sinnlose Hass geworden, vor dem ihr geflohen seid.« Dann atmete er tief ein und sprach ein weiteres Mal mit großer Resonanz.

»Ihr alle, die ihr Zuflucht in diesem Schloss gesucht habt ... Ich bin gekommen, um zu verkünden, dass die Grandslayer auf der Island of the Enduring Heart zu einer Notfallsitzung des Hohen Rats zusammengetreten sind. Sie haben die Säuberung offiziell verurteilt und für beendet erklärt. Allen Scythe der Säuberung wurden ihre Befugnisse entzogen – einschließlich des Rechts nachzulesen.« Er machte eine Pause, um das Gesagte sacken zu lassen. »Eure Tage hier sind vorüber. Die Säuberung ist vorbei. Ihr könnt alle nach Hause zurückkehren!«

Doch die erstaunte Menge nahm die Neuigkeiten nicht mit begeistertem Jubel auf. Stattdessen schlichen die Menschen mit denkbar gemischten Gefühlen davon.

In einem Moment hatten sie die dunkelste Seite ihrer selbst herausgelassen, im nächsten waren sie frei zu gehen. Zwischen diesen beiden Extremen blieb eine Benommenheit zurück, die zu verstehen Jahre dauern würde.

Inzwischen waren die ersten Ambudrohnen aus der nächsten

Stadt eingetroffen, die die Totenähnlichen zur Wiederbelebung abholten. In diesem Augenblick entdeckte Rasmus Catrina. Sie lag im Thronsaal auf den Boden neben den anderen Totenähnlichen. Aber die Ambudrohnen ignorierten sie. Rasmus kniete sich neben sie und bettete ihren Kopf in seine Hände. »Sie werden auch dich abholen«, versicherte er ihr, obwohl er wusste, dass sie ihn nicht hören konnte. »Sie kommen gleich zurück und bringen dich zur Wiederbelebung.«

Da erhob sich eine irgendwie bekannte, aber gleichzeitig unvertraute Stimme. »Nein, das werden sie nicht tun.«

Rasmus drehte sich um und sah Alighieri zusammengesunken an eine Säule in der Ecke des Thronsaals lehnen, blutig, verwundet und mit fedrigem Flaum überzogen. Ein gefallener Engel, komisch und tragisch. »Sie ist auf mich zugekommen, und ich habe den Degen ausgestreckt, um mich zu schützen. Ich glaube nicht, dass es ihre Absicht war ... aber sie hat sich darauf aufgespießt.«

Es dauerte einen Moment, bis Rasmus die Konsequenzen begriff. Alighieri war ein Scythe. Catrina war von seiner Hand gestorben. Das bedeutete, sie war nachgelesen worden, egal ob mit Absicht oder nicht.

»Es tut mir leid«, sagte Alighieri. »Ich weiß, dass sie dir viel bedeutet hat.«

Rasmus hielt seine Tränen zurück, weil er wusste, dass Catrina es so gewollt hätte. *»Deine Augen tropfen wie Talg von einem Kronleuchter, Kerzen-Junge«*, hätte sie gesagt. Rasmus wollte Alighieri dafür hassen, doch der Scythe war einfach zu jämmerlich. Rasmus konnte nur Mitleid mit dem Mann empfinden.

Scythe Mößbauer trat näher und sah Rasmus, der Catrinas Leiche in den Armen hielt. »Lass sie«, sagte Mößbauer. »Vergiss diesen Ort, vergiss diesen Tag. Kehre zurück in dein altes Leben. Oder wenn du das nicht kannst, beginne ein neues.«

»Gehen wir«, sagte Elke und kam zu ihm. Ihre Kleider waren wie die aller anderen vom Kampf blutig und zerrissen, aber sie selbst war nur leicht verletzt. Vielleicht weil sie während des größten Teils der Schlacht auf die Harfe eingeschlagen hatte, die zu spielen Alighieri sie gezwungen hatte. »Tun wir, was Scythe Mößbauer sagt, und gehen nach Hause.«

Rasmus ließ Catrina los, richtete sich auf und wandte sich an Mößbauer. »Was geschieht mit Alighieri?«

»Das bayerische Scythetum hat einstimmig beschlossen, ihn aus unserer Region zu verbannen«, antwortete Mößbauer. »Wir haben ihn nur so lange geduldet, weil er sterblich Geborenen Zuflucht geboten hat. Aber nachdem die Säuberung nun beendet wurde, ist er nicht länger von Nutzen für uns.«

Selbst in seiner Demütigung blickte Scythe Alighieri nur nach innen. Wie konnten sie *ihm* das antun? Wie konnte man *ihn* so misshandeln? Wie konnte das Universum so grausam zu *ihm* sein?

Plötzlich legte ihm jemand seine zerfetzte Robe in den Schoß. Er blickte auf und sah, dass es der Junge war, der Lichtputzer. Alighieri breitete den zerrissenen Stoff so gut wie möglich um seinen Körper. Er sah den Jungen nicht an und bedankte sich auch nicht. Er wartete bloß, dass der Junge verschwand. Aber das tat er nicht. Noch nicht.

»Wohin werden Sie gehen?«, fragte der Lichtputzer.

»Ein Scythe kann gehen, wohin es ihm beliebt«, knurrte Alighieri.

»Bis auf die Orte, wo man Sie nicht haben will.«

Das konnte Alighieri nicht bestreiten, auch wenn er den Jungen für diese Feststellung verachten wollte. »Du warst zwar einer der Verschwörer, aber ich weiß, dass du versucht hast, den Angriff aufzuhalten«, sagte er.

»Ich hielt es nicht für nötig, Sie persönlich anzugreifen.«

»Du könntest mit mir kommen, als Erster an meinem neuen Hof. Ich verspreche dir, dass du mehr sein würdest als ein Lichtputzer.« Und Alighieri meinte es ernst. Zumindest in diesem Moment. »Einen so besonnenen jungen Mann wie dich kann ich gebrauchen.«

Aber der Junge schüttelte den Kopf. »Von jetzt an wird Ihr Hofstaat ein Ein-Personen-Hof sein, glaube ich.«

Und dann hielt er Alighieri etwas hin.

»Hier. Vielleicht ist es das Einzige, was Sie aus dem Schloss mitnehmen dürfen.«

Es war die Bürste.

Alighieri nahm sie entgegen und spürte ihr Gewicht – sie lag so viel besser in der Hand als ein Schwert. Der Junge ging mit seiner Großmutter, und nachdem er weg war, machte sich niemand mehr die Mühe, mit Alighieri zu reden. Nicht einmal die anderen Scythe. Und seine Wachen nahmen ihre Befehle jetzt von Mößbauer entgegen.

Aber das war in Ordnung. Er brauchte keinen von ihnen.

Er hob die Bürste, doch die Berührung seiner verwüsteten Kopfhaut schmerzte. Also begann Alighieri stattdessen, ein Stück neben seinen Ohren und Schultern zu bürsten. Im Moment erfassten die Borsten nur Luft, doch es war nur eine Frage der Zeit, bis sein volles üppiges Haar nachgewachsen war, und Zeit spielte überhaupt keine Rolle.

Bis dahin würde er bürsten. Und bürsten. Und bürsten.